A MENINA MORTA

dia descer um pouco da boléa, pois

hos que ali vinham dar, perdida em

ava segura pela mão da ~~Bobby~~ Frau.

em risos para a creança, e corria a

java de todas as folhas, e fazia um

 fingia chorar. A governante ~~ficaba~~ *trajcitava*

ão ousava tomar das mãos da sinhasinha

risos abafados do cocheiro e sonoras

e repente, um estalido dos galhos

 silencio estranho da mata, os preve-

magicas que vira nos teatros da Corte,

ergindo de grande balão que parecia

I

– Não, Dona Frau, vancê não pode costurar mais esse babado no vestido, *neste vestido* – disse a velha negra, que acentuou bem as duas últimas palavras enquanto erguia as mãos, no gesto das Verônicas das procissões, agarradas ao corpinho de brocado branco entretecido de prata, em desenhos de flores de sonho, de contornos vagos.

Estavam na sala de costura da fazenda de altas paredes caiadas onde se encostavam dois armários de jacarandá escuro, bojudos, e cujas portas entre colunas tinham sido escancaradas. Via-se bem o seu interior onde se amontoavam peças de linho, de seda, de merinó e de cassa da Índia pousadas em prateleiras sucessivas até bem no alto e, lá em cima, as plumas e flores artificiais deixavam ver suas cores delicadas. Sobre a cadeira estavam já prontas a pequena camisa decotada, as meias de seda branca e os borzeguins feitos à mão, destinados à menina morta.

A senhora de meia idade a quem chamavam "dona Frau" devia ser alemã pela cor dos olhos e da pele, mas vestia-se tal como as fazendeiras brasileiras o faziam e trazia enfiada nos cabelos certa agulha muito grossa e longa. Considerou com grave atenção a roupa posta diante dela pela escrava e reconheceu tristemente ter esquecido de não se tratar de vestuário de gala destinado a figurar nas reuniões da Corte longínqua, apenas entrevista quando de sua vinda da Europa para "as Américas". Aquele pesado estofo de pregas duras não iria revestir o corpinho quente e agitado da criança que recebera com tanto carinho e crescera tão diferente da imperiosa e morena selvagem imaginada por ela...

Era simples mortalha que confeccionava ajudada pela mucama de dentro cujo gosto e bom senso ela confessava em seu íntimo sem nunca deixar transparecer, pois era perpétuo absurdo aquela criatura disforme, cor de chocolate, com enormes olhos coruscantes, ora acesos ora apagados, iguais aos das aves domésticas, ter critério e tato para saber o que ficava melhor e mais elegante nos trajes confeccionados por elas, para pessoas tão diferentes. Teve de admitir não ser possível ajuntar mais o folho por ela pretendido à saia redonda encomendada pela Senhora. Reviu com nitidez o rosto da dona da fazenda, impassível, quase sem mover os lábios, ao lhe dizer que fizesse o vestido com manguinhas de quitute e a saia curta.

– Rosto impassível? – perguntou a si própria enquanto a preta a fixava sem compreender o prolongado silêncio da estrangeira, que nada lhe respondera e deixara cair no regaço as mãos. Ficara a espera de solução, diante da governante, que agora percebia estar com a atenção longe dali. Mas finalmente voltou-se para ela e fitou em seu rosto os olhos azuis quase cinzentos e assim ficou algum tempo, de tal forma que Lucinda rezou a ave-maria, com medo de lhe acontecer alguma coisa, banhada como estava por aqueles raios de luz mortiça de estranha fixidez.

Nunca pudera saber bem como aquela mulher branca surgira na fazenda, e quando ouvia descrever "a terra dela" benzia-se em silêncio, pois tudo lhe parecia obra de mágica e feitiçaria naquelas montanhas brancas, onde se erguiam cidades fechadas por muros em torno de igrejas de altas torres, diferentes da capela que sempre vira. Sobretudo o navio onde viera, a soltar enormes rolos de fumaça negra, semanas e semanas a apitar na solidão do oceano... e o mar estava acima de sua compreensão. Devia ser o rio Paraíba em dias de enchente, mas os meninos tinham dito que não se via terra, e Lucinda sentia o seu coração parar aterrorizado com essa ideia sinistra.

A senhora Luiza voltara a considerar o brocatel estendido sobre a robusta mesa de madeira sombria, e a tesoura começou a morder a seda com lentidão pois parecia envergonhada de seguir as indicações da velha negra, e além disso escrava. Porque o babado não entrava mais em cogitação e a saia seria como devia ser, rígida e bem armada, de forma a deixar a parecer as anáguas com rendas muito engomadas e franzidas, em camadas superpostas de *tuyauté* feito com carinho pelas passadeiras, por entre lágrimas inexauríveis. Antes de o vestido ficar pronto, bem ajustado e todo chuleado por dentro, pois com ele a menina subiria ao céu onde iria comparecer diante de Deus, e Ele tudo vê, antes de ser feita também a grinalda de rosinhas ainda guardadas na caixa, lá bem no fundo da prateleira do alto do segundo armário, seria necessário experimentar tudo, para ver se estava no tamanho e em condições... e a senhora Luiza fechou os olhos e procurou apoio junto de si, pois pareceu-lhe que o mundo todo girava em torno dela e lhe fugiam todos os bons princípios que tentara transmitir à sua aluna. Seria o pior sacrifício, o serviço mais triste que se poderia exigir de suas mãos cansadas e mercenárias, o de tocar de novo naquela boneca de carne imóvel, enrijecida, que tinha sido a sua menina, e representara toda a doçura que lhe fora possível encontrar no exílio.

"– Por que a mãe não faz isso?" – pensou. Ela não dera até esse momento a menor demonstração de tristeza, e lá devia estar em seu quarto, a ler o livro de capa de couro que lhe vira nas mãos, ou então a rever as suas joias realengas, e era sempre assim nos momentos de maior perturbação naquela casa, no paroxismo de seus problemas domésticos. A alemã sentiu súbita fraqueza nas pernas, ao lembrar-se disso, e viu como estava longe e só na outra metade do mundo...

A Senhora, todos diziam ter ela porte de rainha, e a governante verificava todos os dias que a sua figura e seus gestos eram muito mais imperiosos e altivos do que os das louras e adiposas princesas por ela entrevistas em sua cidade.

– Isto tudo é por causa dos escravos, ela está acostumada a viver entre eles... – pensava a pobre senhora Luiza, quando se sentia esmagada, enterrada bem fundo pelo olhar verdadeiramente imperial da fazendeira, ou quando tremia e se curvava, ao vê-la passar com seus passos pequenos e precipitados, sem fazer mover a fímbria de seus vestidos enormes, de cabeça erguida. Nunca olhava onde punha os pés, como se estivesse certa de que o mundo todo devia se aplainar, submisso e cheio de gratidão, à sua passagem, e o frufru de sedas espessas, muito puras, que a anunciava, era o sinal para que todas as portas se abrissem e todos se inclinassem, diante das ordens dadas mediante breves palavras, sibiladas entre os lábios muito finos e pálidos. Seu vulto ereto percorria as grandes salas toscas, de grandes tábuas e mobiliadas com o luxo gordo e prostrado de Luiz Felipe, sem nunca permitir ligação muito real entre ela e o ambiente que a cercava. Tudo na fazenda fazia prever a senhora de rosto redondo, formas opulentas, a voz gritante, sempre boa e familiar, comum naqueles tempos, e, entretanto, quem nela vivia era aquela dama seca e altiva, sem a menor comunhão com os outros moradores...

– Nem mesmo com o Senhor – pensou ela, receosa, e olhou com timidez para o retrato que pendia da parede e reproduzia os traços do dono da casa. Era o patriarca...

Mas, chegara o momento de tudo armar, e Lucinda poderia ver ter sido aceita a sua sugestão. A senhora Luiza, sem deixar que a preta visse o vestido, ajuntou todas as peças com meticuloso cuidado, e saiu sem olhar para a mucama. Reproduzia, assim, sem o sentir, as maneiras da Senhora, que tanto a magoavam.

II

Sobre a mesa colocada bem no centro da sala do Oratório, que era imensa e guarnecida dos lados por marquesas cujos encostos se erguiam em pesadas volutas, e ao fundo pelo relógio de armário, fronteiro à capela doméstica, que dava o nome àquele amplo compartimento, foi estendido grande pano de veludo escarlate, todo bordado de prata, em intermináveis ramagens, entrelaçadas nos cantos. Era ali que devia ser posto o pequenino caixão de cetim branco, nesse momento quase terminado por José Carapina, e fora esse trabalho demorado, porque o escravo o fazia sem enxergar bem o que tinha diante de si, de tal modo seus olhos estavam nublados. A princípio o serrote e depois a plaina, que não conseguia manter firme nas mãos trêmulas, e que devia passar sobre as tábuas maiores e as menores que formariam a cabeceira, tinham-lhe parecido estranhos, deformados. Não era o suor que lhe caía do rosto e abria pequenas manchas no pinho de Riga, muito branco e marmoreado por desenhos em sépia, mas sim lágrimas puras e cristalinas, em contraste luminoso com sua pele negra e enrugada. Na alma do velho carpinteiro cativo enovelavam-se pequenos e confusos problemas, que se formavam e desapareciam sem que ele pudesse perceber onde estava a verdade e até onde ia a tentação do demônio, pois parecia-lhe grande crime estar a fazer o caixão onde seria aprisionada a Sinhazinha. Ora duvidava se não estavam muito grossas as pranchas que aplainava, ora corria nervosamente as mãos sobre elas, para sentir se não tinham ficado ásperas, de forma a ferir aqueles bracinhos redondos, que tantas vezes tinham passado em torno de seu pescoço cheio de cordas. Já sabia que aquela sua obra tosca seria coberta pelo tecido branco e brilhante desdobrado pela mucama, para medir sobre o seu trabalho, mas, mesmo assim desejava fazer a caminha bem macia, onde a nenê poderia descansar para sempre...

Para sempre? seria para nunca mais voltar que a Sinhazinha dormiria naquele berço fechado que ele fazia... e a garlopa entortava e corria de lado, quase pegando seus dedos nodosos! Nunca sentira tristeza tão grande e tão estranha, nem mesmo quando fora vendido pelos seus antigos senhores, pois não nascera ali, e sim muito abaixo do rio, na humilde "situação" onde os donos morenos e pobres quase se confundiam com os escravos. Viera de lá com a respiração cortada de soluços, e às vezes parecia ter sido essa uma irremediável desgraça sem fim e sem medida que lhe acontecera, mas o coração lhe doía ao lembrar-se que, no caminho, o tinham assaltado as esperanças de comer bem e tornar-se "negro importante" da fazenda do novo Sinhô muito rico, que ia sempre à Corte e conhecia o Imperador. Nos dias seguintes à sua chegada à fazenda, tivera vontade de fazer como os negros novos, arribados de pouco, que não falavam e comiam terra escondido, no desejo de morrer. Primeiro ficavam com a pele escura e sem brilho, depois quase cinzenta, com laivos amarelos sob os olhos e no pescoço, para depois muito lentamente vir a morte, entre grandes sofrimentos, que os levaria de volta para a Benguela distante, para a Guiné selvagem e livre.

Mas a fome vencera, ajudada pelo feijão muito bem-feito, vindo do caldeirão enorme instalado no canto da cozinha, sobre a tripeça de ferro sempre avermelhada pelo fogo constante de lenha cheirosa, pelo angu dourado e pela carne-seca, tão rara na antiga casa, onde a mais das vezes senhores e escravos comiam papa de fubá com bertalha. E assim engordara e crescera, apesar da vergonha que o fazia engolir depressa os bocados, ao lembrar que a Sinhá antiga só teria daquilo nos dias de festa...

E os anos tinham corrido, sem ele saber mais de sua gente, e agora, mesmo se fizesse grande esforço de memória, não teria certeza de qual daqueles negros maltrapilhos, guardados em sua imaginação, vestidos de calças sem surtum, ou então simples trapo passado na cintura, já sem cor nem feitio, seria seu pai, nem qual das negras de camisola rasgada e suja seria sua mãe. Hoje a mulher que o Senhor lhe tinha dado, os filhos que tinham nascido, andavam todos de camisa branca e calça de zuarte, e a negra Almerinda tinha coragem de usar colar vermelho sobre o vestido de chita de tundá... Mas, tudo isso, apesar da bondade severa do Sinhô e da caridade distante e rica da Sinhá, de nada valia sem a presença risonha e chilreante da menina, cujo esquife executava.

As tábuas, que lembravam paredes de sepultura, pois pareciam de pedra e cegavam a plaina, não queriam se ajustar, não se adaptavam umas às outras! Mas talvez fosse por causa da tremura de suas mãos vigorosas que tinham construído a casa grande, ajustado os seus tetos e alisado os soalhos imensos. Mesmo os esteios mestres foram desbastados por ele com a enxó muito afiada e transformara troncos gigantescos de árvores seculares em grandes mastros erguidos para o céu, à espera das grandes vigas da armação do telhado, cujo destino seria cobrir o antigo Sinhô e também a Sinhá, a quem devia desposar lá na cidade grande, onde viviam todos os brancos poderosos, e depois o senhor Comendador, que ali nascera.

Agora era para a morte que trabalhava, para ajudá-la a levar para bem longe, a um lugar de onde não se volta mais, a Sinhá-pequena, e ele se apressava sem ser preciso que o feitor viesse ver se trabalhava mesmo, se cumpria bem as ordens recebidas. Mas, também o negro fiscal tinha os olhos vermelhos quando lhe dissera o que devia fazer naquela manhã tão clara, de sol tão branco, e que, entretanto, parecia ameaçadora e sufocante para todos os moradores do Grotão.

Foi forçado a chamar o ajudante, aquele negrinho antipático que lhe tinham dado para fazer os pequenos serviços de carpintaria.

– Tição, veja se conserta direito essa cabeça de prego, que não está bem quadrada... Senão!...

Viu que o pretinho tivera coragem de rir, nervosamente, de cabeça baixa, e logo deu-lhe rápida pescoçada, da qual o menino escapou agilmente, mas serviu de escarmento, para que trabalhasse com ligeireza e cuidado as "arestas", como as chamava o feitor, a fim de torná-las bem lisas, com as pontas direitas. Tudo devia ser feito com capricho, pois era o último serviço feito para a menina. As palavras saíam-lhe da boca, sem que as sentisse, e pareciam independentes de sua vontade, tão desatinada agora com o choque sofrido, ao compreender estar morta a Sinhazinha-pequena, pelo silêncio caído sobre toda a fazenda. Ninguém lhe dissera nada, pois negro não precisa saber do que se passa com os senhores, mas logo suspeitara ser a desgraça completa, pois lá se fora a alegria, o enfeite daquelas salas grandes, daqueles pátios de pedra, agora sinistros, desmedidos, e também mortos sem remédio.

Era hora de pregar as tábuas. Devia bater as marteladas, uma vez que elas, lá do quarto onde estava a Nhangana, poderiam ser ouvidas? Experimentou primeiro martelar bem devagarinho, quase sem barulho, mas os pregos entortaram e ameaçaram, com as pancadas frouxas, rachar ou tirar lasca da madeira. Então ele abaixou-se depressa, de forma que o ajudante não visse, e arrancou um pedaço da bainha da calça, que a Almerinda costurara fortemente. Enrolou-a na cabeça do instrumento e bateu sofregamente os pregos, sem fazer ouvir muito as batidas, ensurdecidas pelo pano grosso, de riscado. Era quase nova a calça, e mais tarde teria que ouvir as lamentações de sua negra, e talvez tudo chegasse aos ouvidos de dona Frau, empenhada sempre em se meter em tudo da vida da fazenda, até mesmo nas brigas de marido e de mulher, entre os escravos, e disso resultariam palmatoadas. Mas, era assim que devia fazer e assim o faria.

Estava pronto o pequeno esquife, e a mucama poderia vir agora, para esconder as tábuas debaixo do cetim tão bonito, com os reflexos prateados e azuis. Contudo era preciso levá-lo, e o carpinteiro colocou-o sobre os ombros, como se fosse uma cruz, e atravessou o grande quadrado, muito curvo, penosamente, esmagado pelo peso enorme, acima de suas forças...

III

O carro, com as bestas ainda inquietas e assustadiças, pois tinham sido despertadas no campo pelos gritos de Bruno, que as surpreendera brutalmente, e as acuara no ângulo formado pelas cercas cobertas de espinhos, e sobre elas jogara com arremesso os cabrestos, já estava pronto junto do alpendre do terreiro interno. Estremecia e dançava um pouco, impulsionado pelos animais cujas patas estralejavam nas pedras, tirando delas chispas de fogo.

– Chiu, chiu... silêncio... não vê que hoje não se pode fazer bulha!...

Bruno, ao ouvir essa recomendação, dada em voz baixa mas imperativa, abaixou o chapéu sobre a testa e espreitou primeiro, para verificar se era alguém com autoridade para mandar, mas viu ter partido de uma mulata muito moça, e fechou a cara. Entretanto, lembrou-se da razão pela qual se pedia menos ruído, e reconheceu estar a parelha mesmo de nervos, e desceu da boleia vindo para junto delas. Passou-lhes então as mãos pelas ancas, muito de leve, ao mesmo tempo que dizia palavras cuja significação era impossível distinguir, mas que os animais deviam compreender facilmente, pois se acalmaram de súbito, depois de terem arregalado os olhos e soprado violentamente pelas ventas muito abertas. Ele tivera apenas ordem de aprontar tudo para levar alguém à cidade, em busca do senhor vigário, mas compreendera desde logo por que devia ir procurar o sacerdote, naquela mesma vitória, onde conduzira a menina tantas vezes em alegres passeios pelos campos. Tinha então vontade de cantar a plenos pulmões as canções aprendidas no Rio de Janeiro, quando lá estivera na qualidade de pajem do Sinhozinho, mas continha-se, a fim de ouvir as risadas em pequeninas gamas de som, em lindo guizo de ouro, a ressoar atrás dele, vindas da banqueta onde ela se assentava, bem em frente da Senhora. Era só a sua voz cristalina que ele ouvia, porque a senhora Luiza ficava muda, intimidada pelo silêncio desdenhoso da Senhora.

Deviam andar pelos campos sem cultura para evitar sempre, com todo o cuidado, os eitos, porque a Sinhá não gostava de ver os negros no trabalho, e dava ordens ríspidas quando viam ao longe o grupo de homens, seguidos pelo capataz, ou ouviam trazido pelos ventos o canto lamentoso dos que cavavam. Bruno conhecia muito bem os caminhos que agradavam, e aguardava, como o artista que mostra os seus quadros, as exclamações admirativas e guturais da estrangeira, interrompidas pelo breve: está bem! vamos adiante! da Senhora. De um dos pontos mais altos da estrada via-se o rio Paraíba, e nele refletidas as casas de Porto Novo, a subirem em desordem morro acima, e esse era o mirante preferido, onde recebia invariavelmente ordem de parar, e podia saltar um pouco da boleia, pois a Sinhá descia também, e se embrenhava pelos atalhos que ali vinham dar, mergulhada em reflexões sem fim, talvez esquecida da menina, que ficava segura pela mão da Frau.

Longe dos olhos de sua dona, Bruno abria-se então em risos para a Sinhá--pequena, e corria em busca de flores ou de frágeis varas de bambu, que despojava de todas as folhas, e com elas fazia pingalim, a fim da criança servir-se para bater-lhe, divertida com as suas fingidas contorções de dor. A governante trejeitava visagens de repugnância e isso alegrava mais ainda o escravo, mas não ousava tomar das mãos da menina o chicote improvisado, e a cena se prolongava entre risos abafados do cocheiro e sonoras gargalhadas infantis, correrias e gritos impetuosos, até que, de repente, o estalido dos galhos mais baixos, o farfalhar de plantas secas, ou mesmo o silêncio estranho da mata, os prevenia de que a Senhora estava de volta. Como nas mágicas vistas na Corte, tudo cessava em segundos, e quando a figura alta, emergindo do grande balão que parecia caminhar sozinho, soerguido pelas mãos cobertas de rendas, sem tocar no chão, sem despedaçar a cassa que o cobria nas pedras e nos espinhos secos, surgia, tudo se tinha transformado. O cocheiro estava tranquilo no seu posto, a alemã em seu lugar no banquinho, e ao seu lado a criança muito séria, os olhos brilhantes, leves covinhas agitadas e a boca miúda presa nos cantos, sufocando o alegre segredo prestes a explodir.

A Senhora subia para a banqueta de trás com salto seco, altivo, sem em nada perturbar a sua atitude senhoril, e com leve aceno de mãos dava o sinal de partida.

Mas agora Bruno sabia que o passeio seria bem triste... Ia buscar o padre que viria abençoar a Sinhazinha, para que ela pudesse partir para sempre. Como não iria ela para o céu, se os anjos deviam estar ansiosos por tê-la em sua companhia? pensou, pois sempre imaginara que os serafins deviam ter aquele rosto pequeno e redondo, onde dois olhos escuros e muito grandes se abriam com reflexos dourados, e eram graciosos e leves como a menina. Ela era já um deles, pronto para subir até as nuvens, sem necessidade de asas, erguida apenas com muito cuidado pelos ventos que transformariam seu vestidinho em verdadeiro balão.

As bestas olharam para ele, e pôde ler naquelas pupilas luminosas compreensão de tal modo perfeita que não lhe foi possível resistir, e deixou as lágrimas correrem, sem ao menos espiar para todos os lados se alguém o via nesse estado, principalmente as mulatinhas de dentro, cuja aproximação lhe era proibida pelo feitor.

IV

No quarto que separava a sala de visitas da de jantar em alcova, pois havia outro cômodo cujas janelas se abriam para o jardim, duas senhoras cumpriam certo dever que as fazia chorar de tristeza. A mais velha mantinha o corpo da menina morta dentro da banheira de zinco, posta sobre a banca muito baixa, de óleo vermelho com abertos em triângulo, e a outra o lavava, passando pelos bracinhos ainda redondos, as covinhas do cotovelo bem visíveis, pelas perninhas muito grossas, a esponja embebida em água perfumada com alfazema e sabão francês. Falavam em voz baixa e de quando em quando uma delas suspendia o que estava fazendo para deixar passar irreprimível crise de amargos soluços. A companheira calava-se, voltava para outro lado, a fim de evitar o espetáculo, capaz de enfraquecer sem consolo a pouca força de alma que as mantinha.

    O quarto onde estavam formava uma espécie de retiro naquela parte da casa, entre os grandes espaços abertos dos salões de visita, de jantar e do Oratório, e talvez tivesse sido deliberadamente que o tinham escolhido, porque assim estariam escondidas e ao mesmo tempo perto dos que tinham de passar, inevitavelmente, diante da porta cerrada. Não havia ali nenhuma luz natural, pois não existia claraboia e as bandeiras das portas eram guarnecidas de tela de arame, de tal forma que quando estavam fechadas não deixavam passar sequer réstia luminosa que tornasse visível a grande cômoda de embutidos, a marquesa e as duas canastras que a mobiliavam. Ali eram hospedados os visitantes de maior intimidade e menos consideração, cuja presença no centro do edifício não embaraçava em nada aos donos da casa e, ao mesmo tempo, não sentiam eles próprios qualquer impedimento naquela situação exposta. A mais idosa das senhoras consertava a todo o momento as longas inglesas que lhe caiam de cada lado do rosto, pois quando se abaixava, vinham se encontrar sobre os seus lábios secos, e a obrigavam a sacudir com juvenil impaciência a cabeça. Mas, era bem velha, e os cabelos brancos prateavam os cachos preguiçosos, que formavam contraste com o seu rosto fino e alongado, de perfil agudo, ainda mais acentuado pela boca rasgada, de lábios sinuosos e rasos. Os olhos à flor da pele, muito negros, examinavam constantemente tudo que se passava diante deles.

    – Não sei como se pôde abandonar uma criança assim, meu Deus! – e as palavras ciciavam um pouco, pareciam sair dos cantos da boca, pois a prendia ao meio com o dente – não sei... o coração de monstro não conseguiu guardar este tesouro! Ainda se vê ser menina destinada a tornar-se mulher robusta, capaz de ter muitos filhos e fundar outra fazenda maior que esta! Não há justiça neste mundo... não...

    O choro que a dominou foi rápido e a fazia tremer toda, porque não havia fraqueza nem perdão nele. Em poucos momentos foi contido, e as lágrimas, recalcadas, desapareceram. Olhou então com desconfiança para a companheira e parecia prestes a dizer alguma coisa, talvez pedir que não fossem repetidas suas palavras imprudentes, mas sacudiu pela última vez a cabeça, agora com maior impaciência, e seus lábios desenharam nítida meia-lua, com as pontas para baixo, em clara demonstração do desdém que a reanimava. Celestina, sua ajudante, era a parenta pobre, a prima recolhida no Grotão, vinda depois da morte de seus pais, criadores de gado perdidos com a chegada do café em sua região. Não tinha autoridade nem valor suficiente para fazer medo a Dona Virgínia, parenta próxima, e viúva e sem filhos, ainda conservando em qualquer parte terras de sua propriedade. Ah! essas terras eram bem conhecidas das crianças, pois tinham muitas vezes ouvido a sua descrição, e cada ano aumentavam um pouco e sua fertilidade e cultivo cresciam também com o tempo. Nada havia naquela casa superior ao que dava nas Goiabeiras, e até os negros lá eram maiores, mais fortes, de perna mais fina do que os "daqui", como ela dizia, em tom especial, com as pálpebras semicerradas e a cabeça lançada para trás... E depois, era a prima do Comendador, parenta em primeiro grau, e a Celestina era do lado da fazendeira, considerada aparentada, simplesmente, e além disso, da "família da Senhora"...

Dona Virgínia arrastava as sílabas, de forma chocarreira e misteriosa, quando se referia à origem da Senhora, e acentuava bem as reticências, com afetação, para deixar em suspenso, a fim de que se formassem à vontade toda a sorte de suspeitas em torno dessa gente altiva, intratável e maldizente, que tanto ocupava posições de destaque como surgiam com cara de fome e roupas no fio, sem deixar nunca de exigir respeito e acatamento. Nunca pudera perdoar a alguns deles a indiferença fingida com que a tratavam quando vinham visitar a Sinhá, nivelando-a a essa "alemã" invejosa, ignorante e bajuladora, que agora servia como criada grave ou governante, sabia-se lá! Nunca pudera saber ao certo qual era a situação social dessa família, tão diferente da do Comendador, unida e igual, apesar de algumas ruínas e desastres, porém honrosos e discretos.

– Mas prima Virgínia... – balbuciou a moça, sem erguer os olhos inflamados, atenta no que fazia.

– Prima? – interrogou a velha senhora, e breve riso a fez estremecer. Toda ela exprimia vingança e mofa diante de injúrias antigas e alheias. Suas mãos se fecharam sobre a esponja com força, e fizeram escorrer grande quantidade d'água perfumada sobre a camisola fina, protetora do pudor do pequenino cadáver. As lágrimas que ainda permaneciam esquecidas em suas faces, presas aos vincos do pranto, desceram rápidas pelas rugas do riso. "– Prima?" – repetiu. "De onde virá esse parentesco? Muito me lisonjeia, pois não sabia ter essa glória!"

Celestina olhou-a por momentos, e seus olhos vermelhos, velados de tristeza e de ternura, fundos sob as sobrancelhas negras, pesados mesmo quando as pálpebras não estavam inflamadas, pousaram com expressão indefinível sobre os de dona Virgínia. Não havia neles censura nem espanto, mas seu efeito foi imediato. A senhora olhou também para si mesma e novos soluços a sufocaram e teve de levar ao rosto o avental que lhe protegia o vestido, para conter as ondas de novas lágrimas. Vira, de repente, que sacudia uma das mãozinhas arroxeadas, muito pálidas, esquecida na sua zanga daquela presença sagrada.

– Pode me chamar prima sim, Celestina, pode dizer que é minha parenta, e até quero pedir-lhe...

O esforço foi sobre-humano. Seu peito magro afundou-se ainda mais e as chaves que trazia presas à cintura tilintaram de leve. Acabara de enxugar o rosto e abaixara a vista para a boquinha pura da menina morta, que ainda conservava laivos rosados e entreaberta mostrava os dentes muito claros e miúdos, e parecia querer conseguir ânimo naquele espetáculo, para poder dizer o que sentia, bem escondido no fundo do coração, e que agora lhe chegava aos lábios, irresistivelmente:

– Queria que me estimasse, desejava que fosse minha amiga... agora.

Celestina nada disse, apenas o seu choro recomeçou, silencioso, profundo, sem alívio, e muitas de suas lágrimas também banharam o corpo que segurava, pois corriam sobre seus dedos trêmulos.

V

As árvores estavam tão pesadas de folhagens e de parasitas que se curvavam sobre a estrada, debruçando-se de tal forma que havia ali espesso caramanchão, interminável túnel verde opulentado de flores coloridas, e em todo ele reinava a meia-luz roxa entremeada de amarelo do sol coado pelos galhos, emaranhados em gestos de braços amigos. A terra, nesse lugar, onde fora aberta a extensa alameda da entrada do Grotão, era arenosa e quase rosada e sugava toda a umidade ali acumulada. Depois das grandes chuvas, em vez dos lameiros escuros e de sinistra aparência dos outros caminhos, apresentava-se fresca e limpa, como se o temporal apenas a tivesse lavado. Se não fossem as grandes gotas d'água, desprendidas de súbito das folhas em golpes de chuvisco, que as multiplicavam, muitas vezes quando o céu estava já límpido e muito alto, ninguém diria terem passado por ali as verdadeiras trombas habituais no vale do rio Paraíba. Os claros-escuros da abóbada assim formada, em claustro sem fim, apoiado nas colunas das árvores em dórico severo, davam qualquer coisa de irreal a tudo, naquela manhã muito clara, e o mundo esfumava-se em tons de arte e de artifício, que só mesmo a natureza sabe dar, quando imita a si mesma, para disfarçar a sua verdade demasiado rica e forte.

Assim, parecia grande desenho em sombra chinesa, adoçada pela penumbra, que se animasse de repente, a figura do cavaleiro que a percorria, levado pelo trote muito ritmado do cavalo meio-sangue árabe, vindo das coudelarias da Corte, em cuja cor castanha brilhavam reflexos de ouro fulvo, lembrança persistente dos animais de sangue real de sua ascendência. Sacudido pelo balanço regular da montada, o Senhor deixava-se conduzir e se não fosse o movimento que lhe imprimia essa marcha, dir-se-ia uma estátua, tal como as das procissões das cidades velhas, tamanha era a imobilidade de seus traços fisionômicos, de seus braços e de suas pernas, mantidas sempre na posição clássica do ginete, sem demonstrar vida por qualquer desvio ou sinal de cansaço e impaciência.

Caminhava... caminhava... e os raios oblíquos de luz, ora dourados, ora vermelhos, ora violeta, o iluminavam alternadamente e coloriam o seu longo jaquetão, cujas abas cobriam a calça alvíssima, escondida em parte pelas botas de couro envernizado, em lugar de lhe darem vida, tornavam ainda mais fantástica a indiferença por tudo que desfilava rapidamente ao seu lado, pois deixava para trás sem olhar, sem que sua cabeça erguida duramente se desviasse uma linha, os mais belos pontos de vista, alguns deles já fixados em tela pela fazendeira, discípula de artistas de fama, muitos deles vindos à fazenda para retratar as pessoas da família. Entretanto, seus olhos brilhavam com fulgor e se dirigiam para frente, muito fixos, ensombrados pelas bordas largas do chapéu de palha trançada, que formava verdadeira renda junto à cabeça, em abertos feitos no propósito de torná-lo mais leve e fresco.

Era o dono do Grotão, de volta de sua cotidiana ronda pelos principais pontos de trabalho da propriedade, e tudo se animava à sua passagem, de cada lado das estradas. Mesmo de longe distinguiam o ruído inconfundível dos cascos de seu cavalo, e imediatamente os negros redobravam os golpes das enxadas e das foices, excitados pelas exclamações de encorajamento dos feitores e capatazes, e o trabalho atingia seu paroxismo quando ele chegava perto e se detinha por alguns instantes.

Nunca dizia qualquer palavra mais alta do que as outras, jamais olhava diretamente para o serviço que sabia estar sendo feito diante dele, pois encarava com expressão distante algum ponto longe dos homens que se agitavam, e permanecia assim quieto e fechado durante minutos que pareciam longas horas àqueles serviçais cobertos de suor. Os responsáveis vinham até junto dele, de chapéu na mão, e lhe davam contas do que se passava, em breves frases, e não chegavam a perceber se tinha ficado satisfeito ou enfadado com elas.

Depois, quando sua figura alta e esguia se ia aos poucos desfazendo no horizonte muito claro, na virada das colinas e ondulações das terras de cultura, havia curto momento de parada, de tomada de fôlego, para então o serviço continuar em seu ritmo normal. Não era o medo que os fazia agir assim, mas o instintivo desejo de valorizar a sua fadiga, de dar impressão afirmativa do fecundo esforço desprendido ao patriarca que os vinha observar. Sabiam que, dentro em pouco, nas horas de maior calor, viriam as pequenas bestas muito vivazes, de pernas nervosas e patas pequeninas, que pareciam, a todo o momento, se embaraçarem umas nas outras, de forma a tropeçar e cair, carregadas de tonéis cheios de refresco feito com a fruta da época. Limonada, laranjada, caldo de maracujá, ou muitas vezes simples xaropes dissolvidos em água, adoçados com açúcar moscavinho, e eram servidos por negras do eito, que o feitor designava para conduzirem as canecas de folha de flandres, onde os negros bebiam em grandes goles. Era a atenção solícita do Senhor, a presença paternal que os mantinha sempre em saúde, a fim de ser conseguido o rude vigor que se esperava deles. Mas a terra respondia generosamente aos seus esforços, e abria-se sempre em riquezas inesgotáveis, na fartura que os irmanava no total sentimento de pujança.

Voltava de sua perquirição costumeira, mas desta vez não tinha a expressão serena de todos os dias, e de todo o seu vulto se desprendia esquisito halo de solidão, de abandono e de secura. Ninguém teria coragem de chamá-lo, de fazer com que detivesse a sua marcha, de romper aquele círculo mágico formado em torno dele, para dizer-lhe alguma palavra de consolo e de solidariedade, e se o fizesse decerto se calaria, diante daquela máscara impassível e dura, decidida a não ver nem ouvir, e também a não se voltar para dentro, pois queria apenas fechar--se para tudo que fosse bom e doce no mundo. O cavalo trotava rapidamente nas partes mais baixas e caminhava resfolegando nas subidas, pois a estrada não era inteiramente plana, e de repente, hesitou e recomeçou a diminuir a sua marcha, pois já entre as árvores, agora tornadas mais espaçadas, abria-se a espessa cortina aqui e ali, e deixavam ver as copas de altas palmeiras, sacudidas pelos ventos da manhã, com suas palmas estendidas em longos estandartes verdes, murmurantes, em sinal da proximidade da casa senhorial, pois eram elas que guarneciam a fachada da fazenda do Grotão, em duas ordens, e lançavam para a altura dos céus, sem esforço, seus fustes robustos e esguios. Norteavam elas para a mansão, para o recolhimento, o repouso dos que vinham cansados de terras distantes.

O Senhor agarrou repentinamente as rédeas e fez o cavalo dar curto salto para o lado, com aquele despertar de surpresa brutal, do corpo morto trazido sobre ele por tanto tempo. Era de novo o pulso forte que o guiava, e sentia outra vez sobre seus flancos as coxas possantes que sabiam orientar por meio de simples pressão, fazendo com que ele se tornasse o prolongamento de sua vontade, formando um só todo com o cavaleiro. Processara-se então verdadeira transformação no rosto e no corpo do fazendeiro. Era agora alguém, vigoroso e grave, cheio de vida e seguro de sua vontade, que se aproximava da porteira, a abria e entrava logo depois pelo pátio adentro, e chamava a atenção dos escravos ali de serviço com o tropel de sua montaria, muito sonoro nas grandes lajes do quadrado. O pajem, que desta vez não acompanhara o Senhor, pois fora indicado para os preparativos do enterro, veio precipitadamente ao encontro de seu dono, e segurou-lhe o estribo, para que saltasse sem incômodo do animal, agora agitado e nervoso na expectativa da raspadeira e da manjedoura cheia de capim cortado de fresco.

– Está tudo pronto, meu Senhor – disse o rapaz, e abaixou a cabeça, para que não fosse vista a sua boca trêmula, os lábios grossos reluzentes, tornados ainda mais escuros pela pressão dos dentes alvíssimos. – Foi tudo feito conforme o meu Senhor mandou, e minha Sinhá está à espera, no quarto dela.

O fazendeiro apeou com sua poderosa agilidade de animal sadio, e seu corpo tornava belas as suas roupas pesadas e impróprias para o campo. Subiu os breves degraus do alpendre que dava entrada para a casa, do lado do terreiro, e ninguém pôde perceber o leve recuo que teve, ao dar com os quatro candelabros acesos, guarnecidos de velas enormes em seus braços trabalhados. Eram de cinco luzes cada um, mas a Senhora os escolhera para serem postos em cada canto da mesa coberta de veludo vermelho, e apesar das freiras orantes esculpidas em cada uma das faces de suas bases, davam ar de festa suntuosa à sala, de grande banquete, à espera talvez das pessoas imperiais...

Mas não era refeição pomposa que esperavam, e sim o caixão que só chegava agora, tendo dentro o corpo da menina morta, coberta pelo vestido de brocado branco, de grandes ramagens de prata onde brilhavam os tons azulados e cinzentos, coroado de pequeninas rosas de toucar, feitas de penas levemente rosadas e postas sobre seus cabelos curtos, cortados rente da cabeça. As mãos tinham sido cruzadas sobre o colo, bem baixas, quase junto da cintura, mas os dedos eram tão polpudos ainda, apesar da cor lívida que os cobria, tornando-os quase transparentes, que se tinham separado, e formavam um gesto de espanto, desmentido pela expressão extremamente pura e ausente do rosto. A verdadeira Sinhá-pequena, via-se, não estava ali, partira para muito longe, e viajava em altas nuvens, muito distante, e apenas seu vulto jazia sobre a mesa, esquecido...

O Senhor entrou e parou diante dela, sem conseguir derramar uma só lágrima. As pessoas ajoelhadas em torno murmuravam preces e não o olharam, nem fizeram qualquer movimento indicativo de terem notado sua chegada. Deu alguns passos, e o ruído martelado de suas botas, o tilintar das esporas, pareceram-lhe sacrílegos. Sentia, confusamente, ter trazido lá de fora a lama e a podridão dos brejos e das terras frementes de seiva presas aos seus sapatos e reconheceu não serem suas mãos dignas de tocarem naquela figurinha de cera.

Nas pontas dos pés, com o chapéu seguro junto ao peito, repetiu maquinalmente o mesmo sinal de respeito de seus escravos diante das imagens do Oratório, que passavam à frente dele medrosos, fazendo-se pequenos, para que Deus não visse toda a extensão de sua miséria, tão grande que a julgavam indigna de seus divinos olhos...

Foi então para junto da Senhora, para perto da mãe da menina, mas já sabia que não encontraria ao seu lado apoio para o seu coração vacilante. Era sozinho que devia atravessar as longas horas que o esperavam...

VI

Prima Virgínia, como todos a chamavam, ajoelhou-se bem junto da mesa, e isolou-se em suas orações, depois de ter ouvido o seco e áspero "agradecida", quando fora até o quarto da Senhora e avisara com voz muito tremida estar tudo pronto.

– O nosso anjinho já está vestido e preparado na sala do Oratório – dissera ela, apoiada à porta, do lado de fora, do quarto dos Senhores, e entrecortara as frases com soluços que deviam ser ouvidos lá dentro. Ficara tão entretida com o papel que representava, naquelas dramáticas circunstâncias, que se esquecera por momentos de sua dor verdadeira, e chorou lágrimas artísticas, sem a menor correspondência com o que se passava em seu coração e em seu espírito. A voz da fazendeira, ao agradecer-lhe, fora tão cortante, que desfizera qualquer veleidade de continuar a cena dilacerante, cujo seguimento seria a aparição da mãe desgrenhada, arfante de dor, descuidada de qualquer artifício. A palavra seca ouvida e a convicção de que a porta não seria aberta, para receber a sua visita, fizeram-na cair em si e olhar para sua própria imagem com mordente autocrítica. Passou-lhe então pelos olhos curto relâmpago de ódio e suas mãos se engalfinharam, como garras, nas varas do balão, que segurara para afastá-lo, a fim de poder se aproximar o mais possível do enorme espelho da fechadura, com sua maçaneta de cristal e dourados, e talvez mesmo para espreitar pelo buraco. Teve ímpeto de esbofetear o próprio rosto, pois traíra de forma irrisória a memória da criança que fora a sua alegria sem mistura, o seu carinho sem segundas intenções. Tinha sido o seu amor mais puro, aquele que dedicara à menina, e por ele sentia-se redimida de todas as intenções amargas e muitas vezes sangrentas que a tinham agitado em sua vida, de todos os crimes que cometera no recôndito de sua alma, atrás de seus olhos e de sua boca sorridentes. Como ousava agora fingir o que sentia cruelmente, com profunda realidade? Essa era a pior das humilhações, e não poderia suportá-la diante de seu tribunal íntimo, onde poucas vezes pudera perdoar seu gênio inquieto, seu coração confuso e exaltado.

Por isso, abaixara a cabeça e atravessara os corredores com seu passo largo e resoluto, mas, por estranho capricho, sempre silencioso, e fora para a sala do Oratório, onde tentava afogar em rezas intermináveis o tumulto que se formara em seu interior. O rosário de sementes de oliva, que lhe viera da Terra Santa, corria-lhe entre os dedos com esquisita velocidade, e seus lábios se agitavam com vertiginosa rapidez, com articulação visível, mas não audível. De vez em quando beijava febrilmente a cruz de madrepérola que lhe pendia do peito, e apertava-a de encontro a si, como se pedisse proteção e sossego para o seu pobre coração em sobressalto. Estava tão alheia a tudo que se passava em torno dela, que não sentiu o cocheiro entrar e vir ajoelhar-se ao seu lado, a pequena distância atrás, mas não o suficiente para demonstrar respeito. Essa falta seria punida, em outra circunstância, com fulminante olhar de reprovação, mas dessa vez passou desapercebida, e foi com grande estremecimento de susto que ouviu a voz humilde dizer-lhe ao ouvido:

– Sinhá Dona Virgínia...

Depois de alguns instantes ela se voltou e atentou em Bruno, de mãos postas, e seu rosto estava fulo, pois o sangue lhe fugira para o coração, e viu como estava ele todo trêmulo, na posição forçada que tomara para dela se aproximar. Mesmo assim tomou coragem e repetiu com voz embargada:

– Sinhá dona Virgínia!
– Que é? – respondeu a senhora, muito baixo, mas com aspereza.
– Queria falar com Vossa Mercê, é muito importante.
Prima Virgínia hesitou. Devia deixar o cocheiro, por ela considerado atrevido e ousado, pela confiança de que julgava gozar por parte dos Senhores, falar-lhe assim em público a cochichar como se fossem iguais? E pensou que seu dever seria repelir aquela insolência, e chamar imediatamente o feitor Nolasco, para pôr tudo em ordem. Mas logo acudiu-lhe a ideia de que, se isso fizesse, assustaria o negro, e não saberia nunca mais da comunicação importante que iria ser feita... e talvez fosse coisa séria.
– Venha até a sala de jantar – disse, por fim, por entre os lábios cerrados, sem mover, aparentemente, uma só linha de seu rosto severo. Ergueu-se e saiu da sala com indizível dignidade. Logo que transpôs os umbrais do aposento indicado, recuou com rapidez e ocultou-se atrás da porta. Momentos depois chegava o rapaz, com semblante ainda mais humilde, depois de receber aquela prova de confiança, vinda da prima do Comendador, e esperou ser interrogado.
– Que quer você? Diga depressa, sem rodeios tolos!
– Sinhá dona Virgínia, eu queria dizer à senhora que as crianças – e ajuntou rapidamente – as negrinhas e mulatinhas, me deram um recado para a senhora.
– Não sabia que você era agora moço de recados da copa e da cozinha.
Bruno parou alguns momentos. Qualquer coisa de lívido passou pelos seus lábios, que estavam secos e febris. Olhou para a senhora com olhos maus, de relance, mas logo abaixou a cabeça, e depois de suspirar, suspiro que foi quase gemido, prosseguiu:
– São todas as negrinhas e mulatinhas da fazenda, Sinhá... pedem licença ao Senhor para carregar o caixão da Sinhazinha-pequena até o cemitério da cidade. Irão a pé e mudarão de mão...
– Que ideia! – exclamou prima Virgínia – que ideia! Por que não fala você com o primo Comendador?
– Eu tenho medo, minha Sinhá, e todas as rapariguinhas também têm... Não vê que elas sabem que é muito oferecimento... – murmurou, com ar triste e confidencial. – É por isso que nós desejávamos fosse a senhora prima do Comendador a nossa madrinha, nesse pedido.
A velha parenta ficou confusa. Não sabia se devia ofender-se com tamanha liberdade, mas ao mesmo tempo lembrou-se do encantamento que seria para a menina, se visse descer a serra um enterro de criança, todo composto de negrinhas de vestido de riscado, com fitas nas tranças agudas, as carapinhas divididas

ao meio, todas a entoar em sua meia-língua rezas e cânticos ingênuos. Ela mesma achou que isso seria um consolo, uma triste alegria no meio de toda a tristeza e angústia que a oprimiam e a desorientavam. Ela própria, com seu farto vestido negro, acompanharia o pequeno féretro, e, maternal, orientaria as escravinhas, para que fosse observada a ordem e harmonia do cortejo, sem deixar que as perturbassem os tropeços do caminho, tão irregular em suas ladeiras devoradas pelas rodeiras, produzidas pelos pesados carros de boi e pelas chuvas, em constante trabalho de destruição. Cantaria ela também, e decerto seria belo e agradável a Deus aquele espetáculo, e todos saberiam como era adorada a menina. E depois, pensou com um suspiro, também se veria o seu poder, na obtenção da licença...

Ficou absorvida em seus sonhos, entre dolorosos e doces, e deles foi despertada pela voz profunda e máscula do Comendador, que dizia serenamente:

– Prima Virgínia!

Quando a velha dama se precipitou pelo corredor, na direção do quarto do fazendeiro, a fim de atender ao chamado, sentiu alguém segurar-lhe a mão e beijá-la com fervor. Ela detestava essas manifestações, e, quando isso acontecia, por parte dos negros, ia logo até o seu quarto e lavava-se com teimoso cuidado. Perfumava os dedos com aguardente onde tinha feito macerar, durante longo tempo, raízes aromáticas, e só assim sentia-se refeita do choque. Agora, entretanto, mesmo depois de ver bem que tinha sido Bruno, ela apenas passou o lenço nas costas das mãos, sem tentar sequer ocultar isso do cocheiro. E ele segurou ainda por instantes a ponta de seu xale e suplicou:

– É agora, minha Sinhá...

VII

A porta do quarto de vestir dos senhores estava entreaberta, e quando dona Virgínia quis bater com o nó dos dedos, ouviu de novo a voz grave que a chamara dizer em tom mais baixo:

– Espere um instante, que já vou.

E pouco depois ela entreviu um vulto alto, envolvido em pesado roupão escuro, e percebeu sua mão apoiada na maçaneta. De onde estava, sem se mostrar de todo, na luz do corredor, o dono da fazenda, que pressentira estar a parenta à sua espera, pelo ruído de seus passos e do seu vestido, ali, em pé, sem dar sinal de que viera, com receio de que o tomassem como indicativo de impaciência, deu ele suas ordens, na mesma voz ligeiramente velada. O enterro devia-se fazer sem grande acompanhamento das pessoas que tivessem vindo, e não se devia tomar qualquer iniciativa nesse sentido.

– Não quero gritos nem manifestações excessivas – acrescentou, depois de curta pausa – e a senhora levará no carro, com Celestina, o... corpo.

– Primo Comendador – disse dona Virgínia, com timidez – não sei se deva dizer, mas as negrinhas pediram licença para carregar o caixão, a pé, da casa ao cemitério...

E ajuntou rapidamente, como para se desculpar, pois sabia que o Senhor atendia sempre aos pedidos manhosos do cocheiro:

– Foi o Bruno que me veio dizer isso, e insistiu que transmitisse ao primo esse recado...

Houve silêncio do outro lado da porta, depois algumas palavras pronunciadas lentamente, e a velha ouviu, vinda do outro aposento, a voz da Senhora, que dizia com irritação:

– Coisas de moleque!

Mas, Prima Virgínia não pode afirmar a si mesma que pudera realmente distinguir o sentido da frase, tal a perturbação sentida, pois imaginara de novo a Sinhá deitada na cama, doente de dor sofreada, e só percebera raiva e desprezo no que ouvira. Mas, logo em seguida sentiu que o Senhor se aproximava de novo da meia folha, e quase em segredo lhe dizia:

– A menina irá como eu já disse à prima. Queira mandar aqui o administrador.

Voltando sobre si mesma, depois de murmurar rapidamente o devido – Sim, senhor – ela dirigiu-se à sala do Oratório, onde logo avistou a figura pesada do administrador, que se ajoelhara a um canto, e mantinha-se a custo sobre os dois joelhos, pois era muito gordo, quase disforme. O grande lenço preto que passara no pescoço, cujas largas pontas escondiam a camisa aberta, formava uma espécie de colete, que dava ainda maior estranheza ao seu aspecto. Dona Virgínia fitou-o, com insistência, mas o pobre homem mantinha os seus olhos baixos e de seus espessos cílios corriam fartas lágrimas reluzentes, que iam cair sobre suas mãos muito vermelhas e calosas, de campônio português, e não sentiu, decerto devido à grossura de sua pele suarenta, os eflúvios do olhar intenso que o fixava. Depois de alguns momentos, ela entrou de vez na sala grande, onde já estavam muitas pessoas vindas das redondezas, entre elas alguns senhores e senhoras das fazendas próximas.

"Não sei como essa gente teve coragem de vir aqui, para ser tratada tão mal", pensou ela, depois de observar em seu sofá o grupo das senhoras, todas de preto com grandes véus negros sobre os chapeuzinhos. Uma delas era titular, e o marido presidia, nessa ocasião, o Ministério, mas justamente era a mais simples delas, e mantinha o rosto oculto entre as mãos magras, sem luvas. "Como poderei dispensá-las de acompanhar o enterro? Não posso dizer-lhes que o primo não quer... e que, além disso, ninguém virá à sala para atendê-las..."

Mas, nesse instante, o senhor Justino, o administrador, sem poder mais suportar as cãibras que lhe davam a posição forçada por ele mantida, conseguiu levantar-se, para chegar até junto da parede, onde tentou apoiar-se. Com esses movimentos chegou até a porta onde estava a dama, que lhe fez sinal para sair com ela. Foi preciso dona Virgínia repetir seu gesto muitas vezes, pois o homem custou muito a compreender primeiro que era dirigido a ele, e depois qual o seu significado, pois a senhora não queria que as outras pessoas a vissem assim se comunicar com ele. Ela não queria chamar, para não despertar a atenção, e não podia gesticular de forma evidente, suficientemente clara para a compreensão do administrador, e assim foi necessário uma verdadeira cena mímica, de franzir severo de sobrancelhas, de abanar violento de cabeça, e, quando ela sentia já o sangue da cólera subir-lhe às faces, foi que finalmente o homem se resolveu a acompanhá-la até o pequeno alpendre do quadrado.

– Excelentíssima...

– Não tenho tempo a perder – disse dona Virgínia bruscamente, pois percebera que o administrador ia dirigir-lhe, talvez, um longo discurso sobre os sentimentos que o dominavam, com a morte de sua patroa. – O senhor Comendador quer falar-lhe, e está no quarto de vestir.

Leu no rosto do senhor Justino o espanto de ver que lhe mandavam entrar no recesso da casa, onde nunca pusera os pés. E justamente o quarto de vestir parecia-lhe uma audácia só o pensar que teria de ir lá, e decerto não saberia orientar-se naquela grande casa, cheia de gente que o olhava de muito alto, mesmo as mucamas e as mulatinhas de dentro, todos fora de sua jurisdição...

– Pode ir – acrescentou a senhora, com urbana condescendência. – Foi o senhor Comendador quem mandou dar-lhe esse recado, e se alguém perguntar por que vai entrar lá para dentro, diga que foi eu quem o autorizou. É logo o corredor que sai da sala de jantar, e deverá bater com cuidado na porta, para saberem que foi para receber as ordens.

Nesse momento a carruagem do padre entrava no pátio, e dona Virgínia correu ao seu encontro, fazendo esvoaçar a saia enorme de alpaca preta, que vestia. Quando o sacerdote apeou, e logo depois o pajem que vinha com a sua maleta, ela beijou-lhe a mão e disse que o primo Comendador estava doente, assim como a prima, e por isso não podiam vir recebê-lo, e que deveria fazer a encomendação sem a presença deles, porque não estavam em estado de sair do quarto. O padre nada disse, e dirigiu-se desde logo para a sala do Oratório, onde tinham exposto o corpo da menina, que já fora colocado no caixão pelas suas amas. Logo todos se postaram de um lado e de outro da mesa, e começou a cerimônia, que foi feita com simplicidade e rapidez. Terminada ela, o sacerdote, sem dizer uma só palavra fora do ritual, foi para o terreiro e subiu para o carro que o trouxera, sem dar tempo às senhoras que tinham vindo falar-lhe de se aproximarem. Mas, prima Virgínia, que o acompanhara em todos os movimentos com olhos ansiosos, estava já junto do estribo da vitória, entregou a sobrecarta que fora encarregada de lhe dar, enquanto dizia com voz entrecortada:

– Senhor padre Pedro, o primo Comendador irá à igreja assim que ficar bom, para agradecer-lhe. Ele e a prima sentiram muito não vê-lo agora...

O sacerdote ajeitou-se no banco, e parou um momento, imóvel, para restabelecer a sequência da respiração, que lhe fugia, e depois disse, com seu timbre rouco e franco, onde nunca poderia apontar o tom da ironia:

– Eu já vi o senhor Comendador hoje, quando passava para ver os trabalhos da fazenda...

Dona Virgínia fechou a boca, com força, como se quisesse prender as palavras que lhe acudiam aos borbotões. Teria tanta coisa a dizer, tanta...

VIII

O senhor Justino, diante da porta do quarto de vestir dos senhores, parou, e despediu com aspereza a pretinha que tomara como guia, pois perdera-se na confusão de entradas de salas e corredores daquela casa que lhe parecera sempre um palácio encantado e proibido. Por isso não tivera outro remédio senão ordenar a uma das criadinhas internas que passara por ele, e, ingenuamente, lhe pedira a sua bênção, que lhe mostrasse o caminho até ali. Agora temia não saber como fazer-se anunciar e pensava com impaciência que fora um tolo em mandar a negrinha embora, porque teria podido fazer com que ela própria batesse e chamasse o senhor. Mas, depois de certo tempo, ouviu passos fortes lá dentro. Pigarreou com intenção, levou ao nariz enorme pitada de rapé canjica, e imediatamente puxou dos profundos bolsos traseiros da casaca farta, o alcobaça vermelho, à espera do sonoro espirro que seria natural seguir-se. Ainda usava calções e meias brancas muito grossas, de algodão, e os sapatões, com os quais conseguira andar sem fazer barulho, eram ainda de cabedal português, com pestanas que lhe subiam pelos tornozelos. Seu corpo disforme, cheio de gibas de gordura, dava-lhe o aspecto de grande besouro castanho e zumbidor.

Quando soltava os primeiros grunhidos, predecessores do espirro, a porta abriu-se e o senhor surgiu, de rosto severo e fechado, pois já pressentira ser o administrador o autor dos ruídos indicativos de alguém que lhe desejava falar. Foi obrigado, pois, a esperar que o senhor Justino sufocasse no lenço os verdadeiros guinchos que involuntariamente produzia, e a impaciência com que o fez, batendo o pé no soalho em ritmo agitado, não pressagiava nada de bom. Afinal quando o velho conseguiu restabelecer-se um pouco, disse-lhe asperamente:

– Quer me ouvir agora, senhor Justino?

– Senhor Comendador, ó meu senhor Comendador... Queira Vosselência perdoar-me – disse ele em ânsias, a resfolegar, ainda com medo de voltarem as esternutações – eu cá vim porque recebi um recado da Excelentíssima senhora dona Virgínia, que aqui viesse falar com Vosselência...

– Está bem – interrompeu o senhor, secamente. – Tinha a dar-lhe ordens. Não quero que nenhum dos escravos saia da fazenda, sob pretexto algum. O dia de trabalho há de se passar como todos os outros, logo que se acabe tudo, o que vai ser já. O carro irá com as senhoras Virgínia e Celestina, e mais ninguém da casa. As pessoas acompanharão... se quiserem.

O senhor Justino, depois de muitas mesuras, e de dizer palavras entrecortadas, foi para o terreiro e mandou dois moleques que fossem chamar os feitores e os capatazes, que eram ao todo vinte, para que se reunissem na sala da casa das máquinas, e para lá se dirigiu. Mas, ao passar pela porta da cozinha, viu, em pé junto ao poial que firmava a entrada, a mulata Libânia já pronta para sair, com o vestido novo do Dia do Ano, todo de cassa branca. Era figura curiosa, muito corada, apesar da pele escura, e os olhos fulguravam como se descobrissem a todo o momento a vida e o mundo. Seus braços roliços e suas pernas vigorosas, descobertas pela saia curta e redonda, graciosamente arregaçada na cintura, para a viagem a pé na estrada, eram admiravelmente esculpidas e lisas e ostentavam saúde e força. Trazia pendente do pescoço boa corrente de ouro, com a cruz lavrada, para demonstrar assim bem claro o seu valimento junto dos donos. Tinha sido a ama de leite da menina, e podia fazer muita coisa que

nenhuma outra escrava da fazenda nem sequer sonharia, mas conservara-se, ao mesmo tempo, tímida e audaciosa, infantil e amadurecida, e assim suas atitudes não ultrapassavam de muito as das outras. Abaixou os olhos quando notou que o administrador a fitava, e consertou os refolhos da anágua engomada, com afetação, mas não pôde fingir que o não vira, e balbuciou:
– Sua bênção, senhor Justino...
O velho parou, pesadamente, com os pés bem longe um do outro, o grande alcobaça ainda nas mãos, e disse-lhe com autoridade, engrossando talvez propositadamente a voz:
– Nenhum escravo ou escrava, negro algum da fazenda vai acompanhar o enterro, e se eu souber de alguém que desobedeça, receberá dez palmatoadas! Para alguns, ou para algumas, mandarei pôr um grão de milho na palma da mão...
Libânia tornou-se subitamente rubra, e as lágrimas saltaram longe, como se estivessem comprimidas. Esfregou as mãos nos braços com tanta força que produziram certo chiado áspero, e depois apanhou do bolso da saia um papel amarelado, com gestos rápidos e desenvoltos, e mostrou-o ao administrador com irreprimível insolência, exclamando:
– Eu sou livre! Eu sou forra! Aqui está a minha carta de alforria, passada pelo meu Senhor! Não sou negra nem escrava!
Mas a explosão pareceu quebrar o ânimo altivo que a fizera revoltar-se. Logo dobrou-se toda, sacudida pelo pranto, e murmurava palavras indistintas, entre soluços, quase ajoelhada na pedra, e, talvez pronunciasse muitas vezes um nome, o da menina que mamara em seu seio. O velho português, que apenas tivera a intenção de mostrar a sua autoridade, e quem sabe vingar-se de ter sido alguma vez repelido, contemplou-a durante alguns momentos, sem compreender a violência do choque que sua recomendação tinha provocado. Depois, com receio de alguém julgar mal de sua atitude, ali no pátio, e ao ver que se aproximavam timidamente outras negras, dirigiu-se para a casa das máquinas, que formava um dos lados do quadrado, onde se resumia toda a vida interna da fazenda.
Ao voltar-se, antes de entrar, viu que da porta do alpendre saíam muitas pessoas, que vinham para se reunirem em frente da pequena escada, à espera decerto do cortejo. Apressou-se em ir ao encontro dos feitores, para que cumprissem com rigor as ordens do senhor, mas percebeu ser já tarde, e chamou os que lá estavam, agitando o bengalão. Quando vieram até onde se detivera, disse-lhes que ficassem no portão e outros na porteira grande lá fora, para não deixar passar nenhum escravo ou escrava que, aproveitando da confusão que ameaçava estabelecer-se, quisesse escapar para acompanhar o enterro. Correram

todos para os seus postos, mas pouco tiveram que fazer, pois os negros estavam, os da casa na capela, os do eito em suas senzalas, onde alguns deles celebravam, às escondidas, os ritos africanos da morte.

Libânia passou por eles, de cabeça erguida, com o olhar esgazeado pela raiva enlouquecedora, e tinha no seio um punhal aguçado. Mas ninguém ousou dizer nada, pois sabiam os feitores que ela era forra, e de grande confiança dos senhores. Ficou no caminho, sentada junto a um tronco retorcido, sem conseguir ordenar os seus pensamentos, mas animada pela resolução inabalável de ir até a igreja, de acompanhar sua menina até o fim, e a resistência que encontrara, a ideia de que o administrador a quisera impedir de fazê-lo, transformava essa sua resolução em vingança, um desafio a tudo e a todos. Com o calor da luta que se travava dentro dela, não podia ainda compreender bem que a Sinhazinha se fora para sempre, que tudo estava agora destruído em sua vida, pois o seu filho verdadeiro morrera logo ao nascer...

Mas, quando passaram os carros por ela, sem que ninguém, a pé, os acompanhasse, a mulata sentiu-se tão sozinha, atrás daquelas grandezas que avançavam velozmente à sua frente, que não pôde correr para seguir a marcha das bestas, com os guizos e as campainhas a tilintarem com sinistra alegria, e deixou-se cair na borda da estrada, sobre a primeira touceira de capim grosso encontrada. Todo o seu corpo doía, suas cadeiras pareciam despedaçar-se, cortadas interiormente por facas afiadas e invisíveis; a cabeça pesava, cheia de zumbidos, de zoadas, como se mil carros de bois a percorressem, e tudo esmagassem em seu trajeto. Depois de ficar ali talvez uma hora, abatida, a balançar o corpo para lá e para cá, no morno desespero de sua incompreensão de tudo aquilo que se sucedia com tamanha rapidez em sua vida, ela ergueu-se e tomou o rumo da fazenda, sem olhar para trás, pois não queria mais ver as vitórias, de capota erguida, que escondiam assim as senhoras de preto, portadoras do pequeno esquife, ou que o acompanhavam simplesmente. Deviam nesse instante começar a descida penosa para o rio, para atravessá-lo e alcançar então a outra margem, onde se erguia a vila de Porto Novo, em cuja matriz seria sepultada a criança.

Libânia acompanhou mentalmente cada solavanco do carro, e sentiu o coração apertar-se, tornar-se quase imóvel, ao lembrar que talvez os bracinhos se magoassem de encontro às tabuas escondidas sob o cetim branco. O marceneiro não sabia fazer as coisas delicadas necessárias à Sinhazinha... Tudo dela viera da Corte, e até mesmo do estrangeiro... Devia ter preparado almofadas de seda fina, enchidas com raízes de capim cheiroso, para prender delicadamente o corpinho...

Mas como poderia tê-lo feito, se apenas obedecia às ordens que lhe davam? Ninguém teria admitido que ela sugerisse essa lembrança, e seria tratada com o frio desdém que lia nos lábios da senhora, quando lhe dirigia a palavra, sem que fosse autorizada a isso... Era preferível fugir ou morrer...

Seu coração, subitamente libertado, deu um grande salto e pôs-se a bater em desordem, em tremor incontido, alucinado. Ouvira cortar o ar uma chicotada violenta, sibilante e sonora como o silvo de animal acossado e furioso, e esse golpe repentino ferira os seus ouvidos com todo o terror acumulado pelas dezenas de anos de sofrimento dos da raça de sua mãe. Era filha de branco e de negra, e nunca soubera quem eram os seus pais, pois todas as vezes que fizera perguntas nesse sentido, quando ainda criança, recebera em resposta coques e beliscões impacientes. Agora estava tudo acabado... Agora tudo chegara ao fim. Não sabia mais o que seria dela, nem como viveria naquela casa enorme, que lhe parecia vazia, e cujas paredes brancas já se levantavam bem perto. Era uma prisão perdida entre as árvores, e não mais saberia compreender a linguagem daquela gente agora estranha que se agitava dentro dela, e cujas vozes abafadas ouvia distintamente. Chegou perto das grades do jardim, encostou-se a elas e refletiu alguns instantes, para ao menos saber o que devia fazer, naquele momento que passava velozmente.

Mas depressa convenceu-se de que apenas uma coisa desejava com ardor, irresistivelmente. Era não ser vista por ninguém, não ter que falar, que dar explicações, ouvir consolos ou ralhos pela sua rebelião, não sentir em ninguém piedade ou indiferença, ou mesmo vingativa maldade pelo seu sofrimento. Acompanhou as grades, enquanto qualquer coisa surgia no fundo de seus pensamentos em desordem. Eram muito longas, pois cercavam toda a fachada da casa grande, os três lances de jardim e as suas divisões, presas ao muro de base não muito alta. Instintivamente Libânia abaixou-se, para não ser vista das vinte janelas que se abriam para aquele lado, e correu agachada e furtiva, sem fazer ruído com os pés, agora descalços, pois tirara as chinelas como maior precaução. Conhecia lá no canto do edifício, depois de dobrar a esquina que ali havia, uma pequena janela de despejos, que dava para uma das copas, e por ela poderia entrar. Assim conseguiu chegar até o quarto pequenino, formado de tabiques, que lhe tinham dado um dia, para evitar o seu contato com as outras negras de dentro, a fim de preservar a menina.

Deitada em sua enxerga, quis dar livre curso ao pranto, mas agora tinha os olhos secos e a garganta áspera. Não podia chorar, e quando quis fazê-lo, conseguiu apenas uma pobre mascarada sem lágrimas. Revolvia-se nas cobertas, fazia a esteira estalar como uma fogueira onde estivesse sendo supliciada, e tinha receio de que ouvissem e alguém viesse ver o que se passava. Teria que levantar-se e ir para o seu serviço... Mas que serviço? passava o dia inteiro sob as ordens imperiosas da Sinhazinha, e não lhe era possível viver sem aquela constante pressão sobre o seu espírito e sobre o seu corpo.

Seria agora mucama de dentro, e decerto teria de ficar perto da senhora, atenta aos seus gestos quase imperceptíveis, mas que era necessário interpretar com viveza e prontidão, ou teria de voltar para a companhia do chefe dos terreiros de café, com quem a tinham casado, e de cuja companhia tinha sido tirada, por resolução dos senhores, que nunca lhe tinham explicado por que assim o faziam?

De repente ela ergueu-se, ficou de pé junto à cama, e remexeu suas vestes febrilmente, à procura de alguma coisa. Achou-a logo. Era sua carta de alforria, e rasgou-a em pedaços pequeninos, com as mãos hirtas, os dedos sem se dobrarem. Depois, abriu a canastra de couro, e bem lá no fundo, sob as camisas de algodão, debaixo dos vestidos de paninho, guardou os farrapos de papel, com muito cuidado, como se fossem de vidro.

E só então pôde chorar...

IX

Quando começou a descida, dona Virgínia, com o pequeno caixão muito apertado de encontro ao peito magro, sentiu que perdia o equilíbrio, e tornava-se necessário pedir socorro a Celestina. Até ali não quisera trocar uma só palavra com a prima órfã e desvalida, e recebera calada das mãos dos dois senhores que tinham carregado o leve esquife a carga de que fora incumbida, e conseguira, depois de apoiá-la a um lado no braço de ferro do assento, ficar com ela inteiramente em seu regaço, para deixar a moça livre no canto oposto a que se acolhera.

Celestina parecia alheia a tudo que a cercava, e todas as vezes que dona Virgínia a espreitara com os olhos semicerrados, sem volver a cabeça, vira-a sempre imóvel, sem segurar em nada, apenas balançada pelo movimento monótono da carruagem. Pusera pequeno véu de escumilha preta sobre a capota também negra, e isso dava uma sombra misteriosa ao seu rosto sem encantos, que, assim emoldurado, ficava revestido de inexplicável atração, em um misto de candura e de secreto sofrimento. Dona Virgínia, que a observava um pouco inquieta, refletia sobre a transformação que o luto traz a certas pessoas, e pensava com amargura que decerto ninguém a acharia bela, mesmo com o rico mantelete de seda brocada, com "ruches" de velhas rendas, tudo negro, lançado sobre o vestido de merino, tão bem tingido por Joana Lavadeira, que chegava a ter reflexos azulados e fazia o tecido ficar cor de ameixa. Seus braços doíam muito, pois não quisera mudar de posição, para que não vissem que estava cansada, e o ressalto que formava os pés do caixão entrava agora em sua carne, como uma cunha, e ameaçava feri-la seriamente. Foi pois com alívio que sentiu tornar-se impossível continuar como estava, e disse com aspereza e certo triunfo na voz, a Celestina, que ainda não dera mostras de ter percebido a nova situação, provocada pela demasiada inclinação da vitória para a frente, e pelas violentas sacudidelas que as irregularidades da estrada provocavam:

– Você não vê, menina, que precisa me ajudar, pois não posso mais aguentar assim?

Celestina endireitou-se rapidamente e pareceu abrir novos olhos para o mundo. Na realidade ela vinha de muito longe, de muito fundo, até onde fora levada pela sensação de imenso abandono, de completa inutilidade, de absoluta descrença de si mesma, que a invadira e prostrara em lento torpor maligno. Estendeu as mãos, tentou segurar desajeitadamente o esquife, não sem deixar passar primeiro um arrepio, um instintivo gesto de repulsa, que foi observado atentamente pela sua companheira, e a fez sorrir com severidade.

– Que quer que eu faça, senhora? Como quer que eu a ajude?

– Passe para o banco da frente, para o "strapontin", como diz a prima Mariana, e fique bem em frente a mim, e dessa forma poderemos aguentar o balanço e essa posição difícil que tornou impossível eu continuar a carregar sozinha a menina!

Celestina não respondeu que tudo fora feito de maneira autoritária, sem que sequer olhassem para ela, para saber de sua opinião. Conseguiu, com um salto, passar para o outro assento, e depois de colocar-se onde lhe fora indicado, segurou as bordas do caixão, que assim se firmou e deixou de escorregar do colo de sua velha companheira.

Dona Virgínia sentiu em seus joelhos e em suas mãos os joelhos e as mãos da moça, e a despreocupação repentina do peso e da insegurança do que trazia no regaço, a fez olhar para a mata, para a vista lá embaixo, que pouco a pouco tomava forma, tal um cenário que se erguesse do chão, com as suas casas brancas, espalhadas entre árvores, e no alto a igreja com a torre aguda. Irresistível desejo de se comunicar, de falar com alguém a tomou, e sem encarar a jovem, cujo rosto pálido sabia que estava diante e muito próximo de seus olhos, murmurou com voz rouca, sem se lembrar de limpar a garganta com os ríspidos acessos de pigarro, que avisavam de longe as escravas de sua vinda:

– Parece que vamos fugidas, que fomos expulsas da fazenda... Tenho a impressão de que roubei alguma coisa, de que dei um prejuízo irreparável àquela gente... Se não fossem esses outros carros que nos seguem, voltaria para deixar a menina de novo em sua caminha!

Depois de momentos de silêncio, em que apenas se ouvia o ruído intenso, espesso, da mata, cortado unicamente pelo tropel abafado das bestas, pelos raros muxoxos de instigação do cocheiro, e pelo gemer sempre igual das correias, ela continuou, pois sentira que Celestina a escutava com respeito e talvez simpatia:

– Deus me perdoe, mas parece que a menina continua viva lá na casa, e isto que trazemos aqui nada significa. Como compreender que vamos fechar aquela criança buliçosa em um carneiro da igreja, onde ela vai...

Horrível visão fê-la calar-se. Talvez tivesse sentido as lágrimas ardentes de Celestina caírem-lhe sobre os dedos, talvez algum leve estremecimento do pequeno corpo encerrado no caixão a tivesse prevenido que fora longe demais... e de novo tudo ficou em silêncio, novamente parecia ter cessado a existência humana naquela estrada, que se precipitava para a margem do rio lento, do preguiçoso Paraíba, com suas águas de ouro, que tremiam ao sol, levadas em movimento imperceptível para o mar distante.

Entretanto, os pensamentos maus continuavam a esvoaçar em torno dela, como insetos daninhos que trazem na tromba quase invisível o segredo da morte e da destruição, e cantam até fazer com que o desespero físico torne cegos de raiva as suas vítimas. Dona Virgínia, agora agitada por soluços que lhe faziam doer o peito sem aliviá-la, com o rosto desfigurado pelo choro sem lágrimas, continuou a murmurar, com o tom lúgubre das carpideiras antigas:

– Por que não se fez a vontade das negrinhas, que desejavam acompanhar o corpo de sua Nhanhã? Por que não se mandou reunir a banda de música da fazenda, para que acompanhasse com as marchas tristes o enterro? Nós vamos assim, sozinhas, empurradas neste carro sem um laço de crepe, sem um ramalhete de flores, como se levássemos uma mendiga, uma doente de doença má... Se o padre capelão não tivesse partido, isto tudo não aconteceria. E foi para isto mesmo que ele foi mandado embora!

Celestina fitou-a com espanto. Como podia se referir à retirada do capelão, assunto sempre evitado, sobre o qual apenas ouvira reticências e cochichos incompreensíveis? Lembrava-se bem do sacerdote, muito alto e magro, com os cabelos grisalhos quase da mesma cor macilenta de suas faces, que passava os dias nas senzalas, e era olhado com supersticioso temor pelos negros. Servia a todas as capelas da vizinhança, e muitas vezes o vira, durante horas, ajoelhado diante do grande Oratório, com a cabeça mergulhada entre as mãos. Aos poucos fora se tornando silencioso, e já não vinha à mesa com a mesma regularidade, sentar-se ao lado direito do senhor, para ser servido sempre em primeiro lugar, até que um dia, depois de grande conversa com o fazendeiro e dona Mariana, que ninguém ouvira nem soubera sobre que versara, desapareceu sem que nunca mais se soubesse dele. Quando alguém perguntava ao comendador ou à senhora, na sala de visitas, notícias do padre capelão, um deles dizia com indiferença:

– Recolheu-se a um convento – e passavam para outro assunto com tamanha serenidade, que tornava impossível qualquer indagação mais positiva.

Ele também saíra da fazenda como se fosse expulso, pensou Celestina involuntariamente, e teve receio de si própria, pois parecia-lhe que se abria diante dela uma ladeira desconhecida, onde se precipitaria sem apoio, se continuasse a pensar. Agarrou-se ao caixão e pôs-se a rezar sem permitir que qualquer reflexão perturbasse a sua prece. Já não ouvia mais o que dizia dona Virgínia...

X

O primeiro carro fez uma bela curva no lugar aberto, sem árvores, todo revolvido no centro pelas rodas toscas dos carros de bois, e cercado de relvados que resistiam aos pés das bestas de carga das grandes tropas que ali estacionavam, à espera de passagem na balsa que atravessava o rio, em diagonal, presa aos grandes cabos de arame que iam de uma margem a outra. Parou, e logo em seguida as outras cinco carruagens vieram também estacar muito perto. O encarregado da passagem, caboclo alto e grisalho, de olhos fugidios, com grande facão de mato na cintura, que não se justificava, pois não havia por ali nenhuma aberta a praticar, a não ser que fosse para impor respeito aos camaradas turbulentos que pedissem condução, veio até junto da vitória em que se achava dona Virgínia, e disse algumas palavras à meia-voz. O cocheiro saltou da boleia, debruçou-se um pouco no interior, e transmitiu o recado à velha senhora: "O barqueiro disse que a balsa não está em bom estado hoje, e só passará um carro de cada vez! A senhora acha que devo avisar as outras pessoas?"

Dona Virgínia recolheu-se à sombra da coberta da vitória, encostou-se às almofadas de couro muito duras que guarneciam os bancos, franziu as sobrancelhas, apertou os lábios com firmeza e pensou um momento. Depois, olhou para Celestina com o canto dos olhos, e viu que a moça continuava a rezar e a enxugar as pálpebras com o lenço muito bordado, antiga lembrança de sua passada abundância, e parecia inteiramente alheia ao que sucedia perto dela. O caixão pesava agora unicamente sobre os seus joelhos frágeis, e ela devia sentir-se esmagada, longe de tudo, quase tão morta quanto a menina que ele encerrava.

– Vá dizer a cada um dos cocheiros, e explique a todos que, se acharem muito difícil, pela demora que isso vai causar, poderão retroceder, e nós receberemos as despedidas aqui.

O trintanário também descera e esperava as ordens, sem ousar pronunciar palavra, mas sabia que sua presença era necessária, pois conhecia bem o medo da velha prima do comendador, e tinha a certeza de que, ao primeiro movimento mais brusco das bestas, o cocheiro teria que voltar precipitadamente para o seu lugar, debaixo de gritos e recomendações nervosas da senhora. E foi justamente o que aconteceu, pois os animais, ao sentirem as rédeas soltas, recuaram subitamente, e deram depois alguns passos à frente, imprimindo à carruagem um movimento de vaivém inesperado. As passageiras não puderam conter o esquife, que tomou uma inclinação perigosa. Foi preciso que os dois mulatos corressem em socorro das duas senhoras, que se agarravam ao caixão, tomadas de medo com a ideia de que ele pudesse cair. Seria um verdadeiro sacrilégio, e os dedos de ambas tremiam de tal forma que decerto tudo cairia por terra, se não fossem as mãos vigorosas dos dois escravos, seguras com firmeza nas duas extremidades da pequena caixa de cetim, para assim repô-la na sua antiga posição. Dona Virgínia, muito pálida, os olhos dilatados pelo terror, não pôde proferir uma só palavra, e foi como em sonho, através da nuvem que amortecia os seus sentidos, que ela ouviu a voz de Celestina dizer, com autoridade:

– Suba para a boleia, Bruno, e contenha os animais. O trintanário poderá muito bem dar o recado que a senhora dona Virgínia mandou!

O cocheiro, ao ouvir aquela voz imperiosa, não considerou que partia da prima sem importância, que via sempre andar como uma sombra sem sol pelos cantos da casa, sem que ninguém a visse ou ouvisse, sem que sequer interceptasse a vista dos que conversavam, e se dirigiam uns aos outros sem olhá-la. Pôs o chapéu na cabeça e subiu agilmente para o banco da direção, como um macaco ensinado, e sua japona flutuou por instantes, sacudida pelas brisas do vale do grande rio. Imediatamente as bestas sossegaram, e dona Virgínia pôde enfim recompor-se e reunir seus espíritos. Voltou-se para Celestina e disse, sem que pudesse erguer para ela o olhar ainda espavorido, mas já com o tom seguro de sempre:

– Fez bem em dar ordens ao cocheiro e ao trintanário... Realmente eu não conseguiria fazê-lo, em momento tão triste, que poderia ter consequências horríveis! Não posso conter os meus nervos, pois minha sensibilidade é à flor da pele.

Depois virou-se para o trintanário, que a escutava e punha nela os olhos demasiado compreensivos e curiosos, e ordenou com rispidez:

– Vá!

Celestina seguiu-o com o olhar, que se tornara límpido, pois as palavras de dona Virgínia a tinham chamado a si mesma, à sua condição de protegida, e viu-o aproximar-se de cada caleça, chamar o ajudante de cocheiro de cada uma, e dizer-lhe alguma coisa, com o primitivo gesticular dos de sua raça. Depois de alguns momentos, quando o criado já tinha descido e se dirigia às senhoras, ele se encaminhava para a outra, até que percorreu as demais, que se tinham vindo juntar à em que se achava. Uma das senhoras pôs a cabeça para fora e olhou-as com insistência, e Celestina corou fortemente, pois pareceu-lhe que ela dizia alguma coisa, com os cantos dos lábios caídos, como se lhes dirigisse, de longe, palavras de reprovação desdenhosa.

Houve um instante de absoluto silêncio e imobilidade. O trintanário parecia esperar que o mandassem embora talvez, e apoiava-se com desleixo à árvore mais próxima, enquanto as senhoras falavam entre si em voz baixa. A calma da tarde tornara em momento de confidência e recolhimento aquele instante, porém havia no ar esquisita tensão, invisível mas muito presente, que parecia diluir em cinza a luz do sol radiante, a bater de chapa no barranco vermelho do rio, de águas agora nacaradas e serenas.

O encarregado da balsa, que fazia a passagem de Porto Velho para Porto Novo, já tirara as pesadas correntes que a fechavam, e colocava com vagar os grandes pranchões destinados a servir de ponte para as rodas do carro, e veio até junto dos animais, a segurá-los pelos cabrestos, a fim de que entrassem na embarcação sem susto. Alisava-lhes os pescoços muito luzidios, e murmurava palavras de animação e carinho. Mas era necessário esperar que o ajudante do cocheiro viesse, e agora se viam os seus companheiros de ofício, que deixavam cada uma das vitórias, se reunirem a ele, em grupo animado e pitoresco pelas cores vivas de seus vestuários, que não conseguiam entristecer as grandes faixas negras que lhes pendiam dos chapéus de copa alta, muito velhos.

Todos falavam com animação, e faziam gestos rápidos, como se fossem despedidas, mas tinham o cuidado de dizer as palavras em meio-tom, de forma a não serem ouvidos pelas senhoras. Dona Virgínia e Celestina olhavam impacientes, e não queriam chamar o escravo, porque ambas, sem qualquer combinação, tinham sentido que se preparava uma surpresa desagradável para elas, e percebiam que era de todo o ponto necessário para a dignidade das duas, que não dessem demonstração alguma de curiosidade ou de impaciência pelo resultado daquele conciliábulo a que assistiam de longe.

– Ele vai me pagar esta, e muitas outras... – murmurou a velha dama entre dentes – Uma boa surra não lhe fará mal... insolente!

O trintanário finalmente julgou-se pronto para cumprir a nova missão de que tinha sido encarregado, e deixou seus companheiros, que imediatamente voltaram para as boleias, e os carros se agitaram, os chicotes foram erguidos, com estalo seco, e todos os cinco, em fila, completaram a curva que tinham feito para alcançar a margem do rio, e depois, com lentidão, iniciaram de volta a subida da ladeira descida com tanta dificuldade. O mulato deixou-os, continuou seu caminho com toda a lentidão que podia, e depois de alguns minutos, que foram muito longos e aflitivos para as duas passageiras da vitória, chegou até perto delas e gaguejou:

– Posso dar às Nhanhãs o recado dado pelos negros?

– Pode dar o recado que as senhoras mandaram que nos fosse transmitido – respondeu-lhe com frieza dona Virgínia.

– A senhora condessa e as outras senhoras mandaram dizer que sentiram muito a morte da nhanhã-menina, mas que, como não tinham tido a quem dar pêsames, nem sabiam até onde iam, voltavam daqui para as fazendas delas...

O trintanário ergueu o rosto e parecia que sobre ele tinha descido súbita cortina de cor indefinida. Seus lábios se entreabriram em expressão de infinita inocência, em quase imperceptível sorriso alvar, e as pálpebras esbranquiçadas caíram-lhe pesadamente sobre os olhos. Mas o olhar que passava pela fresta deixada entre elas era vivíssimo e lia-se nele a expressão de mordacidade ferina dos humilhados, quando sabem que por sua vez humilham alguém.

– Está muito bem – foi o que ouviu, mas havia qualquer coisa de quebrado no timbre daquela voz autoritária e incisiva que estava acostumado a ouvir. – Suba para o seu banco e vamos depressa, pois ainda devemos voltar hoje!

Com esforço, ao fim de várias tentativas, debaixo de muitos gritos e de exclamações, o carro pôde entrar na balsa. Dentro em pouco a enorme barcaça, ainda maior só com aquele veículo negro, deslizava pelas águas sussurrantes, que pareciam rir e conversar em surdina. Talvez as ondas rápidas, amarelas, contassem umas às outras a história muito curta e risonha da menina vestida de cetim brocado, com a pequena coroa de rosas, que ia prisioneira entre paredes de madeira rude, escondida pela seda branca, sobre ela esticada.

Devia ser uma lenda muito alegre, porque os risos redobraram, quando a balsa chegou ao meio de sua viagem, e, por alguns instantes, parou indecisa. Quem fechasse os olhos, e apenas escutasse os ruídos que a assaltavam de todos os lados, teria certeza de que ali estavam em volta, a dançar uma ronda febril, cortada de pequeninos gritos e gargalhadas cristalinas, muitos meninos vestidos de rendas e veludos, muitas meninas cujos balões rodopiavam no ar, e deixavam ver as calcinhas de valencianas vaporosas. Queriam chamar, talvez, para junto deles, a pequena companheira que homens e mulheres maus tinham aprisionado naquela caixa branca...

XI

Dona Virgínia e Celestina, quando o carro parou sozinho diante da igreja, que do alto as recebera de longe, sempre à vista, mesmo quando passaram da balsa para a praça que se abria muito grande, já em Porto Novo, e depois na estrada em aclive, entre casas e muros longos de taipa, com suas telhas enormes de proteção, enegrecidas pelo tempo e pelas chuvas, e aproveitava qualquer aberta entre as árvores, qualquer espaço entre duas casas, para surgir com sua fachada muito branca, sorridente e pura, como uma pomba que pousasse ali no topo, as duas senhoras depois que apearam tentaram carregar o caixão sem o auxílio dos negros.

Todavia não lhes foi possível, e quase desfaleceram com o esforço que fizeram, e o sangue, represado pelos espartilhos muito apertados, subiu-lhes à cabeça, fazendo com que ficassem com a vista escura. Fitaram-se desoladas, com a desproporção entre o peso que sentiam em seus braços, passados sob o pequeno esquife, e a figurinha ainda guardada em suas retinas, de tão poucas horas antes, que parecia nem sequer tocar a terra com seus pezinhos, tão aérea, tão leve, suportada no ar pelo balão que se evadia de sua cinturinha, e fazia dela um pássaro de cores suaves. O riso, um verdadeiro gorjeio, que se desprendia sempre de seus lábios tão vivos e coloridos, tornava ainda mais flagrante a leveza, o seu poder de fugir para o alto a qualquer momento, e, quando alguém corria atrás dela, para a agarrar e levar para a mesa das refeições, ou para o sono da tarde, era quase impossível seguir o ritmo de sua fuga, a destreza inverossímil com que deslizava pelos soalhos e pelos gramados do jardim, por entre as flores em desordem, nascidas à vontade, sem quase se moverem, quando ela passava na corrida.

Como poderiam acreditar que agora se transformasse naquele pesado fardo, que as fazia sufocar, só por tê-lo tirado da banqueta do carro, onde o tinham pousado, para poderem saltar? Era alguma coisa de aterrador, de estranho e suspeito, essa resistência aos seus braços, e o pequeno caixão pareceu-lhes inimigo hostil, como se dele emanasse um aviso, uma advertência, de que tudo cessara, tudo mudara, com o fechar de olhos da criança, a queda para trás de sua cabeça no leito, como início do horrendo pesadelo que viviam. Devia ser agora uma época nova, em que já não poderiam fazer nada por suas próprias mãos, e teriam sempre de recorrer aos outros, para os mais simples atos de suas vidas. Pois se nem sequer carregar a menina conseguiam elas, as duas ao mesmo tempo, quando a tinham erguido ao colo mil vezes, com facilidade, colhendo-a do chão como uma grande flor muito fresca e agitada!... Tiveram de colocar depressa o feretrozinho no estribo da vitória, o primeiro ponto de apoio que lhes surgiu, para descansarem um pouco do esforço tão repentino que haviam feito, e entreolharam-se, de novo, geladas pela lembrança de que seria necessário abri-lo lá dentro da igreja, quando se realizassem as últimas cerimônias religiosas, antes do sepultamento. Ao tirarem a tampa, ainda presa com os laços de fita branca por elas mesmas atados, quando abrissem o cadeado que a prendia solidamente, e cuja chave dona Virgínia escondera no seio, que iriam ver? Surgiria diante delas um rosto inchado, deformado pelo calor e pela podridão que decerto já se procedia ali dentro, no afã de transformar o anjo que elas tinham vestido e perfumado com água de alfazema em um monstro repelente? E balbuciaram ao mesmo tempo, muito baixinho, com as gargantas apertadas por mãos invisíveis e cruéis:

– Não... não é possível!

E logo dona Virgínia ergueu a cabeça, sacudiu com energia para os lados os grandes cachos caídos sobre o seu rosto magro, endireitou as pregas da saia que se prendera no carro, e gritou com voz aguda:

– Bruno! Você não vê que é preciso nos ajudar, que não podemos carregar sozinhas a menina? Venha imediatamente com o trintanário, e segurem atrás; nós seguraremos na frente, e só assim poderemos entrar na igreja!

– Não puseram alças no caixão, sinhá dona, e é por isso que está difícil – resmungou o cocheiro, que se aproximou lestamente, e fez sinal ao seu companheiro para o ajudar. Com a boca aberta, os dentes alvíssimos a cortar-lhes o rosto escuro, em meia-lua luminosa, eles pareciam rir, mas de seus olhos, raiados de vermelho, e muito salientes, correram lágrimas fáceis, perdidas nas sombras dos pescoços grossos e cheios de cordoveias. Seguraram a parte mais larga do esquife, de forma a não deixar pesar a parte da frente, já de si mais leve, pois eram os pés da menina e esperaram um momento, até que as duas senhoras se ajeitassem, e conseguissem meio de agarrar em algum lugar, sem romper o cetim, e pudessem caminhar, com as amplas saias em liberdade. O padre, que ouvira o carro parar, e as vozes que se erguiam nervosas, viera para a porta da igreja e observava a cena sem um gesto, como se tivesse receio de tocar naquele caixão, onde tantas e tão desencontradas tristezas se escondiam, e decerto nunca teriam consolo.

Quando se aproximou das escadas o humilde cortejo, com sua estranha confusão de cativos e de senhoras envoltas em sedas negras, ele não o esperou no portal, foi para o interior do templo, e ficou em pé em silêncio diante do altar.

Ao chegarem diante dele, dona Virgínia e Celestina, em movimento que parecia previamente combinado, pararam e fizeram menção de ajoelhar-se, mas o Vigário, com gesto simples, mais sinal do que ordem, fez-lhes compreender que prosseguissem, e foi para a capela do Santíssimo, a passos vagarosos, os olhos baixos, esquecido dos que o acompanhavam. Ali, já a parede estava aberta, e o carneiro esperava o seu conteúdo. Foi necessário erguer levemente o caixão, e, ao colocá-lo no rebordo do quadrilátero de pedra, Celestina sentiu que seus dedos eram esmagados pelo peso, e a pele fora arrancada. Sem que os outros vissem, ela tirou a mão de sob o esquife, e o borrifou com seu sangue, fazendo com que surgissem pequeninas flores escarlates na seda branca. Nada viera dos jardins da fazenda, nem uma rosa, nem os botões de ouro plantados pela morta, nem as esponjinhas companheiras de todos os seus brinquedos, os buquês de noiva, que compunham sempre os vestuários das bonecas de cera vindas de Paris, nada viera fazer companhia àquela que animava, que dava vida e calor a tudo lá na fazenda agora distante, mergulhada na mata, no fim daquela estrada amarela, a subir serpenteante a encosta, do outro lado do rio preguiçoso e também amarelo...

Ajoelhadas assistiram à colocação das pedras que fechavam o carneiro, e tudo foi feito com lentidão, pois o encarregado das obras da matriz era muito velho, e suas mãos trêmulas tornavam o seu trabalho interminável. As duas senhoras, que tinham sentido grande alívio ao saberem que o caixão não seria aberto, e esse sentimento lhes parecera, ao mesmo tempo que o sentiam, sacrílego e ingrato para com aquela criança que aprisionavam na muralha bruta, rezaram em voz alta, repetiram as orações que o sacerdote pronunciava e ficaram muito admiradas quando o viram esconder o rosto entre as mãos e se calar, para abafar os soluços que o sufocavam. Ergueram-se em silêncio, e, sem se despedir, dirigiram-se para a saída, e foram para junto do carro, onde ficaram quietas, à espera. Não sabiam que fazer, e lhes pesava nos ombros a incompreensão e a tristeza do que se passava. Tinham feito todos os movimentos necessários, tinham cumprido até o fim com o dever que lhes impunham o costume e as obrigações que deviam ao parente poderoso senhor daquelas terras. Mas alguma coisa de vazio, alguma coisa que faltava, que não devia ser, o sentimento de uma injustiça indefinível, que pairava no ar e se infiltrava em tudo, as desorientava. Parecera-lhes que o vigário as libertaria desse sentimento incomportável, dessa inquietação dolorosa, desse vácuo que lhes oprimia o peito, todavia as lágrimas que lhe tinham visto derramar as deixaram anelantes, inteiramente abandonadas a si próprias...

XII

A matriz fechou-se. A escuridão a invadiu de um só golpe e formou-se o bloco negro, impenetrável de treva e de silêncio... Pouco a pouco um raio de luz tremeu e infiltrou-se pelas frinchas da porta lateral onde o sol batia de chapa na madeira já carunchada sob a pintura cor de oca toda ressequida e estalada e difundiu ondas doces e longas de claridade, transformando a treva que parecia invencível em penumbra onde lentamente surgiam os vultos dos santos, dos confessionários e dos grandes bancos. Aqui e ali um reflexo respondia ao toque luminoso e fazia reluzir pontos de luz móvel como silenciosos vaga-lumes sob a abóbada das árvores lá na floresta, que se acendiam e apagavam trêmulos e deles seria difícil distinguir a pequena chama avermelhada do lampadário de prata que velava junto do Santíssimo. Bem perto dele estava a pedra com os sinais muito novos ainda do reboco e da argamassa que tinham sido postos para calafetar o carneiro onde fora encerrado para sempre o corpo da menina morta.

Em seguida leve estalido, o ruído mole de alguma coisa que se esmagava no soalho sonoro, a gama crescente e rápida de uma corrida, as notas esparsas do canto de algum pássaro que fugia, os pios que vinham de fora, o roçar dos galhos altos das árvores que cercavam a igreja e acima de tudo o bater surdo, regular e fantasmagórico dos sinos cujos badalos agitados pelas brisas da tarde pareciam movidos por mãos invisíveis, tudo adquiria vida misteriosa e muito recatada, que nada tinha com o mundo lá de fora...

O templo inteiro recolhia-se em seu próprio viver e sua alma formada pelas centenas de preces, de suspiros e de gritos de angústia, de confidências e de súplicas ditas ora com imperioso desespero ora em ciciar humilde, concentrava-se naquela harmonia pobre e parecia subir no ar a desvanecer-se no céu onde as neblinas do dia já bem avançado estendiam amplo véu de crepe. A menina era agora levada para o alto com tudo que a cercava naquela alba secreta e formava assim grande esquife cheio de oferendas e promessas sagradas.

Na fazenda acendiam-se as primeiras luzes e o grande candeeiro da sala de jantar fora colocado já no meio da mesa, para que os senhores se reunissem em torno dele. As senhoras trariam os seus bordados finos, os lenços para neles serem abertas as bainhas de olho ou pregadas as rendas finíssimas vindas de Bruxelas ou Malines e as negras já estavam sentadas em seus bancos abertos em ângulo, tendo no regaço as almofadas onde os bilros dançavam agilmente. Seguiam com segurança o pique caprichoso, verdadeiro labirinto onde elas se orientavam com facilidade, os olhos brancos e brilhantes muito abertos na pele negra e mate.

O senhor não se erguera da mesa, após o jantar, e todo o serviço de levantamento feito nas pontas dos pés fora conduzido como se ele não estivesse ali; tudo sucedera com tal segurança e silêncio que ele próprio decerto não sentira o negro e duas mulatas se agitarem em torno de sua cadeira e que os pesados serviços de louça azul das Índias, as garrafas atarracadas de cristal cheias de vinho português, as bilhas de barro reçumantes da água fresca que as enchia, as bandejas de prata carregadas de iguarias eram levadas para dentro como por magia. Se tivesse fechado os olhos por alguns instantes, quando os abrisse julgaria estar nos teatros lá longe na Corte, onde as cenas mudavam nos minutos de intervalo. Era um lampião de "queirozina" mandado vir há muito pouco tempo do Rio de Janeiro, de bojo de opalina branca com desenhos e figuras coloridas, novidade que fora objeto de muitos comentários e admiração dos fazendeiros das redondezas, o que fora colocado em sua frente e cuja luz fazia destacar seus traços rígidos. A senhora não tomara parte na refeição e deixara-se ficar em seu quarto para onde fora levada a salva de prata com a pomba rola frita acomodada em arroz, seu acepipe predileto, e o cálice de vinho do Porto que lhe fora recomendado pelo médico. Seguiam-se os demais moradores da fazenda, o velho primo Manoel Procópio, muito alto e com a barba branca imensa aberta em leque sobre o colete de pele de onça, em contraste com a casaca preta de grandes reversos de veludo, cuja presença ali ninguém mais sabia explicar, pois ele próprio não contava de onde viera nem por que agora era solitário e mudo conviva que somente fazia suas aparições às horas das refeições. Logo adiante a prima Virgínia, também alta mas angulosa e hierática, depois as duas velhas parentas do senhor um pouco tontas e muito trêmulas, que nunca davam fé do que se passava em torno delas, senão depois de mil perguntas dubitativas, de balanços de cabeça descrentes e de arregalar de olhos incompreensivos. No fim desse lado da mesa o visitante de ocasião, quase sempre algum mascate estrangeiro de certa categoria, vindo das grandes cidades com a sua bagagem variada e que ficava alguns dias preso pela hospitalidade do senhor. Do outro lado, além do lugar vazio da senhora, sentava-se Celestina cuja obrigação tácita era servi-la, apanhar-lhe o lenço ou o leque que com frequência se lhe soltavam das mãos distraídas e também afastar a cachorrinha felpuda, a Mirza, quando ela se tornava importuna. Celestina muitas vezes nada podia comer pois seu coração batia em grandes saltos porque não sabia com certeza se os agrados do animalzinho eram ou não bem recebidos por dona Mariana. Era prima em segundo grau da senhora e sua situação no mundo como acontecia com misteriosa frequência na orgulhosa família da Sinhá não tinha a menor relação com a grandeza aparente do viver dos que habitavam a fazenda... As três cadeiras seguintes quase sempre vazias mostravam bem que ali deviam estar os filhos ausentes presos lá na Corte pelos Colégios e pelas vidas que iniciavam. De um lado e de outro duas negrinhas abanavam grandes leques feitos com penas arrancadas das caudas dos pavões do jardim e eram repreendidas de passagem pelas copeiras, mucamas alertas e bonitas, vestidas de vermelho, que as pilhavam aos cochilos em seu monótono trabalho. O pajem do senhor ficava junto da cabeceira atento aos gestos e desejos de seu dono, mas tudo isso desaparecera rapidamente desde que tinham sido levadas para os armários do largo corredor as grandes terrinas de porcelana pintadas a mão, cheias de doces em calda e queijo ralado. Sobre a mesa agora estendia-se grosso tapete de lã feito em casa no tear da fazenda com grandes ramagens bordadas e o negro pusera ao lado da mão do senhor a caixa de marfim onde se guardava o baralho, a boceta de tartaruga com rapé novo e o grande lenço de desenhos orientais. Mas o senhor vira os dois homens que com ele haviam jantado erguerem-se e apoiados no espaldar das suas cadeiras tinham ficado à espera do olhar ou do sinal que indicasse desejar ele passar à outra sala para ser jogada uma partida.

Entretanto, como o comendador não mandara o pajem chamar o administrador para completar as quatro figuras necessárias ao jogo quando faltava parceiro, retiraram-se em silêncio para a saleta onde se acomodaram de forma a poder dormir um pouco, mas sempre alerta ao primeiro chamado do seu hospedeiro. Ouviam-se de quando em quando um pigarro, o espirro abafado pelo enorme alcobaça, indicadores de que ali estavam bem perto e sempre prontos para os serviços deles esperados. As mucamas de dentro aproveitam o pouco da luz do lampião para as suas prodigiosas rendas e batiam com certo exagero os bilros no secreto intuito de impacientar o seu amo e assim serem mandadas embora visto a sinhá não aparecer. As duas velhas tinham ido sentar-se no sofá de garras encostado à parede do fundo, junto do relógio, e lá rezavam em voz baixa e às vezes trocavam frases perdidas no confuso murmúrio. Dona Virgínia e Celestina tinham pedido licença e depois de longa permanência na sala do Oratório foram para os seus respectivos quartos mergulhados no silêncio e na escuridão do resto da casa.

Toda a vida da fazenda pareceu concentrar-se no halo do lampião, naquele vulto alto e imóvel cujos olhos sem brilho fixavam um ponto vago, indeciso, apesar de sua impressionante fixidez. Eles deviam ver alguma coisa que ninguém mais via e que desaparecera para sempre, mas cuja memória ficara marcada em todos os detalhes daquela sala enorme, esculpidos em cada móvel e nela vivendo como perfume distante e persistente.

O relógio batia as horas, os quartos de hora e as meias horas, e suas pancadas estridentes faziam gemer os pesos em sua lenta queda e produziam um clamor de vida que se erguia e penetrava pelas trevas em volta do senhor, mas não encontrava eco e morria sem resposta devorado pela amplidão negra apenas adivinhada lá fora. Às oito e meia dona Inacinha e Sinhá-Rôla levantaram-se do sofá e retiraram-se sem nada dizer pois sabiam sempre que eram importunas e que deviam viver como sombras para não serem enxotadas... Pelo menos era assim que pensavam sem que nunca dissessem uma à outra o que julgavam da bondade daquele que as recebera quando, tendo morrido todos os que lhes podiam servir de arrimo, as trouxera para ali a fim de passar alguns dias e as deixara ficar pelos anos em fora, sem dizer-lhes se aquela casa era a sua, onde deviam permanecer o resto da vida, pois não tinham mais ninguém no mundo para as querer...

Pouco depois os dois velhos da sala vizinha levantaram-se com grande arrastar de pés e depois de intermináveis acessos de tosse disseram de lá um: "Muito boas noites. Senhor comendador", que ficou sem resposta e foram para os seus aposentos situados ao lado da entrada, completamente independentes do resto da habitação. As negras cabeceavam de sono e nem sabiam mais o que faziam quando ouviram um leve bater de palmas e viram que o pajem as mandava embora mostrando com os grandes beiços a figura do dono. Elas estavam sendo incômodas para o senhor, queria ele dizer em sua mímica, e era escusado fingir que trabalhavam. Todas ao mesmo tempo ergueram-se e retiraram-se em silenciosa viravolta de saias curtas e franzidas de algodão de xadrez de vivas cores, e sobraçavam com graça as pesadas almofadas de areia e os bancos de óleo vermelho.

    Comendador repeliu sem aspereza o negrinho que lhe viera desatar as botas e trazer-lhe os chinelos bordados a ponto de cruz formando cara de gato e ficou então inteiramente só. Sua cabeça poderosa descaiu-lhe sobre o peito, os lábios se entreabriram em esgar doloroso e assim ficou até que a luz tremeu, depois diminuiu bruscamente e um longo rolo de fumo lutuoso, como se fosse um véu de crepe sacudido pelo vento, escapou do vidro enegrecido, ergueu-se e subiu para o teto, nele se perdendo. Só então estremeceu, levantou-se e seu passo retumbou pela casa toda, quando foi para o quarto onde o esperava a senhora...

XIII

Com a mão erguida, sem tocá-la, o dono da fazenda examinou a maçaneta da porta e pela primeira vez, depois de tantos anos de contínuo manuseio, desde que tinha vindo da Corte, trazida no meio de mil coisas que mandara buscar para completar a grande casa em reconstrução, viu que algum pintor romântico tinha pintado nela a figura de Cupido apoiado a branca lousa que bem poderia ser um túmulo abandonado na relva à sombra de grandes árvores, cujas raízes se viam e as copas davam sinal de sua existência pela meia-luz que suavizava a miniatura. Não se lembrava se teria sido ele próprio quem a escolhera para colocá-la na porta de seu quarto de dormir, e se reparara, quem sabe? no simbolismo piegas daquele ornamento... que agora lhe parecia inquietante, iluminado pela vela com sua chama trêmula. O castiçal agitou-se de leve apesar de preso pelos seus dedos fortes, e os pingos de cera espalharam-se pelo chão.

    – Amanhã ela verá que eu fiquei parado aqui, e talvez pense que eu tenha ficado à escuta para ouvir primeiro, antes de entrar... – pensou ele, e retirou a mão já estendida para recolhê-la sob as abas da niza.

Voltou-se lentamente, tornou a atravessar o quarto de vestir onde se achava e abriu muito cautelosamente passagem para o corredor. Agora seus passos eram leves e quase inaudíveis e as próprias tábuas pareciam encolher-se e prenderem suas fibras, para que não se fizesse ruído na casa enorme, toda em silêncio. A luz regular e dourada da vela que levava, fazia sair da sombra armários negros e carrancudos que pareciam esconder em seu bojo algum assaltante que ali aguardava o momento de sair e abrir as portas para o bando assassino. Ora pousava sobre quadros através de cujos vidros se viam ramalhetes carinhosamente tecidos de flores, de penas e conchas, que refletiam com suavidade e faziam brilhar o ouro e a prata dos canutilhos que entre elas se entrelaçavam, ora parava um instante nas cadeiras e sofás muito largos e fundos postados junto às paredes do trajeto percorrido. Finalmente, a ampla quadra da sala do Oratório abriu-se diante dele e chegou até seus ouvidos a batida do relógio da sala de jantar, que parecia grande brinquedo esquecido ainda com corda, movimentando-se sozinho onde fora deixado pela criança descuidosa depois de com ele brincar.

O Senhor parou petrificado quando viu que ao ser tirada a mesa onde estivera exposto o corpo da menina tinham ficado algumas marcas dos pés do móvel que era todo de jacarandá maciço, e os riscos pareciam sinais de luta como se tivessem arrastado alguém que se agarrasse a tudo em selvagem defesa e resistência. Todavia, ergueu o busto com energia e caminhou para a porta que dava saída para o quadrado da fazenda com passagem pelo alpendre. Depois de apagar a vela e colocar o castiçal no chão fez fogo com grande isqueiro tirado da algibeira do casaco que ainda vestia e apanhou rapidamente uma lanterna de furta-fogo, habitualmente guardada debaixo do banco de ferro que ali havia, decerto para essas ocasiões, e com ela oculta pela própria roupa desapareceu na escuridão.

Apesar do silêncio e da paz profunda que reinava no terreiro calçado de grandes lajes branquicentas, apesar da noite espessa que por ele se estendia, vultos tão negros quanto ela movimentaram-se sutilmente e espreitaram escondidos pelas grandes colunas de madeira feitas de tronco de árvores enormes apenas desbastadas pela enxó dos carpinteiros cativos e que formavam a varanda do lado da senzala das mucamas. Parecia soturno bailado muito leve, em que as aves noturnas tomassem parte, ou seus protagonistas estivessem fantasiados de veludo preto, com sandálias de lã e fugissem de um lado para outro em corridas ágeis e silenciosas. Muito de longe, vindo da mata próxima, a subir o espigão perdido da serra do Mar que formava o fundo do altiplano onde estava a fazenda, veio então, trazido pelas lufadas de vento morno do início da noite, o bater surdo de tambores, talvez de algum quilombo, onde os negros sentissem necessidade de desafiar os capitães do mato, indicando assim a sua presença nos longínquos grotões. Imediatamente todo movimento cessou e o negrume das trevas fez-se unido, imóvel, como se tudo estivesse à escuta de algum sinal indecifrável para os brancos, transmitido assim por aquelas batidas abafadas.

Entretanto, do outro lado da casa que parecia um grande e monstruoso animal adormecido junto das palmeiras imperiais, todas as vinte janelas rasgadas em sua fachada se alinhavam simetricamente, com as guilhotinas descidas e as portas de pau cerradas. Uma delas, porém, deixava passar pálidos raios de luz que formavam, pelas frestas, um quadro vago e suspenso na grande muralha espectral. Devia ser pela sua posição a do quarto da Senhora, mas não era o reflexo de lamparina bruxuleante e própria para tornar mais tranquilo o sono com seu prato e redoma de cristal vermelho e sim a iluminação bem forte de quem velava desperta pela preocupação ou pelo remorso naquele silêncio sem fim, pois toda a natureza parecia agora mergulhada em interminável sono.

XIV

Por entre os arbustos do jardim que ficava sob as janelas dos quartos de dormir via-se passar lentamente na luz indecisa da manhã, parando aqui e ali, uma moça feia e vestida de luto. O dia surgira timidamente, envolto em grandes nuvens muito brancas e enoveladas no horizonte em grandes reservas, vindas de longe, de grande batalha fantástica cujo canhoneio de velhas peças de bronze cessasse subitamente, sustido por mão divina, e tudo parara até mesmo o céu. Os cabelos crestados pelo sol eram de tom ligeiramente ruivo e ela os trazia levantados em tranças passadas em torno da cabeça, que não combinavam com a pele exangue nem com os olhos cor de cinza abertos muito grandes, mas sem expressão. Tinha a cintura ligeira e fina e as ancas presas na roda imensa da saia ondulavam com graça, logo desmentida pelos movimentos canhestros dos braços e pelo medo evidente de errar que se percebia constante em toda a sua pessoa. Trazia grande cabaz tecido de palha sem tampa e nele depositava devagar as flores que colhia com extremo cuidado, para evitar que se perdesse uma folha ou qualquer pequeno ramo que fosse, das plantas vergadas quando tentava torcer as hastes mais resistentes. Não trouxera a tesoura guardada no armário da copa porque tivera medo de ser vista por alguma escrava que pudesse estranhar-lhe a ousadia, e assim tinha de cortar as flores com os próprios dedos inábeis, ferindo-os nos espinhos e manchando-os com a seiva abundante que lhe molhava as mãos de envolta com o orvalho.

Ia escolhendo de preferência as grandes rosas brancas junto da sebe viva, quase escondidas pelas grades de ferro do lado dos terreiros de café e apanhou dos muros de pedra grandes palmas de avenca... Quando a flor rescendia de perfumes estonteantes ou quando a folhagem surgia com o seu desenho de labirinto e o veludo do verde ainda imaculado, ela as contemplava com amor antes de guardá-las na cesta, onde formavam já ramalhete bem grande. Estava só e sentia-se consolada; longe de tudo e de todos era como se aqueles momentos de calma e de absoluta independência fossem sua própria vida. O canto dos pássaros, àquela hora ainda abrigados nas copas das árvores, chegava-lhe aos ouvidos em música longínqua, muito calma, e os mugidos dos bois que eram levados para o pasto depois do exame e do tratamento ao qual deviam ser submetidos todas as madrugadas, faziam um fundo majestoso e solene ao cântico da natureza mal desperta que lhe embalava o coração e a fazia respirar amplamente, como se quisesse se integrar naquela festa de saúde e de força.

Instintivamente, sem o perceber, ela murmurava as orações que devia dizer lá na Capela. Prometera bem no íntimo de sua alma rezá-las todos os dias para livrar-se dos sentimentos estranhos que sentia ocultos dentro de si, aprisionados pelo próprio terror por eles inspirado, mas que sabia estavam bem vivos e latentes, tal tumor maligno a espera de instante propício para irromper sem piedade e matar...

Fechava os olhos e sacudia a cabeça para negar a verdade que a acompanhava por toda a parte, e muitas vezes sua respiração se tornava precipitada e ofegante fazendo com que a olhassem com admiração e desconfiança, pois parecia de súbito extremamente cansada como se tivesse vindo de muito longe, apesar de ter estado sempre no mesmo lugar. Mas agora estava esquecida, e o sorriso que lhe entreabria os lábios era triste, cheio de ternura, pois formava aos poucos o projeto de fazer com aquelas rosas desabrochadas e as pequeninas dos buquês-de-noiva, grande grinalda muito linda igual às que via sempre de porcelana mate, suntuosas e muito compostas, guardadas em grandes caixas de papelão enviadas de Paris e que lá estavam em depósito na arrecadação, à espera do Dia de Finados. Aquelas, com sua pompa um pouco fria, com as cores desmaiadas do colorido artístico eram bem próprias para a ornamentação arrogante das sepulturas dos senhores, porém a coroa que iria fazer, muito frágil, efêmera e bela, não teria outra igual para cobrir a pedra da parede onde havia apenas escrito à tinta o nome da menina morta. Se pudesse conservar as gotas de rocio, se conseguisse prender a ela uma das borboletas com suas asas palpitantes que já surgiam nos tufos de flores rescendentes, ou mesmo o beija-flor de cabeça de fogo com seus reflexos de ouro e de chamas, seria ainda mais lindo. Talvez a menina sorrisse ao lembrar-se do medo que tinha dos bicos agudos dos pequeninos pássaros, pois alguém lhe dissera que furavam os olhos das crianças imprudentes...

Um "carneirinho" com a sua carapaça verde muito crespa, de tons ouro velho nas meias tintas, pousou sobre o galho que ela trazia na mão. Ficou com receio de colocá-lo no cabaz, pois era todo de rosas inteiramente abertas, quase despetalando-se, e pensou com certo orgulho que era a primeira a colher aquelas maravilhas e talvez ninguém se tivesse lembrado de levar flores à sepultura da menina... Só ela teria essa delicadeza de sentimentos!

O sorriso que a tornara formosa por momentos desapareceu lentamente. Via agora que não estava só, pois alguém sentara-se na calçada que bordava a fachada enorme da fazenda erguida daquele lado com sua muralha pesada e branca cortada apenas pelas janelas todas fechadas, sombria e severa, apesar da pintura que alvejava iluminada brandamente pelos raios rosados e tímidos do sol já acima da floresta. Celestina dirigiu-se para a mulher agora nitidamente distinta, muito curvada, com a cabeça escondida entre os joelhos e as mãos cruzadas sobre a nuca, em posição difícil para quem não tivesse o corpo robusto, mas ágil e nervoso que se adivinhava através do vestido de xadrezinho preto e branco. Quando parou diante dela Celestina reconheceu Libânia, a ama da menina, que estava imóvel sem dar o menor sinal de vida.

– Libânia?

– Senhora? – disse a mulata, e ergueu o busto com lentidão como se a custo conseguisse suportar o peso de sua cabeça e de seus ombros.

– Que faz você aqui?

– Não tenho nada não senhora, Dona Celestina – respondeu ela, e seu rosto lívido, agora da cor baça dos mestiços doentes, feridos de morte em seu organismo mal seguro, não manifestava dor ou cansaço. Indiferença sem limites tornava-lhe os olhos apagados, impenetráveis. – Vinha ao jardim buscar algumas boninas para levar para a minha Sinhazinha.

A moça viu que ela desejava dizer mais alguma coisa e não o conseguia, com a voz presa na garganta. Em todo o caso, refletiu, já sabia que sua ideia de prestar uma homenagem à morta da véspera não era original e talvez surgissem muitas outras pessoas com a mesma intenção. Mas reagiu a esses mesquinhos pensamentos que mais tarde a tornariam amarga e fariam o suplício de sua insônia e disse com doçura:

– Eu já apanhei algumas flores e se você quiser posso reparti-las. Ou então, continuaremos juntas a colhê-las.

– Ah! Nhanhã!... – e a rapariga levantou-se, o rosto iluminado de esperança, e estendeu as mãos para o ramo que Celestina tinha preso aos dedos, mas lembrou-se de alguma coisa e fixando os olhos agora brilhantes nos da jovem, perguntou-lhe com surda inquietação:

– Nhanhã Celestina já falou com o administrador?

– Não, por quê?

– Ah, Nhanhã... – e o tom com que repetiu essas palavras era um lamento decrescente. Os braços tornaram a cair ao longo de seu corpo e a cabeça pendeu-lhe para o peito. – O Senhor Justino me disse que havia ordem do Senhor Comendador... ninguém poderá colher flores hoje e ninguém sairá da fazenda para ir à cidade...

Celestina recuou um pouco. Não podia deixar ver à mulata a humilhação que a fazia estremecer só com a ideia de que o velho jardineiro poderia fazer-lhe observações. Como faria agora com aquelas pobres rosas, com aquelas folhagens que enchiam a cesta e colhidas sem permissão? A primeira pessoa que encontrasse lhe diria que fizera verdadeiro furto, pois decerto todos já sabiam do que fora determinado e por isso ninguém viera ao jardim. E ela que tão tolamente julgara ser a única a possuir sentimentos delicados...

Voltou-se lentamente para ocultar o rosto tornado escarlate. Guardou o galho que trazia e com voz trêmula, apesar dos esforços feitos para torná-la firme, disse baixinho:

– Vim buscar estas rosas para a Capela...

Depois, ao ver que a mulata sentara-se novamente e ficara quieta, entregue às suas reflexões, continuou a andar pelas estreitas alamedas do jardim, mas o seu passo era incerto e seus gestos desordenados. Ora parava longamente diante da roseira coberta de botões e de rosas abertas, ora diante de moitas longas de sempre-vivas dobradas que contornavam quase todos os canteiros e ficava pensativa, sem forças para fazer qualquer movimento, podendo apenas andar. Arrastou-se lentamente para o pequeno portão de ferro que dava para o jardim da sala de jantar, atravessou-o, subiu as escadas e foi sem olhar para os lados, sem erguer a cabeça, até a sala do oratório onde ainda estava escuro com todas as janelas fechadas. Pareceu-lhe ser noite outra vez e voltaria o interminável martírio da solidão e das dúvidas que a tinham feito sofrer durante toda aquela vigília de morte, pois nem um só momento esquecera a menina cuja imagem rondara o seu quarto e correra em torno de sua cama; seus risos a tinham perseguido, quando fechava com força as pálpebras doloridas e secas. À luz da lamparina que pendia do teto, toda de prata lavrada, bem em frente ao altar, ela pôde ver as jarras brancas pejadas ainda das flores da véspera mas já emurchecidas pelo tempo e pelo calor. Tirou-as maquinalmente como se repetisse certo papel já muito ensaiado, e levou-as até o alpendre onde as deixou sobre o banco de ferro e despejou a água no terreiro. Depois foi buscar o jarro cheio, tornou a enchê--las e dispôs as rosas que trouxera, sem arte, no jeito de mudas de plantas para conservar, e colocou-as de cada lado do oratório sobre a toalha de linho aberta em crivos que cobria a cômoda sobre a qual pousava. Só então pôde ajoelhar e chorar todas as lágrimas que se tinham acumulado em seus olhos...

XV

Ainda a fazenda estava envolvida pela noite. Tudo dormia tranquilamente o sono pesado da antemanhã e já se ouvia o tropel de cavalo pela estrada, conduzido cautelosamente por um velho que, no entanto, mantinha muito erguida a cabeça, pois suas costas eram direitas e conservava-se sobre o animal como se estivesse sentado na rede tecida em Pindamonhangaba, agora pendurada em seu quarto. Ninguém o vira levantar-se e nem sequer acender a vela de sua mesinha de cabeceira. Contentara-se com a luz aparatosa e crepitante das estrelas que tornava o seu quarto fantástico, e guiado por ela saiu sem ruído pela porta da frente cuja chave ficava pelo lado de dentro e era do tamanho das que serviam para as cidades medievais. Desceu as escadas, passou pela grade do jardim e tomou o rumo do pasto onde ele mesmo pegou o cavalo, que se deixou apanhar em pleno cochilo e, sem se importar com os seus bufos violentos, levou-o para a estrada onde acabou de colocar o "basto" que trouxera consigo. Montou agilmente apesar da grande estatura, do peso de seus membros muito longos, já inteiriçados pela velhice e seguiu para a localidade de Porto-Novo. Muitas vezes fizera isso sem que o Senhor nada lhe dissesse e talvez nem tivesse notado a sua ausência, pois as criadas faziam-lhe o quarto muito tarde, quando ele quase sempre já estava de volta, com tempo para o almoço que era às nove e meia ou dez horas, conforme a vontade da Senhora.

O cavalo relinchou e veio de longe a resposta de outros, ainda perdidos no pasto, esbatidos pela neblina que subia lentamente do rio e decerto ia formar uma grande nuvem lá na descida da serra. Não encontrara até ali ninguém no caminho, e isso parecia-lhe estranho porque os escravos que iam vender leite e lenha no comércio já deviam estar saindo, e, como tomavam atalhos, era possível que tivessem passado à sua frente. Mas a pequena mata que atravessava dormia também e só os grilos e as rãs a embalavam com o seu canto confuso e ao mesmo tempo sempre igual. Os galhos de vez em quando batiam no largo chapéu que o senhor Manuel Procópio trazia à cabeça e pareciam braços estremunhados de homens adormecidos que os estirassem em movimentos ainda inconscientes e incertos. Porém ele continuava, e nem mesmo a umidade que cobria os seus ombros e as mangas de sua japona o fazia recuar e pensar na sua saúde muito forte, mas já abalada pela idade avançada. Fumava cigarro de palha, interminável, resistente ao vento e às gotas d'água frequentes que o atingiam, e o cheiro da fumaça dele exalado poderia entontecer alguém menos sólido de cabeça, tão acre e adocicado era a um só tempo. Mas ele permanecia ereto, e o seu corpo não se balançava de forma visível com as dificuldades da estrada larga e profundamente sulcada pelos carros de bois que a percorriam sempre.

Quando chegou à margem do rio, através das nuvens baixas que percorriam o seu leito, restos de nevoeiro esgarçado e partido em grandes farrapos muito alvacentos, viu a balsa que aguardava passageiros. A princípio julgou que estivesse cheia de animais e de gente e pensou com aborrecimento em ter de fazer a travessia com alguns dos homens da fazenda, decerto conhecidos seus, e deveria cumprimentá-los e dar-lhes o "Deus te salve". Sofreou o cavalo para deixar passar a impressão amarga que lhe dera só a ideia de falar com alguém da casa, mas logo depois reagiu e com simples movimento da mão fez a montada andar e alcançar o porto. No entanto, com surpresa viu a balsa vazia e o barqueiro sentado no ressalto que dava início à ponte muito curta que servia de embarcadouro, a pitar o seu cachimbo com visível impaciência pois soltava densos e repetidos rolos de fumaça.

— Deus lhe dê bom dia — disse o senhor Manoel Procópio enquanto apeava do animal e o fazia entrar na barcaça. O barqueiro, erguido com presteza, levou a mão ao chapéu e foi logo dizendo com sua voz muito grossa e profunda, ressoante na meia-luz da madrugada, em estranho contraste com a indecisão de sua figura quase confundida com as camadas de chuvisco que se sucediam em franjas prateadas:

— Deus guarde vossa mercê, que é a primeira pessoa viva que me aparece hoje. Já está na hora da balsa sair e não veio ainda ninguém! — Depois de curta

pausa, olhou para a estrada, tirou o cachimbo da boca, cuspiu para o lado, e a meia-voz como se tivesse receio de que alguém o escutasse naquela solidão:
– Não sei o que aconteceu com essa gente do Grotão, que ainda não chegou ninguém... e olhe vossa mercê que já era tempo, mais que tempo de estarem todos aí, com os animais do leite e da lenha...
– Eu também notei isso – disse com grave bonomia o passante – mas preciso atravessar o rio, e se for sozinho ainda melhor.
– Não seja essa a dúvida, pois estou mesmo com vontade de fazer a primeira viagem para animar isto aqui.

E dentro de alguns minutos a balsa rangia, soltava-se da margem e quase imperceptivelmente afastou-se da ribanceira para chegar ao outro lado. Lá já alguns homens estavam à espera, e dois deles tinham um grande touro com os cornos amarrados e presos a pesada barra de madeira. Era negro e possante e sua figura se destacava no grupo com diabólica precisão. Os boiadeiros olhavam inquietos para ele e achavam-se insuficientes para contê-lo se tivesse medo da balsa. Já haviam discutido longamente, o tempo todo que esperaram chegar a embarcação, mas não tinham concordado com os meios para fazer o poderoso animal prestar-se à viagem que contavam obrigá-lo a fazer. Quando o senhor Manoel Procópio passou por eles viu que os conhecia e cumprimentou-os com gravidade abaixando a cabeça em silêncio. Eles vieram ao seu encontro para pedir-lhe conselho, mas o ancião continuou seu caminho sem se aperceber da aproximação dos campeiros, que ficaram para trás com o seu problema para resolver. Atravessou a grande praça deserta, subiu logo depois a rua em ladeira que conduzia à matriz e despertou com o tropel os ecos dos grandes muros e das fachadas cheias de sombra, muito friorentas àquela hora, aconchegadas umas às outras como se procurassem o calor que lhes faltava com o bafio úmido vindo do Paraíba. Quando chegou em frente à igreja, esperou que a abrissem, pois os sineiros todos os dias às cinco horas da manhã vinham tocar os sinos em alvorada. Logo que pôde entrou no templo e dirigiu-se imediatamente para a capela lateral onde se encontrava o carneiro fechado na véspera.

Ajoelhou-se e ficou por muito tempo absorto com os olhos baixos, sem que seus lábios se movessem em oração. Que pensaria ele? talvez não o soubesse, não podendo distinguir no tumulto de pensamentos pesados e preguiçosos que se encontravam, que se cruzavam, sem que tivesse tempo para compreendê-los completamente, o significado verdadeiro do que sentia. Era uma falta imensa, um vácuo, um malogro de tudo que pudera esperar, que obscuramente deixara penetrar em seu coração fechado e endurecido. Era a criança alegre que dormia ali, diante dele, atrás daquela pedra, e ele que nunca se abaixara para a erguer do chão, em um misto de medo de ser repelido, de desdém por essa manifestação de carinho e de revolta em seu orgulho de homem decaído até a condição de parasita, agora tinha vontade de segurá-la nos braços, de embalá-la, de cantar baixinho para que ela dormisse e deixasse cair os bracinhos e as perninhas gordas sobre os seus joelhos e seus braços tão duros ainda...

Chamá-la-ia em breve murmúrio sua filhinha, ou talvez melhor sua netinha, e ouviria suas gargalhadas um pouco ronronadas, como o fazem os gatos muito novos... Devia ser impossível sair dali, interromper aquele sonho que o fazia viver intensamente e voltar para a casa, mergulhar de novo no abandono interior absoluto em que vivia, no isolamento sem remédio daquelas horas intermináveis que teria ainda de existir, à espera da cegueira, da paralisia, ou da loucura senil.

XVI

A parte da senzala que era habitada pelas negras solteiras, logo que o sol iluminou as grades das janelas que davam para o vale, tornou-se movimentada. Mulheres de chimangos quase brancos, os braços muito pretos de fora, falavam em voz baixa e gesticulavam nervosamente. Algumas delas mais velhas diziam palavras africanas na excitação em que estavam e não se compreendiam porque eram de diversas nações e haviam sido escolhidas já de propósito assim para que não formassem grupos à parte, com a linguagem secreta de uma só algaravia. Todas haviam saído para o grande avarandado aberto para o terreiro e ali algumas sentadas e outras em pé sobre o lajedo resolviam qualquer coisa, pois tinham despertado muito antes da hora de partir para o córrego onde deviam trabalhar. Já as cestas enormes, que seriam carregadas quase a arrebentar de roupas e volumosas trouxas, estavam alinhadas a um canto onde tinham sido recolhidas desde a véspera sob as vistas de Ângela, a mucama preferida da Senhora. Entretanto o feitor devia ainda estar deitado e elas contavam sair com a licença do administrador que uma delas tinha obtido, pois queriam visitar a igreja onde a menina fora enterrada, visto não terem podido acompanhar o enterro no dia anterior. Se partissem àquela hora, poderiam voltar ainda com o tempo necessário para a lavagem que talvez pudessem dilatar por mais algumas horas, e assim não se perderia nada...

Mas, não tinham sido até aquela hora abertas as portas do quadrado e estavam prisioneiras. Alguém dissera que viria abri-las bem cedo e cobrara de antemão o preço dessa promessa, porém tardava, e nenhuma delas ousava reclamar. Olhavam com inquietude para as janelas da habitação do feitor de dentro que permaneciam cerradas e nela reinava silêncio completo; sendo ele celibatário devia aproveitar os últimos momentos de repouso que ainda tinha pois era sua obrigação fazer a primeira ronda dali a uma hora, para depois dar ordem de saída às lavadeiras que em geral a aguardavam enquanto penteavam os cabelos ou catavam as cabeças uma das outras, reproduzindo em pobre e sem colorido uma cena calma de harém longínquo, lá da África distante e esquecida.

Finalmente um dos homens livres passou por elas sem olhá-las e foi até a porta que dava para o pequeno pátio da entrada fechado por simples porteira, e abriu-a sem ruído com certo jeito de cumplicidade e de mistério. Imediatamente todas se levantaram e dirigiram-se em silêncio para a saída. Moveram a porteira com tal jeito que não soltou o longo rangido habitual, cada vez que sua pesada armação era movimentada, e saíram logo para a estrada muito afobadas, todas em um só passo com os panos das rodilhas caídos para trás. Dentro em pouco estavam longe, dentro da mata ainda escura e caminhavam mudas, muito unidas, formando um só bloco esbranquiçado que se movia pesadamente nas trevas. Era um dragão fabuloso, cheio de escamas e de protuberâncias, todo de cinza e preto, que se agitava seguro e muito rápido em marcha espectral, parecendo não tocar no solo da estrada com seus pés múltiplos e quase invisíveis. Agora estavam todas caladas, o pensamento fixo no desejo de chegar logo e tudo se desfazia diante delas e para trás nada ficava. Cada uma era só a ideia, o pequeno mundo fechado, trancado sobre si mesmo, onde palpitava apenas a vontade de ver onde dormia para sempre a Nhanhãzinha.

De repente, no silêncio da mata onde o canto das aves ainda não tinha dissipado o horror noturno, ouviu-se prolongado grito vindo de longe, que se perdeu na cúpula formada pelas árvores adormecidas e imóveis, pois os ventos da manhã ainda não as tinham sacudido para tirá-las do torpor em que a longa noite as tinha deixado. Nenhuma das negras o escutou, nenhuma parou a caminhada, nenhuma cabeça se ergueu para interrogar a escuridão deixada para trás. Porque o chamado devia vir de alguém que as seguia, alguém vindo no seu encalço. Gente ou fantasma, quem sabe alguma alma penada no desejo de pedir-lhes reza...

Mais perto, ouviu-se novo apelo modulado, muito agudo e muito alto, mas ainda incompreensível. O grupo continuou coeso, apressado, o seu caminho, e no pisar mais firme, mais determinado, sentia-se que já resistiam à vontade de suster a marcha para saber o que acontecia, para interrogar com os ouvidos o silêncio dos bosques irregulares ora abertos em clareiras rápidas, ora fechados em cerrados espessos. Já certa luz baça, leitosa, se coava por entre os galhos e as folhas e começava-se a distinguir muito vagamente a terra revolvida e seca, esbarrondada sob as solas calosas daqueles pés negros que batiam com força no leito da estrada, na vontade, na afirmação de seguir para adiante, de alcançar o seu objetivo, ansiosos e insatisfeitos.

Agora os clamores eram diferentes, muito altos e mais articulados e já não era possível não distinguir as palavras. Houve uma hesitação, alguns grunhidos como de animais que protestam contra os golpes do aguilhão, e a massa parecia querer desfazer-se em alguns pequenos grupos. O movimento já não era o mesmo, monótono e rápido, inconsciente de sua própria força e obstinação.

– Ei, gente! Diabo...!

Algumas das mais velhas persignaram-se desajeitadamente e sob os trapos seguraram as medalhas de cobre que traziam penduradas ao pescoço em fios imundos, para pedir-lhes proteção contra o mal e o sofrimento vindos em sua perseguição. Terminara já o sonho livre de peias, o desejo maciço que as galvanizara e fizera delas almas unidas em marcha para o mundo com cega coragem, vendo apenas diante de si a realização do gesto de amor que lhes pedia os corações atormentados e prisioneiros.

– Ei, gente... Para!

Era agora a ordem seca, fulgurante, chicoteante, e mesmo as mais moças e mais afoitas pararam e todas elas instintivamente se afastaram umas das outras, desvanecida a solidariedade intensa que as unira. Estavam agora sozinhas e isoladas, sem defesa, diante do poderoso feitor, e cada qual sentia confusamente que devia reunir suas forças para conseguir o perdão, para explicar, para desfazer e afastar de si a tempestade iminente, o castigo e o sofrimento que sabiam esperá-las. Não compreendiam a culpa que as fazia tremer, mas tinham a certeza de estarem erradas. Seriam severamente punidas e sua carne negra pagaria o impulso que as lançara tão longe da senzala e das ordens sempre respeitadas. Imobilizadas, encolhidas, algumas dobradas em duas, em atitudes ao mesmo tempo grotescas e lamentáveis, ali ficaram e ainda não tinham visto quem as chamara, pois a voz que as fizera suster o pé erguido, o corpo lançado para a frente, ainda não se realizara em figura humana. Vinha do ar, da escuridão, das sombras dos troncos e galhos entrelaçados e só agora podiam ouvir o som de passos pesados. Mas dentro em pouco apareceram o feitor e dois capangas.

Traziam os chicotes em riste e davam grandes chibatadas nas plantas que lhes passavam por perto como aviso e ameaça.

– Voltem já e já!

Cercadas pelos três homens as mulheres se uniram de novo, mas, pelos braços cruzados sobre o peito e pelas cabeças trêmulas e curvadas, via-se bem que não era mais um bloco que tomava o caminho de retorno. Cessara a vida que as unira, que fizera liga entre aqueles corpos negros agora envelhecidos e cansados... Em poucos momentos estavam de volta e foram conduzidas para a sala dos fundos, bem longe da residência, onde se viam instrumentos de ferro enferrujado espalhados por toda a parte, ao lado de grandes peças de madeira carcomida jogadas ao acaso no chão duro e cortadas de forma estranha e sinistra. Das paredes mal caiadas onde se distinguiam em toda a volta, até a altura de homem, manchas escuras que formavam desenhos inexplicáveis com grandes borrifos espalhados em direções diversas, como se tivessem sido atirados com violência, pendiam muito seguros em grandes cunhas de pau, argolões também de ferro, brilhantes pelo uso, e algumas correntes de elos gastos e desenroladas até o solo...

As negras logo que chegaram ao amplo terreiro, dirigiram-se para a porta dessa sala, aberta de par em par, e nela entraram sem murmúrio, sem que tivessem hesitado um só instante e ajuntaram-se no canto mais afastado, encolhidas e silenciosas. Seus olhos brilhavam e lançavam olhares mortais umas às outras, onde se liam acusações alucinadas, ferozes e sem perdão, e os grossos lábios arroxeados tremiam, agitados por mudas maldições. Os corpos se tocavam, e o cheiro que deles se desprendia era sufocante, acre, mas eram inimigas implacáveis as carnes que se uniam, e as almas entravam em guerra de morte. Muitas prometiam a si mesmas sangrentas vinganças e fariam todo o mal possível às companheiras que ali estavam, inermes e transidas como elas próprias! Tudo seria possível, tudo se faria, de faca nas mãos e o riso da demência nos lábios abrasados... quando passasse aquele momento de pavor! Mas, em meio da loucura que fazia ferver as suas pobres cabeças, as negras, em algum canto recôndito e intocado de suas almas tumultuosas, que permanecia tranquilo e consciente, tinham a certeza de que nada fariam quando saíssem daquele inferno, e continuariam a viver e a rir, sempre juntas!

O feitor com uma praga gritou-lhes qualquer coisa que não entenderam. Entretanto já conheciam o que era, puseram-se todas no meio da grande quadra, elas mesmas desprenderam as pesadas camisas que lhes cobriam os bustos de formas opulentas e exageradas, e ficaram nuas até a cintura. Sabiam que não podiam receber palmatoadas como as outras porque então não poderiam lavar a roupa naquele dia pois ficariam com as mãos inchadas e sangrentas... e também não queriam rasgar os vestidos que tinham de chegar até o dia de festa próxima, quando seriam feitas novas distribuições!

As portas já haviam sido fechadas e dentro em pouco gritos selvagens, ulos e súplicas gaguejadas, vieram lá de dentro mas perderam-se no terreiro imenso, e eram logo abafadas por ameaças ditas em tom surdo para que os ecos não chegassem até a residência, àquela hora ainda envolta em sombras e serenidade... mas, se chegassem até lá, poderiam ouvir que soluçavam:

– Sinhazinha! Sinhazinha!

XVII

O corredor largo e escuro que conduzia à cozinha era como uma rua dentro da grande fazenda. Tudo passava por ali e a qualquer hora do dia podiam ser nele encontrados os habitantes do Grotão. Nos armários que ocupavam as paredes, nos lanços entre as poucas janelas gradeadas e abertas para o pátio interno eram guardados os artigos finos vindos do Rio de Janeiro e vindos de países exóticos e longínquos. Suas prateleiras conservavam por todo o ano o perfume forte e apimentado das gulodices, mandadas vir para as festas de Natal e de fim de ano, e muitas vezes ali permaneciam durante meses, servidas em sobremesa para as visitas. Durante algumas gerações eles tinham sido os cofres de tesouros que só eram alcançados pelas crianças depois de muitas súplicas e de promessas de bom comportamento, e quase nunca era permitido às pequenas cabeças de cabelos encaracolados se alçarem até o nível das grandes caixas de madeira com gravuras de cores cintilantes, das latas cobertas de desenhos orientais ou figuras inglesas, ou ainda dos longos pacotes azuis rotulados de branco e cheios de letras estrangeiras. Deviam aguardar muito caladas cá de baixo, a abertura das portas cujo rumor lhes parecia misterioso e solene, e que as pessoas abrissem lá em cima todas aquelas arcas e volumes de preciosidades, para receberem com reverência os quadrados de doces secos, os toletes de chocolate envolvidos em papel prateado, os cachos de passas com laços de fita vermelha, as ameixas muito negras e reluzentes, as nozes, avelãs e amêndoas que seriam ainda quebradas para ser comidas. Deviam receber esses dons com respeito e era necessário esperar que a senhora, em geral a governante, se preparasse para sair, para lá no jardim ou já em plena mata, na sombra, poderem comer com sossego tudo aquilo, apesar das exclamações indignadas da professora.

Perto da porta de entrada da sala de jantar que se levantava até o teto onde formava um arco de volta rebaixada, sustentado de cada lado por sóbrio ornamento, estavam colocados dois aparadores de madeira preta, onde pousavam os pratos tirados da mesa para dali serem levados para a lavagem. Neles também eram colocadas as palmatórias que as pessoas quando iam deitar-se ou iam buscar qualquer coisa em seus quartos tiravam e acendiam a um candeeiro sempre aceso desde o escurecer. Na hora de todos dormirem o negro velho vinha enchê-lo de novo de azeite, para assim ficar noite adentro até acabar. Com sua luz indecisa e fumarenta tinha de alumiar a longa extensão do corredor, que tomava proporções fantásticas e quem por ele entrava sentia a princípio a sensação de penetrar em gruta imensa, sem limites no alto e nos lados, pois suas paredes eram escuras, com os móveis sombrios, lisos e quase ameaçadores em sua severidade, mas logo a penumbra tudo absorvia e todos instintivamente andavam nas pontas dos pés, com as mãos estendidas. Era assim que Dona Inácia caminhava seguindo de perto Sinhá-Rôla, em cujos dedos estava preso o castiçal de cobre que representava grande nenúfar em bronze, onde ardia a vela. Era uma das lembranças que tinham trazido da propriedade de seus pais, agora em mãos estranhas, devorada pelas dívidas que tinham sido feitas para satisfazer velha paixão pelo jogo. As duas senhoras tinham visto a fazenda paterna desfazer-se aos pedaços, mutilada de cada vez em grandes lotes de terreno que se iam nas vendas urgentes e inteiramente loucas ordenadas pelo pai, de lá da Corte. Vinham homens desconhecidos de grandes melenas soltas pelos ombros, os rostos vincados por rugas ignóbeis, os chapelões à cabeça, e entregavam a elas papéis selados que representavam casas, gado e lavouras que tinham visto ganhar com esforço e com o sacrifício constante da sua pobre mãe, morta de trabalhos e de cansaço. Agora representavam apenas dinheiro para ser desbaratado nos salões de jogo da capital do Império, onde se reuniam aventureiros de toda a parte. Era como se a grande casa velha e soturna desabasse lentamente sobre elas e as longas noites as passavam acordadas, em silêncio, para que uma não percebesse o desespero da outra. Estavam velhas e sozinhas, entregues ao próprio destino, pois sabiam que o pai iria até a morte e não se lembraria delas senão com aborrecimento e impaciência. Quando ficara viúvo as filhas assistiram com lágrimas ao espetáculo que se desenrolara aos seus olhos da sofreguidão com que o pai fizera dinheiro de tudo, e sem lhes dizer palavra de seus projetos e da situação em que as deixava, montara a cavalo e partira para a Corte sem sequer notar que elas o tinham seguido com os olhos lavados de pranto, e sacudiam os lenços mesmo quando ele já dobrara a primeira curva da estrada. E desse dia em diante começara o assalto, a princípio surdo e quase imperceptível, para depois se tornar imperioso e acelerado. Os conselhos que recebiam, os avisos que lhes vinham dar os velhos amigos e parentes de sua família, tornavam apenas mais torturante a indecisão dolorosa em que viviam. Como fazer, como quebrar o respeito que as fazia tremer quando se dirigiam ao pai nas menores coisas? Como suster a debandada de tudo em torno delas pois até os escravos eram levados da noite para o dia, sem saberem quando e como tinham sido vendidos... O administrador tornara-se arrogante com elas e muitas vezes se fechavam em seus quartos para não ouvirem as ordens dadas por ele de portas adentro, modificando a organização da casa e sua economia, sem consultá-las, a dizer-lhes sempre que recebera carta do Senhor com as instruções necessárias. Certo dia foram avisadas de que o pai morrera e que deveriam sair da propriedade dentro de uma semana porque os novos proprietários, compradores da fazenda de porteiras fechadas, chegariam nesse prazo para tomar posse de tudo. Ninguém as fora ver então... e elas permaneceram alguns dias aterradas, com vontade de morrer ou de fugir para o mato e entregarem-se à morte lenta, nas garras das feras!

Foi então que de manhã, quando timidamente tinham ido à cozinha para às escondidas procurar um alimento qualquer, ouviram tropel de cavalos nas grandes lajes maltratadas da ladeira que subia até à casa e voltaram correndo para se abrigarem na saleta onde tinham feito o seu refúgio. Já bem fechadas, com todos os ferrolhos pesados e grandes corridos e presos, além da mesa de madeira de lei encostada à porta principal, lançaram-se nos braços uma da outra e então disseram com precipitada confiança tudo o que as amargurara durante tanto tempo. As queixas deixadas escapar dos lábios trêmulos foram tão grandes, vinham de tão fundo, que elas próprias se surpreendiam confusas e verificavam se não tinham exagerado, se não eram injustas e ingratas, e tornavam assim mais grave e negra a sua miséria...

Foi preciso que o recém-chegado andasse pela casa toda aos gritos de: ó de casa! e viesse até muito perto da porta da sala onde se achavam, para que elas percebessem ser alguém conhecido e não um dos seus inimigos quotidianos que as vinha insultar em sua queda. Pouco a pouco, depois de se interrogarem com inquieta curiosidade, sorriram-se entre as lágrimas e acharam-se ridículas, com os cabelos em desordem e os vestidos amarfanhados pelas mãos convulsas. Correram ao mesmo tempo para os seus quartos, lavaram-se com água fresca, passaram rapidamente o pente nos cabelos, consertaram as rendas e os botões fora do lugar e surgiram diante do primo Comendador com as faces ardentes de vergonha e de embaraço. Não sabiam como recebê-lo naquela casa que não era mais delas, de onde tinham sido expulsas, como fazê-lo sentar-se naquelas cadeiras que eram agora de estranhos e pisavam com cuidado no tapete que devia ser entregue aos seus novos donos. Mas logo as lágrimas vieram de novo, muito rápidas e límpidas, porque agora eram de espanto e de paz, diante do que ouviam.

– Venho buscá-las, minhas boas primas. Irão hoje mesmo para a minha casa que está à espera das senhoras.

Depois, ao ver que elas não respondiam, sufocadas pelos soluços que faziam estremecer os seus pobres corpos nunca amados, acrescentara com estranha doçura:

– As senhoras são como se fossem minhas irmãs e eu tenho dívida muito grande de gratidão para com minha tia que nunca poderei pagar. Ajudem-me um pouco – disse ainda, com trêmulo sorriso nos lábios. – Não devemos tomar muito ao trágico o que se passa. Verão como se acostumam com a mudança muito depressa e logo devem esquecer aqui o Guarandi...

– Mas, primo Comendador – conseguiu articular Inácia, a mais velha – nós estamos de tal forma confundidas pela desgraça que não sabemos o que devemos fazer. Nem sequer temos certeza se estes vestidos são nossos...

– Tenho receio... tenho medo do administrador, meu primo, e não temos coragem de falar com ele sobre a nossa partida – ajuntou Sinhá-Rôla e logo abaixou a cabeça para ocultar a onda de sangue que lhe subia ao rosto. – Só se o primo falar com ele...

– Não tenham medo – respondeu-lhes o fazendeiro com os olhos brilhantes. – Nós vamos daqui agora mesmo e podem levar sem susto todos os objetos de seu uso. Trouxe algumas bestas de carga com canastras e estas já estão na sala de entrada. Vou falar com o administrador...

Durante toda a viagem não conseguiram dizer uma só palavra e quando chegaram, já tarde da noite, fora com aquele castiçal, aquele mesmo que tremia agora nas mãos de Sinhá-Rôla e iluminava o corredor nesse instante percorrido, e tinham passado pé ante pé diante dos aposentos da prima e essa hora já deitada conforme lhes tinha sido dito com brevidade pelo primo Comendador. E assim começara o seu cativeiro recebido com resignada amargura, renovado todos os dias por pequeninas coisas que feriam com suas minúsculas arestas aqueles corações cobertos de chagas incuráveis. As duas velhas irmãs, ao passarem pelas portas do quarto da Senhora, fizeram ambas sinal de silêncio e não puderam deixar de sorrir, pois lembraram-se no mesmo momento de tudo que acontecera havia já tantos anos. Nada mudara desde então, a não ser a idade a que tinham chegado, e que agora lhes pesava tanto com a ausência definitiva da menina morta...

Quando estavam já sentadas em suas camas e desfaziam pacientemente os penteados tão difíceis de serem desatados pois as tranças vinham de trás para a frente e eram presas com pequenos laços de fitas pretas que deviam também prender a rede caída um pouco sobre os ombros, Sinhá-Rôla pôs-se a falar, e precipitava as sílabas umas sobre as outras como costumava fazer quando estava nervosa. A princípio Dona Inácia não prestou atenção, pois julgara que se tratava de qualquer dos miúdos comentários por elas habitualmente trocados nesses instantes de calma e de silêncio. Mas ao verificar que a irmã chorava, sem cuidar sequer de enxugar o rosto todo banhado de lágrimas, levantou-se e veio até ela, e ao compreender a imensa mágoa que se refletia em seu rosto enrugado, ajoelhou-se aos seus pés, esquecida de suas dores e do reumatismo que a atormentava e segurou-a pela cintura. Reproduzia o mesmo gesto que tivera muitos anos antes quando Sinhá-Rôla lhe confessara o seu primeiro desgosto, desgosto esse que tirara toda a significação de sua vida de abandono.

– Que tem você, mana? Diga-me o que a faz sofrer tanto... estou até com medo, meu Deus!

Depois de alguns esforços para se conter, e a pobre senhora fazia movimentos com a boca semelhantes aos de criança caprichosa e amuada, Sinhá-Rôla conseguiu balbuciar:

– Não é nada, mana Inacinha... estou lembrando da menina... – e, com os braços passados nos ombros da irmã, ela sentiu-se remoçada, a criança que fora e que ainda devia viver em suas carnes, em seus ossos tão cansados, tão doridos, mas sempre os mesmos... – não é nada, mas tem me entristecido tanto!

– Diga o que é.

Sinhá-Rôla puxou o xale mais para a frente, para cobrir-se melhor e também para dar tempo à sua timidez invencível e começou a refletir como deveria contar a sua mágoa, mas todas as frases lhe fugiam e dentro em pouco desanimou. Não era possível explicar o que se passava. Era ao mesmo tempo tão grande e tão pequeno, tão marcante e tão fugidio...

– Mana, eu estava pensando na última vez que vi a nossa menina... – murmurou depois de algum tempo, e agora parecia mais animosa – ela estava sentada na cadeirinha baixa, junto de nossa prima, e a saia de seu balão que estava muito arranjada, aberta como um leque, tapava as pernas e deixava aparecer unicamente as botinhas. Parecia uma figura de cromo, tão linda estava, mas...

As lágrimas surgiram de novo e Sinhá-Rôla parou um instante e ficou pensativa com o olhar vago, talvez esquecida da presença da irmã. Porém a pressão das mãos de Dona Inacinha fê-la voltar a si, e continuou:

– Ela cobria o rosto com o lenço e também... chorava! parecia tão sozinha...

As duas abraçaram-se estreitamente muito trêmulas, e aquela imagem nova da criança que tomara a atitude de uma pessoa adulta e experimentada por grandes infelicidades, por males sem remédio, como elas duas, queimou-lhes os velhos corações e abriu uma nova ferida, entre as outras tão antigas que os faziam sangrar...

Que tristeza seria essa, que a fizera assim chorar e elas não tinham sabido consolar, haviam deixado chegar àquele ponto, agora ultrapassado, e de tudo tendo ficado apenas um pequeno fantasma?...

XVIII

Dona Virgínia conseguira na tarde do dia seguinte receber, sem que ninguém a visse, o saco da correspondência da fazenda trazido pelo negro do Correio. Fora esperá-lo junto da porteira e apoiara-se no oitão onde ficara por muito tempo para melhor concentrar seus pensamentos, de olhos semicerrados, e não para evitar a luz do sol em plena resplandecência sobre as montanhas. Tornava a paisagem do fundo do vale, que era a da chegada da casa, em gama muito rica desde o tom escuro, quase negro, das árvores seculares cujos galhos se entrecruzavam para formar o túnel de sombra da chegada, até o verde tenro do jardim. Fora até ali levada pelo desejo incontido de pensar em outras coisas e de fugir do ponto crucial a que chegara, depois de se perder em si mesma, nos caminhos que não podiam ser percorridos senão por ela mesma. Procurara com triste avidez ao chegar junto do muro intransponível, do limite extremo de sua tristeza encontrar fora, no pequeno mundo que a cercava, motivos e etapas novas para viver. Alcançara enfim um terreno livre de remorsos e de acusações aos outros e a si própria, através do mal que atribuía aos que a cercavam, mas sempre sem poder deixar de julgar-se culpada de cumplicidade ou de fraqueza. Afastara de si naquela manhã, como um mau sonho que se dissipa no simples despertar e levantara-se disposta a viver aquele dia, e os outros que se seguissem, com a serenidade reconstituída ou talvez imperturbada que notara nos Senhores, vagamente maléfica. Uma pequena divindade confusa vivia agora em seu coração e quem sabe seria a da vingança, muito longa e muito sutil...

   Lembrara-se de repente que o estafeta chegara à cidade e vinha agora em direção do Grotão, muito descansado em seu cavalo adquirido pela administração de Porto Novo, trazendo a tiracolo a saca verde e desbotada que lhe servia para carregar as cartas. Sabia também ser tempo de virem notícias do outro primo, do irmão do Comendador, que recebera o título de visconde e vivia na fazenda de sua propriedade, ainda no caminho da Corte, e cujas grandezas lançavam uma sombra na testa do Senhor quando as visitas vindas da capital contavam o que em sua casa tinham visto e admirado.

   A velha senhora ao conhecer as obreias negras, a letra forte e traçada com largueza, teve amplo sorriso de orgulho e guardou o papel dobrado em quatro no seio, com secreta jubilação. Foi para a sala, onde deixou sobre a mesa de entrada as outras missivas e livros dirigidos à Senhora, e encaminhou-se para o seu quarto sem que seu passo cuidadosamente medido, sem que seus braços cruzados sobre a cintura, ou o rosto impassível, denotassem a agitação de seu peito. Entretanto teve que procurar primeiro os óculos de prata muito grossos, impróprios já para a sua vista cansada, mas que teimava em usar porque não pudera mandar corrigi-los até então. Depois de buscas impacientes ela os encontrou bem à vista sobre a sua cômoda de mogno, onde guardava as pobres peças que eram todo o seu enxoval íntimo... Quantas vezes ao abrir as pesadas gavetas que ficavam escondidas pelas duas grandes portas do móvel, onde as manchas da madeira punham veias finas e irregulares, contemplara com melancolia as camisas de refolhos, as saias onde o único luxo era o "tuyauté", e lembrava-se das finas cambraias bordadas, das sedas da China que enchiam os gavetões da outra cômoda, daquela deixada na fazenda distante, quando para lá fora como noiva curiosa e trêmula, levada pelos braços vigorosos de seu noivo com seu andar ágil e possante, que depois...

   Fora rápida a transformação do homem alto e de voz trovejante, de passos dominadores, que parecia estar sempre preparado para audaciosas entradas contra o gentio, cujo odor a entontecera e fizera perder a cabeça a ponto de esquecer de si mesma, da tradição de austeridade e de sóbria grandeza de sua família... Dentro de poucos anos ela sentira em seus braços o peso do homem embriagado e enfurecido pela mais triste das decadências, que fugia de sua casa para a senzala onde permanecia dias seguidos. Os compromissos cresceram e tomaram forma tão assustadora que fora obrigada a entregar quase tudo para arrostar com a vida, sozinha, tendo apenas terras e sem escravos que a ajudassem. Viera para a fazenda do primo enlouquecida de dor e de humilhação, quando ele morrera assistido pelo oficial de justiça que teimava em transmitir-lhe uma das inumeráveis intimações, cuja perseguição os acompanhou até o casebre onde se tinham refugiado. O primo Comendador a recebera com simplicidade, e fora tudo como se ela voltasse de uma excursão prolongada. Mas o silêncio, a ausência absoluta e fria da Senhora, que nem sequer a olhara de frente por muito tempo, e lhe dirigia a palavra como se cada uma delas fosse esmola que deixasse cair quando se encontravam, gravara-se no coração da velha dama e muitas vezes não soubera dizer a si própria se sofria agora mais do que sofrera com o marido. A chegada da menina foi na aridez de sua vida a insensível volta à felicidade, à pureza que fugira de sua alma, que ela não pudera guardar em suas mãos manchadas pelos trabalhos mais degradantes, feitos às ocultas até mesmo da gente das lavouras, que não deviam saber do grau de miséria e decadência atingido por sua Sinhá, e que assim fazia para salvar os restos das terras que trouxera para o casal. Tudo que havia de bom em seu ser despertara à vista da criança e seus braços muitas vezes estremeceram no desejo quase impossível de conter, de agarrar aquela pequena criatura indefesa e prendê-la ferozmente junto ao seu peito magro e infecundo. Sabia manter-se impassível diante da ama jovem e robusta, a amamentar a filha dos senhores em um espetáculo magnífico e despudorado de tamanha maternidade e toda a sua impotência se traduzia apenas por observações rápidas e secas que lhe fazia, orientando-a em suas funções, nas quais a negra era apenas guiada pelo instinto animal, soberbo e vencedor. Pouco a pouco conseguiu emergir do mar de amarguras secretas que a afogara, e sua altivez restabelecida a fizera tornar-se, em seu íntimo, a rival da Senhora nos deveres da educação e da saúde da menina. Agora tudo se desfizera diante dela, mas mesmo aturdida pelo golpe sofrido, queria encontrar terreno onde ainda pudesse encontrar pé, e foi no desejo de feri-la que pôde se firmar. Por isso era um prazer secreto ler aquelas cartas orgulhosas, escritas em papel encabeçado por uma coroa e pelo escudo enorme, com armas heráldicas de intrincado lavor e cada uma das frases com uma alusão, uma crítica ou insinuação envenenada sobre o caráter e a vida daqueles que a sustentavam. Os dois irmãos tinham se odiado desde meninos, no colégio, quando se tornou bem nítida a diferença entre eles, pois o mais moço logo assumiu o primeiro lugar na classe e o professor o dava como exemplo ao mais velho, depois de acentuar com desdenhosa admiração a sua elegância e os seus penteados que serviam de modelo para os maiores, insubordinados. Todos sabiam que ele recebia jornais e revistas de Paris e falava francês como os parisienses, pois o preceptor que os educara na fazenda viera daquela capital e fizera dele o seu predileto, sem prestar mais atenção ao "cadet", cada vez mais gordo e pesado. Tempos depois, a herança da mãe deles que vivera em meio de toda a confusão criada pelo seu gênio demasiado plácido, que sempre se deixava influenciar e dominar ao mesmo tempo por advogados e conselheiros de opinião contrária, viera transformar em ódio a rivalidade surda, irritada, que os fazia sentarem-se alternadamente junto dela para dizer coisas amargas um sobre o outro. No leilão feito de tudo que enchia a grande casa do Rio de Janeiro, na praia de Botafogo, eles se disputaram acremente os lances, na intenção evidente não de ficar com alguma coisa daquelas salas onde tinham vivido sempre longe, sempre separados pela sombria impaciência que manifestavam ao se verem, mas com o fito único impedir a compra intentada pelo irmão. E assim não tinham conseguido trazer nada para as respectivas fazendas e tudo se dispersara em mãos de estranhos. O mais velho casara-se e fora logo para outra fazenda construída pelo pai, e tivera que pagar a diferença da legítima representada apenas por pequena parte das terras enormes que a cercavam e o fizera levando em seu carro até o tabelião uma saca cheia de notas de um mil-réis já gastas e com o retrato do moço imperador muito apagado, e assistira com delícias o irmão contá-las uma a uma com a desconfiança e o receio do ridículo, ao mesmo tempo estampados no rosto. O mais moço, que era o Comendador, e que se tornara homem esbelto e de nobre figura, desmentindo o menino obeso que fora, embarcou logo para a Europa onde procurou com sofreguidão o seu antigo professor que tanto o desprezara... Muitos anos mais tarde veio para o Grotão e casou-se.

– Casou-se! – suspirou com uma forte ruga de desdém, que lhe vincava os lábios, Dona Virgínia – se isso pode chamar-se casamento...

Mas lançou de novo os olhos para a carta e leu com interesse o trecho em que o senhor visconde dizia haver comprado dois dunquerques, com o mais rico trabalho de "marqueterie" que pudera encontrar na Corte e comentava: "a prima precisa vê-los um dia, para descansar dos horrores matutos que está acostumada a ver aí nessa tapera..."

Olhou em redor e observou os móveis severos e duros que tinham já servido a tantas gerações de criaturas de seu nome, reunidos pelo primo em sua volta, como velhos amigos de sua família, todos muito tesos, com os encostos retos e as pernas lisas, e sorriu. Acharia meio de dizer ao Comendador que o irmão dele adquirira aquelas maravilhas francesas, que vira muito tempo antes, na visita que fizera ao palácio imperial, logo nos primeiros tempos de seu casamento. E não tardou que pudesse realizar o seu pérfido desejo pois ouvia-se já o sino do jantar e uma das mucamas batia agora à porta, para preveni-la de que fosse logo, pois a Nhanhã não iria à mesa. Dona Virgínia ergueu-se e caminhou para a sala de jantar, sem que em seus olhos ou em sua boca se lesse a viva contrariedade que a dominava por saber que a Senhora ainda dessa vez não tomaria parte na refeição.

– Não sei para que tanto fingimento – murmurou de si para si – todos sabem que ela está muito tranquila desde que tudo aconteceu... só se é para esconder isso mesmo!

Mas teve de se apressar, pois ouviu os passos compassados do Senhor, seguido pelos dois comensais a se dirigirem para a sala. Deu breve corrida que levantou vento no corredor varrido pelas suas grandes saias e tomou o seu lugar antes de todos, onde ficou à espera de que ele chegasse, para recebê-lo já de pé, a fim de rezar o Benedicite. As outras senhoras também surgiram pouco tempo antes dos homens, e logo depois da sopa, quando o Senhor já olhara para ela duas vezes, como autorizando-a a falar, pois via que tinha alguma coisa a dizer, foi que tomou coragem e pôde perguntar com a voz ainda presa:

– Primo Comendador, como são os dunquerques de "marquetterie" que apareceram à venda agora na Corte?

O Senhor abaixou os olhos depressa para o prato colocado diante dele, ainda bem quente, pois fora passado em água fervendo para conservar o calor, e nada respondeu. Parecia não ter querido ver o brilho de pequeno triunfo que fazia reluzir as pupilas de sua parenta, nem o riso preso nos cantos de seus lábios. Dir-se-ia que se envergonhava da pequena traição de que estava sendo vítima, sentia a ingratidão que ela representava e não queria torná-la mais viva, lendo-a naquele rosto visto tantas vezes banhado de lágrimas irreprimíveis. Voltou-se para o velho Manoel Procópio e com a voz levemente ensurdecida disse-lhe com muita calma:

– Estava a me contar alguma coisa sobre a colônia de Mucuri...

– Acabei de ler no "Jornal do Comércio" – disse Procópio com evidente satisfação, por ser escutado com interesse pelo menos aparente – que a Companhia conseguiu obter do Governo maiores privilégios além dos de navegação do rio, do porto de S. José até os da Bahia e do Rio de Janeiro, o de marcar fretes sem limitação, o de cobrar os impostos de todas as obras dentro de cinquenta anos, além do mais...

– É mesmo coisa de "luzia", e eu sempre fui pelos "saquaremas" – disse o Comendador com desdém. – Em tudo isso há muita coisa romanceada, como a história das cem léguas de linha de navegação que afinal só eram trinta e a companhia passou a ser de estrada em vez de ser de navegação... é preciso muito boa vontade e imaginativa para se acreditar nesses planos fantásticos. Para mim, a colonização do interior do Brasil terá que ser feita individualmente. Cada homem deve abrir a sua fazenda e depois reunir-se em grupos de onde surgirão as cidades. Está aí Porto Novo como prova do que digo. O resto é coisa de gabinete, feito sobre tapetes de pelúcia, com penas de pato bem aparadas!...

O senhor Manoel Procópio que ficara entusiasmado com o que lera em seu quarto, percebeu ter seguido caminho errado e, depois de rir respeitosamente do quadro traçado pelo seu interlocutor, murmurou um pouco confuso:

– Realmente, eles são muito imaginosos...

Dona Virgínia desinteressara-se da mesa e de seus convivas. Caíra a vontade de ferir que a animara até ali, e não procurou novos caminhos para atingir a vaidade de seu parente e lento torpor a fizera manter-se calada, com a sensação de grande cansaço a dominar o seu corpo. Leve ruído atrás dela a tinha feito estremecer e pôr-se à escuta, com a impressão irresistível de que alguém viera até ali e iria tocar em seu braço, para forçá-la a curvar-se, a fim de ouvir alguma coisa que lhe queriam dizer, muito importante. Esperou sentir o contato de dedos muito leves, o calor de pequena mão que mal pousava na manga de seu vestido pesado, e chegou mesmo a inclinar a cabeça para o lado, entreabrindo os lábios em imperceptível sorriso. Mas, de repente lembrou-se de que tudo aquilo que se passava diante dela era apenas uma cesura, uma interrupção da angústia que todos sentiam e ocultavam em seus peitos. A colônia de Mucuri, os dunquerques e toda a cerimônia que se desenrolava a seus olhos era simples espetáculo, sem ligação alguma com o que se passava na alma de seus espectadores... e a figura pequenina, aérea de graça e de vida infantil, que algumas vezes a viera interromper, em outros dias que não viriam mais, estava ausente para sempre. O encanto daquele momento desfez-se no ruído das pessoas que se levantavam e se retiravam da sala.

Teve um instante de pavor e foi a custo que conseguiu erguer-se da cadeira onde se sentia presa por mãos invisíveis, e correu para fora, para o jardim onde a noite começava a chegar...

XIX

A ampla sala das mucamas era de teto baixo e nela se reuniam todas as que trabalhavam para dentro, menos as costureiras de vestidos. Umas remendavam as roupas de baixo e as de cama e mesa e outras reviam um por um os enormes lençóis vindos da Irlanda, as grandes colchas inglesas muito pesadas, com duas vistas, onde os desenhos em relevo formavam caprichosos labirintos, as fronhas de crivo e de bordado saliente, as toalhas adamascadas com seus guardanapos de altos monogramas, logo que chegavam da lavagem. Outras ainda enfiavam as fitas que tinham sido retiradas dos entremeios das camisas, das anáguas e das camisolas de dormir e a um canto, três delas, separadas das demais, refaziam as rendas e os recamos e muitas vezes o remendo e o conserto representavam verdadeira obra-prima de paciência e de reconstituição, talvez mais valiosa do que a peça que se rompera. As três negras, enquanto os dedos grossos mas muito ágeis se agitavam em movimentos seguros e rápidos, discutiam a meia-voz de forma a não serem escutadas pela mestra, como chamavam a negra encarregada de as dirigir e vigiar, nas ausências da Dona Frau, que duas vezes por dia vinha ver e examinar o seu trabalho. A mais velha delas, com a cabeça trêmula de irritação, os olhos muito vermelhos e os lábios roxos dizia com voz sibilante e atropelava as palavras em estranha algaraviada de palavras africanas e portuguesas:

– A Libânia é uma impostora e você outra quando dizem que são as amas da menina! Eu fico calada, com medo de brigar... mas saiba que só eu sou a ama da Nhanhãzinha morta!

– Não sei por que – retrucou a mulata sua companheira no conserto da renda de Milão – não sei por que há de ser você sozinha. Então seremos nós quatro: nós três aqui e a coitada da Libânia...

– Coitada não! Então somos nós quatro! – e punha na boca indizível ríctus de desprezo e ironia que fazia ressaltar a máscara da Guiné, há duas gerações oculta sob seus traços de mestiça escura. – Eu sozinha é que sou a ama da menina. Começa porque sou a única que sabe onde está enterrado o umbigo dela.

As duas cafuzas entreolharam-se desoladas; via-se que se confessavam vencidas, na absoluta ignorância em que se encontravam desse local sagrado e a companheira leu-lhes nos rostos perturbados a derrota. Foi com expressão de triunfo, como se na longínqua tribo de seus avós trouxessem a notícia do desbaratamento da tribo inimiga, que ela as esmagou definitivamente, exclamando, com voz rouca pela emoção:

– Fiquem sabendo que sei perfeitamente onde foi ele enterrado, pois quem o enterrou fui eu! Está debaixo de uma roseira que fica no canto do jardim da sala de visitas e marquei com uma pedra que lá está até hoje, pois não deixo ninguém mexer nela!

Durante algum tempo as três se contemplaram em silêncio, como se tivessem ficado sideradas com aquela declaração, mas de repente uma delas, justamente a mais moça, teve um tremor nos lábios que se generalizou em suas faces escuras e formou pequenas rugas luzidias. O som do riso ríspido, nervoso, se ouviu e comunicou-se às outras duas que taparam o rosto com as mãos e curvaram-se até o regaço. Riram assim abafadamente, durante algum tempo, mas em breve os ombros das três começaram a mover-se em ritmo mais lento e os soluços chegaram naturalmente, em seguimento aos arquejos provocados pelas risadas, e choraram todas elas. A negra velha que as fiscalizava de longe aproximou-se nas pontas dos pés, seguida pelos olhares receosos das demais mucamas, mas, ao chegar perto percebeu de súbito que choravam e tentavam sufocar os gritos histéricos nos aventais, prestes a desatarem em ataques.

Grande doçura suavizou seus traços rudes, marcados pela tatuagem de sua terra natal, e coçou por momentos, hesitante, a cabeça, antes de dar a conhecer que estava perto e tinha visto que elas haviam interrompido o trabalho, falta essa em geral castigada com palmatoadas. Era preciso ralhar para manter o respeito exigido, por ser considerada a mais graduada da sala, mas seu velho coração, nascido entre selvagens antropófagos era, entretanto, o mesmo que batia naqueles outros peitos suavizados pela mistura de sangue branco. Foi com simplicidade que ela se acocorou ao lado das outras, puxou um enorme trapo vermelho, trazido sempre preso à cintura, e deu livre curso às lágrimas que lhe vinham aos borbotões.

– Estão chorando por causa da Nhanhãzinha, não é? Pois eu não sei por que estava também a me lembrar dela. Vai ver que consertavam a roupa de sua caminha... meu Deus! meu Deus! como é que havemos de fazer! Daqui a pouco nhá dona Frau vem aí e nós estamos deste jeito! Vamos trabalhar, vamos trabalhar!

Mas não foi possível, porque ela própria tremia toda e não enxergava o que tinha nas mãos; quando enxugou de novo os olhos, viu que duas outras velhas a fitavam com torvo agouro no olhar, e então segurou fortemente o amuleto trazido sob a camisa, e disse com voz agora seca e autoritária:

– Tudo calado! Vamos trabalhar e não quero mais desordem aqui!

XX

Os dias se passaram no silêncio espaçoso do vale e toda fazenda fora envolvida pela calma da natureza que parecia repousar agora depois da mutilação sofrida com a morte da menina. A vida da família, as emoções compartilhadas, os trabalhos e sonhos em comum pareciam ter se restabelecido e todos se moviam e agiam com serenidade, como adormecidos pelo cansaço consecutivo ao grande choque sofrido e apenas cessara em seu concerto uma voz pequenina e gorjeante, o ruído leve de corridas e de saltos vivazes. Entretanto era sensível que havia sido posto uma surdina em tudo, que uma rede impalpável de cinzas tudo cobrira tornando essa vida maquinal, pois as almas se tinham fechado e cada um temia que se descobrisse o que se passava no recôndito de seu coração. Fora o aviso definitivo que lhes tinha sido dado, com a inexplicável brutalidade daquele desaparecimento, e todos esperavam agora que alguma coisa sucedesse, que alguma coisa nova e terrível os despertasse da modorra em que sentiam estavam sendo mergulhados. Cada um tentava romper, em tentativas a princípio tímidas mas logo depois mais enérgicas, o véu muito unido que os aprisionava e alguns fatos aparentemente insignificantes tomaram vulto e foram reconhecidos, nas conversas à meia-voz, em torno da mesa, ou na sala de visitas nas intermináveis vigílias que se seguiam em sessões de um tribunal silencioso e implacável, como tendo tido capital importância no acontecido...

E assim tudo continuava em sua aparência habitual, mas havia um princípio de desagregação, de ruína e desmoronamento que todos suspeitavam, e olhavam para o dono da casa como o único capaz de salvá-los, de tornar a fazer reviver e galvanizar aquele grande corpo que lhes parecia agonizante, agitado pelo trabalho subterrâneo da morte. Mas ele próprio andava pelas salas e saía para os campos como um autômato, apesar dos esforços que se tornavam muitas vezes visíveis para manter a mesma atitude de sempre, e todos sentiam que procurava penosamente voltar a ser o Senhor antigo, apoio seguro e guia dos que o rodeavam.

Na grande cozinha cujo teto muito alto, de telha-vã, parecia imensa abóbada negra, e o chão calçado de pedra, constantemente borrifado de água, para evitar a poeira segundo as ordens da Senhora, lembrava a sala subterrânea de convento antigo, todos se agitavam depois da saída dos pratos do almoço. Era dia de fazer azeite para as lâmpadas da sala e para as candeias e lamparinas de toda a casa, e um grande tacho de cobre tinha sido já posto sobre a trempe, e por baixo dele fora feita pequena fogueira destinada a entretê-lo em fervura, abrigada por pedras soltas, tisnadas de carvão. A um canto, três negras socavam nos pilões as sementes de mamona que se viam em cestos alinhados junto da parede, cheios de bichinhos de conta formados pelos caroços debulhados dos cachos, serviço para o qual tinham reunido os negrinhos de mandrião lá fora no ângulo do pátio, durante horas de risos e de gritos. Dentro em pouco as maçarocas produzidas pelos pilões foram jogadas na água que começava a ferver, e a cozinheira aproximou-se muito séria, com a solenidade dos mestres incontestados, para dar uma mexida na panela, a comprida colher de pau mantida pelas duas mãos. Fazia esse gesto gravemente, pois ainda era viva a memória do sério desastre acontecido com a antiga governante que viera até a cozinha a fim de mostrar saber fazer o trabalho das mucamas, e dera violenta volta com a colher, que fizera saltar gotas de óleo fervente. Alguns desses pingos foram em cheio em seu olho direito e a tinham cegado. Todos ali se lembravam sempre disso, mantinham a sua lembrança sempre fresca, e contavam esse fato invariavelmente todas as vezes que alguém tentava fazer o mesmo na ausência de Maria Crioula. Grandes bolhas se abriam na superfície da água, e o ruído surdo da fervura enchia toda a enorme sala com o seu murmúrio, igual à conversa misteriosa de muitos negros lá na senzala quando tramavam alguma coisa má. Muitas vezes a menina viera espiar o que se passava, porque todas as escravas se mantinham em silêncio, e escutara aquela chiada com os olhos brilhantes de curiosidade, para compreender a conversa dos diabinhos escondidos embaixo daquelas águas revoltas, e essa agitação bem demonstrava como deviam se digladiar os coitados que estavam lá no fundo.

Dona Virgínia chegou, vinda para ajudar. Prendera as saias cautelosamente, com grandes alfinetes, para poder colocar sobre elas o avental enorme, de algodãozinho alvejado e coberto de bordados em ponto de cruz de linha preta e vermelha em forma de laços e de flores. Lá chegada foi imediatamente para junto do fogão onde preparavam o óleo de mamona, e pôs-se a apanhar com grande colher de pau o azeite vindo à flor da água em ebulição, de onde de espaço em espaço subiam à tona grossas bolhas que surgiam de repente e arrebentavam em suspiros. No fundo do tacho, por entre as inumeráveis e pequeninas borbulhas que se formavam e se juntavam, desfeitas pelo movimento da água agitada pela colher, via-se espalhada a desfazer-se aos pedaços a massa das sementes de mamona socadas no pilão. O óleo assim colhido era despejado em grande lata coberta por pano grosso que retinha as impurezas e a senhora tudo fazia com gestos majestosos e lentos como se cumprisse um rito. Ao seu lado a negra encarregada do serviço acompanhava respeitosamente com os olhos as idas e vindas daqueles braços longos e magros, que faziam agitar as mangas pendidas descobrindo os punhos de cambraia muito branca, presos com fitas pretas.

A negra assistira muitas vezes a essa cena e, como agora, não ousava dizer nada, apesar de saber que seria castiga por vadiagem e não ter sabido fazer bem aquele serviço, tomado de suas mãos. Nunca poderia contar isso à prima do Senhor, aquela grande senhora que só com um franzir de sobrancelhas a cobria de tremuras. Em silêncio a preta atiçava de quando em quando o fogo sob o tacho de cobre cor de ouro vermelho e reluzente, esfregado com limão e areia, e tinha todo o cuidado para que nenhum tição se esbarrondasse e espalhasse fagulhas que talvez atingissem o vestido da senhora. A grande trempe de ferro havia sido pousada no chão de pedra e a fogueira fora acesa sobre larga chapa que poderia ser retirada depois com as cinzas destinadas ao fabrico do sabão.

Estavam muito perto da enorme fonte aberta na parede, de onde a água caía em jorros espumantes sobre os degraus que desciam para o tanque cavado mais baixo do que o piso da cozinha, tão ampla. Dava funda sensação de riqueza e de abundância aquele jacto a correr constantemente em borbotões cantantes e dele vinha serena frescura tal a de nascente em plena floresta, transportada miraculosamente para servir aos trabalhos de limpeza e de lavagem da fazenda, como nos contos de fadas.

– Vocês não socaram direito a mamona – resmungou a velha dama, satisfeita com aquele seu gasto de energias, que a trazia para a vida real – ainda se veem perfeitamente as manchas pretas e brancas das sementes, quando tudo devia ter ficado reduzido a uma só massa cinzenta... Assim o azeite vai custar muito a sair e vir à tona da água!

A negra nada disse em seu propósito de prudência, mas foi buscar nova quantidade de mamona socada pois julgava assim distrair a atenção da senhora com certeza cansada do serviço e com vontade de abandoná-lo. Que alívio seria vê-la deixar a cozinha e ir para a sala que é lugar de branco... mas eles são tão esquisitos que até serviço de negro gostam de fazer como divertimento!

Dona Virgínia bateu com a colher na borda da grande panela e depois de entregá-la à escrava deu alguns passos até aproximar-se do grande lavadouro, onde tentou passar um pouco d'água nas mãos, mas não conseguiu, pois teve receio de molhar os sapatos de duraque. Estava ainda nessa posição quando moleque veio chamá-la por parte do Senhor. Imediatamente ela foi para o seu quarto onde lavou as mãos com o sabonete de violeta muito roxo e perfumado adquirido nas mãos do mascate, passou os dedos pelos cabelos e foi para o gabinete onde sabia o Comendador à sua espera.

– Que será? – perguntava a si própria. Ficara assustada com o recado, pois nunca era chamada ao escritório onde o Senhor passava muitas horas do dia, sentado à escrivaninha de mogno com grande número de escaninhos, a ler livros e cadernos que anotava com letra miúda e nervosa. Mais uma vez sentiu que qualquer coisa pairava no ar, como uma nuvem que fosse aos poucos se adensando e tornasse a atmosfera difícil de respirar. Tendo afastado a menina de sua mente ela não entendia por que cada dia que se passava, a grande casa se lhe tornava mais hostil e perdia pouco a pouco a sua vitalidade e o seu palpitar largo e fecundo.

Dona Virgínia, pelas confidências ocasionais obtidas aqui e ali de suas companheiras de infortúnio, sabia que com as condições de incerteza e de transição da agricultura e da vida econômica do país as maiores riquezas se desfaziam em fumo, e ninguém podia afirmar mesmo vendo todos os dias a marcha poderosa da fazenda se tudo não estremecia pela base em vésperas de cair realmente no abismo. Lembrava-se do fausto e da arrogância dos seus, reduzidos agora ao silêncio e à obscuridade e chegou toda trêmula diante do Comendador certa já de que teria de abandonar tudo e sair pelo mundo a procura de outro abrigo para os seus velhos dias...

As terras que ela dizia possuir ainda e cujas grandezas fizera soar aos ouvidos de todos como sendo as mais férteis, as de maior valor de todo o vale do grande rio, passariam a ser agora o país do exílio e da miséria onde não teria ninguém por ela, nem mesmo a lembrança da menina morta.

Mas o dono do Grotão fê-la sentar-se com gesto simples, tentou suavizar a expressão severa de seu rosto e disse-lhe com urbanidade rara:

– Quero um favor seu, prima Virgínia.

Depois de ouvir as palavras balbuciadas a custo pela parenta, a cujo rosto subiu repentino rubor, o Senhor ergueu-se e foi até a janela onde se recostou com os olhos perdidos na contemplação do jardim, cujas flores em profusão faziam chegar até ele o seu aroma muito forte, levemente apimentado, que denunciava a abundância de cravos em seus canteiros. Parecia evitar assim os olhos da prima e também decerto não queria dar excessiva intimidade ao diálogo encetado.

– Quero pedir-lhe que vá à Corte por mim, pois este ano não poderei ir de forma alguma – começou a dizer e apesar da expressão de seu rosto indicar que ainda não tinha terminado a frase, calou-se como se quisesse ouvir uma resposta.

– Eu, ir à Corte – gaguejou com pensativa estranheza a senhora, e devia certamente interrogar-se e perder-se em conjecturas sobre a razão daquele pedido. Nunca mais tinha saído da fazenda, considerara de uma vez por todas perdida a Capital e sua pompa, e agora surgia diante dela a possibilidade de rever pessoas que julgara ter deixado para sempre... mas ao perceber que a reticência posta em sua frase, a forma vagamente interrogativa que lhe dera constituía já negação, ajuntou com certa volubilidade:

– Poderei ir conforme o primo mandar e farei isso com muito gosto, pois seria boa ocasião de provar todo o desejo que tenho de servi-lo, mas...

– Mas...? diga com toda a franqueza o que pensa.

– Não, não – repetiu Dona Virgínia e abanava a cabeça com vivacidade – não tome como hesitação o que estou dizendo. Como o primo sabe, há tantos anos que estou aqui e assim já me esqueci das maneiras da Corte e não sei se serei de muita utilidade.

– Quer saber qual o fim dessa viagem, já sei. É muito simples...

Tornou a suspender a frase, e mergulhou de novo em suas reflexões. Talvez tivesse esquecido da parenta ali sentada à sua espera sem saber ainda de que se tratava. Era muito raro vê-lo vacilar e Dona Virgínia agora animada com a esperança de alguns dias de vida e de verdadeira utilidade em seus gestos e resoluções, que sempre ultrapassavam os limites impostos na fazenda, não reparava sequer nessa atitude nem no receio adivinhado em suas palavras tão lentas.

– A prima vai buscar minha filha... Sim, a Carlota! Ela deverá sair do colégio, definitivamente, e vir para aqui a fim de ficar ao meu lado!

A voz agora era emocionada e profunda e Dona Virgínia o mirou com espanto. Nunca o vira tão perturbado. Mas depressa baixou os olhos pois percebeu que tinha sido compreendida, e as sobrancelhas do primo tinham se juntado violentamente.

– Ela está agora uma moça, minha mulher precisa de companhia e os estudos estão no fim. A senhora deverá partir assim que estiver pronta e o primo Manoel Procópio irá com a senhora.

– Muito obrigada – disse e abaixou as pálpebras que tremiam um pouco – mas preferia ir com um pajem e uma mucama...

– Irá com a mucama e o pajem, e também o Manoel Procópio. Como minha filha voltaria sozinha com uma senhora?

– Está muito bem, meu primo. O senhor assim o resolveu, e penso que tudo estará bem. Vou já arrumar minhas coisas, e julgo que amanhã terei tudo pronto. Devo agora ir falar com a prima?... – interrogou a olhar por sobre os ombros. Estava já na porta com a mão na maçaneta e seus olhos não procuraram os de seu interlocutor. Parecia um pássaro que observava sorrateiramente os movimentos do caçador.

— Irá despedir-se dela amanhã na hora de partir, pois está muito cansada e não quer ver ninguém. Até logo.

Dona Virgínia foi procurar a governante alemã a quem confiou o encargo que tinha recebido. A estrangeira pôs os dedos em feixe sobre a boca e tartamudeou como assombrada:

— Mas a menina Carlota não terminou o curso do colégio Toloi, onde estuda, não senhora. Isto não está certo! Como poderá ela vir agora, no meio do ano? Não pode ser!

E a gorda badense gesticulava e agitava a cabeça, onde o sol punha reflexos muito claros na mistura de ouro e de prata. Usava os cabelos puxados fortemente para o alto onde os reunia em nó muito apertado, mas muitas mechas caíam-lhe sobre a testa e nas fontes, o que lhe fazia um penteado "nid-de-serpent", como dizia a menina da cidade quando a via nas férias. E, nesse momento, se estivesse presente saudaria seu furor gesticulatório com risada sonora. Mas Dona Virgínia contentava-se em fitá-la com ar de reprovação irônica e meneava a cabeça em silêncio. Depois de alguns momentos, ao ver que pretendia continuar com as suas objurgatórias, a prima do Senhor disse pausadamente:

— Não é a mim que deve dizer essas coisas tão graves que está dizendo, e sim ao senhor Comendador.

A governante parou ainda de boca aberta e fez rápido movimento de mergulho com a cabeça e o busto em reverência involuntária e burlesca. Depois, muito pálida, retirou-se e disse com voz onde transparecia grande amargura através do sotaque exacerbado:

— Bom viagem!

XXI

Quando Celestina foi para a sala de visitas já encontrou Sinhá-Rôla sentada ao velho clavicórdio com o cotovelo apoiado a um dos lados de seu teclado e a mão direita a folhear distraidamente o álbum formado com as músicas que tirara da revista assinada por sua mãe. Tinham sido reunidas inabilmente, presas umas às outras com grandes pontos de retrós grosso e a coberta era de cetim preto, com grinaldas de rosas e miosótis pintadas a mão, atadas por nós de fitas lilá. Quando viu que a velha-moça cantava baixinho teve um momento de recuo e

de espanto, pois parecia-lhe incrível que alguém assim rompesse o luto tão recente. Entretanto Sinhá-Rôla, que não sentira a chegada de sua companheira de moradia, continuou a cantarolar em surdina:
– "Que te fuja, ó cara Gélia, aconselha-me a razão..."
A voz era trêmula e talvez o arfar do peito não fosse somente o esforço para conseguir as notas que a garganta lhe recusava, mas seguia a melodia impressa com os olhos nublados e, depois de certa hesitação, pôs as mãos também trêmulas sobre as notas de marfim e começou a tocar, muito de leve, o acompanhamento:
– "Mas despreza os seus ditames, meu cativo, meu cativo coração!..."
Celestina sentou-se muito calada, cautelosamente, tudo fazendo para que o soalho de enormes tábuas não estalasse e apoiou a cabeça ao mármore negro do consolo que lhe ficava ao lado. O frio da pedra fez-lhe bem e aumentou ainda a sensação de repouso, de calma distante, que sentira logo ao entrar, ao deparar com aquele pequeno quadro suave da pobre senhora envolta em seu vestido de cassa branca com pequeninos ramalhetes de flores negras espalhados pelos grandes babados que se abriam no chão, sobre o tapete turco destinado a resguardar os pés de quem se sentasse para tocar o instrumento, e que sacudia os cabelos grisalhos para marcar o compasso da canção. Esqueceu-se de seu primeiro desgosto ao ver como combinava com seus pensamentos a cena que tinha diante dos olhos. Via uma antiga caixa de música vinda de terras longínquas com sua boneca muito fanada que imitava de longe a vida e a alegria de cantar. Era um brinquedo muito gasto e poeirento, já abandonado pela sua dona há anos, que de repente a qualquer choque misterioso recomeçara a mover-se agitado pelo resto da corda já quase rompida...
– "Conselhos não valem, se fala o amor... Só ele é qu'impera, só ele é senhor!"
Agora podia-se distinguir que o trêmulo dos finais dos versos era um começo de soluço reprimido, mas a cantora os repetia e procurava dar-lhes a mais doce e viva expressão como se falasse a alguém invisível que estivesse ao seu lado, de olhos fitos nela com ternura, profundos e compreensivos, sem que pudesse falar outra linguagem a não ser a do seu olhar, sem poder tocá-la com as mãos muito frias, presas ao peito para poder melhor resistir à tentação. Todo o corpo frágil da senhora estremecia, teso e ao mesmo tempo febril, e acompanhava com graça os braços e as mãos, que corriam com os dedos muito altos o teclado, e arrancavam notas cristalinas das cordas já frouxas e gastas. Fazia cantar toda a sala em suave meio-tom como se fosse grande caixa de ressonância de enorme instrumento e sua voz trinada também se incorporava em um só todo sonoro, de doçura e velhice.

Mas afinal a música cessou. Sinhá-Rôla chorava agora com simplicidade e lassidão e curvara-se sobre o encosto em forma de lira da banqueta onde estava sentada para se abandonar à dor misteriosa que a vencia toda. Celestina contemplou-a assim por muito tempo com os olhos velados de lágrimas, rememorou todas as tristezas passadas de sua vida tão monótona e humilde e viu em espírito o seu futuro apagado, eternamente votado à dependência e à obscuridade, todo feito de sacrifícios inúteis e devotamentos que ninguém nunca compreenderia. Também ela, dentro de poucos anos, tornar-se-ia uma velha fraca e ridícula e o seu choro deveria ser qualquer coisa de fora da moda, de antiquado e absurdo como aquele que tinha diante de si. Era amarga a sua vida, privada de toda beleza e de toda força construtora, sem nada que a fizesse erguer a cabeça e enfrentar os pequenos obstáculos que se apresentavam diante de seus passos! E também ela entregou-se toda à melancolia e ao desânimo, e o pranto que retinha veio-lhe fluente, silencioso e escondido como convinha à sua posição de órfã e de parenta recolhida...

Surgiu porém bem no fundo de seu coração alguma coisa que fez estancar as lágrimas e ela pouco a pouco se recompôs e reagiu contra o abandono a que se entregara. Intensa vermelhidão cobriu-lhe as faces habitualmente pálidas, e o olhar tornou-se-lhe brilhante e sombrio. Era uma pergunta que fazia sua própria alma, e que ela não podia responder sem humilhar-se ainda mais do que julgava merecer.

– Como podia lamentar-se, como podia chorar, sem ser pela menina que há tão pouco tempo representava tudo para ela? Enternecera-se diante das lágrimas estéreis daquela criatura encanecida, talvez apenas movida por romantismo de artifício e de nervos agitados!

Levantou-se cheia de coragem e aproximou-se de Sinhá-Rôla levada por impulso maternal, como se visse uma criança triste e desejasse consolá-la da falta de brinquedo; colocou as mãos sobre os frágeis ombros sacudidos ainda pelos soluços retardados, apesar de ter já enxugado o rosto rapidamente com o lencinho bordado, logo que sentiu a presença da jovem.

– Sinhá-Rôla – murmurou ela – a senhora está triste por ter lembrado de nossa querida?

A pobre senhora teve nova explosão desesperada de lágrimas, e disse alguma coisa incompreensível, entrecortada de gemidos e de sufocações, esquecida de toda conveniência e de sua modéstia costumeira, e Celestina não pôde reter um movimento de enfado diante daquela atitude que frisava o burlesco.

– Não, Celestina, não era por causa da menina, e estou tão envergonhada! Estava apenas a me lembrar de coisas passadas há tanto tempo, há tanto tempo!...

E deixou cair a cabeça pesada de desgosto, mal sustida pelo pescoço engelhado, sobre o colo da moça que lhe parecia agora uma amiga, depois de terem vivido alguns anos lado a lado como viajantes do mesmo navio forçados a se falar pela convivência obrigatória. Tinha agora encontrado seio amigo e sentia-se renovada, voltara ao tempo em que era uma quase menina de confidência fácil e muito imaginosa. Que conforto, que doce aconchego poder contar seus míseros segredos, emurchecidos pelo tempo e pela indiferença dos outros, como sua pele e sua boca que os tinham retido há tantos anos na certeza de que seria ouvida com reprovação e desgosto!

– Eu tive um moço que... gostou de mim! – sussurrou muito em segredo, com a cabeça curvada e o rosto escondido pelos cabelos brancos que se tinham soltado da rede que os aprisionava. – Eu era muito criança, devia ter... quinze anos, creio eu, nessa época...

Nesse instante, Sinhá-Rôla ergueu um pouco o busto e lançou furtivo olhar para a porta no temor de que surgisse a irmã, talvez com receio de ser surpreendida a contar coisas íntimas, talvez também por ter medo de ser desmentida quanto à idade que dizia ter naquela época longínqua. Mas logo animou-se, sentou-se direita na banqueta, e fez Celestina acomodar-se na cadeira de Veneza que ficava sempre ao lado do clavicórdio, para alguém que virasse as páginas para o executante, e contou a sua história sofregamente, como jovem colegial contaria à sua colega e companheira de banco, o seu primeiro namoro.

– Mas – perguntou-lhe Celestina enfim, depois de escutar impassível a narrativa. – Por que não quis se casar com ele?

Sinhá-Rôla olhou-a com visível despeito e, depois de vacilar, explicou:

– Porque... porque fui tão aconselhada, tantas coisas graves me disseram! Mostraram-me o futuro que me esperava se casasse com um homem tão moço ainda e sem posição... o que me disseram, o que me disseram, meu Deus! – e ergueu as mãos, sacudindo-as, e abanou a cabeça muito trêmula para invocar o testemunho dos céus. – Fiquei sem saber o que fazer, e não respondi nada, quando ele disse que pensava declarar a meu pai o nosso segredo... e ele foi embora sem me falar nunca mais!

Celestina que esperara ouvir algum drama complexo e muito triste nada pôde dizer, mas depois de algum tempo ao ver a senhora mergulhada em suas reflexões dolorosas, esquecida de que a retinha pois segurara as suas mãos e as prendera no regaço, fez penoso esforço, interrogou-a de novo para mostrar algum interesse, e com o fim de despertá-la do torpor em que caíra para assim conseguir retirar-se.

– Quem a aconselhou tanto?
– Foi... Maria Inácia! – e tornou a esconder-se como se tivesse sido de novo ferida pelas reflexões irresponsáveis da irmã – e eu não sei até hoje se foi por inveja ou se foi para o meu próprio bem, conforme ela mesma dizia! Muitas vezes fico com remorso dos pensamentos que me passam pela mente, mas nunca pude chegar a uma conclusão, nem me firmar em nada.

Pensou um pouco e Celestina que a contemplava com pena, achou-a remoçada com a pele lisa e macia, e o leve rubor que coloria as suas faces era o mesmo daqueles momentos de mocidade que reviviam. Mas Sinhá-Rôla fixou os olhos duros e brilhantes na entrada e disse como em sonho:

– Às vezes... tenho-lhe ódio!

A porta moveu-se devagarinho e alguém entrou de costas com dificuldade, como se trouxesse fardo muito grande e pesado, oculto ainda pelo balão e pelos babados negros que o enfeitavam. Afinal, sempre com grandes precauções voltou-se e Celestina e Sinhá-Rôla verificaram que era Dona Inacinha com grande tela nas mãos. Quando chegou perto do candeeiro que estava em cima do instrumento de música ela levantou o quadro nos braços, e puderam distinguir ser o retrato a óleo da menina morta, ainda reluzente de tinta úmida.

– Está muito bem feito – murmurou – tirei-o da sala de fora, onde o pintor o deixou e trouxe para cá para vocês verem.

As três agora de pé e reunidas em grupo ficaram a olhar comovidas a tela que colocaram sobre o consolo. Nela, estendido sobre a mesa, o corpinho da menina com o vestido de brocado branco entretecido de flores de prata, destacava-se do fundo escuro, com a cabeça adornada de pequeninas rosas, levemente coloridas. Era simples e emocionante e dele se desprendia encanto muito sutil, de extraordinária paz, de vitória suave sobre a vida...

– Para dizer a verdade – segredou para as outras Dona Inacinha – eu acho este quadro horrível de tristeza, e nem sei como tive coragem de segurar nele e trazê-lo para cá. Creio que não poderei levá-lo para a saleta onde o pintor o deixou, e com certeza o primo vai ficar zangado, pois foi ele quem mandou o artista executá-lo.

Sinhá-Rola e a sua confidente de há pouco afastaram-se uma da outra como se fossem cúmplices que temessem denunciar o crime que tinham cometido juntas, e nada disseram. Celestina porém, sempre em silêncio, tirou o quadro de sobre o móvel, segurou com cuidado a madeira para não tocar na pintura ainda fresca e com o castiçal que trouxera de seu quarto na outra mão, desapareceu sem ruído, sem fechar a porta.

Dona Inácia deixou que ela tudo fizesse sem dizer palavra, pois realmente não tinha ânimo de pôr novamente as mãos naquela imagem, e parecia-lhe assistir outra vez ao enterro da criança que muitas vezes viera a correr e embaraçar-se em suas amplas saias como um animalzinho alegre, inteiramente confiante e sem segundos pensamentos... Para a menina ela não era a parenta pobre e protegida, sempre pronta a dizer qualquer coisa que julgaria depois ácida e impertinente, em seus amargos exames de consciência...

Depois, voltou-se para a irmã e observou com certa excitação na voz:

– A mana já sabe que a prima Virgínia vai à Corte buscar a Carlota? Mas... que é isso? esteve chorando? Foi porque eu trouxe a pintura, ou já estava assim quando cheguei?

Sinhá-Rôla fechou os olhos diante da luz da vela que Inacinha chegara junto de seu rosto para examiná-la melhor e o exame durou certo tempo, mesmo depois que ela cessara o seu interrogatório e se fechara em mutismo ainda mais interrogador e desconfiado. Não pudera disfarçar as lágrimas porque novas tinham vindo se juntar às antigas, e não lhe foi possível encontrar a resposta que devesse acalmar a inquietação da irmã.

– Já sei sim, que Dona Virgínia vai ao Rio de Janeiro, mana, e até ela me disse que pretende visitar nosso primo para conhecer a mulher e os filhos dele...

Dona Inacinha tornou a erguer a luz, e colocou-a de forma a ver bem no fundo os olhos de Sinhá-Rôla, e foi em vão que procurou ler neles, agora bem abertos e enxutos, qualquer queixa ou exprobração. Mesmo a boca um pouco tremente sorria sem que os cantos dos lábios descaíssem em sinal de amargura.

Já calma, baixou a tampa do clavicórdio, fechou o álbum sem ler o título da música, e dirigiu-se para a porta onde parou e voltou a cabeça, para dizer com certa secura, que não pôde reprimir:

– Venha! acho que vosmecê não vai ficar aí até de madrugada... são já nove horas e bem batidas!

Sinhá-Rôla consertou o vestido, segurou com cautela as saias, levantou-as um pouco acima do chão e acompanhou a irmã na ponta dos pés com passos um pouco saltados. No corredor as duas tiveram de correr, apesar das velhas pernas não ajudarem muito, porque ouviram o ruído do ferrolho da porta do quarto dos Senhores que era puxado com impaciência. Antes de alcançarem a porta de seu aposento, situado lá bem no fundo, Inacinha ainda teve tempo de ver o vulto ereto e alto da Senhora que saía sem olhar para o lado delas, e se dirigia para a saleta onde Celestina já guardara o quadro. Caminhava como uma sonâmbula, sem fazer mover a fímbria do vestido branco, que caía até o chão, hirto, sem dobras.

Entraram bem depressa, deitaram-se rapidamente e deixaram pela primeira vez em sua longa vida os vestidos esparsos pelo chão, as gavetas entreabertas, e não puseram os complicados aparelhos de bambu que lhes serviam para fazer os grandes cachos pendentes de cada lado, tal como lhes ensinara severamente a mãe, senhora magra e alta, muito diferente delas, que fora sempre o chefe da família até morrer e assim as deixara sem iniciativa, sem experiência. Fecharam os olhos, depois de apagada a vela que iluminava o quarto, sempre na mesa de cabeceira da mais velha e logo reinou intensa calma naquela quadra onde a penumbra era apenas perturbada pelo palpitar da lamparina, sob a redoma cor-de-rosa, na cômoda onde ficavam os santos.

Sinhá-Rôla, debaixo das cobertas, de olhos abertos, seguia lá fora certos passos quase imperceptíveis mas sabia para onde se encaminhavam, e o som deles se perdia, ora interrompido pelo rumor ensurdecido de porta que se fechava, ora pelo farfalhar crescente das árvores do jardim agitadas pelo vento e cujos galhos roçavam a parede bem junto da janela do quarto. A velha senhora acompanhava com angústia aquela excursão noturna e secreta, e tinha medo de compreender a dor que fazia caminhar na solidão o fantasma apenas suspeitado por ela e visto pela irmã.

XXII

Celestina ouvia no outro quarto, através da porta fechada a chave, os passos e os diversos ruídos que Dona Virgínia fazia ocupada pelas suas últimas arrumações de viagem. Ela fizera questão de manter sempre trancada a porta que separava os dois cômodos e a moça sentia com tristeza aquela barreira intransponível que a isolava ainda mais do mundo. Tinha vontade de se oferecer para ajudar a fazer as malas e deixar tudo em ordem, mas como poderia sair do quarto, passar pelo corredor e ir bater, pedir licença para entrar no outro aposento, se havia uma porta voluntariamente trancada entre eles? Um momento pensou em chamar ali mesmo pela velha senhora, e fazer-lhe oferecimentos pela fechadura, mas revoltou-se logo a essa ideia pois calculou que a tentativa seria interpretada como insinuação para que a passagem fosse aberta e assim desaparecessem as "distâncias", como dizia dos outros Dona Virgínia. Para resistir melhor à tentação Celestina foi para a janela, abriu-a sem barulho, prendeu nas bonecas de bronze as venezianas e depois baixou com cuidado as guilhotinas. Via através dos vidros a mesma paisagem de todas as manhãs apenas modificada pela chuva, pelo sol ou pelo nevoeiro, sempre o mesmo deserto com suas palmeiras enormes erguidas em colunas funéreas e mais longe as grades de ferro negro, muito altas, que aprisionavam o jardim e recortavam com listas sombrias e agudas o campo, estendido largamente entre as montanhas cobertas de mata. Vira muitas vezes nas gravuras da Europa que ornamentavam as paredes do corredor os horizontes longínquos, pontuados de picos envoltos em neve nos céus sem fim, levemente azulados, e chegava a assustar-se com aquela serrania nítida, na sua imobilidade impensável, sem grandiosidade, mas robusta e pesada, implacavelmente real em seus verdes sadios e escuros, que barrava a vista dos dois lados e formava o vale suspenso onde se erguia a sede do Grotão. Sentiu-se mais uma vez muito só diante daquela luz clara e sem mistério, daquele silêncio profundo, além da aparência das coisas, e esmagador de todos os sons que tentavam perturbá-lo...

Nesse instante ela teve a sensação brusca de presença e voltou-se ainda a tempo de ver Dona Virgínia ao seu lado que espreitava com curiosidade o que estaria a olhar com tanta atenção lá fora. Mas logo a senhora tomou um ar indiferente de simples e pura espera e explicou-lhe que vinha pedir-lhe o seu auxílio para a escolha de alguns vestidos. Celestina sorriu iluminada pela impressão de que poderia ser útil à sua companheira, e saíram as duas do quarto e entraram cerimoniosamente pela outra porta do corredor, como se nunca tivessem tido a lembrança de fazer uma comunicação direta entre as salas, e desde logo a moça percebeu que se tratava de alguma outra coisa muito diferente do impulso de amizade que julgara ter sido o móvel daquele pedido de solidariedade.

No meio do dormitório estavam abertas duas grandes canastras de couro, em sua cor natural, e grandes pregos de cobre nelas desenhavam as iniciais do fazendeiro. Dona Virgínia ao acompanhar o olhar de Celestina disse-lhe com certa complacência afetada:

– São os baús do primo Comendador, que mandou colocá-los aqui desde hoje pela manhã...

Celestina sentiu que ela fitava nos seus os olhos perfurantes à cata de qualquer sinal de inveja ou de despeito, mas abaixou as pálpebras e sorriu com serena bondade. Caminharam então até o centro do quarto e a senhora mostrou, estendidos sobre as cadeiras, quatro vestidos suntuosos que mostravam entretanto, bem claramente, o longo estágio feito nos armários por entre bolsinhas de filó cheias de pimenta-do-reino. Dois deles tinham cauda, abertas propositadamente e ostentavam rendas negras recortadas sobre as sedas, cinza e lilá, sobrecarregadas de laços e de fitas e de buquês fanados.

— Qual deles devo levar? Estou em dúvida há muito tempo, pois sei que irei necessitar de trajes de cerimônia, e não posso me resolver...

— Quem sabe será melhor... — disse Celestina timidamente, mas levada pelo desejo de ser sincera. — Quem sabe a senhora poderá mandar fazer vestidos novos pelas costureiras da Corte...

— Então pensa que sou muito rica? Decerto imagina que vou comprar fazendas francesas na madame Catherine Dazon, e vou pagar feitio nas Rippol? Não sei o que pensa a meu respeito, e acho seus conselhos muito extraordinários! Que tem esses vestidos para não serem de seu alto gosto?

A jovem, diante das interrogações que subiam de tom sopradas entre os lábios cerrados de impaciência e franzidos por terrível sorriso sardônico, encolheu os ombros e fez pequeno movimento de recuo, como se quisesse esconder-se. Mas Dona Virgínia já compreendera que se tinha excedido, na agitação e nervosismo em que se achava e sorria de novo agora apaziguada.

— Celestina, creio que a senhora achou meus vestidos antiquados, mas não faz mal se é só isso... eu certamente deverei ter uma audiência no Paço, e até será de bom tom não ir no rigor da moda...

Celestina olhou-a com simplicidade e logo criou novo ânimo pois compreendeu que todo aquele cerimonial propiciatório tinha como único fim contar-lhe que ela iria ver o imperador e resolveu voltar atrás em sua intenção de ser leal e murmurou levemente confusa:

— Estão muito bonitos todos eles... justamente julguei que eram demasiado ricos para o passeio que a senhora vai fazer. Não sabia...

Dona Virgínia notou o embaraço e interpretou-o como sendo o resultado de sua confidência, e as frases balbuciadas não tinham outra significação senão o reconhecimento de que os trajes que ali estavam eram dignos de uma corte imperial. Então, colocou o braço sobre as espáduas de Celestina e disse-lhe com bondade na voz, agora cheia e suave:

— A senhora não quer nada da Corte? quem sabe poderei trazer-lhe alguma coisa que lhe agrade, minha filha?

A moça sentia as lágrimas lhe virem aos olhos em ímpetos mas prendeu-as e não consentiu que sua boca mostrasse toda a emoção de que estava possuída. Sabia que se entregasse com demasiada confiança o seu coração teria que se arrepender bem depressa. Conseguiu pois conservar sua aparência habitual e modesta, e foi com singeleza que disse:

– Eu desejo tanta coisa, que é melhor não querer nada, minha boa amiga. Mas agradeço-lhe muitíssimo a sua bondade, a sua atenção para comigo, tal qual como se me trouxesse os presentes mais lindos...

Dona Virgínia observou-a atentamente, sem desfazer o riso dos lábios, mas seus olhos tinham já mudado de expressão. Ela nunca chegara a fazer juízo certo sobre Celestina. Seria ela a ingênua que aparentava, ou tudo aquilo era simplesmente arma de defesa? Qual seria o verdadeiro significado daquelas palavras? Esperaria ela lindos presentes, e teria medo de limitar as possibilidades, se pedisse uma coisa só? Mas, em tempo lembrou-se de que nada poderia trazer mesmo, contando com a sua pobre bolsa, e o Comendador não lhe recomendara que comprasse lembranças para os moradores do Grotão. Assim, bateu de leve com os dedos nos ombros de Celestina e levou-a até à porta do quarto.

– Já sabe que vou buscar a Carlota?

– Que bom! – exclamou com voz sufocada Celestina. – Como isso me alegra!

Já na saída, Dona Virgínia fez rápido trejeito de pouco caso. Quase estava convencida de que tratava com uma tola...

– Hoje só vão as malas maiores; eu vou sair amanhã de madrugada e ainda nos veremos.

Mas qualquer coisa na atitude de Celestina, talvez o embaraço que manietava os seus movimentos e lhe dava a aparência de escrínio muito fechado, chamou a atenção da viajante e despertou a sua curiosidade. Devia haver qualquer motivo para aqueles olhos baços, aquelas mãos nervosas e pálidas que se cruzavam e se descruzavam em movimentos rápidos. Sem compreender bem por que, Dona Virgínia sentia-se humilhada, reduzida às suas próprias proporções, e a invadiu a sensação de superioridade da pobre moça, que ficara com o melhor papel em toda aquela cena provocada para mais um triunfo e seu coração se apertou de forma intolerável. Não era possível deixar a jovem retirar-se para o quarto sem saber bem o significado daquelas reticências e dos subentendidos que, preocupada em reagir, e mostrar-se à altura da missão recebida, deixara passar sem os aprofundar.

Segurou pois o braço de Celestina, fê-la voltar para o interior do aposento, e quase a obrigou a sentar-se em sua cadeirinha baixa colocada logo ao lado da porta. A parenta pobre sentou-se na forma clássica dos de sua posição... bem na beirada do móvel, com os braços caídos no regaço e a cabeça inclinada para evitar o olhar inquisidor que a examinava agora sem disfarce.

– A senhora vai me dizer o seu pensamento sobre tudo isto, pois não sabe disfarçar – disse Dona Virgínia como se estivesse falando consigo própria. – Eu não quero ir-me embora debaixo da impressão de que me quer mal...

– Mas eu não lhe quero mal – e Celestina tinha na voz o tremor do receio e da impaciência que bem indicava a sua vontade de fugir ao tom confidencial do colóquio – e peço desculpas se disse alguma coisa que lhe desagradou.
– O que me desagradou foi o que a senhora não disse!
– Então não sei...
– Sabe sim! Por que você não achou bons todos os meus vestidos?
Celestina contorceu-se na cadeirinha como se sentisse forte dor que percorresse todo o seu corpo. Uma onda sombria de sangue cobriu-lhe todo o rosto e ergueu os olhos para Dona Virgínia, com as sobrancelhas contraídas e a boca amarga:
– Porque julguei que estivesse de luto. Pensei que fosse mandar fazer traje todo preto.
Dona Virgínia levou as duas mãos à boca. Estava vencida...
E não fez um só gesto para deter a prima da Senhora, que se levantou e saiu sem dizer mais uma só palavra.

XXIII

Bruno corria pelos campos montado em seu cavalicoque peludo e feio, à procura dos animais que deviam formar a comitiva de Sinhá Dona Virgínia. Fora especialmente encarregado desse serviço pelo Senhor, que lhe falara dessa vez de cara fechada, para dar ordens e não pedir como sempre fazia. No pasto estava ainda o primeiro lote de tropa e era difícil distinguir as bestas de carga das de serviço, pois todas estavam misturadas e sacudiam as cabeças de olhos muito arregalados, ariscas e vivas como se fossem de raça árabe, filhas dos cavalos importados que ficavam no campo reservado, do outro lado da sebe viva formada por bambus anões. O negro, vestido de surtum alvadio, estava furioso com o trabalho dado pelos animais e ainda com a agravante de saber que todos os seus sacrifícios eram para aquela dona impertinente, a qual nunca o saudava sequer com um "para sempre seja louvado", quando ele lhe dizia com fingida humildade:
– Siô Cristo, Nhanhã...
Já sabia que não tomava parte na viagem e sua verdadeira loucura por ver de novo a Corte ficaria mais aquela vez frustrada em suas esperanças. Por isso o pingalim de couro cru fustigava os flancos do pobre bicho, em desnecessárias

correrias acompanhadas de gritos e de exclamações africanas, aprendidas com os negros velhos do quadrado. Ouvia-se de longe o tropel das mulas, que se juntavam em qualquer ângulo das cercas, e ora se dispersavam aos relinchos no grande espaço vedado, desnorteadas pela perseguição de que eram vítimas. No meio da algazarra, da nuvem de pó e de detritos levantada, o pajem não percebeu a vinda do preto vestido apenas com uma calça rasgada, de chapéu esfarrapado à cabeça, que abriu silenciosamente a porteira e dirigiu-se ao grupo fremente de medo, formado por cinco animais. Com palavras murmuradas, gestos medidos, aproximou-se de duas das bestas e sem que elas percebessem passou-lhes pelo pescoço os cabrestos que trazia escondidos com as mãos nas costas.

Muito humilde, sem o menor raio de malícia nos olhos ou na enorme boca desdentada puxou-as para junto de Bruno, parado um momento para se refazer e enxugar o suor que lhe caía pela testa. Estava realmente exausto, sem poder olhar para o que se passava diante dele e teve surpresa ao ouvir a voz do camarada chegado já bem perto, acompanhado pelos dois animais, que dizia:

– É Joca e a Ardida que você está procurando, nhô Bruno?
– É sim, – respondeu o pajem – e que tem isso?
– É que... elas estão aqui.

Bruno tirou o lenço de cor duvidosa do rosto e viu que as duas bestas estavam diante dele, de olhos piscos e as patas afastadas como se já ali estivessem há muito tempo descansadas e à espera. Sentiu a cabeça quente de raiva e atirou o cavalo por sobre o negro que, com incrível agilidade, desviou o corpo sem largar as rédeas por ele seguras.

– Mocamau do inferno! – raivou entre dentes o pajem – onde já se viu tamanho desaforo? Quem te mandou intrometer no que não é chamado? De uma surra de bacalhau e vinagre é que tu precisavas!

E por muito tempo gritou impropérios terminados em resmungos e seguidos de olhadelas furtivas por todos os lados a fim de ver se fora assistido por alguém o desagradável episódio. Depois tirou do bolso profundo das largas pantalonas a garrafa e bebeu grande gole. Estava agora calmo e pronto para terminar o serviço.

– Vamos para o quarto dos arreios, e você vai me arriar bem essas mulas do Diabo, senão!

Quando já tinham posto as cangalhas chegaram as duas grandes canastras com o recado de que a pequena tropa deveria seguir imediatamente para terem tempo de alcançar o pouso onde iriam os viajantes passar a primeira noite. O senhor Manoel Procópio veio ver se estava tudo em ordem, pois fora designado para acompanhar Dona Virgínia, em consideração aos seus muitos anos e à sua respeitabilidade. Toda a sua bagagem se resumia em um pequeno pacote feito de lona amarrada com fortes correias que deixava entrever o cobertor de baeta vermelha com larga barra preta. Não quis fosse colocada no dorso da besta e preveniu que a traria sempre consigo presa à patilha de sua antiquada sela. Vestira longa jaqueta escura caída sobre as calças brancas e enrolara o seu alcobaça no pescoço para esconder o colarinho e a gravata de nó, e o chapéu era de abas muito largas, sombreando-lhe o rosto vermelho e enrugado. Parecia ter descido de um quadro e fora essa a observação de Dona Virgínia que não se rejubilara com a escolha de seu companheiro pelo Comendador.

– Este homem – dissera ela a si mesma – vai me acabrunhar a viagem toda com os seus conselhos e a sua experiência, como se eu não tivesse conselhos e experiência para dar e vender!

Mas o senhor Manoel Procópio nada disse o dia inteiro e ficou preparado desde a manhã, pronto a partir a qualquer hora daquele dia, e não no dia seguinte pela madrugada, como já lhe fora comunicado de ordem do Senhor, quando lhe deram a bolsa do viático cheia de moedas de ouro que tilintavam alegremente em sua algibeira, em misteriosa agitação, impacientes por saírem pelo mundo em busca de aventuras. Quando Dona Virgínia o via, assim aprestado para a saída, tinha arrepios de desagrado, mas muitas vezes, durante o dia, refletiu que iria ficar sozinha com os negros da tropa e, ao atravessar estradas solitárias, teria de "pousar" em locandas estranhas, cheias de mascates e de caixeiros viajantes, e acabou por reconhecer ser razoável suportar o velho companheiro assim imposto. Tudo era possível, desde que não perdesse aquela ocasião de voltar aos antigos tempos, fazer uma excursão ao passado e reviver agora muita coisa desenrolada diante de seus olhos, quando ainda não tinham sido abertos pela desgraça e pela dependência.

Logo pela manhã, quando chegou à sala de costura e viu o grupo formado por Frau Luiza, Celestina e as duas outras senhoras, curvadas em silêncio sobre as costuras e bordados que executavam, no propósito evidente de não lhe dar ensejo de falar sobre a viagem, teve um momento de orgulho... Era ela a privilegiada, a amiga de confiança dos Senhores e ia buscar a filha da casa, a Sinhazinha que talvez breve se tornasse a dona do Grotão. Não seria de admirar que a prima adoecesse gravemente com aquele modo de vida por ela adotado, de não sair do quarto, quase sempre no escuro! Quando Carlota fora para o colégio da última vez já a Senhora tinha se retraído há muito tempo e vivia fora inteiramente dos amigos, das visitas costumeiras que o primo Comendador recebia muito afavelmente, mas constrangido por inexplicável embaraço. A princípio, tudo passara como sendo moléstia, mas pouco a pouco, as senhoras primeiro, depois os maridos e parentes, foram deixando de vir, e ultimamente ninguém mais vinha nem mesmo na data tradicional do aniversário do Senhor, em outros tempos festejado com banquete e à noite baile. Dona Virgínia refletia, enquanto olhava diante de si aquelas quatro figuras apenas animadas pelo movimento das mãos que iam e vinham com rapidez, com os olhos fitos, imóveis, no trabalho. Eram autômatos ali postados para acabar as tarefas que se abriam sobre a grande mesa e tinham por meta formar impenetrável muro de silêncio, para conservá-la calada, sem poder dizer os seus projetos e os prazeres que pretendia tirar da imprevista viagem.

Das outras vezes era sempre o próprio Comendador quem ia buscar a filha e o mês de ausência passava depressa na ansiedade dos preparativos que todos faziam para receber a colegial. Agora, ela seria também esperada...! E sorriu ironicamente, mas não pôde conter-se e exclamou:

– Estão quietas! Se estão imaginando quais as encomendas que me vão fazer, digam logo, porque não tenho muito tempo:

Todas as quatro, que esperavam fosse a outra a primeira a falar, abaixaram ao mesmo tempo as cabeças, como se tivessem de prestar atenção a um ponto mais difícil da costura. Depois, ao ver que nenhuma delas respondia, disseram ao mesmo tempo:

– Não preciso de nada... Muito obrigada.

Entreolharam-se e sorriram embaraçadas pois percebiam agora que se tinham deixado adivinhar, e todas com receio de Dona Virgínia também perceber o gesto de defesa contra a inveja que as tinha feito emudecer, levantaram-se e vieram até ela subitamente animadas. Então puseram-se a interrogá-la ao mesmo tempo, a indagar das razões de sua partida de seus projetos e intenções, em grande azáfama. Já acalmadas com as respostas concisas da senhora, tornaram a fazer círculo em torno do tapete estendido junto das grandes janelas, e deixaram Dona Virgínia ocupada em remexer os armários. E enquanto tirava coisas e tornava a colocar nas prateleiras, ela resmungava palavras ininteligíveis, em aparentemente continuado e discreto monólogo, como se interrogasse e respondesse ela própria, para resolver dúvidas surgidas e desfeitas. Depois de algum tempo, soltou alegre exclamação e exibiu nas pontas dos dedos belo enfeite de cabeça com longo véu cor de prata.

– Este sim, é o que me vai servir para a liteira... – ouviram ela dizer em voz mais forte mas continuaram a trabalhar de novo mergulhadas no mutismo que acolhera a entrada da velha parenta.

– Queria encontrar alguma coisa que me deixasse deitar a cabeça sem ficar despenteada, até chegar a Entre-Rios para depois tomar a diligência – continuou ela sem prestar atenção às outras. – Então usarei a minha capota grande, e não serei incomodada pelos vizinhos...
– Pelo senhor Manoel Procópio? – perguntou Frau Luiza depois de erguer os olhos muito azuis do trabalho.
– Ele irá... para junto do cocheiro! – replicou precipitadamente a senhora e logo, de sobrolhos carregados, saiu da sala.
– Não sei por que será preciso a nossa Sinhazinha vir assim antes do fim do ano... – balbuciou Celestina timidamente. Não havia interrogação em sua frase nem se via curiosidade em seu olhar sereno, mas as outras três mulheres compreenderam logo que era um pedido de socorro para as conjecturas que a atormentavam, e de novo se reanimaram.
– Acho que o primo Comendador não pode suportar mais a vida que leva, tão abandonado!
Frau Luiza fixou severamente Sinhá-Rôla mas não quis resistir à tentação de dizer também as suspeitas que agitavam a sua alma de estrangeira, não a deixando compreender o que se passava em torno dela até resignar-se, a contragosto, a assistir a vida correr, enquanto cumpria apenas suas obrigações mercenárias. Assim, muito vermelha, depois de voltar ao trabalho com afetada atenção, replicou:
– Não é ele o abandonado... Acho muito mal feito tudo o que se passa aqui. Na minha terra nada disso seria possível.
– Nada disso que...?
– Não são coisas que eu deva dizer – respondeu a governante, satisfeita por poder dar uma lição indireta à parenta do Senhor. – Mas tudo parece tão claro...
– Não entendo nada do que estão dizendo – declarou com autoridade Dona Inacinha. – A prima está doente e nada de mais natural que se mande chamar a Sinhazinha, pois, como filha, deve tratá-la.
– Isso estaria certo, mana, se fosse mesmo doença o que há nesta casa – murmurou Sinhá-Rôla que abaixou os olhos e tomou certo ar indiferente. – Mas todas nós sabemos não estar aqui ninguém doente...
Nesse momento, surgida não se sabia de onde, viram Ângela de pé, junto delas, a olhá-las atentamente como se quisesse descobrir o sentido oculto do que diziam, mas logo deu tento de ter sido vista e tirou de debaixo do grande avental uma carta, e perguntou:
– A senhora dona Virgínia não está aqui? Sabem me dizer onde está agora? Tenho uma carta para lhe entregar e deve ser já.

— Ela provavelmente está em seu quarto — respondeu com dignidade Dona Inacinha, que era a mais velha das quatro, e sabia sempre fazer-se respeitar pela sua maneira firme e bondosa de se dirigir aos empregados. Todas seguiram com o olhar a mulata que se dirigiu lentamente para a porta sem voltar a cabeça mas com os ouvidos atentos, à espera de algum comentário. Quando saiu, Sinhá-Rôla correu e fechou o trinco, e de lá onde estava, com os olhos luzentes disse em leve sussurro com medo de que a mucama escutasse através dos batentes cerrados:

— O Comendador não está em casa; será carta de segredo?

— Mana, não se deixe levar pela imaginação... — observou Dona Maria Inácia. — Que dirá a nossa Celestina, quase uma criança, se nós não soubermos agir com discrição?

Todas olharam para Celestina, muito rubra a princípio e depois muito pálida. Ligeira nuvem passou pelos seus olhos, e depois ela voltou a se ocupar do bordado que tinha nas mãos.

XXIV

As duas mucamas de serviço na copa, e o moleque que as ajudava, passavam pelo corredor com as duas mãos carregadas de fartas travessas de louça da Índia, que vinham fumegantes da cozinha e espalhavam pela casa toda os odores das iguarias familiares. A mesa tinha sido coberta por grande toalha de pesado linho, de olhos abertos nas bainhas, e bem no centro fora posta uma jarra branca cheia de flores, cujos galhos se abriam livremente para todos os lados. Ângela viera prevenir que a Senhora compareceria ao almoço, e imediatamente a governante alemã correra ao jardim em busca das camélias brancas e vermelhas, que sabia serem da preferência da dona da casa e com elas organizara um ramalhete muito grande e sem arte. Quando já se viam sobre a mesa os numerosos acepipes foi ela própria tocar a sineta, que ficava no alpendre do quadrado, e mandou o negrinho ao quarto do Comendador, para prevenir de que tudo estava pronto. Depois, aguardou com as mãos cruzadas sobre o ventre, os olhos azuis muito abertos e a boca agitada, a chegada da fazendeira que fazia já bastante tempo não saía de seus aposentos. Mas foram as duas irmãs as primeiras a chegar, e iam já sentar-se como tinham por costume, quando Frau Luiza as preveniu em segredo de que Dona Mariana viria e convinha esperar...

Celestina, vinda do jardim, e trazia consigo um pouco da luz lá de fora em seus cabelos, aproximou-se de sua cadeira e não ousou afastá-la da mesa pois viu logo que alguma coisa de importante devia estar para suceder. Os homens estavam já na saleta vizinha, bem junto da porta prontos a entrar, assim que vissem a figura alta do Comendador, que afinal chegou e foi sentar-se sem olhar para ninguém no largo sofá posto no fundo da sala de jantar. Assim que todos ouviram o frufru característico das saias da Senhora, acompanhada de Ângela, e parecia uma rainha a percorrer o seu palácio, todos se colocaram junto às suas cadeiras muito calados. Dona Mariana entrou arrastando os vestidos pelo soalho de tábuas largas sem o menor gesto para erguer a barra de seda que varria o chão e sentou-se em silêncio. Depois de um segundo, à espera de que o Senhor se levantasse de onde estava e viesse sentar-se ao seu lado, disse com voz sufocada:

– Bons dias...

Fez com a mão sinal para todos se acomodarem, e logo chamou uma das negras para que lhe trouxesse a travessa principal. Passou a servir a todos, pausadamente, a começar pelo marido até Celestina. Nada perguntava e mandava logo a copeira levar a uns e a outros o que punha nos pratos. O senhor Manoel Procópio e as duas irmãs tinham esboçado tímido movimento com a mão direita como para persignarem-se, mas suspenderam essa tentativa ao verem que não houvera a menor intenção por parte do Senhor de rezar o Benedicite, como o fazia quando vinha só. Foi então, depois de todos terem começado a comer, sem dizer uma só palavra, embaraçados pela solenidade do início da refeição, que uma das portas internas se abriu e Dona Virgínia se precipitou por entre exclamações de desculpas para tomar o seu lugar. Diante do silêncio persistente calou-se, ficou muito pálida, e ao estender a mão para servir-se do prato mais próximo, derrubou o saleiro de cristal à sua frente. Olhou então com receio para a Senhora e parou com o braço ainda estendido. Vira um sorriso nos lábios da prima...

– Não é bom sinal – disse Dona Mariana, e sua voz ressoou pela sala e parecia que seus ecos a recolhessem avidamente já desacostumados de sua vibração grave.

Dona Virgínia notou que os olhos do Comendador escureciam e suas sobrancelhas se juntavam imperceptivelmente. Havia qualquer coisa de amargo em sua boca, e ele não comia. A imprudente senhora nada pode dizer senão sacudir a cabeça aprovando e tentou levar o garfo à boca.

– Vão ver se está tudo pronto para a viagem – disse o fazendeiro, e o tom velado com que dizia isto era triste. – Quero tudo prestes para a madrugada de amanhã. Se em todo o caso, a prima estiver disposta...

– Ah, meu primo! – exclamou Dona Virgínia – estou desde já no ponto de subir para a liteira e partir! Com que gosto vou buscar a nossa priminha! Virá alegrar aqui o Grotão, que está feito casa assombrada...

Ao falar, dirigiu os olhos para o rosto da dona da casa e conteve o que ia dizer ainda, ao vê-la branca e com os olhos fechados, a boca presa nos cantos. Devia ter dito alguma coisa de inconveniente, pensou, mas já era tarde pois deixara-se levar pela satisfação sentida diante daquela prova de acatamento por parte do Senhor. Caiu logo de novo sobre todos o mesmo lençol de gelo que os tornara embaraçados e mudos desde o princípio.

Celestina atormentada por qualquer coisa a apertar-lhe a garganta, sem poder ela mesma explicar o motivo do receio que a mantinha tolhida em sua cadeira, levantou-se de repente e pediu licença para retirar-se, gaguejante e sem poder conter as lágrimas. A Senhora lançou-lhe rápido olhar e o Comendador perguntou-lhe com bondade:

– Está doente? Vá para o seu quarto e tome algum remédio...

As copeiras e o moleque apressaram o serviço e dentro em pouco trouxeram o café. Logo depois Dona Mariana ergueu-se sem levantar a vista, apoiando-se pesadamente com as duas mãos no rebordo da mesa, e o seu corpo esbelto parecia agora pesar como se fosse de pedra. Ao sair voltou de leve o rosto, sem que se lhe visse o perfil, e murmurou:

– Prima Virgínia, quero falar-lhe em meu quarto.

Ouviu-se de novo o rugido das sedas, a sua alta figura deslizou pelo corredor e deixava atrás de si estranho perfume. Dona Virgínia, depois de se levantar junto com ela, quis segui-la, mas ouviu a voz do fazendeiro dizer secamente:

– Fique.

Parou no lugar onde estava e esperou que ele passasse e se dirigisse para a sala da Capela, onde foi sentar-se na comprida marquesa encostada a uma das paredes. Ela então ali o seguiu, e sentou-se ao seu lado.

– Recebeu uma carta para levar para a Corte.

Dona Virgínia notou que não era interrogação e sim afirmação categórica, e ficou quieta à espera do verdadeiro significado daquele colóquio. Porém, diante do silêncio do Comendador agora talvez esquecido de sua presença, com os olhos fixos lá fora, no grande pátio interno banhado de sol, ela acertou os babados que se tinham enrolado em má posição sobre a armadura do balão, e disse:

– Foi a Ângela que contou ao primo?
– A senhora recebeu uma carta!

Diante da secura do tom com que eram ditas essas palavras, Dona Virgínia desapontou e tirou do bolso a sobrecarta fechada com as obreias da fazenda, com as armas e sua divisa: "Spes et labor". Não teve coragem de entregá-la, mas guardou-a no regaço e prendeu um dos cantos com os dedos. Assim ficaram calados durante algum tempo, sem que seus olhos se cruzassem. Dona Virgínia sentia surda revolta ferver em seu peito e teve ímpetos de levantar-se e ir embora, sem fazer a traição, como bem o percebia, de entregar a missiva que recebera em seu quarto, levada por Ângela, com a recomendação de não mostrá-la a ninguém, sem falar com a Senhora. Todavia, era o seu sangue, era a sua família que ali estavam, representados pelo primo, agora com a cabeça caída, os punhos fechados, as pernas dobradas debaixo da grande marquesa. Seria uma crueldade, pensou, abandoná-lo sem socorro quando era visível que sofria masculamente.

Sem nada dizer, ergueu-se e deixou cair a carta entre as mãos do fazendeiro, que nada fez para segurá-la.

XXV

Celestina durante o dia passou muitas vezes diante das portas dos quartos de vestir e de dormir da Senhora e sempre andava nas pontas dos pés, com a precaução que teria se ali estivesse alguém muito doente. Parecia-lhe sempre que ia ouvir gemidos obrigando-a a parar gelada ou o grito que talvez a forçasse em violento reflexo a correr para o seu aposento lá no fundo, e esconder-se sob as cobertas. Todos que encontrava voltavam o rosto para o outro lado, pois deviam ter receio de que ela lesse em seus olhos o que pensavam, e pudesse assim denunciá-los à sua prima. Entretanto, ela bem sabia que nunca pudera dirigir-lhe a palavra em confiança, no abandono e franqueza que seria de esperar entre a pobre protegida e a sua poderosa protetora. Desde sua vinda para o Grotão, há tantos anos, olhara sempre para a Senhora como se fosse uma criatura superior, muito acima de suas melancólicas misérias, e seria audácia sem nome informá-la de que passava ao seu lado as mesmas dificuldades suportadas em sua casa arruinada. A fazenda era enorme e rústico palácio, fortaleza sertaneja de senhor feudal sul-americano, e tudo ali era grande e austero, de luxo sóbrio e magnífico, mas era preciso viver naquelas salas amplas, de tetos muito altos e mobiliadas com móveis que pareciam destinados a criaturas gigantescas, sem contar com coisa alguma de certo nem no presente nem no futuro. Ela não sabia que posição era a sua no meio de todos aqueles parentes e criados e caminhava por entre eles com medo de ser chamada ao seu lugar a todo o momento, pois nunca pudera conhecer o limite de sua liberdade naquele círculo estreito em que se movia. Nada ali era seu, nem mesmo a roupa trazida sobre o seu triste corpo, provinda sempre de presentes feitos com gélida indiferença, e o dinheiro de que dispunha lhe era entregue pelo administrador, sempre de mau modo, como se pagasse a credora suspeitada de fraude. Era com vergonha e tristeza que guardava as moedas em sua caixa de charão muito antiga, já com os desenhos prateados em paisagem lunar muito apagados pelo uso, pois a laca perdera o brilho e se partira em mil pequenos sulcos, colocada na gaveta da cômoda de seu quarto, e só as gastava para comprar pequenos nadas para a menina. Mas agora com a sua morte tinha remorsos daquelas economias e ficou assustada ao verificar que se tinham acumulado em quantia que lhe pareceu considerável. Qualquer dia seria preciso que ela saísse do Grotão, e era bom guardar alguma coisa para viver.

– Mas, viver para quê? – perguntou a si mesma quando se examinava no pequeno espelho de toucar que encimava a cômoda em cujas gavetas remexia com os dedos magros, maquinalmente, e tirava sem finalidade positiva os objetos de seu canto para colocá-los em outro. – Eu mesma não sei para que vivo e no entanto sou tão exigente!

Nesse momento encontrou com os próprios olhos e sorriu, tal era o contraste entre aquela pobre figura desanimada e triste com os cabelos caídos em pontas sobre as faces de palidez indecisa e os imperativos sentidos em tumulto em seu coração, que reclamava afeto e apoio incondicional dos que nem sequer suspeitavam de sua existência. Sabia passar por entre todos que a cercavam como um fantasma, um ser dotado apenas de mãos e braços para servir, mas que nunca poderia afirmar a sua presença de modo mais positivo, pois se tornaria incômodo e seria repelido...

– Repelido... para onde? – continuou, agora apoiada no tampo do móvel com os cotovelos pousados muito juntos um do outro e as mãos entretecidas – não teria para onde ir, pois no mundo inteiro não há um lugar para mim, a não ser este, onde permaneço por esquecimento dos outros, porque ninguém se lembrou ainda de que não tenho direito algum de ficar aqui... e agora que nem sequer tenho a menina para me dedicar, mesmo de longe e depois de todos, até mesmo da mucama, da Libânia... Devo guardar esse dinheiro, e ajuntar até conseguir meu pequeno pecúlio para viver na cidade, independente!

Contou de novo as moedas, algumas de ouro outras de prata e notas em papel, com a efígie imperial e novamente reconheceu que completavam uma certa importância, e dentro em pouco daria para a compra de uma escrava, de "negra de ganho", que poderia iniciar a execução de seus projetos. Seria possível também comprar cabeças de gado, e ficariam soltas no campo e se reproduziriam tranquilamente e dentro em pouco teria uma ponta que já valeria alguma coisa. Nada precisava agora, e viveria como pobre inválida recolhida a asilo suntuoso sem necessidades e sem desejos! Afastaria de si essas ideias que lhe vinham como águas perturbadas afogar-lhe o coração... e lembrou-se da jaculatória que lera em um livro religioso, herdado de sua mãe, ainda com os sinetes deixados por ela entre as folhas.

– Senhor, livrai-me dos pensamentos inúteis! – murmurou ela repetindo a frase que lhe saltara aos olhos sublinhada a lápis e marcada com um pedaço de fita de gorgorão vermelho.

Vazia de pensamentos inúteis ela poderia viver ainda alguns anos, e sua cabeça se tornaria confusa e fraca como nesse instante. Sentia que não era daquele lugar onde estava abandonada pois era nele uma estranha e viu passar com secreta angústia em sua mente outras casas e outras paisagens diferentes daquelas que se viam na janela aberta ali perto. Tudo lhe parecia inimigo e hostil nessa fazenda tão grande onde a tratavam como estrangeira. Seria o mundo todo assim? Estaria ela despedindo-se da terra, em preparativos lentos mas profundos para partir para sempre?

Teve medo, não de ir embora sem retorno, mas sim de voltar para aqueles lugares dos quais já se tinham despedido suas mãos e seus pés. Neles tinham se apagado todas as marcas de sua triste personalidade, e talvez já significassem tudo para outras pessoas mais felizes cujos sonhos e cujas necessidades não conhecia, e agora os ocupavam.

Era o sinal da morte...

Batido insistente, já ouvido através do mórbido meio-sono que a entorpecera toda, ali debruçada sobre a cômoda com a gaveta aberta e as moedas espalhadas, fê-la despertar por completo, e foi com voz ainda velada que mandou entrar. Era Dona Virgínia que tendo já tudo pronto não podia conter a impaciência e a inquietação, e andava de um lado para outro à cata de alguma coisa que fizesse esquecer as horas de espera da partida.

– Que aconteceu? – perguntou apressadamente, pois ao fechar a porta viu a gaveta aberta e o conteúdo da caixa de charão em desordem. – Preparava-se para ir ao meu quarto pedir que lhe comprasse alguma coisa na Corte?

Chegou até perto da moça com os olhos iluminados e curiosos, satisfeita de prolongar ainda por algum tempo os seus preparativos de viagem com a discussão da encomenda assim prevista. Decerto alguma tolice de mau gosto, que seria necessário combater e afastar com suas luzes para depois indicar a solução sensata.

– Antes de mais nada, minha filha, acho que na sua situação não devia deixar-se levar pelo capricho – foi logo esclarecendo. – Talvez queira me dar essa quantia para ser entregue ao Comissário Socorro a fim de ser posta a juros. Essa seria ótima medida, de resultados seguros!

Celestina sentia que seus pensamentos agora eram apenas um seguimento de imagens, em confusas teorias, e a vergonha vinda de longe, do recôndito de seu ser, abriu caminho entre elas ao ver ditos em palavras os cálculos que fizera como em pesadelo. Entretanto grande calor subiu-lhe pelo corpo e fez desaparecer a fraqueza que a dominara até ali, e ergueu o busto com esforço para fixar Dona Virgínia sem defesas.

– Queria mesmo pedir-lhe certo favor – disse finalmente e grande calma banhou seus traços até então contraídos – queria que me comprasse uma coroa de "biscuit" para a menina.

– Mas – observou-lhe Dona Virgínia com estranheza – isso ficaria muito caro, mesmo das pequenas...

– Quero das bem grandes, e a senhora levará todo esse dinheiro, e pode gastá-lo todo, pois o guardei unicamente para esse fim...

Dona Virgínia recebeu as moedas e as notas de banco com seus caracteres muito claros e guardou-as no bolso e seu olhar pensativo, longínquo, pousou no rosto da moça. Mas, não a via, não eram as feições familiares de sempre que tinha diante de si. Talvez se lembrasse de outro tempo já muito afastado, na corrida para trás, e visse outra jovem com o coração ainda puro das maldades dos homens, com as mãos estendidas para a vida, sem qualquer pensamento tortuoso que as fizesse tremer e recuar... Teve vontade de correr ao seu quarto e desmanchar as malas lá à espera do momento da partida, de pedir ao Comendador que mandasse outra pessoa em seu lugar, buscar a Sinhazinha, porque ela já não tinha forças para vencer as distâncias, para caminhar pelas montanhas até lá embaixo, no grande vale recortado pelas águas misteriosas e podres da baía... Tudo agora lhe parecia subitamente difícil, impossível, e erguia-se diante dela espessa barreira intransponível de obstáculos e de perigos acima de seu alento...

Estava velha. Era uma pobre mulher quebrada pelos anos e pela pobreza... Nada pôde dizer, e saiu com lentidão, talvez à espera ainda de uma palavra de Celestina para romper o encantamento que a aprisionara, na revelação meridiana, total, de seu estado de miséria e de desamparo. Como formar projetos de orgulho satisfeito, de triunfos em que figuraria como centro de atenções, quando era apenas... Passou a mão pela testa, para afastar a ideia importuna, e conseguiu andar de cabeça levantada até a porta de seu quarto onde se refugiou tal o animal perseguido em sua furna. Deitou-se por instantes mas lembrou-se de que eram aqueles os seus últimos momentos na fazenda. Dentro de algumas horas estaria a caminho, e talvez nunca mais voltasse, impedida por algum acontecimento imprevisto ou mesmo a morte! A cama pareceu-lhe lugar de suplício e queimava o seu corpo. Tornou a erguer-se e resolveu procurar as outras senhoras, mesmo que a recebessem com frieza, com a secura da inveja, já o sabia, mas mesmo isso seria um bálsamo para o seu espírito inquieto.

XXVI

Celestina saiu do quarto e deixou as gavetas abertas, a cama revolta, como se não pudesse mais suportar a vista daquelas coisas familiares, depois do que fizera reviver com o encontro de seu humilde tesouro, agora entregue a Dona Virgínia. Quando parou no alpendre da sala da Capela, estendeu a vista pelo quadrado e viu do outro lado a porta da senzala da velha Dadade, a africana que tinha sido ama do Comendador, e agora vivia presa ao catre com as pernas paralíticas. Estava aberta e aquilo pareceu franco convite à moça pois já havia muito tempo não ia visitar a anciã, que sempre a confundia com a sua Sinhá, a avó do fazendeiro. Viera de longe, da fazenda da serra da Mantiqueira, mas sempre das margens do rio Paraíba, e conhecera os senhores que tinham sido os avós de toda a enorme família Albernaz. Celestina gostava de ouvi-la, e a sua meia língua muito doce era como antigo acalanto aos seus ouvidos, e muitas vezes sonhara ser a bela senhora, em sua fazenda que era toda a antiga sesmaria da serra concedida ao antepassado, cercada da adoração dos dez filhos e dos numerosos escravos e tudo crescia em torno dela, os filhos, a riqueza e o poderio. Fora uma verdadeira soberana feliz em seu domínio, e sua vida era rio caudaloso que tudo fertilizava em seu caminho tranquilo, pois levava em suas águas majestosas a fecundidade e a paz. Sua fazenda era a Canaã de frutos opimos e sua mesa onde se sentavam dezenas de pessoas vergava ao peso dos produtos da terra trabalhada com alegria. Tudo era abençoado e farto naquela casa, e os filhos de longas barbas curvavam a cabeça diante do pai, beijavam-lhe as mãos e obedeciam como meninos. O olhar da senhora, seu gesto, eram ordens para todos e um anjo poderoso parecia velar ao seu lado, para que nunca ultrapassasse os limites da prudência e da bondade.

 Celestina, quando ouvia a doente contar a vida na fazenda da Oliveira, revivia por sua vez tudo que escutava e sentia ser possível a felicidade no mundo, mesmo criada pela simples confusão da negra, entretanto muito lúcida nas outras coisas, quando a chamava de Nhanhã Clara... Sentava-se na cadeira austríaca ali mandada colocar pelo feitor que vira algumas vezes o Comendador ficar em pé ao lado do leito de sua ama, e a moça de mãos cruzadas no regaço, os pés ocultos pelas saias, deixava-se levar pelo sonho envolvente.

 Naquele dia Celestina chegou sem ruído e depois de acostumada à penumbra impalpável do mísero aposento, que recebia a luz só pela porta, viu a Vovó Dadade rezar e fazia correr as contas de "lágrimas de Nossa Senhora" do seu terço. Quando já tinha sentado, ela abriu de repente os olhos muito brancos na face escura, e fitou o vulto da jovem. Depois de algum tempo sem responder às perguntas sobre sua saúde, feitas por Celestina, disse serenamente como se continuasse uma palestra encetada minutos antes:

– Estava agora rezando por causa daquilo que contei, acontecido com a Sinhá velha...

– Conte outra vez, Dadade.

– Ah, Nhanhã... A Sinhá velha estava muito zangada com as mucamas e mandou que todas fossem embora, quando viu entrar no quarto uma preta que não conheceu logo, pois vinha de cabeça baixa e tinha os cabelos caídos sobre o rosto. A Sinhá perguntou espantada – quem é você? – mas a negra respondeu muito baixinho e ela não entendeu, e deixou que se ajoelhasse diante dela e começasse a tirar-lhe os sapatos, daqueles amarrados na perna com fitas até quase o joelho. A Sinhá velha, ela era muito moça nesse tempo, julgou fosse alguma das mucamas da copa, que ela não lembrava e tinha vindo ajudá-la a despir-se, e permitiu que ela desamarrasse o calçado, depois desabotoou o vestido e desapertou o colete, e tudo tirou com tanto cuidado que até a Sinhá velha estava a imaginar seria melhor trocar as duas mucamas do quarto e mandar só aquela ficar para servir. Reparou como a escrava dobrou o vestido com cuidado, pôs os cordões do espartilho no lugar, escovou os sapatos antes de guarda-los na gaveta do armário, e pediu então que a despenteasse. A negra parou um pouco, e tornou a dizer uma coisa incompreensível para a Nhanhã.

– Deixe de resmungar e trate de desfazer o penteado e entrançar os meus cabelos, mas não aperte muito.

E quase não sentiu os dedos em sua cabeça, e nem um fio ficou fora do lugar. Tudo foi feito com tal suavidade que a Senhora parou de cortar as unhas para prestar mais atenção na mucama, e não percebeu o seu rosto pois acendera só uma vela das que ficavam de um lado e de outro do espelho. Só via aquele vulto escuro, tão discreto, tão silencioso, a se mover de tal forma que nem o ar se deslocava em torno. As suas duas tranças grossas, muito lisas e brilhantes com tons de cobre, surgiam, primeiro uma e depois outra, e eram logo colocadas em suas espáduas de maneira que as visse. Sinhá velha estendeu a mão, abriu uma gavetinha e tirou as fitas que deviam segurar as pontas dos cabelos e entregou à mucama, e ela as agarrou com rapidez. Agora tudo estava pronto, e apenas faltava vestir o farto roupão de sarja azul que ela recebera havia pouco tempo, trazido por um primo que viera da Corte, como acompanhante do primeiro Imperador. A senhora então levantou-se e perguntou, com um pouco de inquietação:

– Mas, afinal, quem é você, e quem mandou você aqui para me servir? Como sabiam ter eu despachado as outras mucamas?

A negra sempre de cabeça baixa e com os cabelos caídos respondeu em sua linguagem ininteligível. Mas ao ver a impaciência da Sinhá velha fez breve movimento para sair e logo se conteve, foi para o outro quarto, e lá no escuro abriu a cama, preparou os cobertores, viu se havia água na moringa da cabeceira, e a Senhora tudo seguia de longe, pelos pequenos ruídos tão conhecidos seus, mas não lhe era possível distinguir o vulto da negra. Então, levantou-se e agarrou o castiçal e entrou no quarto, mas já a mucama a ajudava a despir o roupão e ajoelhou-se para tirar-lhe as chinelinhas. A Sinhá velha deitou-se e viu que a escrava puxava as cobertas sobre ela, as ajeitava de modo a não deixá-la descobrir-se durante a noite, mas fazia sempre todos os movimentos de maneira a não se poder ver-lhe o rosto.

A Sinhá não queria mostrar que estava com medo e teve a lembrança de mandar apagar a vela e assim quando a escrava chegasse o rosto perto da chama, poderia ver quem era sem ter de ordenar que ela se mostrasse. Mas a mucama manobrando para não se voltar estendeu o braço e ia apertar o pavio com os dedos, sem que fizesse um só gesto para descobrir o rosto quando a senhora puxou-lhe a mão e conseguiu chegar a luz bem perto dos olhos dela, para iluminar em cheio a sua cara...

– E quem era? – perguntou Celestina, pois conseguira entender perfeitamente o que lhe contava a anciã, com as hesitações e os rodeios usados sempre em suas narrativas – como era o rosto dela?

A velha deixou correr pelo corpo todo um arrepio, calou-se e fechou os olhos e a boca fortemente.

– Conte, Vovó Dadade...

– A Sinhá velha no princípio não conseguiu perceber nada mas sentia que a negra escapava de perto da cama, e então segurou-lhe os cabelos, que eram finos e lanzudos, e levantou-os. E deu um grande grito, que todos da fazenda ouviram...

– Por quê, Vovó Dadade?

– Porque ela não tinha rosto não... Nhanhã Clara!

Celestina a princípio não entendeu bem. Depois, quando compreendeu tentou levantar-se e fugir, mas não pode pois as pernas se recusaram a mover-se. Ao fim de algum tempo quis reagir e firmou a voz para perguntar:

– Não tinha rosto, como?

– Não tinha não, Nhanhã Clara. A vela alumiou um vazio. Era só cabelo e pescoço...

Celestina lembrou-se então das terríveis lendas que cercavam a fazenda da serra, as histórias contadas sobre a crueldade dos antigos senhores, e estremeceu ao pensar no quadro de beleza serena, de formosa prosperidade que a velha paralítica sempre descrevia. Não era possível combinar a negra sem cara e toda aquela opulenta bondade que tudo transformava em riqueza e alegria. E teve medo que todos os seus sonhos se desvanecessem, como uma mentira indecifrável, uma inútil e cruel comédia. Não poderia nunca mais ouvir os contos recitados por ela com voz monótona e ofegante, mas criadores de cenários admiráveis de amplitude e de força...

Devia renunciar para sempre àquele refúgio que a fazia fugir para muito longe, levada velozmente pela sua imaginação e pela sua vontade sempre insatisfeita de ser amada. Levantou-se e sem dizer uma palavra foi até perto da cama, e olhou bem para a preta velha como se quisesse despedir-se dela e guardar para sempre os seus traços rudes. Vovó Dadade riu-se baixinho, e desceu as pálpebras com lento esforço.

– Não vá embora, Nhanhã Celestina...

– Nhanhã Celestina?! – perguntou a moça com irritada surpresa. – Então não pensa que sou a sua Nhanhã, a avó do Senhor?

A pobre preta agitou os braços, como se consertasse o cobertor de baeta vermelha recebido havia poucos dias, e que lhe chegava até os peitos muito magros, mal cobertos pelo chimango de algodão grosseiro e ficou calada sem abrir os olhos. Depois, quis segurar as mãos da moça que fugiu com as suas e levou-as até o pescoço. Não podia desfitar aquelas feições tão negras e desnudadas, cobertas de pequenos pelos muito crespos, muito brancos, nascidos em desordem de cada lado das faces, daquelas pálpebras baixadas, esconderijos de segredos tão bem guardados, de enganos e de sábia traição.

– A negra velha está muito mal, não pode andar, não pode mais trabalhar para os brancos, e fica jogada aqui nesta cama, tanto tempo, tanto tempo!... A Dadade está que não pode mais, e não tem coragem de esperar, de esperar...

Celestina não pôde conter o impulso que a fez ajoelhar-se no chão de terra batida, onde não havia nem sequer uma esteira, e segurou nas velhas mãos trêmulas com medo de ver lágrimas correrem daqueles olhos obstinadamente fechados.

– Perdoe-me, Vovó Dadade...

– A negra velha perdoar à sua Nhanhã Clara? – murmurou ela, e fingiu que adormecia.

XXVII

Terminado o jantar daquele dia sem a presença da Senhora, Dona Virgínia levantou-se antes de seu primo ter-se erguido e foi até junto dele a caminhar de olhos baixos, as mãos cruzadas sobre a cintura, e suas saias ondulavam no ritmo calculado de seu andar. Parecia estar no palco e era visível a sua vontade de tornar bem público o pedido que ia fazer, como se quisesse dar-lhe todo aparato possível revestindo-o do cerimonial adequado. Quando chegou ao lado do Comendador parou e, sem erguer os olhos, mas via-se que estava certa de que todas a fixavam atentamente, à espera da revelação que surgiria daquela sua atitude extraordinária, disse pausadamente:

– Meu primo. Quero agora despedir-me da prima Mariana e receber suas ordens, pois vou deitar-me cedo para poder partir amanhã ao romper do dia.

O fazendeiro que a vira aproximar-se sem fazer qualquer movimento e continuara a segurar o seu copo preso entre os dedos, talvez para evitar cerrar os punhos na tensão nervosa e no agastamento em que ficara ao perceber o intento de sua velha parenta de se dar em espetáculo, respondeu-lhe sem se voltar:

– Pode ir, prima, e para isso não era necessário pedir licença, como muito bem sabe.

E levantou-se, sem mais prestar-lhe atenção. Foi em seguida para a saleta de entrada onde estava pronta a mesa de jogo, com as caixas de fichas de marfim trabalhado e seus baralhos em seus estojos de ébano com relevos. Ao passar pelos três homens que eram seus companheiros de jogo e tinham sido seus comensais à mesa nada lhes disse, convidando-os apenas com pequena inclinação de cabeça e todos o seguiram em silêncio. Dona Virgínia ficara parada e acompanhou-o com o olhar. Parecia interdita sem saber ao certo o que fazer, pois desejava provocar uma explicação franca, mesmo brutal, do que deveria falar à Senhora, ou então receber instruções sobre o que lhe caberia dizer mesmo ali diante de todos. Mas agora, via-se entregue inteiramente à sua própria determinação e sentia-se desamparada. Olhou para Dona Inacinha e viu-a abaixar a cabeça sobre a mesa sem fazer menção de levantar-se, e não encontrou o olhar de Sinhá-Rôla, de Frau Luiza e de Celestina, que se erguiam lentamente no intuito bem claro de dar-lhe tempo de sair da sala. Teve pequeno momento de fraqueza, e por pouco não pediu a uma delas que a acompanhasse ao quarto de Dona Mariana, e assim facilitaria a sua visita naturalmente difícil e penosa.

Conseguiu entretanto animar-se e depois de passar a mão trêmula pela testa, para afastar pensamentos inoportunos, dirigiu-se para o grande corredor onde se achavam logo no início as portas dos quartos do dono do Grotão. Bateu e imediatamente Ângela abriu e fê-la entrar com sorriso acolhedor; Dona Virgínia sentiu vaga inquietação perturbá-la pois parecia-lhe que a mucama estava à sua espera, e tudo preparado para a sua vinda em traiçoeira armadilha. De sua atitude ameaçadora, de quem possui armas fortes para vencer, nada restava e foi timidamente que entrou no quarto de dormir, onde viu logo a prima sentada junto de sua escrivaninha baixa de mogno, cheia de papéis e entre eles o tinteiro de prata bem à vista. Lembrou-se da carta que entregara ao primo e sentiu grande vergonha, que a fez tornar-se pequena e curva diante da figura ereta à sua frente, severamente vestida de preto, com a cabeça coberta por véu de rendas também negras a ensombrar-lhe o rosto tornando-lhe as feições quase indistintas, pois puxava com uma das mãos a sua ponta para que ele viesse até o colo onde fulgurava um pendente de ônix com monograma de brilhantes. Dir-se-ia que estava ali para receber uma visita imperial, em plena Corte e não naquele recanto distante do vale do Paraíba, entre colinas cobertas por imensos cafezais que alteavam com matas quase impenetráveis. Lá fora o largo silêncio vinha até as janelas e parecia envolver toda a casa como um navio submergido por altas ondas negras sem espumas, sem a luz das estrelas, tapadas por nuvens opacas e lentas. Dona Virgínia esperava encontrar, como sempre acontecia, a Senhora em musselinas de interior, presa ao leito por enxaqueca, com ar de vítima altiva mas enternecedora, e agora tinha diante de si aquela senhora moça e bela, mas de porte austero e em grande cerimônia.

Foi pois com respeito que se aproximou e repetiu a frase até ali julgada irônica, mas agora revestida de súbita realidade:

– Vim receber suas ordens para a viagem, prima...

– Nada tenho a pedir-lhe, prima Virgínia, a não ser que cumpra bem a sua missão ao trazer-nos nossa filha.

Dona Virgínia diante do novo silêncio caído entre elas torceu as mãos aflita, pois não sabia mais que deveria dizer, nem como sair dali. Imaginara antes em seu quarto todas as perguntas que a Senhora provavelmente lhe faria, e preparara com deliciosa angústia as respostas que daria com impertinência e superioridade, debaixo de aparência cortês, e via-se de repente inteiramente desorientada. Parecia-lhe agora ser ela a culpada de muitas faltas merecedoras de recriminações, e percebeu que se a prima continuasse a trata-la daquela forma, acabaria por romper em pranto e perder o respeito a si mesma. Lançou os olhos em volta à procura de uma ideia, de um ponto de apoio e suas pernas se recusaram a levá-la, mas o sorriso ainda fixo nos lábios escuros de Ângela, que a contemplava serenamente, foi como nova e maior chicotada em sua dignidade.

– Infelizmente fui impedida de fazer o que me pediu e já estão informados do que continha a sua carta – disse com segurança e conseguiu olhar para a Senhora com afetado desdém.

– Já sei, já sei como foi impedida disso – respondeu Dona Mariana secamente sem que o menor sinal de inquietação ou de rancor modificasse o som de sua voz aristocrática, levemente rouca e baixa.

Dona Virgínia não pôde retrucar. Tornara-se pálida e seus lábios se agitavam em ligeiro tremor. Sentia-se que tentava conter as palavras vindas aos lábios com violência, frases acerbas e decerto humilhantes e sem remédio para aquela mulher de luto. Mas venceu em pouco a agitação surda que sacudia seus nervos e compôs o semblante onde apenas os olhos brilhavam de forma insustentável e pôde enfim falar:

– Quero dizer-lhe adeus.

– Que faça boa viagem.

Surgiu de entre as rendas pretas pequena mão longa enxuta onde brilhavam dois diamantes, e Dona Virgínia segurou-a pelas pontas dos dedos e era sensível o gelo que a tornava morta, mais pela intenção do que na realidade. Depois virou-se tesa e dirigiu-se para a porta, aberta por Ângela com precipitação. Atravessou o quarto de vestir e de novo teve os batentes escancarados de par em par diante de seus passos e, ao sair voltou-se e viu o mesmo sorriso nos lábios da mulata, ainda ali de pé, talvez à espera de que ela dissesse alguma coisa. Mas a velha senhora apenas se deteve por segundos, e seu balão fez súbito movimento para trás, pois saíra com certo arrebatamento e depois de olhar altivamente o rosto cor de bronze da escrava cortado pelo brilho dos dentes alvíssimos, murmurou entre dentes:

– Alcoviteira!

Ângela não alterou o desenho alegre de sua boca, mas pelos olhos tornados de repente ameaçadores, Dona Virgínia pode perceber que ela ouvira e compreendera. Era mais um motivo de ódio, mais outra semente de morte por ela lançada em terra fértil, mas que lhe importava? Estava satisfeita com a pequena vingança que sabia dever ir parar onde era necessário chegar e tudo representava boa recompensa de ter ficado sem resposta para as insolências e desprezos subentendidos.

XXVIII

Era sexta-feira essa noite e Dona Virgínia ao caminhar pelo corredor ouviu de longe as vozes graves dos escravos em resposta às orações, ditas em tom abafado pelo Senhor e pelas outras pessoas. Apressou o passo e foi pé ante pé para a sala grande da Capela. Com viva surpresa verificou ser o fazendeiro em pessoa quem dirigia a prece da noite e ajoelhara-se diante do oratório com seu grande lenço branco nas mãos. Há muito tempo ele não vinha mais e recolhia-se ao quarto sem que ninguém o visse passar e lá já encontrava a Senhora recolhida logo depois do jantar. Ainda na porta, Dona Virgínia viu o grupo formado por ele, poucos passos à frente dos outros e logo seguido pelos quatro homens hóspedes então na fazenda. Mais atrás, as senhoras vestidas todas de negro, e formavam a vanguarda das mucamas de dentro, uniformizadas de xadrezinho preto e branco com as cabeças ocultas pelos lenços em harmonia com as rendas das mantilhas postas nos cabelos das parentas e da governante. A entrada do quadrado abria-se sobre o alpendre onde ficavam as pretas velhas seguidas pelas crianças e pelos escravos mais antigos, cercados pelos feitores, e lá no fundo, na escuridão apenas cortada por duas grandes lanternas de luz vermelha, a multidão dos escravos. O Comendador, com a voz um pouco presa, dizia a primeira parte das orações e todos respondiam em coro, indo o eco das respostas até os muros do enorme pátio, e de lá erguia-se então no silêncio desmedido da noite para o céu onde fervilhavam milhares de estrelas em toda a sua pompa. Talvez muito longe, na estrada deserta, algum viajante solitário ouvisse aqueles cânticos e julgasse escutar vozes do céu, pois até lá chegariam suavizadas pela distância em cansada melodia, arrastada em notas de serena angústia. Sem fazer ruído, pois deslocava apenas o ar com o volume enorme do balão, Dona Virgínia entrou e dirigiu-se até perto das outras senhoras e ajoelhou-se em um só movimento, como se caísse de súbito. E logo sua voz baixa e profunda se unia às demais, mas não com a expressão habitual e quotidiana dos outros e sim tonalizada pela emoção que a enervava. Sentia seu coração pequeno e perdera inteiramente o equilíbrio que a fazia forte e audaz diante da viagem penosa a ser encetada no dia seguinte. Fora ao encontro da Senhora preocupada pela certeza de sua culpa, convencida da traição praticada, inexplicável até para si mesma, e apenas ouvira aquela frase seca que a desculpava de forma definitiva. Não sabia ao certo se fora exagero seu as censuras que se fizera com impertinente insistência, ou se realmente nada fizera de mal... e muitas vezes perdeu o fio das orações recomeçadas e murmuradas atropeladamente para alcançar os outros. Por instantes os olhos se lhe umedeceram pois sentiu não dar atenção devida às orações que fazia justamente quando delas mais necessitava, e vieram-lhe à mente os perigos que iria correr, levada através dos montes e das matas em sua liteira, tão sozinha, acompanhada apenas por um velho inteiramente indiferente, e sobretudo quando tivesse de embarcar no caminho de ferro lá na raiz da serra e correr por aqueles trilhos luzidios que pareciam abrir caminho para a eternidade em suas paralelas sem fim...

Há tantos anos estivera na Corte que não se lembrava mais, a não ser através de espesso nevoeiro, como as nuvens que pairavam na serra, e sua memória tinha ficado impregnada das cenas e das paisagens vistas e às quais assistira como principal personagem, pois então era moça e todos a diziam bela... Agora, pelas cartas do primo José e também pelos jornais do primo Comendador lidos com insatisfeita curiosidade todos os dias, compreendia ter mudado muita coisa e já não era tão longe a grande cidade, pois o caminho pela Estrada de Ferro Mauá e pelas barcas encurtara as distâncias. Mas os desastres, o perigo de sair fora dos trilhos, a velocidade excessiva e as carruagens muito altas em disparada, a balançar assustadoramente, tudo que lhe contavam em palavras entusiastas, ela iria agora ver com seus próprios olhos e sentir com seu corpo já velho. Olhou para as mãos, para as veias escuras que nela formavam desenhos estranhos com pequenas manchas arroxeadas aqui e ali, em esquisito mapa de países desconhecidos, e suspirou fundo. O rosário de prata trabalhada a correr entre os dedos fê-la lembrar-se de seu marido, e de todo o antigo sofrimento, mas nunca estava bem certa se padecera mais do que fizera sofrer, e ainda uma vez as orações se confundiram em sua mente. Decididamente não seria feliz na viagem pois não pudera rezar nada com a devida atenção. Parecia que um pequeno demônio estava a seu lado e fazia com que se distraísse e se recordasse de coisas há tanto tempo afastadas... Levantou os olhos, para procurar a presença real do tentador diabólico, e viu então que estava sozinha. Absorvera-se de tal forma em suas reflexões que não sentira a terminação da reza, a retirada primeiro do Senhor seguido pelos homens, depois das senhoras que decerto a tinham olhado muito admiradas de sua devoção prolongada, e finalmente de todos os escravos. Já haviam fechado as portas do alpendre, e haviam deixado acesas apenas as duas grandes velas de cera cuja luz tremeluzia nos altos castiçais de prata junto do oratório. Tinham deixado a seu cargo apagá-las, e a lamparina, debaixo do globo vermelho de cristal, ficaria acesa a noite toda, como sempre acontecia, há muitos anos, e ninguém sabia ao certo quem se encarregava de sua manutenção. Dona Virgínia ao ver aquela sala tão grande, ainda maior pela penumbra adensada em seus quatro cantos, cheia do calor e do odor de tantos corpos desaparecidos como por encanto, sentiu rápido arrepio percorrer-lhe o corpo todo e levantou-se com precipitação, pondo as mãos no pavimento. Depois correu para a sala de visitas e ao ver que não havia ninguém ali, foi pelo corredor adentro, em fuga, como se alguém a perseguisse, e entrou de supetão no quarto das duas irmãs, onde foi recebida com exclamação de sobressalto.

– Vim despedir-me das senhoras – disse ela, ainda ofegante, mas esforçava-se por tornar natural o seu aspecto agitado, e queria dar explicações de sua invasão abrupta: – Entrei sem bater, mas peço não se zanguem com essa falta de cerimônia. São já os últimos instantes, dentro de poucas horas estarei longe...

Sinhá-Rôla segurava nas mãos as duas tranças fartas que enchiam a rede de fitas por ela usada a cair sobre as costas, escondeu-as como menina apanhada em flagrante, e veio a sorrir ao encontro da velha senhora. Não queria fosse adivinhada a sua perturbação, e ainda mais a inveja mesquinha sentida quando soubera que ela ia para a Corte. As palavras semi-amargas de sua irmã, as muitas humilhações e decepções já sofridas, os pequenos e minuciosos desastres de sua existência, tinham apagado o fervor de seu coração e esfriado o calor que a tomara toda. Mas mesmo assim sem as tranças que tornavam, pelo menos assim o julgava, a sua cabeça ainda juvenil, ela queria fazer as despedidas amavelmente, como boa vizinha de quarto, naquela casa onde todas viviam mais ou menos de esmola...

– E nós queremos desejar-lhe uma boa viagem – murmurou, risonha – queremos goze de todos os prazeres que a Corte oferece aos seus visitantes!

Levou-a pela mão até a cadeira baixa toda de jacarandá, cujos braços acolheram a senhora carinhosamente, tão acostumados estavam aos corpos velhos e gastos, necessitados de seu auxílio, e as duas irmãs sentaram-se perto em banquetas também baixas, para fazerem sala.

– Não vou me demorar, porque já é muito tarde. Queria apenas repetir a minha oferta de poder levar suas encomendas, ou trazer o que quiserem...

As duas senhoras se entreolharam sorridentes, inteiramente irmanadas na compreensão de sua pobreza e seguraram ao mesmo tempo com gesto afável as mãos de Dona Virgínia e disseram, com voz comovida:

– Vá com Deus, nossa boa amiga, e Nossa Senhora a protegerá pelos caminhos...

Dona Virgínia já no corredor de novo sentiu grande paz em seu coração e foi deitar-se.

XXIX

Sinhá-Rôla despertou com a cabeça confusa e a sensação estranha de ter ouvido, ainda em sonhos, ruídos que se tornavam agora reais e não podiam ser explicados imediatamente. Manteve por momentos os olhos abertos e os ouvidos atentos e esperou um pouco antes de se levantar, mas não conseguiu vencer o torpor matutino e teve receio de acordar a irmã tão tranquila toda curvada sobre si mesma, envolta nas largas cobertas de lã apesar de estarem ainda em maio. Depois fez grande esforço, pulou da cama, enfiou os pés nos charlotes, esquecida da precaução sempre tomada de verificar primeiro se não havia nada dentro deles, e foi cautelosamente até perto da vidraça cuja cortina ergueu para poder espreitar para fora. Viu então na claridade dissolvente e baça da madrugada os vultos indecisos de alguns negros que passavam no campo e traziam pelas mãos os cavalos. Tinham sido esses passos e relinchos que a haviam acordado. Era a liteira para a viajante, logo compreendeu, e hesitou se devia ir despedir-se dela, mas com um movimento de amúo, erguendo os ombros, desistiu da ideia e voltou a deitar-se depois de averiguar se a irmã não estava de olhos abertos. Já no leito novamente ela não pôde readormecer e em meio sonho acompanhou, a formar figuras em sua imaginação, todos os ecos abafados das idas e vindas no corredor, e depois lá fora o embarque. Viu o vulto da senhora surgir no alpendre, com seu vestido muito largo, estufado pelas saias engomadas a fim de disfarçar a ausência do balão, impossível de usar durante o trajeto da liteira, da velha traquitana onde viajaria deitada durante longas horas. Com certeza não viria ninguém à porta para despedir-se, pois conheciam os hábitos de secura dos Senhores e o receio de se tornarem indiscretas não deixaria que a governante e Celestina aparecessem, apesar de estarem já levantadas para suas orações matinais. O primo Manuel Procópio já devia estar montado em seu alto cavalo baio e decerto esperava a partida do diminuto cortejo junto da porteira de saída. Finalmente percebeu, pelo estalar dos chicotes, as exclamações abafadas dos escravos da cavalariça e o estralejar das patas dos cavalos do banguê nas pedras do quadrado. Como rainha antiga, Dona Virgínia tomava o caminho da Côrte carregada deitada e seguida por três escravos, além de seu companheiro porta-respeito.

 Sinhá-Rôla não pôde mais conciliar o sono, apesar de sempre levantar-se tarde, pois o médico assim recomendara em vista de sua saúde delicada. Presa de sutil delírio teve vontade de erguer-se, de correr atrás da viajante e pedir-lhe fosse procurar a família de seu namorado, que a visse, tomasse ao colo os seus filhos, se os houvesse, para na volta tudo lhe contar.

 Seria amarga alegria, mas uma alegria em sua vida sempre igual, habitada apenas pelas intenções inermes e ambíguas, por veleidades sem amanhã, cada vez mais perto da morte, sem esperança de nada, em precário equilíbrio e sem coisa alguma que pudesse suceder para modificar o seu destino inexorável. Seria sempre a mesma velha e o espelho não a poupava agora, quando a ele se dirigia de manhã, já esquecida das decepções da véspera e cada dia lhe traria nova ruga, outra fraqueza ou dor desconhecida e sua felicidade seria sempre o gosto cansado das coisas... Era preciso fugir, pensou com violência, escapar daquelas grilhetas invisíveis, esconder-se em algum lugar onde pudesse quebrar os seus elos, e talvez houvesse no mundo algum pequeno canto, onde conseguisse refugiar-se e começar outra vida inteiramente diferente da até agora levada, toda feita de sacrifícios e de renúncias minúsculas, encadeadas umas nas outras, tornando-a prisioneira de cada momento. Um árido desespero tinha secado seu coração; era também escrava mas seus senhores, numerosos e implacáveis, a acompanhavam até no sono. Nunca poderia enganá-los como os negros o faziam a seus donos em sua alegre malícia.

– Por que não falei com Dona Virgínia? – interrogou-se ela e sem o sentir repetiu a frase em voz baixa, e logo olhou assustada para o leito de Dona Inacinha. Teria ela ouvido? E só ficou tranquila quando compreendeu que a irmã dormia ainda.

Através das pálpebras a luz iluminou-lhe os olhos e então ela viu o dia erguer-se lentamente e a claridade flutuar no ar, quase líquida, e lá fora adivinhou os horizontes percorridos por grandes fantasmas brancos que se perseguiam, levados pelos ventos ágeis e salubres da madrugada que invadiam o vale. Já a irmã se movia no leito e resmungava alguma coisa, como se discutisse com alguém a necessidade de despertar e saltar da cama. E Sinhá-Rôla, os olhos perturbados, segurou com força a colcha para resistir melhor ao impulso imperioso de levantar-se e ver materialmente não ser já possível ancançar a liteira rasa, onde Dona Virgínia dormitava embalada pela marcha regular das bestas atreladas aos varais, com guizos a guizalharem no pescoço. Dona Inácia agora saltava do leito, de rosário em punho, e punha-se a andar tendo apenas passado leve xale sobre a camisola de morim, enfeitada de grandes babados canulados. Depois de certo tempo, parou diante da gaveta aberta e escutou a respiração da irmã. Qualquer sinal de que não dormia chamara a sua atenção e voltou-se para o catre onde via o seu vulto imóvel, e observou-o atentamente. Depois foi até ela e sentou-se na beira da cama e pôs a mão no ombro de Sinhá-Rôla, na secreta intenção de verificar se não estava sendo ele sacudido por soluços cuidadosamente ocultados. Porém Sinhá-Rôla abrira os olhos e a fitava também, e seu olhar era oblíquo e intimidado.

– Você está pensando ainda na viagem de prima Virgínia? – perguntou Dona Inacinha, e tinha desusada doçura na voz.

A pobre senhora voltou-se para a parede e aconchegou acanhadamente os lençóis, cobrindo assim o colo que ainda conservava a brancura e a rijeza da mocidade e lhe valera o apelido de Sinhá-Rôla, e respondeu baixinho em tom de menina amuada:

— Estou sim, e eu queria tanto pedir a ela que visse as crianças, e me contasse como são...

— As crianças... mas, minha filha — e Dona Inacinha não pôde disfarçar o tremor de sua voz — não há crianças... Você já esqueceu que somos velhas, muito velhas... Se ele tem filhos, são quase velhos também!

E fitava a irmã com involuntária irritação, e assim deveria tê-lo feito quando ela era menina e a considerava sua filha sempre necessitada de proteção, talvez severa demais. Depois seus olhos se velaram de lágrimas, e ela recebeu a sua caçula nos braços. Abraçaram-se estreitamente e ocultaram os rostos engelhados no ombro uma da outra sem conseguir dizer nada, tão comovidas ficaram de súbito, diante da longa enfiada de anos, que reviviam com suas imagens evasivas diante delas no passado longo e monótono, sem acontecimento feliz de relevo, de horas que chegavam e partiam sem deixar traço algum, apenas alongada série de minuciosas misérias, de quedas continuadas, em declive... Entretanto, depressa o sentimento da vida chamou Dona Inacinha à sua atividade habitual e saiu do quarto já vestida para fazer as orações na capela, mas no momento em que segurava a maçaneta da porta, ouviu-se rápida e respeitosa batida, e quando a senhora abriu deu com a mucama com grande bandeja de prata onde vinham os altos bules da Índia cheios de café e leite e biscoitos ainda quentes.

Sem conter as exclamações de prazer provocadas por essa vista, fê-la entrar e logo depois tinham improvisado pequena sala de almoço, com a mesa de charão posta no meio do quarto e as cadeirinhas de jacarandá trazidas para junto dela. Sinhá-Rôla passara longo penteador e viera com os cabelos soltos sobre as espáduas, a passos lânguidos, sentar-se para tomar a primeira refeição do dia. Dentro em pouco riam descuidosamente e falavam com naturalidade na viajante sacudida pelas bestas estradas afora, no início ainda da jornada de muitos dias, por caminhos ínvios através das montanhas. A escrava ficara em pé ao lado delas e seguia com o olhar pesado, bovino, os movimentos ágeis que faziam ao servirem-se de mais biscoitos e ria-se ingenuamente ao ouvir as histórias que elas recordavam.

— Você se lembra do mano Joãozinho, de manhã, deitado na cama, a gritar: ê Delfina, Delfininha, eu quero dez biscoitos! E eram desses mesmos, mas não vê que a Rosália faz igual aos de Delfina!... Coitada da Delfininha! Ela já morreu há tanto tempo!

— E também o mano João.

XXX

Nesse mesmo dia o Senhor levantou-se bem cedo e logo saiu, sem ver os preparativos de partida de D. Virgínia, e foi para o campo acompanhado do administrador e do homem que viera da cidade próxima para ver o gado e tratá-lo. Era conhecido como alveitar e vinha sempre, habitualmente uma vez por mês, para passar revista em todos os animais da fazenda e instruir os camaradas e pajens deles encarregados. Alto, muito moreno, de forte sotaque estrangeiro, vestia jaqueta e chapéu de abas bem largas e andava de lenço vermelho ao pescoço, ao jeito dos homens do povo. O senhor Justino seguia-o de perto, na atitude de quem vigia um criminoso e traçava cruzes na anca das vacas e dos bois que ele examinava. Depois da partida do tratador os negros iam queimar ervas na cocheira e nos estábulos, convencidos de que ele lançava sorte nos pobres animais, que não estavam doentes e ficavam logo com alguma coisa depois da sua retirada.

Nesse dia seguiam os três, o veterinário, o senhor Justino e o Comendador já preparado para almoçar fora, de sobrecasaca e chapéu-chile, cercado de larga fita de seda, na gravata grande alfinete de ônix, em forma de concha, com a pérola nascente por entre os crespos da borda a prender o laço em duas pontas dobradas, e sapatos de verniz. Dirigiram-se para o pastinho situado logo ao lado da casa, cercado de sebe viva e pararam diante das vacas todas seguras por moleques, por eles mantidas sossegadas a poder de carícias nos pescoços nodosos e carnudos, sacudidos de vez em quando por estremecimentos inopinados, que percorriam a larga superfície lisa como as ondas da água agitada de um lago, onde caísse grosso fruto dos galhos pendentes. O Senhor chamou com a mão o menino que segurava a vaca mais forte, de corpo alongado e possante, e ela veio por ele trazida, com passo pausado de incomparável majestade, mas com doçura infinita nos olhos vastos e lânguidos.

O senhor Justino via a marcha, assistia à sua vinda com visível orgulho, como se ele próprio tivesse criado o soberbo animal e iria receber cumprimentos pela sua obra. Quando parou, e amarraram a corda que a prendia a uma estaca já ali preparada para esse fim, andou em redor dela, e levantava muito os pés calçados por grandes botas, a agitar as mãos com satisfação.

— Esta é a nossa melhor leiteira, e era dela que se tirava leite para a menina — exclamou, sem reparar na nuvem que suas palavras traziam ao semblante do Comendador. — Não se pôde encontrar melhor em todas essas fazendas por aí... era a única digna da menina!

O veterinário assumiu certo ar grave e caminhou lentamente até se postar atrás da vaca, e examinou-a com vagar. Depois, veio para junto do Senhor com riso silencioso nos lábios e parecia calar a sua observação, apenas pelo respeito que lhe inspirava o dono da fazenda. Mas o senhor Justino percebera o olhar de crítica que ele fixara no animal e veio para junto deles com as sobrancelhas carregadas. Sabia que seu patrão gostava da vaca, e tinha a certeza de que faria bem se a defendesse da malevolência do estrangeiro. Perguntou-lhe pois com certo entono na voz, os olhos severos fitos nele:

– De que está a rir? não acha a Pombinha a seu gosto? – e talvez levado pela raiva acentuava o seu sotaque português, já de ordinário muito carregado.

O alveitar olhou primeiro para o Senhor, sempre muito rigoroso com seus empregados e, de gênio forte, não admitia liberdades com ele, mas viu que olhava com tristeza para o animal, alheiado do que se passava em torno, e então com superioridade irônica murmurou de forma a ser ouvido só pelo senhor Justino:

– Ela não pode ser boa leiteira, como o senhor está a dizer, pois já verifiquei ser "carrésine"...

– O quê?! – explodiu o administrador e arregalou espantado os olhos para depois tomar a atitude de quem acabava de ouvir grave ofensa. – Não sei o que está a dizer!

– Digo que o seu escudo é "carrésine", conforme se pode averiguar facilmente e por isso não pode ser boa leiteira, pois é a última da classificação. Se fosse "flandrine" eu acreditaria e afirmaria até, junto com o senhor, que esta vaca era a melhor para leite aqui da fazenda...

– Mas eu vou tirar leite dela já, e o senhor verá quantas medidas ela dá apesar de ter sido ordenhada, e já o bezerro ter sugado a primeira mamada!

E fez movimento brusco em direção do estábulo que abria suas portas ao lado do pastinho todo coberto de sapé, calçado de pedras largas, e protegido dos morcegos por esteiras trançadas. Ia buscar o banco e o balde onde colhiam o leite mas o estrangeiro segurou-o pela manga, pois via agora estar o Senhor a escutá-los, e teve medo de que tivesse percebido o motivo da discussão ao se aproximar, dada a expressão de tristeza profunda ainda gravada em seu rosto.

– Vejo que esteve na fazenda de meu irmão – disse ele com indiferença aparente – e aprendeu essas coisas, mas saiba que a Pombinha é "équesine", mas dá muito leite, e do melhor...

E, sem dizer mais nada, sem despedir-se do veterinário nem dar ordens a qualquer dos interlocutores, dirigiu-se para a fazenda de cabeça baixa.

O administrador deu então pequeno empurrão com o ombro no flanco da vaca, que se voltou lentamente, sacudiu a cabeça e caminhou de peito para eles sem prestar atenção à corda que a prendia. Não os olhava, e parecia disposta a passar por eles, a romper o caminho com seus chifres curtos e grossos. Mas o moleque correu a segurá-la e a conteve, fazendo-a parar com palavras murmuradas ao ouvido. O grande animal fitou as orelhas, mudou a direção de uma e de outra, alternadamente, e semicerrou as pálpebras de veludo grosso. Ficou imóvel muito perto dos dois homens que a contemplavam calados, com involuntário respeito e amor, e maquinalmente a acariciaram no pescoço, com as mãos calosas.

– O senhor aborreceu o senhor Comendador – disse o administrador em voz baixa – ele não gosta que se desmereça do gado, e principalmente da Pombinha, pois foi o leite dela que ajudou a amamentar a menina!

– Oh, senhor Justino – disse aguda voz feminina atrás deles – foi o senhor quem o fez ficar triste ao lembrar-lhe essas coisas logo hoje pela manhã, quando a senhora Virgínia partiu para a Corte.

O português e o veterinário voltaram-se de uma só peça e pareciam ter ouvido o chocalho de cobra cascavel. Era a governante alemã em sua visita de inspeção em todos os setores da fazenda que parara e ouvira parte da conversação. Veio até perto da vaca e quis fazer como via a todos fazerem. Levantou a mão e chegou-a bem perto da boca do animal, pensando que devia festejá-la melhor assim, porém a Pombinha julgou que ela lhe oferecia alguma coisa e lambeu-lhe os dedos, em golpe rapidíssimo de sua língua escura e áspera. A senhora Luiza deu grande grito, recolheu a mão como se a tivesse queimado, e correu para a casa com os braços envoltos no grande avental de algodão bordado, que ela punha todas as manhãs, e formava com a touca de babados o seu vestuário de fiscalização. Os dois homens riram, diante do espetáculo daquela mulher muito gorda e roliça, de pernas curtas, embaraçada pelas grandes saias, e a correr com toda a velocidade possível.

– Que a alemã e a outra vão para o inferno! – praguejou o senhor Justino enquanto o veterinário fazia grande sinal da cruz ao ouvir a imprecação.

– Estive mesmo na fazenda do irmão do senhor Comendador – disse ele, para acalmar um pouco o senhor Justino – e lá soube de muitas coisas. Estão à espera de Dona Virgínia e acho que ele vai acompanhá-la até a Corte...

– Mas o meu amo não sabe disso! – exclamou o senhor Justino. – Acho que devo contar-lhe.

– Não conte coisa alguma... nós não temos nada a ver com essas coisas...

XXXI

Pela estrada em direção oposta a Porto Novo, muito além do vale misterioso e fechado da fazenda, corria pequena caleça guiada por uma mulata, e nela viajava elegante senhora vestida de negro. As fitas da touca que escondia os seus cabelos esvoaçavam como pássaros também negros, de mau agouro, que tentassem bicar-lhe o rosto muito pálido, onde os olhos pareciam perdidos na sombra, e a mancha vermelho-esmaecido da boca marcava apenas o seu lugar. O veículo passava rapidamente entre as árvores e era preciso acompanhá-lo com o olhar bem ligeiro, para ver que as duas mulheres iam silenciosas, atentas, na pressa da corrida, ansiosas pelo momento da chegada. O esguio chicote era levantado no ar metodicamente para estimular o cavalo que se agitava e encolhia as ancas, ao pressentir mais do que sentir aquela arma suspensa sobre o seu corpo, e continuava em renovado galope. Tinham já percorrido assim talvez meia légua e apesar do brilho de suor que manchava o pelo do animal, a mucama não parava de incitá-lo e os rostos de ambas não perdiam a expressão aguda e atenta neles bem visível...

Tinham passado por dois ou três grupos de escravos sob a vigilância de feitores e nem sequer olharam para eles, que erguiam os chapéus e paravam de cavar a estrada ou de limpar os campos próximos, e as seguiam por instantes com os olhos, enquanto o fiscal se distraía também com aquela visão fugitiva. Começaram depois a surgir os cafezais intermináveis em suas ruas regulares que vinham ter até na estrada, e dela partiam em retas para o horizonte dos dois lados, e ora mostravam a estrada limpa e batida, ora pequenos caminhos cercados de relva a lembrar imensos jardins, monótonos e ameaçadores em sua grandeza. Era já a época da colheita, e ao longe surgiam os bandos de homens e mulheres de roupa branca com listas de cores muito vivas, todos de cabeça coberta, ocupados em derriçar os galhos e enchiam grandes cestos pousados junto de cada um. Trabalhavam em silêncio, mas de vez em quando erguia-se uma voz em grito prolongado entre gemido e uivo, sem palavras, a cortar o ar tal afiada faca, tão espessa e pesada estava a atmosfera, carregada de perfumes dos arbustos maltratados por aquelas mãos que se levantavam e abaixavam em movimentos ritmados. De espaço a espaço, muito de longe, lenta canção portuguesa se ouvia em outra tonalidade inteiramente diferente, e essa modulada com melancolia... eram os brancos que cantavam sua saudade da terra lá longe!

Mas sem ser chamada, sem que ninguém ousasse invocá-la, veio logo a mata invasora, sempre pronta a tudo devorar, a zombar dos esforços do homem, e foi em verdadeiro túnel crepuscular de verdura que o rápido veículo entrou, sempre em veloz disparada.

Andaram ainda bastante tempo sob a penumbra das árvores entrelaçadas por sobre o caminho, que de lá do alto deixavam cair grandes cortinas franjadas de parasitas e cipós aos balanços no ar, e ameaçavam fechar a passagem. Inopinadamente abriu-se diante delas a clareira, toda iluminada pelo sol, aprisionada pelo silêncio absoluto que ali reinava. Foi então que a Senhora segurou o braço da escrava, e fez-lhe sinal de suspender a corrida. De onde estavam, avistava-se pequena palhoça muito rústica que parecia mocambo de tomador de conta da lavoura, mas quando se via de mais perto percebia-se ter tido outro destino... Grande cruz de madeira fora colocada de encontro à palha do fundo e nas pedras que a rodeavam via-se ter o sebo de velas primitivas deixado a sua marca negra e fuliginosa. Desceram ambas e para lá se dirigiram através das plantas e do alto capim de tudo vencedor. A Senhora ajoelhou-se, rezou por alguns minutos e depois sentou-se na pedra maior. Ficou muito calada, sem prestar atenção à mulata que de mãos cruzadas na cintura a contemplava com tristeza.

Ao ver que a Senhora não se movia, Ângela pôs-se a remexer nas ervas e descobriu logo plantas úteis que colheu e juntou em pequenos feixes, para depois aproveitá-las em chás e mezinhas. Porém com cuidado evitou as ervas más que se distinguiam das outras pelos espinhos e pelo aspecto melancólico e agressivo por elas apresentado. Depois de encher o bolso do grande avental azul que lhe cobria o vestido escuro, ela pensou por instantes, colheu algumas frutinhas vermelhas e guardou-as com precipitação, após verificar se a Senhora a via. Mas esta não se movera e olhava vagamente para longe, talvez para lugar nenhum da terra, pois a luz não refletia em seus olhos abertos, sem brilho e sem alma no rosto e cera. Nada do que a cercava parecia interessá-la, nem mesmo os perigos à espreita sob a vegetação louca e rasteira estendida até às bordas da mata, que se levantava em altas muralhas de verde intenso, implacável, a poucos passos, para fechar em semicírculo o lugar onde se encontravam. O silêncio era absoluto, e até os pássaros pareciam evitar aquele lugar taciturno, onde a sensação de vazio e de ausência se fazia sentir de forma insidiosa, que subia do coração ao cérebro, sufocando primeiro a garganta, como nos envenenamentos da beladona. Ângela imobilizara-se, tomada de susto pela estranha solenidade que compreendia confusamente haver na clareira, gelada pela solidão, tornada ainda maior pela figura toda de preto erguida diante dela, com o rosto sem vida voltado para o seu lado, mas sem vê-la. Caminhou para junto da Senhora e ficou uns momentos perplexa se devia ou não pedir-lhe que se fossem embora.

A sua dona não fez o menor movimento e pareceu completamente alheada do que se passava, sem reparar na expressão de angústia da mucama que a fitava com olhar súplice.

De repente ouviu-se como uma gargalhada louca que estrugia ali perto, sobre-humana, infernal. Abria-se em cascatas sonoras, em soluços imensos, em trinados sinistros. E Ângela não pôde conter os nervos excitados. Correu desesperada até alcançar a estrada onde viu então que era o cavalinho esquecido à sombra, preso a uma árvore, e relinchava agora para se fazer lembrar. A mulata riu-se do medo que a fizera vibrar com a intensidade dos de sua raça, mas logo depois muito séria foi até o carrinho, tirou o chicote do lugar onde o guardava, e deu forte chicotada no pobre animal, que se atirou de encontro ao tronco ao qual estava preso, e assim ficou trêmulo e muito encolhido. Ângela voltou então para junto da Senhora, e já a achou de pé, pronta para retirar-se, mas qualquer coisa ainda a prendia ali. Disse-lhe então com humilde doçura:

– Minha Sinhá, podemos ir embora?

Sem responder a Senhora ajuntou as saias na frente, agarrando-as com ambas as mãos, e não as ergueu apesar dos espinhos e das lianas que se entrecruzavam diante de seus sapatos de duraque, muito frágeis, e veio até à estrada onde esperou que Ângela lhe trouxesse a caleça. Subiu a um montículo e dele saltou para o carro que se pôs em movimento. Mas logo a escrava sentiu em seu braço a mão da Senhora, que a fez reter a marcha do cavalo para fazer a volta, de retorno à fazenda. Ângela com a sua vivacidade primária não pôde reter uma exclamação de contrariedade, de choro infantil, que deformou suas feições. Ela não podia aceitar a ideia de recolher-se à casa tão cedo. Gostava do ar sem fim, da liberdade dos campos, do sabor verde e acre das matas, do sol escaldante, muito alto e muito lavado. Era triste ter de retornar àquela habitação imensa, cheia de alcovas sombrias, cortada pelos corredores escuros e sonoros onde passavam fantasmas em pleno dia...

– Cuidei que minha Sinhá desejava ir mais longe... – disse timidamente.

Todavia a Senhora não respondeu, e agora ela não lhe via o rosto oculto pelo véu preto que segurava com a mão também muito pálida, onde rebrilhava o anel de ônix, irisado de luz e de luto.

De novo as mesmas paisagens deslizaram de um lado e de outro da estrada, os mesmos homens e mulheres as saudaram sem que vissem o menor gesto da Senhora em resposta, e finalmente o carrinho subiu até o grande portão do quadrado onde parou junto do alpendre, que dava para a sala da Capela. A Senhora apeou e teve brusco gesto de repulsa. Justamente nesse instante Celestina descia o degrau da escada que levava do salão para o terraço e fizera menção de ajudá-la a saltar, mas suspendera o seu gesto, ao ver que não era bem recebido. E o vulto da Senhora passou por ela como um presságio, entrou na sala e dirigiu-se para o seu quarto, no interior da casa, em silêncio, sem fazer mover a fímbria das saias...

XXXII

Celestina ficou parada no alpendre e olhou para dentro, como se visse ainda aquela figura toda de negro, mas sala da Capela aberta diante de seus olhos e na nesga da de jantar, tão grande, com seu papel onde carruagens, cavaleiros e cães de caça corriam em diferentes direções, nada mais se via. A casa estava em absoluto sossego naquele instante. Teve ímpetos de entrar, de seguir através do corredor os passos da Senhora, penetrar no quarto, mesmo se fosse necessário abrir a porta com violência, e ir até o verdadeiro santuário onde ela como um ídolo se fechava longe de todos, fora da vida larga e majestosa que se desenrolava no grande estabelecimento agrícola, cercado de florestas vigorosas e sempre ameaçadas pelo fogo das novas culturas. Por duas vezes segurou o vestido longo e pôs o pé no degrau da escada da Capela, mas logo alguma coisa, o negro que passava com as costas curvadas sob o saco de provisões para o eito, a mucama vinda para sacudir o tapete, bem no meio do terreiro, a fim de que todos vissem como sabia fazer o seu ofício, a distraía e dava desculpa e pretexto à sua hesitação. Afinal entrou e encontrou logo sentadas na comprida marquesa colocada perto do oratório, em cujo fundo se via o painel que representava a Santíssima Trindade, as duas irmãs parentas do Senhor. Elas a olharam e Celestina percebeu logo que tinham vontade de conversar um pouco, talvez de lhe contar as miúdas novidades, seu entretenimento durante dias seguidos, por entre cochichos e risos represos. Foi para junto delas e sentou-se com os olhos baixos, tirou do bolso o terço e parecia disposta a acompanhá-las na oração. Sinhá-Rôla entretanto segurou-a pelo braço, e disse-lhe muito baixinho:

– Viu a prima entrar do passeio, acompanhada pela Ângela?
– Vi, sim.
– Não notou nada de extraordinário?
– ... não...

Dona Inacinha debruçou-se, pôs os cotovelos sobre os joelhos, na atitude de quem estivesse na sacada de um sobrado, e fitou em Celestina os olhos severos. Estaria ela representando a comédia da inocência? parecia perguntar a si própria, com irritação. Há muito tempo renunciara fazer-se compreender pela irmã, com os pequenos gestos e sinais misteriosos que ensaiava quando não queria incorrer em pecado de maledicência, e pronunciava palavras anódinas destinadas a darem sentido claro, combinadas com os esforços fisionômicos conseguidos pela grande mobilidade de seus traços. Mas a incompreensão da moça a impacientava, e tinha receio de ir longe demais nas explicações que se veria forçada a dar.

– Então a prima Celestina não percebeu de que falávamos? – não pôde deixar de perguntar, com todas as reservas que nela substituíam a discrição.

– Estavam falando de Mariana...

– Falando de "Mariana"? – e acentuou o nome da Senhora, como se ignorasse que muitas vezes Celestina a tratava por você, quando longe de pessoas estranhas. – Nós nunca falamos de ninguém!

E todas olharam ao mesmo tempo para o quadrado, pois chegavam os três grupos de escravos que iniciavam a colheita, na escolha dos primeiros grãos maduros do café. Na frente vinham as negras com os grandes balaios cheios de frutas ainda salpintadas de preto e de escarlate, e logo seguidas pelos homens que traziam dois ou três cestos superpostos, em altas torres, acompanhados pelos tomadores de conta dos eitos. Fechavam o cortejo mulatas gordas, que traziam nos ombros os paus das barracas enrolados na lona grossa, e samburás com latas e garrafas destinadas ao leite dos negrinhos e aos refrescos, acompanhadas por moleques e meninas em desabrida algazarra, com pequenos sacos às costas. O quadrado todo se animou de vida, pelos panos brancos, pelas cores ousadas dos saiotes, pela tez escura e de variados cambiantes, e parecia o mercado de cidade do extremo oriente ou o pátio de grande caravanseralho. Vieram todos até perto do alpendre e ali foram dispostos em semicírculo os recipientes tecidos de taquara e de cipó, para contagem e verificação do peso. O senhor Justino, vindo apressado da mangueira onde ficara ainda muito tempo com o veterinário, sentou-se no banco de ferro da pequena varanda e gritou logo que deveriam fazer tudo em silêncio. Não era possível porém conter a agitação e falatório dos negros, na ânsia febril de receber a recompensa de seu trabalho, e assim o zunzum era de ensurdecer apesar dos esforços do feitor, postado nos primeiros degraus com o grande chicote em riste. Entretanto logo tudo se acalmou, quando começaram a trazer os primeiros cestos para a verificação e a entrega das chapinhas de metal àqueles que haviam colhido além da tarefa de que tinham sido incumbidos. As negras escondiam precipitadamente no seio as rodelas amarelas, com a marca do Senhor gravada no cobre, entre a pele e a camisa e algodão grosso, e os homens as recebiam gravemente e as guardavam com displicência afetada nos bolsos das calças, mas todos logo em seguida corriam para a senzala, depois de terem dado alguns passos com estudada lentidão. Eram muitos os balaios e depois foram levados até a tulha de onde sairiam, já despejados, para o correr alpendrado das casas de fora, onde esperariam a continuação da safra. Os grandes terreiros calçados de lajes enormes já tinham sido limpos e todas as ervas arrancadas, para a seca do café a se iniciar logo no dia seguinte, pois naquele ano a colheita prometia ser copiosa. Nesse dia seria só de meia colheita e todos deviam ir para o trabalho da estrada, que o Senhor queria bem lisa e pronta para a volta da Sinhazinha. A notícia fora recebida entre risos estrídulos de alegria, logo reprimidos pelos fiscais apartados entre os negros de maior confiança.

– Que risada é essa? – diziam eles com severidade cômica. – Pensa que a Sinhazinha é sua malungo? Não tem nada que rir.

Esse espetáculo, realizado diante das três senhoras com rapidez, grande ruído e vivacidade exuberante, as distraíra do que conversavam e Celestina pudera disfarçar a perturbação sentida, a contar de longe os cestos, cada três uma tarefa, os mais representando o ganho. Recordava-se da menina, que vinha sentar-se na sua cadeirinha ao lado do senhor Justino ou então nos degraus da escada e, com habilidade, furtava algumas chapinhas para dar disfarçadamente às negras, quando vinham receber seu quinhão. Muitas delas ajoelhavam diante da criança, agradeciam com lágrimas o favor escondido e arriscavam assim fazer com que os encarregados da fiscalização percebessem a fraude. Entretanto todos já sabiam que Nhanhãzinha de tudo podia dispor, pois dominava com sua graça simples e confiante o coração daqueles homens rudes. A moça via distintamente a figura da menina, com seus vestidos esvoaçantes, com o cabelo de tons fulvos rebrilhantes ao sol, as pernas a balançarem sob as rendas e babados, como um milagre de doçura e de pureza entre aqueles rostos lanhados pelas tatuagens e pelas vicissitudes brutais por que passavam.

– As senhoras lembram-se da menina... ali no alpendre? – perguntou acanhadamente às duas senhoras que também olhavam caladas.

– Recordamos sim, muito bem – disse com alguma precipitação Dona Inacinha, certamente no receio de ser dominada pela emoção – mas depois de pensar muito, acho que foi uma felicidade ela ter ido para o céu...

– É verdade o que a mana Inacinha diz – acrescentou Sinhá-Rôla com voz trêmula e segurou nas mãos de Celestina – depois que me contaram coisas tão tristes...

– Mana! – exclamou Dona Inacinha sem olhar para a irmã que logo se encolheu toda e recuou bem para o fundo da marquesa, até encostar-se na parede.

Celestina não quis perguntar nada. Ergueu-se e foi até o oratório, àquela hora fechado, e rezou o rosário com os olhos súplices fixos nas portas cerradas, e não pôde deixar de pensar com escondida amargura que sempre encontrara portas trancadas diante de si, em sua vida que já se ia tornando longa... Com a prece porém adquiriu novas forças e foi para o interior da casa depois de passar diante das duas irmãs, ainda assentadas na mesma posição, à espera da chamada do almoço, naquele dia mais demorado do que do costume.

– Ela de nada sabe – afirmou Dona Inacinha – ou finge nada saber porque é da família dela que se trata e quer assim nos fazer crer ser mentira o que sabemos... mas, minha cara amiga, eu conheci essa gente toda, esses mendigos orgulhosos, que andam no paço sem ninguém saber por quê, nem com que direito surgem das fazendas lá dos matos onde vivem. Eu vi com meus olhos o corpo da velha e foi preciso o próprio Chefe de Polícia da Corte comparecer para que não houvesse coisas piores...

– Mas a mana tinha me contado que tudo se passou na mineração de ouro de propriedade deles lá para os lados de Minas Gerais...

– Eu já disse muitas vezes não gostar desse seu costume de fazer insinuações, Rôlinha. Se estou dizendo uma coisa é porque é verdade, e não esteja a interpretar e a dar sentido diferente ao que digo! Quando ela passava por uma sala, o filho surgiu da porta aberta para o jardim, e...

Nesse momento foram interrompidas pela chegada dos homens, que vinham para o almoço chamados pela fome e não pelo sino ainda silencioso. O senhor Justino fora para sua casa, e agora só o estrangeiro e um dos comensais que vinham habitualmente entraram na sala e rasparam o soalho com suas grandes esporas. Ao verem as duas senhoras, pararam indecisos e voltaram para o alpendre para retirarem as pesadas perneiras e as chilenas que tilintaram quando caíram ao chão. Depois vieram muito acanhados até junto da marquesa, e cumprimentaram Dona Inacinha e Sinhá-Rôla, ruborizada e intimidada pelos olhares inquisidores do visitante com cara de cigano. Ela não perdera ainda o jeito de menina, apesar das rugas e dos cabelos grisalhos...

Quando a sineta tocou bem perto deles, pois pendia do telhado do alpendre, todos passaram para a sala de jantar onde estava a mesa posta. Ficaram em pé calados e não encontravam o que dizer enquanto esperavam a vinda do dono da casa. Ao ouvir passos, todos se voltaram para a larga porta do corredor e contemplaram com estupefação Celestina aparentemente serena, com a mão passada no braço do Senhor, que entrava com simplicidade, como se assim fosse sempre a sua chegada na sala de refeições. Imediatamente atrás deles vinha a senhora Luiza, muito assustada, sem saber como alcançar o seu lugar.

XXXIII

O Comendador levou Celestina até o seu lugar, fê-la sentar-se, como se não tivesse notado a perturbação que fazia tremer todo o corpo da pobre moça e depois de rezar rápida oração fez sinal para que todos começassem a servir-se. O silêncio tornou-se opressivo, pois a fisionomia do dono da casa deixava transparecer intensa concentração, e o receio tornava tardos e acanhados os movimentos dos convivas, na expectativa cada vez mais deprimente de qualquer coisa de extraordinário, com certeza desagradável e triste. Entretanto, pouco a pouco o semblante carregado do fazendeiro se desanuviou e assim foi sem surpresa que o veterinário, agora vestido como um senhor, de paletó preto debruado de seda e calças brancas, caídas largamente sobre os sapatos de verniz, ouviu-lhe a voz serena, apenas levemente abafada:

– Que notícias nos traz da Corte, senhor Aguilar? Veio de lá há muito tempo, ou chegou diretamente?

– Vim parando pelas fazendas de meus clientes e amigos, e por isso deixei a Corte há mais de seis meses... mas não creio que depois disso se tenha passado nada de novo. A grande crise já não serve mais de assunto nas conversas da rua do Ouvidor nem nos Hotéis...

– Parece-me terem sido cinco anos bastantes para se ter esgotado o assunto que, aliás, não nos interessou muito de perto. Já vimos que os norte-americanos, seus autores manifestos, pagam agora bem caro a sua imprudência – disse com sorriso afável o fazendeiro.

– Mas, meu senhor, a repercussão no Brasil foi muito grande, e ainda perdura – murmurou, com timidez, o outro convidado que, imediatamente, de olhos baixos, pôs-se a comer em grandes garfadas para disfarçar a sua audácia.

– O Brasil é muito vasto – respondeu-lhe, ainda a sorrir, o Comendador e pousou o garfo, enfadado pelos pratos que tinha diante de si, cujo odor era muito forte – e o nosso Império é um colosso formado de pequenos pedaços mal ligados que deixam inúmeras fendas entre eles. Qualquer gota d'água, qualquer sopro, se infiltra nessas fissuras e dificilmente depois se evaporam... Assim é que o ouro da Califórnia com sua aparição súbita veio até nós perturbar os nossos mercados, e a alta de certos artigos, como a baixa de outros, nos trouxe um desequilíbrio que ainda nos prejudica.

– Muito justo, Excelentíssimo, – exclamou o estrangeiro – entretanto, o Império com o seu enorme território pode caminhar lentamente mas tudo vencerá pela sua força de grande massa!

As senhoras continuavam em silêncio, e ouviam o que se dizia sem dar demonstrações de acompanhar o diálogo desdobrado com lentidão e sem interesse. Mas de quando em vez, lançavam os olhos para o lado de Celestina que, muito pálida, fingia comer do que tinham posto em seu prato. Dona Inacinha, na ausência continuada agora da Senhora e da prima Virgínia, e por ser a mais velha, fazia as vezes de dona da casa e servia a uns e a outros depois de receber os pratos enviados a ela por intermédio dos moleques e das duas mucamas da copa. Enquanto isso, a crioula encarregada de enxotar as moscas que tentavam pousar sobre as travessas fumegantes, adormentada pelo seu trabalho monótono, de vez em quando cochilava e depois assustada abria olhos enormes e sem expressão, revirava as pupilas, fazia brilhar o branco muito puro dos grandes globos a nadarem em líquido, e voltava a abanar com lentidão majestosa.

– Entretanto, – continuava, agora serenamente o fazendeiro – tenho esperança de que a minha colheita se escoe perfeitamente para o exterior pois a procura começa a ser grande, e o mercado de Hamburgo entrou em plena atividade completamente restabelecido.

Depois de pequena pausa em que permaneceu calado com os olhos fixos no prato ainda à sua frente, e isso tinha feito com que o moleque a seu serviço suspendesse o gesto de tirá-lo, receoso do amo não ter terminado, e procurasse nele alguma coisa capaz de despertar-lhe o apetite, o Comendador continuou sem olhar para as senhoras todas caladas.

– Agora à tarde, depois de sua sesta, senhor Aguilar, poderá ver os animais da nova tropa que chegaram e irão servir dentro de algum tempo para conduzir a safra para os portos...

– Comprou tropa nova? – interrogou o estrangeiro com a faca e o garfo em riste seguros pelos punhos pousados sobre a mesa, enquanto Dona Inacinha que recebera o seu prato o enchia de novo com as mais variadas iguarias. – Não me disse que ia esperar o ano que vem para adquirir animais em Resende?

– Esperava na realidade a estrada de ferro, mas esta continua a ser um pequeno sonho... que decerto se tornará grande. Porém quando vi no mapa do Império o traçado de nosso único caminho de ferro parado diante da Serra da Estrela, tão pequenino, compreendi que as palavras, os discursos e os artigos que tenho lido eram apenas de entusiasmo eleitoral. Mandei vir agora bestas de São Paulo da fazenda de meu pai na sesmaria de Pindamonhangaba... Mas – prosseguiu voltando-se para Celestina, ainda dominada pela emoção – por falar em condução, disseram-me estar a menina com vontade de passar algum tempo na fazenda da Boa Vista? Quando quiser é só avisar, pois mandarei aprontar a caleça e poderá ir com algumas das mucamas velhas de sua escolha.

Celestina abaixou ainda mais a cabeça, e não pôde responder ao que dizia o Senhor. Não sabia sequer distinguir se era uma pergunta que ele lhe fazia ou se era uma ordem que lhe era dada, apenas encoberta por aquela forma dúbia diante de todos os outros comensais. Entretanto, quando quase parecia romper em soluços, a demasiada vergonha e tristeza lhe deram coragem, e foi com firmeza que endireitou o busto e cruzou as mãos incertas no regaço, tirando-as da borda da mesa onde se agarrara como se tivesse receio de cair e fosse aquele o seu único apoio seguro. A senhora Luiza compreendeu confusamente que alguma coisa de grave sucedia por baixo daquela aparência de falsa serenidade em que decorria o almoço. Nunca vira o Comendador trazer nenhuma das senhoras pelo braço até a mesa, nem mesmo Dona Mariana, nos dias já longe em que ela a vinha sempre presidir, com seu feitio soberano e desdenhoso. Percebia com estranheza o sofrimento de Celestina, posta em sua cadeira na atitude de uma acusada, e sentia a reserva de Dona Inacinha e a perturbação de Sinhá-Rôla.

Não saberia nunca direito o que se passara pois ninguém confiava nela – pensou com amargura – nela, a antiga e respeitada governante em casas nobres do grão-ducado de Baden, agora tratada como simples criada grave. No fundo de seu coração resolveu conseguir decifrar a verdade, se bem que não soubesse como, visto não ser possível arriscar-se a tanto quanto o fizera Celestina, pois seria mandada de volta para a Corte, e a viagem representava para ela pesadelo sem nome. Sentiu-se de repente perdida, muito longe dos seus, e mediu com pavor a distância que a separava, centenas de léguas de terra e milhares de léguas de mar, da cidade onde nascera e onde não contaria com ninguém, se não levasse a quantia ainda muito longe de ser alcançada... Era o momento de ser servida a sobremesa e não pôde resistir ao prazer que lhe causava o prato de porcelana de barra azul, com flores no meio, encobertas pelas grandes goiabas em calda dispostas sobre algumas colheradas de queijo ralado que Dona Inacinha mandara colocar diante dela. Esqueceu-se imediatamente de tudo e sentiu que estava em terra de seu conhecimento, pois fora esse doce a primeira surpresa boa que tivera logo ao desembarcar na Capital do Império, quando fora levada para a casa do Comissário encarregado de sua vinda ao Brasil.

Quando todos se levantaram, Dona Inacinha esperou que o Comendador e os homens se retirassem e passou a mão pela cintura de Celestina, para levá-la com infinita doçura, como se conduzisse uma enferma, até a sala de costura onde iam se reunir durante alguns momentos antes da sesta.

XXXIV

A sala de costura àquela hora muito clara, com as guilhotinas suspensas sobre o céu perdido lá longe, de azul e profundeza sem par, dava bem a ideia de como se achavam todas as quatro mulheres afastadas do mundo, a borbulhar lá para baixo, no descer da serra sem fim, até os alagados do mar, com sua água podre e morta cortada por barcaças que abriam sulcos pesados e faziam remoinhar algas e lama negra. O pequeno cortejo formado por Dona Inácia, que sustinha em seus braços Celestina, seguidas por Sinhá-Rôla e a senhora Luiza muito caladas e com as mãos soltas, entrou e parou. A moça pareceu compreender então o momento de inconfessável fraqueza ao qual se entregara, acolhendo-se inteiramente sob a proteção da velha senhora, como se fosse menina desejosa de ser acarinhada, porque fora repreendida injustamente e ameaçada de castigo. Afastou-se de sua companheira e foi sentar-se na extremidade da quadra, em uma das cadeirinhas baixas que ali se achavam, e as mucamas ocupadas em outro serviço ainda não tinham chegado para a costura, com certeza trabalhosa naquele dia. Dona Inacinha, por alguns instantes, ficou interdita, como se fosse ela própria quem se tivesse apoiado em Celestina e se visse subitamente sem arrimo e caminhou vagarosamente para junto da grande mesa, onde fartas peças de entrezado e outras de riscadinho de Petrópolis se entreabriam, prontas para serem cortadas e preparadas para feitura dos surtuns, chimangos, camisas e camisolões a serem distribuídos no dia do aniversário da Senhora dali a um mês.

– Não vieram as peças de algodãozinho de Santa Catarina e justamente ele era necessário para as negrinhas... – murmurou, pensativa, Dona Inacinha que se pôs a manusear os pesados rolos de pano estendidos sobre a mesa e ajustava sobre eles os moldes de papel grosso, que serviriam para guia das tesouras enormes, já preparadas ao lado. Depois ergueu os olhos e viu os rostos desolados de Sinhá-Rôla e da senhora Luiza, que pareciam incapazes de se moverem do lugar onde tinham parado. Não ousavam olhar para Celestina, e esta costurava já farta saia de baeta vermelha destinada a qualquer das negras velhas, das moradoras no fim da senzala, sem outra ocupação a não ser o terço desfiado interminavelmente.

– Teremos que cortar cinquenta mandriões para os moleques pelo menos, mas acho que na falta de algodãozinho de Santa Catarina, poderemos gastar o xadrez e com as sobras faremos outros tantos gorros... – continuou Dona Inácia para animar as outras senhoras. Percebeu que todas pensavam em outra coisa, e dirigiu-se diretamente à senhora Luiza, sabidamente a menos compreensiva. – Por que está tão atormentada, senhora Luiza?

– Ah, senhora! Ah, senhora! – exclamou a alemã e torcia as mãos agora, vibrante e vermelha como se despertasse de sonho deprimente – eu não sei, mas parece-me que alguma coisa de terrível está para acontecer, e acho que a Senhora Dona Mariana está muito doente...

– Doente? – interrogou em tom sereno Dona Inacinha, e diante da aflição da estrangeira a sua calma se acentuava, com certa afetação. – Por que julga que a nossa prima esteja doente? Ainda ninguém falou nisso, nem o médico foi chamado. O médico do partido, o francês, esteve hoje aqui e não passou do terreiro...

– Mas... senhora! – prosseguiu a governante, e seu sotaque tornava quase ininteligíveis as palavras ditas com os dentes cerrados – a Senhora Dona Mariana deve, *deve* estar doente, muito doente! Agora vai morrer como a menina morreu...

Não pôde dizer mais nada pois sufocava, e seu alto seio erguia-se em tumulto, de nada valendo o ter apoiado sobre ele as duas mãos espalmadas. Sinhá-Rôla contemplava-a receosa como se assistisse a um espetáculo mal ensaiado e parecia perguntar a si mesma se devia acudir ou não. Afinal sem que se tivessem consultado, sem trocar um só olhar, resolveram as duas ocupar-se do serviço colocado sobre a ampla mesa, e voltaram as costas à governante que pôde assim acalmar sua agitação ao se ver esquecida. Entretanto, os dedos de Dona Inacinha tremiam de leve e não pôde deixar de murmurar junto ao ouvido da irmã que se curvara junto dela para ver de perto qualquer defeito da fazenda.

– Daria tudo para saber por que o primo expulsou a Celestina do quarto da nossa parenta, mas não vejo meio de sabê-lo, pois ela é tão cheia de biocos e de tolices...

Depois, em voz alta, com animação, exclamou:

– Hoje é sábado e vamos descansar um pouco! vamos espairecer as ideias e em vez de dormir a sesta, vamos ver a Joana Tintureira que vai tingir três peças! Venha, prima Celestina, e a mana e a senhora Luiza também. As mucamas já têm muito para fazer, pois aqui estão vinte camisas cortadas.

As quatro puseram toucas de fustão sobre os cabelos e dirigiram-se para a sala de visitas, deserta àquela hora, e pela porta da saleta saíram para a estrada em direção ao terreiro de pedra pequeno ainda vazio de café, pois a colheita começara fazia pouco. Lá chegadas, encontraram já a negra velha que ao vê-las tirou depressa da boca seu enorme cachimbo.

– Pode fumar, vovó Joana, pode fumar, porque vamos ficar de longe para ver o seu trabalho – disse bondosamente Dona Inacinha, e era estranho como sua voz se tornara suave e profunda, tão diferente do tom metálico e imperioso empregado habitualmente para com os seus iguais.

Em três grandes tachos de cobre dispostos pela ordem de tamanho, fervia um líquido que continha pedaços de madeira, pedras e outros ingredientes. No primeiro tomara já certa cor azul muito escura e a espuma amarelada que se erguia sobre ele formava contraste; lembrava pequeno mar tempestuoso, a bater de encontro aos rochedos em ondas desordenadas. No segundo a cocção começava apenas a tomar sombria tonalidade avermelhada, como de sangue seco que se derretesse, e a do último era inteiramente negra.

Joana Tintureira viera para junto das senhoras, lhes tomara a bênção e pensava em sua velha cabeça que os brancos sempre tinham curiosidades esquisitas. Mas docilmente venceu o acanhamento que a fazia encolher-se toda em atitudes de pássaro pernalta e disse logo o ponto alcançado pela operação que se propunha fazer.

– Este aqui é de anil, Nhanhã, e é para tingir as camisas das negrinhas, que assim custam mais a sujar e podem servir de vestidos. Naquele eu botei camboatã com os outros preparos e vai sair tinha vermelha, e no outro é braúna sim senhoras...

– Braúna é para fazer tinta preta, não é? – perguntou Sinhá-Rôla, que logo acrescentou: – Para quê mais luto? Nós todas já temos vestidos pretos suficientes para o tempo que vai ser preciso. Quem mandou ferver braúna?

– Não foi ninguém não senhora, minha Nhanhã – respondeu vagarosamente a negra velha, que agora escondia as mãos nas axilas e apertava os peitos longos e magros – mas eu tinha ido buscar braúna, e pensei que fosse preciso muita roupa preta. Vancês não vão mandar muita coisa para luto?

A senhora Luiza tinha os olhos fixos no tacho onde o negror que saía da madeira agora se espalhava em jatos rápidos. Parecia-lhe que véus de crepe se estendiam para todos os lados, e faziam lembrar enorme xícara mágica onde seria depois lida a sorte de todos os moradores do Grotão naquela borra, quando pousasse no fundo. A negra devia ser grande feiticeira e examinou com espanto a sua cara encarquilhada, os cabelos brancos escapados do lenço em desordem, como o pelo de carneiro fugido, e os farrapos de pano velho que a cobriam. Se visse aquele espantalho em sua terra natal enlouqueceria de medo, e agora ali estava ela a ouvir calmamente as explicações dadas pela terrível figura, com sua voz tranquila e descansada. Sinhá-Rôla deu o braço à jovem, muito calada até então, e foi com ela para um pouco mais longe até junto de pequeno canal aberto na pedra por onde corria ligeiro fio d'água. Viram então três bacias enferrujadas, tendo ao lado cada qual o seu montículo de terra cinzenta preparada para ser transformada em barro.

Sinhá Rôla nunca tinha visto a operação, especialidade da escrava, vinda da Fazenda da Boa Vista, a estância de verão onde a família do Comendador ia passar alguns dias, apesar de ser muito perto, pois para ir até lá era apenas necessário subir o morro atrás da sede do Grotão e descer a outra encosta para o vale onde fora construída a outra casa grande, que seria a habitação do primeiro filho que casasse e quisesse continuar na dependência e proximidade dos pais.

Joana explicava agora com gestos desordenados as diversas fases de seu trabalho e via com visível esperança que Dona Inacinha trouxera e mantinha entre os dedos bom pedaço de fumo de rolo, de onde partia certo cheiro sutil de mel e de figos secos. Sabia que seria essa a sua recompensa e ansiava por ela. Contudo no fundo de seu coração tremia o medo de ter sido ousada, por ter preparado, sem que ninguém tivesse dado ordem, aquela tachada de tinta negra que ela mesma ignorava qual o fim a ser destinada. Os negros não usavam luto, e somente os brancos teriam talvez necessidade daquela grande quantidade de tintura... por isso evitou chegar perto do último fogão improvisado com pedras, e ia passar adiante quando repentina pergunta de Dona Inacinha a imobilizou bem em frente dele.

– Quantos côvados de fazenda poderá você tingir com toda essa braúna?

– Não sei não, minha Nhanhã, eu costumo tingir só vestidos e peças de roupa – respondeu ela em sua meia língua, aflita por passar adiante, e mostrar os outros preparativos examinados distraidamente por Celestina e Sinhá-Rôla. – Eu sou pobre negra velha e não sei o que minha Sinhá está dizendo...

– Parece-me triste presságio esse – disse à sua companheira Sinhá-Rôla, em voz baixa, para que sua irmã não ouvisse – e não sei se ela fala a verdade quando afirma que ninguém mandou preparar essa caldeirada... isso até parece bruxaria!

Celestina agora completamente calma, esquecida do que se passara e tudo já lhe parecia um pouco perdido no passado, olhava para aquilo com curiosidade, mas sem tomar parte na estranheza manifestada pelas suas companheiras, pois conhecia bem a Joana e sabia nada ter ela de feiticeira. Entretanto depois de prestar atenção notou haver qualquer coisa de falso no rosto da negra, e transparecia inquietação e escura desconfiança no olhar por ela dirigido a Dona Inacinha. Nunca notara a expressão torva que descobria agora enrugar os cantos dos olhos e da boca da sua velha e submissa amiga. Suas preocupações tomaram outro rumo, e também ela sentiu que não teria prazer algum em assistir ao trabalho a ser feito e foi com alívio que viu Dona Inacinha se calar e afastar-se, dirigindo-se para o campo aberto.

XXXV

As três senhoras seguidas de perto pela governante que as acompanhava e aproveitava para procurar no chão pedrinhas, seixos rolados e plantas cuja utilidade não se sabia nunca, pois ficavam guardados em pequenos pacotes nos fundos das gavetas de seu quarto, acharam-se diante da cerca baixa que limitava o pastinho por elas atravessado, quando prosseguiam o passeio. Logo adiante da longa e verdadeira moita de espinhos, abria-se uma vala coberta de relva, para fazer a separação do outro pasto onde eram recolhidos os touros e as vacas bravias para tratamento ou por ocasião da ferra. Dona Inacinha ria-se de antemão da travessura projetada apesar dos muitos anos a lhe pesarem nas pernas e propôs que saltassem a cerca para poderem alcançar o pombal, avistado de onde estavam, como pesada torre de menagem, através dos galhos espalhados e imóveis das árvores. Sem mais demora o fizeram e quando desceram até o fundo da vala viram ser fácil subir a outra rampa, e assim cortariam caminho. Esperaram alguns instantes, pois a alemã ao vê-las saltar correra para repetir a façanha mas atrapalhara-se com a bolsa grande trazida entreaberta, e não podia erguer suficientemente o balão cujos arcos se prenderam nos espinhos. Ao mesmo tempo lançava olhares agudos e angustiados para trás e para todos os lados, para ver se não viria alguém, principalmente algum negro que a surpreendesse em tal posição. Depois de muitas lutas, a que as senhoras assistiram de riso contido e também escandalizadas com todo aquele aparato, a senhora Luiza conseguiu vencer o obstáculo e deixou-se escorregar pela grama, até vir ter com elas como uma avalancha.

— Estou tão habituada a fazer alpinismo, mas esta terra é tão diferente da minha! — exclamou ela quando finalmente conseguiu pôr-se de pé e logo tomou expressão amuada, porque viu que estavam dispostas a subir do outro lado do talude. Não refletira sobre o motivo que as fizera descer e agora se aborrecia com o compromisso assumido, já que viera até ali, de acompanhá-las na nova escalada.

Depois de muitos gritos, de gargalhadas abafadas, conseguiram subir até a outra borda da vala, e esperaram ainda uma vez a senhora Luiza que pôde alcançar o lugar onde estavam unicamente com o auxílio da sombrinha de Sinhá-Rôla a lhe servir de corda de salvamento. Consertaram os vestidos, tiraram os espinhos que tinham ficado presos aos babados, pois havia muitos picos por ali, e resolveram explorar o terreno aberto diante delas para fazerem caminho até a outra divisão que as separava, na direção desejada, do lugar onde se erguia o pombal cujo acesso era livre para quem vinha de um dos portões de trás do quadrado. Mas, nesse instante ouviram estranho ruído surdo, lembrando o tropel de cavalaria que se aproxima e olharam todas instintivamente na direção de onde parecia vir. E logo ficaram hirtas, geladas de pavor, ao ver que era um grande touro, a escavar raivosamente o chão duro e as olhava a poucas braças de distância. Um segundo ficaram transformadas em estátuas de pedra, mas quando viram a senhora Luiza precipitar-se de um só bloco no fundo da vala, lançaram-se também pela barranca, e vieram cair no fundo, em um abrir e fechar de olhos. Todavia, apesar de nada mais verem lá de baixo era preciso subir do outro lado, e tornar a pular a cerca, que lhes parecera tão rente da terra e agora se levantava lá no alto, quase inacessível. Ainda uma vez foi a governante quem lhes deu ânimo, pois subiu a rampa com incrível desembaraço e saltou a sebe sem dificuldade, para logo desaparecer das vistas das companheiras que agora tentavam segui-la. Dona Inacinha conseguiu alcançar a margem superior e depois de passar por cima dos espinhos, voltou-se para ver se a irmã e Celestina tinham escalado também a subida; ficou tranquilizada ao vê-las já a meio caminho, e foi para casa. Celestina porém sentia-se presa pela terra, não podia erguer os pés que se tinham tornado pesados e mortos, e esperava a todo o momento por sobre sua cabeça surgir a sombra enorme do touro que se precipitava sobre ela e a esmagava com seu corpo agigantado. Em um relâmpago achou-se prisioneira, sozinha com o feroz animal de olhos de fogo e cauda erguida, e então estendeu as mãos, apanhou as saias de Sinhá-Rôla e puxou-as. A velha senhora perdeu o equilíbrio, soltou os dedos que já alcançavam o rebordo, as plantas rasteiras e fortes que o guarneciam, vindo cair de novo junto da moça. Ficaram por algum tempo imóveis, sem coragem para encarar uma a outra e foi Sinhá-Rôla que pôde murmurar primeiro com a voz presa e rouca:

– Meu Deus, meu Deus...

Mas logo reanimou-se e fez Celestina subir a uma pedra, primeiro degrau para continuar até o alto, e empurrou-a com força insuspeitada em seus braços frágeis de forma que a moça pôde escapar e logo conseguiram alcançar a casa. Celestina atravessou as salas sem dizer uma só palavra e foi para o seu quarto onde se fechou. Sinhá-Rôla que a acompanhara com dificuldade ficou parada diante da porta e parecia esperar que ela a reabrisse e a recebesse e lhe dissesse alguma coisa. Por fim, ao perceber o completo silêncio na alcova e ao ver a porta sempre fechada foi também para o quarto, onde já encontrou Dona Inacinha com um frasco de água de flor de laranjeira e outro de água da colônia, prontos para os socorros necessários. Ao saber que Celestina se trancara e a senhora Luiza não tinha vindo para perto, preparou dois cálices com algumas gotas do calmante, e banharam as fontes com a água perfumada. Depois, sem que tivessem coragem de comentar a ridícula aventura, deitaram-se e em breve adormeceram.

Celestina, porém, sentada em sua cama olhava fixamente para a porta e havia em seus olhos indizível expressão de terror. Devia estar apavorada com a ideia de que ia alguém entrar e dirigir-lhe a palavra. Depois, ao compreender que se afastavam os passos de Sinhá-Rôla e se fazia completo silêncio no corredor, deixou escapar fundo soluço que a quebrou toda, sacudindo-a, e afinal estendeu-se em seu leito podendo então chorar todas as lágrimas acumuladas em seu coração. Parecia-lhe ser o seu gesto de há pouco a denúncia de seu verdadeiro eu, da profunda maldade que sempre suspeitara existir escondida em seu seio, e agora não sabia como continuar a viver e arrastar consigo aquele monstro sempre de tocaia que a ameaçava, a todo momento pronto a saltar sobre ela. Como agora lhe pareciam merecidas as injustiças sofridas, as longas humilhações que tinham sido sua vida até ali, privada do apoio de todos os entes amados, e jungida pela sua incapacidade de compreender os outros, de saber-lhes os limites, a uma solidão que a desesperava...

Quanto entrara no aposento de Dona Mariana ainda naquela manhã e sentira logo a aproximação do Senhor, que a segurara pelo braço, e sem dizer uma só palavra a trouxera para a mesa do almoço, deixando entender a todos que a expulsara do quarto da Senhora, Celestina sentira ter afinal alcançado o fundo de sua amargura, e não ser possível sofrer mais do que sofrera naqueles momentos. Agora, via que tudo não passara de mero incidente em sua existência, e apenas não compreendera ainda por que padecia e por que era castigada. Mas ao mesmo tempo sentia seus dias se encherem de significação nova, e eram agora marcados por doloroso selo que enobrecia a sua humilde paixão tornando-a calvário merecido. Não era mais o ente miserável, que se arrastava pela vida dos outros, sempre pesada a todos com sua presença inexplicável, sem jamais poder justificar-se nem justificar aqueles que dela se aproximavam. Agora sabia... o seu próprio segredo lhe fora revelado... e não estava mais só, precisava lutar e combater o mal conhecido que decerto não era invencível. Os pensamentos lhe vinham em tumulto e a ultrapassavam, e não pôde suportar por muito tempo a cama, que lhe parecia de fogo, e pôs-se a andar de um lado para outro, com passo largo que ninguém nunca lhe vira. Batia as mãos e as apertava de quando em quando uma na outra, e balançava o corpo para frente e para trás, enquanto continuava a sua marcha interminável.

Risos da outra banda de sua porta, vozes tranquilas de pessoas a passarem no corredor, fizeram com que ela se acalmasse um pouco, e pensou em arranjar-se para sair para as salas. Sentou-se diante do espelho e teve um movimento de recuo, pois pareceu-lhe ver a Senhora refletida em seu fundo indeciso.

XXXVI

A princípio Celestina julgou ser ela própria, a figura refletida no espelho, pois era flagrante a semelhança existente entre os olhares que se cruzavam na sua superfície polida, e neles havia a mesma expressão de indefinível angústia, talvez de tédio irremediável que os tornava o reflexo um do outro. Mas era mesmo a Senhora que entrara sem bater e caminhava silenciosamente em sua direção, e finalmente viera parar atrás dela, sem a saudar. Observou atentamente os vestígios do pranto que vincavam a sua boca e inflamavam as suas pálpebras, apesar de tê-las banhado com a água contida na bacia de louça azul, e depois de curta pausa, como se estivesse à espera de que a moça lhe dissesse alguma coisa e visse que ela permanecia calada, visivelmente tolhida pelo espanto causado por aquela visita inesperada, disse com voz serena mas estranhamente insonora:

– Celestina... vim agradecer a sua visita de hoje de manhã.

A moça levantou-se ainda mais perturbada pela simplicidade que descobria agora na razão da vinda da Senhora, pois tivera medo que ela lhe viesse dizer alguma terrível confidência, talvez mesmo dar a explicação da cena passada em seu aposento, e que lhe deixara a confusa sensação de ponto final de um drama silencioso. Todavia tudo nos gestos e no rosto de Dona Mariana indicava que ela estava perfeitamente senhora de si, e era a dona da casa que desejava ser gentil com uma das suas hóspedes habituais. Celestina notou que ela trazia nas mãos o pequeno leque de sândalo sempre usado quando recebia visitas, nas antigas noites quentes, nos tempos em que vinham outras senhoras de carro para vê-la. Há muito tempo a fazenda passara a ser melancólico refúgio isolado, no meio de suas terras extensas, cultivadas intensivamente pelos trezentos escravos dela dependentes... Era como se o seu quarto tomasse a importância de grande sala de recepção e sentiu-se mal vestida e mal penteada, sem ter ânimo de alisar os cabelos e pôr alguma ordem no modesto colarinho de crochê que trazia ao pescoço, e fora por ela mesma feito, agora um pouco de través com a gravata de simples baetilha desatada. Entretanto, segurou o pente de galeria encontrado sob os dedos e colocou-o no bandó, sem saber ao certo como ficara, e dirigiu-se para as duas cadeiras de palhinha que rodeavam a mesa do centro do quarto, enquanto convidava a Senhora com esse mesmo gesto, a acompanhá-la.

Sentaram-se cerimoniosamente e Dona Mariana depois de brincar durante certo tempo com os anéis que trazia disse, em tom levemente nervoso:

– Por que foi ao meu quarto ver-me, quando sabia que meu marido estava em casa?

As lágrimas subiram de novo aos olhos de Celestina, ao encontro do ardor e da queimadura deixados pelas outras, e conseguiu manter-se direita em seu lugar, sem se deixar vencer pela fraqueza que ameaçava dominá-la e vinha envolta em uma vontade desesperada de debruçar-se sobre a mesa e de soluçar livremente, sem nenhum cuidado pela presença de Dona Mariana, sem nenhuma defesa diante dela. Esperava talvez no fundo de seu coração que se isso fizesse sentiria em seus cabelos mãos compassivas, acariciadoras e doces, e quem sabe a tomariam nos braços, repetindo cenas de sua infância tão longínqua e tão diferente de tudo sucedido durante os últimos anos. Entretanto, conservou a aparência de calma que o secreto instinto de prudência lhe aconselhava e foi depois de meditar sobre suas palavras que respondeu tendo os olhos ainda perturbados:

– Senti saudades... lembrei-me de quando me chamava para fazer-lhe companhia em seu quarto, quando não vinha à mesa... Mariana...

Dona Mariana escrutou agudamente o rosto de Celestina, como se quisesse ver bem se não se tratava de máscara aquela expressão de ingênuo sofrimento exposta ao seu olhar ainda mais salientada pelo desatavio do vestido e dos cabelos. Depois, fechou os olhos e tomou o ar de quem ganhava forças para mudar a direção dos próprios pensamentos ao reconhecer ter avançado em caminho interdito. Era preciso recuar, diziam claramente a linha de sua boca que se fechava com força e suas sobrancelhas agora unidas em uma linha reta.

– Então foi assim... – murmurou, com dificuldade – e... não achou que seu primo estava...

Hesitou, e depois de se abanar com o leque que espalhou sutil onda de perfume, tornou a animar-se, agora como uma senhora que está em visitas, e falou cheia de volubilidade com um sorriso que franzia os seus lábios enquanto conversava e as palavras lhe vinham umas sobre as outras entremeadas de pequenas exclamações. Celestina a ouvia, com certa amargura, pois compreendia ter passado o momento da confidência entre elas, e sabia ser exclusivamente por sua culpa, pela sua inabilidade, ou mesmo pela sua maldade, cuja revelação a fizera desesperar-se momentos antes da chegada daquela senhora, agora diante dela como uma estranha, que procura atordoar-se e distrair-se, sem cogitar muito de quem a ouve ou lhe serve de brinquedo. O sofrimento agudo a fez curvar-se com as mãos sobre o peito porque sentia uma agulha gelada ferir o seu coração e o atravessar com violência. Estava mesmo sozinha naquela casa e também no mundo que a cercava imenso, hostil e desconhecido. Aquela senhora interrogadora e sorridente tornava-se também um perigo para ela, e percebia com clara e irônica finura estar com medo, e que no meio de toda a sua alegria forçada, prestava atenção aos menores ruídos da fazenda, à espera de algum sinal para retirar-se ainda em tempo. E, realmente, vinha agora do quadrado o som abafado de vozes altas que se interpelavam, de patas de animais a escorregarem sobre a pedra, e os gritos dos cocheiros para os acalmar. A Senhora interrompeu o movimento de susto esboçado, levantou-se com fria expressão nos olhos e fez menção de sair, mas sem pressa, como se tivesse terminado a sua visita de agradecimento e fosse hora de recolher-se ao seu quarto. Parada, com uma das mãos no ombro de Celestina, ela a encarou e deixou ler em seus olhos, em um relâmpago, o terror glacial que a dominava, mas sem permitir alterar o seu aspecto de visita.

– Até breve... – murmurou, mantendo o sorriso preso. – Quando quiser vá ver-me pois não tenho mais forças para sair do quarto...

– Sente-se doente? – perguntou Celestina, e logo se arrependeu de ter deixado escapar a interrogação pois sabia só poder ter como resposta uma mentira. Porém foi com surpresa que ouviu as palavras de Dona Mariana, agora levemente pálida, e parecia realmente enferma, subitamente envelhecida. Já não era a senhora bela e impassível que fora sempre, trazendo constantemente diante de si a rede invisível que a todos impunha respeito e admiração, e que a fizera chamar a "altiva Mariana", nas salas românticas da Corte, com adoração pelos poetas e com ironia ferina pelas outras senhoras, que a julgavam cruelmente. Era uma mulher perseguida, derrotada...

– Estou realmente mal – disse ela com tom seco e breve e parecia falar de outra pessoa, mas a sua voz era amarga e profunda, dominada apenas pela firmeza de sua vontade. – Sinto-me perto do fim...

Ao assim dizer voltou-se e caminhou para a porta sendo seguida por Celestina, calada e sem saber o que dizer-lhe. Quando abriram os batentes, viram que a governante alemã passava e as olhava com espanto. Dona Mariana saiu e ordenou à estrangeira com aspereza:

– Dê-me o braço, e leve-me até o meu quarto, pois não estou bem.

E Celestina viu as duas senhoras se apressarem e logo desaparecerem antes que as pessoas, cujas vozes se ouviam agora distintamente, entrassem na sala de jantar, da qual via grande lance em ângulo, com seu papel de carruagens, sempre em movimento, em caçada perpétua e muito alegre, apesar de sua imobilidade e do seu silêncio.

XXXVII

A manhã veio muito clara e iluminou cenas pastorais de vida tranquila. Cortando o céu visto da janela de Dona Inacinha passou longo voo de periquitos em louca algazarra e a senhora os acompanhou com os olhos ainda cansados da insônia daquela noite. Tudo que sucedia agora parecia-lhe incoerente e contraditório e viera para ali com o vago sentimento de que passara dias de vertigem e de ausência, entre pessoas estranhas que falassem linguagem desconhecida. Respirou com força a poderosa emanação da terra, no desejo de reviver, de retornar a ser a criatura viva e dedicada e hesitou em voltar para o interior do quarto onde flutuavam os odores das plantas medicinais dos chás preparados na espiriteira, a fim de conciliar o sono. Sinhá-Rôla ainda dormia e então lembrou-se de que devia fazer também algum preparativo para a chegada de Carlota e entre as imagens evasivas que povoavam a sua cabeça surgiu a lembrança de que vira chegar a carregação de goiabas vindas dos vergéis do outro lado da serra. Eram dois fartos jacás e ela os olhara quase sem vê-los com a impressão bizarra de impropriedade daquela abundância no meio das cogitações estéreis dos moradores do Grotão. Mas seus lábios se entreabriram em sorriso e resolveu fazer ela mesma o doce que seria provado com delícia pela moça, quando chegasse, pois todos diziam ser a sua goiabada a mais perfeita.

Já encontrou as goiabas descascadas com facas de bambu, postas em grandes alguidares de barro e tudo preparado para recebê-las, muito vermelhas, como em carne viva, e pareciam sangrar quando passadas na peneira fina. Entregou-se ao trabalho com tal ânimo que dentro em pouco se apagaram os acontecimentos impressos em sua memória e o obscuro movimento de amizade que a fizera vir até ali, e parecia-lhe que nada tinha havido, era apenas mais um episódio familiar que se juntava aos vividos até então, e apressou-se para que antes da chegada da menina, atraída pela notícia de que estavam fazendo o doce de sua predileção, viesse logo com as suas latinhas para que as enchessem, formando assim a reserva de seus jantares de boneca. Dona Inacinha estava tão absorvida que não distinguia mais para quem estava fazendo aquele trabalho e na verdade esperava a chegada da criança e não da jovem que viria da Corte... E a menina morta estava agora ao seu lado e sentiu suas mãos miúdas que puxavam suas vestes.

Mas era apenas um sonho, porque se estivesse ali realmente, estrugiriam gritos das encarregadas do trabalho das tachadas para que as outras ainda com as mãos livres e limpas acudissem a Sinhazinha, em evidente perigo, na proximidade daqueles diabólicos tachos em ebulição. Corriam logo para junto dela e a levantavam no ar em verdadeiro voo, enquanto os babados e as rendas se agitavam alados e as mãos negras e possantes se tornavam leves, suavizadas pelas infinitas precauções tomadas para não provocar a revolta da criança assim surpreendida.

Estavam certas de que a menina tudo faria para as salvar de uma repreensão, se o susto a fizesse gritar e desse alarme. Porque logo viria a Libânia como uma leoa para tomá-la e levá-la para as salas, sem deixar que as negras da cozinha sequer tivessem tempo de acariciá-la. E os olhares severos, as cabeças aos abanos, os suspiros ostensivos, os resmungos intermináveis acompanhavam sempre essas cenas e ainda se prolongavam quando tudo tinha voltado à ordem.

Era também a pensar nisso que a cozinheira tristemente ajudava Dona Inacinha e fora buscar as escumadeiras para apanhar os detritos que subiam dançando à superfície da calda, onde já se desenhavam largas borbulhas escuras muito reluzentes, opalizadas com as cambiantes da luz e cortadas de centelhas de prata viva. Houve um momento em que todas se voltaram para a porta, como à espera de ver surgir a figurinha da menina com os cabelos repartidos no meio, o vestido decotado e a saia estufada que deixava transparecer as calças longas de renda, longas até cobrirem os pequenos sapatos pretos. Era a visão encantadora, a miniatura de uma senhora, a futura dona delas todas que surgia entre os umbrais enegrecidos da sala da copa e vinha até elas. Mas naquele dia não viria, nem nunca mais... No chão de pedra onde o sol punha riscas douradas com sua luz recortada pelas grossas grades das altas janelas, apenas a poeira realizava a sua sarabanda silenciosa, e toda a grande quadra cheia de sombras, onde mesmo àquela hora do dia reinava a penumbra, pois não venciam os raios solares o seu véu indeciso, vivia só com os movimentos maquinais das escravas, todas elas presas da mesma angústia.

Ainda apanhavam com as grossas colheres a escuma vinda à superfície, e as negrinhas da copa que tinham já levado as grandes travessas azuis de louça da Índia com as iguarias suculentas que deviam constituir o almoço dos senhores, carregavam agora para a sala grandes bandejas, com as tijelas de porcelana inglesa em desenhos multicores representando cenas do campo, repletas até a borda dos doces em calda, onde os marmelos sanguíneos nadavam no açúcar denso, os figos sombrios como peixes das grandes profundidades estremeciam amontoados no centro envoltos em seu xarope de mel e as ameixas negras nacaradas vindas de França pareciam de veludo de seda... queijos do reino e de Holanda completavam a riqueza do bodo, uns em fatias com suas cores vivas, de amarelo oriental, cercadas pela fímbria rubra, outros em verdadeiras montanhas no centro dos pratos flamengos, ralados cuidadosamente, a fim de serem com eles aproveitadas as caldas diversas.

Era a hora das mucamas da cozinha largarem os seus afazeres para comerem o seu feijão e o espesso angu, que as aguardava bem quente nas panelas. Vez ou outra vinha ordem da sala para que servissem entre elas um dos pratos, mas tinham que ir ainda os fornecimentos da casa do administrador e o das mucamas de estimação, das mulatas protegidas e dos feitores de maior categoria. E eles todos raspavam as vasilhas, muitas vezes preocupados em não deixar sobrar nada para as que tudo tinham feito.

Em outra sala separada por arcadas de madeira da cozinha de dentro ficava a de fora, onde se via logo ao centro o caldeirão agigantado onde era cozido o feijão dos pretos, quase da altura de homem, mantido por três pés de ferro sobre o fogo e mais adiante o tacho de angu e o panelão da carne seca. A negra mais velha tomava conta do serviço e era olhada com desdém pelas de dentro que a julgavam inferior, pois fazia a comida de seus parentes como diziam entre si com grandes risos escondidos. Não fosse ela percebê-las, e a palmatória soaria pois era a mãe do pior dos encarregados dos castigos! Mãe Cambinda consertava o lenço vermelho que lhe tapava os cabelos brancos, e enchia a cuia apresentada com rigorosa igualdade. Era verdadeiro lago de feijão, grande montanha de angu, e a carne seca de mistura com bertalha ou outra "folha" como chamavam, e fechava logo a cara quando percebia julgarem pequena a dose. Também ela muitas vezes sentira alguém puxar pela sua saia sem cor definida, de baetão muito velho, e quando procurava quem era via ser a mãozinha da criança que lhe dizia com a voz muito cantada: Bota mais, Mãe Cambinda!

Ela dobrava a porção, mas resmungava ameaças de morte para o negro ou negra favorecida, e dizia com súbita rouquidão na voz:

Tirem a Nhanhãzinha daqui, que Nhanhã minha Senhora não há de gostar dela sujar as mãozinhas!

Chamava-se Cambinda, mas era brasileira, vinda de Minas Gerais, do outro lado do rio, e tinha deixado seus outros filhos muito longe, em uma fazenda que não podia dizer ao certo como se chamava, pois era apenas a fazenda do sinhô em sua memória e agora vivia só com um deles, sem se dirigir a ninguém e o fato da menina saber o seu nome e não ter nojo de segurar a sua saia enxovalhada, representava para ela a recompensa de muitas dores... e mais tarde na esteira onde dormia lá na sala grande das negras de dentro, ela muitas vezes beijava o lugar onde se tinham pousado aquelas pequenas mãos que lhe pareciam tão lindas.

Maria Crioula viu-lhe nos olhos as lágrimas, e de onde estava teve pena, pois compreendeu o que se passava no coração da preta velha e veio até perto e disse-lhe bem baixinho:

– Não sei o que tem a Nhanhã minha senhora... andam dizendo coisas sobre ela...

– Chiu... – foi a única resposta que obteve.

XXXVIII

O tempo continuava muito lavado; no ar extraordinariamente transparente o som não encontrava obstáculos e assim o chiado estridente dos carros de bois, conduzindo pequenos sitiantes e agregados à missa, chegava até a fazenda e continuava o cântico das cigarras, que formava a música lenta e adormecedora da natureza em repouso. No quadrado de pedra o sol batia em liberdade, sem uma sombra, e era impossível olhar por muito tempo para fora. Os olhos queimavam-se naquela luz intensa, e todos fugiam para a penumbra das casas adormecidas na modorra dos dias sem trabalho. Não havia missa na Capela, como agora acontecia sempre, desde a partida do padre capelão, sem uma palavra de despedida para ninguém, pois saíra bruscamente alta madrugada, em cavalo alugado e acompanhado por almocreve de passagem, e também os feitores não tinham avisado que seria permitido aos escravos a ida a Porto Novo, e assim todos tinham permanecido na senzala. Surdo murmúrio de rezas tiradas pelas negras mais instruídas vinha às vezes trazido pela brisa muito leve e morna, até as salas silenciosas e era uma música ondulante e serena em contraponto com a que subia dos vales lá embaixo e das árvores que fechavam a casa em imenso escrínio verde. Diante do oratório bem aberto Celestina acendera pequena lamparina bruxuleante, muito tímida, e não conseguia vencer os jorros de claridade entrados pelas janelas, e se ajoelhara acompanhada por Dona Inacinha, e por Sinhá-Rôla que viera logo depois. A alemã chegara até à porta, as espreitara, e, depois de abanar a cabeça com ríspido muxoxo, fora para o seu quarto onde com certeza dizia sozinha a sua oração, longe das vistas dos Senhores cuja atitude tanto a intrigava.

    Dona Inacinha abriu o livro que trouxera, encadernado em marroquim negro com iniciais em ouro, e lia com sua voz cheia de vibrações e quente, apesar de contida e murmurada em segredo só para as outras duas ouvirem. Era a ladainha em latim, que elas desfiavam seguindo a melodia que estavam acostumadas a cantar na igreja, e formavam um conjunto homogêneo marcado em compasso acelerado, erguido para as imagens como incenso em ondas regulares de um turíbulo sonoro. De repente, ouviram o estampido de um tiro de garrucha, das de boca de sino, que fez estremecer as vidraças e estourou muito perto em seus ouvidos, para logo tudo recair na calma assim interrompida. As três senhoras ficaram imóveis, geladas, sem saberem o que se passava, pois nenhuma delas teve dúvidas de que fora mesmo um disparo de arma de fogo, mortal, e não de espingarda de caça, aliás inadmissível tão próximo da casa. Depois de alguns minutos conseguiram olhar umas para as outras e não continuaram a ladainha. Dona Inacinha fechara o seu livro, mas permaneceu ajoelhada e sem ânimo para erguer-se. Há muito tempo ela esperava ouvir um grito, ou mesmo um tiro, que deveria romper a tensão inexplicável que sentia naquela casa tão calma, mergulhada sempre em paz sonolenta, agora repentinamente vibrante e comprimida por vontade de ferro, pesada e invisível, mas inexoravelmente presente. Esperou viessem o clamor de socorro, os gemidos que deviam ser provocados pela bala, mas tudo ficara mudo, e a própria natureza parecia também à escuta.

Foi quando viram o Senhor entrar no pátio, já apeado do cavalo, trazido pela rédea presa ao braço e dirigir-se diretamente à sala dos feitores, onde entrou com precipitação, e sentia-se implacável energia em seus gestos. Deixara sem prendê-la às argolas a sua montada, e o pobre animal percorrido por estremecimentos e arrepios ficou agitado a girar sobre si mesmo até que o pajem veio agarrá-lo e o levou para as cocheiras. A presença do Senhor fê-las sentirem-se libertadas da prisão dos seus nervos até aquele momento tornados mortos, de gelo. Levantaram-se ao mesmo tempo e foram até o alpendre do quadrado e de lá puseram-se a olhar com as mãos sobre a testa para moderar o excesso de luz, para a parte da casa onde tinha entrado o dono da fazenda. Porém nada puderam ver, tudo estava em silêncio e parecia impossível ter havido a cena rápida que ali se desenrolara momentos antes. Entreolharam-se, e era visível a interrogação muda em seus olhos na dúvida de que tivessem visto e ouvido alguma coisa, ou então o pedido de explicação do que se passara, diferente da suspeita que as assustava e fazia estremecer de inquietação...

Todavia em breve o fazendeiro saiu do telheiro, acompanhado pelos homens e estes se encaminharam rapidamente para o portão da estrada, em cumprimento de ordens com certeza breves e enérgicas. Dentro em pouco o alarido dos cães, presos sempre no cercado ao lado da entrada, encheu o ar com seu estrondo e logo perceberam terem saído todos em direção à mata dos fundos da fazenda, que cobria o morro com sua densa vegetação. Chegaram a perceber os galhos agitados, as copas das árvores que estremeciam, como se por elas passasse um furacão, e os latidos, os ganidos e os apelos dos "capitães do mato" foram pouco a pouco mudando de intensidade e gradualmente diminuíram na escalada do morro situado entre as duas residências. De um lado o Grotão e na outra aba a Boa Vista, ambas com sua escravatura numerosa e organizada. Deviam seguir na perseguição de alguém, e iam com a intenção de matar, pois os cães eram verdadeiras feras e não poderiam ser contidos se encontrassem qualquer escravo fugitivo, indo toda a matilha incitada como estava sendo pelos negros que a levavam morro acima e cujas vozes açodadas se ouviam cada vez mais amiúde, ensurdecidas entretanto pela distância. O drama atroz estava para realizar-se e sua consumação devia ser iminente, tanto eram os gritos e tal a agitação violenta e brusca das plantas, e criava assim sufocante e sombria atmosfera, que parecia lançar até a casa da fazenda toda em silêncio os seus eflúvios funestos. As três senhoras voltaram para junto do oratório e de novo se puseram a rezar sem ousar sequer levantar os olhos, mas abaixaram com instintivo temor a voz quando ouviram os passos marcados e regulares do Senhor, que entrou na sala, atravessou-a, e foi para o interior da mansão sem as cumprimentar, para não interromper a meditação religiosa em que as via, ou então por estar muito perturbado e não desejar denunciar qualquer fraqueza em sua voz, se falasse.

Naquele dia todo o serviço cessou. O quadrado foi fechado, e nenhum escravo deixou a senzala, onde ficaram sem poder sair sequer para "esquentar o sol", velho hábito deles aos domingos e nas horas de lazeira. Toda a fazenda se recolhera e parecia morta pois mesmo os servidores de dentro, ao conduzirem as refeições aos quartos de cada um de seus moradores, andavam nas pontas dos pés e traziam ao alto as grandes bandejas de prata, cobertas com panos de linho bordados e abertos em crivo. Todas as janelas tinham sido fechadas e tudo fora feito sem ordem geral, sem combinação, como se todos compreendessem que perigo muito grave pesava sobre a casa. A espera durou a manhã toda e prolongou-se até a tarde, e ainda durante a noite muitas luzes ficaram acesas, naquela mesma atenção soturna, sem que ninguém tentasse libertar-se dela, falando ou vindo até as salas para comentar ou interrogar uns aos outros a fim de saber o que se passava.

Dona Inacinha acendeu pequena vela de cera diante das imagens conservadas sob redoma na sua cômoda, e ajoelhara-se diante delas e orava sem cessar, enquanto Sinhá-Rôla, a princípio em marcha nervosa pela sala, se deitara e da cama a olhava com as pupilas dilatadas. Ouvia de onde estava a irmã desfiar o rosário, cujas contas tiniam com o movimento mecânico, regular, nelas imprimido e se interrogava, com inexplicável ansiedade, qual a súplica dirigida por ela aos seus santos. Que ameaça, que acontecimentos assim conjurava? Não podia resistir mais, não suportava mais o que lhe pesava sobre o coração sem poder explicar o que sucedia e então levantou-se e segurou Dona Inacinha pelos ombros, e interrogou-a baixinho:

– Por que você está com medo?

– Não sei... – respondeu em um cochicho – só sei que tenho medo.

XXXIX

No dia seguinte pela manhã a escrava que trazia ao quarto de Celestina o tabuleiro com o café com leite e os biscoitos feitos minutos antes, envoltos em grande guardanapo de linho, trouxe também curto recado transmitido em voz baixa. As senhoras Dona Inácia e Sinhá-Rôla mandavam pedir-lhe fosse ao quarto delas logo que estivesse pronta. Celestina levantara-se ainda com o escuro da manhã, que se erguera preguiçosa, nevoeiro entre rosa e dourado, a espreitar cautelosamente pela janela, sonolenta e ela própria ainda mal despertada. A moça sentira frio ao ver a luz arrastar-se até o seu leito. A princípio aconchegou-se nas cobertas e tentou adormecer de novo, mas o coração pôs-se a bater furiosamente e sua cabeça pesou sobre o travesseiro, carregada de pensamentos em sobressaltos, pois lembrou-se imediatamente do dia longo e sinistro da véspera, todo passado em seu quarto, entre vãs tentativas de ouvir algum ruído que lhe desse a impressão da vida a continuar lá fora sempre a mesma. O silêncio porém era ameaçador pela sua estranha continuidade, e só conseguira adormecer quando a vela de sua cabeceira tremeluziu e extinguiu-se, sem ter pressentido o seu fim, com os olhos fitos no teto enorme. A escuridão a envolvera de um só golpe, e o terror que a invadiu foi muito grande e adormecera exausta pelo próprio excesso. O sono que a derribara foi longo e profundo, mas não lhe trouxera descanso para os nervos, ainda doloridos e todos em riste, prontos para a vencerem de novo.

Assim não pôde reprimir repentino movimento de impaciência ao ver o olhar estagnado e submisso que lhe lançava a mucama, na certeza de ser ela a causadora do aborrecimento que lia na fisionomia da moça. Não desejava ver ninguém, nem ouvir quem quer que fosse, mas ao mesmo tempo a compreensão de sua irremediável solitude a fazia desejar ser forçada a rompê-la, mesmo que o fosse por pessoas não merecedoras de sua confiança e amizade. Agora sabia-se sozinha, perdera todos os que a estimavam gratuitamente sem a menor espera de retribuição e devia atender aos que dela necessitavam, pensou com um arrepio de repugnância, e mesmo fingir estimar os que a rodeavam forçados pelo acaso...

Foi portanto com o passo retardado e as mãos inquietas, ora a ajeitar os babados da saia, ora consertando o xale de Tonquim vermelho, herança de sua mãe e lançado sobre os ombros apesar da temperatura agradável, que ela saiu ao corredor e entrou no quarto das senhoras já à sua espera em pé ao lado da porta. As duas avançaram alvoroçadas e a seguraram com dedos nervosos para a conduzirem até as cadeiras que formavam recanto íntimo junto da janela. Depois de sentadas, Dona Inacinha tomou de repente ar solene e esperou que as outras duas ficassem imóveis e atentas na expectativa do que ia dizer. Balançou então o corpo para diante e para trás como se quisesse tomar impulso e lançar-se na pista aberta diante de si, e disse:

– Houve crime, ou antes, tentativa de morte aqui na fazenda...

Esperou uns instantes para dar tempo às suas ouvintes de responderem alguma coisa, mas ao ver que elas continuavam atentas aguardando que prosseguisse, perdeu um pouco da rigidez de sua atitude e sentiu ela própria a necessidade de interrogar, de ouvir comentários, de saber o que pensavam e tinham sabido. Então avançou a cadeira para ficar bem entre as duas e segurou as mãos de uma e outra e sussurrou, entre dentes:

– Se vocês sabem de alguma coisa, contem-me, pois estou desesperada e não sei como hei de viver aqui no Grotão, de hoje em diante. – Suspirou, encostou-se bem fundo na poltrona que ocupava e acrescentou com a voz demudada, muito fina: – Tenho tantas suspeitas!... mas, vocês não dizem nada?

Celestina ficara de olhos fitos na velha senhora e parecia mergulhada em sonho mau, e estava à espera de que alguém a despertasse para se livrar da angústia sentida. Lembrava-se com receio e inquietação de que passara o dia e a noite toda revolvendo ideias e recordações cruéis, sem nunca ter a intuição da verdade. Não poderia dizer nada agora, porque realmente nada ouvira nem compreendera, e via que Dona Inacinha avançara para o futuro denodadamente para colher dados, para observar e viver intensamente o que se passara e adquirir conhecimentos de tudo a fervilhar em torno dela, e que no entanto lhe parecera apenas vácuo enorme, impreenchível... Era preciso correr, era necessário agitar-se loucamente para alcançar a vida que fugia, a rolar ao seu lado, sem que ela a vivesse!

Não ousou interrogar Dona Inacinha, envergonhada de mostrar sua simpleza e ao mesmo tempo teve medo de conhecer a verdade, pois pressentia que devia ser triste referir-se à sua prima, Dona Mariana. Talvez as duas senhoras pensassem que ela se calava porque estava ao lado da Senhora, e já sabedora de tudo, tivesse tomado o seu partido, pois era sua parenta de sangue, constantemente visada por todas as represálias provocadas pelos caprichos imperiosos da dona da casa. Sua estada no quarto da fazendeira na antevéspera dera-lhe certa importância de confidente, e com certeza estava sendo agora considerada como personagem de valor no drama surdo cuja representação se desenvolvia nos bastidores, sem poder chegar até elas os ecos de seu desenrolar. Mas Dona Inacinha não continha mais sua curiosidade e resolveu contar tudo que ouvira entreportas, pois ficara o dia inteiro da véspera, de tocaia no corredor, e fizera parar todos os escravos que por ela passavam, e interrogara-os com minuciosa habilidade.

– Então você não sabe que o primo Comendador ao chegar à porteira logo da frente da casa notou qualquer desarranjo na taramela, abaixou-se para consertá-la, ouviu um tiro e viu a bala se alojar no moirão, justamente no lugar onde devia estar sua cabeça se não tivesse se abaixado? Não sabe que teve tempo de ver a cara do Florêncio, ao atirar de junto da esquina da casa das máquinas, onde estava escondido, e percebeu ter ele fugido imediatamente, e subido o morro que vai dar na Boa Vista? Não compreendeu que o capitão do mato, todos os feitores e o senhor Justino com a malta de cachorros bravos, foram no encalço do negro Florêncio, decididos a trazê-lo ontem mesmo, mas até agora nada conseguiram? Mas, meu Deus, por onde você andou, Celestina, ontem o dia todo? Se não quer dizer nada, para não comprometer-se, não faz mal, nós duas compreendemos perfeitamente sua atitude e sabemos qual é a sua situação...

A velha senhora inclinou-se e parecia cumprimentar Celestina em conversa de salão, sobre assuntos elegantes, lá longe na Corte, e dizer qualquer frase amável. Percebia-se porém estar impaciente, e devia sentir-se insegura, com medo de alguém mais forte e mais arguto do que ela, e procurava aliada em Sinhá-Rôla que a escutava com ingênua admiração.

– A mana Rolinha – prosseguiu – tudo ouviu e tudo sabe. Ainda agora mesmo estamos à espera de Bina vir nos contar se já voltou alguém e se houve notícias do Florêncio.

Nesse momento Dona Inacinha encontrou os olhos de Sinhá-Rôla fixos nela com maior espanto do que deixara transparecer até ali e percebeu ter descido a chamar uma escrava pelo apelido usado na cozinha. Imediatamente corrigiu-se:

– Balbina, quero dizer...

– Mas... – balbuciou Celestina que sentia o sangue subir-lhe ao rosto e sentara-se agora na beira da poltrona onde se deixara cair. – Eu não posso compreender o que está dizendo, pois não sei de nada, e não tenho a menor ideia do que imagina ser a minha situação...

– Julga-se muito atilada, minha querida amiguinha... – e Dona Inacinha sorriu-se e prendeu os lábios pois não tinha bons dentes – deseja naturalmente ter o bom papel, todo de discrição e nobreza. Mas, creia, isso tudo vem do berço! e...

Deixou em suspenso o resto da frase, mas Celestina sabia muito bem o que ela queria dizer, pois eram constantes as alusões à situação estranha de sua família, muito numerosa, e contava em seu seio homens de grande projeção na política do Império, sendo porém ao mesmo tempo sem conta os primos de triste reputação que ultrapassava todos os limites da verossimilhança, em aventuras inexplicáveis, nos comentários e crônicas segredados nas fazendas mais próximas. Muitas vezes ouvira contar pormenorizadamente os sombrios acontecimentos desenrolados em casa de seus avós há tantos anos, e ainda agora eram repetidos na sua frente os seus ecos como se ela não estivesse presente ou não conhecesse sequer as figuras cruelmente criticadas. É verdade ter isso começado a suceder depois que a Senhora se isolara em seu quarto e não tornara a vir à sala senão em dias excepcionais. Entretanto o Comendador autorizava com o seu silêncio que se ferisse até o sangue aqueles senhores desvairados pelo excessivo poder muitas vezes reunido em suas mãos, cuja memória se desrespeitava friamente, e as precauções e reticências ironicamente tomadas faziam ainda mais insultantes as alusões. Ela era a única, além da Senhora, a ser visada, mas agora viria Carlota em cujas veias corria a mesma herança, e tinha também o nome assim maculado, e sentia aproximar-se uma zona de segurança, onde poderia esconder-se sem receio de ser maltratada, sem outro desabafo além das lágrimas choradas em seu quarto. Ficara distraída com os braços largados sobre os da poltrona, agora em posição de abandono, e essa atitude parecia aos olhos das duas irmãs simples desdém e menosprezo por elas, muito agitadas e ávidas de novidades.

O silêncio prolongou-se e Celestina despertou de sua abstração; sentiu no rosto os olhos de Dona Inacinha, a contemplá-la com irritação, e os de Sinhá-Rôla, que se esforçava por conservar nos lábios o desenho neles formado pelo desprezo, mas a todo momento as duas estremeciam e voltavam a cabeça. Aguardavam alguém com certeza e, ao menor ruído vindo do corredor, elas se retorciam onde estavam, nervosamente, como se estivessem realmente sobre brasas. Afinal a porta abriu-se e entrou a negra velha trazida com elas para o Grotão, sempre muito fiel às duas donas, sem nunca fazer causa comum com os escravos da casa.

– Pode falar, Balbina! – exclamou Dona Inacinha, ao ver a sua hesitação diante de Celestina.

– Minha Sinhazinha, minha Sinhazinha! – disse a mucama açodadamente – o negro Florêncio foi encontrado!

– Ele disse alguma coisa?

– Não, Nhanhãzinha, não senhora! Ele estava enforcado em uma árvore.

XL

A atmosfera do quarto tornou-se subitamente pesada, e elas tiveram um momento de apreensão. Depois, já mais calmas, Dona Inacinha fez subir o xale caído sobre os ombros até agasalhar-lhe o pescoço e, muito direita, olhou severamente para a negra e disse-lhe:

— Não quero candongas, Balbina, vá para a cozinha e prepare o nosso café.

Sentaram-se em silêncio à volta da mesa e tomaram assim a primeira refeição trazida, enquanto a mucama se atarefava em torno delas mas sentia-se que todas estavam ansiosas por ouvir ainda alguma coisa, ou ao menos poderem fazer comentários sobre o que se estava passando. Todavia um medo escondido as refreava e parecia impossível qualquer comunicação entre elas. Celestina sentiu ser demais entre as irmãs e sua antiga criada e logo depois de esgotar o conteúdo da grande chícara de porcelana da Índia, cheia até as bordas de espesso e espumoso café com leite, levantou-se e explicou que ia ao jardim, para ver se o canteiro de Carlota estava bem tratado, para quando ela chegasse encontrá-lo perfeito e cheio de flores frescas.

— É verdade... — observou Sinhá-Rôla com ar ausente — eu nem me lembrava da mania de jardinagem de Carlota, e olhem que muitas vezes lemos juntas os livros franceses mandados buscar na França pelo primo Comendador. Até a roseira, o pé de rosa-chá, quem plantou fui eu para ver se tinha boa mão... Estou com vontade de ir com você, Celestina...

Apesar de sentir a mão de Dona Inacinha, a lhe apertar o braço como se desse um sinal, levantou-se e saiu com a moça em conversa animada e esquecidas de tudo. A escrava Balbina acompanhou-as até a porta para abri-la diante delas e esperou que desaparecessem no corredor. Depois veio até junto de Dona Inacinha ainda imóvel em seu lugar de olhos fixos nela e acompanhando todos os movimentos como o gato faria com sua presa. Andava pé ante pé e havia qualquer coisa de conspiração nos grossos lábios contraídos e nos olhos cerrados até quase não deixar ver-lhe a parte branca, e foi bem junto ao ouvido da senhora que murmurou muito baixo:

— Nhanhã, eu acho não ter sido ele quem se matou não, ele foi matado.

— Por quem? — interrogou Dona Inacinha sem olhá-la e no mesmo tom confidencial sem quase articular as palavras.

A velha negra persignou-se muitas vezes e hesitou em falar. Talvez compreendesse bem que era uma traição aos seus companheiros, aos seus malungos, o que ia dizer e grave clarão se fizesse em seu espírito, para mostrar-lhe a série dolorosa de acontecimentos que ia despertar, mas também podia ser o simples medo imediato da palmatória e do chicote, resultado fatal de sua inconfidência se fosse denunciada por Dona Inacinha... e dos seus lábios partiu sussurro quase imperceptível, entrecortado pelas aspirações ruidosas que lhe enchiam o peito oprimido para ter sopro bastante a chegar até o fim. A senhora tornou-se levemente mais pálida, porém depressa se refez e disse com falsa brusquidão:

– Cala a boca, maluca, você não vê que tudo isso é loucura e uma insolência... tomara alguém mais saber disso!

Dona Inacinha sempre sentada, sem poder levantar-se, viu a preta ajoelhar-se diante dela, e parecia prestes a soluçar num pedido de misericórdia, mas em seus olhos passou de novo breve nuvem de reflexão e seus traços tornaram a se firmar, pois estavam decompostos pelo receio, e ficou por algum tempo na posição súplice tomada sem dizer palavra, como se refletisse e repassasse na memória alguma coisa que a preocupava de maneira profunda. A senhora a contemplava com hostil serenidade à espera do que ia dizer mas, ao vê-la muito quieta, longe dali com a ponta dos dedos encostada na boca e mergulhada em pensamentos talvez incomunicáveis, repreendeu-a, já agora com certa comovida doçura. Mandou finalmente que se levantasse e fosse para a copa continuar a fazer o serviço que lhe cabia.

Balbina ergueu-se sem apoiar as mãos no soalho, com agilidade que parecia verdadeiro milagre em seu corpo avelhantado mas ainda seco e esbelto e saiu do quarto, sempre com a mesma expressão longínqua no olhar, os grossos lábios intumescidos muito cerrados, mas não era decerto o desejo de prender o seu segredo que assim lhe fechava a boca, pois ele já fugira e podia ser mesmo a vontade banal de "fazer mexerico", segundo dizia a sua dona, que a fizera falar demais. Caminhou para a copa e em seu coração pesava ódio concentrado que a sufocava e lhe dava vontade de matar, de fazer cessar assim para sempre o feitiço posto nela de ouvir e correr para contar, mesmo quando se tratava da vida ou da morte daqueles por ela amados. Mas, dentro em pouco estava envolvida pelas outras mucamas, todas agitadas, febris, a resmungar sozinhas e faziam crescer em rodas multicores a subir no ar as saias rodadas e franzidas ganhas durante as festas do aniversário do Sinhôzinho mais moço, vindo da Corte no princípio do ano só para passar essa data junto dos pais. Ficara somente breve semana e até mesmo as negras tinham notado ter ele partido muito triste para os estudos no dia da volta que fora antecipada, sem mostrar vontade de ficar, sem as lágrimas das outras vezes. Sua velha ama-seca que o tinha recebido nos braços quando ele nascera, já velha e cheia de netos de seu sangue escravo e por isso fora mais sua avó de incondicional condescendência que mãe preta, não conseguiu ouvir dele qualquer palavra de explicação para o silêncio estranho guardado sobre os motivos de sua tristeza, quando certo dia a tinha procurado na enfermaria e soluçara junto dela, a cabeça apoiada em sua cama e escondida entre os braços. Todas as negras agora tinham vontade de cochichar e assumiam ar de mistério, mesmo quando diziam as coisas mais simples referentes ao serviço. A cozinha parecia em vésperas de banquete, tal a atividade e o incessante entra e sai que ia por lá, apesar de terem chegado ordens de ser o almoço posto na mesa mais cedo, mesmo com sacrifício de alguns dos quinze ou vinte pratos habitualmente servidos. Havia visível frenesi em todos aqueles rostos negros de dentes intensamente brancos e lábios sombrios e percebia-se a agitação íntima que fazia andar os cativos por todos os cantos, muitas vezes sem destino certo. Sentado na cozinha, tendo pesado cacete na mão, todo nodoso e cheio de queimaduras em desenhos fantásticos, o mais velho dos feitores olhava para todos os que passavam pela grande quadra, e seu olhar torvo e vagaroso parecia marcar cuidadosamente seus passos. Quando Balbina entrou, recebeu em cheio aqueles raios sinistros e sentiu todo o seu corpo se cobrir de suor gelado, mas sem deixar transparecer em sua fisionomia a perturbação que fazia o coração subir-lhe à garganta. Sem alterar qualquer dos seus gestos costumeiros atravessou a cozinha toda, dirigiu-se para a porta do terreiro e assim passou diante e bem perto do feitor. Foi com a maior naturalidade que parou com as pálpebras abaixadas e certo sorriso muito manso na boca, quando ouviu sua ordem breve que a mandava deter-se e mostrar as mãos imediatamente, assim mesmo como estava. A mucama estendeu os braços, os dedos bem abertos, como se os trouxesse pendidos entre as saias, desocupados e em inteiro descuido. O feitor, caboclo tendo ainda nos olhos a expressão de animal feroz que recebera da mãe vinda da floresta, examinou com extrema atenção os movimentos feitos por Balbina e depois fixou-lhe o rosto profundamente. Mas nada pôde ler naquele semblante calmo, onde se via apenas desapontamento, oferecido aos seus olhos sem a menor reserva, e disse com brutalidade:

— Pode ir aonde vai, negrinha velha de luxo...

E Balbina continuou o seu caminho agora muito curvada, e parecia levar nas costas enorme farelo, acima de suas forças.

XLI

Enquanto caminhavam para o jardim Sinhá-Rôla e Celestina atravessaram primeiro o corredor, agora deserto, depois a grande sala de jantar onde a vida dos personagens do papel da parede, fidalgos saídos de seus castelos para subir em carruagens ou montados em seus cavalos fogosos, para uma caçada agitada e feroz aos cervos e corças a correrem em todas as direções, punha nota fantástica no silêncio reinante na casa toda, e, finalmente, desceram as escadas em direção ao recinto fechado entre grades, onde estava o jardim de Carlota. Celestina andava lentamente e acompanhava o ritmo vagaroso dos passos da solteirona, ainda visivelmente nervosa, a torcer o lenço com as mãos sem governo. Mas logo no sopé da escada parou, virou-se para a moça com viva expressão no rosto e disse-lhe em segredo:

– Tenho medo da Balbina... – depois de refletir por momentos, passou o braço pela cintura de Celestina e acrescentou: – até nem sei como a mana tem coragem de mandar nela e de perguntar o que ela sabe! Na fazenda, em nossa fazenda, ela tomou parte em tudo sem que nós pudéssemos evitar a sua presença, nem mesmo muitas vezes deixar que ela se metesse nos nossos acontecimentos...

Iam já na calçada de grandes lajes que bordava a casa em todo o seu correr e aí ficaram paradas a contemplar por algum tempo o jardim desordenado, com seus canteiros rasos cheios de flores variadas, espalhadas pelo chão por entre os arbustos e as roseiras presas a forquilhas. Era esse recanto muito íntimo, marcado pela personalidade de sua dona que desde os primeiros passos a ele viera para mexer na terra, com as mãos pequeninas ainda inexperientes, e lhe fora fiel até moça só o deixando entregue longos meses a Joviana, quando foi para o Colégio francês na Corte. Reinava em tudo doçura singular e a inquietação surda dominante em toda a parte ali se desvanecia para dar lugar a pensamentos tranquilos, e as recordações de horas de paz erguiam-se ao encontro das visitantes para acolhê-las e envolvê-las em seus quadros acalentadores. As duas tinham acompanhado a infância da moça da casa, onde trouxera alegria incomparável a todos com seu gênio buliçoso, mas suave, e surgira quando os dois rapazes já eram meninos internos em colégio e só vinham nas férias. Assim também chegara a menina morta, pensou Celestina, e justamente tinha aparecido quando todos da fazenda estavam já mais velhos e cansados, e viviam sozinhos entre eles, já separados pela experiência da vida e suas amarguras ocultas. Mas esta segunda menina que também achara a casa vazia de crianças, não pudera reanimar os rostos perturbados vindos ao seu encontro, e vivera entre os maiores como aquelas florinhas entre os arbustos e as árvores, sem nunca poder comungar inteiramente com eles. Correra e brincara pela casa, perante o amor contido de todos, passara por entre os braços e as mãos que não podiam estender-se para ela, atados pelo temor e pela sensação indefinida de perigo, no receio de provocar alguma coisa que não podiam saber ao certo qual era, mas sempre presente, a acompanhá-la noite e dia por toda a parte. A moça esforçou-se por fazer reviver a figura de Carlota poucos anos mais moça do que ela, e fora sua companheira de infância, mas o pequeno vulto da menina morta corria à sua frente, murmurava palavras entrecortadas na sua voz gorjeante, ia de planta em planta, aos saltos, em bailado incessante...

– Queria que Carlota encontrasse tudo tal qual deixou – murmurou Sinhá-Rôla e lançou primeiro rápido olhar para as janelas que lhes ficavam um pouco acima das cabeças – mas sei agora não ser isso possível e vai encontrar aqui algumas modificações. Vou pedir ao primo Comendador que mande consertar as coisas fora dos lugares.

Celestina sentiu seu coração parar. As modificações ali existentes tinham sido feitas por aquelas mãozinhas que ainda via esvoaçando por aqui e ali, efêmeras como as borboletas brancas por elas lembradas, e que agora, em resposta a um chamado misterioso, realmente pousavam nas flores e brincavam aereamente entre os galhos das roseiras e das esponjinhas, agitadas de propósito para provocá-las ao brinquedo. Seria necessário apagar os vestígios deixados, antes que o próprio tempo e as intempéries se encarregassem disso? interrogou com tristeza a si própria, e pareceu-lhe que a vinda próxima da filha mais velha do Comendador se tornava de súbito acontecimento de tristes consequências, e não o desafogo, o elemento apaziguador por todos esperado. Era uma substituição odiosa que se ia fazer, o disfarce, a mascarada mais imperdoável da situação assim criada, das nuvens acumuladas no céu do Grotão, e formavam agora a massa pesada, ameaçadora, de aparência eterna, que impedia o brilho do sol.

Sinhá-Rôla dirigiu-se ao jardim e pôs-se a percorrer as suas aleias, cercadas de periquito trazido pelo jardineiro português, chamado para ensinar aos escravos a sua arte, mas morto muito pouco tempo depois de sua chegada levado por ataque do coração. Celestina juntou-se a ela e foram as duas ao acaso e acariciavam os galhos das roseiras estendidos ao seu encontro à cata de carícias, apresentando suas melhores rosas ainda molhadas de orvalho a estremecerem em suas hastes. Algumas deixavam nas mãos das duas senhoras lágrimas cristalinas e eram agradecimentos comovidos aos carinhos que recebiam e dentro em pouco Sinhá-Rôla ao perceber isso, recolheu as mãos com supersticioso receio, pois também lembrava-se agora de que as alterações feitas no jardim tinham sido pedidas pela criança por ela beijada tantas vezes sem para isso ser solicitada, e que lhe dera quando a ela se achegava com a mais confiante simplicidade, para se acolher às dobras de sua saia, a sensação inefável de maternidade e de proteção. Como tudo desaparecera tão depressa, como fora cerceada a sua presença entre elas! Agora até mesmo sua sombra fugia, apagava-se nos dias decorridos! Sentiu remorsos de ter dito aquelas palavras, e em seu coração surgiu o medo de que os "anjos a tivessem ouvido", como dizia lá longe, lá na sua fazenda remota, hoje entregue a mãos estranhas, a sua velha ama cuja sepultura fora vendida com as de seus avós, na capela ao lado da casa grande...

– Não será preciso tocar em nada – disse ela e pôs os olhos súplices em Celestina, e parecia pedir que fosse esquecido o seu desejo de há pouco. – Carlota achará tudo bem, e decerto não se interessa mais por suas pobres flores... Deve estar agora uma jovem e elegante senhora da Corte...

– Carlota está com dezesseis anos – afirmou Celestina, que cortou uma rosa e tirou-lhe os espetinhos. – Ela é mais moça do que eu oito anos, não chega bem a oito. Creio dever ficar noiva dentro em breve.

Sinhá-Rôla observou-a através do canto do olho, para verificar se realmente a moça sabia alguma coisa de positivo, mas Celestina permanecia serena e tinha a mesma expressão de candura que lhe era costumeira. A velha senhora habituada à malícia inesgotável de sua irmã e de Dona Virgínia não pudera ainda acostumar-se à ideia de que quando Celestina dizia alguma coisa, era realmente aquilo que desejava dizer, sem nada escondido por detrás das palavras cautelosas ou falsamente francas. Já ouvira qualquer referência ao projeto de casamento de Carlota, mas de tal forma insinuado pelas duas outras senhoras que nunca conseguira esclarecer se eram simples suposições ou a realidade verdadeira. Não ousava perguntar, pedir esclarecimentos, porque sabia lhe seriam dadas explicações irônicas, ditas de forma a fazê-la sentir a sua inferioridade e indignidade para entrar na posse de tais segredos. Entretanto, ela bem sabia que se devia haver casamento teria de ser apressado, pois sentia aproximarem-se acontecimentos irremediáveis que despedaçariam talvez a vida da menina, como a sua tinha sido cruelmente destroçada, sem que ninguém se tivesse interessado por isso.

XLII

O escrivão de polícia que era homem de feições de índio, muito alto e forte, de lenço vermelho amarrado ao pescoço, e cujos olhos puxados para as têmporas, misteriosos e estranhamente fugidios em contraste com os traços másculos, não fixavam a ninguém, chegou montado em sua besta ruça, apeou-se ainda na entrada do terreiro e veio a pé até a porta do alpendre onde o Comendador já prevenido de sua vinda o esperava. O fazendeiro, depois de responder com distraído adeus aos seus cumprimentos tartamudeados, levou-o à construção baixa e coberta apenas de sapé existente atrás dos muros fora do quadrado e lá mostrou-lhe o corpo de Florêncio, ainda com o laço de cipó muito flexível no pescoço. Sem qualquer palavra de explicação deixou o encarregado da polícia junto com o administrador, ainda nervoso e visivelmente muito mais embaraçado do que ele. Foi feito então assentamento no caderno trazido na pasta a tiracolo do caboclo e o administrador o assinou. Logo em seguida o corpo foi levantado por dois negros, colocado na rede e levado para o cemitério dos escravos situado na outra banda do morro. Ninguém apareceu para ver a saída do miserável cortejo cujo acompanhamento foi constituído apenas pelo escrivão que o acompanhou durante certo trecho da estrada, seu caminho de volta para a vila. Os companheiros de Florêncio continuaram as suas ocupações, cumpriram suas obrigações naquele dia tal como o faziam em todos os outros, e ninguém pôde ver neles o menor sinal de terror. Parecia ter sido um estranho, algum homem completamente desconhecido na fazenda que se matara e não deixara ninguém para o lamentar. Todo o serviço fora reorganizado, e a colheita do café em início tomou forte impulso, apesar de ter havido quase imperceptível afrouxamento por parte do Senhor, pois não foi percorrer as plantações durante dois ou três dias.

No jantar a Senhora tornou a vir à mesa e depois dos homens se retirarem aos respectivos quartos para ligeiro descanso a fim de se refazerem para o jogo, cujos apetrechos, os baralhos e as peças do gamão, tinham sido preparados na sala de entrada, encaminhou-se até o pequeno alpendre do terreiro de dentro e sentou-se no primeiro dos bancos de ferro que o guarneciam. As outras senhoras a haviam acompanhado maquinalmente, em silêncio, pois esse seu gesto era a reprodução de muitos outros, anos atrás quando, nas tardes calmosas, iam sempre conversar um pouco até o escurecer naquele lugar que era um dos mais frescos da grande colmeia rural. Contudo, esse hábito fora abandonado há tanto tempo! Era agora com surpresa e receio que o viam, retomado. Parecia a todas elas tratar-se de tentativa desesperada, por parte da Senhora, de dar aparência da antiga normalidade, de continuidade à vida da fazenda. Isso mesmo tornava toda a sequência de seus atos artificial e preparada e provocava assim indefinível angústia em cada uma delas, sem que pudessem explicar ou interrogar com maior franqueza umas às outras. Dona Mariana trouxera seu leque de tartaruga e seda, agitado agora com perfeito vaivém, e dele se desprendia suave perfume, em desacordo com os fortes odores afluídos da mata, adormentada agora lá no fundo, trabalhada pela seiva e aquecida pelo sol pujante daquele dia. Sinhá-Rôla já sentada ao seu lado, seguida por Dona Maria Inácia, e tinham ficado fronteiras à governante alemã e Celestina, acomodadas no outro banco, mirava com insistência o leque, e acompanhava as suas lentas evoluções com extrema atenção. A Senhora em silêncio refrescava o rosto com aparente serenidade, e olhava para a vegetação negra a subir em tumulto a alta colina surgida por sobre os pesados telhados das senzalas, e parecia não desejar dar início à conversação por ela sustentada sempre, nessas ocasiões, e que constituía a melhor e mais calmante passagem das horas de lazer. Todas em tempos idos saíam dessas palestras serenas, levemente descosidas, com o coração tranquilo e o espírito apaziguado, prontas para enfrentarem os problemas que surgissem, e principalmente com coragem para suportar a monotonia sufocante de seu viver. As senhoras mantinham-se caladas, à espera não sabiam de quê, mas pensavam todas que qualquer coisa de decisivo e cruel ia se passar.

Depois de muito tempo, quando o céu onde os ventos agora erguidos carregavam lentamente as nuvens em pesados castelos, trazidos do horizonte, tinha mudado de cor, e perdia as pinceladas de fogo em incêndio, passando para o roxo e o ouro velho, a Senhora virou-se de repente para Dona Inacinha e disse--lhe com voz ainda mal segura, mas em tom imperativo:

– Já sabe que Carlota vai ser pedida em casamento?

– Sei, minha prima, mas apenas pelos murmúrios que correm, nada de certo... – respondeu com prudência a interpelada, inteiramente rubra diante da surpresa da pergunta e da atitude que lhe parecera hostil, da Senhora. Ela conhecia ser suspeitada por todos de curiosidade e de estar sempre bem informada dos segredos alheios, e parecia-lhe ter havido acusação velada na pergunta feita de forma quase indelicada. Entretanto, o seu natural venceu tudo, e não pôde conter o pedido de esclarecimentos que lhe viera irresistível à boca: – mas... vai a prima fazer-nos uma comunicação nesse sentido?

Dona Mariana tornou a se abanar lentamente e parecia de novo muito entretida no jogo das nuvens que agora batidas pelos sopros vespertinos lá no alto, sem descerem até onde estavam, agitavam-se e modificavam silenciosamente as suas enormes construções. Já não eram mais os castelos altaneiros de há pouco, e sim grandes pássaros desconhecidos, cujas poderosas asas se abriam trêmulas em voos lentos, em fuga para os vales longínquos. Depois, voltou-se de novo para as suas duas companheiras de banco, e foi então que verificou ter Sinhá-Rôla ainda os olhos presos ao seu leque, e ao acompanhar esse olhar, viu que a senhora tentava ler os versos escritos no canto do abano. Suas pálpebras bateram, rápida onda de sangue passou-lhe pelo rosto, e juntou as varetas do adorno com movimento seco, à moda das espanholas, e guardou-o junto da mantilha de seda posta sobre o banco. Via-se estar agora exausta, e todo o esforço feito para parecer natural se esgotara, repentinamente, e fugira com rapidez sem remédio por entre os seus dedos e por seus olhos, fechados com força, bem apertados. Devia ver diante de si o abismo agora aberto, sem fundo, sem amparo, e era forçada a caminhar para a frente, sem poder recuar... Deixou cair os braços e suas espáduas tombaram em curvas lassas e deveria ser verdeiramente impossível levantar-se naquele momento para fugir a refugiar-se em seu quarto. As quatro mulheres atentas em seu rosto, e ela bem o sentia através das pálpebras cerradas e afogueadas pelo sol poente, eram agora quatro juízes que a contemplavam severamente, à espera de alguma terrível confissão. Sentia-se dominada por elas, à sua mercê, e a qualquer gesto feito ela esconderia as faces entre as mãos e soluçaria como uma grande criminosa... Mas, o extremo de sua angústia fatigada a levou a reagir, pois não seria possível descer mais fundo dentro de si mesma. Foi com o semblante fechado, os gestos duros que se ergueu, e subiu os degraus conducentes à sala da Capela, já completamente às escuras, visto o lampião da sala de jantar, agora aceso, não conseguir dissipar as trevas através da porta aberta. Todavia não quis retirar-se inteiramente derrotada e do limiar voltou-se e disse, com a voz velada mas firme e suave:

– Amanhã, ao almoço, será feita a comunicação...

E desapareceu, no leve ruflar de suas amplas saias de seda da Índia, a varrerem o soalho em ondulações rítmicas, sem que se pudesse pressentir os movimentos de seus pés. A escuridão a envolveu por instantes, mas depois surgiu no clarão da lâmpada da outra sala, e tornou a perder-se por entre as sombras do corredor.

As quatro senhoras ficaram imóveis e não se entreolharam. Muito devagar a noite apagou os seus vultos, que se tornaram indistintos no grande pátio, onde tudo era silêncio e calma naquela hora...

XLIII

Dona Inacinha ficou no quarto até tarde. Não conseguira conciliar o sono durante horas perdidas, noite adentro, desorientada entre falsas lembranças e recordações que não pudera ajustar ao presente. Com os olhos em fogo, vendo apenas as sombras oscilantes suscitadas pela lamparina, não achava lugar para repousar a cabeça fremente, que lhe parecia querer estalar. De quando em quando cortava-lhe o cérebro uma frase sem sentido aparente e todo o seu espírito nela se concentrava, à procura de qualquer ponto de apoio para vir até à realidade.

"A liteira quebrou... a liteira quebrou..."

Despertava em sobressalto, sem saber se pudera enfim adormecer e se fora em pesadelo que balbuciara essas palavras que formavam mágica fórmula de sortilégio que imobilizava sua alma, ou se fora ainda desperta que as pronunciara. Quando enfim um raio de sol matinal, coado pela fresta da janela, como um dedo luminoso que marcasse roteiro novo em seu quarto, veio dissipar o bloco de penumbra e silêncio, ela levantou-se com cautela, a fim de fugir às perguntas ingênuas de Sinhá-Rôla, que decerto se aperceberia logo de sua agitação. Não teve, entretanto, coragem de sair logo do aposento, como fora a sua primeira intenção, e ao ver a irmã erguer-se silenciosamente, prolongou com inventados detalhes, com minúcias novas e longas os seus preparos da manhã. Fez com que as negras trouxessem outra provisão de água fervendo, em altos jarros de ágate com ramagens, pois esquecera do banho já pronto na grande bacia de cobre esmaltado e ele arrefecera, enquanto desfazia com lentidão as tranças noturnas, parando muitas vezes em meio desse trabalho, os olhos perdidos no ar. Finalmente tudo ficou pronto e foi com espanto que ela verificou ter Sinhá-Rôla se atrasado também, tendo se escondido atrás do velho biombo que havia no quarto e era o seu refúgio nas horas em que se sentia afastada da irmã. Ela também não acabara de se vestir, mas a sineta do almoço já tocara pela segunda vez, e o seu som viera através das portas e das paredes, alterado pela distância a repercutir agora como uma risada muito jovem, em dois trilos agudos.

Naquela atmosfera carregada e tensa de toda a casa, que pesara sobre Dona Inacinha e fazia com que todos se movessem a furto, em silêncio, no desejo incontido de evitar encontros e não deixar transparecer o verdadeiro frenesi provocado pela morte de Florêncio, esse chamado canoro era sempre uma surpresa irônica. Dona Inacinha reconheceu enfim que estava pronta e resolveu "sair para o mundo", como o dizia sempre a si mesma, quando vinha para as salas, e esqueceu-se da irmã, sua companheira habitual. Seu corpo e sua sombra se recortaram no corredor, quando ela abriu a porta com precipitação, e foi forçada a fechá-la sobre si, com medo de chamar a atenção. Deu alguns passos apressados mas logo se deteve e recomeçou a andar pausadamente, com os olhos modestamente abaixados, os lábios cerrados e as mãos com os dedos entrançados na ponta do espartilho de barbatanas muito fortes. Vira a governante apressar-se ao seu encontro até aparelhar-se com ela a fim de acompanhá-la com a mesma solenidade.

Nesse instante a porta do quarto de Celestina se entreabriu e a moça esgueirou-se atrás de Sinhá-Rôla, que também as alcançara e as quatro seguiram pela passagem com o mesmo ar compenetrado, cheio de mistério e de intenções ocultas.

Quando entraram na sala de jantar formaram grupo intimidado a um canto, e foi então que viram Padre Estevão levantar-se e vir ao seu encontro tendo nos lábios bondoso sorriso, apenas acentuado pelo aspecto das senhoras, pois a cena de sua entrada na sala evocava meninas de colégio em dias de festa. Foi-lhes logo dizendo ter vindo com a intenção assentada de pedir almoço ao Comendador, mas estivera ali todo o tempo só, à espera de alguém com quem pudesse conversar. Enquanto falava ria-se com sutil inocência, mas suas amigas não o acompanharam nessa manifestação de alegria e seus rostos, cobertos por máscaras inexpressivas, não deixavam ver suas almas. Entretanto, levaram-no até onde estava a rede do Comendador e o fizeram sentar-se entre elas, não sem notar primeiro com triste apreensão que nela ainda se percebia a marca deixada pelo corpo do Senhor que devia ter ali permanecido alongado por muito tempo, talvez a noite inteira...

Como Padre Estevão não sentia a repulsa, o nevoeiro que tornava tudo cinzento e lívido, a presença invisível mas intensamente sensível de ameaça e de medo que tornava agora impossível as suas antigas conversas, sempre animadas e cortadas de risos sadios, como nos tempos passados, quando vinha com frequência à fazenda? Sinhá-Rôla e Celestina, sem combinar, levantaram-se de súbito e vieram tomar-lhe a bênção, e assim tentavam chamá-lo àquilo que para elas era a realidade, isto é, o meio delírio em que todas viviam.

– Vim por minha própria inspiração... – continuava o sacerdote, depois de lhes dar a mão a beijar, sem prestar maior atenção ao significado daquele gesto, e seu riso contínuo era prodigioso de inatualidade. Parecia às senhoras ter ele sido transportado ali, de súbito, trazido de alguma terra estranha, do outro lado do rio de água imensa, cujo murmurar incessante impedira de chegarem até sua igreja os rumores sinistros que enchiam todos os recantos da fazenda, e que as dominavam absorventes. – Ninguém me convidou e mesmo devo dizer que isso há muito tempo não acontece, mas fiz-me de desentendido e vim, apesar de já quase não conhecer o caminho!

Com olhos espertos, a luzirem em suas cavidades sombreadas, registrou que as senhoras mantinham a mesma atitude preocupada e solene de sua entrada, e teve receio de haver ultrapassado as medidas da prudência, mas com surda amizade, prosseguiu agora sério:

– Deixemos de recriminações, e digam-me: verei a Senhora?

– Nós também de nada sabemos – respondeu Dona Inacinha com aparente enleio e quem sabe mesmo seu embaraço era inconscientemente estudado. – Há muito tempo que a Prima não tem podido vir à mesa e está sempre em seu quarto. Nem mesmo a nós recebe! O primo Comendador deve ter ido ver as plantações e o serviço em gera, mas com certeza não tarda em chegar para fazer as honras da casa ao senhor Vigário.

Sinhá-Rôla ia dizer alguma coisa, mas susteve-se, pois percebeu que ele abaixara a cabeça a fim de esconder a involuntária contração de seus lábios, que denunciava claramente a contrariedade que lhe causavam as informações reticentes dadas por sua irmã.

Retraiu-se, calada, e as outras também permaneceram em silêncio, receosas de serem indiscretas, na esperança de que ele reiniciasse a conversação em outro sentido. Mas o silêncio não se prolongou, porque logo em seguida a porta do quarto de dentro, que dava diretamente para a sala de jantar e do outro lado comunicava com a sala de visitas, abriu-se com ruído seco e em seu vão apareceu o vulto alto do Comendador, vestido de negro, com a enorme gravata a esconder o peito da camisa, presa em duas bandas pelo alfinete formado por volumosa pepita de ouro onde tinham sido encastoados pequenos diamantes. Via-se ao primeiro golpe de vista que não tinha saído aquela manhã, pois tinha a pele repousada, onde o sol ainda não mordera, e foi com simplicidade, sem pressa, o rosto impassível, que atravessou a quadra e veio até junto do Vigário, que se erguera e viera ao seu encontro. Depois dos cumprimentos, ao ouvir o pedido de desculpas feito pelo sacerdote, de ter vindo à hora do almoço, fez um gesto cortês e dirigiu-se com ele, imediatamente, para a mesa onde o colocou à sua direita.

O padre, entretanto, não se sentou em seguida, não acompanhou o movimento geral que se fazia. Ficou em pé, com as mãos apoiadas no encosto da cadeira que lhe fora designada e que sabia ser a ocupada habitualmente pela Senhora.

Com suas roupas sombrias parecia uma advertência, um aviso pressago assim erguido junto ao lugar vazio da dona da casa.

– A Senhora...? – interrogou, sem se dirigir a ninguém e sem dar atenção aos rostos inquietos que se voltavam para ele, nem aos gestos embaraçados que faziam todos, na tentativa de se erguerem.

O Senhor ia responder, sem olhá-lo, quando foi interrompido pela chegada dos homens que, sem compreender o que se passava, sentaram-se escusando-se do atraso. Padre Estevão, ao ver a diversão que se dava, e tendo notado a chegada do primeiro serviço, sinal de que a refeição ia ter início, tirou a cadeira de sua frente, encostou-se à borda da mesa, fez amplo sinal da cruz e pronunciou lentamente e bem alto as palavras da bênção. Todos os convivas se levantaram confusos e se persignaram, com os olhos fitos no Comendador que já também de pé, benzera-se rapidamente, e esperara terminar a prece para depois deixar-se cair em sua poltrona.

Ao fazê-lo houve em seus olhos um brilho repentino de surpresa glacial, ao fixar a porta que se abria diante dele. Nela surgira a figura majestosa de Dona Mariana, que se deteve um segundo, imóvel, para percorrer todas aquelas fisionomias contraídas que se tinham voltado para ela, com seu olhar onde se lia singular expressão de indiferença.

Padre Estevão sem hesitar correu ao seu encontro, agarrou-lhe as mãos e as levou aos lábios, como nunca tinha feito e trouxe-a até a mesa em passos rápidos e sem ruído. A Senhora foi para o seu lugar e Padre Estevão sentou-se ao seu lado, seguido pelos outros homens que se tinham afastado para acomodá-lo. E a refeição teve início em silêncio, desenrolando-se na forma habitual, com a quantidade interminável de pratos trazidos e colocados ainda fumegantes, sobre a toalha de linho adamascado, sem que o embaraço sensível em todos desaparecesse. O Senhor manteve-se calado, mas só a sua presença se impunha com tal relevo que o contraste entre o seu rosto de pedra e os traços móveis, cheios de sangue, do sacerdote tornava aguda a insensatez daquela reunião, e lhe dava um caráter fantástico. Tudo devia ter um significado oculto e simbólico e as perguntas eram com certeza de alcance mais longo do que as respostas, e o gelo ameaçava a todo o momento sufocar as palavras ditas com esforço pelos convivas.

Como um prodígio de impropriedade, um pequeno milagre de vontade bem desenhada, o Vigário pôs-se a contar as humildes histórias de sua paróquia, os pequenos fatos risíveis de sua vida de padre do interior, e ria-se com bonomia quando se referia à ingenuidade canhestra de seus paroquianos, sem dar conta do ar ausente e constrangido de todos, que não ousavam estabelecer conversação geral.

A Senhora, completamente voltada para ele, escutava-o e esquecera nos lábios um sorriso distraído. Fazia sinais, sem interrompê-lo, às mucamas para que o servissem com zelo, pois estavam todas nervosas com a sua presença. Não podiam esconder o alvoroço que as dominava por verem o vigário novamente na mesa dos Senhores, depois de tanto tempo de ausência, de afastamento para elas inexplicável, que lhes fazia temer castigo divino. Não compreendiam como os brancos não se inquietavam com essa falta, já de tanto tempo e viam com espanto que só alguns deles iam à missa na vila aos domingos. Tinham feito muitas promessas a fim de que acabasse esse terrível estado de coisas, pois conheciam os costumes antigos da família e muitos tinham estado nas fazendas distantes dos antepassados dos Senhores.

A Senhora, apesar de seu alheamento, do esforço que fazia para estar presente, e seu rosto denunciava enfim cansaço, mantinha-se sempre atenta em responder de maneira afável ao que lhe dizia Padre Estevão, mas o Senhor ficara alheio, sem se interessar pelo que se passava na mesa. Servido o café, finalmente, ele se levantou logo imitado por todos e Dona Mariana disse então ao sacerdote, em voz bem alta, que dominou o ruído do arrastar das cadeiras de jacarandá:

– Senhor padre Estevão, quero pedir-lhe faça a encomendação do corpo de um de nossos escravos, falecido ontem.

Fez-se súbito silêncio na sala. Todos pareceram petrificados e pararam em meio do gesto esboçado à espera da resposta a esse pedido, formulado com altiva firmeza. O Senhor tornou-se mais pálido e em sua fisionomia transpareceu o desenho nítido de um pássaro de rapina. Ficou encostado à mesa, imóvel, sem erguer os olhos, como se estivesse ali retido apenas em atenção aos que falavam.

Dona Inacinha não pôde reprimir por mais tempo a sua agitação e estendeu as mãos nervosas para o Vigário, no gesto de querer suspender alguma coisa, de dar aviso de perigo insuportável e iminente, antes que ele respondesse ao pedido que lhe era feito. Sentiu, entretanto, a pressão dos dedos de sua irmã que a agarrara pelos braços e se conteve, murmurando baixinho uma oração.

Um dos hóspedes chegado aquele dia, vestido com severa sobrecasaca apesar da hora matutina, e deixando transparecer em sua atitude ser algum homem do povo, chamado para fim útil, exclamou:

– Mas o Florêncio matou-se!

O Vigário não se voltou para ele e pareceu não ter ouvido. Segurou as mãos da Senhora e disse-lhe com simplicidade:

– Já fiz a encomendação antes dele ser enterrado, minha senhora...

XLIV

Celestina acompanhou a Senhora até a porta de seu quarto arrastando os seus pobres pés e esperou que ela a fechasse de todo para de novo percorrer o corredor e dirigir-se à sala da Capela, onde Padre Estevão devia estar com o Comendador e as outras pessoas. Dona Mariana não tivera uma palavra para justificar sua retirada e não a chamara para ir em sua companhia, mas Celestina tivera a estranha impressão de ter carregado uma pessoa morta, que não poderia ir sozinha e abandonada sem cortejo. Agora de volta, com os olhos apagados ela analisava essa ideia que a levara a fazer um papel melancólico e dar assim certa pompa ao gesto de sua prima que com certeza tudo fizera apenas para ocultar a emoção sentida e tornar invisível a sua alma. Mas era tarde, e lá ficara ela encerrada em seus aposentos, prisioneira de seu coração fechado, enquanto todos os demais conversavam tranquilamente no alpendre do pátio, continuou a pensar, quando ao chegar ao salão onde ficava o Oratório, notou estar ele vazio. O silêncio era completo, e depois de avançar alguns passos já podia distinguir não haver ninguém nos bancos de ferro do pequeno terraço, e foi sem saber bem o que fazia que se dirigiu para a porta e desceu o degrau que a ele conduzia.

Padre Estevão, sentado bem junto da parede, lia com atenção o breviário, e em torno dele tudo se dissolvia lentamente na doçura profunda daquela hora. A vasta quadra abria-se deserta e todas as portas e janelas, muito numerosas que davam para ela, como se fosse a praça de pequena cidade sertaneja, permaneciam fechadas. Todos tinham se recolhido aos seus quartos, e Celestina compreendeu ter sido a única a voltar para fazer simples cortesia ao Vigário chegado em visita. Examinou-lhe o rosto tranquilo, esculpido e simplificado pela paz, para procurar nele algum sinal de aborrecimento, de mágoa ou desconfiança pela atitude dos outros, mas estava completamente fora de tudo que se passava, inteiramente absorvido nos dizeres de seu livro, já tão gasto, tão esborcinado, e seus pensamentos derivavam soltos, sem contornos, sobre a onda de orações que o prendiam. Sabia não ser possível interrompê-lo no cumprimento de seu dever sacerdotal quotidiano, e por isso sentou-se no banco fronteiro e tirou do bolso humilde terço de contas negras que se pôs a desfiar. E assim ficaram longos momentos talvez mesmo esquecidos um do outro, até que finalmente Padre Estevão fechou o livro com ruído seco e ergueu-se para dar então com a moça que também se levantara quando o viu mover-se, e ambos sorriram desapontados com aquela humilde surpresa.

– Não a vi chegar – disse ele – mas minha filha, isso não é de admirar, a senhora anda como uma sombra...

– Queria pedir a V. Reverendíssima – respondeu Celestina em voz abafada – que me fizesse um favor... o de me ouvir em confissão.

– Muito bem, minha filha. A capela tem licença do senhor bispo, e posso ouvi-la perfeitamente. Creio até existir ali uma cadeira com grade, não é?

E foram para o interior da sala até junto do pequeno confessionário, e Celestina ajoelhou no pavimento de grandes tábuas de pinho de Riga, vindas de tão longe para o meio da floresta brasileira, enquanto o Vigário se preparava. O silêncio e a calma que os rodeava não foi perturbado, pois a casa muito fresca naquele dia parecia toda dormir a sesta, e tudo permanecia cerrado e em meia obscuridade, só se ouvindo o murmurar da confidente, e, a intervalos, a voz de Padre Estevão muito serena e monótona em seu segredar quase insonoro.

Quando ele se despediu de Celestina e atravessou o pátio para sair pelo portão dos carros, usado habitualmente pelos familiares da casa, parou e olhou para trás, para o vulto da jovem parenta da Senhora, à espera de que ele transpusesse o pesado portão de madeira, e ficou em contemplação alguns minutos, e depois, os olhos embaciados pelas lágrimas, encetou a caminhada a pé, em busca de sua igreja lá do outro lado do rio com suas águas lodosas e hostis. A moça, ao se voltar para ir para o seu quarto, onde pretendia fechar-se também, como julgava terem feito todos os outros, encontrou-se com Dona Inacinha e Sinhá-Rôla, que de longe já a interrogavam com os olhos. Embaraçada, abaixou a cabeça e tentou passar entre as duas postadas de cada lado da porta, mas Dona Inacinha segurou-lhe o braço nervosamente.

– Onde está o primo Comendador? – cochichou com as pálpebras franzidas, e teve rápido movimento de cabeça, como se desse uma bicada. – E o Padre Estevão? já foi?

Celestina não pôde responder imediatamente, porque esforçava-se por compreender bem o que se passara. Julgara que todos haviam abandonado a sala e tinham deixado sozinho o Vigário, visivelmente caído no desagrado dos senhores e não podia agora entender as súbitas interrogações das duas velhas. Dona Inacinha porém apertou-lhe o braço, com impaciência:

– Onde estava você, menina? Não viu o primo Comendador nem Padre Estevão?

– Vi apenas o senhor Vigário que estava comigo. Rezou o breviário e depois ouviu-me em confissão.

Celestina surpreendeu o rápido olhar de espanto e desapontamento trocado por elas, agora hesitantes, na alternativa evidente de continuar o interrogatório, ou deixá-la sumariamente, convencidas de sua invencível ingenuidade.

Depois de alguma hesitação afastaram-se abrindo passagem, e Celestina aproveitou da tácita licença assim dada, e foi isolar-se para cumprir a penitência que lhe tinha sido imposta.

– Não sei o que pensar – disse Dona Inacinha absorta, e passou os dedos pelos lábios – ou ela de tudo sabe, e é verdadeira atriz...

– Ou então...? – interrogou Sinhá-Rôla, que acompanhava com o olhar míope o vulto da moça a se esbater lentamente, sombra na sombra do interior da casa.

– Ou então... não sabe nada e nós somos umas tolas! Mas breve teremos nossa vingança, pois vem aí a famosa prima Virgínia e tudo mudará!

Sorriram uma para outra e as duas foram para a sala de jantar onde as esperava o bolo de milho ao lado dos grandes bules de prata, cheios de café e de leite e cercados por grandes concas da Índia. Era a hora do café do meio-dia, mas ninguém apareceu para merendar e as duas senhoras serviram-se com abundância e levaram para o seu quarto a refeição, onde a tomaram sozinhas. Naquele dia não saíram mais da recâmara, onde também receberam a canja do jantar, pois tinham mandado avisar que não estavam boas e se recolheriam cedo.

XLV

O sono que sobre elas desceu com a noite não foi bastante forte, porque as ideias suscitadas pelos acontecimentos as tinham perseguido por algum tempo, e Dona Inacinha apesar de ver nos olhos da irmã estar ela inquieta, e a suplicava sem conseguir exprimir seu desejo de ter explicações, fechara os lábios e se voltara para a parede. Todas as noites era ela quem conservava ainda a vela acesa, no castiçal que representava jovem senhora de balão e xale e lia algum livro ou mesmo cartas velhas. Desta vez porém era Sinhá-Rôla a insone e ficara sentada no leito, os pés metidos debaixo do espesso xale-manta de lã escocesa e prolongara por mais de meia hora a cerimônia diária de colocar papelotes nos cabelos grisalhos. Escovava todas as mechas e depois as enrolava entre os dedos, para finalmente as envolver nos pedaços de papel, ou mesmo de pano, guardados em caixinha própria onde se via desenhada grande âncora azul.

Ela não queria perguntar nada, pois sabia que sua irmã mais velha a repreenderia com modo superior, tratando-a como a uma criança, e toda a sua vida sentira-se ofendida com aquele trato desdenhoso, sem nunca poder responder-lhe com altivez, porque não achava no momento a resposta adequada. Depois, ela se revolvia no leito, desperta até tarde, a cabeça cheia de todas as frases ferinas aludidas em grande número, capazes de esmagar a sua eterna e querida adversária. Mas vinham sempre tarde e inoportunas e seria pura maldade dizer a sua irmã mais velha coisas desagradáveis, a sangue frio...

A imagem do negro Florêncio, tal ainda o vira em visão inapagável, carregado brutalmente amarrado em um longo e forte galho de árvore apenas podado a machado, a língua pendente, os olhos a saírem das órbitas, e a liana cujo laço o estrangulara a se arrastar pelo chão, de vez em quando a tirava de seu ensimesmamento e a fazia estremecer com sua recordação obsedante. Teria ele realmente se matado como diziam sempre de forma reticente ou teria sido assassinado pelos outros negros? Mas por que haviam eles de matar o companheiro? Que haveria com a prima agora tão lívida e ausente debaixo da sua habitual impassibilidade, sem dar o menor sinal de prazer com a vinda tão próxima já da filha? Nesse instante ouviu ruídos estranhos na galeria. Eram passos, abrir e fechar de portas, ordens dadas com voz seca e breve, e o som surdo e raspante de objetos pesados a serem arrastados pelas grandes tábuas do assoalho. Não podia ser a chegada de Carlota, pois nada se anunciara nesse sentido, e tudo indicava mais partida do que a entrada de alguém na casa. Dentro em pouco, animais a relinchar, bem despertados agora pelo frio e umidade da noite, gritos de animação e o rodar do carro, certamente a velha e pesada vitória, chegaram até seus ouvidos, para confirmar suas vagas suspeitas de que algum visitante deixava o Grotão. Quis acordar Dona Inacinha mas reteve-se ao se lembrar de que ela ainda aquela tarde fizera tanto segredo de tudo que sabia, e não lhe dera nenhuma ocasião de se informar com os outros do que se passava. Agora também ela não saberia que alguém partira secretamente, e tudo parecia indicar ser o Comendador que assim se punha a caminho, talvez para ir ao encontro de Carlota.

Sinhá-Rôla sentiu grande alívio, e o sangue morno e calmo percorreu-lhe o corpo todo em súbita quietação como se tivesse tomado forte narcótico. Agora podia estender seus membros lassos, apagar a vela e dormir, dormir sem agitações e sem pesadelos e deixar passar os sonhos como a fiandeira o fio em sua roca... E dentro em pouco, encolhida como pequeno animal desamparado, adormeceu profundamente, suspensa entre a vida e a morte sem ouvir o diálogo forte e ameaçador travado junto de sua porta, entre dois entes estranhos um ao outro, que se enfrentavam transtornados pela cólera e pela mais louca incompreensão. Não escutou também o andar precipitado de alguém a se afastar, e parecia mais em fuga, nem sentiu a parede estremecer com a pancada forte e brusca da porta fechada com violência, muito perto da sua no mesmo lado do corredor...

Toda a fazenda em seguida mergulhou no silêncio angustiante daquela noite cortada de ventos rápidos e frescos, que pareciam o sopro de monstro adormecido, com os sentidos ainda presos à casa, à espera...

XLVI

O sol erguia-se em triunfo por cima da muralha de brumas e dourava suas fímbrias e a própria terra parecia dissolver-se naquela poeira divina, sem limites... Toda a luz se juntou, repentinamente, em um só ponto, como se fosse sugada por força invencível e misteriosa. Tornou-se enorme globo oscilante, agora cor de fogo, que dançava e contorcia-se sem sair do lugar, aterrorizado por alguma coisa que se aproximava vinda não se sabe de onde. A angústia da espera cresceu e a inquietação era insuportável, entrecortada por momentos de dilação, enquanto o ar se tornava espesso, pesado. Mas a sombra chegou e se interpôs entre o halo agora concentrado bem no alto, e os olhos nele presos, cegados pelo seu brilho e confundidos por aquele vulto que ora nada deixava passar, ora era quase dominado pelos raios luminosos muito fortes a se fecharem espavoridos... Sinhá-Rôla tentou afastar aquela mancha negra cada vez mais próxima. Sacudiu as mãos súplices e angustiadas, e... despertou. Viu espantada Celestina diante dela, preparada para sair, toda iluminada pela luz da manhã a entrar pelos vidros da grande janela.

– Quem é? que é? – perguntou e sua voz estava empastada pelo sono, ainda entontecida pelo pesadelo. – Que faz aqui, menina?

Já se sentara na cama e puxara para o peito as cobertas em instintivo movimento de pudor. Antes de ouvir resposta às suas interrogações olhou para a cama da irmã e viu-a pronta, feita com o capricho que só Dona Inacinha podia ter nessa tarefa nunca entregue aos cuidados das escravas. Estava sozinha com a moça, no quarto.

— Pensei a princípio que a senhora estivesse levantada, mas depois tive receio de que não o tivesse feito por doença... pareceu-me agitada... e como vi que Dona Inacinha não estava, julguei tivesse ido buscar algum socorro... – tartamelou Celestina, agora sem saber se devia sair ou ficar e formular o pedido que desejava fazer.

— Não tenho nada, apenas não consegui dormir senão muito tarde e por isso nem ouvi quando a mana se ergueu.

— Eu também não pude adormecer, e queria hoje ir comungar na vila... – continuou Celestina ainda mais confusa – mas, não creio poder ir sozinha...

— Comungar?... comungar... meu Deus! eu também quero ir – disse Sinhá-Rôla e fez o gesto de levantar-se, porém susteve o movimento até que a jovem se afastou e foi sentar-se à mesa posta no centro do quarto, e lá esperou discretamente voltada de costas para a cama da senhora.

Enquanto se lavava no lavatório de ferro no canto mais afastado Sinhá-Rôla perguntou em voz baixa: – Como havemos de ir? Será preciso pedir que se ponha a vitória...

— Já o consegui do senhor Justino, e fui por ele atendida como se não soubesse o que estava fazendo – explicou Celestina diante do olhar espantado da velha senhora. – Todos estão esquisitos hoje, e ninguém prestou atenção ao meu pedido. Creio que poderemos aproveitar a manhã sem que ninguém repare. Vamos mesmo? Que dirá Dona Inacinha?

— Não sei, minha amiga, mas havemos de ir porque... tenho de ir!

Dentro em pouco o moleque veio bater à porta para avisar que a caleça estava pronta pois a vitória saíra a serviço, conforme mandava dizer o senhor Justino. As duas envolveram-se em xales escuros e foram rapidamente para o pátio, sem pedir licença a ninguém, subitamente corajosas e decididas. Ambas sentiam-se amparadas uma pela coragem da outra e não procuravam explicar o que as fazia sair assim de fugida, para a vila. Foram em silêncio o caminho todo e ao chegarem à matriz, não hesitaram um instante. Dirigiram-se imediatamente para a sacristia, cumprimentaram ainda ofegantes o vigário, e pediram que lhes desse comunhão. E entretanto Sinhá-Rôla ficou rubra, e depois de puxar o xale para o rosto, disse muito baixinho:

— Queria que me ouvisse em confissão... antes...

Enquanto a senhora e o sacerdote se dirigiam para o confessionário perdido na sombra, Celestina foi para a capela do Santíssimo, e ajoelhou-se bem perto da parede externa da igreja. Cobriu o rosto com as mãos e procurou coordenar seus pensamentos, para a comunhão próxima, mas não conseguiu ver claro em si mesma. Não sabia nem mesmo dizer por que viera com tamanha precipitação até ali, nem o que a movera a levantar-se de madrugada e conseguir vencer o receio e a vergonha sempre invencíveis no momento de pedir condução para a vila. Imaginava todas as vezes que iam julgar ser uma prova de ambição, de vontade de fazer compras dispendiosas, muito acima de sua triste condição de agregada. Tudo vencera, porém, e ali estava sem ter feito qualquer exame de consciência, pois não alcançara ainda acusar-se de não ter sido verdadeira a sua confissão. Vivera todos aqueles dias em dissipação, e não era possível agora recordar-se do que fizera de bem ou de mal e se de tudo se lembrara. Sentiu os olhos arderem, ao contato das lágrimas despertadas com a lembrança de que não era necessária a ninguém, e só poderia viver esgueirando-se entre os outros sempre desapercebida, sem nunca poder auxiliar a alguém, nem mesmo os desgraçados que passavam ao seu lado...

Nesse instante o coração parou-lhe de golpe, gelado. Ouvira pequeno ruído, semelhante ao da queda de qualquer objeto. Que poderia ser? parecia uma tesourinha, deixada cair do colo de quem estivesse a costurar. Ou talvez o dedal? O agulheiro? Não podia ser, pois estava na igreja! Na capela do Santíssimo! Com o peito ofegante, olhou em redor, achou-se completamente só e nada havia ali capaz de explicar o que ouvira. Todas as suas suposições eram loucas... mas, sentia certo medo inexplicável, insensato, que a paralisava, e não podia tirar os braços de sobre o apoio do genuflexório rústico, pois suas pernas pareciam agora de chumbo, e delas o frio da morte subia até sua cabeça. Sabia ter acontecido alguma coisa estranha, e ficou muito quieta, à espera do que viria, e talvez depois tudo mudasse em sua vida... Quem sabe era simplesmente a loucura que vinha de mansinho e de golpe a dominaria? Quis de novo ver se estava realmente sozinha, e só então percebeu ter se ajoelhado bem junto do carneiro onde estava guardado o corpo da menina morta.

O coração de Celestina hesitava, temeroso de viver, de continuar o seu longo trabalho, todavia voltou a bater, apenas levemente apressado. Parecia agora penetrada por grande conforto e o doce calor do carinho encontrado tornou sensível e vibrante o seu corpo. Era como um sinal de amor e de saudade o ruído ouvido, talvez simples chamamento para trás, em busca de longínqua época toda de alegria e de paz, tão bela e tão intensa, cuja lembrança dava para ainda fazê-la viver... E foi com calma, com dignidade soberana que ela se dirigiu para a mesa onde o sacerdote já com a estola e a sobrepeliz esperava por ela e por Sinhá-Rôla. Conhecia agora estar pronta, pois nada tinha a pesar em sua alma e podia aproximar-se da comunhão sem de novo ser ouvida pelo sacerdote.

XLVII

Frau Luiza apesar de sua corpulência percorreu nervosamente o recinto cercado do galinheiro e não se aproximou sequer da comprida casa de sapé onde havia os poleiros e as caixas próprias para os ninhos em fila, cheias de palha seca. Não queria verificar se tudo havia sido varrido e renovado, porque sabia, tinha a íntima certeza de haver alguma falha no serviço, pois as duas velhas encarregadas dessa tarefa estavam já demasiado alquebradas para fazerem coisa digna de ser vista. Teria então de ralhar e isso não lhe seria possível, pois tinha receio de que...

Só com a ideia do que lhe poderia acontecer se fosse pilhada em abuso de autoridade estremeceu toda e perdeu a cor. Não seria suportável a humilhação de ser também chamada à ordem por uma Dona Inacinha... aquela mistura de autoridade e de doçura nunca lhe parecera de bom augúrio, e vivia sempre assustada e em desconfiança diante dela, pois não sabia jamais qual era o momento de rir ou de ficar séria e as observações ácidas, envoltas em palavras amáveis ouvidas quando menos esperava, a deixavam torturada, ansiosa e inquieta por muitos dias. E naquela manhã depois de ser beijada por Dona Inacinha, esta lhe dissera com voz emocionada:

– "Minha amiga, preciso de seu auxílio, pois o primo Comendador acaba de me entregar o governo da casa, na ausência da prima que foi viajar."

A governante ficara interdita e só percebera não haver respondido de forma conveniente àquele apelo senão depois da senhora já ter se retirado. Sentou-se na cadeira onde estava apoiada, para receber a desusada carícia da parenta do dono da casa e pôs-se a refletir sobre o que se passava. Os acontecimentos se sucediam com rapidez e escapavam à sua compreensão. A Senhora fora viajar? Mas como, se ontem mesmo estivera com todos e não tivera nenhuma palavra de despedida? Não recebera ordem de qualquer espécie, e naquela manhã nem sequer entrevira o fazendeiro que presumia ter saído muito cedo para ver o serviço da campanha nova. E depois, não estava "Fräulein" Carlota para chegar, a qualquer momento? Que diria, qual seria sua impressão se chegasse e não encontrasse a Senhora? Não, qualquer coisa estava errado nisso tudo; devia agora obedecer a Dona Inacinha e afastou corajosamente as suas dúvidas, para iniciar a ronda habitual, tendo sempre extremo cuidado em não zangar nem fazer ato de autoridade muito visível.

E assim depois de percorrer o quintal dirigiu-se à rouparia, onde entrou de repente depois de abrir de um só golpe a porta, e com agilidade estranha em pessoa de seu peso, ainda com a dificuldade das saias enormes e de copioso avental de refolhos que usava, foi até o fundo do aposento onde diante das prateleiras agitavam-se três mulatas, ocupadas em separar as roupas a serem consertadas naquele dia. As mucamas estremeceram com aquela aparição repentina, e levadas pelo mesmo gesto instintivo, avançaram para ela, os braços já carregados de peças de vestuários, e pediram a bênção.

– Hoje só serão cerzidos os lençóis que precisam de reparos – disse, secamente, como se não tivesse visto o que as escravas lhe mostravam, e impetuosamente voltou-se e ia sair do aposento quando a mais velha das tecedeiras murmurou a medo:

– Mas, a sinhá Dona Inácia...

Frau Luiza sentiu as grossas pernas lhe fraquejarem. Teve medo de não saber de que modo resolver a situação que tanto temera, agora posta diante dela mal tivera tempo de cumprir aquilo que estava tão habituada a fazer. Tomou bem depressa o ar de quem se recordava de alguma coisa e disse em tom de recomendação, e parecia não ter ouvido nem uma só palavra:

– É verdade... vocês devem já ter recebido instruções novas. Esqueci-me de que ainda há pouco, ao conversar com Dona Inacinha, tínhamos resolvido...

E foi para a porta, abriu-a e saiu; como se tivesse alguma outra ordem urgente a dar, mas seus olhos estavam cheios de lágrimas quando parou no meio do corredor para resolver onde deveria, de moto-próprio, ir àquela hora.

XLVIII

Frau Luiza sentiu-se profundamente infeliz em pé no meio da sala de jantar, àquela hora inteiramente deserta, e seu coração continuava a bater e tinha o som surdo de alguém descalço, a caminhar sem descanso pelas tábuas muito largas do pavimento. O pescocinho apertava e a sufocava algum tanto, o calor subira-lhe à cabeça e teve medo de ficar doente. Podia cair ali desamparada e ninguém viria acudir-lhe, no meio daquela confusão estranha que fazia com que as pessoas fugissem cada uma para seu lado. Todos estavam com medo do que iria acontecer com a partida repentina da Senhora, sem explicação alguma, sem aviso por parte do Senhor Comendador na véspera, e até agora ninguém soubera por que ela partira sozinha com a mucama, desacompanhada da família, tendo apenas por guia um dos velhos hóspedes. Pensou em correr para o quarto onde devia procurar o seu vidro de sais e teve vontade de tomar alguns goles de água de melissa, pois compreendia ser necessário desapertar o espartilho, desabotoar a blusa, e deixar o sangue circular livremente. Como estava longe de seu país!

Ao lembrar de sua pátria reagiu contra o desânimo, a indecisão que a dominara, pois sabia que toda a sua vida, o seu futuro, dependiam da quantia aos poucos ajuntada em crescendo no seu baú, fechado com cadeado muito forte adquirido no porto de Hamburgo. E sem ter sentido qualquer sintoma de congestão, por ela tão temida, dirigiu-se para a Capela. Para ter conforto moral ajoelhou-se diante do oratório, e rezou com fervor ao seu padroeiro, o rosto coberto pelas mãos. Foi então que, bem do âmago do seu ser, subiu trêmula prece envolta na súplica ardente da chegada rápida de Carlota... Frau Luiza sacudiu as mãos falantes, que tinham adquirido a eloquência do trabalho paciente e rude, para enxotar aquele pensamento importuno, que mansamente chegado desviou sua atenção, a ponto de fazê-la cessar as orações murmuradas pelos seus lábios muito brancos:

— Pedira, sinceramente, a volta de Carlota, ou a cessação do "reinado" de Dona Inácia?

E seus olhos justamente agora acostumados com a penumbra distinguiram o vulto daquela que exaltava seus pensamentos, também absorvida em suas orações, ajoelhada muito próximo dela. Frau Luiza imediatamente imaginou o que se passava no íntimo de Dona Inacinha, e julgou estar ela com certeza a pedir aos seus Santos o prolongamento do tempo de seu poderio sobre todos os habitantes da fazenda. Levantou-se e ia sair para seu quarto onde pretendia ler qualquer livro devoto que a livrasse das imagens que lhe vinham à mente, envoltas em maldade, quando sentiu em seu braço a mão da parenta do Senhor, nela apoiada para lhe dizer a meia voz:

— Frau Luiza, ajude-me um pouco, pois não me sinto bem. A mana foi até a vila com Celestina, e estou muito sozinha. Preciso de seu auxílio, para me levar até o quarto, O dia hoje parece interminável e exaustivo...

— A mim também, também me parece que os momentos são horas... — respondeu a governante, e não pôde evitar a lembrança amarga da senhora estar a fingir não se sentir bem para fazer de princesa, e andar pelo palácio apoiada na dama de serviço. Enfim, ela resolvera naquele instante ser humilde e aceitar todos os trabalhos impostos pela vontade divina. Era mais uma provação para ela, estrangeira de qualidade, perdida em certo rincão selvagem em plena

América, nesse mundo ainda na infância, como ouvira dizer a respeitável conselheiro de sua cidade natal.

– A senhora veio rezar para pedir que tudo se resolva bem, não é verdade, minha amiga? – perguntou-lhe Dona Inacinha em tom afável de quem desejava desviar a conversa para outros assuntos mais inocentes pois era bem possível estar mais informada do que parecia.

– Não, minha senhora – exclamou Frau Luiza em tom severo – vim pedir unicamente aos Santos fazerem com que Carlota chegue o mais depressa possível.

Dona Inacinha parou sem olhá-la e a alemã leu em seu rosto verdadeiro sofrimento. Teve receio de ter sido demasiado brusca com a prima do dono da casa. Não sabia como desmanchar o efeito de sua impaciência e reconhecia ter ido longe demais, mas nada lhe ocorreu, e também não queria pedir desculpas pois assim reconheceria ter sido áspera. Quando Dona Inacinha recomeçou a andar e apertou o seu punho, ainda por ela seguro, sentiu alívio, pois não saberia mais como portar-se parada na porta do corredor, presa pelas mãos da senhora.

– Agora creio seremos atendidas – continuou a prima do Comendador e parecia nada ter percebido da perturbação hostil fácil de ser lida no semblante transparente da governante, e já haviam chegado à sua porta. – Eu tinha justamente me apegado com Nossa Senhora, para apressar, nem que fosse por milagre, a chegada da menina. Não posso absolutamente tomar conta do governo da casa. Não posso e não sei, digo agora muito confidencialmente à senhora. Às vezes pareço tão autoritária quanto a prima Virgínia, mas não sou não...

A senhora Luiza sentiu seu rosto ficar rubro, e lágrimas quentes lhe chegaram até o canto dos olhos. Talvez fosse mesmo necessário correr até sua cadeira de balanço, e lá afogar na leitura tudo o que pensava. Que inexplicável alívio e doçura agora a faziam animar-se e ter vontade de novo de percorrer e fiscalizar ainda as várias peças da casa, parte importante de seu programa da manhã! Era indispensável ir até a cozinha para saber se as negras tinham tratado convenientemente do boi morto na véspera, e se haviam enterrado no chão da despensa a pata da metade a ser guardada, para durar por alguns dias. Ela desconfiava haver evasão nesse serviço, e muita aba e pedaço de sebo iam para a senzala sem que o feitor e a escrava da fiscalização percebessem.

Com rápido cumprimento cerimonioso para Dona Inácia, até então hesitante na porta do quarto onde parecia querer pedir que ela entrasse, certamente para ouvir as suas lamentações, a senhora Luiza afastou-se e foi para o fundo da casa.

XLIX

Libânia naquele dia não tivera quem lhe desse ocupação para a tarde, e ela mesma com a liberdade que lhe era dada por ser ainda considerada a pajem da caçula, fora ao armário onde estavam guardados os brinquedos e os vestidos da sua menina, e pusera-se a tudo arrumar cuidadosamente. Fizera muitos saquinhos de filó e os enchera com pimenta do reino, muito pretas e cheirosas, e os atara com fitas vermelhas. Agora tirava objeto por objeto e dispunha no fundo e entre eles, bem repartidos em quantidades iguais, o produto desse seu trabalho, e era atentamente que isso fazia mas o sorriso franzido, de sua boca muito grande e franca, denunciava ser para ela verdadeiro divertimento sacudir e dar nova ordem a tudo. Mas de repente passou a tirar o que se achava na grande gaveta da cômoda, e era com gestos febris que tudo puxava. Quando nada mais alcançou com os dedos depois de tatear com insistência a tábua que fechava o fundo, sentou-se no chão, pois até ali se mantivera acocorada e refletiu por alguns instantes:

"Não é possível ter-me enganado"...

Soerguendo-se, resolveu esvaziar a gaveta de cima e foi sempre com impaciência que o fez. Também a do meio foi tirada completamente de seu lugar e sacudida como se aquilo que procurava fosse objeto minúsculo. Novamente sentada no pavimento, ficou calada, de olhos fixos, e a profunda ruga vincada em sua testa bem demonstrava como todos os seus pensamentos se concentravam em um só ponto, em ideia única que lhe parecia inaceitável.

"Não é possível, não é possível..."

Faltava entre todas aquelas roupinhas, entre as bonecas de cera, os aparelhos de porcelana, as mobílias fabricadas com infinita paciência, alguma coisa não encontrada... e mais ninguém poderia ter tocado em tudo, pois ela era a encarregada de guardar as chaves da cômoda, de fazer a sua limpeza e zelar pela conservação de seu conteúdo. Não podia se decidir a levantar-se, a sair de perto daquelas coisas, abertas em desordem em torno dela, espalhadas pelo chão. Mas, ouviu passos e vozes de senhoras que se aproximavam. Verdadeiro terror se apossou de seu ânimo e tornou a guardar tudo com rapidez, sem verificar o que pegava, e reproduzia exatamente a ordem achada, pois tantas vezes já fizera o mesmo serviço, sob os mais variados pretextos, que suas mãos sabiam de tudo, sem a orientação de sua cabeça. Em segundos estava tudo guardado, e quando as quatro senhoras entraram no quarto onde estava, Libânia passava vagarosamente pequeno pano sobre o tampo do móvel e, depois de cobri-la com a redoma, colocava com cuidado a Santa na posição sempre.

Celestina e Sinhá-Rôla vinham na frente, seguidas por Frau Luiza e Dona Inacinha e falavam todas sem escutar o que diziam ao mesmo tempo. As duas primeiras narravam as peripécias de sua ida a Porto Novo, e Frau Luiza em conjunto com Dona Inácia contava nada ter acontecido e nada terem sabido de novo, pois a casa estivera deserta e silenciosa o dia inteiro. Calaram-se ao mesmo tempo, e olharam espantadas para Libânia ao vê-la agitada por altos soluços, sem poder conter as lágrimas que lhe saltavam entre os dedos.

– Que é isto? – exclamou Dona Inacinha. – Meu Deus, rapariga! Tudo parece combinado para nos assustar!

– Coitada, posso fazer alguma coisa por você? – disse Sinhá-Rôla e quis se aproximar da mucama, mas ao estender a mão para segurar-lhe o braço e descobrir-lhe o rosto, sentiu a irmã a puxá-la às escondidas das outras pessoas. Lembrou-se ela então das repreensões sempre ouvidas, quando se deixava levar por sua sensibilidade, e ficou parada, a olhar para Libânia, mas insensivelmente seus olhos se umedeceram.

– Diga logo tudo! – recomendou a senhora Luiza, e o seu sotaque alemão pareceu ainda mais forte – não é preciso fazer tantas visagens...

Libânia dobrou-se toda, e parecia ter recebido repentina chicotada, e assim mesmo com o corpo todo inclinado para frente, com as mãos sufocando os soluços que lhe vinham à boca, saiu. Celestina a seguiu, entretanto, silenciosamente, sem que suas companheiras tentassem retê-la e acompanhou a jovem mulata pelo corredor grande até a sala dos engomados, àquela hora vazia. Sentou-se na cadeira baixa e deixou que a rapariga de joelhos no chão apoiasse a cabeça em seu regaço, e chorasse até o fim de suas lágrimas.

Quando tudo passou Celestina fê-la erguer-se e voltou em sua companhia para junto da cômoda, e as duas procuraram de novo nos gavetões ainda não fechados a chave.

– A senhora sabe o que deve procurar? – perguntou Libânia, com a voz ainda entrecortada de repentinos suspiros, como acontece às crianças.

– Sei sim – respondeu com simplicidade Celestina. – Eu tinha quase a certeza de que as duas medalhas de ouro, com a marca dos dentes da menina, iriam ser tiradas daqui, e levadas para longe...

A mucama cessou de procurar e foi com lentidão que se levantou, ergueu o rosto e fixou os olhos na jovem. Não podia compreender como fora adivinhada sua aflição, como podia ela conhecer não estarem mais ali aquelas relíquias sagradas.

Teve vontade de perguntar, já que não conseguia reunir suas ideias e tirar conclusão certa de tudo sucedido diante de seus olhos, mas quando depois de contemplar por alguns instantes os traços da prima da Senhora, sentiu seu coração ficar gelado, nada disse, e de novo arrumou tudo, fechou as gavetas a chave e preparou-se para sair.

Todavia antes disso agarrou com sofreguidão as duas mãos de Celestina e as beijou com o mesmo respeito, com a mesma unção que teria se elas fossem as fitas suspensas das mãos de Nossa Senhora lá embaixo na matriz da pequena vila...

L

Enquanto caminhava pelo corredor Libânia teve diante de si, bem nítida, a fisionomia de Florêncio, o escravo que aparecera morto, enforcado. Tinha qualquer coisa de sombrio, de ameaçador nos olhos, e viera de outra fazenda onde nascera e diziam ser ele filho do Senhor e da ama de leite da fazendeira. O moço casara-se com vinte anos e a noiva fora para casa acompanhada da escrava que a criara. A mestiça parecia a verdadeira noiva, com seus trinta anos no apogeu, a verter sangue sob a pele morena de três raças, com os olhos fulgurantes e a boca muito carnuda. Tinha sempre a expressão de quem interroga melancolicamente o mundo sobre seu destino malfadado, e punha em qualquer movimento de seu corpo quente toda a flexibilidade dos gatos selvagens, e o odor desprendido de seus cabelos era poderosa evocação das florestas fecundas. Quando ela desceu da liteira e sorriu para o jovem acabado de saltar do cavalo em que viera da fazenda dos sogros, logo depois do casamento e acompanhara o tempo todo a liteira ocupada pela jovem recém-casada e sua ama, o moço tivera a impressão de sua vida se transformar de repente, e todo o seu breve passado desapareceu naquele instante. Mal podia reconhecer naquela menina pálida e acanhada a mulher escolhida para viver ao seu lado pelos anos em fora. Era estranha a intrusa que descia da traquitana, e vinha em prantos, talvez abalada pelo pressentimento de enfrentar naqueles minutos a encruzilhada decisiva de toda a sua existência.

Realmente, o longo e penoso martírio vivido em seguida, e assim foi até aos sessenta anos, sempre humilhada e perseguida por dois algozes, que ainda piores se tornaram depois do nascimento do filho de seus amores criminosos, se tivesse podido adivinhá-lo ali, quem sabe a teria feito voltar para a liteira e ordenar o regresso para a casa de seus pais...

Mas o tempo a vingara. Pálida e franzina, ela vivera, vivera e os anos passaram e derrubaram de usura o marido e a mucama, mortos depois de sofrerem os cuidados desvelados que ela lhes dispensara, sem nunca ter tido qualquer palavra de censura. E quando se viu sozinha, dona única da propriedade e de todos os escravos, vendera o filho de sua rival, pois tinham esquecido de fazê-lo livre. Fora essa a única maldade visível por ela praticada em toda a existência, porque as terríveis matanças, os hediondos suplícios longamente planejados em silêncio, nunca ninguém soube deles...

Assim Florêncio viera para o Grotão, inquieto e revoltado, e fora feito campeiro sem que alguém soubesse ou procurasse verificar se era essa a sua maior habilidade. O Comendador o comprara, e todos julgavam ser conhecida dele a história do mulato robusto trazido para sua fazenda. Nunca nenhum dos moradores do Grotão tinha perguntado nada, porque o Comendador tinha sido amigo e era parente do vizinho falecido e não recebera em sua casa a viúva retirada depois para a Corte sem se despedir dos donos das propriedades lindeiras.

Entretanto o Senhor tratara sempre Florêncio como a qualquer outro escravo, e era unicamente no exercício de suas funções que ele vinha até o alpendre falar com o Senhor sobre o gado e sobre as necessidades das reses doentes ou desgarradas. Mas as raparigas da fazenda murmuravam quando ele passava sem as olhar, e tinham medo quando ele lhes dirigia a palavra, sempre em tom de desdenhoso comando. Morava nos alojamentos dos homens, separado, e os outros campeiros não se ligavam a ele, e contavam que muitas vezes o tinham visto saltar a janela do casarão, descer pelos galhos de enorme mangueira e desaparecer sem ruído na noite. Libânia tinha tido vontade de casar-se com ele, e pedira uma vez a Sinhá mandasse fazer esse casamento. Não tivera porém resposta da Senhora que parecera não ter ouvido suas palavras balbuciadas depois de vencer tanto vexame. Tivera essa audácia porque sua dona a tratara sempre com bondade, e imaginara assim conseguir triunfar de todas as outras, casando-se por ordem dos Senhores. Ainda agitada por essas recordações transpôs os umbrais da grande cozinha e encontrou logo numeroso grupo de negras em animada discussão. Ficou admirada ao verificar ser justamente a encarregada de tomar conta das mucamas da cozinha a que mais falava e mais perturbada se mostrava. Dizia ela com severidade, e alguns monossílabos, em vários tons, explodiam de mistura com as frases que pronunciava em sua meia língua, com os lábios cheios de saliva:

– Vocês todas são negro ruim, não sabem defender a gente! Nenhuma de vocês todas se lembrou de varrer o chão, quando saiu o corpo do Florêncio (Nosso Senhor me perdoe!) para jogar o lixo do lado dele, para aquela alma assombrada não voltar mais aqui. Agora nem eu mesma sei mais o que fazer, pois tenho a certeza de que ele não nos deixará e voltará a rondar a fazenda...

Ergueu-se alto coro de exorcismos, de exclamações e mesmo de risos abafados, mas era bem de receio a expressão de todos aqueles rostos contraídos e daqueles olhos que instintivamente se voltavam para os cantos mais escuros da vasta cozinha.

– Agora o que podemos fazer é rezar por ele – disse mansamente a mais velha das escravas que areava sem se deter um grande tacho de cobre, à força de areia e limão.

– Isso não! – exclamou a encarregada, depois de fazer larga cruz sobre si mesma. – Ele assim voltará para pedir mais orações, e Deus me livre dessa alma penada.

– E depois – murmurou outra preta – o Senhor poderá saber e não gostará, e nós é que pagaremos os pecados daquele presumido.

– Não fale dos mortos... olhe que eles se vingam. – tornou a sentenciar na sua voz tremida e cansada a velha aparentemente muito distraída com seu trabalho e com o afã de mascar fumo. – O rapaz morreu, coitado, e vocês estão todas furiosas porque ele nunca quis nem sequer olhar para nenhuma, apesar das provocações...

No meio dos protestos, das escarradelas ruidosas, das palavras de desprezo e dos muxoxos, ouviu-se a voz ácida da cozinheira que era a figura principal e agora sacudia a cabeça com as mãos nos quadris agigantados: – Quem que eu algum dia provoquei aquele capeta? Quem disse? – mas nesse instante Libânia sentiu os passos do feitor que se aproximava e fez um chiu! capaz de dominar o ruído das vozes. Todas se calaram e voltaram para suas ocupações, como se nada tivesse acontecido.

De quando em quando porém alguma delas volvia os olhos para o terreiro, àquela hora todo iluminado pelo sol das almas, que tudo cobria com seus raios de luz fantasticamente dourada, e viam passar por ele, através de sua lembrança ainda tão viva, a silhueta forte e altiva do campeiro que gingava um pouco e tinha o passo lento dos homens robustos...

LI

Dona Inacinha acabara de verificar se a mesa do jantar tinha sido posta como de costume, ou antes, melhor do que se fazia sob as ordens da Senhora há tanto tempo encerrada em seu quarto, e disso se aproveitavam as copeiras para desleixar o serviço. Depois de medir com o palmo o comprimento das abas da toalha adamascada, cheirara os pratos e verificara os talheres franceses. Ainda devia esperar um pouco, pois o Comendador até aquela hora não chegara tendo saído a cavalo desde cedo. Foi até o alpendre onde sentou-se com as mãos no regaço. Mas, ainda não rezara a "coroinha" de sua obrigação às três horas da tarde e já estava atrasada. Puxou-a do braço onde a tinha posto em vez de pulseira e pôs-se a orar com rapidez, mas por duas vezes foi obrigada a repetir a Ave-Maria interrompida para escutar o alarido desusado, vindo de longe, que agora se revelava composto de gritos, ladridos e do chiado entrecortado de chicotadas, além do tropel do cavalo.

– Quem será? – perguntou a si mesma a senhora, e fez logo duas ou três conjecturas: – Com certeza é o capitão do mato que vem oferecer os seus serviços... como se não bastassem os feitores e capatazes que estão aí, sem nada para fazer... Não é equipagem, porque ninguém vem mais ao Grotão. A nossa estrada é a mais deserta das redondezas!

Apressou nervosamente o final da reza, tal era agora o ruído vindo do portão do quadrado, e teve de gritar um negro para que fosse abrir, pois todos eles andavam sumidos depois da morte do Florêncio. Em todas aquelas fisionomias ingênuas e muito puras, ou fechadas sobre impenetráveis pensamentos, lia-se a inquietação, a insegurança, o desequilíbrio que a fuga e o aparecimento do corpo do campeiro tinham ocasionado, e todos preferiam esconder-se com medo de olhos esclarecidos lerem o que em seu íntimo se passava. Foi certo rapaz de nação recém-vindo da Corte ainda com tatuagens no rosto que abriu o portão e recuou apavorado ao deparar com a silhueta impressionante do capitão do mato, montado em enorme cavalo pampa, os cabelos muito negros e corredios caídos sobre os olhos, mal presos sob o chapelão de couro por grande lenço vermelho. Era mameluco, atarracado e forte, e ficou a olhar com expressão voluntariamente sinistra para o pobre negrinho, gago e trêmulo de surpresa, sem saber se devia mesmo abrir os portais de madeira maciça e deixá-lo entrar, ou se devia correr para a casa e pedir socorro. Ao fim de algum tempo, quando o homem se cansou de seu papel de espantalho e viu

Dona Inacinha levantar-se do banco onde estava sentada para se debruçar no parapeito de ferro, deu "Louvado seja" com voz profunda, e desmontou. De chapéu na mão esperou a senhora mandá-lo entrar, mas como Dona Inacinha nada dizia e não fizesse qualquer gesto com as mãos, entrou no pátio, depois de empurrar o moleque e foi com as esporas a tinir e a riscar a pedra da calçada, até os primeiros degraus do alpendre, para tornar a repetir a saudação respeitosa. A senhora fez menção de se retirar, mas, depois de tomar coragem, disse-lhe com a voz presa:

– Que é? que pretende? Quer falar com o senhor Comendador?

– Não senhora, fui apenas encarregado de entregar esta carta a qualquer pessoa da fazenda. Passei por Porto Novo, e lá me deram essa comissão.

Dona Inacinha apanhou o papel dobrado, fechado com obreias douradas, e quedou alguns segundos imóvel, para refletir, pois tinha agora consciência de representar a dona da casa e era ela que tinha de resolver se devia fazer entrar, sentar-se e tomar café, ou despedir ali mesmo aquele homem que, como todos os seus companheiros de profissão, eram temidos e considerados verdadeiros selvagens de pouco respeito. Mas, não tendo ânimo para tomar qualquer resolução, guardou a carta no bolso da saia e sem nada dizer dirigiu-se lentamente para a porta onde desapareceu silenciosamente. O capitão do mato olhou ferozmente em redor de si, à procura do escravo, vítima destinada a qualquer brutalidade para vingá-lo da pouca consideração com que acabava de ser tratado, mas ao verificar ter ficado só no terreiro, pigarreou com ostentação e depois de escarrar ruidosamente segurou o cavalo e dirigiu-se ao portão, onde foi saudado pelo coro ensurdecedor de latidos dos cães presos ali perto e continuou o seu caminho. Ainda não tinha andado muito quando foi alcançado pelo feitor português que lhe entregou algumas moedas embrulhadas em grande lenço, "da parte do senhor Comendador." Era a tardia reparação, que Dona Inacinha tomara sobre si ao lembrar-se de que seu primo poderoso não gostaria de saber ter sido o caçador de escravos tão mal recebido. Só depois de vencer suas hesitações, de conseguir tomar enfim aquela providência, é que Dona Inacinha lançara as vistas sobre a missiva, e foi com redobrado embaraço que leu com dificuldade na sobrecarta o nome da Senhora.

Teve ímpetos de mandar outro portador atrás do capitão do mato para levar de volta a carta visto a sua destinatária não estar mais na fazenda, mas foi com súbito aperto de coração que se lembrou das circunstâncias estranhas de sua partida, e ela não desejava ser interrogada por ninguém sobre os motivos de sua recusa em receber aquele papel. Era preciso guardá-lo. Como porém o entregaria ao Comendador? que diria para explicar ter aceitado aquela mensagem que sabia não ser dirigida a ele? teria sequer coragem de olhar para o seu rosto?

Permaneceu parada e tinha nas mãos aquele papel que lhe queimava os dedos, sem poder mover-se no meio da sala de visitas para onde fora instintivamente, porque aquela peça era o lugar onde menos tinha probabilidade de encontrar alguém. Na penumbra, sua fisionomia pálida parecia pequeno fantasma suspenso no ar, pois seu vestido escuro se confundia com as sombras ali acumuladas, em vista das janelas cerradas e das pesadas cortinas corridas.

Uma porta se abriu e Dona Inacinha escondeu a carta no seio com precipitação, agitou os braços e andou alguns passos à procura de qualquer atitude que desse naturalidade à sua presença àquela hora na sala da frente, com tudo fechado. Mas, imobilizou-se de repente quando certa voz muito sua conhecida disse com gravidade:

– Quem é? Ah, é a prima... Quer dizer-me alguma coisa?

– Não senhor, primo... Isto é, devo mesmo entregar-lhe... meu Deus! estava agora mesmo com ela nas mãos e já não sei... Ah, sim, desculpe-me, mas com esta escuridão fiquei confusa...

E apresentava ao Senhor o papel ligeiramente amarrotado com suas grandes obreias, mal preso nas pontas dos dedos inseguros. O Comendador depois de observar por momentos o que tinha ela nas mãos, foi até a janela mais próxima, abriu-a, e depois veio até junto dela e só então tomou a carta. Leu com a fisionomia impassível o endereço, e depois de guardá-la com perfeita calma no bolso da japona, interrogou:

– Quem a trouxe?

– Foi o capitão do mato, o senhor Rodrigues, que a trouxe de Porto Novo, onde o encarregaram de trazê-la.

– Mandou dar-lhe uma recompensa?

– Mandei sim, primo... mandei sim senhor!

O Comendador, com seco "está bem", dirigiu-se para a porta, enquanto recomendava fosse servido o jantar. Nada dissera, não soltara qualquer exclamação, e a senhora não pudera notar alteração, nem na sua voz e gestos, nem mesmo em seu andar, denunciadora de qualquer choque. Ao saber que a refeição seria posta na mesa imediatamente, foi para a sala e sentou-se em seu lugar costumeiro, enquanto os escravos corriam para bater o sino ou chamar apressadamente a todos visto o Senhor já estar à espera.

Dona Inacinha foi também para o seu lugar, agora de dona provisória da casa, e em sua cabeça onde subiam ondas de calor, a mesma frase se repetia – "Ele nem quis ler antes o que mandaram dizer à prima"...

LII

O jantar passou-se em silêncio porque todos os convivas sentiam haver no ar qualquer coisa de extraordinário que os embaraçava, e decerto a fisionomia impenetrável do anfitrião ainda agravava o sentimento impreciso de qualquer acontecimento iminente, de qualquer dúvida grave ainda oculta. Foi com certo alívio que as senhoras viram aproximar-se o fim da refeição, indicado pela chegada das grandes tigelas com a sobremesa em tabuleiros carregados ao alto pelos negrinhos da copa. Todas elas tinham logo compreendido ser Dona Inacinha sabedora de qualquer segredo que seria cochichado, com muitas precauções e protestos de não gostar de fazer enredos nem ser novidadeira, lá no seu quarto na hora de todas se recolherem aos seus aposentos. Celestina pensava com angústia nesse mistério, na transformação por ele trazida à monotonia da fazenda, na notícia que só chegaria ao seu conhecimento muitas horas mais tarde. Provavelmente seria tratada como intrusa, a única pessoa a desejar saber do que se passava só pelo desejo vulgar de conhecer as novas, de entrar na intimidade dos Senhores. Teria de fingir não ver os olhares perscrutadores, os sinais de alarme, as bocas franzidas de receoso desdém, ou então a atitude de quem não aceita a sua presença, das outras senhoras, se ela tivesse bastante coragem para entrar no quarto das primas mais velhas.

Mais uma vez a insegurança de sua vida a feriu cruelmente. Estava naquela casa sem saber nunca até quando seria tolerada a sua permanência, e o mundo lá fora parecia sempre à sua espera, para agarrá-la e absorvê-la. Quando isso se desse, todos a esqueceriam imediatamente, mas não poderia esquecer de si mesma, e deveria acompanhar sozinha até o fim a sua própria decadência, a sua agonia de muitos anos, até a morte. Muitas vezes desejara ser paralítica, ter qualquer doença grave do coração, para que todos dela se apiedassem e tornassem definitiva a sua adoção pela família. Que peso porém viria a ser a sua permanência definitiva na fazenda! E afastava com horror esses pensamentos... Talvez mesmo fosse toda a família dissolvida, pois cada dia passado ela sentia haver mais um elo se rompido, e era em seus fundamentos que estava sendo abalada. Na ansiedade que a fazia viver sem compreender bem o que se passava em torno dela, Celestina via apenas o negror do abandono e da miséria, sem nada poder surgir de bom para salvação de todos, desde a morte da menina.

Nesse instante, quando seus olhos se enchiam de lágrimas e não a deixavam distinguir a mesa, com seus altos pratos reluzentes, o centro de prata de onde caíam flores em desordem, as figuras sentadas à sua volta, senão através de espesso véu irisado, nesse instante sentiu a cadeira de Dona Inacinha ranger nervosamente puxada por sua dona, e teve a revelação repentina de que o acontecimento ameaçador, presente e invisível no ar, agora se positivava. Despertou de seu sonho melancólico e olhou atentamente para a mesa da cabeceira, e viu o Comendador sorrir e depois de fazer rápido gesto com as mãos dizer com serena alegria:

– Tenho a dizer-lhes que minha filha mais velha chega amanhã, acompanhada por nossa prima Dona Virgínia. Creio ser essa uma boa notícia...

Levantou-se logo respeitoso rumor de alegria e de aprovação, e imediatamente as línguas se desataram, entabulando-se uma conversação geral, entremeada de perguntas e risos. As senhoras fizeram menção de se levantarem, para poderem iniciar no mesmo instante os preparativos da chegada, e Dona Inacinha e Frau Luiza mediram-se com olhar de desafio, como se tivesse sido dado o sinal de competição entre elas, mas foram sustidas em sua impaciência pela chegada das xícaras de café, distribuídas simetricamente pelas mucamas em grandes bandejas, a maior para os homens, a menor para as senhoras, porque não era da mesma intensidade o líquido negro e perfumado que as enchia até as bordas.

O Comendador também parecia com pressa de se retirar. Logo depois de tomar o último gole ergueu-se, foi para o terreiro onde deu ordens com voz muito sonora e viril, e montou a cavalo, partindo para a vila. Os três homens que tinham tomado parte na refeição acenderam seus cachimbos e foram para o jardim onde os esperava grande banco pedra, e lá puseram-se a conversar em tom confidencial, e as frases eram lentas e arrastadas; as senhoras correram para o alpendre e em breve não se poderia entender o que diziam, pois falavam todas ao mesmo tempo. Frau Luiza como se tivesse tido súbita ideia bateu sonora palmada na testa e levantou-se de salto quase inacreditável em sua pessoa repleta, e foi para dentro apressadamente. Dona Inacinha, a quem não passou desapercebido o gesto da estrangeira, também se ergueu interrompendo no meio a frase longa e confusa começada por Sinhá-Rôla, e foi para a cozinha a fim de dar ordens para as refeições do dia seguinte que seriam aperfeiçoadas e melhoradas, tendo em vista o paladar delicado de Carlota, agora ainda mais apurado por todo aquele tempo permanecido na Corte. As duas senhoras retiraram-se com os rostos fechados, as sobrancelhas franzidas pela preocupação, e davam mais ideia de terem recebido más novas do que notícia de acontecimento agradável...

Sinhá-Rôla, perdida em sua dissertação, cheia de frases parasitárias, de circunlóquios, de detalhes ociosos, ao ver-se assim bruscamente interrompida, parou e voltou seu rosto agora feio mas ainda suave, para Celestina, e disse-lhe com certa surpresa:

– Acho que só nós duas nos alegramos realmente com a chegada de Carlota. Essas duas acreditam estar em campo de batalha... Teremos de assistir à luta como espectadoras.

Depois, ao ver que Celestina a fitava com leve expressão de censura, Sinhá-Rôla segurou o braço da moça e murmurou:

– Eu até tenho vergonha de não me apresentar para o combate, mas de verdade, não sei de nada que possa eu mesma fazer para concorrer para o brilho da recepção que mana Inacinha deve ter projetado. Olhe, só a tarde de hoje e as primeiras horas de amanhã não vão chegar para muitas coisas... E nós duas aqui, sem fazer nada!

– Não será por muito tempo! – disse a voz de Dona Inacinha que passava pela sala da Capela e escutara essa observação feita pela irmã, apesar da precaução tomada de abaixar o tom da conversa. – Você, mana, vai já com as mucamas ao pomar apanhar frutas novas para amanhã, e bem maduras! E não pense ser só hoje que estarão em verdadeira sarabanda, porque a prima Virgínia se encarregará de fazê-las se movimentarem!

LIII

O pomar era ainda mais antigo do que a casa-grande da fazenda, pois fora plantado pelos primeiros moradores da região na aba da serra e para ir lá era necessário seguir a encosta, tomar o caminho que passava por debaixo das árvores nativas em atalho onde as boninas cor de ouro formavam verdadeira tapeçaria toda de tons sincopados verdes e amarelos. O muro possante que o acompanhava era ainda o mesmo sempre existente, de origem incerta, desde os primeiros tempos da formação do Grotão. Sinhá-Rôla chamara três negrinhas e trouxera também dois moleques portadores de dois grandes cestos na cabeça, destinados ao transporte das frutas a serem colhidas, e Celestina seguira sem pensar o grupo apesar de não ter sido convidada. Mais para trás, ela via a senhora na frente, com o chapeuzinho de palha preta na cabeça preso ao queixo por véu azul em forma de gravata, e as saias muito amplas reunidas de lado, com as pregas seguras por grandes alfinetes de cabeça de pomba; logo a seguir as meninas vestidas de mandriões vermelhos e os dois rapazes de surtum azulado, e achava que o espetáculo era digno de ser observado com interesse, mesmo para quem estava com ele acostumado de longos anos.

Sentia-se muito tranquila agora; parecia que de novo sua vida se engrenava, tomava sentido, certo seguimento que a prendia à terra e fazia dela parte autônoma e forte do mundo, e não alguma coisa sem nome e sem rumo como há pouco se considerava, com os olhos cheios de lágrimas desanimadas. Elas ainda umedeciam suas pálpebras mas eram apenas o resto de maus momentos e já não tinham significação...

Logo depois do mais velho dos negrinhos ter aberto a antiga porteira, que soltou longo gemido e bateu com violência no oitão, rápido vulto branco saltou das moitas sobre eles e lançou-se sobre Sinhá-Rôla, provocando a sua queda nos espinhos com grande grito de terror. Todos acorreram e mal puderam ver o grande cisne, que de asas abertas correu apressadamente pelo atalho em direção da ribeira ali por perto. A senhora custou a erguer-se, sustentada nos braços das meninas, muito desajeitadas, no medo de a magoar e com receio também de serem julgadas atrevidas pelo fato de a terem feito levantar-se do chão.

Celestina parou um instante sem compreender logo o que sucedera, também assustada pela subitaneidade do acontecido e afastou-se para deixar passar a ave furiosa, mas depois de refletir um pouco, e de conter talvez o riso, avançou para reajustar os vestidos de sua parenta, que podia enfim respirar ao se ver cercada de tantos cuidados.

– Foi um dos cisnes, que decerto ficou prisioneiro no pomar – explicou Celestina – agora fugiu e quase me fez cair também, ao passar por mim em verdadeiro furacão.

– Meu Deus, – murmurou Sinhá-Rôla em voz baixa – eu cheguei a pensar que fosse um monstro gigantesco, branco, que ia me matar! Mas está certa de ter sido mesmo um cisne? A prima viu bem quando ele passou? Ainda não estou convencida...

E presa de repentino arrepio olhou para trás por onde desaparecera o causador de tudo, mas nada viu a não ser a mata clara de árvores altas e luminosas.

Logo sentou-se no banco rústico, situado do lado de dentro do portão, e mandou as negrinhas apanharem as frutas que os moleques deviam colher nas grandes mangueiras, nas copadas laranjeiras, nos pés de cambucá, nas caramboleiras, goiabeiras, jaqueiras, marmeleiros e jambeiras, pois todas estavam ainda carregadas. Mesmo o araçá, a grumixama, as bananas, a cabeluda, as frutas de conde e os abius não foram desprezados. Dentro em pouco os dois grandes cestos estavam pejados dos mais lindos pomos, cujas cores tão diversas, alguns brilhantes, outros aveludados, se confundiam em riquíssimo conjunto, e os dois pajens necessitavam do auxílio das raparigas para os erguerem do chão a fim de colocá-los na cabeça. Era tempo de voltar e o sol amainara já, suavizando o recorte de tudo, que tomava agora esbatida tonalidade muito suave. Os pássaros diminuíram o seu coro sonoro e só se ouviam os pios altos dos que se recolhiam aos ninhos, no receio dos gaviões ainda esvoaçantes em largos círculos no céu nacarado, e das aves noturnas em preparativos para dar início às suas caçadas nas trevas. E o cortejo se refez agora com a pompa da colheita muito farta e pareciam voltar da Terra da Promissão, cada uma com pesado galho carregado de frutos nas mãos. Sinhá-Rôla ainda trêmula apoiava-se no braço de Celestina e vieram conversando muito tranquilamente sobre a próxima chegada de Carlota.

– Não sei como o primo Comendador pode afirmar que ela chega amanhã cedo... – disse pensativamente Sinhá-Rôla. – Elas devem ter mandado um próprio que decerto veio a correr na frente, desde a ponta dos trilhos onde desembarcaram do caminho de ferro, mas não podem saber quanto tempo vão levar até aqui de liteira...

– Penso tenham mandado a notícia pelo correio elétrico – respondeu Celestina – e do fim da linha mandaram avisar. Que viagem horrível terão feito! Não sei como Dona Virgínia não fez com que viajassem pela Estrada de Ferro Mauá, pois ela possui uma ação dessa companhia.

– Mas teriam de subir a serra... Olhem, meninas, ponham todas as frutas tiradas dos cestos sobre a mesa da cozinha, para amanhã a senhora Luiza escolher as melhores. Onde estará ela agora?

– Nós vamos pôr o banho de Dona Frau na dispensa, conforme ela mandou quando voltássemos – explicou timidamente uma das negrinhas que era a mais esperta e a mais clara das três, mas conservava ainda os traços característicos na nação cambinda.

– Vão todas depressa – ordenou a senhora. – Podem deixar, pois os rapazes irão colocar tudo no lugar.

Depois, voltou-se para Celestina e segredou:

– Não gosto nada dessa invenção da senhora Luiza. Por que ela não toma o seu banho no quarto, como toda a gente? Que ideia extravagante essa de mandar pôr na dispensa o bacião!

LIV

Celestina despira-se com lentidão e depois de dobrar peça por peça as suas roupas, verificou cuidadosamente os ferrolhos da porta e a pesada tranca da janela. Já depois de deitada ergueu-se e foi olhar atrás do pesado para-vento que fechava um dos cantos do quarto, para esconder o lavatório de ferro guarnecido de jarro, bacia e balde de porcelana verde com medalhões onde se viam castelos medievais e, de passagem, tapou o espelho com a toalha, depois espreitou embaixo da cama para enfim tornar a estender-se no leito. Sentia que os nervos se agitavam sob sua pele, como milhões de pequeninas serpentes e o coração batia-lhe com insistência. Depois de pousar a cabeça nos travesseiros, e de ficar muito quieta durante algum tempo, pôs-se a se volver de um lado para outro, sem encontrar posição capaz de fazer cessar o tambor duro e implacável que lhe martelava os ouvidos. Lembrou-se então de não ter feito todas as orações da noite e tirou o rosário guardado sempre na gaveta da mesa de cabeceira. Eram muitas as almas precisadas de suas orações e muitas vezes esquecia algumas, pois não seria possível atender a todas. Terminados os terços, deitou-se de novo e envolveu-se nas cobertas, e então ouviu um leve e longínquo tropel, talvez de animais a passarem pela estrada lá longe, do outro lado do jardim e de algumas construções sem destino fixo, situadas entre a parte da casa onde era o seu quarto e os muros de fora. Surgiu então em sua cabeça como um quadro que se animasse a caravana de Carlota, com as duas liteiras, o cavaleiro embuçado e os negros acompanhadores... Onde estariam elas naquele momento? Em alguma fazenda perto da beira do caminho, em alguma locanda dos lugares que ainda tinham, de atravessar? Dona Virgínia aceitaria com calma os inconvenientes daquelas hospedagens provisórias, e Carlota teria suportado o cansaço enorme?

Resolveu ajoelhar-se na cama ainda envolta nas cobertas e rezar por elas mais outro terço, mas logo depois de iniciar as orações longo arrepio a fez suspender a reza e parar. Vinha do jardim o som de riso tranquilo, abafado, e quem sabe? levemente irônico...

Celestina tentou reencetar o rosário, sem querer investigar a origem daquele estranho ruído, e abrigar-se na própria oração, contra tudo de mau que pudesse advir. Mas não conseguiu reunir suas ideias, nem sequer ciciar as palavras das preces e foi obrigada a ficar à escuta já sem coragem para se deitar de novo. Por fim o ruído de passos arrastados no corredor, desta vez bem nítidos e bem humanos, vieram despertar suas energias, e pôde levantar-se e chegar até à porta para escutar. Distinguiu o ruído de saias e de vestidos que varriam o pavimento e logo o acesso de tosse de alguém que está com medo, mas quer dar sinal de presença e de coragem. Reconhecera o som daquele pigarro. Era a senhora Luiza, sem dúvida, que se levantara e saíra de seu aposento. Voltou para deitar-se e ficou muito quieta durante longos instantes, até que pressentiu a volta da governante e percebeu ter ela fechado a porta do quarto vizinho.

Retomou o rosário e ia continuar a desfiar as suas contas, quando de novo soou confidencialmente, bem junto da janela, o mesmo riso fugido já de sua memória. Teve invencível gesto de terror pânico, quis levantar-se, correr e gritar, mas lembrou-se das corujas naquela época do ano reunidas em bandos nas árvores dos jardins, para comerem os jambos muitos vermelhos que as enfeitavam. Grande e súbita calma desceu sobre ela e dentro de alguns segundos adormecia profundamente para só vir dar acordo de si com o ruído feito pela mucama ao colocar sobre a mesa o café com leite e os bolos de milho ainda quentes.

– Dormiu bem, nhanhã Celestina? conseguiu dormir bem?

– Por que você me pergunta se consegui dormir bem? – interrogou Celestina por sua vez, os olhos fixos na face risonha e reluzente da rapariga que também a olhava com o riso preso nos lábios. Mas a alegria desapareceu logo ao perceber ter a moça enrubescido, desconfiada, e sentara-se na borda da cama com a intenção evidente de mandá-la embora, pois escondia-se nas dobras dos lençóis em atitude de quem estava à espera de sua partida.

– Nhanhã Celestina não ouviu o barulho todo feito por Dona Frau esta noite? Nós todas acordamos com suas passagens para lá e para cá, durante a madrugada inteira. Ela foi umas duas vezes à farmácia, foi fazer chá na cozinha, foi à Capela, foi um mingozô! – e agora ria-se francamente sem receio de ofender a jovem a rir com ela, tão comunicativa era a sua alegria. Mas, logo Celestina fez-se muito séria, tomou o seu ar mais compungido e disse severamente.

– É falta de caridade rir-se da doença dos outros!

– Não foi doença não, nhanhã... Nós lá na cozinha já descobrimos o que foi. Imagine, nhanhã Celestina, que as negrinhas puseram o banho da nhá Frau na dispensa, e logo depois ela começou a ralhar com todas para irem se deitar, pois aquilo não eram horas para os diabinhos estarem de pé, e zangou tanto que todas correram para a sala de dentro...

– E depois? – perguntou Celestina, quando a mucama cessou da falar, ao sentir passos no corredor. Eram Sinhá-Rôla e dona Maria Inácia que, já levantadas, iam para o oratório. Depois, quando o rumor diminuiu e compreendeu terem passado a porta, continuou com a voz cortada de risadas:

– Com todo esse alvoroço as meninas esqueceram da banheira de cobre que lá passou a noite toda na despensa, cheia de água servida tal qual Dona Frau a deixou... – e, ao ver nos olhos de Celestina que não tinha explicado bem, a mucama terminou agora séria, deixando transparecer certo temor na voz – Nhanhã então não sabe? quando isso acontece, o Sujo vem e toma banho também na bacia! Nossa Senhora, coitada da Dona Frau, pobre da senhora alemôa! Foi por isso que ela ficou tão nervosa e andou rodando a noite inteira sem sossego e sem saber por quê!

– Ora, Eufrásia, a senhora Luiza estava preocupada com a viagem da Sinhazinha e de Dona Virgínia, e por isso é que não dormiu. Vocês todas são umas loucas...

LV

A Capela estava cheia quando Dona Inacinha, apoiada no braço de Sinhá-Rôla, se dirigiu até junto do oratório desde cedo aberto de par em par. O quadro do fundo, que representava a Trindade e cujas cores se confundiam em tom geral de ouro velho, agora podia ser visto, apesar dos grandes candelabros acesos e dispostos no rebordo do grande arcaz onde estava pousado o nicho de madeira trabalhada no gosto de dona Maria I. Ela ajoelhou, e todos os presentes imitaram essa atitude, para rezar em voz alta algumas orações, acompanhadas em coro até bem longe, nos arredores e no pátio, onde já estavam também de joelhos os escravos, os feitores e homens forros. Era dia santo e desde que não vinha padre para celebrar a missa, pois a fazenda tinha licença de cemitério e de missa em seu oratório, por provisão do Bispo do Rio de Janeiro, Dom Manuel do Monte Rodrigues de Araujo, com a obrigação de explicar a doutrina cristã pelo catecismo, e logo depois do ofício divino, antes de entrar para a sacristia, fazer os atos de fé, esperança e caridade, apenas a dona da casa "tirava" orações, como diziam então. Dona Inacinha realizava assim as obrigações assumidas representando a fazendeira. O Comendador há muito tempo deixara de comparecer a essa cerimônia matinal, para só vir à Capela quando toda a escravatura se reunia. Ainda desta vez não estava ele presente, mas logo que se fez silêncio e todos iam se pôr de pé a fim de se retirarem para as diversas ocupações, ouviram-se palmas e o Senhor surgiu na porta já vestido para a viagem, e disse em voz alta mas perturbada por indisfarçável emoção:

– Meus amigos e parentes. Vou partir neste instante, ao encontro de minha filha e das pessoas de sua comitiva. Não sei quando estarei de volta, mas segundo novas notícias neste momento recebidas, ainda estão todos no ponto terminal da Estrada de Ferro de D. Pedro II, em Entre-Rios. Penso pois que, dentro de três dias estaremos aqui. Adeus...

– Que Deus o acompanhe, feliz viagem! – disseram as senhoras, e nisto foram logo imitadas pelos homens presentes e, em meio das exclamações dos cativos e das mucamas, foram até o alpendre onde viram o fazendeiro saltar com agilidade para o dorso de seu cavalo, de arreios enfeitados de prata, e logo seguir para o portão acompanhado pelo pajem de japona azul e calças pretas. Logo depois o portão fechou-se com estrondo e todos se dispersaram em pequenos grupos, a conversar em voz baixa.

– Eu é que fico desesperada – dizia Dona Maria Inácia em segredo à sua irmã – tenho de ficar mais alguns dias, talvez esta semana, com toda a responsabilidade da casa... Para começar estou com medo de ter de dizer ao cozinheiro o que se deve fazer para o almoço de hoje! Meu Deus, não tenho cabeça para imaginar quinze pratos diferentes! Por que não comem todos feijão, carne-seca e angu, iguais aos da cozinha?...

– Eu gostaria muito – murmurou Sinhá-Rôla – pois até não sei bem o que devo escolher na mesa, principalmente quando o primo Comendador me pergunta a sorrir, o que desejo.

– Ora você... – e Dona Inacinha teve pequeno frouxo de riso que a remoçou subitamente – você quando era menina, e nosso pai dizia: que quer você, Rôlinha? você, muito depressa, respondia: paçoca com arroz, meu pai! E ficava com os olhos cheios de lágrimas, ao ver o meu prato cheio de coisas gostosas, principalmente quando havia linguiça ou salpicão... e se eram acompanhados com o gostoso virado de farinha grossa...

– A mana está me fazendo ficar triste, com essas recordações de nosso tempo... – e Sinhá-Rôla, a Rôlinha de outras épocas, nos tempos do cabelo todo em cachos e rebeldes à travessa a ponto de obrigarem os olhos a se arregalarem de tão puxados para trás, sentiu as lágrimas lhe virem aos olhos. Atravessavam nesse momento o corredor e parecia-lhes ter recuado muitos anos, e ainda pisarem as tábuas sonoras e tão boas de sua casa, de seu lar, que lá estava tão longe, habitado Deus sabe por quem, talvez até arrasado por mãos sacrílegas. Eram duas órfãs sem defesa novamente e tinham como único abrigo os braços uma da outra, sem esperança e sem consolo possíveis. Tudo lhes parecia de repente tão mesquinho, tão sem interesse, que foi surpresa o encontrarem a figura da senhora Luiza encimada por enorme turbante branco, formado pela grossa toalha de linho enrolada até a testa e indo atar-se atrás em grande nó de pontas pendentes.

– Ah, minhas senhoras! – exclamou ela quando viu as duas irmãs – venham um pouco ao meu quarto, pois me sinto tão doente! Tenho a cabeça a estalar de dor!

As duas velhas chamadas ao presente pelo apelo da alemã entraram e sentaram-se junto à cama encostada à parede lateral, resguardada pelo volumoso mosquiteiro preso ao teto, a abrir-se em para-sol. Sinhá-Rôla teve logo vontade de preparar o chá ou oferecer o indispensável copo de água com açúcar e algumas gotas de melissa, mas conteve-se, pois não sabia se a irmã a aprovaria. Entretanto Dona Inacinha tirou da bolsa trazida sempre consigo o frasquinho de sais, e deu-o à estrangeira para que cheirasse. Mas teve manifesto alívio ao ver a senhora Luiza recusar seu oferecimento, para servir-se de copiosa pitada de rapé, tirada da boceta de chifre, com monograma de prata, presente da Senhora.

– A que horas devem chegar as viajantes? – perguntou com ansiedade.

– Não chegam hoje, nem sabemos ao certo quando, pois o primo Comendador foi buscá-las a Entre-Rios – respondeu melancolicamente Dona Inacinha.

– Ah, ah... – suspirou a senhora Luiza, e apoiou-se mais comodamente ao rolo muito grande que lhe servia de travesseiro – eu estava já sem saber o que fazer, pois como vamos contar a Carlota que a Senhora não está mais na fazenda? Como poderemos explicar ter ela ido embora justamente quando a filha vai chegar?!

– Como vamos explicar, como poderemos contar senhora Luiza? Nós não vamos explicar nem contar coisa alguma – observou-lhe Dona Inacinha, e sua voz era cortante e seus olhos fixaram-se duramente nos da governante, – não vamos porque não sabemos de nada, nem procuramos saber.

A gorda estrangeira encolhia-se toda a cada palavra de sua interlocutora, e suas feições grossas se contraíam, na atitude de criança surpreendida em plena falta ao ouvir os ralhos de pessoa adulta.

– Mas eu sei... eu sei que... – gaguejou ela – eu poderia dizer...

– Pode saber e pode dizer, senhora Luiza, mas não a mim, nem à mana! – e dona Inacinha segurou com força o braço da irmã e fê-la levantar-se ao mesmo tempo junto com ela. – A senhora está doente e falarei ao médico pois ele deve chegar daqui a pouco para visitar as senzalas.

A senhora Luiza fez-se pequenina sobre a cama e fechou os olhos enquanto em seu rosto transluzia expressão de grande dor, mas ao perceber terem as duas irmãs fechado a porta sobre si, murmurou com violência em alemão:

– Velha bruxa de cabo de vassoura! Chamar para mim o médico das senzalas!

LVI

Celestina permanecera na Capela, mesmo depois de todos saírem, pois ainda não terminara o segundo terço desfiado rapidamente entre os dedos entorpecidos. Prometera a si mesma terminá-los antes que acabasse a simples cerimônia religiosa de todas as manhãs e se tal conseguisse, seria o sinal de que a chegada de Carlota se passaria sem acidentes e sem desgostos. A sua inquietação crescera e fora obrigada a repetir muitas orações saídas truncadas de seus lábios, e muitas vezes forçara-se a parar, porque já não sabia mais o que dizia apertando as contas nervosamente. Queria chegar ao fim, mesmo com a grande sala vazia e hesitava se não seria necessário rezar outro rosário, para afastar os pensamentos tristes, as visagens que lhe acudiam, e faziam o seu coração se apertar a ponto de sentir que ia desmaiar. Conseguiu porém levantar-se e foi para o pátio, àquela hora já deserto de trabalhadores, dos negros do eito e das mucamas da lavagem e depois de dobrar cuidadosamente os babados da saia, para prendê-los em arrepanhado elegante, pôs-se a andar em diagonais, perdida em suas reflexões. Queria fixar qualquer linha de conduta, modesta mas guiada sempre pela retidão de caráter que sua mãe tantas vezes lhe dissera ser essencial às moças pobres, e assim poder apresentar-se à filha do fazendeiro, e fazer-lhe companhia, pois sabia ter a jovem ficado desamparada, sem alguém que a pudesse compreender, cercada por mulheres idosas, talvez azedadas pela dependência ou pela idade.

Caminhava a passos pequenos e rápidos e ao chegar à outra extremidade do terreiro, fez brusca volta, e as saias se lhe escaparam da mão, e fizeram o rufilado de cassas engomadas a se desamarfanharem no giro alto e bonito. Mirou com surpresa o efeito elegante que produzira, e pensou, o sorriso escondido no canto dos lábios, no efeito que faria nos salões da Corte... Salão? mesmo na rua do Ouvidor, depois de passar desdenhosamente diante das montras das modistas francesas, poderia fazer aquele gesto brusco e voltar sobre seus passos, para encomendar aquele vestido de nobreza azul México, guarnecido de renda de seda preta, com veludo carmesim... e tornou a arrepanhar as saias sofraldando-as com ademanes de grande senhora, mas alguém pigarreou, e ela foi tomada de pânico e largou a roupa que imediatamente voltou ao seu tom neutro, habitual, de vestuário de parenta pobre, sustentada pelo favor do senhor Comendador...

Dirigiu-se lentamente para o alpendre da sala da Capela, para fingir ter vindo da horta onde fora ver o serviço dos negrinhos mandados colher legumes para o almoço, e subiu os degraus com os braços soltos e caídos de cada lado, no cansaço do serviço imaginário. Não erguera os olhos pois não quisera ver quem surpreendera a cena que agora sabia ter sido melancolicamente ridícula e foi para o corredor, e de lá para o seu quarto onde se deitou para poder melhor pensar em sua conduta futura. Sentia-se tão humilde, tão insignificante diante de tudo que se passava em torno dela, que cerrou as pálpebras e tentou não se deixar dominar pelos maus pensamentos. Quis reviver o seu velho sonho de menina, remédio afugentador das amarguras de sua infância, quando entrava de repente no castelo de altas torres bravias, inexpugnáveis, perdidas em pleno céu, sobranceiras a toda a região selvagem e submetida ao seu poder. Caminhava pelos enormes corredores abobadados, enegrecidos pelo tempo e pela umidade, saía bruscamente nos caminhos de ronda ameados, de onde via lá longe os rios plácidos, os rochedos curvados diante dos muros roqueiros, feitos pelas mãos dos senhores de todo o país aberto em anfiteatro diante dela. Suas vestes eram longas e roçagantes, e do *hennin* muito alto em sua cabeça quase se desprendia o longo véu desfraldado pelos ventos fortes das alturas...

Entretanto seus olhos se fixaram na janela, e através dela viu o quadro severo e hostil que sempre encontrava todos os dias ao despertar. Era a colina pesada, robusta, a erguer-se dificilmente do chão, com o dorso carregado de cafezais, separados ao meio por vala profunda, em risco aberto na terra vermelha quase cor de sangue, em longa cicatriz.

Via bem ser aquela região nova ainda não desbastada de todo, sedenta de trabalho e de suor, a sua pátria e sentiu mais fundo a vergonha de sua fraqueza e de sua inutilidade diante daquele poderoso convite à vida. Era ela pequeno fantasma diante dos apelos vindos de fora, ainda mais miserável do que aquelas pobres escravas surgidas por entre os cafeeiros, de enxada ao ombro, para a limpa daquela manhã quente.

Não pôde mais ficar deitada. Ergueu-se de salto e foi procurar Libânia. Queria fazer alguma coisa, agitar-se, castigar seu corpo sem atender ao seu pedido de descanso mole, entorpecente, sem a justificativa de nobre cansaço. Libânia a recebeu com largo sorriso, e foi logo lhe dizendo em tom confidencial:

– Sinhá Dona Celestina, tive tão boa ideia, que nem parece de preto. Vou apanhar uma porção de baronesas, faço o maior ramo possível e o ofereço a Sinhazinha logo à sua entrada. Vou pedir licença para isso ao senhor Justino, mas quem sabe a nhanhãzinha pode pedir ao Senhor que me deixe fazer isso pela menina.

Celestina, ao ouvir ser solicitada a sua intervenção junto ao Comendador sentiu suas feições se contraírem e perguntou:

– Mas, que significa tudo isso?

– Ora, nhanhã, não dizem todos que a Sinhazinha vai casar-se com algum senhor barão? Assim ela entende logo...

Celestina deixou-se ganhar pelo sorriso cintilante que iluminava o rosto escuro da liberta mas ouviu-a murmurar qualquer coisa que não compreendeu e interrogou-a:

– Que está você dizendo?

– Eu digo, nhanhã, que não vou esquecer de ajuntar um raminho de arruda e outro de manjericão, para livrar Sinhazinha Carlota do mau...

– Que mau, Libânia?

– O mau, senhora dona Celestina, ele é só um!

LVII

Naquela noite apareceram os primeiros sinais da aproximação da pequena caravana, a passos apressados agora. Depois de muitos dias sonolentos, de paragens intermináveis nas locandas, onde tudo era feito pelos pajens acompanhantes da liteira, desde a comida até a arrumação dos leitos, depois de caminhadas monótonas entre cafezais novos surgidos vigorosos naquelas terras abertas à cultura havia poucos anos, por caminhos caprichosos cheios de curvas, descidas e subidas sem fim, tinham atingido Porto Novo onde repousavam alguns instantes e dali seguiram esculcas chegadas sem grande tardança. Foi uma corrida geral...

Todas as senhoras se precipitaram para a cozinha, para os quartos preparados já tanto tempo, e tudo foi refeito com ansiedade, tudo foi repassado por rigoroso crivo como se tivessem vindo novas tais que desfizessem todos os projetos já feitos. Gritavam umas por flores a serem postas nas jarras das salas e dos quartos, outras por lençóis e toalhas de rosto bordadas, bem frescas, para tudo se apresentar agradável quando Carlota apeasse, e as negras velhas todas se julgavam com direitos sobre a jovem dona e se disputavam a meia voz empregando termos de várias línguas para saberem quem devia atender às ordens cruzadas no ar. Por fim, mal começava a escurecer quando foram ouvidos os primeiros gritos dos escravos de volta do pasto, parados à beira da estrada para saudar a menina. Pouco depois, sem ter sido percebida a aproximação, estalavam chicotes, ressoaram apelos, animais relincharam no pátio do "quadrado" da fazenda, e quase não houve tempo para correrem todos até perto da liteira que viera parar junto ao alpendre. As cortinas do pesado veículo estavam descidas, e foram agitadas com violência, para depois se abrirem, e todas as senhoras recuaram a fim de fazer espaço para que Dona Virgínia descesse majestosamente, desamassando com magistral cuidado as grandes pregas do vestido e sem olhar para ninguém, enquanto não viu que elas caíam com donaire sobre seus pés calçados de duraque preto em botinas muito bicudas. Olhou então para as amigas muito espantadas, em silêncio e de braços caídos, e disse com certa acidez:

– Então? que estão olhando? nunca viram ninguém da Corte? não me abraçam?

Depois, ao reparar que todas olhavam para o interior da liteira como se procurassem alguém dentro dela, sorriu desdenhosa, colocou com arte a mão sobre os lábios e explicou:

– É Carlota que procuram? ela não veio comigo na liteira. Creio ter enjoado com o seu balanço, pois como todas sabemos sua saúde é muito delicada... Eu suportei tudo com a resignação dada por Deus... – e, diante da ansiedade de todas, que agora procuravam com os olhos na escuridão, entre os cavaleiros e os animais de carga, com suas enormes canastras cobertas por couros curtidos formando verdadeiras tendas sobre eles e se recortavam de forma bizarra, para tentar distinguir, entre os vultos confundidos na sombra, a figura graciosa da jovem viajante, acrescentou: – Ela ficou um pouco para trás para falar com os pretos à sua espera na estrada, já se sabe, com Libânia na frente!

Houve pequena confusão entre as senhoras, indecisas e desapontadas. Afinal, depois de Dona Inacinha tomar a iniciativa de beijar a recém-chegada, enquanto murmurava palavras de boas-vindas, todas se apressaram em imitá-la e a trouxeram até a Capela onde se sentou com ares de muito fatigada, e lembrou poderem esperar ali mesmo pela moça prestes a chegar acompanhada do senhor Manuel Procópio e por outra senhora da Corte.

– Mas, e o senhor Comendador? – perguntou timidamente Celestina.

– O primo Comendador? – interrogou por sua vez Dona Virgínia – mas nós não o encontramos! Ele não veio conosco!

Todos se entreolharam aturdidos e sentiram haver alguma gravidade naquela ausência do Senhor que, segundo pensavam, tinha ido ao encontro da filha, mas calaram-se e ninguém disse mais nada até ouvirem de novo o ruído da entrada de ginetes no terreiro. Tiveram de andar depressa, porque Carlota já apeara entre risos, recebida nos braços por Libânia vinda a pé ao seu lado, e correra degraus acima do alpendre, ao encontro do grupo disposto a ir buscá-la. Foi acolhida entre abraços e afagos, e todas murmuravam palavras de carinho muitas vezes truncadas pelos soluços que lhes apertavam as gargantas. Mas depois de atender e corresponder a todas, a menina afastou-as um pouco e perguntou:

– E meu Pai?

Diante das explicações entrecortadas de exclamações, de lamentos, e de observações secas feitas por dona Virgínia, o seu rosto até ali iluminado de alegria ensombrou-se de repente e toda a luz dele provinda extinguiu-se. Nada perguntara da mãe, observou em seu íntimo Sinhá-Rôla, mas a surpresa da ausência do Senhor, chocante e impossível de esconder ou disfarçar, parecia tê-la ferido de maneira muito forte. Ao vê-la tão decepcionada, todos os que a tinham ido esperar se tornaram canhestros, embaraçados, e injustificável remorso os tornava a todos sem iniciativa e tristonhos.

Dirigiram-se em procissão para os aposentos para ela preparados, e ao chegarem à porta do quarto de Carlota deram conta de que estava entre elas a senhora também chegada da Corte, sem ter sido por ninguém apresentada. Dona Virgínia logo que percebeu o que se passava avançou até junto dela e disse, depois de lançar rápido olhar circular a todos:

– É a senhora Dona Maria Violante, muito amiga da família.

Houve então agitado vaivém de todos, que se aproximaram dela e lhe falaram sem que Carlota lhes desse atenção e entraram na saleta vizinha da câmara, e aí pararam. Aguardavam fosse dito o que desejava, se voltar para a sala depois de se refrescar da viagem e tomar posse dos objetos de sua intimidade, ou recolher-se em vista de seu estado de abatimento e cansaço. Já da sala de jantar tinham vindo avisar estar à mesa a refeição leve, expressamente preparada para o caso de Carlota precisar se reconfortar, e tudo poderia ser servido naquele instante. A moça que ficara imóvel junto da cômoda e nela apoiara os braços, disse sem erguer a cabeça:

– Prima Virgínia, a senhora fará o favor de dar todas as ordens, porque desejo descansar agora e peço que me tragam apenas uma xícara de leite quente. Quero que todos me desculpem e desejo-lhes boa noite...

Todos saíram na ponta dos pés e apenas Libânia ficou no quarto. Com os olhos cheios de lágrimas ela disse, enquanto mostrava as jarras colocadas sobre o móvel:

– Ah, nhanhã! nem reparou nas flores trazidas por mim, tão bonitas!
– Reparei sim – disse com bondade Carlota – elas são mesmo muito bonitas... Pôs sobre os ramos as mãos em concha, e elas tremiam levemente, e murmurou:
– Cardamomo...
– Não, nhanhã! então não viu logo serem elas baronesas! Eu já sei que a nhanhã vai ser também baronesa, como as flores!

Mas, calou-se ao ver a moça encostar agora o rosto nos braços apoiados na cômoda, e compreendeu que ela chorava mansamente. Depois de muito tempo ajudou-a a despir-se e fê-la deitar-se, com todo o cuidado, e ajoelhou junto da cabeceira à espera de vê-la com os olhos fechados, ainda muito pálida, e entoou então bem baixinho as mesmas canções que faziam adormecer a outra menina...

LVIII

Libânia sonhou caminhar por uma estrada sem fim e andava sem sentir os pés tocarem a terra... Era como se voasse quase junto ao solo de modo macio, roçagante, pois seus vestidos batiam em seus flancos, docemente agitados pelo vento que lhe acariciava o rosto. Sua respiração era ofegante, o coração palpitava violentamente e a garganta muito seca parecia querer fechar-se a todo o momento. Não sabia até onde iria assim, não tinha esperança de chegar nunca... e chegar onde? perguntava a si própria e com lento terror via não ter nenhuma resposta a dar a si mesma ou a alguém seu acompanhante invisível, também inquieto pela meta final daquela viagem tão longa, tão monótona. Mas, pensava ela, já sonhara isso mesmo, muitas vezes... Então era tudo sonho? e fez violento esforço para se voltar.

Acordou. O quarto estava iluminado pela lamparina que debaixo do globo vermelho brilhava nesse instante muito fixa, muito hirta. Todo o aposento tinha leve tom rosado, as sombras se continuavam naquela tonalidade extremamente suave, diluída sobre todos os móveis, e as cobertas caídas da cama, o tapete do chão, tudo apresentava a maciez do veludo. Libânia sentou-se na esteira onde dormia, sacudida por longo arrepio. Estava no quarto da menina morta, pois era assim mesmo o seu despertar, angustiado e abalado pela sensação de que a criança se descobrira e ia apanhar vento e resfriar-se. Olhou para o leito com receio de ver ainda aquele vultozinho sempre tão gracioso, tão lindo, e depois de algum tempo distinguir os bracinhos fora da colcha, as pernas muito redondas, embaraçadas no lençol e com os pés à mostra. Em vez disso porém, viu alguém a olhá-la com olhos muito despertos e sérios. Com o coração apertado reconheceu na figura a Sinhazinha insone, a observá-la de olhos fitos que não pareciam ver.

– Nhanhã... – disse ela muito baixinho, pois não queria acreditar que a moça estivesse realmente acordada – nhanhã... a senhora está me olhando? Que aconteceu? Está sentindo alguma coisa? Diga, nhanhã, por favor...

Carlota continuou a olhá-la durante certo tempo, e depois interrogou-a, por sua vez:

– Libânia... diga-me uma coisa: em que você estava pensando agora? Qual era o seu sonho?

A mucama já se tinha levantado e passado a saia, pronta para fazer alguma coisa, a serviço da menina. Sem responder, arrumou de jeito os travesseiros, as suas fronhas muito bordadas, o lençol de dobra de renda, e o cobertor de ramagens para lhe cobrir os pés.

– Libânia, você estava falando enquanto dormia!

– Eu, nhanhã? não sonhei nada... até nem sei explicar como é que pude falar no sono!

– Mas, eu sei o que você pensou, e está ainda a pensar...

Libânia, que já terminara os cuidados, sentara-se de novo no pavimento bem junto da cabeceira e tirara da mesinha a caixa de música sempre ali guardada, pronta para ser tocada. Era assim que ela fazia readormecer a outra menina... Entretanto sentiu a mão da Sinhazinha a segurar-lhe com força o pulso e o seu bafo queimou-lhe o pescoço, ardente e febril.

– Não, Libânia. Nada quero ouvir, a não ser a sua resposta. Conte o que estava a imaginar e por que está agora com vontade de chorar.

– Ah, nhanhã – disse Libânia por entre as lágrimas a lhe escorrerem agora dos olhos, mansamente, de forma tão passiva – eu... eu julguei... eu me lembrei da menina morta, pois me parecia ser ela a nhanhãzinha de volta agora grande, moça e bonita...

Carlota ficou muito quieta. Nem mesmo as cobertas se agitavam mais sobre o impulso de sua respiração, e Libânia, que a examinava com inquieta solicitude, teve a impressão esquisita dela ter se retirado dali, e fora embora, voltara para outro lugar muito longe, fora de seu alcance. Notou então que havia leve tremor nas mãos cruzadas, bem distintas diante dela, e inclinando-se em silêncio beijou-as de leve. Após alguns momentos de imobilidade, a jovem recolheu os braços, depois apoiou-se no leito e foi se erguendo devagar, muito devagar, sem precaução, muito rígida, e seus movimentos pareciam involuntários.

– Quero ver o retrato dela...

– É muito tarde, tudo está escuro lá fora...

– Vamos.

E as duas cautelosamente saíram no corredor, e em silêncio dirigiram-se para a sala onde fora colocado o retrato. Cada qual com a sua palmatória, e as duas luzes se cruzavam de maneira estranha, ora confundindo os dois vultos, ora lançando as duas sombras separadas em paredes diferentes. Quando estacaram diante da tela, a Sinhazinha ainda tremia, talvez de frio, pois não se cobrira convenientemente. Ao erguer o castiçal percorreu o quadro todo para examinar com atenção que pareceu singular a Libânia, pois imaginara uma explosão de soluços, e agora via aquela moça a olhar para a pintura, a detalhá-la, com a mesma serenidade de quem visse apenas o trabalho do artista e o julgasse.

– Ela se parece comigo? – perguntou, e sua voz soou ainda mais glacial que a expressão de seu rosto – ou se parece com a...

Não terminou a frase banal, dita em tom plácido. A luz tremera e ela soprou-a rapidamente. Depois voltou-se, dirigiu-se de novo para a sala de jantar e atravessou-a em silêncio, para entrar no corredor e no quarto sem fazer o menor ruído e deitar-se. Cobriu o rosto com a barra do lençol, e já voltada para a parede, murmurou em voz cujo tom era simples e claro, nenhuma insinuação o manchava, nenhuma ilusão oculta o falseava:

– Vamos dormir, Libânia...

LIX

Uma grande mola parecia ter se quebrado na fazenda e todo aquele enorme organismo, até ali movido com regularidade dos cronômetros, deixando apenas alguma liberdade aos moradores da residência, livres das obrigações que se sucediam com implacável regularidade, toda aquela grande máquina perdera o seu ritmo e hesitava afrouxada no seu agitar constante. A lassidão era geral e se notava nos menores detalhes. A sineta cujo som todos os dias às cinco horas da manhã, ainda com o escuro, dava o sinal de partida para as turmas do eito, o despertador do relógio de armário da sala, do qual a campainha estrídula punha de pé as mucamas prontas para fazerem o café matinal, e ferver as imensas papeladas de leite para os senhores, e o preparo do angu e do café dos escravos, enfim todos os variados ruídos do início dos trabalhos nas construções em volta do quadrado, tudo amortecera ou não soara, na preocupação de não perturbar o sono da Sinhazinha. Chegara como o sopro novo e poderoso da vida naquela casa, para suspender a rápida agonia da fazenda. Cada qual sentia no íntimo, ter o Grotão se fendido de alto a baixo, na iminência de ruir, e algum mal estranho corroía suas entranhas...

Quando seguiam no corredor era quase instintivo o movimento de andarem a passos de lobo, e os que passavam do lado de fora diante das janelas dos quartos da menina tomavam todas as precauções para evitar qualquer rumor, e olhavam com ternura para os seus postigos fechados, apesar do dia estar já avançado.

Libânia há muito tempo despertada não tivera ainda coragem de sair do quarto, ao ver o rosto sereno de Carlota, que ao adormecer lá pela madrugada se voltara inconsciente para ela, descobrindo o colo muito branco. Ouvia com inquietação e ao mesmo tempo esperança os passos cautelosos, as vozes abafadas e os pequenos sons confusos chegados até ela, intrusos e a medo naquele ambiente morno, onde ainda vagavam leves perfumes de água-da-colonia e de patchuli, e davam a sensação de paz absoluta. O corpo todo já lhe doía com a imobilidade forçada mantida tantas horas, e pensava que dentro em pouco chegaria o momento do almoço, e a sua nhanhã ainda estaria adormecida. Como faria? não seria possível deixar de assistir àquela verdadeira cerimônia, ainda mais sendo a primeira refeição tomada com todos os habitantes da casa, uma espécie de entrada régia na vida da fazenda, onde reinaria dali por diante como senhora absoluta...

A mucama sacudiu os braços, rápida, como se quisesse afastar o pensamento importuno vindo à sua mente, e sem o querer derrubou o castiçal posto no chão ao lado de sua esteira para estar pronto a acendê-lo, dado o menor sinal de chamamento de sua ama. Com o ruído da queda a Sinhazinha abriu silenciosamente os olhos, e fixou-os na mucama, sem mudar a expressão impassível do rosto. Libânia teve medo. Quis erguer-se precipitadamente e aproximar-se daquele olhar que a fascinava. Chegara a pensar não ser mais Carlota que estava ali, mas talvez uma pequena deusa enviada para substituí-la durante as trevas da noite branca e perturbada que passara. A moça porém sem se mover perguntou-lhe com a mesma voz velada e grave que dominava logo os seus nervos de mestiça:

– Que horas são, Libânia? já é dia?

– Ah, nhanhã! – respondeu logo impetuosamente a mulata – o sol já está fora há tanto tempo! Já está perto da hora do almoço, e ainda as senhoras não vieram dar bom dia à nossa Sinhá moça!

E enquanto soltava exclamações ardentes, a mucama se levantou e arrumara já a esteira e as cobertas, abrira as janelas e preparara o roupão que a jovem devia vestir para saltar da cama. Correu à porta, de onde chamou a primeira negrinha surgida, e dentro de segundos chegava a bandeja de prata portadora de enormes bules de bico de pássaro e entre eles a cestinha dos bolos preferidos pela Sinhazinha, há tantos anos, antes de ir para o Colégio.

– Coma bastante agora, minha nhanhã, porque assim poderá fazer como os passarinhos na mesa... – disse animadamente a mucama, mas logo calou-se e pareceu diminuir ao ver assomar na porta o vulto de Dona Virgínia, seguida de perto pelas outras senhoras. Todas logo entraram e perguntaram a Carlota ao mesmo tempo como tinha passado a noite, se estava feliz na casa onde nascera e passara a sua infância.

Carlota, vestido já o vestuário matinal dado por Libânia, sentara-se na borda da cama e servia-se de grande tigela de leite sem mais nada. Com o sorriso cansado nos lábios, sem olhá-las, respondeu qualquer coisa perdida na vozearia, e sorvido o alimento, fez menção de erguer-se, afastando a bandeja. Imediatamente todas as senhoras se dispuseram a sair, e Dona Virgínia que as deixara tomar avanço murmurou-lhe ao ouvido:

– Pelo amor de Deus, menina, não deixe de vir à mesa para o almoço...

Ao sair teve de se afastar e diminuir o volume das saias, para dar passagem às negras portadoras de espaçosa bacia de cobre, reluzente como se fosse de ouro. Atrás vinham outras com jarros de metal esmaltado, fumegantes, toalhas felpudas e enormes, a saboneteira de Limoges, e esponjas guardadas na bolsa bordada onde as punham depois de secar.

No fim de algum tempo Carlota já estava vestida e preparada, e saiu do quarto para ir até a Capela. Já aí a esperavam as outras senhoras, que depois de a acompanharem na curta oração vieram agrupar-se na grande marquesa colocada junto à parede do lado direito do Oratório.

– Queria vê-la ainda antes do café da manhã, minha prima – disse-lhe com certa solenidade Dona Inacinha – para que me dissesse o que desejava fosse feito para o almoço...

– Mas, – interrompeu secamente Dona Virgínia – não seria necessário aborrecer a menina com esses detalhes que, de mais a mais, cabem a mim, como é natural...

Dona Inacinha pareceu hesitar e dispor-se a dizer alguma coisa, e a vermelhidão espalhada sobre o seu rosto não parecia anunciar palavras de paz, mas todas olharam para a Sinhazinha, e viram que ela agitava os lábios talvez a rezar baixinho, e tinha os olhos rasos de água. Calaram-se e uma a uma levantou-se para sair pela porta do alpendre, onde procuraram os bancos ali existentes e neles se sentaram. Conversaram a meia voz por muito tempo, até a sineta do almoço soar muito alegre, em contraste com a expressão preocupada de todos. Dona Virgínia foi rapidamente até junto da jovem e fez menção de segurar-lhe o braço para conduzi-la à mesa, mas Carlota levantou-se sozinha e atravessou a Capela de cabeça baixa e foi para a sala sentar-se à mesa no lugar ocupado sempre pela Senhora. Sem erguer os olhos, fez sinal com as mãos, ordenando a todos que se acomodassem e não respondeu ao tímido saudar dos homens, vindos pela porta da saleta.

Imediatamente o serviço entrou em função, e a máquina bem azeitada pôs-se a trabalhar sem falhas. Apenas a cadeira vazia do Comendador tornava diferente a cena repetida por tantos anos.

LX

Tudo se desenrolou como sempre diante dos olhos de Carlota, e apesar do tempo decorrido ainda se lembrava de todos aqueles movimentos, de todos aqueles gestos, até mesmo das palavras murmuradas em torno dela, interrompidas às vezes pela exclamação sempre reprovadora de Dona Virgínia. Logo em seguida ouvia-se o som precipitado da fuga para a cozinha da mucama visada entre as que serviam a mesa, apressada em prevenir algum erro descoberto pela Senhora. Era porém como se um véu translúcido tivesse sido estendido diante dela e a separasse de toda aquela gente em movimento e cujos lábios se agitavam ao mesmo tempo muito perto e muito distante, pois não compreendia completamente as palavras ouvidas e sobretudo aumentava cada vez mais a impressão de que não fazia parte daquele grupo de pessoas. Só pudera responder depois de vencer sempre o embaraço que lhe prendia as palavras na garganta e só depois de refletir compreendia, como em sonho, o significado verdadeiro das perguntas fundidas em um só som e podia então dizer algumas frases bruscas, escutadas com certo enleio pelas pessoas que a ela se dirigiam.

Contudo nada fazia sentido e ao olhar em torno de si só via rostos e não almas. Era com crescente e lento terror que Carlota sentia aproximar-se o instante em que teria de dar o sinal para todos se levantarem, e depois de breve oração, dispersarem-se, cada qual à procura de suas ocupações habituais. Sim, pensava ela, e em seus olhos havia silencioso delírio, todos aqueles homens e mulheres sabiam já o que fariam dentro de minutos, dentro de horas, até se sentirem cansados, até o sono os vir fazer desaparecer, fugir da vida por uma noite. Quanto a ela não sabia como sequer levantar-se da cadeira onde se achava. Aonde iria? em que canto da casa tão grande, tão cheia de salas amplas e de recantos estreitos e escuros iria ficar, e para fazer o quê? Tudo imaginado por ela sozinha, no recreio do colégio ou no grande dormitório, quando despertava durante a noite, desaparecera, e quanto mais se aproximava da fazenda, mais sentia abrirem-se diante de seus pés obscuros precipícios, tristes armadilhas, ausências inexplicáveis e tinha medo de procurar esclarecê-los.

Seria odioso, pensou, quando punham diante dela a sua sobremesa mais apreciada de menina, seria insensato armar o seu bastidor francês e dar início a grande tapeçaria de acordo com o seu projeto de começá-lo no mesmo dia de sua chegada. Não podia aceitar agora, sem grande sentimento de irrisão, a sua figura junto da alta janela gradeada, enquanto tecia a trama complicada, com seus ramos heráldicos em volta do escudo de sua família materna. O quadro a ser assim formado, mesmo sem olhos apaixonados a contemplá-la e sempre luminoso em sua mente, durante tantas horas melancólicas, agora era doloroso insulto à angústia surda que sentia. Não seria possível também percorrer as senzalas, tendo nos lábios sorrisos e palavras de bondade, para fazer a distribuição das medalhas e dos pequenos objetos trazidos da Corte, escolhidos de acordo com a idade, o sexo e a categoria ocupada respectivamente pelos cativos, porque todos leriam em seu rosto a apreensão e a insegurança que a dominavam, reduzindo-a a condição muito pior, muito mais humilde do que a deles...

E aquelas senhoras que continuavam a viver como se nada tivesse se passado ao lado delas? Que lhes diria quando a cercassem, curiosas das novidades da capital, das notícias da família muito grande e dispersa?

Certo peso enorme em suas pernas, o cansaço insuportável que lhe tornara os braços intumescidos, sem lugar para eles sobre a toalha, sem possibilidades de tê-los no regaço, sem poder mantê-los imóveis, pois precisava dar a impressão de estar tomando parte na refeição, para evitar que se alarmassem com sua saúde, e a interrogassem solicitamente, a mantinham prisioneira no mesmo lugar. Contudo a liberdade que teria dentro em pouco de se erguer, parecia-lhe estranha ameaça e infelicidade maior do que a sentida ali presa. Aproximava-se entretanto esse instante e seu pensamento começou a martelar em seu cérebro, monótono, surdo tal o seu próprio sangue a latejar em suas veias.

"Não quero compaixão... não quero compaixão... não quero compaixão..." e não pôde resistir mais. Antes de terem terminado de sorver o café servido bem quente em pequeninas taças de porcelana, ela se levantou bruscamente e foi para o quarto, seguida pelos olhares espantados de todos, mas em nenhum deles pudera ler a pena causada pela sua atitude contrária aos costumes da casa. Depois de atravessar o seu gabinete, quando entrou na recâmara viu Libânia já a sua espera com a salva onde pusera o açucareiro, a garrafa de água e o vidro de água de flor de laranjeira, e parou interdita sem querer compreender ter a rapariga adivinhado toda a sua perturbação, toda a excitação nervosa que a fazia vibrar dolorosamente.

Mas foi sacudida por frouxo de riso que repeliu o copo preparado, estendido pela mulata, e disse sem cessar de rir:

– Vá embora! vá embora! Não quero coisa alguma, não sinto nada! Vá embora já!...

E quando se viu sozinha fechou a porta com o trinco, despiu-se febrilmente e deitou-se, à espera do início da longa e grave doença...

Não se levantaria mais, pensou, e foi com mortal alívio que estendeu os pés, apoiou a cabeça no travesseiro e cruzou as mãos sobre o peito. Ficou assim horas sem fim, sem ouvir o bater de dedos na porta do quarto, sem atender aos chamados de vozes abafadas, sem querer ver a marcha do sol em volta do quarto, iluminando-o sob diferentes aspectos. A fadiga era enorme, invencível, na imensa desolação de todo o seu ser e não via motivo algum para levantar-se, para caminhar, para viver e igualar-se aos outros que a cercavam e tinham todos no coração uma zona inviolável, um segredo que não podiam compartilhar.

Depois de muitas horas que lhe pareceram anos, sentiu alguém fazer girar com autoridade a maçaneta da porta, e ouviu uma voz grave e máscula dizer:

– Abra, menina, que é seu Pai.

Ainda inconsciente ela encontrou maquinalmente seus vestidos atirados em desordem pela sala e conseguiu antes de nova batida à porta, preparar o seu traje e o seu rosto, tornado sereno quando abriu e fez o dono da fazenda entrar. Olharam-se alguns momentos em silêncio, e então ele de olhos fechados murmurou:

– Venha à Capela; preciso falar-lhe.

LXI

A jovem nada disse, apenas ergueu-se e seguiu-o sem ruído, sem olhar para os lados, como uma sombra nas sombras. Quando o Comendador perto do Oratório a fez sentar-se sem falar, apenas por sinais, na grande marquesa junto à parede, Carlota levantou o olhar e viu-o afastar-se à procura da cadeira que trouxe até diante dela e nela sentou-se. Viu então com ansiosa surpresa que ele era ainda o mesmo homem belo e ágil sempre visto em seus sonhos, quando meditava lá no Colégio, e lembrava de sua casa e dos seus, da vida por eles levada tão diferente da sua. Prisioneira entre aquelas velhas paredes, onde ouvia de longe o rodar das seges e os gritos dos vendilhões das ruas, tudo lhe passava pela mente em antecipações indecisas. Prestou melhor atenção enquanto ele estava ainda de costas e detalhou então a sua nuca muito lisa e vigorosa, as suas orelhas vermelhas a sua pele de tom quente e moreno. Lembrou-se de ter dito às suas amiguinhas, na recreação, ser seu pai o homem mais bonito do mundo, e sentiu de repente inquieta vergonha, que fez vir aos seus olhos lágrimas ardentes e rápidas, e tolhida pela confusão, não pôde sequer ocultá-las. O Comendador ainda as viu a descerem preguiçosas pelo rosto da filha, e tornou-se muito pálido. Depois de sentado não pôde encará-la e compreendeu terem se tornado pobres demais as palavras preparadas enquanto vinha pela estrada, para dizer-lhe logo que estivessem a sós... e o silêncio entre ambos tornou-se quase palpável, espesso e angustioso, porque nenhum deles encontrava o ponto comum, o contacto de compreensão amiga para a explicação que sabiam dever ter. Entretanto, levada pelas severas admoestações sempre recebidas, Carlota não ousou levantar-se e sair da Capela, nem pôde vencer o enleio que não a deixava interrogar o pai. Para ela, ele devia ser o velho senhor, a quem devia respeito total, mas de novo não pôde deixar de verificar como ele parecia ainda moço em seus gestos varonis e sua magreza sadia.

A perturbação da jovem cresceu e teve ímpetos de fugir, pois parecia despenhar-se por rápido declive e seus pensamentos eram sacrílegos. Foi então que muito simples meteu a mão no bolso da saia, tirou de lá o seu pequenino terço de pérolas, e pôs-se a rezá-lo sem afetação. O Comendador esperou até ela terminar, e foi com dificuldade que começou a pronunciar as palavras vindas vagarosamente à sua boca:

– Minha filha... esperava que você viesse encontrar aqui a alegria perfeita, apesar da falta de sua irmã mais nova... Não sei porém como explicar o que devo dizer-lhe... apesar de ser a verdade. Decerto você já percebeu ter havido profunda alteração em nossa vida, aqui na fazenda, penso contudo que as senhoras já lhe contaram o acontecido aqui nesses últimos tempos.

Havia vaga interrogação em seu tom, e não era muito fácil distinguir se afirmava qualquer coisa de que estava certo, ou se apenas a dizia na convicção de ninguém se atrever a comentar a vida dos Senhores do Grotão. Carlota vendo que ele esperava sua resposta, balbuciou confusamente:

– Nada me contaram, meu pai, e como sabe, no colégio recebia apenas cartas suas...

– Pois bem... – pareceu hesitar e sua respiração era difícil – creio não ter podido explicar por escrito o que devia dizer-lhe, porque você está moça, e já foi pedida em casamento. Em breve será uma senhora, e nos deixará...

A jovem baixou a cabeça e fez-se rubra. Era como se dentro dela se erguesse o cântico da vida e da força, como se as portas de seu destino se abrissem de repente, e mostrassem haver agora nova razão para existir e justificar-se perante todas as dores. Quis perguntar se estava realmente noiva, se era alguém suspeitado quem a pedira, mas não teve forças para falar. Esquecera por momentos as dúvidas de sempre, a desconfiança de tudo e de todos que a tinham feito chegar à sua própria fazenda semelhante a uma fugitiva, alguém escapada de seus perseguidores e se refugiasse em alguma cova cheia de bichos rampantes e traiçoeiros, sem saber para onde ir, se a expulsassem dali. Entretanto dentro em pouco a retomaram as mesmas preocupações, a curiosidade dolorosa sentida de saber qual a desgraça à sua espera, à espreita ali, presente em toda a casa e oculta apenas pela vontade de todos que a cercavam. Devia saber agora, contada pela única pessoa capaz de poder dizer a verdade toda inteira.

Levantou as mãos e os olhos em súplica muda mas ardente e viu então que o pai não a olhava, e tinha estampada no rosto a perplexidade mais completa. Parecia procurar encontrar o caminho, palavras libertadoras que esclarecessem a ele próprio, na missão a si mesmo dada em fazer a filha aceitar a situação, o modo de viver encontrado; ou antes, que viesse dar forma à desordem, dar realidade à mentira reinante em sua casa, sustida apenas pelo hábito de respeito. Foi pois com esforço que continuou:

– Você terá de assumir o governo doméstico da fazenda, e é preciso prevenir Dona Inácia e prima Virgínia disto. Quero que você seja a dona de tudo aqui, sem restrições, e tudo tomará nova direção, muito firme.

– Meu pai... – conseguiu balbuciar Carlota, mas o esforço feito para interromper o que dizia seu pai, as interrogações sufocadas em seu peito, pois sabia que viriam talvez descobrir a verdade destruidora de todas as suas esperanças, a totalidade dos sentimentos retidos violentamente, venceram os seus nervos e foi sem um grito, sem alteração em seus traços que ela se curvou para a frente, depois para um lado, finalmente deslizou até o chão e caiu desamparada de bruços! O Comendador diante do silêncio feito percebeu que alguma coisa se passava, voltou-se e viu-a já sem amparo, de olhos fechados e muito branca, estendida a seus pés.

Ergueu-a sem esforço, com infinito cuidado, e levou-a para o quarto de onde tinham vindo, sem ninguém os ter visto passar. Ele, muito erecto, de cabeça alta, mantinha suspensa nos braços a filha, cujos cabelos se desataram e balançavam agora, lentamente, no ritmo de seus passos. Quando a pôs muito de mansinho sobre o leito, ficou algum tempo a contemplá-la, sem querer decidir, sem querer dar por terminada aquela cena, que não viera dar fim a nada... Depois, retirou-se e de passagem mandou chamar Libânia, para vir ver sua ama, e sem esperar mais foi para o quadrado, onde o esperava o pajem e o cavalo já arreado, e partiu para as novas plantações de café.

LXII

Fazia contraste curioso, ainda mais acentuado pela luz muito crua do sol àquela hora do dia, o grupo de negras vestidas apenas de camisa de algodão muito grosso, sem matame, saia rodada de lavar e lenço de cor viva na cabeça e as senhoras chegadas à sala dos engomados, em comitiva formada por dona Maria Violante, empenhada em conhecer o grande estabelecimento agrícola, ao lado da prima Virgínia sob cuja proteção se pusera, seguidas logo pelas irmãs Dona Inacinha e Sinhá-Rôla e finalmente Celestina e a governante alemã. Frau Luiza não pôde reter rápido movimento de impaciência quando viu no canto uma negra das mais velhas sentada e a fumar cachimbo. Chegou até perto dela e disse-lhe rispidamente ser proibido aos escravos fumar ali, e que se pusesse imediatamente de pé para receber as senhoras. A velha ergueu-se devagar e respondeu sem alterar sua simplicidade:

– Estou fumando aqui porque sou forra, dona Frau. Foi a Sinhá velha mesma quem me forrou.

E não tirou o "pito" da boca, limitando-se apenas a não soltar as grossas baforadas de fumaça acre que costumava lançar para os lados. A estrangeira tornou-se rubra mas nada disse pois reconhecera a antiga mucama da dona da fazenda, afastada do interior da casa pelo Comendador, vivendo agora entre as outras pretas sem ter serviço determinado. Muitas que tinham sido alforriadas, comprando com seu próprio dinheiro a carta de liberdade, permaneciam em suas obrigações antigas e recebiam muitas vezes os castigos distribuídos às escravas. Aquela entretanto tinha qualquer coisa de sombrio, de ameaçador em sua atitude de isolamento, de ensimesmada, e era tratada com respeito e receio por toda a domesticidade convencida de ser ela possuidora de poderes diabólicos.

Dona Virgínia, que ignorava o pequeno incidente, explicava em voz alta o manejo dos ferros, das pequenas mas pesadas chapas aquecidas ao forno, colocado em um dos cantos da sala, e que parecia banal fogão de aquecimento europeu, com sua chaminé a entrar pelo teto, e sua plataforma onde eram colocados aqueles instrumentos manejados habilmente pelas raparigas. Muitas vezes elas tiravam do compartimento aquecido quase ao rubro, os ferros de "tuyanté", e punham-se a fazer os canudos nos babados das enormes camisas de dormir e de outras peças de vestuário íntimo. Tinham todas suspendido seu trabalho à entrada das senhoras, mas diante do sinal majestoso de Dona Virgínia continuaram as suas tarefas com a língua presa a um canto da boca, e muitas sorriam no esforço feito, debruçadas sobre a mesa, e havia relâmpagos muito brancos a fulgir naqueles rostos escuros.

Da sala dos engomados foram para a extensa copa, estiveram algum tempo na cozinha e suas dependências, viram os dormitórios das escravas de dentro e depois de passarem de longe pelas senzalas, onde nenhuma delas entraria por gosto, foram ver a enfermaria do outro lado do quadrado. Entraram pela porta larga, muito forte e pintada de vermelho-oca já esmaecido e viram-se logo no corredor amplo conducente aos alojamentos dos escravos enfermos. Era este ladeado por duas salas estreitas, onde estavam separados por tabique o consultório do médico do Partido e a botica coberta de prateleiras cheias de boiões de faiança, onde se liam em letras douradas os nomes dos remédios neles contidos. Ao canto viam-se montões de ervas secas, de raízes e de sementes, amarrados em feixes que tinham presos a cada uma das espécies discos de metal atados por cordões e, bem no meio da sala, sobre a mesa, amontoavam-se instrumentos cirúrgicos, tesouras e a balança guardada dentro da caixa de vidro e madeira. O escravo encarregado dos medicamentos deixou apressadamente o fogareiro posto sobre o ressalto de pedra da parede, cujo fogo procurava aumentar com o fole ainda em suas mãos, e veio ao encontro das visitantes.

– As minhas senhoras necessitam de algum remédio? Tenho água fervendo para fazer qualquer mezinha precisada.

Sinhá-Rôla lembrou-se de qualquer coisa e teve forte frouxo de riso, logo reprimido no lenço levado à boca, e abaixou os olhos diante da figura severa da irmã e do ar de arrogante desprezo das senhoras idas na frente, agora de regresso para atenderem ao negro da farmácia.

– De nada precisamos – disse com ar protetor dona Virgínia, mas seus lábios se agitaram e foi com arrebatamento que continuou – estamos apenas em visita à enfermaria, e quero que vá chamar qualquer dos enfermeiros, para vir nos acompanhar.

Enquanto esperavam, lançaram rápida vista de olhos à sala do médico, e viram a escrivaninha baixa, muito larga e rústica apesar dos pés torneados, a cadeira de balanço e outra de rodar, e ao fundo o grande armário onde eram guardados os livros de medicina, entre outros o Chernoviz, e os assentamentos dos doentes entrados e saídos. Dona Maria Violante mostrava agora pelo seu ar enfastiado já ter perdido a curiosidade que a levara a aceitar o passeio proposto por sua companheira de viagem, quando se vira sem ter nada a fazer, posta na sala de visitas, à espera de Carlota que afinal não saíra do quarto onde permanecera fechada e mandara dizer pela mucama não poder receber ninguém.

Entretanto, quando se viu em plena enfermaria cercada de catres rudes onde jaziam cerca de dez pretos que se puseram a gemer quando as senhoras entraram, sentiu medo e repulsa ao mesmo tempo, na atmosfera carregada ali existente, apesar das cobertas muito brancas e do vermelho vivo dos cobertores de baeta. Perto do lugar onde parou, interdita, sem saber que fazer com as mãos, subitamente envergonhada de seus anéis e das bichas faiscantes de suas orelhas, um dos doentes se moveu e murmurou palavras misteriosas de encantação. Não entendeu o significado delas apesar de familiarizada com algumas palavras africanas. Temerosa voltou-se para o cafuzo servente de enfermeiro no momento, e este muito envergonhado porque vestia apenas calça de ganga disse-lhe gaguejante:

– Zêre é de longe, não tem ninguém de sua raça aqui... está com febre.

Dona Maria Violante ao ver agora suas companheiras agrupadas perto da porta, a olhá-la espantadas por verem ter ela avançado sozinha até o meio da quadra, e se aproximara das camas, correu para junto delas e fez com as saias alto ruge-ruge. Ao juntar-se ao grupo voltou-se a medo, e mais receosa ficou ao ver surgir de sob as cobertas dos catres a figura negra e estremunhada de cada doente, a fitá-la com os olhos vermelhos e brilhantes.

Passaram depressa diante do compartimento destinado às mulheres, sem ouvirem os gritos deles partidos, pois as escravas tinham sido prevenidas da chegada das senhoras, e todas queriam pedir alguma coisa, e atravessaram em disparada o quadrado, até alcançarem o alpendre onde pararam ofegantes.

– Desculpem-me o papel tolo que fiz – disse Dona Maria Violante e escondeu as mãos frementes nas dobras do vestido – nunca tinha visto sequer um hospital, quanto mais enfermaria de negros... Se me dão licença vou para o meu quarto...

– Ela vai dormir... – murmurou Sinhá-Rôla ao ouvido de Dona Inacinha, que lhe respondeu severamente:

– É o mesmo que vamos fazer!

Dona Virgínia também retirou-se, e ficaram no alpendre apenas Celestina e a governante sentadas no banco de ferro, em silêncio.

LXIII

Celestina depois de muito tempo voltou-se para a senhora Luiza que pusera o braço no parapeito da alpendrada mergulhada em meditação que parecia não ter fim e fitara os olhos no céu enquadrado pelos telhados dos vários lances de casas da fazenda, que se via muito alto, de transparência irreal, quase sem cor de tão azul, e quis dizer-lhe alguma coisa. Não era possível não comunicar-se com alguém, não explicar a ansiedade que fazia o seu coração bater em desordem e punha em vibração todos os seus nervos. Era indispensável um confidente, mesmo aquela estrangeira idosa e egoísta, unicamente preocupada com as quantias enviadas todos os anos à sua pátria, e contar os dias do exílio de muitos anos, mesmo ela podia dar-lhe qualquer impressão de companhia e de conforto, ao compartilhar e talvez esclarecer os seus problemas.

– Senhora Luiza, para onde foi a prima Dona Mariana?

A governante estremeceu e parecia ter sido picada por um inseto; voltou-se para a moça com os olhos muito azuis arregalados apesar das pálpebras rosadas e empapuçadas, e examinou desconfiada o seu rosto, à procura de qualquer sinal de zombaria. Quando se convenceu de nada haver nele além de ingênua e ansiosa curiosidade, encolheu os ombros e levantou as mãos ao alto em gesto vulgar.

– Como quer que eu saiba? – interrogou por sua vez, e quase não era possível compreender suas palavras, tão forte era agora o seu sotaque. – Ninguém me diz nada nesta casa! e não compreendo o que dizem...

Celestina viu-a interromper-se subitamente embaraçada, e todo o rosto da estrangeira se fechou em expressão suspeitosa de instintiva defesa.

"Ela nada disse e julga ter falado demais" – pensou Celestina e logo acrescentou em voz alta: – Dizem alguma coisa à senhora?

– Não a mim... – murmurou Frau Luiza e os olhos se lhe tornaram vermelhos – quando digo que não falam comigo a não ser sobre o serviço da fazenda, é a pura verdade que estou contando.

– Mas, senhora Luiza, eu queria saber o que pensa de tudo isto... Estou tão triste, tão preocupada com o que está acontecendo, até mesmo não sei se Carlota é minha amiga, e se deseja que eu continue aqui no Grotão...

E foi sua vez de chorar mansamente, e levou ao rosto o lenço bordado sempre trazido na mão. Tinha sido trabalhado por sua mãe durante os longos anos de sofrimento antes de morrer, minada por anemia vitoriosa de todos remédios. Ela os fizera deitada na posição sem conforto que lhe era possível, muitas vezes à luz do candeeiro de azeite, regulado por ela mesma até secar, e os deixara, pois conseguira fazer doze, envoltos cuidadosamente em papel de carta com o dístico: para o enxoval de minha filha. Celestina ao receber o humilde legado o tinha guardado religiosamente, mas depois... depois, quando a miséria a levara a viver em casas alheias pusera-os em uso e tinham sempre servido para o pranto da servidão.

– Não sei para onde ir... continuou ela a falar, penosamente, e esforçava-se por dar naturalidade às suas palavras – tenho pensado... às vezes... em ser também governante, como a senhora!

Frau Luiza parecia não ouvir. Cerrara as sobrancelhas e consertava maquinalmente as dobras do vestido, preso de forma desagradável aos arcos do balão grosseiro por ela usado. E depois de ver a jovem cessar de falar, e devia estar à espera de sua resposta, ergueu-se suspirando com impaciência e sem olhar para sua interlocutora, murmurou rapidamente na sua língua qualquer coisa incompreensível para ela, e acrescentou em voz alta:

– Tenho muita pena!...

Celestina viu-a retirar-se, e sentiu mais uma vez fechar-se em torno dela a prisão onde fora encerrada desde que ficara sozinha, e o tabelião lhe comunicara poder ela contar apenas com duas apólices da Dívida Pública do Império e... a caridade dos parentes.

Deixou-se ficar desamparada sem pensar, os olhos enxutos, mas bem no fundo de seu coração sentia pequeno conforto, a sensação esquisita de terem sido abalados os ferros que a encerravam e ficou surpresa ao ouvir alguém se aproximar e segurar uma de suas mãos.

Era Carlota que logo sentou-se ao seu lado, sem parecer ter visto suas lágrimas, e fez algumas observações sobre as negras chegadas naquele instante carregadas de cestos grandes, postos em equilíbrio sobre as cabeças.

– É já o café? – perguntou ela à negra mais velha vinda até próximo do alpendre, para pedir a bênção às suas amas.

– Não senhora, nhanhã. Para o café ainda é cedo. São as frutas apanhadas por nós. Hoje é tudo banana...

E inclinou a borda do cesto arriado até o chão, para mostrar dois grandes cachos, ainda verdes, cujo pendão muito roxo caía para um lado. Todas as suas companheiras vieram também saudar a Sinhazinha, pois agora tornara-se para elas a dona de tudo, e era com olhos suplicantes que a fitavam. Quando a viram desviar o rosto, ergueram o cesto e continuaram o seu caminho até a tulha pequena onde deviam ser guardados os cachos, à espera de sua completa madurez, quando seriam então transportados para a despensa de dentro. Caminhavam ritmadamente, e cantavam a toada ouvida há muitos anos: Nosso sinhô chegou... cativeiro já acabou! e quando entraram todas pela porta larga de grade de pau, riram-se estridulamente.

Carlota sorriu e Celestina a acompanhou no sorriso, inteiramente esquecida das nuvens que tinham ensombrecido o seu rosto. Eram duas jovens amigas, lado a lado, despreocupadas e sem pensamento.

— Lembro-me muito bem — disse a Sinhazinha — quando elas traziam o café, e fazia-se a contagem dos cestos apanhados, e recebiam as chapinhas pelos colhidos a mais, além da obrigação. Eu furtava as chapinhas que podia de cima da mesa do administrador, e dava escondido às negras, principalmente a Joviana, pois sabia estar ajuntando para se forrar.

Celestina ouvia indecisa, confusa, pois parecia-lhe ver a menina morta realizar todos aqueles gestos diante delas, e nesse momento despertou, ouvindo Carlota dizer com surpresa:

— E eu que ainda não vi Joviana! Meu Deus, como tenho estado perturbada! Sabe onde está ela, minha prima? — mas sua voz se quebrou de repente e desviou o rosto para perguntar em voz baixa: — Posso saber para onde ela foi?

— Carlota, ela está aí mesmo e deve estar na sala de engomados, onde fica sempre. Com certeza não veio falar-lhe porque ninguém a chamou...

— Vamos vê-la? É muito malcriada e não presta para nada, mas... eu gosto muito dela!

E as duas ergueram-se com vivacidade e lançaram-se a correr pelo quadrado, até a entrada do vasto compartimento àquela hora vazio, pois as engomadeiras tinham ido ao pastinho onde estendiam a roupa a fim de acabar de secar.

E riam-se como duas meninas felizes, e nesse momento eram mesmo duas alegres crianças...

LXIV

Quando transpuseram o limiar da porta dos engomados, pararam por instantes, pois a penumbra nela reinante em contraste com a claridade ainda forte do dia lá fora, as cegara. Pareceu-lhes não haver ninguém ali, mas logo distinguiram um vulto encolhido no canto do comprido banco tosco de madeira, que acompanhava toda a parede do lado. Era Joviana a fumar em silêncio e não se movera ao sentir a chegada das moças. Apenas seus olhos se apertaram até sobrar unicamente estreita fresta por onde pudessem espreitar-lhes os movimentos. Com o xale cinzento e o vestido de chita quase sem cor por ela usado, parecia grande coruja de tocaia no escuro, à espera da presa.

Quando chegaram bem perto ela ainda se mantinha na mesma posição, sem dar outro sinal de vida a não ser o brilho do olhar escondido pelas pálpebras cor de cinza, muito enrugadas. Celestina, a primeira a chegar junto dela, disse-lhe então com voz severa:

– Levante-se, Joviana! Não vê que é a Sinhazinha? Levante-se!

A velha puxou para o rosto as franjas do xale e segurou algumas de suas laçadas entre os dedos, no intento de fazer com elas sua máscara e murmurou em tom de reza, com suavidade surpreendente naquela boca disforme e desdentada:

– Quem enterrou o umbigo dela? Quem lavou, todas as suas fraldinhas? Quem passou noites e noites sem dormir só para ver o sono dela? Não foi Libânia...

A Sinhazinha ouviu essas frases, a melopeia triste por elas formada, e compreendeu de relance todo o sofrimento de sua velha ama-seca, esquecida e relegada entre as mucamas da lavagem, destronada pela mulata nova e bonita, a única a embalar a menina morta e vinda agora para assistir ao seu sono...

– Joviana – e a sua voz estava presa à garganta – você foi a culpada. Por que você não veio me receber no dia em que cheguei? Você mesma ficou quieta aí, sem querer procurar a sua nhanhã! Tudo isso só porque está forra...

Joviana abaixou a cabeça, agora completamente oculta pelo xale, e continuou na mesma entonação de reza:

– Eu estou forra... eu estou forra... eu estou forra... a negra velha nunca será forra... nunca será forra... será sempre escrava de sua Sinhazinha. Sinhazinha pode mandar matar sua preta...

– Eu não quero que você morra não. Quero que você venha me servir como antigamente.

– Nhanhã... nhanhã... Joviana está velha e Libânia está moça...

– Você é a minha mãe preta e o será sempre. Libânia vai ser minha criada de quarto. Vou hoje mesmo falar com o feitor. Não, espera, você é mesmo forra e vai já para o meu quarto.

Só então Joviana levantou-se, e depois de dar surdo "Deus seja louvado" que não parecia ser dirigido a nenhuma das duas senhoras, preparou-se para assumir suas funções. Com lentidão deu alguns passos, parou, refletiu ou fingiu refletir, e depois de algum tempo, ao ver a jovem calada, a olhá-la, coçou o queixo agilmente e interrogou, sem olhar para ninguém:

– Para onde vou agora?

– Vá para a cozinha e prepare os biscoitos que só você sabe fazer – observou-lhe, rindo, a Sinhazinha.

– Ah! essas negras ladinas vão ver comigo! – exclamou com ameaças na voz e tomou nova direção, agora a da porta dos fundos, forçada assim a passar outra vez junto das duas moças. Quando estava bem perto delas resmungou raivosamente: – Criada de quarto, aquilo?!

Mas não teve remédio senão ir cumprir a ordem recebida, e Carlota e Celestina foram para a sala de visitas onde se dispuseram a passar a tarde até a hora do jantar.

Em dado momento, Carlota viu o piano, e para ele se dirigiu, abriu-o e passou pelo teclado os dedos, executando ligeiras escalas enquanto a outra mão segurava o tampo entreaberto. Depois, sentou-se e tocou certa peça brilhante de Gottschalk, aprendida recentemente com sua professora no colégio. As notas entusiásticas se ergueram na sala e a fizeram vibrar, entraram pelo corredor, pelas outras salas e toda a casa ressoava, cheia de sons e de ecos. Parecia toda ela tremer indiferente e passiva sem tomar parte naquela manifestação de vida e de mocidade. Quando terminou, Carlota fez girar o banco rapidamente, e viu então ter Celestina fugido enquanto nas portas surgiam os vultos indecisos das mucamas de dentro, a espreitarem timidamente com ares de espanto e até mesmo de terror. Suspeitou então ter feito imprudência muito grande, ou talvez mesmo falta grave.

Fechou o instrumento e andou sem saber onde ia, mas quando sentiam a sua aproximação todos se afastavam em silêncio, sem dar sinal de tê-la visto, e ela teve a impressão de ser um fantasma, em plena luz do dia. Quis chamar alguém, mas pudor incompreensível para ela própria reteve a voz em sua garganta, e então resolveu refugiar-se em seu quarto, onde receava encontrar Libânia. Mas estava vazio e pôde ficar deitada, a cabeça oca e sem ideia ou lembrança capaz de reter a sua atenção. Entretanto repercutia em seu cérebro a última frase de Joviana por ela repetida sem cessar, indo e vindo com regularidade em sua mente:

– Criada de quarto, aquilo?

Em vão tentou explicar a si mesma estar sua velha ama começando a caducar, e fora levada por simples despeito a assim dizer e poderia perfeitamente ter as duas a seu serviço particular, não sendo prováveis os choques entre elas. Apesar de tudo não desapareceria a verdadeira obsessão formada em seu espírito.

As horas se passaram arrastadas, sem ninguém vir vê-la, e era uma espécie de felicidade morna o abandono em que a deixavam, e custou a chegar até ela, vindo de muito longe, o bater da sineta do jantar. Sentiu verdadeiro medo ao lembrar-se de ter de enfrentar toda aquela gente, até mesmo seu pai...

Quando alguém bateu de leve na porta interna, passagem de seu quarto para o gabinete, percebeu ser Libânia vinda para receber suas ordens, e deixou-a chegar até junto dela para responder-lhe que não iria à mesa e trouxesse alguma coisa para comer ali mesmo. E, dentro em pouco voltava a rapariga portadora da bandeja guarnecida de alimentos que foram apenas provados. Tornou a deitar-se. Tinha trazido da Corte um livro e abriu-o para ler até a hora de dormir pois não desejava ver qualquer dos moradores do Grotão. Mas só podia passar os olhos pelas frases da Condessa de Bassanville, pois era o tratado *De l'éducation des femmes* recentemente chegado de Paris, e não conseguia aprofundar-lhes o sentido. As letras formavam pequenas figuras diante de seus olhos, e dançavam minúsculas sarabandas e não podia acompanhá-las com o olhar para saber o seu significado.

Não demorou muito e de novo bateram. Eram todas as senhoras em visita, tendo à frente dona Virgínia, que se sentou com autoridade na cadeira posta junto à sua cabeceira. As outras visitantes se agruparam apoiadas à guarda da cama, e dona Maria Violante não esperou que alguém falasse primeiro. Foi logo indagando, sorridente, se estava indisposta e o que sentia, e terminou por afirmar dever ser chamado logo o médico moço da fazenda próxima. Aludia sem dúvida ao jovem que mandara sondar o Comendador sobre a possibilidade de um casamento destinado a ligar as duas famílias vizinhas. A sua propriedade distava três léguas do Grotão, mas era das mais chegadas.

Dona Virgínia esperou terminar o interrogatório, e depois, como se nada tivesse se passado, segurou os dedos de Carlota, abandonados sobre a coberta e disse:

– Não está com febre, pois não?

LXV

Quando as senhoras se retiraram, Carlota teve ainda forças para ir até a janela e abri-la com tanta precipitação que feriu os dedos. Precisava respirar um pouco do ar embalsamado da noite, porque sentia-se sufocar e todos os seus nervos estremeciam sob sua pele. Não sabia como pudera manter-se imóvel, mostrar-se atenta às palavras a ela dirigidas e estar o tempo todo alerta, pois qualquer coisa se cristalizara subitamente em seu espírito e a pusera de sobreaviso ao ouvir Dona Virgínia dizer em segredo às outras:

– Foi com certeza por causa do piano...

As senhoras sacudiram a cabeça e todas pareciam ter compreendido o que essa frase queria dizer e mesmo Sinhá-Rôla suspirara depois de olhá-la tomada de visível compaixão. Ao despedir-se, beijara-a e lhe dissera ao ouvido:

– Minha querida, nós vimos logo que estava tão fora de si a ponto de se esquecer...

Em seus pensamentos sem formas e sem limites, realizava-se agora a ideia de ter soado estranhamente naquela casa, onde há tão pouco tempo tinha morrido a menina, tinha havido a morte inexplicável do escravo e enfim o desaparecimento de sua mãe, a sua música cheia de fogo, alta e sonora. E agora ainda mais difícil lhe parecia o novo encontro com seu pai presente ao jantar e que por ela perguntara. Com certeza alguém lhe tinha dito ter estado muito alegre, a se expandir em risos e tocatas o dia todo. Libânia andava atarefada pelo quarto, nos preparativos da noite, e lhe dera para vestir o roupão de escumilha de seda e tomara com ele o ar vaporoso das moças da Corte. Quando de novo bateram à porta fechou o vestido e enrolou no colo o fichu a ele preso e assim passou para o gabinete onde a esperava o pai.

– Está doente? – foi sua primeira palavra e, sem esperar resposta, continuou: – Quando quis lhe dar uma explicação, você sentiu-se mal e não me foi possível continuar. Agora que sabe do acontecido em sua ausência resta-me apenas entregar-lhe este papel, que estava em meu poder.

Sem fitá-la estendeu-lhe a sobrecarta fechada com obreias, que ela recebeu e guardou sem procurar examinar e reconhecer a letra do sobrescrito pois adivinhara desde logo de quem seria aquela mensagem.

– Poderá lê-la depois – prosseguiu o Senhor calmamente – porque foi escrita diante de mim e sei o que contém. Creio não ser mais necessário falarmos sobre esses assuntos, uma vez que... só provocam questões e sofrimentos. A senhora Condessa virá dentro em breve ao Grotão com o filho, fazer o pedido de casamento, e assim tudo se resolverá sem que tenhamos de...

Só então sua voz deixou transparecer alguma emoção e hesitou em prosseguir. Depois de fazer um gesto para afastar algum embaraço invisível, endireitou-se na cadeira, segurou fortemente em seus braços em forma de garra de leão, e terminou seu pensamento com visível esforço:

– ... de nos envergonhar...

Já na porta quando ela lhe beijou os dedos estendidos a medo, Carlota sentiu o pai afastar com a outra mão a mecha de cabelos caída sobre os olhos, mas logo saiu e fechou a folha da porta sobre si mesmo, muito depressa.

Carlota sentou-se ali perto na cadeirinha baixa usada para seus bordados quando trabalhava junto da mãe e abriu o papel fechado com força entre seus dedos. Continha apenas uma linha escrita com letra firme, sem rasuras. Carlota viu desde logo ser a sua mãe de outros tempos quem a escrevera e tudo lhe pareceu vir de outra pessoa, de alguém desconhecido, de uma estranha cujo sofrimento não a comovia e cujas dores lhe eram incompreensíveis. Tornou a ler muitas vezes, sem que tudo aquilo nada lhe dissesse e seu coração continuou fechado e surdo.

"Tenho medo de te ver".

Que significaria essa mensagem tão curta, sem qualquer expressão de carinho, sem nada de maternal? Seria dirigida a ela, Carlota? Teria sido mesmo necessário ler aquelas palavras? e surpreendeu-se presa naquela cadeirinha infantil, de lábios abertos, procurando verificar maquinalmente se o sobrescrito trazia verdadeiramente o seu nome... Passou a mão pela testa, receosa de estar doida, e sentiu-a quente e úmida. Examinou com atenção os dedos como se nunca os tivesse visto, para depois enxugá-los inconscientemente no lenço, e seus movimentos eram mecânicos e indecisos.

De repente teve curto calafrio e sentiu alguma coisa despedaçar-se no mais íntimo de sua vida afetiva. Seu coração batia agora tão lentamente que o sangue parecia querer parar em suas veias e era agora ela própria a estranha, alguém que não conhecia que foi para o seu leito e nele se sentou. Libânia tinha posto diante dela a banheira cheia de água tépida, os jarros de porcelana bojudos e trabalhados, as toalhas de felpa muito alta, a saboneteira azul e a enorme esponjeira.

Foi como se encontrasse de novo a sua própria pessoa ao sentir o contacto das mãos da mucama, que a despia, e deixou-se tratar passivamente. Invadiu-a infinito bem-estar quando se viu deitada, as cobertas muito frescas de linho a lhe chegarem até o rosto. O sono tornava suas pálpebras pesadas e sua voz era arrastada quando respondeu a saudação noturna da mulata

LXVI

Dias depois chegaram mensageiros da fazenda vizinha que traziam grandes boiões de doces secos acompanhados do bilhete da senhora Condessa no qual avisava o dia de sua próxima visita. Essas notícias foram dadas pelo Comendador à noite, diante de todos reunidos na sala de visitas. Carlota voltara para o seu quarto logo depois do jantar mas o Senhor a fora buscar e a fizera sentar no alto sofá de medalhão colocado no meio da sala, entre Dona Maria Violante e a prima Virgínia. As outras senhoras e os homens perdiam-se na penumbra fora do halo dos candelabros de prata da mesa do centro. Carlota tudo ouvia, alheada e sem tomar parte na conversação e quando todas as senhoras levantaram e vieram beijá-la, deixou-se acariciar sempre impassível, sem que um sorriso sequer entreabrisse seus lábios. O clarão palpitante das velas não vencia o escuro dos cantos e ora se tornava mais forte, ora enfraquecia de modo a fazer com que os vultos se destacassem ou esmaecessem caprichosamente. Muitas vezes os rostos pálidos e atentos das duas irmãs, Inacinha e Sinhá-Rôla, surgiam, e seus olhos tinham brilhos repentinos, pois talvez a luz refletisse as lágrimas. Outras vezes Carlota sentia a impressão de estar só no grande canapé de palha entre duas sombras sem vida, sem fisionomias logo depois reveladas quando eram alumiadas, os traços bem marcados de Dona Virgínia e os empastamentos do rosto de Dona Maria Violante, ladeados por brincos de diamantes reluzentes e de grandes dimensões. Enfim, destacado do grupo escuro dos homens todos de pé junto da porta da saleta de entrada, a jovem distinguia com intermitências de tons indecisos a fisionomia severa e o rictus ácido da boca do Comendador a falar vagarosamente sobre o enlace projetado.

Carlota tomada de morna sonolência deixou-se embalar por aqueles sons graves, pela dança dos candelabros muito grandes e pesadamente trabalhados, a moverem-se sobre os dunquerques em curvaturas solenes e voltas lentas, e pensava preguiçosamente na liberdade doida solta lá fora, antes do círculo irrespirável da floresta, ainda nos campos e nos caminhos que levavam para muito longe... Depois, seguindo pela estrada afora, a liteira de seu sonho passou apressada, com seus guardas mercenários, onde viajava a senhora de preto sozinha e todo aquele grupo rápido pareceu pisar em seu coração. Era alguém em fuga, sem coragem de vê-la, expulsa pela notícia de sua chegada, e com certeza não podia explicar por que devia ir para longe, sem poder nunca dar notícias, sem saber mesmo se algum dia voltaria...

Abriu muito os olhos de repente, receosa dos outros a terem julgado adormecida, mergulhada naquela fria embriaguez de si mesma, enquanto todos falavam sobre a sua própria felicidade e seu futuro. Compreendeu terem sido justamente aquelas palavras que a tinham ferido, ditas por seu pai ao se levantar e segurar a sua mão.

– Penso, minha filha, ser a sua felicidade.

Depois, com o sorriso que pareceu forçado à moça, voltou-se para seus hóspedes e acrescentou com desenvoltura nada combinada com seus modos graves habituais:

– Teremos dentro em breve uma baronesa entre nós, pois o decreto já foi apresentado à Sua Majestade!...

Dirigiu-se para junto dos homens, recebido por eles com exclamações congratulatórias, transformadas dentro em breve em ameaças risonhas de capote no gamão, ou de perdas fundas no truque, apesar de estarem ainda em meia safra. Tinha chegado o momento de poder levantar-se, de poder enfim recolher-se e ficar só e foi com mão vacilante que consertou o leve xale de caxemira vermelha caído até a cintura, e fez penoso movimento para levantar-se. Mas nesse instante começou a ouvir seu coração, que parecia um prisioneiro a andar com suas grilhetas, os pés nus no chão, e caminhando antes dela. Teve medo de erguer-se e ser forçada a se sentar novamente, e denunciar assim a sua fraqueza, a noiva incompreensível que já devia representar para aqueles que ali estavam diante dela, a olhá-la com estranheza, à espera de alguma expansão e do sinal de alegria que lhes permitisse aproximar-se para se manifestarem. As senhoras tinham ouvido indecisas as felicitações dirigidas pelos homens ao Comendador, e sua consciência as mandava fazer o mesmo com a jovem dona da fazenda, mas a atmosfera indefinida criada pela atitude distante de Carlota, o embaraço que elas mesmas não entendiam, as faziam permanecer caladas à espera de alguma delas tomar a iniciativa da pequena cerimônia dos parabéns. Enfim, Dona Virgínia ao ver-se levantar Carlota, fingiu ajudá-la e lhe disse muito séria:

– Nós todas já sabíamos que a nossa Carlota ia ser baronesa e que o ato já está lavrado, por sinal que com bonita letra, e só falta a assinatura do Imperador! Eu mesma trouxe essa novidade.

Então as outras senhoras fizeram cortejo às duas, em caminho para o quarto da jovem. Mas no seu limiar Carlota voltou-se e assim desprendeu o braço da mão da prima Virgínia e despediu-se com um murmúrio cujas palavras elas não compreenderam mas perceberam que deviam voltar dali. E cada qual se retirou sem comentários, que só poderiam ser feitos no dia seguinte, ao sabor da confiança e da predileção de cada uma. Era preciso para Carlota ainda vencer outra etapa. Devia enfrentar os olhos maternais de Joviana e os apaixonados de Libânia, já informadas pela presciência maravilhosa de suas almas primitivas, de tudo acontecido na reunião daquela noite e de sua estranha tristeza... foi porém um corpo animado apenas pelo automatismo que a fazia mover-se, o recebido pelas duas negras, cujas mãos a prepararam para a noite...

Todas as luzes foram se apagando, uma a uma, e apenas aqui e acolá, o reflexo morno de lamparinas de azeite, postas diante de algum santo de cômoda, fazia brilhar as frinchas das janelas. Já o galo tinha cantado, muito agudo, e seu grito repercutira nas trevas, solitário, quando se ouviu o soar de violino tocado em surdina, a voz trêmula da flauta, acompanhamentos de arrastada cantilena...

Muitos dos moradores da fazenda não o ouviram, pois vinha de longe, da estrada lá fora das cercas e dos muros de adobe, mas Carlota estremecera logo aos primeiros sons, e se inteiriçara. O canto porém não durou muito tempo e logo foi se afastando bem devagar, para que ela compreendesse a delicadeza da homenagem... e riu então muito baixinho, e escondeu os olhos no travesseiro...

LXVII

Era preciso fazer rapidamente o vestido "de noivado" já assim denominado pelas senhoras, apesar de terem sido apenas prevenidas da visita do moço filho do fazendeiro vizinho. Todos os números da *Mode Illustrée*, acumulados na prateleira mais alta do armário grande do corredor, foram trazidos para a sala de costuras e examinados cuidadosamente. Dona Virgínia preferira os seus exemplares do "Jornal das Famílias" editado em português e os folheava à parte, ensimesmada, sem ouvir as exclamações e os comentários de suas primas que subitamente deram conta daquele alheamento, e se calaram aos poucos, olhando-a com estranheza.

– Prima, não quer ver conosco a *Mode Illustrée*? Estamos admirando aqui a mais linda "toilette"... – disse-lhe Sinhá-Rôla, com sorriso radiante a remoçar-lhe a fisionomia.

– Não... não, muito obrigada... – foi a resposta obtida, passado algum tempo e a voz da senhora, distante, velada, parecia vir de longe. Tinha agora dobrada em certa página cujos modelos coloridos se destacavam vivazes a revista folheada atentamente há já alguns minutos e então acrescentou:

– Este vestido aqui – e mostrou de longe o figurino – parece-me o mais belo e apropriado para a circunstância.

Qualquer coisa no tom em que foi dita essa frase fez as outras deixarem imediatamente as publicações sobre a mesa, e vieram para junto da senhora, chamadas pela autoridade sempre notória de Dona Virgínia e se debruçaram atentas para poderem examinar bem de perto o modelo indicado.

– Mas... é roxo! – exclamou com horror Celestina – a senhora acha possível a noiva vestir roupa de luto aliviado? Ainda se fosse jovem viúva, mas a nossa Carlota!

– Na descrição diz ser ele cor de malva, logo é verde – replicou de forma cortante a senhora.

– Mas é a cor da flor de malva, e não do pó de malva – murmurou, sufocada pelo medo, Sinhá-Rôla. – Se a prima visse o que diz a *Mode Illustrée*...

– A malva é verde – afirmou em tom ríspido e breve dona Virgínia. – Mas mesmo que seja roxo, dadas as circunstâncias, parece-me perfeitamente adequado para a menina na situação em que está.

Depois, lançou um olhar inquisidor em círculo pelas senhoras presentes e ao ver transparecer em seus rostos qualquer coisa de irônico ou de incrédulo, levantou-se, fechou o jornal sem as precauções que usaria em outro momento, e saiu enquanto dizia:

– Somos tolas de nos preocuparmos com a escolha do feitio do vestido de noivado. A menina vai determinar qual será ele, sem nem sequer lembrar que seria delicado perguntar qual a nossa opinião...

Houve ligeiro movimento de surpresa desolada entre as senhoras e todas voltaram para os seus antigos lugares, sentadas nas cadeiras baixas em redor da mesa das costuras. Celestina reuniu os figurinos com longo suspiro nos lábios e depois pegou na grande saia de seda branca, guardada no cesto ao seu lado, no chão.

Dona Maria Violante ajudou-a a desdobrar os folhos imensos daquele vestuário, e resmungou entre dentes: – Ela não sabe francês... esta é que é a verdade! – e prosseguiu: – Celestina, será preciso colocar pesos em toda a barra da saia, para a fazenda cair bem e não atrapalhar o vestido pois ele vai ser muito fino e delicado. Penso não termos nada aqui pronto? Será preciso mandar uma das mucamas prender vinténs em cadarços como se faz na Corte.

Foi com riso muito criança que Celestina acolheu a proposta, e levantou-se impetuosamente para ir buscar em seu quarto o saquitel de pano grosso, cheio de cobres de vinte réis ali guardados. Logo Libânia foi chamada e levou algum tempo para entender o que desejavam dela, pois lhe parecia ser grande tesouro aquele saco colocado em suas mãos, e era difícil pensar que tudo aquilo iria se transformar em simples enfeite de vestido. Menos ainda, em humilde utilidade que não deveria aparecer, pois ninguém devia saber nunca a riqueza escondida sob os babados da Sinhazinha.

Mas era para a Sinhazinha, e ela merecia tudo o que havia de mais rico no mundo. Podia até pisar em ouro em pó... e as antigas lendas de princesas das negras velhas vieram-lhe à cabeça, enquanto escutava as explicações de dona Celestina, ajudada e às vezes confundida pela governante alemã. Afinal, juntou os cobres e o cadarço largo que lhe tinham dado, e foi para o canto onde costumava trabalhar sob as vistas das senhoras. Examinou de leve a figura de perfil, muito nobre, gravada nas medalhas, e teve súbita ideia que logo desejou pôr em execução. Para isso levantou-se de um só golpe e foi para a porta, quando teve os passos interrompidos pelo breve: Onde vai? de Frau Luiza que a pregou no chão no lugar onde chegara.

– Dona Frau, eu queria pedir permissão para arear estes cobres... Eles ficarão como se fossem de ouro – olhou para a estrangeira com ansiedade, a súplica intensa a franzir-lhe a boca. Mas a governante não respondeu logo, e para reforçar o seu pedido com argumento sem contestação possível acrescentou: – Eles ficarão iguais aos santinhos novos e rodearão a Sinhazinha o tempo todo, para protegê-la no dia de seu noivado!

Frau Luiza lendo nos lábios de todas as suas companheiras calmo sorriso de bondade, não pôde deixar de sorrir também, mas corrigiu sua fraqueza com exclamação falsamente irritada:

– Vai... pode ir... Peste!

Houve a revoada de saias brancas muito duras de goma e Libânia precipitou-se para a cozinha onde com limão e areia conseguiu dentro de minutos transformar em reluzentes medalhas de ouro vermelho, as humildes moedinhas de cobre azinhavrado, enegrecido pelo tempo e por mil mãos pobres.

LXVIII

A notícia de que a Sinhazinha ia ser pedida em casamento espalhou-se por toda a fazenda e os negros mais moços do eito depois de muitos conciliábulos, celebrados à noite, junto da fogueira que tinham permissão de fazer nas épocas de vento mais frio, em um dos cantos do grande quadrado, resolveram pedir ao feitor, seu superintendente, a sua companhia até junto do administrador, a quem iriam fazer certa petição. O mameluco que os tinha sob rígida vigilância compadeceu-se deles, e em sua fisionomia fechada e traiçoeira ninguém pôde decifrar sua opinião sobre o projeto exposto, e levou-os ao senhor Justino. Nada ficou resolvido pois o velho português respondeu-lhes ir primeiro ouvir a palavra do

Senhor, e resmungou, quando o grupo intimidado seguido pelo índio branco saiu da sala onde os recebera: "Nunca pude decifrar o pensamento do tal Senhor..."

Mas, com espanto tudo foi permitido, e naquela mesma noite foi dada a festa dos escravos, pela volta da Sinhá-moça, não realizada no dia mesmo de sua vinda, por causa da confusão ainda persistente, desde a partida da Sinhá-velha. A senhora Luiza teve ordem de mandar buscar na grande despensa situada na esquina da casa, com janelas para dois lados, fechadas por grades apertadas de madeira, as roscas-barão necessárias, contidas em duas grandes latas então esvaziadas, e a indispensável aguardente. Da cozinha vieram gamelas cheias de doce de laranja e outra de queijo ralado, dom especial do Senhor, que assim mostrava o seu agrado e o seu assentimento à iniciativa dos trabalhadores.

Dona Virgínia ao ser de tudo informada dirigiu-se imediatamente ao escritório onde estava o primo Comendador, e pediu-lhe licença para de acordo com o que se tinha feito quando chegavam personalidades à fazenda, "como acontecia antigamente", disse ela com grave inclinação de cabeça, fazer também prévia distribuição de chimangos e de surtuns, para os bailarinos se apresentarem de modo decente. Às raparigas, além das peças de vestuário, seriam dados os lenços de pescoço trazidos da cidade pela menina que ainda os guardava e ela se encarregaria de pedir. A velha senhora saiu triunfalmente da saleta localizada atrás do Oratório e foi para a sala da rouparia, e ela sozinha parecia pomposo cortejo, com o ruído de seus passos e o fru-fru de seu enorme vestido. Ao passar por dona Maria Violante e as duas primas solteiras, chamou-as com gesto imperioso, e assim o general chamaria suas tropas para o combate, e foi direita ao armário encostado de ponta a ponta na parede, tão grande quanto o arcaz das igrejas do sertão, e essa semelhança era acentuada por ser de madeira colorida de azul, e logo as quatro sobre ele se apoiaram. Em profundas camadas dobradas umas sobre as outras, lá estavam calças de ganga grosseira, surtuns e timões de algodão tingido de vermelho e de anil, e elas foram separando os ternos conforme os tamanhos de antemão indicados pelo administrador. Dona Maria Violante detinha-se a olhar o trabalho bem feito das costuras, todas à mão, e mostrava-se surpresa pela liberalidade que aquilo tudo representava. Mas Dona Virgínia não prestava atenção às suas observações, algumas insidiosas, e depois de tudo pronto disse-lhe a sorrir suavemente:

– Com certeza ainda não tinha visto fazenda organizada como esta. Eu já vi algumas, todas em minha família...

As parentas que se tinham mantido caladas e apenas ajudavam na tarefa, entreolharam-se muito sérias, sem qualquer dos músculos em seus rostos denunciarem suas reflexões íntimas, porém foram logo fulminadas pelo olhar esmagador da prima, que as encarou por momentos, evidentemente à espera de qualquer comentário. Afinal estava tudo pronto e foram chamados os moleques de dentro para levarem as roupas ao senhor Justino a fim de serem distribuídas à tarde. Na copa para onde se dirigiram todas juntas, já estavam amontoadas na mesa as roscas, os garrafões empalhados da aguardente, os doces já postos em latas grandes, e Dona Virgínia determinou que estas provisões fossem levadas até o alpendre do pátio interno, onde seriam dadas aos cativos por elas próprias. As roscas eram grandes, formavam círculos e eram bem secas porque deviam durar muito, pois vinham do Rio de Janeiro em grandes recipientes de folha de flandres. Apresentavam aspecto apetitoso mas eram resistentes, e assim quando Sinhá-Rôla, com ar distraído, tirou uma delas e a levou à boca, ficou atrapalhada com o biscoito sobre a língua pois não pudera parti-lo com seus pobres dentes e mais embaraçada ainda se tornou ao ouvir o frouxo de riso de dona Virgínia que parecia nada ter visto, pois não olhara para ela.

– Meu Deus, disse Dona Inacinha em voz abafada, seria tão bom darem ordem para tudo cessar à uma hora da manhã, pois eles atordoam tanto a gente com seus cantos repetidos, sempre os mesmos!

– Pois, minha amiga, já deram ordem nesse sentido, – atalhou desde logo a prima Virgínia – e, talvez por acaso, quem deu essas ordens fui eu.

– Muito obrigada – murmurou dona Inacinha – eu não sabia de nada, nem pensei ser possível haver festa agora, com a família de luto...

– Duplo luto – acrescentou Dona Maria Violante, vindo em defesa de Dona Inacinha, e parecia que as duas estavam dispostas a enfrentar a velha senhora.

– Ainda não percebi o que querem dizer, porque com o desaparecimento do anjinho a casa não ficou enlutada, todos nos sentimos conformados com essa decisão de Deus. Quanto ao outro motivo, não creio alcançar a sua importância, apesar de não ser fato comum entre os meus parentes...

Dona Inacinha e a irmã eram primas do Comendador, mas Dona Virgínia o era em grau mais próximo, e as dominava de alto, portanto calaram-se, resignadas, e tomaram a iniciativa de irem para a cozinha, onde foram acompanhadas pela visitante e por Dona Virgínia que as seguiu lentamente, na certeza de ser só ela quem poderia tomar resoluções e dispor de tudo a ser feito para o jantar do dia. Mas, quando chegaram junto dos fogões, em número de dois, feitos de largos tijolos e tão altos que algumas das negras tinham de subir em suas bordas espaçosas para poderem mexer nas panelas, algumas de barro e outras de ferro ou de pedra, ela estacou contrariada ao ali encontrar a senhora Luiza de lenço branco à cabeça, e ainda cercada das duas negras suas acompanhantes na visita ao galinheiro.

Ela trouxera de lá dois grandes patos, o pesado cabaz de ovos e os entregava à velha Malvina, a cozinheira chefe. A autoridade desta era grande porque mandava em suas ajudantes e ainda nos negros cozinheiros encarregados da comida dos trabalhadores e ela escutava respeitosamente a governante, entremeando de aprovações respeitosas, ciciadas, as suas ordens. Dona Virgínia que ficara para trás, um pouco distante das outras, quando viu aquele espetáculo, tornou-se carrancuda e muito vermelha e fez menção de dizer alguma coisa. Mas, depois de refletir por instantes, e ao perceber não terem dado por sua presença, girou sobre si mesma e afastou-se sorrateiramente da cozinha.

LXIX

Celestina, enquanto as senhoras percorriam a casa em busca das provisões para a festa dos negros, permaneceu em seu quarto, a fim de aproveitar o esquecimento em que a tinham deixado e também visto Carlota não ter saído do seu. Soubera que o jantar aquele dia seria melhorado e vinham alguns visitantes novos, entre eles o vigário, informado da chegada da jovem senhora. Vestira-se com mais cuidado e depois de pronta não tendo mais que fazer fora remexer em sua cômoda e dela tirou muitas caixas de pinho, algumas recobertas de veludo ou de pelúcia, e as abriu no chão sobre o tapete por ela estendido, e onde se sentara à moda oriental. Queria escolher as joias a serem postas, e abriu todos os escrínios, que se amontoavam nas caixas, mas já sabia que em sua maior parte estavam vazios. Recebera das mãos de sua mãe quase todas as joias de sua família, mas com o tempo elas tinham sido vendidas, e como os estojos eram adornados pelas iniciais de suas antigas possuidoras guardara-os com triste vergonha. Afinal, depois de muito procurar, encontrou certo broche que logo prendeu no peitilho do vestido. Tinha o feitio de pequena ânfora de tartaruga, presa por garras de ouro, trazida da Itália pela mais velha de suas tias-avós, cujo marido fora ministro do Império junto à Corte de Nápoles. Não era de grande valor mas por seu feitio estranho e artístico e principalmente pelo que representava como recordação de viagem, de lembrança de vida romântica, passada longe das prisões habituais em que viviam e desapareciam silenciosamente as senhoras ligadas pelo seu sangue, fora sempre para ela sinal mágico de sonho e de felicidade. Cada vez que o usava, vinha-lhe à mente a mesma mulher de longos véus, debruçada na amurada do navio, na sombra das grandes velas abertas, ruflantes e tocadas pelos grandes ventos do alto mar, com o rosto oculto pelas mãos. Não devia chorar, e quando sua imaginação a figurava em pranto, sabia ser causa dessas lágrimas a emoção profunda, a sensação de fuga feliz que devia sentir...

Muitas vezes ouvira contar a história curta e maravilhosa dessa criatura sempre assim surgida aos seus olhos, em cena rápida e densa de vida e de cores e esse conto servira para embalar os seus sonhos de menina, cuja vida se iniciara cercada de desastres, acompanhando o pai na descida fatal até sua morte prematura. Era o sinal, o apelo da alegria, a joia que agora sentia pesar no decote humilde de seu vestido, e ficou muito tempo de olhos fechados, a cabeça encostada nas gavetas, enquanto ondas altas se agitavam em torno dela, e vinham, furiosas, embater de encontro ao navio, a balouçar lentamente. Quando Carlota entreabriu a porta depois de chamar inutilmente, e a viu naquela posição, parou por momentos intimidada, mas logo animou-se e entrou, para ir rapidamente até junto dela e deter-se, calada, ao seu lado. Celestina julgou a princípio ser qualquer das mucamas encarregadas de arrumar o quarto, e quis continuar a não ver o mundo real e as suas exigências, mas logo o suave perfume de opoponax a avisou da presença de alguém, e abriu os olhos receosa, para logo serenar quando viu quem a fitava com simpatia e, quem sabe, alguma compaixão.

– Bons dias – disse logo a jovem dona da casa – acho que você não dormiu bem ou está sentindo alguma coisa?

Antes porém da moça responder, Carlota chegou ainda mais perto e acrescentou precipitadamente:

– Não tive tempo ainda de ver você sozinha, e não me foi possível dizer-lhe qualquer coisa mais íntima. Sei que você deve ter me julgado indiferente e incompreensiva...

– Não, não! – exclamou Celestina, e estendeu as mãos abertas em gesto de defesa, para aparar o golpe – Eu não pensei nada de mal a seu respeito!

Carlota examinou-lhe de novo o rosto, agora com mais atenção, e deixou-se cair na cadeira perto do lugar onde estava, para relaxar os músculos. Parecia desanimar de alguma coisa, e depois de desviar o olhar, observou:

– Mas... podia pensar o que quisesse a meu respeito... e seria grande prova de amizade se me dissesse simplesmente tudo. Sei que você foi sempre tão amiga, tão amiga... dela...

Celestina sentiu todo o sangue lhe fugir do rosto, e a humilhação e a tristeza invadiram o seu coração. Os olhos, a princípio vacilantes, finalmente se tornaram opacos, como todo o seu rosto. Não podia compreender o engano enorme agora revelado diante dela, e no exame feito em si mesma, depois de repassar em seu íntimo toda a sua vida dos últimos anos, na ausência de Carlota, nada encontrou para justificar aquelas palavras. Como poderiam pensar dela que se tivesse envolvido em todos aqueles acontecimentos, quando nem sequer sabia ao certo o escondido atrás das faces severas, sempre afastada dos segredos cochichados longe de seus ouvidos, dos sinais cuja significação não pudera perceber? Toda a infância e agora sua mocidade dolorosa e constantemente vencida lhe vieram à mente, e a revolta surda, a agitação das horas de crise quando se procura enganar a necessidade de agir, apoderou-se dela. Ergueu-se sem se apoiar na cômoda, e foi para perto da mesa pé-de-galo posta no meio do quarto, junto da qual se assentou, cerimoniosamente, e depois de refletir, depois de lutar para esconder toda a agitação de seu ânimo, murmurou com voz ainda mal firme, para fugir ao perigo iminente de ser ainda mais ofendida:

– Se quer referir-se à sua irmã, digo com toda a franqueza estar certa de que ninguém gostou mais dela, e por isso ando tão perturbada, ao ver a sua morte já ... ou que não está sendo mais...

– Lembrada? – interrogou Carlota com doçura. E nada fazia crer a decepção por ela sentida obscuramente. Levantara-se e viera agora sentar-se junto do "guéridon", na atitude também de visita, e o espelho que da parede lhe enviava a própria imagem parecia zombar dela, fazendo-a ver certa moça de bandós muito lisos, a fita de veludo preto no pescoço de onde pendia o medalhão de ônix com iniciais entrelaçadas e o vestido caindo sem elegância, preso pelos pés torneados da cadeira. Celestina ficara calada, certa expressão de reserva nos traços quase sempre tão serenos, e Carlota deixou-se esquecer na contemplação daquela figura agora vista tão distintamente, naquele quadro formado por ela, pela mesa e pelo dorso de sua parenta, pouco visível dado o jogo de luz, emoldurados pela madeira dourada. Teve vontade de rir e ao mesmo tempo de apiedar-se de si mesma, naquela pobre tentativa de encontrar a comunicação com o mundo, visto através de grossos vidros, iguais aos que a refletiam agora com tão cruel nitidez.

Lembrava-se dos teatros a que fora levada por Dona Maria Violante, encarregada de seus dias de férias, cuja companhia se tornava para ela mais penosa do que a prisão do colégio. Estaria representando? interrogou a si mesma. Seria mesmo sincero o impulso que a aproximara de Celestina? Condenada por sua própria experiência, essas interrogações irônicas ficaram sem resposta, e ela não teve coragem para se libertar daquele reflexo que a examinava com tanta franqueza, pronunciou algumas palavras banais, logo seguidas de outras, e dentro em pouco conversavam as duas moças com naturalidade, muito semelhantes às velhas amigas que deviam ser, pelos pontos de contacto aparentes existentes entre elas...

LXX

No jardim que acompanhava toda a fachada da casa aberta em vinte janelas, na divisão fronteira à sala de jantar, onde se formava um recanto mais íntimo, havia o caramanchão coberto de roseiras, a ensombrar o banco de conchas apoiado no suporte de cantaria do gradil de ferro. Carlota se dirigiu para ele logo depois de todos deixarem a sala de jantar, terminado o almoço apressado pelos preparativos para a noite.

Era ainda cedo para a sesta que interrompia a animação da casa por algum tempo durante o calor do dia, e ela desejava ficar só, e pensar nos acontecimentos cuja realização via chegar com assustadora rapidez. Teve pois tímido gesto de enfado, depressa reprimido, ao sentir alguém descer a escada de pedra e a acompanhar. Era a prima Virgínia que lhe disse com ar digno:

– Compreendi, pelo relancear de olhos, o seu chamado, o desejo de me falar, pois sei que precisamos conversar em particular. Essas velhas não nos deixam nem por momentos! Também não sei por que foi preciso trazermos essa senhora Dona Maria Violante! Já perguntei a ela quando preferia voltar e sabe a sua resposta?

Ao ver Carlota manter os olhos baixos, e não parecer disposta a responder-lhe, acrescentou ciciando e fazendo com os lábios um canudo:

– Se se trata de "preferir", quero ficar aqui por algum tempo, foi o que ela me disse e estou certa de que isso vai durar muito...

– Prima Virgínia, – murmurou a moça lentamente e a senhora logo calou-se pois compreendeu não ser a ocasião própria para dar expansão aos pequenos despeitos que a abafavam. Ficou logo atenta, à espera do momento de poder replicar, mas a filha do Senhor, hesitante, sem olhar para sua interlocutora, continuou: – Queria que fosse minha amiga e me tratasse como trataria a sua filha...

– Pois é como eu a considero! – exclamou Dona Virgínia e passou-lhe o braço pela cintura, mas sentiu o corpo esbelto de Carlota se retesar e manter-se duro. Deixou o braço cair, e ao apoiar a mão sobre o banco, manteve-o em posição incômoda, em retração incompleta e suas efusões baixaram de tom. Sua voz era seca quando afirmou depois de algumas frases afetadas: – Não é necessário pedir-me isso e para prová-lo vou lhe dar alguns conselhos...

Esperou suspensa por instantes para ver se a sua jovem parente repelia a oferta, mas os olhos de Carlota estavam agora cheios d'água, sua boca se agitava de leve e mordeu os lábios sem nada dizer.

– Nós, os Albernaz, somos muito reservados e altivos, e você não deve estranhar o Primo não se lamentar, não fazer queixas. É preciso manter-se também com nobreza diante de todos e mostrar que sabe ter orgulho. Por nada deste mundo deve seguir as insinuações de Celestina por exemplo, sempre no papel de moça romântica, que anda por toda a parte com o lenço de renda na mão e uma ou duas lágrimas no canto do olho. É muito infeliz, segundo afirma todos os dias, mas só faz vestidos de cinco babados, mesmo que o pano seja de dois vinténs... Ela imagina ser isso tudo grande elegância, e não percebe que toda a gente vê bem ser seu ardente desejo o vingar-se de ser feia, de ser pobre e de ser dessa família que...

Dona Virgínia compreendeu ter ido longe demais, porque viu o mesmo pranto de Celestina a bailar nas pálpebras de Carlota, e lembrou-se de ter o Comendador casado naquela família para ela eternamente inaceitável. Agora era tarde e decerto não ouviria as confidências com as quais contava para delas tirar motivo para sentir-se mais em sua casa do que as outras. Ficaram quietas e chegou até os ouvidos das duas vindo do outro lado das grades, de muito perto, o som dançante e livre das águas correntes do riacho que por ali passava semeado de pedras negras. Era essa voz muito íntima, e as envolveu em sua suave balada, e as duas a escutaram esquecidas já uma da outra. As palmeiras imperiais, erguidas de um só jacto até os céus, também sussurravam os seus segredos serenos, quase eternos, e miraculosa paz desceu sobre aquele pequeno mundo.

Nada perturbava o sossego do jardim, isolado de tudo em torno delas e as aprisionava entre suas flores. Viram com surpresa, ambas ao mesmo tempo, que o Senhor as contemplava, em pé na alpendrada que conduzia da sala de jantar ao recinto onde estavam. O sol batia em cheio na sua figura rude e ele parecia a estátua de proa da grande nave constituída pela fazenda enorme, pesadamente espalhada, com os mastros erguidos das palmeiras a agitar suas flâmulas aos ventos. Aquela presença masculina, poderosa, fonte e origem em potência de muitas vidas, que viriam ao mundo ricas de seiva e se prolongariam e multiplicariam pelos séculos, era bem a do patriarca dominador de todo aquele grupo de homens e mulheres, era o tronco da árvore sem medida cujos galhos se reproduziriam sem cessar.

Carlota olhou-o por muito tempo, pensou ser a sua única dignidade o silêncio, e sua alma vibrante de humildade se integrava naquela cadeia sem fim, nunca partida e todas as suas angústias transitórias desapareceriam, abandonadas no caminho forte a seguir, triunfante e vencida ao mesmo tempo...

Viu-o pois, com calma descer ao encontro delas, chegar até perto e dizer com sorriso tranquilo:

– A prima Virgínia está a lhe dar conselhos, para tornar-se a noiva perfeita? Muito breve, não sei se lhe disse, chegarão os tropeiros que foram buscar o enxoval, já encomendado há seis meses...

Dona Virgínia levantara-se ao aproximar-se o primo e ficara parada, sem saber se devia sentar-se novamente ou retirar-se. Mas, ao ver o Comendador ocupar justamente o lugar por ela deixado, imediatamente resolveu voltar para casa e ajuntou seus vestidos, apanhou o grande molho de chaves pousado no parapeito de ferro da escada, e disse:

– Como já é tarde! Vou dar providências lá dentro...

Pai e filha acompanharam com os olhos o vulto erecto ao subir as escadas com firmeza, e depois cruzaram o olhar onde havia leve sorriso.

– Eu queria mesmo perguntar a você alguma coisa, sem a presença dela. Você sente-se feliz em vista da mudança que vai haver em sua vida?

– Sim... meu pai – murmurou Carlota, e cruzou as mãos em atitude de oração – apenas queria confessar-lhe que...

A frase perdeu-se em murmúrio indistinto. O fazendeiro fitou-a interrogativamente, mas quando a moça já dominado o enleio ergueu a vista, sentiu esfriar o sangue em suas veias, ao dar com o olhar de pássaro, duro e imóvel, que a examinava.

– Tem alguma coisa a confessar? – foi o que ouviu.

– Não, meu pai... apenas queria dizer-lhe que... tenho medo!

Então os traços dele, imobilizados em máscara severa, distenderam-se, porém ainda nos cantos dos lábios e nas mãos fechadas com força, até mostrar os nós dos dedos muito brancos, podia-se ver a persistência de confusa e obscura desconfiança. Levantou-se e recomendou com frieza:

– Vamos para dentro e vá repousar um pouco. Convém mesmo recolher-se agora, pois não deve permanecer sozinha aqui no jardim.

E esperou que passasse à sua frente. Carlota foi para o seu gabinete onde a aguardavam suas mucamas, e sentiu infinito alívio ao encontrá-las sentadas no chão, prontas a tratá-la e a protegê-la dos perigos lá de fora...

LXXI

Enquanto no grande quadrado os negros se reuniam e eram passados em revista, antes da festa, sendo chamados um a um pelo feitor mameluco, e o senhor Justino os examinava para verificar se era o mesmo negro cujo nome fora gritado, e como era de noite, usava lanterna de tempestade muito grande, os senhores se reuniram do outro lado da casa, na sala de visitas. Todos riam, porque o senhor Manuel Procópio contava as peripécias de sua estada na Corte, e a estranheza que lhe causara o serviço à francesa do Hotel da Europa, onde se hospedara sozinho por ordem do primo Comendador. Dona Virgínia fora para Botafogo, na casa de parentes que a tinham acolhido em sua mansão. Como o Colégio onde Carlota estivera longos anos era na rua do Príncipe do Catete, dirigido por certa baronesa francesa, a madame de Geslin, fora depois obrigada a passar-se para a residência de outra parenta que morava ali perto, e assim poderia estar ao lado da moça. Não estivera em companhia do senhor Manuel Procópio senão na ocasião da volta, e ouvia agora surpreendida e desdenhosa as dificuldades passadas pelo velho homem, que fizera dividir no cabeleireiro da Corte a sua grande barba em duas suíças, do jeito usado pelo titular que o tinha procurado no hotel e o tratara por primo.

    Carlota prestava atenção a tudo que se dizia, mas ficara calada o tempo todo sem se poder ler em seu rosto o menor enfado. Vira chegar o mancebo destinado a ser o seu noivo, e não estranhara ter ele permanecido na saleta de jogo com os homens, até ser chamado para a mesa quando então veio cumprimentá-la, o que fez com a seriedade e a cerimônia de antigo senhor. Durante a refeição não o fitara, olhara-o apenas de relance algumas vezes quando se ouvia a sua voz responder as observações amistosas do dono da casa.

    Já tinham certamente sido terminados os preparativos lá fora, e Dona Virgínia se levantou da mesa sem o Comendador ter dado o sinal para isso, e foi para a sala do Oratório onde chegou à janela, curiosa de ver o que se passava. Tinha acabado a chamada, e ela viu os pretos e pretas todos de vestidos novos, e iluminadas por lamparinas de azeite tinham sido postas duas longas mesas feitas sobre cavaletes, carregadas de roscas, de latas de doces e garrafões de aguardente. Em cada uma delas três negras e um rapaz tomavam conta para não haver abusos. O senhor Justino logo ao distinguir a senhora assomada à janela, veio até perto e comunicou-lhe que tudo estava prestes, só faltava o sinal. Dona Virgínia voltou para junto do primo e disse-lhe ao ouvido que estavam à sua espera, e então ele se levantou e convidou a todos para o seguirem, e recomendou a Carlota que lhe desse o braço a fim de abrirem a marcha. Quando surgiram no alpendre foram soltados foguetes que cortaram o céu negro com riscos de ouro, até explodirem muito alto, provocando o eco repetido pelos morros ao longe, e os negros deram vivas agudos ao Senhor e logo depois, ainda mais forte e mais nutridos, outro viva à Sinhazinha chegada da Corte. Logo em seguida rompeu atroadora a orquestra rudimentar de atabaques e de xaque-xaques, na execução de rápida zabumba. Saíram então da senzala e atravessaram o quadrado entre alas, alguns negros de roupas reluzentes de enfeites de metal e três negras de coroa à cabeça que vieram até a escada do alpendre, onde fizeram longa e profunda mesura diante da jovem sorridente. Então teve início a dança e todos se confundiram no batuque e cantaram o ponto, sempre o mesmo, por muito tempo.

"Quem sabe lê
Pega no papé."

Os senhores ficaram alguns momentos ainda no alpendre e procuravam distinguir na luz difusa dos candeeiros os vultos agitados e gesticulantes. De quando em vez deixavam entrever muito rápido caras onde o ríctus era de volúpia e de dor, e nelas até o riso se tornava sinistro. A música sempre igual, martelante, sem cessar, sobre-humana, alucinava gradativamente os dançadores, e eles começavam já a uivar em vez de cantar, a ter convulsões em vez dos passos primitivos do batuque e os senhores sentiram ser já tempo de se retirarem, porque a loucura viera tomar parte no baile. Mas Carlota ao entrar teve a intuição de que alguma coisa nova ia surgir, e foi quando já tinha atravessado a Capela e entrado na sala que despertou do encantamento no qual sentia-se envolvida, e deu conta de ter sido mudada a cantilena entoada no terreiro. A princípio, foi só o nome de sua família a ferir seus ouvidos, dito através da deturpação habitual dos pretos: Arbernazi – mas, toda a frase invadiu sua mente de um só golpe logo depois:

"Moço rico
Pra casá
C'Arbernazi."

E não pôde reprimir o olhar lançado em cheio sobre o jovem, que a fixava no mesmo instante.

Teve grande desafogo ao sentir seu pai segurar no braço dele e o levar para a saleta, onde iam jogar o "bésigue" ou o "chinois", o mesmo divertimento sempre oferecido aos visitantes menos íntimos. As senhoras chegavam nesse instante, e faziam certo alvoroço com suas roupas muito fartas e frufrutantes, o vozear agudo, os risos em sucessivas e pequenas explosões. Estavam alegres e se agitavam, mas eram as convivas do costume, pois não viera a Senhora Condessa nem outra das visitas antigas, daquelas que anos atrás não teriam faltado. Carlota contemplou-as tendo nos lábios imperceptível sorriso, e também teve vontade de falar alto, de erguer-se e dar voltas no meio da sala, atirando com o pé a cauda redonda do seu traje de tarlatana rosa, vestido sob os olhares admirativos da velha Joviana, abafada pela emoção de saber que ela ia encontrar-se com o pretendente.

– Vestido cor-de-rosa arranja namorado – sentenciou ela na sua voz quebrada.

– O namorado já está arranjado – exclamara Libânia e destacara as palavras, no tom de quem enuncia um axioma.

Levada pelo impulso, levantou-se e foi até sala, onde havia espaço livre de móveis e tapetes, e fez aplicadamente a pirueta desejada, pois via agora todos entretidos e ninguém a olhava. O seu olhar, acompanhando o corpo, circulou e assim percorreu todas as paredes e foi então que deu por falta de alguma coisa. Parou e voltou a olhar, agora atentamente. Lá estavam na parede principal os quadros pesados e grandes do seu avô e de sua avó maternos, mais adiante, dos tios falecidos, e... na parede onde estava a porta de sua antecâmara, faltava alguma coisa...

Tinha sido retirado o retrato da menina morta.

LXXII

Carlota parou diante do lugar deixado vazio pela retirada do quadro e viu Sinhá-Rôla e Dona Inacinha ao seu lado, bem junto dela, a falar entre si, mas não pôde entender o que diziam. Entretanto não tardou muito em chamar a atenção das outras senhoras o grupo assim formado ali e a senhora Luiza, Celestina e a visitante da Corte também vieram tomar parte no conciliábulo. Nenhuma delas se dirigiu diretamente à jovem, e todas conversavam em tom respeitoso como se estivessem na igreja, e falassem da imagem de algum santo retirado do templo sem motivo aparente. Afinal, ao verem todas a moça imóvel sem se virar para elas, e sem dar sinal de querer ouvir o que diziam e tomar parte em suas conjecturas, suspeitaram ter sido ela a autora do desaparecimento do painel da menina morta, mas Dona Inacinha insistiu em seu ponto de vista e disse alto para Carlota ouvir.

— Isso deve ser coisa da Libânia...

— Que atrevimento — murmurou entre dentes dona Virgínia que também se aproximara, porém não se sabia se ela se referia à senhora, ao afirmar coisa tão insólita, ou se era audácia da mucama que falava.

— Perdoe-me — disse Sinhá-Rôla, — mas Libânia não teria forças para subir a escada e retirar o quadro daí. Com certeza foi o próprio Bruno que o colocou no lugar e agora o tirou...

— Com ordem de quem? — tornou a interferir Dona Virgínia — isso ele só poderia fazê-lo a mandado do primo Comendador.

Mal acabara de dizer essas palavras a velha senhora levou à boca as mãos que trazia metidas em mitenes de retrós branco e olhou significativamente para Carlota, como se tivesse dito grande imprudência. Todo esse manejo porém passou desapercebido, porque a jovem não devia estar ali, ensimesmada e longínqua, e parecia uma gravura no seu vestido vaporoso.

— Vamos organizar uma partida de "bésigue", também nós — propôs Dona Maria Violante, para romper o silêncio embaraçoso caído entre elas, e não achavam maneira de afastar-se de perto da Carlota, temerosas do desagrado talvez provocado por sua indiscrição. Já nas noites antecedentes a senhora Dona Maria Violante dera lições do jogo tão usado na Corte, e as partidas tinham tomado forma, pois Dona Inacinha e Dona Virgínia eram as melhores discípulas. Muitas vezes tinham esquecido do rapé, e o chá da noite fora mandado servir depois da hora habitual. Mas enquanto se reuniam em torno da mesa de centro, depois de terem ido buscar as caixas de tartaruga e bronze onde era guardado o necessário para o jogo, com suas cartas pintadas à mão e fichas de madrepérola lavrada, continuaram a falar em segredo, e pelos olhares rápidos e cautelosos lançados a Carlota agora sentada na poltrona junto à porta de seus aposentos, via-se que ainda estavam preocupadas com ela. Dentro em pouco absorvidas pelo jogo, entre breves exclamações necessárias à sua marcha, tudo esqueceram, interrompidas apenas de quando em quando pelas explicações ditas em tom dogmático por Dona Maria Violante, o dedo levantado, e franzido o nariz.

O tempo passou-se e quando o moço entrou na sala, acompanhado dos outros homens, para se despedir, e os pajens haviam já chegado com os capotes e os chapéus para indicar ser a hora da partida, pois as montarias estavam prontas, já as senhoras se tinham levantado, para resistir ao sono que as fazia cabecear depois das infusões de camomila ou de hortelã servidas em grandes xícaras de porcelana branca. O Comendador foi com eles até o pátio, onde não havia mais dançarinos e reinava a paz mais profunda, não se vendo luz alguma nas senzalas. Era meia-noite e há muitos anos o serão não se prolongava até tão tarde, pois as estradas estavam cheias de algares e do perigo de assaltos e esperas dos escravos fugidos.

Pareceu a todos não ter Carlota respondido à saudação de João Batista, pois assim se chamava o filho da titular, e quando o Comendador de volta anunciou vir a Senhora Condessa dentro da semana fazer sua visita oficial, todos se entreolharam surpreendidos, pois julgavam que o ajuste não iria por diante. Foram todas uma a uma beijar a noiva, sem se referir ao noivado, e despediram-se do Comendador apenas com pequena mesura. Os homens da casa, já do quadrado tinham ido para os seus aposentos, todos possuidores de portas independentes, não lhes sendo necessário passar pelas salas para se recolherem.

– Vi da saleta que notou ter sido retirado o quadro... - disse-lhe o Senhor com certa impaciência, apesar de sua voluntária impassibilidade – mandei-o retirar porque não está bem feito.

Carlota quis perguntar onde tinha sido ele guardado, mas já o Comendador lhe voltara as costas e chamara Bruno, há muito tempo à sua espera junto da porta. Não ousou insistir e também se retirou.

Libânia, depois de preparar a sua ama para o sono da noite, ajoelhou-se junto à sua cabeceira, livre de Joviana e de todos os empecilhos que não a deixavam aproximar-se dela durante o dia inteiro e em vez de cantar fez funcionar a caixa de música suíça que tocava também o Hino Imperial. E foi precisamente ao som marcial dessa música que Carlota cerrou os olhos e quis adormecer. Sua cabeça zumbia e em seus ouvidos havia toda uma colmeia em revolta. Não era possível conciliar o sono sem saber primeiro o porquê de tantas coisas que a tinham entristecido ou espantado naquelas horas e se sentira solitária, repelida na sua vontade de compreender, afastada em seu desejo de proteção e de carinho. Não queria se voltar na cama para Libânia não perceber estar ela despertada e esperava ouvir seu respirar forte, indicador de ter adormecido em sua esteira posta no gabinete ao lado, junto da porta, para assim acender a vela e pensar sozinha ou ler até seus olhos pesados de cansaço se fecharem irresistivelmente.

A mucama estava entretanto atenta. Sentira confusamente o sofrimento da nhanhã e estava inquieta, apesar de sua aparente serenidade. Assim, depois de terminada a corda da caixa e as notas cristalinas do bailado se quebrarem subitamente, ela murmurou e parecia falar consigo mesma:

— Eu sei onde está guardado o retrato da menina... Bruno me contou.
Depois pôs as mãos nos olhos e pareceu a Carlota que chorava. Todavia lembrava mais acesso de tosse seca e áspera, e quando retirou as mãos ela viu os olhos da mulata muito secos e luminosos na penumbra vacilante da luz da lamparina. Carlota nada disse nem abriu as pálpebras mantidas fechadas e assim pôde observá-la sem ela saber ao certo se estava sendo escutada.
— Parece quererem que a menina morra outra vez! — continuou a sussurrar sibilando como uma serpente enfurecida. — Mas ela não morre não! Ela não morrerá nunca! Ninguém poderá matá-la! Nem os outros que foram embora nem os que ficaram!
E saiu furtivamente, sem ir se deitar em sua cama improvisada todas as noites. Carlota ouviu-a abrir a porta sorrateiramente, e ficou sem dormir até a luz do sol se insinuar por entre as frestas das janelas... e só então sentiu alguém suspirar no gabinete, e adormeceu imediatamente...

LXXIII

As senhoras estavam na sala das costuras, e as duas mulatas mais hábeis em trabalhos de agulha as ajudavam. Era de cassa da Índia branca o vestido em confecção, porque Carlota mandara a fazenda e a recomendação de o fazerem de acordo com o figurino escolhido por elas. Dona Virgínia quis ir ao seu encontro quando tinha vindo esse recado trazido pela mucama encarregada de ir ao quarto da moça para receber ordens, e avisar que estavam todas à espera de sua presença e lembravam aquele feitio. Porém, conteve-se e perguntou suavemente:
— E a Sinhazinha não disse que vinha cá?
— Não senhora, minha nhanhã, — respondeu timidamente a escrava, pois sentia instintivamente não ser essa a resposta esperada.
— Com certeza estava lendo... e depois virá — disse Celestina sem olhar para a prima. Ela sabia que as explicações benévolas por ela dadas do procedimento dos outros, tinham o condão de irritar Dona Virgínia, mas pensava ser seu dever defender Carlota das insinuações flutuantes no ar. Julgou que a senhora ia dizer qualquer coisa com azedume, mas ela apenas a mirou através do canto dos olhos e murmurou visivelmente fatigada:
— Como é bondosa a nossa querida Celestina! Vamos obedecer a quem manda.

Imediatamente foi cortado o vestido pelas grandes tesouras de aço francesas e os moldes eram previamente recortados e marcados à carretilha em grandes folhas de papel. O manequim já estava revestido de tarlatana grosseira, e sobre ele foram ajustadas as peças alinhavadas agilmente. Dentro em pouco já se podia fazer ideia do que seria, e era um vulto elegante e airoso que surgia no canto onde estava. Tudo tinha sido feito em silêncio e apenas fora interrompido quando Libânia entrou com as moedinhas reluzentes na cestinha de vime, e teve a ousadia de mostrá-las, tirando-as aos punhados e deixando-as cair rebrilhantes e produzindo o som da riqueza. Foi então que conversaram um pouco, desviadas das tarefas distribuídas, e outra vez lembraram melancolicamente do alvoroço e da impaciência sentidos pelas que se tinham casado, durante a execução do vestido usado no dia do noivado. Dona Inacinha, todo tempo muito reservada e tristonha, espetou a sua agulha a correr veloz em pespontos muito pequenos e bem feitos e esteve algum tempo suspensa, sem trabalhar. Mas, ao pressentir Sinhá-Rôla a observá-la com inquietação, animou-se e virando-se para ela disse com fingida alegria:

– Como está lindo! A nossa Carlota vai parecer a mais bela das princesas de conto de fadas!

Nesse instante a jovem abriu a porta e entrou com simplicidade e veio sentar-se ao lado da senhora, que a encarou sorrindo. Teria ela ouvido? Julgaria tratar-se de pura bajulação? Ficou embaraçada e imediatamente feriu o dedo, onde surgiu logo pequena gota muito vermelha de sangue. Sinhá-Rôla foi imediatamente buscar a garrafinha de arnica guardada sobre a cômoda justamente para esse fim, e fez-lhe ligeiro curativo.

O vestido foi então tirado do manequim e assim mesmo apenas presos os panos por pontos largos, foi posto sobre o corpo de Carlota, em pé ao lado dele e em poucos minuto com a ajuda de alfinetes de cabeça de conta, alguns de pombinha de vidro, dava maravilhosa impressão de leveza e de graça.

Todas as senhoras a cercavam e falavam ao mesmo tempo, algumas exclamavam e diziam seu entusiasmo, outras lembravam pequenas modificações aqui e ali. Tão entretidas estavam que não ouviram alguém bater repetidas vezes com o nó dos dedos na porta, nem também que a abriam muito devagar. Era Bruno e entrou cautelosamente, chegou perto de Libânia e bateu-lhe no braço. A mucama virou-se com ímpeto admirada da audácia, porém ao dar com a fisionomia expressiva do rapaz, viu tratar-se de algum recado importante e afastou-se para ouvi-lo.

– Chame a Sinhazinha e diga-lhe que estão esperando por ela no pátio.

– Quem está esperando por ela?

– Não é da sua conta, intrometida!

O diálogo rápido e veemente entre os dois despertou a atenção das senhoras, e Dona Virgínia interrogou o pajem asperamente depois de repreendê-lo por não ter pedido licença para entrar.

– O senhor Comendador está à espera da Sinhá-Moça no quadrado, sim senhora.

Carlota não o deixou dar a seguir a longa explicação visivelmente preparada enquanto escutava, porque entrara sorrateiramente no quarto que era também de vestir e mandou-o embora. Rápido fez tirar de sobre si o vestido em experiência, passou de novo o que estava usando, e foi para o terreiro ao encontro do pai.

Ainda da sala do Oratório viu pequeno agrupamento de homens que pareciam examinar certo objeto grande postado entre eles. Quando do alpendre chamou o pai, todos se afastaram e deixaram ver um cavalo negro. Era de mediana estatura, mas tinha nobre cabeça e o corpo esculural, digno de ser reproduzido em bronze para ornamentar os jardins de qualquer palácio. Estava assustado diante da presença de tanta gente, e todos não só o percorriam com os olhos como também passavam as mãos por seu dorso luzidio, e alguns tinham tentado trançar suas crinas muito abundantes por ele sacudidas de vez em quando, com entusiasmo e certa impaciência.

– Venha cá – exclamou o Senhor alegremente – venha receber o presente que lhe mandou a prima Condessa!

– Ele é mágico! – afirmou gravemente o senhor Justino – sabe fazer mágicas iguais às dos circos.

Carlota hesitou em descer os degraus e ir até aquele ajuntamento composto só de homens, apesar de serem familiares de sua casa. Porém, ao ver o seu pai trazer, pelo cabresto de tiras de couro entrançado e colorido, o belo animal para perto, foi ao encontro deles e acariciou com ambas as mãos a cara também toda negra apenas aberta por pequena estrela branca. Ele então, talvez por reconhecer nela a sua verdadeira dona, ergueu o focinho, deixou ver os beiços rosados e os dentes muito brancos e relinchou por duas vezes.

– Que bela saudação! – gritou o velho administrador, entusiasmado e radiante. – Ele vai já mostrar as habilidades. – E virou-se para o cavalo e disse-lhe como se estivesse falando com uma pessoa: – Diga lá: gosta da Sinhazinha?

– O animal porém ficou imóvel, e olhava de soslaio, deixando aparecer apenas o branco dos olhos, o que lhe dava esquisita expressão mista de medo e de ironia. O Comendador que observava a cena rindo-se, afastou ligeiramente o velho Justino, pôs os dedos no pescoço do cavalo e disse:

– Não é assim que se fala com o cavalinho. Ele é delicado e gosta de ser tratado gentilmente – e, enquanto falava com doçura e o acariciava, repetiu a pergunta se era admirador da Sinhazinha. Imediatamente o animal sacudiu a cabeça de cima para baixo, em gestos amplos e garbosos, mas quando lhe foi perguntado se gostava do senhor Justino, abanou-a com maior energia de um lado para outro, em negativa. Todos estavam encantados com o brinquedo e elogiaram a amabilidade da senhora Condessa ao fazer tal dom. Sorriam ao dizerem isso porque sabiam ser o jovem pretendente o verdadeiro autor da escolha do presente.

LXXIV

Os dias passaram, o vestido novo estava pronto, guardado no armário enorme, e as senhoras tinham orgulho em afirmar ser ele capaz de ficar em pé sozinho, colocado sem cabide no fundo do móvel. Carlota o experimentara e fora obrigada a pentear os cabelos, a prendê-los atrás em forma de coifa sob a rede invisível de trancelim de seda, de onde saíam dois cachos soltos sobre o ombro, e foi preciso ir buscar o seu broche de diamantes, no centro do qual tremia grande flor de ouro cravejada, que a qualquer movimento lançava fulgores irisados. Tinham aberto o pesado espelho de três faces, todo de madeira escura, habitualmente fechado a chave, para nele se remirar em todas as posições, e Carlota a tudo se submetera e a tudo se prestara, tendo sempre o mesmo sorriso imóvel nos lábios. Não soltou as exclamações esperadas pelas senhoras, pois elas próprias estavam encantadas diante de sua obra e julgavam no íntimo que nem a famosa Madame Cudier faria igual, pois os outros vestidos de grande gala trazidos pela menina da Corte, não faziam o mesmo efeito, e não podiam compreender a calma guardada por ela, sem alterar o seu modo indiferente de sempre.

Quando o relógio da Capela bateu dez horas e viram ser tão tarde, ficaram assustadas com a imprudência que estavam cometendo, pois já era tempo de Carlota ir deitar-se. Tiraram das mãos das mucamas os dois grandes candelabros com todas as velas acesas, puseram-nos sobre a mesa e todas ao mesmo tempo queriam ajudá-la a despir o vestuário passado pela cabeça em grandes voltas de rendas e de tule, e afinal a envolveram em amplo xale da Índia, pois seria impossível chegar a seu quarto sem encontrar qualquer pessoa.

Quando já deitada, com a luz apenas da lamparina a formar desenhos na parede, e o cortinado de filó grosso bem fechado, ela pôde então recapitular o que fizera e realizar a razão de todos aqueles gestos, da inconsciente vaidade com a qual ajustara o seu penteado, artisticamente feito por Libânia, e por que se voltara muitas vezes diante dos espelhos, maquinalmente, mas atenta à sua imagem neles refletida e corrigira a queda defeituosa de suas pregas, e prendera com requinte a joia fulgurante. Ficava a sua vida assim partida em duas, e chegara agora diante de novo e estranho mundo... Preparava-se, tinha experimentado as galanices necessárias a essa passagem para o desconhecido e para o qual não estava preparada.

Quem era aquele homem apenas entrevisto, e cujo olhar a fixara de relance, e diante dele baixara logo os olhos, na atitude desconfiada e humilde de quem cometera uma falta? E quem era ela própria, se não podia nunca dizer seus sentimentos, tão confusas eram as ideias que se formavam e fugiam em sua mente?

Quis rir de si mesma, quis sonhar como sabia sonharem as moças em vésperas do casamento, mas a angústia invasora subiu-lhe até a boca e ficou suspensa à espera da morte. Não pode suportar por muito tempo a pressão agora sentida no peito, o intolerável peso a esmagar seu coração e levantou-se de golpe, jogando para longe as cobertas. Viu então estar sozinha, pois as mucamas nem sequer na camarinha tinham se deitado, e saiu do quarto depois de lançar sobre a longa camisola, sua única vestimenta, a se arrastar no chão, o mesmo xale que lhe tinham posto nos ombros, e logo nele se envolveu arrepiada quando entrou na sala escura percorrida por correntes de ar vindas do corredor.

Sentou-se logo na primeira cadeira achada, às apalpadelas, e só então pensou necessitar de luz, pois esbarraria nos móveis e despertaria os outros moradores da casa. Auxiliada pelo raio de luz mortiça vindo da porta que deixara entreaberta, procurou o castiçal habitualmente encontrado sobre o dunquerque ali perto, e sentiu logo nos dedos a cabeça do pequenino Cupido de prata que segurava a vela, tendo em uma das mãos o fósforo que usou depois de riscá-lo no rebordo do mármore. Sentiu grande alívio quando pôde distinguir a seus pés descalços as flores do tapete, e foi a rir que pensou poder já andar por toda a casa, inteiramente sozinha, sem correr o risco de fazer ruído. O som de seu riso chegou aos seus ouvidos diferente, estranho, e teve de novo longo arrepio que não era produzido pelo ar agora parado e morno, atravessado apenas pelo bafio da casa fechada e cheia de gente adormecida. Parecia que tudo respirava de forma humana em torno dela, em ritmo quase imperceptível mas regular e constante. Só ela não acompanhava a vida de todo aquele imenso edifício, que estendia suas construções pela noite adentro, em alas longas mas a ele diretamente ligadas. Sentara-se outra vez, a palmatória no regaço, mas não pôde ficar muito tempo naquela posição, pois de novo lhe subia à garganta a mesma angústia que a fizera fugir do leito. Era necessário andar e gastar os nervos, fugir de si própria... queria procurar paz, um pouco de verdade, qualquer ponto de apoio real que a trouxesse outra vez a si mesma, para recompor o equilíbrio perdido, pois sentia a terra fugir-lhe dos pés.

A luz tremia e então agarrou o castiçal como se ele quisesse escapar de seus dedos entorpecidos. Andou e despertava por onde passava quadros fugidios, indecisos, de repouso e de vida quotidiana. Poltronas de jacarandá, unidas duas a duas e preparadas talvez para alguma conversa íntima, sofás cujas almofadas pareciam esperar corpos cansados, a mesa grande e negra, coberta pelo tapete de veludo vermelho, e sobre ela a fruteira cheia de frutas, prontas para satisfazerem a fome de alguém... Ela andava de uma sala para outra, e ora acariciava o móvel conhecido desde menina, surgido a sua frente, ora sentava-se nas cadeiras encontradas, postas em fila junto das paredes, e imaginava se elas guardariam ainda o jeito do corpo de criaturas já há muito partidas, algumas para a morte, e outras... Levantava-se de novo, precipitadamente, e passava depressa fazendo oscilar a vela, e deixava cair aqui e ali ligeiras gotas de cera. Enfim diante dela surgiu a cadeira de balanço, com dragões esculpidos e veio logo à sua lembrança a figura mutilada de rainha distante, desdenhosa, de quem não era possível aproximar-se sem provocar irritação e gestos de defesa. Era sempre a mesma sensação de sacrilégio que fazia seus dedos se encolherem, suas mãos estendidas para um carinho caírem desanimadas, e sua boca sequiosa de um contato quente fechar-se, apertados os lábios até ficarem lívidos.

Voltou à sala, e ergueu a vela para iluminar o espaço vazio, onde o retrato da menina morta estivera, onde a sua figura infantil criara por pouco tempo a ilusão de vida misteriosa, em seu silêncio e imobilidade. Era também pequeno fantasma para ela, a criança que fora sua irmã, do seu sangue e de sua carne, e vista por ela apenas duas vezes nas idas dos pais à Corte. Nesse momento parecia-lhe brinquedo que brado a boneca outrora animada pelo calor dos outros, daqueles mesmos que agora a repeliam e se fechavam diante dela...

Ouviu passos em vibração ligeira e surda que não chegavam bem ao limite do real e estremeceu à ideia de ser a menina de volta, por seu pé, a fim de retomar o lugar de onde fugira, obrigada a abandoná-lo. Recuou até sentir em sua mão, estendida à procura do apoio da parede, o frio da maçaneta da porta que dava para o jardim. Com certeza o ar lá de fora refrescaria sua cabeça, agora toda em fogo. Mas logo parou gelada. Vinha-lhe à memória a frase de seu pai, ao lhe recomendar não sair sozinha...

    Era alguém que podia ser suspeitado... inspirava desconfiança e receio! E só então percebeu que os passos ouvidos vinham lá de fora e eram passos de homem que não queriam ser percebidos... E foi furtivamente, como animal perseguido pela matilha, até a Capela onde se ajoelhou e permaneceu muito tempo o rosto escondido entre as mãos.

LXXV

Carlota voltou-se na cama e entreabriu os olhos com precaução. Em seu sonho alguém a chamara com insistência e ela não podia atender a esse apelo fremente, instante, sem forma definida, pois sabia apenas que a chamavam, e a angústia sentida apesar da certeza de tudo ser mesmo sonho, acabou por fazê-la despertar ainda com o ressaibo amargo das horas más passadas antes de deitar-se. Espreitou o quarto e viu nele reinar a luz leitosa, difusa e lenta da madrugada, a entrar pelas janelas em ondas baças e tirava as formas dos objetos envolvendo-os em seus véus impalpáveis. Devia ser muito cedo, pensou preguiçosamente e quis reviver a sensação sentida, de abandono de tudo, de ficar ali sem movimentos até alguém a vir buscar. Mas, quem seria esse "alguém"? E compreendeu logo não poder mais entregar-se à dissipação, pois talvez já tivesse encontrado alguma coisa que a guiasse, que a chamasse, que a fizesse viver.

    Nesse instante ouviu baterem realmente em chamado nervoso. Fitou os ouvidos, erguendo-se sobre um dos cotovelos, mas a batida cessou e ela não pudera certificar-se de sua realidade. Ficou atenta e lembrou-se de que não poderia ser na porta do gabinete, pois lá estava Libânia, cujo vulto era fácil distinguir enrolada em sua manta escura, deitada na esteira de tábua, e ela certamente despertaria, sempre alerta e curiosa como era. Mas de novo escutou as pequenas pancadas agora distintamente, e vinham da janela mais próxima da cabeceira de sua cama. A chamada foi mais longa, mais demorada e ela pôde levantar-se e chegar até as vidraças de guilhotina que estavam abaixadas por causa do calor da noite. As grades que defendiam as janelas eram bastante fortes para permitir se confiasse a elas a sua guarda, e assim despreocupadamente a moça chegou bem perto, sem ruído, e ergueu a meia cortina estendida sobre os vidros. Olhou para fora e não viu ninguém. Apenas a tênue neblina que tudo tornava irreal, e o jardim parecia estremecer com a friagem, sob a umidade invasora e minuciosa. Dois ou três golpes porém muito secos a fizeram olhar para o canto da vidraça, e viu ser certo pássaro que batia nela com o bico, e sacudia as asas agitado, ansioso por transmitir alguma mensagem e partir para o seu destino.

Carlota quis abrir o vidro da janela, mas imediatamente em rápido arrepio o pássaro escapuliu... E ela lembrou-se da angústia sentida durante o sono com o chamado... Chamado? e estremeceu ao lembrar-se das histórias velhas de Joviana, onde os presságios, os sinais do além precediam sempre a morte de suas heroínas...

Foi pois confundida e surpresa que despertou novamente e já então o sol estava quente e alto, e as aves em matinada cantavam nas árvores do jardim. Ao chegar a sua velha ama portadora da primeira refeição, Carlota a recebeu alegremente, pois seu coração batia muito ágil e ela sentia em suas veias correr sangue ardente e renovado. Era o apelo premente da mocidade a lhe subir em baforadas à cabeça. Preparou-se com ímpeto e depois de curta pausa na Capela, dirigiu-se às cocheiras onde estava o seu cavalo negro. Abriu a meia porta da primeira baia, e distinguiu logo o seu dorso reluzente, enrugado e trêmulo ao contacto da raspadeira manejada por um dos cavalariços. A Sinhazinha quis acariciá-lo, mas o animal ao sentir sua mão pousada na anca assustou-se e escoiceou a bufar ruidosamente, as narinas muito abertas e os olhos alucinados a revirarem, vertiginosamente.

– Quieto, Satan, quieto, Satan... – murmurou em tom muito suave, muito carinhoso, o rapaz vestido de chimango azul extremamente desbotado.

– Satan? – interrogou a Sinhazinha. – Por que você o chama Satan, Sátiro?

– Uê, nhanhã, pois foi assim que me disseram ser o nome dele... mas se nhanhã não quer eu posso chamá-lo de outro jeito...

A Sinhazinha percebeu ter o cavalo vindo da fazenda vizinha já com aquele nome e nada disse, mas quis de novo fazer-lhe carícias e maquinalmente passou os dedos atrás de sua orelha, e logo o cavalinho sacudiu a cabeça de alto a baixo entusiasmado como se estivesse respondendo a uma pergunta. A moça riu-se e fez nova experiência e obteve o mesmo resultado. Vinha trazida pela ideia de mandá-lo atrelar em sua caleça, mas não teve ânimo para isso ao vê-lo proceder igual aos brinquedos de molas como os que recebia em criança. Ao ouvir porém o ruído de outro cavalo a sapatear na baia contígua, e relinchar alegremente, pôs-se na ponta dos pés, para olhar sobre a divisão de madeira, e viu ser tudo provocado pela presença do velho primo Manuel Procópio, ali vindo para assistir ao preparo da montaria do Comendador, na qual ia todas as manhãs ver os vários eitos em atividade. Mas ele pareceu não dar por ela e logo retirou-se, antes do animal estar completamente arreado e pronto para ser montado.

Carlota teve penosa impressão diante da partida discreta do parente, durante a viagem tão cordial com ela, e sentiu certo desapontamento de ter descoberto com tamanha facilidade o segredo de Satan, e voltou para a casa a passos lentos enquanto olhava para o espetáculo cheio de cores e de animação a se desenrolar diante dela. Tinha chegado justamente a tropa vinda do Rio de Janeiro, e as mulas estavam todas amarradas aos esteios do galpão construído do lado de fora do quadrado. Os tropeiros abrigados por grandes chapéus de palha e envoltos em ponches de listas alternadas de vermelho e pardo, nos pés grandes esporas de ferro a tilintarem presas aos calcanhares nus, tiravam das cangalhas as bruacas muito altas. Depois de desprenderem os couros da coberta e desapertarem as cilhas carregavam as caixas de madeira marcadas com os sinetes de casas comerciais da Corte, ou os fardos envolvos em estopa costurada a largos pontos, contendo as mil encomendas para o seu enxoval.

Todos quanto a viram descobriram-se e deram em voz enrouquecida pela poeira das grandes estradas o "louvado", mas a Sinhazinha notou que a miravam com espanto, e logo abaixavam os olhos avermelhados e coruscantes, e se punham ade novo no serviço a fingir atenção redobrada. Apressou-se a passar pelo portão de entrada do quadrado, e viu que a essa hora estava deserto. Respirou com desafogo e foi apressada para o alpendre apesar do balão lhe dificultar os movimentos, e sem o sentir ria-se todo o tempo, como uma menina estouvada. Subiu os degraus quase aos saltos e por pouco não caiu sobre o último deles, quando viu inopinadamente à sua frente o vulto alto de seu pai, pronto para sair. Ainda ofegante, tomou atitude modesta e quis beijar-lhe a mão, presa a pequeno pingalim de ébano. Mas ele fez brusco movimento ao retirá-la e disse-lhe secamente:

– Já disse à menina que não saia sem acompanhante da residência, e não quero que vá às cocheiras sem ser em minha companhia.

Carlota olhou-o surpresa, mas empalideceu quando viu seus lábios reduzidos a simples corte em sinal de cólera. Quis dizer qualquer coisa, quis explicar, mas viu alguém mover-se atrás do vulto do Comendador e nele reconheceu o senhor Manuel Procópio a olhá-la com olhos paternais. Segurou os vestidos que deixara cair quando parara e passou pelos dois homens em silêncio, de cabeça erguida, as pálpebras muito abertas e a boca cerrada. Ao ver as senhoras na Capela a fazerem a oração em comum teve ânimo de ir até junto delas, diante do Oratório, e tomou parte nas preces rezadas, e as lágrimas represas não correram pelo seu rosto voluntariamente tranquilo e sem o menor traço de emoção, quando vieram dar-lhe os bons dias, pois ainda não a tinham visto.

LXXVI

Muitos anos escoados em sua desenfreada corrida para a morte, quando Carlota deixava que seus pensamentos deslizassem soltos, em moles remoinhos, de repente eles se fixavam e uma cena se desenhava sobre todo aquele fundo indeciso, e em seus lábios se entreabria um sorriso ao revê-la, como um pequeno espetáculo de brinquedo, comovedor e ridículo. As seis senhoras, em grupo agitado e rumoroso vindo ao seu encontro em imagens muito nítidas e todas se calavam ao chegarem bem perto, tão próximo que era preciso puxar para si os grandes babados de sua saia e ficava à espera daquilo que pareciam ter a dizer. Impedidas por algum motivo e talvez mesmo pelo excesso, pelo açodamento em falar, elas se entreolhavam afogueadas, e alguns cachos, uma ou outra mecha caída sobre o rosto ou desenrolada nas costas dava-lhes o ar vagamente risível das senhoras quando enfurecidas. Estavam apenas indignadas, espantadas, e não sabiam como contar o que as pusera nesse estado, e vinham diretamente da cocheira onde haviam também ido ver o presente recebido na véspera por ela. Tinham querido fazer com que ele repetisse a sua habilidade, e como o animal tornasse a se impacientar o rapaz repetira a sua admoestação: "Quieto, quieto, Satan!".

Dona Virgínia recuara bruscamente, e as outras senhoras atônitas tinham levado as mãos à boca, para abafar a exclamação de horror que lhes acudira irresistivelmente aos lábios.

– Como?! – interrogou asperamente a velha prima do Comendador – que disse você, atrevido?

– Minha senhora Dona Virgínia, eu recomendei ao cavalo que não passarinhasse...

– Mas você disse certo nome, mentiroso! – e voltando-se muito vermelha para as suas companheiras, ela as tranquilizou: – Isto não fica assim, vou dar ordens ao feitor para ser castigado esse praguejador!

O negro só entendeu que iria ser batido, mas não sabia por quê. Quase a chorar agarrou a fímbria do vestido de Dona Virgínia e quis beijá-la, mas a senhora arrancou-a de suas mãos com horror.

– Você acaba de invocar o Inimigo, e ousa querer me tocar?! – gritou ela.

E as seis saíram à procura do feitor, a quem deram queixa seguidas de ordens desencontradas de severa punição, por desrespeito às senhoras e também por blasfêmia. Diante de Carlota tiveram receio de se terem excedido em sua revolta, e resolveram pedir-lhe a ratificação de tudo feito. Depois de momentâneo silêncio, tinham todas desatado a falar ao mesmo tempo, e cada qual dava relação dos fatos diferente das outras, e a moça já deslumbrada da tristeza e da penosa impressão recebida, as escutava sem saber a qual delas devia atender primeiro. Afinal Dona Virgínia sem forças para dominar as outras vozes com a sua garganta habitualmente rouca, agarrou-se pelos balões e as puxou para trás, e adiantou-se sozinha. Até conseguir segurar Carlota pelas mãos e contar-lhe a horrível palavra escutada.

A jovem tudo ouviu e o rubor subiu-lhe vagarosamente ao rosto. Não tinha mais vontade de rir... sentia em sua alma obscuro embaraço e compreendia vagamente que uma secreta vergonha a diminuía e ficou espantada de não ter compreendido desde logo, admirada e entristecida pela sua insensibilidade, a indelicadeza, a falta absurda de ter sido dado aquele nome à dádiva a ela ofertada com tamanha ostentação. Dona Inacinha que a observava forçada ao silêncio por sua velha amiga, percebeu não ter o alvoroço por elas feito encontrado repercussão na jovem. Carlota se aborrecia, sim, mas não em consequência do procedimento do cavalariço para com elas... Mas outra razão havia que o faria marcar, até mesmo no futuro, em todo aquele incidente por ela própria julgado ridículo e que no entanto viera apagar nos olhos da menina as pequenas luzes de atenção a princípio divertida, agora tornada melancólica e preocupada. Teve pena, sem conseguir adivinhar as diversas emoções denunciadas por aquele rosto tão puro e assim que Dona Virgínia terminou a sua severa acusação, murmurou tentando dissipar aquela nuvem de tristeza:

– Agora cheguei a compreender que se trata do nome do cavalo... é uma simples brincadeira de moço da Corte e prova apenas não ter ele medo das mesmas coisas que nós...

Dona Virgínia também prevenida por sua intuição de que Carlota não estava solidária com sua santa repulsa, e receosa de serem suas palavras tomadas como censura demasiado ríspidas do gosto e da finura do noivo, acrescentou em outro tom:

– Minha querida filha, nós perdemos um pouco a cabeça, ao julgar que o negro nos faltava com o respeito, mas todas as nossas amigas tinham entendido assim, e só agora compreendemos que estávamos enganadas... Vamos imediatamente falar com o feitor para suspender qualquer ordem de castigo contra o Sátiro. Até que ele é bem bom negrinho...

E foram-se todas, ao verem Carlota permanecer silenciosa. Realmente foi com desafogo que viu o grupo de novo unido, mas agora quase calado, pois apenas trocavam uma ou outra frase em surdina, desaparecer na porta do depósito das cargas mais finas, as de dentro, onde o feitor as fazia abrir, para libertá-las de seus invólucros grosseiros, a fim de serem então transportadas até a casa de residência.

Carlota resolveu ir à sala da copa, onde elas seriam dispostas sobre a mesa, e todos os moradores da fazenda iam ver e apanhar as encomendas de pequenos volumes a cada qual destinado, pois de ordinário até mesmo os Senhores vinham familiarmente, na pressa e curiosidade de receberem os enviados da Corte, e se confundiam com os outros. Na ausência agora da Senhora, o Comendador ordenara que tudo a si diretamente destinado fosse conduzido ao seu escritório, onde de portas fechadas abria e examinava sozinho a correspondência e as encomendas.

Foi pois distraidamente que nesse dia Carlota viu chegarem os escravos carregados de pacotes, de caixas de pinho e sacas miúdas, e quando dispostos sobre a mesa nem sequer os olhou. Secreto instinto a avisava de nada encontrar ali a ela destinado, e antes de todos chegarem, foi para o seu quarto onde achou sobre a cômoda dois embrulhos grandes e algumas cartas.

Pegou no primeiro dos envelopes ao acaso e quis abri-lo mas, ao procurar romper o papel cor de cinza, viu ter sido ele previamente aberto. Com as mãos indiferentes ela apanhou os dois outros, e verificou também terem sido cortados com tesoura... e sentiu que o desgosto, o frio desdém que parecia entorpecer o seu cérebro, agora se prolongava, continuado, sem interrupção. Descobria-se presa, limitada, prisioneira de alguma coisa difusa e rastejante, que a cercava de forma invisível e a tolhia sem algemas sensíveis, semelhante a ameaças de cegueira ou de surdez, companheira dos velhos. Afastou de si as sobrecartas, tais como estavam, e não quis abrir os volumes abandonados sobre a cômoda.

Libânia e Joviana entraram nesse instante apressadas, vindas a correr da copa, onde tinham ido apanhar os objetos que deviam ter chegado para a Nhanhã, e ao serem avisadas de nada restar em seu nome sobre a mesa, tinham julgado ter ela própria trazido tudo para o quarto, e assim vinham assustadas reparar a falta. Tiveram porém seus movimentos suspensos por rápido gesto da moça, que as mandava retirar e saíram preocupadas porque julgavam terem chegado coisas ricas e belas para o enxoval da Sinhazinha.

Mas, imaginavam, os senhores pensam de modo diferente, e não sentem as mesmas coisas que os pobres...

LXXVII

O Comendador sentara-se no sofá e depois de puxar para junto de si a vela de cera odorante colocada sobre a mesinha, tirou das algibeiras da nisa que vestia certa caixa oblonga de marroquim, e vários papéis que consultou depois de ajustar com cuidado o "pince-nez" de ouro usado suspenso ao pescoço por trancelim de seda preta. As senhoras tinham feito círculo, pois todas imaginavam que com a chegada da tropa da Corte ele devia transmitir as novas trazidas e dizer alguma coisa dos preparativos para o casamento. Sua ida para a sala de visitas, feita com desusada solenidade, sem o convite costumeiro aos homens de irem todos para a saleta de jogo confirmou desde logo essa suposição e estes, ociosos, sem saber qual atitude tomar, tinham ficado reunidos em grupo junto à porta, e falavam em voz baixa, todavia atentos aos gestos do fazendeiro. Carlota obedecera a recomendação que lhe fora feita pelo pai ao se erguer da mesa e o acompanhou até o canapé muito grande, de medalhão duplo, e ficara ao seu lado com a fisionomia tranquila, porque talvez já soubesse do seguimento da cena a se passar. Assim, quando o Comendador estendeu para ela o escrínio, a jovem o recebeu e depois de consultar o Senhor com rápido olhar, abriu-o. Era um leque italiano de madrepérola, guarnecido de aplicações de ouro, todo de renda de ponto de Milão. Carlota fez com que as varetas irisadas corressem, e remirou-o com grave sorriso. Depois sem nada dizer colocou-o nas mãos de Dona Maria Violante, a hóspede mais recente, sentada na poltrona logo ao seu lado. Após passar de mão em mão e de ter sido elogiado com calor, guardou-o no estojo, que de novo foi pousado na mesa. O Comendador aproveitara os momentos em que estavam todos distraídos com a verdadeira joia representada pelo leque, para ler mais alguns papéis, e deixando-os afinal sobre a perna, tirou a luneta e disse a sorrir constrangido:

– Creio que teremos de apressar o dia do noivado, porque devo partir para a Corte com certa urgência. Um dos meninos não está passando bem, e há verdadeira epidemia de febre amarela no Rio de Janeiro. Provavelmente teremos de receber o filho do Conde do Meal no domingo próximo, mas como o senhor ministro está preso à capital pela situação do Gabinete, diante desse impedimento a senhora Condessa virá fazer o pedido.

Houve curto instante de silêncio, logo tornado embaraçoso, e Dona Virgínia todo tempo agitada na cadeira, nervosa e impaciente, pois não conseguia ver os olhos de Carlota para transmitir-lhe sinais mudos, torceu as mãos, curvou-se para a frente e interrogou respeitosamente com inflexões profundas na voz:

– Qual dos dois meninos, primo Comendador? Espero que não seja nada de grave...

– É o mais moço – respondeu secamente o Senhor – e o médico do colégio ao me escrever não diz de que mal se trata, mas pede a minha presença. Penso, depois de ter refletido bem sobre isso, mandá-los para a Europa onde estudarão melhor, talvez na Suíça, no Grand-Lancy.

– Meu Deus, – murmurou baixinho Sinhá-Rôla – então não veremos mais nenhum deles, e o caçula ainda é tão criança...

Dona Inacinha tentara fazer a irmã calar-se, mas ao ver que ela não cedia ao aperto dado em seu braço, teve forte acesso de tosse e fingiu abafá-lo no lenço. Depois, puxou da caixa de rapé raposinho e tomou duas pitadas e os espirros não se fizeram esperar. Toda essa pantomima foi inútil, porque o Comendador já se erguera e fora até a porta onde estavam os homens, para contar-lhes todas as notícias recebidas sobre o Gabinete ameaçado de interpelação que prometia ser ruidosa, sobre a volta da febre amarela. Sempre em conversa encaminharam-se para a saleta, e em breve já se ouviam as exclamações habituais do jogo.

As senhoras não tinham ainda conseguido encontrar meios para iniciar a palestra desejada, porque notavam visível preocupação no semblante de Carlota, mais absorta do que nunca nos seus pensamentos. Mas dentro em pouco surgiram os figurinos novos, os números do "Jornal das Famílias" e os da "Mode Illustrée", e foram admiradas as bugigangas e os franfreluches que "estavam na berra", no dizer da Corte. Tiradas das canastras muitas rendas, muitas caxemiras, muitas sedas foram trazidas, examinadas e comentadas por todas elas, menos Celestina que nada recebera e se mantivera afastada, aproveitando a agitação para imitar Carlota que atendia com sorriso contrafeito às solicitações feitas à sua curiosidade, e se mantinha fora do ambiente de festas e de cerimônias da Corte, estabelecido pelas outras senhoras. Timidamente, ela se levantou e foi até a janela e depois animada por novo alento, foi sentar-se junto da sua jovem prima, e olhou-a amigavelmente. Estiveram assim, lado a lado, silenciosas, até Carlota se levantar e dizer que iria deitar-se cedo. Seguiu então seu movimento, e ao chegarem à porta do quarto, obedeceu à pressão de sua mão, e entraram juntas.

Celestina refletira todo o tempo não ter sido boa para a sua parenta, pois não tentara sequer se aproximar dela e fazer-se sua confidente, e foi com remorso e arrependimento que se decidiu a tudo fazer por ela, tão atormentada e incerta. Mas teve logo repentino relâmpago de medo nos olhos quando Carlota bruscamente a interrogou:

– Você, prima Celestina, não terá em seu álbum retratos de... sua prima?

A moça aturdida não soube qual a resposta a dar. Teve vontade de perguntar de que parenta se tratava, mas envergonhou-se de lembrar esse subterfúgio comum, e quis desprender seus dedos dos de Carlota para fugir, e foi segura nervosamente.

– É impossível você não ter, e não posso pedi-lo à prima Virgínia nem às outras duas. Você deve possuir o daguerreótipo ou qualquer fotografia de gabinete, pois eu me lembro de ter visto algumas... noutros tempos! Já procurei às escondidas por toda a casa, e nem nos álbuns, nem nas gavetas dos dunquerques achei qualquer deles. Foram decerto tirados, rasgados ou queimados, mas você, você deve ter, pois ninguém iria ver em seus guardados...

Via-se entretanto fugir de seu corpo a energia que o animara. Deixou cair as mãos de Celestina e deu alguns passos hesitantes. Virou-lhe as costas sem azedume, mas apenas deixara de a considerar presente. Era uma despedida desolada, indiferente, e Celestina sentiu não lhe ser possível vencer a barreira erguida entre elas. Quis acariciar aquelas mãos muito pálidas, agora pendentes inertes sobre o vestido branco, e à luz oscilante da vela tudo surgia fantástico e irreal. Nada poderia dizer sem ferir ainda mais aquela alma fechada ao seu lado, toda dolorida e em sangue... Tudo que dissesse seria pior que a dúvida, e também a nada poderia se referir além das confusas suspeitas, dos venenos a flutuarem no ar como baforadas de antigos demônios.

– Carlota... – murmurou, de cabeça baixa.

– Não, não – disse a moça, e sacudia lentamente a cabeça – o momento das confidências já passou... peço-lhe perdão... e não me diga mais nada...

Celestina deixou suas lágrimas correrem livremente, sem soluços, sem sofrer na realidade. Era simplesmente certa tristeza sem nome a invadi-la, e que a impedia de pensar, de julgar, de escolher o que deveria fazer em socorro daquela menina ali tão perto, perdida em sua vida sem horizontes.

Então, sem Carlota poder compreender o que se passava, tomou-lhe a mão e beijou-a como o faria a uma santa.

LXXVIII

Carlota assistiu indiferente aos preparativos de viagem, para a partida de seu pai. Viu ser trazida para a mesa da sala de jantar por Bruno ajudado pelos dois moleques sob a sua direção, as grandes malas de couro amarelo abertas em amplos foles onde foram arrumadas as roupas íntimas que vinham envoltas em toalhas de linho, depois as de vestir, dobradas de forma especial, cada qual em seu saco de lona, guarnecidos de botões de chifre, e nas bolsas laterais os estojos e pequenas caixas repletas de objetos úteis.

As mantas foram enroladas em tecido escocês e presas por correias, ligadas uma a outra por alças destinadas ao manuseio. Quando tudo ficou pronto sem o Comendador ter chegado de sua inspeção pela fazenda, foram transportados para o quarto dos arreios onde ficariam à espera do momento da partida. Bruno tudo fazia com largo sorriso na face preta, porque sabia ser ele o acompanhante à Corte de seu senhor, e isso representava para ele maravilhosa aventura. Já se via de armada gravata branca, a véstia azul-ferrete bem esticada no peito, os botões dourados rebrilhantes ao sol, na porta da igreja, à espera do Senhor e vendo entrar as belas raparigas cujos olhares admirativos lhe seriam lançados à socapa, muito sonsas, por trás das donas de vestidos escuros, certas de estarem as mulatinhas muito preocupadas com a sombrinha e as sacas de seda.

Tinham sido despachados mensageiros para a fazenda do Conde do Meal, a fim de dar conta do que se passava e para sugerir dever ser a visita da senhora antecipada de alguns dias, e quando o Comendador retornou de sua longa ronda de peregrinação já veio com a resposta, pois os encontrara de volta na beira do ribeirão divisor das duas propriedades. Seria naquela noite mesma a vinda dos donos da fazenda vizinha, e foi com sorriso de orgulho e de segurança que o Senhor se dirigiu à filha. Mas, no momento em que seu olhar encontrou os olhos muito límpidos e sérios de Carlota fixos nos dele, vacilou e guardou no bolso a carta trazida desdobrada na mão. Foi portanto uma ordem que ela recebeu para estar pronta naquela tarde, depois do jantar, a fim de receber a senhora Condessa e seu filho. Não haveria convidados por causa das circunstâncias imprevistas... e sua fronte se cobriu de rubor sombrio, ao dar esta explicação do motivo pelo qual a cerimônia se passaria na intimidade.

O fazendeiro teve, em seu rosto queimado pelo sol, visível expressão de contrariedade e de acovardamento quando viu Carlota continuar a olhá-lo, mas ao perceber estar ela mergulhada em seus pensamentos e talvez nem sequer se lembrasse naquele instante de que faltava assim com o respeito devido a seu pai, recompôs voluntariamente as feições e disse-lhe em outro tom:

— Você tem o dia de hoje e as primeiras horas de amanhã para pensar no que vai me pedir para trazer-lhe da Corte... — e sorriu, ao ver o aparente embaraço da moça.

— Meu pai... eu de nada preciso...

— Mas, ainda me lembro de suas intermináveis listas de encomendas quando você tinha seis anos, de antes, enfim, de você ir para o Colégio. Certa vez você chegou mesmo a me suplicar que lhe trouxesse um colar de pérolas. E eu o comprei!

— Ainda o tenho — respondeu Carlota em voz baixa, e ela entristecia-se como uma planta que se retraísse toda ao contacto de mão brutal — ainda o tenho, mas nesse tempo eu era criança... e feliz.

O Comendador ergueu as sobrancelhas e seus olhos se tornaram de aço. Foi com dificuldade que balbuciou:

— Que quer dizer isto? — e ficou diante dela parado, à espera da resposta que tardava. Parecia severo juiz diante da criminosa na expectativa da confissão do crime, e foi bem essa a sensação sentida pela moça sob aquela luz pesada, a envolvê-la e a fazer com que toda ela se cobrisse de vergonha. Procurou no fundo de sua alma a verdade sobre seus sentimentos, porque nesse instante ódio surdo latejava em seu coração, pois era agora um homem estranho que tinha diante dela, a afastá-la com impaciência de seu caminho, e lhe parecia ser também escrava cuja venda estava em negócio, mediante condições impossíveis de serem imaginadas... Porém, tudo podia ser apenas sonho, encantamento mau a aprisioná-la cada dia e cada hora. Foi pois a sorrir, que disse, e sua voz era a mesma de sempre, e seus olhos tinham voltado à limpidez costumeira:

— Meu vestido já está pronto, e está muito bonito...

Suas palavras foram ouvidas por Dona Maria Violante, a entrar nesse minuto, e trazia dois envelopes ainda sem obreias que entregou ao Senhor, exclamando:
– Se é a "toilette" do noivado, está mesmo linda, e será a prometida mais formosa que eu conheço. Mas quando virá a senhora Condessa? Será por ocasião da volta do Comendador?

Informada do que se passava, pediu logo permissão para depressa avisar as outras senhoras, para tudo estar preparado bem cedo, e a sala ficar "assentada", como explicou em seguida a Dona Inacinha e a Dona Virgínia e assim a titular não teria impressão de que não estavam mais habituadas a visitas de sua importância... As almofadas foram sacudidas e colocadas de forma aparentemente descuidada sobre o sofá e sobre as poltronas, com suas rosas, "ketmias" e framboeseiras do Canadá em grinaldas em torno das iniciais entrelaçadas à imperial, bordadas em ponto quadrado sobre talagarça e casimira. As jarras de Viena tiveram suas flores renovadas, recolhidas as antigas que as guarneciam, e trazidas dos armários onde eram guardadas em caixas feitas de escamas e de conchas de Santa Catarina. Até mesmo, depois de rir muito, Dona Maria Violante queimou "papier d'Armenie", a passear pela vasta sala com o defumador indiano, de onde se desprendiam longas espirais de fumaça perfumada.

Antes de Carlota ter feito qualquer movimento ou mostrasse intenção de ajudá-las nos preparativos, dos quais tinham sido excluídas as escravas, as senhoras a haviam obrigado a sentar-se, para assistir a tudo como ídolo impassível diante das sacerdotisas atarefadas na arrumação do tempo. E riam-se alegres, excitadas pela proximidade do acontecimento romanesco, pelo espetáculo muito próximo de felicidade e alegria.

Celestina ajudara em tudo sempre preocupada e distraída por alguma ideia ou projeto cuja oportunidade não encontrava, mas quando viu que nada mais havia a fazer e que as senhoras depois de curto repouso já pretendiam retirar-se, cada qual chamada pelos seus preparos particulares, pediu com voz embargada que esperassem por alguns instantes e trouxe de seu quarto pequeno banquinho para os pés bordado às escondidas. Como as almofadas, tinha também o monograma composto de quatro letras ornadas em relevo e cercadas de grinalda encimada pela coroa de barão. Entrou com ele escondido nas dobras do vestido, e veio colocá-lo junto dos pés de Carlota, a quem explicou balbuciante, tê-lo feito para aquele dia.

Todas vieram ver o trabalho e depois de muitos elogios e de frases amáveis Carlota pôde ouvir Dona Maria Violante segredar a Dona Virgínia:
– Acho prematura a coroa de baronesa...

– Prematura, minha querida? – ciciou a velha senhora, sem os músculos de seu rosto indicarem que falava. – Nada pode ser suficientemente prematuro neste casamento. Tudo deve ser feito antes...

E como nesse momento Sinhá-Rôla chegasse bem perto dela para decifrar melhor as iniciais bordadas, Carlota nada mais pôde escutar.

LXXIX

Quando mal as sombras da casa se tinham estendido pelo pátio adentro e a imesa senzala se tornara silenciosa, pois naquela tarde não haveria a chamada diária, e os trabalhadores chegados do eito sob vigilância mais estreita foram mandados recolher, a fim de não ser perturbada a entrada da visitante, foi anunciada a aparição da vitória na alameda. Dentro em pouco estralejaram as patas dos cavalos nas grandes lajes, e o trintanário do Conde do Meal saltou da boleia e veio para ajudar a velha senhora a descer. Ao ver a figura alta do Comendador aproximar-se sem pressa parou e esperou o Senhor dar a mão à Condessa, que desceu com agilidade notável em pessoa de sua idade. Era magra e pequena, com queixo saliente e sua touca de rendas ainda mais a envelhecia com as bridas negras atadas em laços, sobre a gravata de escumilha lilá. O cabeção sobre o vestido, era todo de rendas também. Veio pelo braço do fazendeiro até o alpendre onde Carlota a esperava acompanhada das outras senhoras. Só então deram pelo moço, que não viera no carro e sim montado em seu cavalo meio-sangue árabe, a caracolar todo o tempo, em upas que dificultaram o desmonte de seu dono. Mas logo depois de entregar as rédeas ao pajem apressou-se em alcançar a Condessa, agora voltada para ele à sua espera, sempre com a mão pousada no braço do Senhor.

Foram logo para a sala, em seguida à troca de cumprimentos ainda na alpendrada, e então depois de alguns momentos de silêncio o Comendador a ela se dirigiu com Gravidade:

– Tenho muita hora em receber a senhora Condessa em minha casa, onde há tanto tempo não tínhamos o prazer de vê-la, nem ao senhor Primeiro Ministro.

– Meu primo – e a voz da senhora pela sua sonoridade moça destoava de sua figura – quanto mais perto estamos mais difícil é nos vermos... Venho sempre aqui como amiga, e agora venho como solicitadora...

Parou por instantes e riu-se. Parecia rir para dentro, devagar, e não se podia distinguir se havia ironia ou emoção nesse riso. Ela se agasalhara em suas rendas pretas, muito encolhida no sofá, mas tinha em cada gesto a segurança de quem sabia ser o seu marido terrível figura no Império. Todos a fitavam em silêncio, e o fazendeiro inclinado para a frente com o busto muito erecto parecia esperar respeitosamente que ela terminasse a sua frase. Havia entretanto em sua atitude deferência afetada, e a senhora parecia examiná-lo com certa altiva desconfiança. Eram mais dois adversários a medirem suas forças diante de atento auditório, do que dois pais a decidirem o futuro de seus filhos.

– Não me pergunta qual a solicitação que venho fazer-lhe? – interrogou a senhora, ao perceber que o silêncio ultrapassava já os limites da cortesia – Não me diz se poderei ser atendida, seja ela qual for?

Ouviu-se de novo o seu riso agora seco, e seus traços se esculpiram, para firmar sobre seu rosto a máscara onde os vincos da boca risonha eram desmentidos pelo olhar dominador. O Comendador fez curto gesto indeciso com as mãos, na atitude de quem não pudesse compreender o que esperavam dele e disse apenas com brevidade:

– Estou às ordens de Vossa Excelência, minha prima.

As velas dos candelabros oscilaram e as sombras dançaram no rosto de todos. Era o sopro morno a vir das janelas, apesar da noite serena descida sobre a terra, tranquila e sonolenta. Pareceu à senhora que leve sorriso de zombaria modificara a expressão de seu interlocutor, e foi com terrível esforço que ela cedeu às razões determinantes de sua vinda até aquele sofá, agora transformado em banco de torturas. De um só fôlego, esquecida da resolução tomada de fazer entender claramente ser uma honra concedida ao seu vizinho a de procurar sua aliança, exclamou:

– Todos aqui já sabem termos formado o projeto de casamento entre nossos filhos, e é isto que venho dizer sem mais rodeios.

– Minha prima e senhora, – respondeu o Comendador, e escandia as palavras calmamente, parecendo agora dirigir-se a pessoa muito velha e já decrépita a quem se quer fazer compreender com afetação alguma coisa, mas sem deixar de ser respeitoso: – esse projeto a que agora se refere com tanta bondade só poderá se tornar realidade se os interessados consentirem em realizá-lo...

O jovem, ao ouvir essas palavras, levantou-se imediatamente e foi até perto de Carlota e balbuciou algumas frases que os circunstantes não entenderam. Viram todos porém a menina erguer a mão e entregá-la em forma de penhor ao seu pretendente. Ergueram-se também e vieram beijar a moça e abraçar o jovem, e este atendia a todos rindo nervosamente, pois talvez os seus nervos retesados por muito tempo se tivessem afrouxado de súbito. Carlota recebeu primeiro o beijo dado pela senhora Condessa com a mesma reserva e seriedade com que esta temperou sua expansão, e assim se manteve todo o tempo. Entretanto, em seus olhos cada vez mais profundos na sombra das arcadas superciliares, havia certo clarão de luz muito suave, de esperança insegura. Sentia-se esquisitamente isolada no meio de toda aquela gente que gesticulava e a osculava, cada qual com frases mais ardentes de desejos e de votos. Olhou para o seu noivo, e talvez esse olhar fosse simples pedido de auxílio, mas o moço ouvia agora atentamente as explicações dadas pelo dono da casa, e então sentiu-se arrastada pela senhora, que a fizera levantar-se com incrível energia e a levava para junto do piano longe dos demais.

– Minha filha, e olhe que já posso e tenho o direito de chamá-la assim, é preciso que agora apresse o mais possível o casamento. Quero ver vocês felizes bem breve. Diga a seu pai que vá imediatamente falar ao meu marido, logo depois de chegar à Corte.

Carlota ficou aturdida por aquela sucessão de frases ditas à meia voz de modo ofegante e entrecortado, em tom de conspiração, e os rápidos golpes de olhos lançados pela senhora ao Comendador ainda aumentavam essa impressão recebida penosamente. Suas mãos estavam presas às da Condessa, apertadas mais do que o faria a amizade e não era amistoso o brilho de seus olhos, nem as rugas formadas em torno de sua boca tinham a intenção de esboçar qualquer sorriso. Muitas vezes repetiu o chamamento de "minha filha", e Carlota perturbou-se por sentir não encontrar eco em seu coração tudo o que ela dizia. Ouvia os apelos e as recomendações como se fossem referentes a outra pessoa, e considerava friamente a senhora parada diante dela, que a visitara algumas vezes no Colégio, mas sempre distante e compassada, e interrompia de súbito qualquer frase para retirar-se apressada, diante das professoras vindas para saudá-la respeitosamente. Teve desafogo ao ver entrarem as mucamas, portadoras de tabuleiros carregados de pratos de canja fumegante distribuídos em silêncio, e diante dessa diversão, depois de recusar a ceia, pôde levantar-se e ir até junto dos dunquerques a pretexto de servir-se de alguns doces secos postos em salvas sobre eles. Com certo receio verificou terem todos se calado e viu então que era seguida pelos olhares dos presentes, pois o noivo também se dirigira para o mesmo móvel e se achava ao seu lado. Todavia nada pôde dizer porque Sinhá-Rôla, diante da inconveniência daquele "aparte" logo na primeira visita de noivado, foi se juntar a eles e os serviu, enquanto falava e ria com nervosismo. Mesmo assim, pelo curto diálogo, Carlota compreendeu ter seu pai dado licença para ele vir à fazenda durante a sua ausência, todas as semanas, mas sempre em companhia da mãe.

Dentro de poucos minutos, terminada a refeição, a Condessa consultou o relógio preso à cintura, mandou chamar o trintanário, a essa hora prisioneiro de profundo sono, apesar de se achar em pé encostado à parede da casa do lado de fora do alpendre, e formou-se de novo a comitiva que a trouxera, composta também de criados carregados de lanternas para iluminar o pátio mergulhado em profundo silêncio e solidão. Quando já tinham se desvanecido os ecos das patas dos cavalos, a baterem a estrada com regularidade, Carlota voltou ao alpendre onde deixara o leque sobre o parapeito, ao acompanhar o pai que levava a visitante pelo braço até o carro, e resolveu ficar ainda algum tempo fora de casa, enquanto o feitor encarregado do portão o fechava com estrondo. Os homens não tinham também se recolhido, e viam-se na meia treva à qual seus olhos se tinham habituado os seus vultos reunidos no patamar fronteiro às escadas, pontuados pelo fogo dos charutos acesos. Quando se aproximaram, ela se fez pequenina no ângulo da balaustrada, onde se encostara e nela deixara cair a cabeça pesada e ressoante, e viu todos passarem sem vê-la. Conversavam ainda, no meio tom a que os obrigava a noite soturna, e o céu muito alto queimado por longo incêndio de raios pálidos, a pausa da mata próxima, tudo indicava ser tarde. Primeiro ela reconheceu o pai a falar despreocupadamente com o veterinário Aguilar de novo hóspede da fazenda, depois os dois parentes de passagem, e finalmente, bem mais atrás dois homens pesados cujas silhuetas se confundiam na sombra projetada pelo beiral do alpendre, pois as estrelas iluminavam o pátio sem lua e suspeitou serem eles o senhor Manuel Procópio e o tabelião, vindo a chamado e que ficara para passar a noite. Antes das visitas chegarem, haviam sido preparados os papéis para serem entregues ao filho da senhora Condessa, João Batista, que os recebera e guardara com presteza, sem olhar para eles.

Pararam por algum tempo diante dos degraus do alpendre, e fumaram em silêncio, até Carlota poder ouvir a frase dita por um deles, em voz mais alta do que o segredar do colóquio:

– Bem, vamos dormir, pois o negócio está feito!

Carlota teve medo de ser vista por eles. Teve receio e vergonha, e ajustou ainda mais o vestido. Ao mesmo tempo tinha ímpeto de erguer-se e de passar diante de todos aqueles homens como um fantasma.

LXXX

Depois da porta fechada com todo o cuidado e postas as trancas que pareciam de fortaleza, as duas senhoras sentaram-se nas duas cadeirinhas trazidas ainda da fazenda de seus pais, e dispuseram-se a consertar a roupa de baixo, pois não gostavam de confiá-las às mucamas encarregadas desse serviço. Tinham surpreendido certa vez, há muito tempo, as mulatinhas quando riam e colocavam sobre os próprios vestidos as peças mais íntimas, sobrecarregadas de refolhos, de guirlandas bordadas e de babados em grossos canudos. As lavadeiras e engomadeiras eram negras velhas e sabiam tratar com respeito todos os pertences dos senhores e dos seus parentes, mas o serviço exigia vista moça e aguda e as consertadeiras eram escolhidas entre as raparigas mais novas. Dispuseram sobre a tampa da costureira em forma de berço, as pequenas almofadas cheias de areia onde espetavam as agulhas, as tesouras e os carretéis, e deram início ao trabalho, não sem antes suspirarem profundamente compadecidas delas próprias. Eram raros aqueles momentos em que ficavam a sós, pois constantemente vinham convidá-las para a sala de costura da fazenda, onde todas as senhoras se reuniam e conversavam sobre os acontecimentos diários, ou contavam as melhores passagens de suas vidas.

Sinhá-Rôla, porém, não parecia disposta a levar avante o pesponto iniciado e ficou muito quieta, a olhar vagamente para a tarefa abandonada diante de si, até Dona Inacinha não a vendo fazer movimento algum, dar conta de que ela não trabalhava.

– Que tem, mana? está sentindo alguma coisa? quer fazer uns bochechos de malva?

Sinhá-Rôla apenas abanou a cabeça negativamente, e fez visíveis esforços para dar alguns pontos debaixo das vistas da irmã que a examinava com solicitude. Entretanto seus olhos encheram-se de lágrimas e ela não distinguiu bem o ponto onde devia enfiar a agulha, e soltou leve grito pois a quebrara, e era uma das últimas de seu agulheiro em forma de coração.

– Decididamente você tem alguma coisa – insistiu Dona Inacinha, e desconfiada suspendeu o seu trabalho. – Aliás já tinha notado há algumas noites que você não dorme direito e ouço seus suspiros...

Sinhá-Rôla apanhou tristemente o pedaço quebrado da agulha e guardou-o em sua cesta. Depois, lentamente, procurou no bolso da saia e de lá tirou o terço de contas pretas muito simples, que fora de seu pai. Parecia querer assim cortar cerce as interrogações da irmã mais velha, mas esta já dobrara as calças muito volumosas que tinha nas mãos, e disse-lhe com melancolia:

– Bem, se vamos agora ter segredos uma para outra... – e também fez menção de iniciar o rosário de obrigação todos os dias, na hora da sesta.

– Ah, mana... – balbuciou Sinhá-Rôla e suspendeu logo o que ia dizer.

Todavia ao sentir aqueles olhos cansados e enrugados, que conhecera tão límpidos, até mesmo belos, fitos nela com expressão ressentida e triste, não pôde resistir por mais tempo, e com dificuldade, muito enleiada, disse:

– Foi um sonho que eu tive... e não quis contar a você, porque estava com pena.

– Era contra mim? Acontecia-me alguma coisa? – perguntou Dona Inacinha também já de voz demudada. Ela sempre imaginava quando morresse o que seria da irmã, tão sensível, um pouco simples e sem ninguém por ela... Um de seus consolos, era justamente que, por ser "prejudicada" Sinhá-Rôla nunca pensasse nisso e agora temia descobrir não ser como julgava o pensamento íntimo da irmã.

– Não... – e Sinhá-Rôla se animou. – Imagine que sonhei que todos nesta casa morriam como a menina e nós acompanhávamos os enterros, e eu repetia: que será de nós? que será de nós? e você ficava calada... Acordei com o coração aos saltos, e fiquei pensando! fiquei pensando...

– Que será de nós? – interrompeu com bondade a irmã – há muito reflito sobre isso... mas, mana, olhe lá, não sobre a morte de todos os moradores dessa fazenda.

E riu-se bondosamente. Sinhá-Rôla a escutava e nascente esperança brilhava em seus olhos. Se a irmã tão forte já tinha refletido sobre essa possibilidade de perderem o amparo do parente é porque já tinha encontrado o meio de se salvarem da última das misérias. E a paz voltava com rapidez ao seu espírito perturbado e a fazia esquecer as imagens terríveis que tinham enegrecido as suas horas até ali. Foi com a maior naturalidade que se levantou e veio passar o braço sobre os ombros da sua velha companheira de tantos anos, da única pessoa diante de quem não tinha vergonha de ser feia, de não ser inteligente e de ser tão pobre...

– Minha irmã – observou Dona Inacinha no tom maternal que há muito tempo deixara de dirigir à sua caçula. – Foi bom nós conversarmos sobre esse assunto. Eu também não tinha muita coragem de falar sobre a situação em que estamos, agora que tudo muda e tudo se precipita aqui no Grotão, mas quando Dona Virgínia foi para a Corte, ela me disse em segredo desejar passar pela fazenda do primo Visconde, irmão do primo Comendador, e eu lhe dei carta minha para ser entregue a ele....

– Mas nós temos visto tão pouco esses parentes – murmurou, receosa de ver desfazer-se a esperança surgida e em veloz aumento. – Nós somos as primas necessitadas...

– Pois sim, – continuou pacientemente Dona Inacinha – tudo isso eu escrevi, e contei prever o dia em que teríamos de sair desta fazenda, e não sabia para quem apelar a não ser para a bondade de Deus. E a resposta está aqui.

Apontou para a costureira, também dos poucos móveis que tinham conseguido arrancar da penhora e da destruição. A emoção que a agitava não lhe permitiu continuar, e fez sinal com a mão ser necessário esperar alguns instantes. Sinhá-Rôla, já inteiramente refeita das preocupações que a tinham feito parecer subitamente mais velha, mais alquebrada, voltara a sentar-se e mantinha-se agora muito direita, como uma menina bem comportada quando ouve conselhos de pessoas respeitáveis.

– Eu tinha pensado pedir abrigo em qualquer recolhimento do Rio, – voltou a dizer Dona Inacinha, quando sentiu ser possível falar, e ela pensava em voz alta, em monólogo, não muito segura de ser acompanhada pela irmã na sua via de amarguras. – Mas... não tive coragem. Agora o primo Visconde mandou-me dizer que está pronto a nos receber em sua fazenda, pois seremos companhia para a prima, ou se quisermos, porá à nossa disposição na Corte duas negras de ganho para nosso sustento, se preferirmos ir para a cidade.

Dona Inacinha interrompeu-se e suas mãos se cruzaram insensivelmente. Seus lábios se moveram sem que deles saísse algum som, e seus olhos se apagaram, e ela pareceu muito longe dali. Depois, ao ver a irmã esperar ainda o prosseguimento de suas reflexões murmurou, e mal se podia ouvir o que dizia:

– Assim estou tranquila quanto aos nossos últimos dias... Mas por isso mesmo sinto funda inquietação, verdadeiro remorso, ao ver tudo em torno de nós tornar-se cada vez mais confuso... Desde a morte da menina parece que nesta casa alguma coisa se quebrou, e toda ela está ameaçando desabamento...

Depois ergueu-se, sacudiu o vestido cheio de fios, e pareceu corajosa e forte. Com rápido sorriso exclamou:

– Pareço coruja agourenta! Mana, não pense mais em nada disso porque nós não somos ratos que abandonam os navios que vão afundar...

LXXXI

Era a hora dos negros chegarem do eito e Carlota, atraída pelo rumor por eles feito, foi até o alpendre a fim de ver o espetáculo de todas as tardes. À medida que iam chegando, formavam duas filas longas de frente para a escada cujos degraus desciam até o quadrado. Junto ao poial colocavam grande pipa de aguardente e ao lado do administrador, que tinha nas mãos o livro com a lista dos escravos empregados na campanha, o cálice de vidro grosso. A cada negro que atendia ao chamado e avançava até ele o senhor Justino fazia dar a dose certa da bebida, e era visível a deliciada volúpia com que os cativos a engoliam, dando estalos com a língua. Depois de tudo terminado, o português levantou-se e tirou o largo chapéu de castor muito usado, e no mesmo instante os homens disseram em coro:

– Louvado seja Nosso Senhor Jesus Cristo!

– Para sempre seja louvado! – responderam as negras que também tinham tido a sua ração de aguardente pois faziam serviços pesados na roça.

O tambor, tocado pelo mesmo negro encarregado de encher o copo com a "pinga" tirada em pequeno coité, deu o sinal de dispersão e os negros que tinham visto surgir a figura da moça na alpendrada e até ali se tinham mantido em silêncio por ser rigorosa a vigilância nessa hora, debandaram aos saltos, e gritaram:

– Viva nossa Sinhazinha, viva!

Carlota sacudiu o lenço trazido na mão e isso ainda aumentou a alegria dos mais jovens, agora em grupo, que se puseram a cantar versos rústicos. A senhora Luiza vinda até junto da menina disse-lhe haver na despensa três grandes cestos de carambolas que podiam ser distribuídos aos negros e Carlota pediu-lhe desse ordens para isso e dentro em pouco a algazarra se elevou ao auge. Mas os feitores, chamados para verem a fruta e a fazerem transportar, obrigaram-nos a levar os grandes samburás para as senzalas onde se recolheram. Tudo isso ocasionou desusado movimento e as senhoras vieram também ver o que se passava, mas logo voltaram às suas ocupações, ficando apenas Dona Maria Violante, que se sentou no banco da varanda ao lado de Carlota, e as duas ali quedaram para receberem no rosto a aragem da tarde agora tão fresca e agradável, e trocaram algumas palavras em preguiçosa e intermitente palestra. Ela era viúva pela segunda vez, e não fora muito feliz em suas experiências conjugais. Seu segundo marido fora funcionário da Secretaria de Estado do Império, e a deixara com pensão reduzida, e isso não melhorou sua situação de viúva sem fortuna. A jovem compreendeu desde logo o ponto que ela queria chegar, e foi melancolicamente que lhe disse:

– Se quer ficar conosco, creia que meu pai terá prazer nisso...

– E a menina?

– Eu... – e Carlota precisou fazer certo esforço prosseguir – eu não sei se... como a senhora sabe, talvez deva mudar de estado e sair da fazenda, e assim a minha opinião não tem valor, mas acredite, se ela fosse necessária, pedir-lhe-ia que ficasse.

Dona Maria Violante agradeceu com palavras sibiladas, e manchas lívidas surgiram em seu rosto. Afastou-se sem olhar para trás, e a moça ouviu-a resmungar qualquer coisa, mas não chegou a distinguir-lhe o sentido. Logo voltou sua atenção para as senzalas, de onde vinham os ecos do jantar, que os negros tinham ido buscar na cozinha de fora em suas gamelas. De quando em quando chegavam até ela em ondas os sons quebrados de gargalhadas, mas tinha ouvido as ordens deixadas por seu pai antes de partir e sabia terem sido as armas embaladas distribuídas aos feitores e aos guardas, com a recomendação de atirar ao primeiro sinal de revolta. Assim estava informada de que toda aquela paz, na aparência nascida da ordem e da abundância, todo aquele burburinho fecundo de trabalho, guardavam no fundo a angústia do mal, da incompreensão dos homens, a ameaça sempre presente de sangue derramado.

Chegou até ela o som distante do trovão, a rolar majestosamente pelas quebradas da serra do sul, e pensou em seu pai a essa hora a caminhar pela estrada sem fim, entre nuvens de pó e sob o céu inclemente, tão longe ainda do ponto final dos trilhos do caminho de ferro. Estava só naquela casa enorme, cercada de estranhos ou indiferentes... Todas aquelas mulheres eram para ela sombras sem relevo, e não sentia vontade de tirá-las da bruma baixa onde se moviam indistintas, ora a se destacarem pela proximidade apenas, ora esfumando-se para se perderem na mesma neblina cinzenta e uniforme. Não era possível entre elas qualquer tentativa de interpretação, cada qual em seu ponto de vista inteiramente fora da amizade, pois a interpenetração de seus pensamentos não se fizera desde o instante de sua chegada. Sentia vergonha dos apelos por ela dirigidos a cada uma delas, dos verdadeiros pedidos de socorro que não tinham sido ouvidos, das confidências inúteis recebidas em troca, sem seu coração tomar parte nelas, sem sentir palpitar, por momentos que fosse, um pouco de vida em tantas palavras escutadas ou ditas. Atrás daquelas janelas à sua vista de esconso se desenrolavam mil pequenos dramas, mil tristezas, todos dominados pelo tédio minucioso da solidão, do afastamento da fazenda perdida em meio de culturas imensas e de matas inextricáveis, cercadas pelos mistérios de todos os momentos dos negros que os faziam viver, escondidos na senzala que via ali defronte agachada, pronta para o salto de onça, mas agora quase rosada pelo sol da tarde.

Seus pensamentos, indistintos, flutuantes, punham-lhe no rosto traços dolorosos e seu corpo se quebrava esposando o banco de pedra onde estava, e parecia ferida de incurável paralisia. A brisa muito leve, vinda em lufadas dos vales, fez correr murmurantes algumas folhas velhas, e o seu ruído seco de segredo trouxe-lhe à lembrança as lendas já ouvidas de Joviana, dos pequenos demônios dançantes a rodopiarem nos remoinhos formados pelos ventos contrários. Fez reviver voluntariamente, em seu espírito, a irmã mais nova, que mal conhecera, a perseguir muito leve e muito ágil as flores enegrecidas, os pequenos ramos a rolarem e a correrem, animados de vida própria em fuga rápida diante de sua perseguidora. Mas a menina cuja sombra tentava trazer até ao quadrado, tão real e tão vazio de mistério, tão hostil ao sonho, foi apenas fantasma indeciso logo absorvido pelo passado. Não lhe foi possível recompor o rosto da criança entrevista no berço, da que lhe fora levada dois anos depois ao parlatório do Colégio, já nos braços de Libânia. Quis vencer o inexprimível cansaço que a prendia ali. Ajustou primeiro os vestidos ao seu corpo, para sentir ser-lhe ainda possível mover-se e que era uma pessoa viva e tentou levantar-se. Foi sem perceber que se movera que ela deu consigo diante do espaço vazio onde estivera o retrato da menina morta. Teve ímpetos de procurá-lo por toda a parte e de esquadrinhar todos os recantos da casa. Certo sentimento de lealdade, a suspeita de si mesma, de sua curiosidade agora tão aguda na ausência do Senhor, fê-la entretanto hesitar.

Joviana passou pela sala e parou, depois de fitá-la com ar de reprovação.

– Que é... Joviana?

– Ah, nhanhãzinha, eu estava com vontade de ir buscá-la lá fora. Que tanta conversa com a senhora Dona Maria Violante! Onde já se viu senhora que teve dois maridos! Conhece tanto homem! Ela não serve para conversar com a minha Sinhá-moça!

Carlota riu-se, e sentiu grande conforto a lhe aquecer o coração. Tinha se esquecido de Joviana...

LXXXII

A brisa morna enfunava as cortinas que balançavam com lenta majestade, sacudindo as franjas muito longas. Vinha lá de fora o odor poderoso da natureza enlanguecida, e Carlota despertara de sua sesta perturbada pela sensação de ter dormido muitos anos, nova Bela Adormecida, e agora eram aqueles perfumes os percursores da chegada de alguém que a vinha salvar da imobilidade e do isolamento... Já refeita, logo compreendeu não serem unicamente os eflúvios trazidos pela aragem que enchiam o quarto daquele capitoso olor e examinou tudo em volta, à procura das flores ou das frutas que assim indicavam a sua presença ali. Não tardou em ver as jarras de cristal vermelho e dourado colocadas sobre a cômoda, quase sempre vazias e agora enfeitadas com ramos de folhas reluzentes, de verde poderoso que formavam ingênuos ramalhetes. Logo que se moveu e fez algum ruído entrou Libânia, que esperava o seu despertar sentada no chão, no gabinete ao lado, enquanto bordava no bastidor a tapeçaria.

– Sentiu o cheiro, minha Sinhazinha?
– Que folhas são essas? – interrogou a moça por sua vez e preparava-se para se levantar e sair do quarto – Não gosto de folhagem sem flores...
– Nhanhã me perdoe! Mas... são os brotos do café, trazidos pelas negras da colheita especialmente para a nossa Sinhazinha. Olhe, Nhanhã, são de café Bourbon, o melhor do mundo inteiro!

Carlota sorriu diante da ênfase com a qual foi dita a frase, porque com certeza a mucama não fazia ideia exata de como seria esse mundo, ao qual se referira com tamanho orgulho. Arrumou distraidamente os pequenos galhos que tomaram desde logo o aspecto de clássicas grinaldas de louro, mas ao reparar neles de certa distância, arrependeu-se e tornou a pô-los na livre desordem em que estavam.

– Como sabe você que são Bourbon?
– Porque são brotos verdes, Nhanhã! Se eles fossem marrom seriam do café de pobre...

Pelas janelas agora inteiramente abertas entravam os sons discordantes e alegres da chegada dos carros de bois, onde eram transportados os cestos de café, destinados à contagem para serem depois despejados nos terreiros onde ficariam para a secagem.

– Vou ver a entrada dos carros... – murmurou Carlota enquanto olhava através das árvores do jardim as figuras movimentadas e coloridas em sua passagem. Ouvia-lhes os cantos, as melopeias, os gritos muitas vezes entremeados pelos mugidos nostálgicos do gado de tiro, que sacudia pesadamente as cangas muito grandes. Teve vontade de ir até lá, de tomar parte naquela vida intensa e robusta, a troar os ares com seu rumor numeroso, teve ímpetos de arrancar os sapatos de cetim, calçados descuidadamente, de rasgar os vestidos de cassa branca, de destrançar os cabelos caídos sobre a nuca, em pesada coifa, e fugir para sempre daquela casa onde vivia confinada a respirar o ar coado pelas cortinas, sempre se movendo e sendo examinada por olhares hostis... Bateu com a mão no ombro de Libânia, os olhos brilhantes, e quase gritou, cheia de risos:

– Vamos! Vamos! Quero fazer tudo como fazia quando era criança! Vamos ajudar as negras a lograrem o senhor Justino!

A mucama contemplava-a e as lágrimas brotavam em seus olhos, sem compreender bem por que a sua Sinhazinha se transfigurara assim subitamente e ainda mais comovida ficou ao ver que ela revivia a menina morta, os seus atos de caridade humilde, o seu amor pelos desgraçados, sempre pronto a levá-la a fazer o bem, ainda mesmo quando julgava divertir-se apenas. Não podia acompanhar a jovem em sua expansão, não era possível ir em sua companhia até o local onde se fazia a contagem, e seu coração se tornava pequeno, porque bem sabia ser tudo unicamente sonho. As consequências de qualquer procedimento fora dos preceitos que regiam a vida das senhoras do Grotão teriam repercussão muito longa e viriam se adaptar a muitas suspeitas e se ajustar a muitas desgraças escondidas. E ela, a pobre mucama, sofreria mais que todos porque seria a responsável e a mais fraca. Então, agitada, e em vão prendia as mãos uma na outra, ela tentou mostrar-se risonha, juvenil, e quis segurar na cintura da Sinhazinha, para fazê-la ir até o quadrado, onde se fazia a verificação da colheita de café. Mas ambas, como se aquele contato tivesse dissipado a sua embriaguez, ficaram imóveis e sem gestos, e pareciam duas figuras prontas para o bailado, à espera apenas do sinal do regente.

– Quem sabe eu devia prevenir a senhora Dona Virgínia da vontade da Nhanhã de ir até o terreiro... – murmurou com penoso embaraço a mucama sem ousar levantar a cabeça.

– Não... – disse Carlota, mas não prosseguiu. Voltou para junto das jarras e tirou dois dos pequenos ramos que prendeu na fita da cintura cujas pontas lhe caíam até a barra da saia. Era agora a Senhora e tudo nela se apagara, se retraíra e entrara dentro das dimensões daquele grupo fechado, perdido nas colinas do vale do grande rio.

Passou diante da mucama, e seu vestido tinha o roçagar aristocrático das vestes da antiga dona, e saiu rapidamente. Quando se viu na sala de jantar onde as senhoras tinham se reunido, cumprimentou-as e quis prosseguir, mas Dona Maria Violante, que se erguera quando ela entrou, veio ao seu encontro e pediu-lhe que a levasse a ver a chegada do café. As suas amigas, acrescentou, já tudo conheciam, mas ela que sempre residira na Corte, tinha muita curiosidade de assistir a essa verdadeira festa. Carlota virou-se lentamente para Dona Virgínia que se mantinha muito dura na cadeira de espaldar onde se sentara, e assistia à cena com quase imperceptível sorriso nos lábios, e disse:

– Penso que a senhora ainda não comunicou a Dona Virgínia esse seu desejo...

– Não! foi ao vê-la que me lembrei disso, pois estávamos aqui a conversar e eu escutava ao mesmo tempo os ecos lá do quadrado. E... julguei que...

Dona Maria Violante sentiu no ambiente qualquer coisa que seu pedido criara, e ficou embaraçada a olhar com inquietação suas amigas e percebia que todas se mostravam voluntariamente discretas e assim não pôde continuar. Calou-se e ficou diante de Carlota, sem saber ao certo o que dizer, a abanar-se, e por fim recuou alguns passos em atitude de familiar do Paço, e sentou-se novamente. Dona Virgínia franziu as sobrancelhas e concentrou toda a sua atenção no medalhão de chochê que às vezes trazia consigo, justamente para os momentos difíceis.

Carlota, sem dar sinal de impaciência, veio também tomar parte na reunião íntima, tirou de cima da mesa a primeira das revistas trazidas da Corte, que alcançou, e pôs-se a folheá-la, na atitude perfeita de quem não mais pensava no pedido feito havia momentos por Dona Maria Violante. Ao ver porém que todas agora se mantinham silenciosas, e demonstravam ter sido a sua chegada que interrompera a animada conversação mantida antes, acrescentou, e parecia não ter havido grande intervalo entre a sua primeira frase e a continuação de seu pensamento:

– Dona Virgínia recebeu instruções a respeito de qualquer de minhas saídas da casa, e só ela poderá dizer-lhe se é possível irmos ver no pátio grande a chegada e medição do café.

A velha senhora agitou-se na cadeira e por duas vezes fez menção de falar. Conteve-se, entretanto, e só depois de se ter acalmado, e isso tornou-se visível pela gradual firmeza de suas mãos, pôde articular com aparente tranquilidade:

– Pode sair quando quiser, minha querida prima Carlota.

LXXXIII

Dona Inacinha durante o dia fora pedir emprestado a Celestina certo livro de religião, visto em suas mãos, e ficou inquieta e curiosa ao ouvir a voz sumida e irreconhecível que a mandava entrar. Na penumbra do quarto distinguiu a moça deitada, sendo entretanto já uma hora da tarde; podia ser que ela tivesse prolongado a sua sesta e foi pois com tranquila liberdade que se aproximou do leito, sentou-se na cadeirinha baixa junto dele, e formulou o seu pedido. Era o "Livre de piété de la jeune fille" que desejava, e devia ser esse o título entrevisto, gravado em letras douradas na encadernação de couro preto, explicou ela com volubilidade. Talvez um pouco desapontada por se apresentar no papel de pedintona, apoiou a mão sobre a de Celestina pendida muito pálida e longa na borda da cama. Retirou-a logo assustada e imediatamente debruçou-se sobre o rosto da jovem, cujo hálito ardente ainda mais a alarmou. Devia estar febril e Dona Inacinha chamou-a em aflição, mas foi o mesmo fio de voz já ouvido que lhe disse não ter nada e que não se incomodasse, pois apenas desejava dormir por mais alguns minutos... O livro estava sobre a mesa...

Obedecendo maquinalmente ao gesto indicador feito pela mão exangue, surgida diante dela, desembaraçada das dobras dos lençóis, Dona Inacinha olhou para a obra piedosa aberta em cima do móvel e leu ainda aturdida: "Prière d'une âme coupable, mais repentante". Com espanto voltou-se para Celestina e só então notou como estava vermelha e tinha os olhos semicerrados, com as pálpebras inchadas, e realizou estar ela com febre, devendo precisar de assistência imediata. Levantou-se precipitadamente e foi em busca de socorro, mas a senhora Luiza logo encontrada no corredor, ao ouvir que se tornava necessária a presença do médico do partido, ficou muito séria e aconselhou-a a chamar Dona Virgínia, a pessoa capaz de ordenar as providências necessárias. Foi então por esta mandado o próprio a cidade para chamá-lo, pois aquele dia não era de visita obrigatória e ele teria de vir especialmente para a pobre moça.

Dona Inacinha, depois de ter comunicado sua descoberta à velha senhora, foi ao quarto de Carlota e contou-lhe também que Celestina devia estar muito doente, pois ardia em febre. Foram as duas visitá-la e a acharam sozinha, ainda sem plena consciência do mundo. Vago nevoeiro flutuava diante de seus olhos e confundia suas ideias, mas ao conhecer a voz de Carlota, a lhe falar docemente, as indecisas imagens a vogarem em seu espírito perturbado se fixaram, e ela pôde dizer muito baixinho:

– Minha querida...

Com esforço vagaroso conseguiu volver o rosto e pode encarar sua prima, que a examinava ansiosamente, e prosseguiu:

– Está sozinha?

Carlota não fez qualquer movimento, mas na posição em que permanecera pôde ver Dona Inacinha retirar-se cautelosamente e ouviu-a bater de leve a porta sobre ela. Então passou o braço por cima dos ombros da doente e, com carinho, ajeitou-a sobre os travesseiros, mantendo-se nessa posição maternal.

– Estamos sozinhas sim... pode dizer-me o que quer.

– Não quero dizer nada não... – continuou Celestina, e em seus olhos agora claros parecia lhe ter voltado a compreensão das coisas – desejava que tirasse o meu cofre do armário e o guardasse em seu quarto, antes dela entrar aqui.

Sem perguntar quem não devia entrar no aposento, Carlota abriu o guarda-roupa muito amplo e robusto, e achou no canto do fundo uma caixa de metal toda lisa e tirou-a de onde estava, apesar do peso que lhe fez doer as mãos. Conseguiu carregá-la e andou com dificuldade até o seu aposento, onde a deixou do lado de dentro da porta. De volta já encontrou Sinhá-Rôla e Dona Maria Violante, que muito embaraçadas se tinham sentado longe do leito, e mantinham-se em silêncio. Ambas a olharam interrogativamente e a senhora da Corte, mais ousada, enquanto abanava a cabeça e fazia apenas os movimentos dos lábios, perguntou:

– Que tem ela?

– Sinhá-Rôla e Dona Maria Violante estão aqui, vieram visitar a você, Celestina – disse Carlota em voz clara, ao chegar até junto da cama, onde se apoiou, e voltou-se para as visitantes e acrescentou: – Dona Inacinha acha que ela está com febre e já foram chamar o médico.

A porta abriu-se e entrou a senhora Luiza seguida das mucamas portadoras de bacia e baldes com água fervendo. Em minutos ela tudo dispôs e preparou para dar um pedilúvio na enferma, e declarou com autoridade:

– Em casos de febre o escalda-pés com mostarda é a primeira medida a tomar, mesmo antes da chegada do médico. – Depois suspirando acrescentou: só Deus sabe quando ele chegará...

Todas as senhoras se retiraram para deixar livre a governante, tão atarefada ao ponto de não ver Dona Virgínia que ficara calada junto da porta sem entrar de todo. Ao sentir vento encanado, a senhora Luiza olhou para ver de onde partia a corrente de ar, e deu com a senhora que a olhava fixamente. Muito embaraçada, mas sabedora de que devia manter atitude digna diante das escravas que fora buscar com os preparativos trazidos, a senhora Luiza balbuciou:

– É preciso agir, em favor da menina Celestina, tão fraca! Não se deve deixar o sangue subir-lhe à cabeça, não é, Senhora?

Dona Virgínia contentou-se em olhá-la, e pareceu à governante ter ela erguido os ombros com desdém, para logo desaparecer e fechar a porta.

Carlota ao voltar ao seu quarto encontrou a caixa de aço deixada bem perto da entrada, e levou-a para o seu guarda-roupa, onde a guardou. Ficou em pé encostada no móvel, presa ali por qualquer sentimento indefinido, que a não deixava afastar-se daquela caixa. Que conteria ela? pensava, e qualquer coisa bem no fundo de seu coração insinuava que decerto guardava cartas e papéis capazes de guiá-la... Não precisaria interrogar a ninguém, não seria necessário afrontar olhos inquiridores, transida de medo de ouvir palavras ofensivas ao que tinha de mais sagrado e secreto, ou simplesmente, de ler no sorriso dos lábios daqueles que interpelasse a ironia e o desprezo pela sua incompreensão, pela sua insuspeitada inocência. Estava sozinha como o desejara Celestina, no momento em que julgava estar muito mal, talvez à morte, e não tinha nenhum rosto diante do qual pudesse desvendar suas incertezas...

Chegou a pôr a mão de novo na chave do armário, e tentou fazê-la voltar-se na fechadura, mas conseguiu vencer o sortilégio que a envolvia toda, e afastou-se. Foi para o jardim onde Libânia a esperava havia muito tempo, com grande cabaz de junco em que guardavam as lãs em novelos. Desejava escolher os tons à luz do dia, e tinha esquecido a combinação feita com a mulata, há vários instantes sentada à sua espera no guarda-chapim, pois não ousava fazê-lo no banco de pedra ali existente. Quando Carlota sentou-se e mergulhou a mão nos rolos de fio de todas as cores, Libânia ajoelhou-se na areia diante dela e abriu as talagarças enroladas, juntamente com os modelos, para verificarem quais seriam as necessárias.

Carlota apesar de estar profundamente entretida nessa tarefa, ergueu a vista para a janela da sala de jantar mais próxima, e viu dela se afastar rapidamente um vulto de mulher, na intenção de não ser visto.

– Aqui está o modelo de almofada, minha Nhanhã, que vai servir para o casamento – dizia Libânia nesse instante, avançando os lábios carnudos, mas percebeu que a Sinhazinha pensava em outra coisa...

LXXXIV

Soaram palmas muito fortes na porta do pátio, e a mucama que passava mais próximo ao ouvi-las espiou quem era e correu a chamar Dona Virgínia e esta veio imediatamente ao encontro do visitante, na certeza de ser o médico do partido, seu velho conhecido. Teve, entretanto, leve movimento de recuo, ao deparar com o jovem que descera do animal e estava parado na soleira, de calças escuras e vestido com casaco branco bastante usado.

– Queira desculpar, minha senhora, mas sou o médico enviado pelo doutor Sá, que não pôde vir por doente. Chamo-me Pedro Frota.

– Pode entrar, senhor doutor – respondeu a senhora, sorridente. – Trata-se de Dona Celestina que acreditamos estar com febre. Já mandei fazer todo o necessário, e vou preveni-la para o doutor poder entrar imediatamente em seu quarto a fim de vê-la.

O moço enquanto esperava percorreu com os olhos a sala onde entrara, ainda em pé, pois não o tinham convidado a sentar-se, e viu na outra extremidade o grande Oratório, cujas portas abertas pintadas de azul com grinaldas de rosas e fitas douradas, deixavam entrever o quadro do fundo, através dos braços dos grandes candelabros nos quais se viam figuras de monjas em oração. Não havia entretanto curiosidade em seus olhos, e o cansaço de sua fisionomia não era certamente devido à jornada feita, pois havia poucos minutos de estrada a percorrer da vila à fazenda, e a palidez de sua pele, contrastante com a barba negra parecia mais devida ao sangue esgotado pela tristeza do que ao esforço físico. Toda a casa aberta diante dele estava silenciosa e nela, pensou, reinava a paz da monotonia embaladora das fazendas...

Só poderia entrar naquele grande sacrário onde não havia nenhuma das angústias sem nobreza, que faziam seu coração demasiado pesado para o corpo que o arrastava, onde tudo tinha significação e finalidade, para acudir o mal, a dor, cuja causa deveria descobrir investigando os pequenos segredos da doente. Quem seria ela? Não ouvira até então pronunciar o seu nome, não sabia quem era ela naquela família poderosa e separada da vida medíocre da pequena povoação onde ele fora desterrado não pela distância, mas pelo orgulho e pelo tédio... e pela pobreza.

E quando Dona Virgínia veio buscá-lo, ele a acompanhou com indiferença e percorreu o longo corredor sem olhar para as portas entreabertas, sem ouvir as palavras chegadas até seus ouvidos em surdina, sem ver os vultos das mucamas, a se esgueirarem enquanto procuravam esconder os utensílios caseiros trazidos ou levados para o quarto. Em meio porém do sonho que tornava tudo indistinto, soaram bem nítidas as palavras da senhora vinda ao seu encontro, que dizia em tom distraído:

– É moça pobre, recolhida pelo meu primo Comendador, mas tratada na qualidade de pessoa da família.

Já no quarto, ao ver os dois olhos muito abertos e perturbados, que o fitavam com triste avidez, o moço médico sentiu estranha sensação de companhia, de alguém chegado enfim ao porto, onde o aguardam a paz e a defesa, e foi preciso grande esforço de sua parte para escutar as informações dadas em tom seco e doutoral por Dona Virgínia, enquanto ele segurava o pulso da doente e a examinava maquinalmente em seus humildes detalhes, como médico que já tudo faz levado pelo hábito. Quando se levantou e seguiu até à sala de jantar onde se sentou para formular, lembrou-se de nada ter perguntado diretamente à enferma, pois não ouvira sequer a sua voz, sem poder obter dela qualquer esclarecimento necessário, atordoado pelas informações imperiosas da senhora que o conduzira até ali com autoridade, e agora sentada diante dele esperava escrevesse a fórmula, de olhos pregados no papel colocado sobre a mesa, e parecia não acreditar ser ele capaz disso.

– Terei de voltar amanhã, minha senhora – balbuciou ele depois de receitar alguma coisa. – Não é nada grave, mas preciso ver a marcha da doença para evitar qualquer complicação...

– Venha quantas vezes julgar necessário, doutor – exclamou Dona Virgínia, a voz sonora, ao apanhar rapidamente a receita. – Vou mandar o pajem segui-lo até a vila, para ser aviado o remédio e trazê-lo em seguida, e assim ela o tomará desde hoje. Com certeza ficará boa em pouco tempo, porque para mim todo o seu mal é... imaginação.

O médico ergueu-se e quis sair, mas já não se lembrava ao certo por onde viera, e teve medo de errar o caminho e assim, sem se despedir ali, esperou ser por ela conduzido novamente ao pátio, mas Dona Virgínia chamou uma das negras e fê-la ir em busca do pajem com as ordens devidas, e em seguida, com simples gesto, indicou por onde ele devia passar e murmurou secamente:

– Até amanhã.

Depois, caminhou de novo para o quarto de Celestina, onde entrou e sentou-se à beira da cama, para dizer-lhe:

– O médico, cujo nome não sei, disse que não é nada.

Calou-se e ficou à espera. Talvez pensasse que diante de sua afirmativa Celestina fosse levantar-se imediatamente e voltar às suas ocupações costumeiras, sem mais nada. Mas a doente continuava de olhos semicerrados, muito longe, inteiramente entregue à sua febre, à sua doença, que a roubava por algumas horas, quem sabe por alguns dias, a todas as suas prisões e a tudo que lhe pesava sobre os ombros, sem interesse, sem qualquer calor para os seus dias que iam e vinham tão incertos, tão vagos e vazios.

Quando Carlota, à espera da partida do médico, no quarto de Sinhá-Rôla, veio saber a sua opinião, Dona Virgínia explicou-lhe com os lábios presos, ter ele dito não ser a moléstia nada de grave, e que sendo assim Carlota poderia entrar e sentar-se por momentos. E logo se retirou, deixando as duas moças sozinhas, mas Celestina pareceu não perceber a presença de sua amiga e continuou o meio sono em que mergulhara muito quieta e nem sequer se ouvia a sua respiração. Carlota segurou-lhe as mãos, preocupada, e a olhou longamente sem ela dar qualquer sinal de se sentir observada, e não teve ânimo de falar-lhe, de despertá-la. Parecia tão longe dali, perdida em algum país diferente, em regiões onde não houvesse espinhos, onde tudo fosse pálido e suave, onde a vida fosse um segredo apenas sussurrado.

Tinha trazido um livro que se pôs a ler para ajudar a velar o repouso da doente, e dentro do silêncio da casa, sentiu também o singular encantamento daquelas horas, de todo o ambiente de espera, de sutil aviso que penetrara em toda a fazenda, como se a morte mandasse prevenir de sua próxima vinda, apesar das vãs palavras em contrário dos vivos. Depois de muito tempo, quando já vinham trazer qualquer alimento para a doente e a chamaram para ir até a sala de jantar, onde a esperavam as outras senhoras, Carlota quis beijar a prima, e sentiu em seus lábios o calor de sua pele muito seca, e percebeu sua respiração agora forte e irregular. Já no corredor, oprimida por inquietador pressentimento ela ouviu, lancinante, o acesso de tosse que fizera a moça despertar subitamente e a sacudia toda...

Quis voltar para acudir, para fazer alguma coisa, mas a senhora Luiza, vindo pessoalmente trazer a bandeja com o caldo, fez breve gesto imperioso, e aproveitando-se do momento de hesitação da jovem, entrou no quarto e trancou a porta.

LXXXV

Foram dias lentos e arrastados, que seguiram o da segunda visita do médico. Carlota percorria a casa esquecida de tudo, e parava diante de cada móvel, de cada objeto, para os interrogar, para saber de onde tinham vindo, e muitas vezes perguntava angustiada, para onde iriam. Que destino teriam eles, que mãos os acariciariam, quem neles se apoiaria, ou deles usaria? Eram tão conhecidos seus, todos eles tinham visto a sua infância e a haviam protegido e ajudado, com a benevolência indiferente das pessoas grandes, mas todos a ela sobreviveriam, partiriam para outros lares e seriam por muitos anos ainda os mesmos companheiros para os novos donos. As palavras sombrias ouvidas vagamente eram agouros a envolverem em seus voos rápidos e silenciosos, a ela e a todos da fazenda. Em certos momentos formavam alto muro insuperável, obrigando-a a refugiar-se em seu quarto, sitiada por inimigos invisíveis, que não a deixavam repousar.

Quando ouvia a tosse violenta, repentina, vinda em eco surdo do aposento de Celestina, estremecia e escutava até o fim, com a vaga intuição de que o acesso terminaria em gritos incoercíveis. Era de cada vez surpresa e confirmação, e o seu final sem dramaticidade e todos os receios indecisos se concentravam de repente para se tornarem realidade má e imediata. Mas o suor de angústia que lhe umedecia as têmporas secava, e ela caminhava sem destino pela casa, já esquecida da verdade, vagamente entorpecida pela solidão que a envolvia mesmo entre as outras pessoas cuja companhia aceitava, e lhe falavam sem ela poder nunca compreender o fundo de seu pensamento. O doutor Frota aparecia agora diariamente, e Carlota estava sempre na porta para recebê-lo quando Dona Virgínia surgia ao seu lado, e era sempre em aparição súbita, saída das sombras, vinda por porta aberta justo no instante dele pôr o pé em terra, e os acompanhava até o quarto da doente, enquanto dava todas as informações sobre a noite passada e a parte da manhã. Entretanto, ela não entrava até junto de Celestina e nunca se sentava nas cadeiras colocadas no aposento. Ficava de pé, próximo da porta, e respondia precipitadamente a todas as perguntas feitas pelo médico à enferma. Mas o jovem com doçura esperava até Celestina lhe explicar o que sentia, e não desfitava nem por instante o seu rosto muito pálido, onde sobressaía a boca rasgada e rubra, cor de sangue. Carlota deixava-se ficar sempre ao lado deles e sentia-se afastada para bem longe no papel de espectadora. Não ouvia suas palavras e interrogava com ânsia a fisionomia de ambos, e deixava cair os braços desanimada, fechava os olhos, pois sabia que para eles ela não estava ali, nem Dona Virgínia, ninguém, nem mesmo a Morte por ela pressentida à espreita de sua presa.

Todavia muito devagar, por longo trabalho subterrâneo, a saúde vencia todos os obstáculos encontrados, e músculo por músculo, gota a gota, a vida reafirmava seus direitos sobre aquele pobre corpo, até que certo dia, Carlota foi encontrá-la sentada na cama, as costas apoiadas à parede, envolta em grande xale de seda vermelha muito frouxa, a cobrir-lhe os ombros frágeis, e fazia ressaltar por sua cor forte a fisionomia tornada luminosa, à força de transparência e brancura.

Quando a viu assim, Carlota teve lento gesto de surpresa, pois Celestina lhe pareceu bela, na beleza irreal dos santos e dos mortos. Entretanto ela afastava-se preguiçosamente do limite, das trevas da morte, e o médico nesse dia pediu fosse ouvido em particular, antes de montar a cavalo e partir. Dona Virgínia apoiada no braço de Dona Maria Violante, disse-lhe secamente, ao reparar pedir ele essa entrevista sem se dirigir a ninguém, de olhos baixos;

– Vamos todas ouvi-lo doutor – e, com um sinal, fez as senhoras a acompanharem, pois Dona Inacinha e Sinhá-Rôla tinham vindo entrementes se informar do estado da enferma.

Quando chegaram todos à sala de visitas, perceberam ter Carlota se deixado ficar no quarto, e Dona Virgínia chamou a negrinha mais próxima e mandou-a à sua procura para dizer-lhe estarem todas à sua espera, visto o doutor Frota desejar falar-lhes. O médico, convidado a sentar-se, quando ouviu essa ordem ficou calado e manteve o chapéu sobre os joelhos, de cabeça baixa. As quatro senhoras, pois dona Luiza não fora chamada, permaneceram de pé diante dele, e pareciam formar severo tribunal à espera da justificação de seus atos a ser apresentada pelo criminoso. E pelo tremor do canto de seus lábios, pela sua cor, e pelos olhos obstinadamente abaixados, ele parecia pronto a confessar grave crime.

Quando Carlota chegou, e sem dizer nada sentou-se um pouco afastada, ele voltou-se para ela e balbuciou, a princípio, mas logo depois firmou a voz e disse:

– Desculpem-me, mas pedi me escutassem em particular, porque não desejava fosse ouvido pela doente o que tenho a dizer. Ela está em vias de convalescença, mas... – pareceu não poder continuar, porém timidamente e muito baixinho, terminou a frase – ela tem o pulmão direito em mau estado. Será preciso tomar alimentos fortes, vinho do Porto, bifes sangrentos, e muito repouso. Sendo assim, creio não ser mais necessária a minha presença diária aqui, e mandarei por escrito os remédios e o tratamento a ser seguido...

Fez menção de levantar-se, mas sentou-se bruscamente como se tivesse as pernas cortadas por dor repentina. Esteve calado alguns momentos, e diante do silêncio das senhoras, a se entreolharem receosas, conseguiu erguer-se e partiu sem se voltar, sem se despedir sequer das pessoas ali presentes, que o acompanharam com o olhar espantado. Já no pátio, quando o animal acicatado andou, Carlota que o seguira viu-o limpar os olhos com violência e parecia cego pois teimava em levar o cavalo para direção diferente do portão aberto de par-em-par. A moça, ao voltar para a sala, viu as senhoras à sua espera, para decerto falarem sobre as notícias dadas pelo doutor, mas passou por elas calada sem as olhar, e foi para o quarto de Celestina, agora a dormitar na mesma posição, os braços fechados sobre o peito, e leve sorriso a tornar muito suave a sua fisionomia. Carlota silenciosamente ficou junto do leito e a contemplou por muito tempo, sem perceber que de vez em quando, grossa lágrima brotava de seus olhos, hesitava no rebordo da pálpebra e lhe caía pelas faces até perder-se no vestido.

Sentia pena imensa, compaixão sem limites pela vida melancólica e apagada em repouso diante dela, agora ameaçada em suas bases, presa apenas pela promessa de bruxulear por muito tempo ainda, sempre meio oculta, continuamente sem forças nem para o bem nem para o mal... mas, enobrecida pelo amor sentido nas palavras, no tom, na fuga do médico, que não tinha coragem para acompanhá-la, para ampará-la todos os dias, até poder erguer-se e continuar a viver, como um pequeno fantasma...

Abaixou-se levemente para ouvir melhor a respiração da enferma e pequena gota gelada lhe caiu nas mãos; só então compreendeu que chorava, e sentiu sua boca se tornar seca e cheia de fel. Todos os seus problemas lhe voltaram à mente em tumulto, e teve curto instante de medo pânico, ao se lembrar de tudo ter parado naquela casa, pois não recebera cartas de seu pai, não viera portador nenhum da fazenda vizinha, com recados de sua futura sogra, e agora era preciso retomar as responsabilidades assumidas, receber e resolver os pedidos em suspenso e até mesmo as ordens cominativas que lhe dariam dentro de sua própria casa. Recolheu as mãos e enxugou o pranto que deixara seu rosto úmido e tentou apagar todos os sinais da emoção sentida, impacientemente, talvez com raiva, pois não sabia agora ao certo qual o sentimento que dela se apossara, e ela própria não queria analisar o que se passava em seu coração.

LXXXVI

Quando o médico saiu depois de visita muito breve e cerimoniosa, ao fim de dez dias de ausência, Celestina que já passava os dias sentada em velha cadeira de balanço americana, lembrança de seus pais, segurou a mão de Carlota e disse-lhe com a voz enrouquecida que agora se tornara habitual:

– Queria pedir-lhe que... – e seus olhos depararam com a figura de Dona Virgínia postada junto à porta, a olhar atentamente para sua mão apoiada na da filha do dono da casa. Esse contato tornou-se-lhe insuportável, e diante do calor de brasa que sentiu retirou-a bruscamente, e recaiu na almofada de onde se desencostara, sem coragem para prosseguir.

Carlota de costas compreendeu o significado de toda a cena, retomou os dedos quentes da enferma, e perguntou-lhe carinhosamente o que desejava.

– Queria que fosse visitar a Dadade... Há muito tempo não vou vê-la e tenho pena da pobre preta velha. Ela julga ser eu a sua antiga Sinhá-velha, a sua bisavó da Oliveira, e tenho a esperança de que... – mais uma vez hesitou e espreitou para a entrada do quarto, de onde Dona Virgínia se retirara silenciosamente.

– Já sei – respondeu-lhe com um sorriso nos lábios Carlota – pensa que ela vai me confundir com você ou com a vovó. Pois irei agora mesmo, e tenho remorso de não ter ido há mais tempo. Tinha me esquecido dela.

E saiu rápida, pois compreendera estar Celestina desejosa de ficar sozinha com seus pensamentos, com a luz nova que a guiava agora, companhia de sua alma solitária. Já no pátio teve de refletir por instantes, para reconhecer onde era o quarto da Dadade, pois do outro lado da grande quadra se estendia a senzala, antecedida pelo seu avarandado rústico e suas portas e janelas numerosas e baixas, que faziam lembrar a rua de alguma cidade distante, bem lá do sertão.

A lembrança porém da localização do cubículo veio logo, despertada entre as recordações confusas da infância, quando a Dadade a levava para contar-lhe histórias, sentada na soleira da porta e para ele se dirigiu. Ao entrar, parou assustada com a miséria do interior da habitação, mas tudo estava limpo e logo avançou até o catre onde a negra quase centenária jazia há muitos anos.

– Dadade – exclamou ela alegremente – vim ver você depois de tanto tempo. Estava com saudades, e acho que você também sente falta de falar nos tempos de Oliveira...

A anciã agitou os braços e decerto queria erguê-los aos céus, mas conseguia movê-los muito pouco agitando apenas as cobertas.

– Eu sempre dizia a mim mesma que a minha dona não esqueceria de mim, e não me deixaria aqui e sozinha e abandonada. É só crioula que eu vejo, só negrinhas que vêm tratar da negra, tudo gente ladina, e eu sinto falta de meus brancos! Depois dizem ser eu feiticeira e rabugenta, mas como se há de tratar esses bichos do mato, todos a fingir de gente. A minha Sinhá-Velha sabe como eram diferentes escravos da fazenda, todos bons, todos legítimos de nação. Mas, chega um pouco aqui na luz, minha nhangana, pois quero ver melhor a sua boniteza... eu quase não enxergo mais nada! Também, já estou velha, há tanto tempo minha mãe me trouxe dentro dela, de Angola.

Carlota teve breve receio, pois talvez quando exposta diretamente à claridade do sol, Dadade visse bem não ser ela Celestina ou a sua antiga Sinhá. A tranquilidade porém, a paz fabulosa existente dentro daquele quarto miserável, diziam-lhe nada haver a temer, nem da vida nem do tempo, e deixou-se examinar sem sequer tentar evitar que seu rosto surgisse resplandecente de mocidade na luz muito branca dos raios de sol vindos da janela, sem fugir aos olhos sibilinos que a percorriam toda, semelhantes aos de animal singular e cobiçoso, na tocaia. A preta todavia não deixou transparecer a menor dúvida, nem a mais leve surpresa. Parecia apenas querer prolongar o espetáculo que a deliciava, e quem sabe a secreta certeza de terem medo dela, de seu pretendido poder maléfico.

Com o riso quebrado que parecia vir de trás de moita de espinhos em plena mata, ela tornou a sacudir as mãos e exclamou:

– Que velha doida eu sou! Não disse ainda à minha Sinhá para se sentar, pois aí está a cadeira onde os meus senhores todos têm sentado. Não deixo nenhum negro nela tocar. Se quiserem, fiquem de cócoras, quando me vêm fazer companhia, trazer a comida ou tratar de mim. O leite que me dão é muito ruim, nem chega aos pés do daquela vaquinha criada pela nhanhã desde bezerrinha, com mamadeira especial feita pelo negro Vicente. Minha Sinhá Dona lembra? Aquela que um dia, já vaca parida, quando nhanhã passou de caleça no pasto, veio correndo e pôs as duas patas dentro do carro? Olha, minha menina de meus tempos, quando eu conto isso ninguém acredita!

Carlota escutava em silêncio a tagarelice da paralítica, mas sentia vir do fundo de si mesma traiçoeiro sentimento confuso, de vergonha ou desolação. Não podia ficar serenamente, a representar o papel de outra, a se fazer passar por pessoa morta há tanto tempo! Reconhecia ser ato de caridade dar alguns instantes de sonho e de engano ao espírito já obscurecido da escrava tão idosa, nos últimos dias de sua vida tão longa, tão trabalhosa e sem nunca ter sido alumiada por qualquer esperança. Era porém com repugnância crescente que sentia sobre si o olhar fixo da velha, e tinha vontade de fugir de repente, para não ver o sorriso enorme de sua boca desdentada, quando fazia uma pausa e parecia esperar que ela dissesse qualquer coisa. Sentia-se má e incapaz de algum esforço para ser bondosa, mas a revolta de todo o seu íntimo foi se tornando tão forte, que se pôs de pé bruscamente e balbuciou:

– Dadade, eu não sou quem você pensa! Vim aqui mesmo de propósito para enganar e fazer você pensar que era a vovó do Oliveira...

– Ora, nhanhã Carlota, eu sei que Sinhá Celestina está doente, até acho mais perrengue do que eu... Mas a minha Sinhazinha pode dizer que a negra tem pedido a todos os Santos pela saúde dela...

Carlota viu-a fechar os olhos e mover os lábios rapidamente, como se fizesse curta oração. Parecia ter esquecido a sua presença e caminhava silenciosamente para a porta, quando ouviu ainda a voz de Dadade a dizer:

– A bênção, nhanhã, Deus a acompanhe...

Sem explicar por que assim fazia, sem compreender o desapontamento cujo ardor lhe queimava o rosto, Carlota foi precipitadamente até o alpendre onde quase tropeçou em Dona Inacinha e Dona Virgínia, ali sentadas a conversarem em voz baixa, tendo a segunda delas um papel na mão.

– Quero mostrar-lhe isto, minha filha – disse ela depois de fazer sinal a Carlota que parasse. – Deve ler com atenção as recomendações do médico. Não quer? Achei ser de minha obrigação fazê-la ver que não tem tomado as precauções necessárias em seu benefício. Principalmente não se deve tocar na pessoa hética, nem usar qualquer utensílio por ela tocado, e mesmo não se sentar em lugar deixado ainda quente. Isto o tal doutor não diz, mas eu sei que é importante.

Carlota detida por momentos escutou até o fim as recomendações da parenta, e quando a viu fazer curta pausa continuou a andar e ainda escutou a frase dirigida a Dona Inacinha:

– É para o bem de nós todas que faço isso e principalmente para o bem dela, uma moça noiva, cujo casamento será muito breve...

Teve a sensação de receber rápido látego nas costas. Curvou-se toda dobrada por aquele choque, aquelas palavras que lhe traziam à lembrança, bruscamente, estar toda sua vida em jogo, e eram aqueles dias decisivos, os agora vividos, prontos a fazerem dela outra pessoa...

LXXXVII

À tarde chegaram mensageiros da senhora Condessa que traziam um bilhete e a bandeja de prata coberta com toalha de linho com pastéis de nata cor de ouro. O pajem depois de recebê-la das mãos de seu amigo trintanário da fidalga, carregou-a em triunfo erguendo-a muito alto, e foi até diante da Sinhazinha onde parou a distância respeitosa, e em gestos solenes abaixou o grande tabuleiro para apresentar o presente à moça, reproduzindo as cenas vistas nas festas de Reis Magos. Carlota não olhou sequer para ele, e tirou apenas o papel colocado no canto da salva, com o seu nome escrito pela letra da senhora. Dona Inacinha vinda atrás do rapaz, sorridente, providenciou no sentido dos doces serem levados para o armário grande da despensa, e mandou dessem alguma coisa aos escravos estacionados no pátio que foram chamados para a cozinha.

Carlota, ao se ver momentaneamente sozinha na sala, abriu o recado e leu: "Minha filha, como sei que seu estimado Pai ainda se demora na Corte, preso por doença, e creio não ser bom os noivos não verem por tanto tempo, tomarei sobre mim de levar meu filho ao Grotão amanhã, pela parte da tarde".

Imediatamente dirigiu-se à escrivaninha de mogno colocada no escritório, ao lado da grande fechada a chave, pertencente ao Comendador, e de lá tirou algumas folhas de papel diplomata, verificou a pena de pato se estava bem aparada e tentou responder. Queria aproveitar o impulso que a fizera vir até ali, abrir o móvel e tomar os apetrechos destinados a escrever, e repetira a si própria enquanto agia, ser indispensável mostrar-se natural e tudo fazer simplesmente, com espontaneidade...

Parou no entanto com a pena no ar, e mergulhou em suas reflexões. Nunca abrira os escaninhos daquela mesa, nunca tentara sequer ver se havia aí algum segredo, alguma gaveta onde fossem guardadas cartas ou mesmo documentos esclarecedores. Estendeu a mão esquerda e com ela puxou a carrapeta próxima, mas não conseguiu movê-la. Lembrou-se então de ser necessário tirar até ao fim a tábua sobre a qual se escrevia, para soltar as prisões todas, e fê-lo depois de recuar sua cadeira. Era preciso usar as duas mãos para isso, e, viu então ter ainda entre os dedos a caneta, e não houve remédio senão lembrar-se de ter vindo ali para redigir a resposta do bilhete recebido momentos antes. E então traçou devagar as palavras iniciais: "Minha Senhora".

Mas, pensou, ela a tratara por filha, e era frio e pouco gentil responder-lhe em tom cerimonioso. Deveria chamá-la "mãe"? Só a essa ideia, longo arrepio de revolta a percorreu toda. Sogra? não seria amável e talvez mesmo fosse ridículo pois não o era ainda... e seus olhos se encontraram com o daguerreotipo enquadrado de ébano, em forma de caixa, que representava seu pai sentado, de calças brancas e apoiado à mesa. Imediatamente começou a escrever, como inspirada por ele, e disse que em sua ausência nada poderia resolver, mas em vista do seu grande respeito, julgava que ela tudo fazia para seu bem, e não deixaria de ser aprovado depois por seu pai.

Ao dobrar o papel lançou as vistas sobre a missiva da fazendeira vizinha e leu: "seu estimado Pai ainda se demora na Corte, preso por doença..." e sentiu suas mãos se tornarem geladas a ponto de ter de largar depressa o papel e escondê-las no regaço. Aquela pessoa estranha, talvez inimiga, estava informada de seu pai estar enfermo, sabia de suas resoluções, de seus projetos, e ela a filha tudo ignorava. Seu primeiro ímpeto foi de rasgar a carta e de nada responder, apenas mandar recado verbal de agradecimentos dos doces ofertados. Todavia continuou a dobrar, pôs as obreias e quando o moleque veio dizer estarem os próprios à espera da resposta, entregou-lhe a sobrecarta em silêncio. Entretanto Dona Inacinha e Dona Virgínia vieram até o escritório e perguntaram-lhe se não seria conveniente mandarem a salva da senhora Condessa de volta com goiabas confeitadas e até, lembrou Dona Virgínia, Carlota podia dizer terem sido feitas por ela mesma.

– Quem as fez foi a prima Inacinha – disse secamente Carlota. E fez sinal ao mulato para levar tudo e entregar aos mensageiros.

Dona Virgínia ergueu as sobrancelhas em silêncio, e depois de segurar o braço de Dona Inacinha, voltou para o interior da casa, mas a jovem pôde ouvi-la dizer em voz alta, como era seu costume quando desejava ser escutada, qualquer coisa sobre a mocidade de hoje. Involuntariamente aguçou o ouvido, e percebeu nitidamente ter ela acrescentado: "Mesmo quando se trata de casamento de conveniência, é de bom gosto guardar as aparências..."

Com as mãos ainda frias segurou o rebordo da escrivaninha, e parecia-lhe que se a largasse ela também fugiria diante de si, como tudo o mais. Desde sua estada no quarto de Dadade, a sensação de vaga vertigem que a perseguia não se modificara, e agora tinha a certeza de que, se conseguisse erguer-se, cairia no chão desamparada. Cautelosamente, com toda a firmeza encontrada em seu ânimo, apoiou-se sobre a mesa, levantou-se e atravessou as salas até seu quarto. Lá encontrou Libânia, à sua espera com grande peça de holanda nos braços, para ela determinar os bordados a serem feitos, mas não quis ouvi-la, e ordenou-lhe fosse comunicar a Dona Virgínia a visita da senhora Condessa em companhia do filho na tarde do dia seguinte.

– Ah! Nhanhã! – exclamou Libânia de olhos brilhantes – até que enfim! Já estava custando... Eu queria tanto espiar da porta a minha nhanhã sentada, o moço em pé diante dela dizendo coisas bonitas e a Sinhazinha, muito corada, a se abanar e responder sim, sim, sim...

Viu porém ser ela a única a achar graça no que dizia, calou-se perturbada sem saber a maneira de sair de perto de sua ama e quando a viu sentar-se no leito, salvou-se do embaraço precipitando-se para desatar-lhe o corpinho e ajudá-la a tirar o balão. Enquanto o fazia, murmurava, a voz entrecortada: "A minha menina está exausta e precisa dormir um pouco, o dia está quente e todo esse alvoroço de chegar gente e de trazer cartas, tudo isso perturba a Sinhá-moça..."

Dentro em pouco Carlota se recostava no leito, e na penumbra voltou-se para a parede, como se fosse adormecer. Ao ver porém a porta do gabinete fechar-se atrás da mucama de salto foi puxar o ferrolho e ao passar diante do guarda-roupa, abriu-o e tirou de lá o cofre de Celestina. Presa à alça estava a chave confiada pela prima e assim Carlota pôde abri-lo facilmente. À primeira vista, ao vê-lo aberto sobre a colcha, bem ao lado do ramalhete de rosas estampadas que se destacava no meio dela, pareceu-lhe só conter papéis. Depois, ao tocar em um dos pequenos maços, viu serem embrulhos feitos com papel fino, e todos enlaçados por fitas muito estreitas. Pelo tato através do invólucro de um deles pareceu-lhe ser escrínio, talvez alguma joia guardada carinhosamente... Ainda conseguiu pegar em outro, mas logo compreendeu serem cartas, também envolvidas e enastradas... e não teve coragem de prosseguir. Guardou tudo exatamente tal qual tinha achado e foi colocar a caixa de aço no armário depois de fechá-la novamente à chave, que prendeu de novo na alça.

Deitou-se, refletiu envergonhada no que fizera e não pôde explicar a si própria como pudera violar ou tentar violar os segredos da pobre Celestina e não ousara sequer abrir as gavetas da secretária de sua mãe, colocada em quarto aberto entregue a todos, cada chave em sua fechadura, sem a menor defesa! e por que não interrogara seu pai?

Sentiu as lágrimas, reprimidas desde cedo, virem agora aos seus olhos, mas calmas e talvez consoladoras. E então murmurou a si mesma, como o fazia quando era pequena, e levava algum desgosto para a cama:

– Eu não quero saber...

LXXXVIII

A senhora Luiza, de volta de sua visita diária ao galinheiro, situado atrás das construções das senzalas e protegido por alta paliçada que o separava da mata em declive no morro até junto das edificações formadoras do quadrado, sentou-se na cadeira baixa e tirou o avental e a touca de abas, vestidos para evitar o sol e qualquer possível salpico de lama em seu vestido de cor neutra. O enorme lenço tirado do bolso da saia não serviu só para enxugar o suor a lhe correr pelo rosto, mas também algumas lágrimas vindas umas atrás das outras, e dava suspiros parecidos com soluços de criança repreendida. Assim a acharam Dona Inacinha e Sinhá-Rôla, chegadas para continuarem o trabalho de bordado, naqueles dias iniciado para o enxoval de Carlota.

– Ah, minhas senhoras, como as invejo ao vê-las tão tranquilas com essas pequenas peças de roupa que nunca ficam prontas!

Sinhá-Rôla quis imediatamente explicar ser a demora na feitura do bordado devida unicamente ao complicado desenho, aceito a contragosto por elas, e não por incúria ou preguiça das duas, e preparara já a sua expressão fisionômica de vítima de injustiças, como lhe dizia seu pai, mas a irmã bateu-lhe no braço e fez sinal para se calar, e cada uma procurou o seu lugar, sem responder às exclamações e lamúrias da governante. A senhora Luiza estava entretanto habituada há muito tempo a ninguém prestar inteira atenção às suas palavras, e estava realmente nervosa e preocupada.

– Como poderá ficar pronto o enxoval da noiva, se até hoje não recebi ordem nenhuma de ninguém, para organizá-lo? Quando os mocinhos foram para a Corte, eu tudo fiz e tudo pus em ordem dois meses antes deles partirem, e tenho Deus por testemunha de que nenhum outro moço já foi tão bem equipado para o internato!

– Talvez porque a senhora tivesse as listas fornecidas pelo diretor do Colégio – observou, com sorriso muito amável, Dona Inacinha – mas agora trata-se de coisa de maior importância, e não temos mais entre nós a pessoa idônea para isso...

Seu olhar encontrou o de Sinhá-Rôla a mirá-la com admirado receio, pois nunca a não ser em seu quarto quando havia sossego na casa, elas trocavam qualquer comentário sobre a ausente. Dona Inacinha porém levantara a cabeça com dignidade e parecia disposta a lutar, a enfrentar qualquer alusão tornada mais positiva à desordem em que se insinuava em tudo na grande fazenda.

– Mas, senhora, – exclamou Dona Luiza muito vermelha e já sem o menor sinal de pranto em seu rosto cheio e liso de loura quadragenária. – Também se fazem listas para casamento, e na Europa, os grandes estabelecimentos fornecem tudo que se pode precisar, sem ser necessário especificar nada. Mas aqui nada se faz, e só vejo pessoas dispostas a entenderem mal as coisas ditas por mim na melhor das intenções!

Dona Inacinha baixou a cabeça, como se estivesse justamente em difícil passagem do recamo, constituído pelas iniciais dos noivos, entrelaçadas e cercadas de espigas de trigo e pareceu não ver o olhar suplicante, de pedido de paz, lançado pela alemã. Todavia não puderam prosseguir, porque nesse instante Dona Virgínia, acompanhada de perto por Dona Maria Violante, cujo riso soava sem cessar, entraram na sala. Pela expressão severa da velha parenta não se podia imaginar qual seria o motivo da alegria da visitante e ela não cessou de rir enquanto procurava sobre a mesa a toalha de rosto de linho adamascado, cujas franjas estavam por laçar. Dona Virgínia depois de instalada na poltrona reservada para si, e na qual ninguém mais se sentava, lançou rápido golpe de vista sobre as três senhoras encontradas já no aposento, e disse depois de reparar com atenção no rosto da senhora Luiza:

– Que tem? estava chorando? Recebeu alguma notícia de sua terra?

– Não senhora – respondeu, e parecia diminuir, tornar-se grande amontoado de saias de onde emergiam apenas os olhos muito azuis e a boca rosada.

– Eu contava às senhoras como tenho ficado doente e quase perco a cabeça com a organização e feitio do enxoval da menina...

Dona Virgínia, agora já em pleno trabalho, deixou os lenços que orlava e cruzou as mãos no regaço para bem demonstrar a nenhuma urgência dos serviços em andamento.

– O excesso de zelo também é prejudicial – disse com secura. – Não creio em qualquer responsabilidade sua nos preparos do casamento projetado.

Depois voltou-se para Dona Maria Violante como se prosseguisse a conversa entretida até ali e continuou calmamente:

– A pessoa de quem lhe falava está em vésperas da ruína. Eu sei que compraram grande número de ações da Estrada de Ferro de D. Pedro II, agora arrasadas na Bolsa, e não valem tuta e meia. Depois a fazenda entregue à velha louca e ao moço adamado, sem saber onde tem o nariz, só vai para trás, ainda mais depois das tentativas de colonização estrangeira! Veja a enorme tolice, quando temos os negros aí à mão para trabalharem para os brancos! e muito bem pagos pois têm comida, roupa e casa!

– E muito chicote também... – murmurou timidamente Dona Inacinha, mas talvez porque tivesse falado muito baixo, a sua interlocutora não pareceu ouvi-la e estava atenta ao que lhe ia dizer Dona Maria Violante, porém esta antes de falar hesitou por momentos e disse com esforço:

– Mas não sei qual o interesse...

Dona Virgínia ergueu-se e atravessou toda a sala ao encontro de Carlota vinda pela primeira vez depois da moléstia de Celestina tomar parte em seus lavores naquele aposento. Recebeu-a como o faria qualquer dona de casa a cuja porta surgisse visita inesperada, e depois de tomar a sua mão, levou-a até a pequena *chaise-longue* de mogno, o seu lugar de costume, onde a fez sentar-se, fazendo o mesmo ao lado dela e disse para as amigas que as contemplavam com um sorriso:

– Aqui está a nossa rainha, e olhem que digo isso com toda a razão porque talvez não saibam, mas o Grotão é hoje verdadeiro domínio imperial, pelo seu tamanho e pela sua produção enorme de café. As nossas tropas enchem as estradas em caminho para o Pilar, e são todas de propriedade do primo Comendador. Aqui, na nossa vida tranquila e retirada não percebemos o que se passa em torno de nós, mas eu lá no Rio de Janeiro ouvi contar assombrada o tamanho e a riqueza desta fazenda. O comissário encarregado dos negócios do Grotão é hoje visconde pela fortuna juntada à custa das nossas incontáveis sacas de café... e o primo não tem título porque não quer...

Carlota deixara a senhora falar sem se mover, e quando viu seu embaraço no final, sem poder encontrar meio de justificar o coroamento de toda a pompa desdobrada ante os olhos das senhoras, fez-se pálida e levantou-se.

Com sorriso constrangido nos lábios atravessou de novo a sala e saiu sem dizer qualquer palavra, mas Dona Virgínia não se mostrou ofendida diante dessa atitude tão estranha. Ficou a olhar para a porta, os olhos a luzirem e prendiam um dos cantos da boca, talvez para esconder irreprimível sorriso. Depois virou-se para Dona Maria Violante e radiosa, a fisionomia iluminada, pareceu com ela entender-se transmitindo seu pensamento sem precisar falar. Retomou os lenços e começou a orlar um deles, rapidamente.

– Creio já ter respondido a tudo que me perguntaram – murmurou, entre dentes. – O enxoval virá da Europa.

LXXXIX

A velha mucama estava muito atarefada e corria em todas as direções na espaçosa copa clareada pôr quatro grandes janelas de guilhotinas muito juntas, em forma de rústico vitral. Através das grades via-se o pasto a subir pela encosta sempre verde e aveludada e a luz parecia trazer lá de fora os reflexos daquele manto verdadeiramente imperial. Tinha posto sobre a mesa quatro cabazes de junco muito fino pintados à mão, talvez de origem chinesa, e os forrava com alvíssimos guardanapos para formar lugar onde seriam colocadas as provisões em preparação na cozinha ao lado, e foram logo trazidas e colocadas na outra ponta da mesa. Pedaços de lombo de porco já envolvidos em folhas de bananeira, frangos partidos e passados em ovos e farinha, bolos de bacalhau e de carne e outros manjares encheram o ar com seu perfume pesado e quente. Foram todos postos nas latas onde vinham os biscoitos da Inglaterra, vazias e limpas cuidadosamente de antemão, para tudo desaparecer sob as tampas coloridas e abas de tecido complicado. Balbina não deixava nenhuma outra se encarregar dessa missão e tivera intensa expressão de alegria quando Dona Inacinha a avisara de que iam fazer pequena excursão a pé para aproveitar a manhã fresca e luminosa. Na véspera à noite Dona Maria Violante se queixara de não conhecer os arredores da fazenda, o campo enfim, cujas belezas ouvia contar na cidade. Estavam todas muito desanimadas e tristes, afirmou ela a suspirar com exagero e olhou intencionalmente para Dona Virgínia, em cujos olhos se via leve sorriso.

– Pois se Carlota não estiver cansada... poderemos ir amanhã até o córrego, no ponto onde atravessa a estrada.

– Mas, e Celestina? – perguntou Carlota.

– Qualquer das primas ficará com ela. Prima Inacinha, por exemplo, porque já conhece desde pequena tudo o que o mato pode dar como divertimento, não é verdade?

– Ficarei muito bem, e quero que a mana vá – acudiu a senhora prevenindo o gesto e as palavras de Sinhá-Rôla, já pronta para se escusar e ficar com a irmã.

– Então está tudo perfeito e iremos às sete da manhã para almoçarmos lá.

Quando Carlota foi se deitar e Joviana a esperava com os grandes baldes de água quente, notou desde logo a excitação da mucama, a ralhar incessantemente com Libânia, mas eram repreensões entremeadas de risos e expressões cordiais. Logo ao ver a Sinhazinha deitada, ela mandou a jovem mulata retirar-se para a recâmara onde as duas dormiam, e tomou o seu antigo lugar de joelhos junto à cabeceira da cama, e risonha mostrou a caixinha de música que pôs em movimento tocando a manivela, remédio seguro para adormecer a menina rebelde e graciosa de anos atrás.

– Sinhazinha – começou ela, e sua voz reproduzia a de outros tempos na mesma entonação e no modo ciciado de contar histórias onde viviam princesas de cabelos verdes e olhos cor-de-rosa – nesse lugar onde as senhoras vão almoçar amanhã, no tempo do Senhor velho, estava certa tarde acampada uma família composta de cinco pessoas, além dos dois camaradas, e faziam a refeição da tarde, pois vinham de longe e iam para longe, e traziam grande matalotagem nos alforjes. O Senhor velho tinha ido passar revista nos eitos e vinha a cavalo para casa, quando deu de encontro com aquela gente, o homem, duas senhoras e duas crianças... Ele parou e depois de corresponder aos cumprimentos, exclamou zangado: "Como é que o senhor tem coragem de deixar sua família fazer refeição em lugar ermo, sem comodidade alguma, quando estamos a dois passos de minha fazenda? Não posso permitir isso e insisto venham todos participar de nosso jantar". O viajante ficou muito embaraçado e passou a mão nervosamente pela barba sem poder falar. Depois, murmurou ser já tarde e não poderiam alcançar assim naquele dia o pouso seguinte. Mais aborrecido se mostrou o Senhor velho. Desceu logo da montaria e gritou aos camaradas que fossem buscar os animais. "Então o senhor pensa que vou deixar essas senhoras continuarem a viagem, a esta hora? Podemos perfeitamente recebê-los a todos, e devem vir imediatamente". E assim foi feito e eles todos vieram para o Grotão antigo, onde foram recebidos alegremente pela Senhora Velha e pelos outros moradores da fazenda, e nesse tempo eles eram muitos! Na mesa, nunca havia menos de quinze pessoas, e os pratos eram todos travessões cheios de coisas gostosas...

– Quem era essa família, e quando continuaram viagem? – perguntou displicentemente Carlota – para onde foram?

– Eles só continuaram o caminho um ano depois, minha menina, e iam para a fazenda comprada pelo senhor lá para baixo do rio, para os lados de São José.

– Mas, quem eram eles? – voltou a interrogar a moça agora interessada, pois aos poucos nela despertaram reminiscências. Ouvira talvez há muitos anos contar aquela mesma história, mas nunca mais alguém a ela se referira.

– Ora viva, Nhanhã... era o senhor capitão-mor...

– O meu avô materno? – indagou com impaciência a Sinhazinha, já sentada no leito, e segurava com ambas as mãos as tranças desatadas e soltas com o movimento brusco assim feito.

Joviana custou a responder, e escondera a boca atrás dos dedos já trêmulos pela idade e pelos trabalhos pesados executados em sua longa vida, e talvez também pelo medo de ter dito demasiado. Entretanto, seus olhos estavam serenos, e lia-se neles a determinação de ir até o fim do plano que se traçara. Muitas vezes ela dissera meias palavras à jovem e esta não prestara atenção ao seu verdadeiro sentido e seus muxoxos, suspiros e balançar de cabeça tinham sido mensagens tímidas e inúteis, sem nunca atingir seu objetivo.

– Era sim, Nhanhã, o avô da menina... e a mais velha das crianças era mesmo a senhora Dona Mariana, nossa sinhá...

– Você conheceu minha mãe desde esse tempo, Joviana? – e quase não se ouviu o que a moça dizia tão a medo e tão baixinho falava.

– Conheci, Nhanhã, e ela brincou comigo e com o senhor Comendador durante todo o tempo passado aqui na fazenda – mas, suas forças a traíram e ela chorou em silêncio enquanto Carlota que se deitara lentamente fitava na luz da vela seus olhos secos e deslumbrados. Parecia presa à claridade por atração muito forte, e todo o seu rosto surgia agora cinzelado por ela, os traços acentuados e fortes. Dali a pouco foi chamada à realidade pelo som fraco, longínquo, da caixinha de música, pois Joviana maquinalmente a tinha feito funcionar e tocava a mazurca "Excelsior" de Marence.

– Conte-me como ela era, fale-me dela, Joviana, – murmurou Carlota que pôs a mão sobre a da negra, fazendo-a cessar de tocar a manivela.

– Ah, Sinhazinha! ela era muito boa e não gostava de mentir! Zangava muito quando a queriam enganar. Parecia a rainha, porque só sabia mandar e não queria nunca aceitar as razões dos outros... Deixava tudo no mesmo instante ao ser contrariada e nos mandava embora quando nós as negrinhas não obedecíamos imediatamente às suas ordens!

Agora animada pelas recordações acudidas ao vivo, pelas cenas surgidas em sua mente, Joviana falava com firmeza e seus lábios negros deixavam transparecer os raros dentes ainda brancos e traços vermelhos que davam a impressão estranha de segunda boca, menor e vivamente colorida, escondida pelos lábios quando se calava. Era a menina imperiosa, altiva, sequiosa de verdade e de justiça, a saltar quase viva entre as duas, e parecia dançar, correr e agir no bruxuleio inquieto da vela colocada sobre a banqueta entre a negra velha e a moça branca, toda ouvidos e de olhos muito abertos. Carlota sentia sombria embriaguez a dominá-la toda, e a fazia viver vida nova, superposta à vivida desde a sua chegada ao Grotão. Tudo se renovava, todos os ângulos eram outros, todos os pontos de referência, até mesmo os fundamentos sobre os quais baseara seu equilíbrio até então, se desfaziam em fumo silenciosamente e outra personalidade diferente se levantava dentro dela, cheia de forças novas, senhora de energia tranquila que parecia dever durar até o fim de seus dias... Todavia, traiçoeiro e rastejante, ínfimo pensamento se formou no seu íntimo, e veio em aumento até em breve fazer cessar o hino da vida que ressoava em sua cabeça.

– Joviana, conte-me então por que minha mãe se foi embora antes de minha vinda, e me deixou aqui sozinha...

– Não sei, não sei, não sei não, minha Nhanhã! – sussurrou a negra em segredo. – Quem sabe é melhor a minha menina dormir, e não escutar mais as histórias da cativa, já tantã de tão velha...

– Joviana, você foi minha mãe preta, pelo amor de Deus diga alguma coisa. Você deve saber de tudo!

Joviana ergueu a meio o corpo e ficou de joelhos. Via-se pela sua fisionomia angustiada que lutava, procurava compreender, explicar a si mesma primeiro o que devia dizer à menina nascida e tida em seus braços longos anos. Perdera o filho quando fora chamada para servir de ama, e concentrara na criança branca todo o carinho sufocado pela morte em seu coração. Agora ela conhecia a inquietação da Sinhazinha, de seu sofrimento fora de seu alcance e precisava dela para se consolar. Foi pois com indescritível expressão de nobreza em seu rosto humilde, que ela conseguiu vencer a sua própria deficiência, e disse:

– Minha Nhanhã. A negra velha tem ouvido muita coisa má, muita coisa que não parecia possível ouvir neste mundo. Mas ela pode afirmar, com esta boca que a terra há de comer, não ter nunca a Sinhá feito qualquer coisa que precisasse esconder, e se isto não for verdade, o raio pode cair sobre minha cabeça neste instante.

Depois, tendo levado ao extremo o esforço exigido de sua inteligência, ela dobrou-se ao meio e seu rosto quase encostou no chão. Começou a engrolar orações entrecortadas de palavras africanas e pareceu absorvida pelo encantamento, pelo feitiço de suas próprias invocações, e sentia-se nelas, evidente, o supremo esforço para não perder a razão. Quando sossegou e olhou de novo para a Sinhazinha, sua fisionomia voltara à expressão habitual, de primitiva e bondosa simplicidade.

XC

Às sete da manhã estavam todas as senhoras que iam tomar parte na excursão sentadas na sala do oratório, à espera do sinal de partida de Dona Inacinha quando tudo estivesse pronto, pois ainda não tinham aparecido os pajens encarregados das cestas e dos garrafões de refrescos. Carlota chegada por último perguntou à primeira das mucamas acorridas do interior da casa se Dona Celestina já estava acordada, e ao receber resposta afirmativa levantou-se e foi ver a doente. A moça estava já em sua cadeira de balanço, envolvida no xale de seda vermelha, muito corada, mas não tinha o frescor das pessoas sadias ao se levantarem e seus traços se tinham afinado de maneira sobrenatural. Sua pele era transparente e os olhos pisados mas brilhantes davam logo a impressão de insondável cansaço. Recebeu a prima tendo nos lábios um alegre sorriso e essa alegria era ura milagre em seu rosto, e lhe disse na sua voz velada:

– Estou com inveja... mas, não teria coragem de andar a pé nem umas poucas braças...

– Voltaremos logo, e trarei flores do campo para você.

– Não! – exclamou precipitadamente Celestina que logo depois, ao reconhecer a sua brusquidão, baixou os olhos e continuou visivelmente triste e enleiada: – não é preciso você ter esse trabalho. Aliás, não gosto de flores selvagens porque o seu perfume me perturba.

Carlota observou as diferentes expressões da enferma em tal grau de concentração que suas pupilas quase desapareceram, e depois de certo tempo, perguntou-lhe a meia voz:

– Você é muito amiga de...

– Não sei o que você deduziu de minha indelicadeza de há pouco – interrompeu-a novamente Celestina e por estranha assimilação parecia apropriar-se dos pensamentos de Carlota – eu gosto muito de todos aqui, e são todos tão bons para mim! Mas por favor não tome a mal a minha recusa.

– Celestina – e as palavras de Carlota vinham-lhe à boca exangue com esforço, e parecia não querer dizer mais nada, no receio de que a julgassem ofendida. – Você é bondosa e tem medo dos que a estimam... Mas, tendo Joviana ontem à noite me falado sobre o passeio a ser feito hoje, talvez eu tenha compreendido bem por que você nada quer do lugar que vamos visitar, por causa das recordações despertadas por ele.

– Ah, Joviana disse-lhe alguma coisa... – e a doente pareceu perder-se em reflexões que a cercaram, isolando-a de tudo com suas brumas invisíveis. Carlota esperou alguns instantes, porém ao ver Dona Inacinha passar pelo corredor, seguida dos três pajens e da escrava encarregada de acompanhá-las, carregada de sombrinhas, beijou de leve a prima na testa e saiu.

Quando chegou à sala da Capela, foi recebida por exclamações de protestos de Dona Maria Violante, entre risonha e zangada porque acabara de encostar à porta o carro.

– Pois não íamos a pé? Quem foi a preguiçosa que pediu carro? Ou pensam que não posso andar na estrada e só sei pisar as ruas da Corte? – mas, ao ver Carlota impassível aproximar-se da porta para ver a vitória, com o trintanário ao lado do cocheiro e duas fogosas bestas atreladas, calou-se e volveu os olhos para Dona Virgínia em cujos lábios transparecia quase imperceptível riso desdenhoso.

– Naturalmente acharam ser grande a distância... e mandaram aprestar condução – explicou ela, sem olhar para os circunstantes – mas, já que está aqui, vamos aproveitá-la, não é, Carlota?

Sinhá-Rôla sentou-se perto de Carlota no banco de trás, e Dona Virgínia postou-se ao seu lado. No assento da frente, tomaram lugar a senhora Luiza e Dona Maria Violante e esta escolheu este posto, apesar dos sinais e dos gestos impacientes de Dona Virgínia no intuito bem claro de a fazer passar adiante da prima pobre. Logo depois do carro se pôr em movimento, Carlota debruçou-se e olhou para a casa, ao ver terem tomado a direção oposta à de Porto Novo. Divisaram então Dona Inacinha, à janela do quarto de Celestina, a lhes dizer adeus sacudindo seu lenço branco.

– Ah, meu Deus, como sou egoísta! – exclamou então Sinhá-Rôla – nem sequer fui dar até logo a Celestina, e saber se estava bem hoje.

– Hoje – e Dona Virgínia sem voltar o rosto para sua vizinha de banco, acentuou propositadamente a palavra – "hoje" a Celestina está muito bem...

– É dia da visita do médico! – acrescentou Dona Maria Violante e acompanhou essa frase de alta risada. Estava radiante e olhava interessada o caminho percorrido. Pela posição em que se colocara de costas para a direção seguida, podia contemplar longamente primeiro os pastos abertos logo na saída, e depois os campos de cultura, os cafezais, logo surgidos de um lado e do outro do caminho, uniformes, em sucessões rápidas como uma guarda de honra que as viesse saudar.

De vez em quando encontravam grupos de escravos, sob a direção do feitor, e todos paravam e se descobriam para dizerem em altas vozes o "Louvado". Ao chegarem à entrada da mata, Dona Maria Violante pediu que parassem, pois queria percorrer a pé o resto do percurso. E todas a acompanharam, e caminhavam soerguendo os vestidos com as duas mãos. A terra era cor de sangue, e as árvores lançavam sobre ela galhos muito altos, a se cruzarem em forma de arcos abertos, e a luz se tornava assim difusa e serena, vinda do céu levemente nublado. Nas bordas as plantas pequenas lutavam umas com as outras para aproveitarem a terra revolvida e fofa e as flores brotavam aqui e ali, em tons de fogo ou então muito suaves, muito brancas, pendentes de suas hastes cansadas. Se fixassem o ouvido, poderiam escutar os mil pequenos gritos e assovios que tornavam ainda mais profundo o silêncio descido das montanhas, em forma de muralha invisível a separá-las das regiões trabalhadas. De vez em quando o ruído baço da queda de pesada fruta pontuava a música em surdina e saltitante que parecia a voz das touceiras e dos arbustos, ou então o piar assustado de pássaros a fugirem sobressaltados pela aproximação das excursionistas.

Quando chegaram à clareira já lá estavam os escravos portadores das cestas, pois tinham vindo pelos atalhos para encurtar a distância. Todas quiseram descer a pequena ribanceira, e foram até a margem do riacho, onde mergulharam as mãos nas águas apressadas e frescas, e voltaram para o repouso merecido na sombra das árvores, sobre a relva muito tenra. A mucama batera primeiro as moitas e verificara se não havia nada que pudesse incomodar as senhoras, pois estas olhavam receosas para o chão. Carlota entretanto deixou-se ficar sentada sobre uma pedra, e enquanto ouvia o segredo da canção do fio d'água a correr, quis fazer surgir ao seu lado a figura da menina de olhos penetrantes e sérios, de porte altivo e grave, que ali estivera muitos anos antes, sem pressentir ser aquela parada a cruz de seu destino, o ponto de partida de toda a série sombria de tristezas e de incompreensão que a esperava naquele pouso. Teria ela fixado sua atenção naquelas ondas cristalinas, sempre murmurantes entre as pedras, e levavam em seu dorso as folhas de ouro roubadas às árvores? Teria voltado ali depois do incompreensível drama que tornara impossível a sua permanência no Grotão? Talvez tivesse perdido nesse lugar alguma de suas joias frágeis de criança, e se a encontrasse seria clara mensagem para ela, através dos anos... mas, a água ria baixinho de todos os seus sonhos, de suas esperanças que fugiam com elas. De súbito, viu a menina debruçada sobre o riacho, para se olhar em seu espelho trêmulo, e também ria. Não era porém aquela cuja figura queria evocar, cujos sentimentos procurava com inquieto desânimo fazer reviver... e teve medo e veio para junto de suas companheiras onde se sentou como se caísse, com a sombra do terror ainda nos olhos. Ouvira Sinhá-Rôla dizer melancolicamente:

– Era este o lugar predileto da menina morta... Ela veio em companhia de Libânia muitas vezes e contava aventuras extraordinárias acontecidas aqui.

– Não me lembrava disso – murmurou friamente Dona Virgínia – senão teria proposto outro lugar para não entristecê-las. Vejo Carlota e a senhora Luiza também aborrecidas, mas não sabia estar a Sinhazinha informada disso.

– Oh, Dona Virgínia, – exclamou a senhora Luiza nervosamente – não é preciso saber, a menina ainda está aqui, se fechar os olhos posso vê-la correr na areia branca...

– Pois então vamos mais adiante, vamos para outro lugar mais alegre, não pensa assim, Carlota?

Carlota, nesse instante, vira a capela silvestre e distinguira ao pé da cruz uma vela grosseira, das fabricadas na senzala, e os moldes ficavam pendurados em cordas presas nos altos esteios da varanda. Estava ainda acesa e tremia em seus últimos alentos. Como se fugisse foi até ela e ajoelhou-se para fazer breve oração. Quando se levantou e ergueu o rosto com firmeza, talvez quisesse reagir contra a fraqueza que a fizera ir até ali e segurou o vestido e caminhou rapidamente para o grupo, ao encontro de Dona Virgínia, de Sinhá-Rôla e da senhora

Luiza, à sua espera imóveis, a olhá-la assombradas. A senhora Luiza exprimiu em voz alta o que as três pensavam, arrepiadas:
– Mas é a própria Dona Mariana que vem ao nosso encontro!

Dona Maria Violante não compreendera o que se passava e quebrou o encanto vindo até elas para reclamar a execução da proposta de irem mais adiante. Mas Carlota disse-lhe estar cansada e desejar fazer a refeição ali mesmo. E bateu palmas, para chamar a atenção dos escravos, a fim de estenderem a toalha no relvado, e servirem as provisões. Dona Virgínia muito silenciosa a observava e via-a, espantada, tão senhora de si, todos os seus gestos elegantes, naturais, e suas palavras apropriadas e gentis. Com admiração irônica acompanhou toda a cena sem interferir em nada, e verificava com triste atenção como tudo se passara talvez melhor do que se ela própria tivesse assumido a direção de tudo, como sempre fazia diante das hesitações habituais da verdadeira dona da casa.

Aceitou humildemente o prato a ela destinado pela Sinhazinha, e comeu o seu conteúdo até a última migalha, com respeito e gratidão de mendiga...

XCI

Depois da sesta, quando tinham já repousado da excursão, as senhoras ao se aproximar a hora do jantar reuniram-se no quarto de Celestina, onde a visitaram durante alguns minutos. Libânia estava agora sempre ao seu lado por ordem da Sinhazinha, conhecedora da habilidade da mulata em entreter a doente com suas histórias alegres e movimentadas. Muitas vezes Celestina sentia-se fatigada só de ouvi-la e a mandava embora, preferindo o silêncio de seu aposento de onde escutava apenas algum chamado, o estalar das tábuas do corredor ou, vindos da janela, o mugir do gado a chegar ou a se retirar, e os gritos dos boiadeiros e campeadores seus guias. Mas agora, diante de todas as cadeiras ocupadas e o serviço de café sobre a mesa, todo pintado de flores entremeadas de fitas de ouro, ela parecia presidir o salão onde todas falavam animadas. Sinhá-Rôla contava à irmã que só depois de estar lá na clareira é que se lembrara de ser aquele o ponto preferido de passeio da prima... e não disse o nome vindo aos seus lábios, ao sentir alguém a fitá-la intensamente. E verificou desde logo ser o olhar pesado que a fizera se deter o de Dona Virgínia, desde o retorno muito calada, com funda ruga de preocupação na testa. Entretanto Dona Maria Violante ria-se singelamente, ao recordar os pequeninos episódios do caminho, todos eles inéditos para ela, pois nunca andara no campo. Toda a sua vida fora confinada entre salas e recâmaras, e jamais saíra da Corte onde sua família frequentava o Paço.

– Você não pode imaginar o meu susto quando o lagarto atravessou a estrada, mesmo na nossa frente! – disse ela sufocada de riso louco e não pôde prosseguir.

– Celestina deve ter ouvido daqui o seu grito – disse secamente Dona Virgínia desinteressada agora do que diziam as duas velhas irmãs. – Eu não posso compreender por que as senhoras imaginam sempre ser bonito e romântico fingir terror por qualquer coisa.

– Mas eu não estava a fingir, minha querida amiga! – respondeu a senhora, ainda a rir. – Nunca tinha visto animal tão horrível...

– Pois não parece ter estado no pátio dos bichos, dos Príncipes – retrucou sua interlocutora entre os lábios apertados e não se podia distinguir se era por ironia que ela fazia ressaltar a intimidade de Dona Maria Violante com as coisas da casa imperial, ou se era simples verdade a constatar. Ao ver porém a alegria de sua amiga ainda persistir, resolveu rir-se também, mas o seu riso soava seco e casquinado, e fê-la lembrar dos enganos que cometera diante de todas as árvores, de todos os pássaros e mesmo das plantas mais comezinhas, tendo até achado muito ornamental um prosaico pé de couve da horta...

– Apesar de ser parenta do Diretor do Jardim Botânico – comentou ela, e fez curta mesura que não foi correspondida por Dona Virgínia.

Celestina a todas escutava com vago sorriso nos lábios, e os olhos apagados por seu sonho interior. Quando houve rápido momento de silêncio, e todas perceberam ser hora da partida, pois a doente estava fatigada, ela voltou-se para Carlota, até ali afastada tendo acompanhado a conversação com forçada amabilidade e disse-lhe de forma a fazer com que todas prestassem atenção ao diálogo entre elas:

– Amanhã à tarde a senhora Condessa vem tomar chá aqui no Grotão, não é, prima?

Carlota esteve momentos em suspenso, e parecia ter sido surpreendida pela interrogação, ou antes e principalmente pela intenção direta e clara dessa pergunta assim feita diante de todas. Deixou pois transparecer leve embaraço em seus gestos tornados duros, aproximou-se da cadeira da doente, e depois de passar de leve os dedos em seu rosto como o faria a uma criança, respondeu-lhe em tom doce:

– Alguém lhe contou?...

Mas logo se arrependeu da quase imperceptível ironia posta em sua indagação, porque viu o rubor intenso subir ao rosto de Celestina, e seus olhos se tornarem vidrados pelas lágrimas provocadas pela sensibilidade agora mórbida. E prosseguiu sem deixar a jovem balbuciar qualquer coisa:

– Recebi o bilhete da senhora Condessa, em que me comunicava vir mesmo amanhã à tarde, acompanhada do filho.

As senhoras interrompidas em seus preparativos de partida, atentas ao diálogo, ao verem Carlota nada mais acrescentar e Celestina confusa, perdida a coragem de continuar a interrogá-la, apanharam os objetos, trazidos as bolsas de andar em casa e os leves agasalhos e partiram todas, deixando-as sós, Celestina sentada e Carlota de pé, diante dela. A enferma depois de algum tempo ergueu os olhos e Carlota pôde vê-los em toda a sua limpidez, sem o menor sinal de receio ou de acanhamento, e o sorriso que acompanhava esse olhar era também muito puro, suavizado pela sua graça exangue.

– Carlota – disse ela, e sua voz era serena – creio estar muito doente, e tenho passado algumas horas sozinha aqui em meu quarto, despreocupada e esquecida do futuro que sei já não ter mais... Pude assim pensar livremente, e ver melhor o que se passa com os outros, pois já me retirei de entre eles, e nada me perturba, nada me faz recear ou duvidar de meus sentimentos...

Parou por segundos, e depois continuou no esforço de explicar de forma mais compreensível o seu pensamento:

– Parei de caminhar...

Carlota, a princípio fechada toda em si mesma, pronta a se defender contra o enternecimento e a confidência, olhou-a primeiro desconfiada, depois surpresa e finalmente com vagaroso receio. Iria ter agora diante de si a verdade, dita por aquela voz velada e tranquila? Sentia-se presa ali, invadida por indefinível respeito, e não pensava sequer em fugir, presa pela autoridade daquele som envolvente e paralisador de seus movimentos. Estava diante de Celestina, cuja hesitação e fuga sempre conhecera, sem vida própria, atemorizada pela realidade, eternamente na porta de um templo a olhar para dentro, ainda ofuscada pelas sombras de seu interior em oposição à claridade lá de fora, mas sabedora no fundo de seu coração que a simples lâmpada vermelha que estremecia agonizante, sem forças para dissipar as trevas, posta lá no alto, era a salvação e a vida.

– Você não vai ser feliz...

– Não vou ser feliz – repetiu Carlota em tom neutro, e não parecia compreender tratar-se dela própria – não vou ser feliz...

– Não, Carlota, porque você não ama...

– Eu? não amo a quem? – e uma risada de fel fez Celestina estremecer ao ouvi-la. O vulto da moça diante dela perdia os seus contornos e tornava-se grande mancha branca, indecisa, a diluir-se aos poucos no ar. Enxugou os olhos e pôde vê-la melhor, pôde distinguir o seu rosto tão pálido que nele não se percebiam os lábios, e teve impressão de sua voz vir do ar, a flutuar no quarto, sem se fixar em ponto nenhum.

– Não sou amada, Celestina – e começou a falar sem naturalidade, em repetido monólogo. Não era confidência, não abria a sua alma, não se entregava...
– Eu queria ser outra. Queria ter nascido em outro lugar. Queria viver onde não houvesse sofrimento. Onde todos me olhassem através de olhos claros, onde as mãos fossem quentes e me procurassem... Queria não ver mais em meu espelho a desconfiança e o terror. Queria ouvir outra língua, que não tivesse as palavras agora ouvidas, os sons que me ferem e me fazem fugir. Queria outros tetos para me abrigar, outras árvores para me darem sua sombra. Queria outro céu mais próximo, outras águas que me embalassem. Tudo isto é demasiado para mim, tudo me faz medo, e sinto-me prisioneira, sufocada, perseguida por tudo e por todos que torturaram minha mãe.

Parou de repente. Não havia tremor em sua voz ou contração de desespero em sua boca. Falara o tempo todo com o mesmo tom surdo, repetindo as palavras pobremente, e não tinha a entonação amarga dos que se queixam. Celestina percebeu não ser confidência que recebia, pois não havia comunicação entre elas e não adquirira o direito de tentar consolá-la. Ficaram caladas, e eram duas estranhas sem para se dizerem. O hálito seco que fizera soar aquelas palavras devia ter queimado todo o sentimento humano entre elas, e Celestina viu Carlota levar as mãos ao rosto. Logo as retirou vivamente, como se arrancasse a máscara, girou lentamente sobre si mesma sem a graça de sempre de seus movimentos, e a cassa de seu vestido parecia espessa, pesada, caindo em dobras duras. Quis chamá-la, pedir-lhe que ficasse ainda para poderem falar como duas amigas, mas a pessoa desconhecida ali diante dela movia-se penosamente, fechada, impenetrável, e se lhe dissesse qualquer coisa, sabia de antemão que seria falso, e transformar-se-ia em insuportável comédia qualquer movimento de ternura ou mesmo de compaixão.

Ainda muito tempo ela ficou a refletir sozinha, submersa na claridade pálida do sol a entrar cautelosamente pelo quarto adentro, e chegava até seus pés sem os aquecer com seus raios de luz agonizante da tarde. Sentiu frio e tossiu. Teve de aconchegar ao peito o xale de seda vermelha cujas franjas brilhantes caíam até o chão. Ela preparara durante dias a verdade a ser apresentada a Carlota e estava certa de poder assim esclarecer a confusão em que a via se debater, e agora compreendia nada mais ter feito além de tocar na chaga e exacerbá-la. Nos longos exames aprofundados em sua consciência e em sua memória, quando procurara explicar primeiro a si própria, para depois esclarecer à sua amiga, o que compreendera da partida de Dona Mariana, só pudera chegar à mesma conclusão, encontrada por Carlota desde o primeiro momento... Não podia chamá-la e dizer-lhe que só o ódio reinara naquela casa, a ira nascida de uma só palavra, para depois crescer alimentando-se de tudo, até tornar impossível a própria existência... E resolveu calar-se, pois sabia que dentro em breve o seu silêncio seria eterno.

E as trevas pouco a pouco apagaram a sua imagem...

XCII

Dona Virgínia logo que todos se tinham levantado da mesa foi para a sala de visitas, e quando as sombras da tarde a impediram de ler as cartas trazidas consigo, acendeu a vela enfiada na palmatória de espelho com manga decorada, e colocou-a sobre a mesa de pé de galo que ficava no canto mais escuro da sala. Os homens tinham se reunido na saleta de jogo ao lado, para onde iam logo depois do jantar e tinham permanecido calados, pois não lhes parecia decente na ausência do Senhor, dirigir a palavra às damas. A velha senhora desejava manter-se isolada aquela noite, véspera da visita dos vizinhos, e lia atentamente através do *pince-nez* diminuto de vidros levemente tintos de azul a longa missiva recebida. As outras senhoras menos a governante, àquela hora na despensa onde fora dar ordem para o preparo do quarto de boi chegado pela manhã, já preso a forte gancho de ferro, para ser salgado com mais cuidado, e Carlota sempre junto da doente cujas melhoras eram sensíveis, vieram à procura da prima do Comendador. Naquela noite nenhuma delas trazia os trabalhos destinados ao entretenimento da tarde e da noite, para aproveitarem, enquanto conversavam, a luz do lampião de querosene, a essa hora posto no centro da mesa de jantar.

Ao ver Dona Virgínia com os olhos fixos obstinadamente nos papéis ajuntados diante de si, Dona Maria Violante seguida em seu exemplo pelas duas irmãs procurou sentar-se nas cadeiras ao lado do piano, de onde não eram vistas pelos jogadores instalados no compartimento vizinho. A senhora porém, pouco depois, ao perceber a conversa em voz baixa, e ela não podia entender as palavras murmuradas, não só pela distância como pelo ruído de vozes, pelos espirros provocados pelo esturrinho e o arrastar de cadeiras vindos pela porta aberta, deixou de ler e guardou na bolsa de tapeçaria os papéis ainda em suas mãos. Em seguida levantou-se e veio também para perto do instrumento de música, cujo teclado brilhava na penumbra.

– A nossa amiga vai nos cantar algum lundum dos que sabe? – perguntou, e parecia dirigir-se a Dona Maria Violante.

– Oh, a senhora bem sabe que não canto, nem tenho mais idade para isso... – murmurou com alegre embaraço a interrogada.

Dona Virgínia sentou-se perto delas, repuxou o balão para trás e depois de ligeiro pigarro disse:

– Então, só mesmo a nossa Sinhá-Rôla é cantora entre nós... sem contar com Frau Luiza, quando está sozinha, pois então regouga coisas esquisitas, talvez em alemão... Ora, estavam as três a conversar, quando vim interrompê-las...

– Falávamos sobre a tarde de amanhã.

– E que diziam? Posso saber?

– Não era nenhum segredo – interveio, com firmeza. Dona Inacinha, – minha irmã, que já tem idade, lembrava-se de antigamente e notava certa frieza nos preparativos até agora feitos para a visita da senhora Condessa.

– Ah! repararam nisso... – observou em voz velada Dona Virgínia, que pareceu de repente muito distraída e alheia – era preciso dizerem seu pensamento sobre tudo a ser feito, pois não temos direção alguma e acabaremos todas aqui sem saber se vamos para diante ou para trás, e posso lhes afirmar que por uma unha negra não fico louca.

Falava sempre em tom baixo e a calma de seu rosto desmentia suas palavras e lhe dava toque indefinível de ironia, aparentemente dirigida contra ela própria. Mas, levada por inspiração súbita, levantou-se e foi até a porta da saleta e sem transpor suas ombreiras chamou o senhor Manuel Procópio. Quando o velho surgiu ao seu lado, convidou-o a vir até onde estavam e chamou uma das negrinhas sentadas na entrada da Capela no chão, pois julgavam que as senhoras iam tocar piano ou cantar, e ordenou-lhe que acendesse os candelabros. Enquanto a negrinha surgia com a mecha, e assim pôde acender as velas dos consolos, ela disse ao senhor Manuel Procópio desejar que ele tomasse parte na conferência, e concordou sorridente com Dona Maria Violante ao dizer esta, interrompendo a amiga, que se tratava de grave sessão do parlamento do reino do Grotão, a fim de serem tomadas providências urgentes.

— Meus amigos, – disse ela ao ver tudo em ordem, as velas brilhantes e seus ouvintes sentados em círculo. – Precisamos conversar rapidamente sobre o que se passa nesta casa, pois torna-se indispensável dar alguma ordem e organização aos acontecimentos em preparo.

— A senhora Dona Virgínia recebeu cartas do senhor Comendador, portadoras de alguma instrução? – perguntou pausadamente o velho, enquanto tirava do bolso sua enorme caixa de rapé de tartaruga e suspendeu o gesto de levar a pitada ao nariz.

— Recebi cartas, recebi cartas! – repetiu visivelmente irritada a senhora – minhas cartas são minhas, senhor Manuel Procópio! Estamos todos aqui sem nos entendermos e parece vivermos em hotel sem gerência! Ninguém nos diz nada, e aliás, não vejo quem nos possa dizer alguma coisa autorizada! Até os escravos já sentem isso e tenho mesmo medo de se aproveitarem da oportunidade para uma revolta.

Todavia ela própria reconheceu que estava gritando na excitação causada pela observação pachorrenta do idoso comensal da fazenda, e abaixou o tom da voz depois de ajustar as suas longas mangas pendidas, enroladas em torno de seus braços, como resultado dos gestos e de ter sacudido os punhos fechados. Passou a explicar modestamente, com certa afabilidade, ser necessário que a visitante e seu filho, na qualidade de futura sogra e noivo, não notassem as dificuldades atuais, pois não seria possível ser tomada qualquer resolução na ausência do Senhor, nem era decente abandonar Carlota à sua própria inspiração, visto ser claro não ter forças para isso.

— Mas, que está sucedendo, que dificuldades são essas, minha respeitável senhora? – voltou a interrogar o senhor Manuel Procópio – a não ser o senhor Comendador estar na Corte, não posso ver importância ou qualquer dúvida no fato da nossa menina receber visitantes, cercada por sua família.

— Sua família...? – balbuciou vagarosamente Dona Virgínia e seus olhos saíram da sombra e se tornaram metálicos. – Que família?

Ficou silenciosa alguns momentos sem olhar para os circunstantes, talvez assustada com o que ela própria pensava. Depois, sacudiu o vestido impacientemente e cruzou os dedos com tanta força que suas juntas se tornaram lívidas. Conseguira ainda esta vez dominar-se, e dirigiu-se a Dona Inacinha agora de forma interessada e amistosa:

— E a senhora, minha prima? que nos diz?

— Minha boa amiga – respondeu-lhe em voz grave a mais velha das irmãs, e se achegara a Sinhá-Rôla em instintivo movimento de proteção – penso ser nosso dever esperar a volta do primo Comendador que decerto não tardará. Quanto à revolta dos escravos – ajuntou sem alterar seu sorriso sereno – não seria a primeira vez que nós duas assistiríamos a tal fato, e sabemos nos defender...

– Está bem – disse Dona Virgínia que se ergueu e escondeu as mãos entre as mangas, tal o faria digna abadessa no final do capítulo, e depois de curvar a cabeça em rápida reverência, chamou as suas mucamas e desapareceu, enquanto o senhor Manuel Procópio voltava para a saleta para junto de seus parceiros.

XCIII

Carlota despertou muito cedo depois de ter passado a noite agitada. Na véspera, quando todos foram para a sala de visitas, voltara para junto de Celestina, mas guardava esquisita impressão de tristeza envergonhada, depois de suas meias confidências e ficou sentada no quarto da enferma, o bastidor diante de si na cadeira baixa, sem lhe dirigir a palavra apesar das inúteis tentativas desta para com ela conversar. Era o mesmo o invencível enleio que a tornara incapaz de falar, de dizer coisas simples para agradar a sua prima, e lhe dar a ilusão de esquecimento, do perdão de sua ousadia. Houve momentos em que o ambiente do quarto se tornava insuportável, pois Carlota suspendia o seu trabalho, e permanecia imóvel em seu lugar sem qualquer esforço para justificar sua atitude quase hostil.

Celestina, à medida da passagem do tempo, tornava-se mais pálida, e muitas vezes sua respiração se fazia ofegante, mas sem em nada alterar sua maneira habitual, sempre atenciosa e tímida, mesmo quando não recebia resposta ao que dizia. Se qualquer pessoa entrava no quarto e permanecia algum tempo, sentia-se dominar pelo mal-estar reinante ali, e retirava-se silenciosamente, como se o estado da doente fosse grave. Na realidade ela readquirira forças rapidamente, e parecia muito breve poder sair de seu retiro, sem no entanto estar completamente curada, mas poderia viver ainda. Isso dissera o médico a Dona Inacinha, entre reticências e sem a olhar de face, naquela manhã, em resposta às suas interrogações sobre o estado de Celestina. A expressão da fisionomia do jovem clínico era de quem antes pretende ocultar boa nova do que a de médico temeroso de dar notícias desanimadoras do doente, e a esperança profunda denunciada em seus olhos, ao erguer a cabeça para se despedir, fizera Dona Inacinha correr e dizer a Carlota que Celestina estava salva.

    Mesmo já deitada no leito, depois das longas cerimônias do costume, antes do momento de ficar enfim sozinha, e então ouvir apenas o ressonar na antecâmara das duas mucamas profundamente adormecidas nas esteiras nelas colocadas, Carlota não deixara de sentir todos os seus nervos vibrantes, todo o seu corpo em estado de alarme, e tivera muitas vezes ímpetos de se erguer, de jogar longe as cobertas escaldantes, e sair pela casa para andar, para se agitar e gastar as energias que a faziam considerar intolerável suplício a imobilidade e toda aquela aparência de recolhimento e repouso em seu redor, por muitas léguas. Parecia a Carlota estar prisioneira, e atrás daquela porta vigiavam duas guardiãs para não a deixarem passar. O círculo diminuía sempre, e tudo à sua volta tornava-se cada vez mais entrelaçado, e até o silêncio envolvente parecia-lhe espesso e denso. Quando o cansaço de conter-se, de suportar todo o tumulto do sangue corrente de suas veias na exigência constante de movimentos e gestos violentos, e era verdadeira caçada real, perseguido e perseguidores, onça em desespero e matilha embravecida pela correria o que sentia em todo o seu corpo, quando tudo aos poucos se acalmou, ela refletiu sobre os sentimentos causadores de tamanha exaltação. E nada pôde concluir, nenhuma luz se fez em seu espírito. Não pensara um minuto sequer durante todo o tempo passado ao lado de Celestina, em seu futuro e no significado da visita que era preciso receber naquele mesmo dia, cujos primeiros albores já tingiam as vidraças. Podia também dizer a si mesma que o humilde romance desenrolado diante dela, no silêncio e na pobreza, não a fizera sentir mais fortemente o seu opulento desamparo... Todavia ao refletir na próxima redenção de Celestina, mesmo ameaçada de morte e de todas as tristezas de sua fragilidade perante a luta claramente anunciada, sentiu-se gelar, e rápido estremecimento percorreu seus membros doloridos.

    Lembrou-se então das palavras ouvidas, da presença invisível da menina morta, dona sem partilha do amor de toda a casa, e sentiu ser possível encontrar-se a si mesma sob a condição de se aniquilar. Era o chamado vindo de longe, lá da igreja solitária, toda envolta em trevas àquela hora, tendo por único vestígio das preces que a elevavam nas alturas, apenas a lâmpada vermelha a dançar morosa e suspensa no óleo que a alimentava. Sem mais o quente amor que a cercara sempre, desde seu nascimento e fizera acalmar por alguns anos o ódio oculto nos corações, tal um fogo subterrâneo, ela agora dormia decerto o seu sono sem alvorada. Por segundos fechou os olhos e apertou fortemente o rosário guardado entre seus dedos. Uma visão horrível passara ante seu pensamento, de miséria e de podridão...

Iria vê-la naquele dia mesmo, resolveu, mas decerto não poderia ir sozinha, e não tinha forças para suportar nem sequer a ideia de alguma das senhoras da fazenda em sua companhia. Resolveu pedir ao senhor Manuel Procópio, cuja idade avançada era garantia de respeito, e excluía assim a necessidade da ida de mais alguém, que fosse com ela até a vila, até a matriz. De súbito caiu pesada cortina diante de seus olhos, e adormeceu na posição em que estava, reclinada no leito, o terço enrolado nas mãos, marcando-o por suas contas de pérola.

O senhor Manuel Procópio erguia-se muito cedo, e ia imediatamente para o curral onde eram ordenhadas as vacas, no intuito de tomar o leite ainda quente e espumoso. Banhava-se no remanso do riacho, igual aos moços de vinte anos e só depois vinha para a sede, a fim de tomar a sua enorme tigela de café com leite. Assim recebeu logo o recado da menina, trazido pelo moleque, e foi ele mesmo para o pasto em busca de cavalos para a moça e para si, ele próprio, sem entregar a ninguém esse cuidado. Dentro em pouco o animal de meio sangue árabe pertencente a Carlota e o pesado e feio alazão estavam amarrados à coluna de ferro do alpendre, no pátio, à espera. Mas, o tempo passava, e ele não via surgir a figura esbelta da moça. O senhor Manuel Procópio tirou do bolso palhas e fumo picado, guardados em grande boceta de borracha, e deu início à longa e difícil feitura do cigarro sertanejo de sua preferência. Depois de acendê-lo com o isqueiro de pedra, ajudado pela mecha, e ter tirado algumas fumaçadas dificilmente, e abafado no lenço de alcobaça curto acesso de tosse, ouviu lhe darem bom dia e estremeceu, jogando fora imediatamente o cigarro preso entre os dedos.

Reconhecera a voz de Carlota, vinda até junto dele, sem que ele escutasse o som leve de seus passos. Olhou-a ternamente, pois apesar de vê-la sempre de longe, e de ter passado anos ausente, era como se fosse a sua neta mais velha, porque a conhecia desde menina, e não tinha mais ninguém de todos os seus. Trazia vestida longa amazona castanha muito ampla, de corpete justo e unido, enfeitado unicamente por duas pequenas abas atrás em tesoura, e os cabelos caídos em nó frouxo, eram presos pela cartola preta, segura por véu da mesma cor do vestuário. Sorriu de leve, ao perceber a ingênua admiração bem evidente no olhar de seu velho amigo, e pediu-lhe desculpas de ter tomado a liberdade de haver solicitado a sua companhia sem avisá-lo de véspera. O senhor Manuel Procópio protestou desde logo, e disse ser apenas curta fuga, sem a fiscalização importuna de...

Depois de pausa proposital, terminou: "de velhas..."

Carlota muito ágil montou sem precisar do banquinho apresentado pelo seu companheiro, e quando partiam entre o retinir alegre das patas dos animais na pedra do calçamento do pátio, viram a senhora Luiza e Dona Virgínia correrem à porta do alpendre, para saberem a razão de todo aquele ruído e os acompanhavam com longo e espantado olhar.

XCIV

Já saídos na estrada e entrados no longo e murmurejante túnel de folhagens existente no trecho junto da fazenda, Carlota lembrou-se das expressões tão diferentes de Frau Luiza e de Dona Virgínia, ao espreitarem a sua partida, que feria a imaginação das duas em pontos opostos, e riu-se baixinho. Foi entretanto ouvida pelo senhor Manuel Procópio cujo cavalo a seguia pesadamente e formava com ele um só todo; o velho homem deu sonora palmada na anca do animal e este de salto conseguiu chegar ao lado do meio-sangue árabe.

Olhou enternecido a moça, e murmurou como se falasse consigo mesmo em continuação de suas reflexões:

— Como é bom ser moço... não pensar que tudo conseguido por nós é roubado! Nada mais é nosso, e as próprias coisas fogem de nossas mãos, ansiosas de serem possuídas por outras mais duradouras...

— Por que está triste, primo Manuel Procópio? Eu ria porque nossa partida foi fiscalizada pelas "velhas" e haverá relatório a esse respeito.

— Não fale assim, não fale assim – observou, no mesmo tom melancólico o cavaleiro – a Sinhazinha não sabe o que representa a velhice! É preciso ela se vingar nos outros de sua fraqueza e do pouco tempo disponível para isso. Estou muito velho, e portanto não posso rir com a menina, e tenho agora o meu coração pesado, porque me é tão penoso defender a minha dignidade contra as intenções dos outros, dos novos e dos antigos. Parece-nos sempre tão simples o dever de respeitarem em nós os condenados à morte que somos, no caminho bem curto para o cadafalso...

Caminharam por momentos em silêncio, e Carlota ergueu os olhos para ver passar extensa revoada de periquitos, cujos gritos e gargalhadas tinham entonações humanas de viagem para terras novas. A algazarra por eles feita, cortada de quando em quando por notas muito altas e agudas, a distraiu durante algum tempo e a tirou da atonia que sentia invadir todo o seu corpo ao ouvir as reflexões do senhor Manuel Procópio, ditas de forma tão cansada para exprimirem tamanha exaustão.

– Os dias que nos faltam, para nós, os velhos, parecem a belisária, esse dinheiro que os jogadores dão aos parceiros que perderam tudo, para continuarem a tentar a sorte, e a satisfazerem o seu capricho. Eu já recebi a minha parte, e já a gastei quase toda... Mas, menina, fico aqui a resmungar coisas tristes e elas nada têm a ver com o nosso passeio! Que mau companheiro foi arranjar!

– Não se preocupe, senhor Manuel Procópio, estou calada porque reflito um pouco na minha visita à igreja.

– Ah! – exclamou o velho, cuja figura se cobriu de espesso véu de reserva e de tristeza, e também ficou silencioso.

Andavam lentamente, pois começara a descida, e a estrada não fora reparada depois das últimas chuvas, que nela tinham aberto grandes rilheiras e era preciso evitá-las. Diante deles começava a surgir o panorama de Porto Novo e Carlota via agora depois de muitos anos a mesma paisagem de sua infância, sempre para ela renovada surpresa. Na sua chegada passara por aquele trecho à noite, e só guardara a impressão angustiosa da liteira sacudida pelo passo das bestas nas escarpas, atarantadas pelos fachos acesos trazidos da fazenda para a iluminação do caminho. Muito cansada, tudo lhe parecera então fantástico e perigoso, e seus pensamentos se desorientavam cortados pelas exclamações de terror de Dona Maria Violante e pelas exortações agastadas de Dona Virgínia. Agora, ao ver a mesma passagem à luz tão clara e serena do dia em começo, inteiramente livre, tendo sob si o cavalo dominado e obediente, não lhe parecia possível ser aquela a mesma estrada percorrida dias antes em sentido contrário. Outro imprevisto era ver a vila de Porto Novo ali à sua frente, tão próxima no ar muito límpido, de transparência sobrenatural que ela, se estendesse o braço, talvez pudesse corrigir a posição de alguma ou outra casa colocadas de esconso na paisagem. Com absurdo espanto ela verificava mais uma vez não existir o enorme deserto sufocado por árvores agarradas pelos cipós em convulsões, ou os vales sem fim, onde só os pássaros se arriscavam em volta do Grotão, ameaça secreta e obscura, sempre pronta a surgir em sua mente.

Na balsa, os poucos momentos passados lado a lado, recolhidos e silenciosos, sentados no banco rústico nela existente, Carlota lembrou-se de nunca ter estado a sós com o seu idoso primo, e talvez ele lhe tivesse dito alguma coisa nesses instantes, se o tivesse interrogado. Mas, o balseiro a olhava de soslaio, suspeitoso, pois sabia não ter o seu passageiro filhas, e o via agora com aquela jovem, em quem não reconhecera a filha do dono do Grotão, e Carlota sentira o seu olhar a marcá-la. Fez silenciar a pergunta vinda aos seus lábios, e em vão tentou reatar o sonho que a sustentara desde a madrugada. Desembarcou na outra margem, tornou a subir no selim de couro bordado, mas desta vez aceitou as mãos estendidas de seu companheiro, em forma de estribo, e caminhou na frente muito devagar para deixar o cavalo seguir seu capricho, e assim pudesse apanhar aqui e ali bocadas de capim muito verde brotado junto dos muros. Respondeu maquinalmente às saudações vindas do interior das casas, de pessoas escondidas pelas meias portas, cumprimentou de cabeça os raros passantes que lhe tiravam canhestramente o chapéu, e finalmente chegaram à porta da Matriz situada no alto.

Carlota apeou e entrou pela porta lateral, mas não viu alguém e hesitou em abrir a grade da capela-mor para ir até onde sabia ter sido enterrada sua irmã. Nesse momento entreabriu-se a cortina vermelha do confessionário e um vulto ajoelhado diante dele levantou-se e saiu. Sem pensar, levada por força inconsciente ela foi lançar-se de joelhos no lugar deixado livre e ali permaneceu por muito tempo. Falavam, tão de manso que a igreja toda parecia vazia, abandonada, com suas paredes onde se viam fendas a correrem sobre elas em zigue-zagues de serpentes. O senhor Manuel Procópio ainda no adro, depois de prender os animais à argola de ferro pendente da parede, resolveu entrar para também rezar, mas receoso de perturbar a moça, deu volta ao longo do oitão e entrou pela outra porta lateral situada justamente perto dos carneiros, em um dos quais tinha sido enterrada a menina. Não avistou vivalma e depois de ir respeitosamente até a arcada de onde distinguiu o Santíssimo, persignou-se e veio ajoelhar-se diante da placa de mármore, onde estava escrito o nome de sua pequena amiga. Ficou absorvido em seu rosário, esqueceu-se da moça e foi com visível estremecimento de susto que sentiu sua mão pousar de leve em seu ombro, e viu ao voltar os olhos já cobertos das cinzas da velhice, a mesma menina que vira morrer, agora revivida no vulto da moça alta e bela como os anjos.

– É a mesma – balbuciou ele – é ela que volta agora...

Carlota ao ver seus olhos ainda marejados de lágrimas e sem compreender as palavras por ele articuladas com os lábios trementes, nada lhe disse, e também ajoelhada deixou-se levar para longe, arrebatada por suas preces.

O nitrir dos cavalos, o soar seco das suas patadas nas pedras recobertas de grama rasteira, os chamaram para a volta, pois o caminho era agora mais longo e mais penoso, porque deviam subir a encosta que levava ao Grotão.

XCV

A sala da copa era muito grande e clara, pois a luz vinda de suas janelas conjugadas, de vidros em guilhotina, àquela hora cobria todo o seu pavimento de grandes tijolos vermelhos. Sinhá-Rôla e Dona Inacinha faziam misturas de diversas farinhas, sobre a mesa posta em seu centro, em grandes terrinas onde se viam paisagens fantásticas, pintadas a cores discretas e as mexiam com longas colheres de pau enquanto as negrinhas ajudantes nelas despejavam ovos, leite, mel ou vinho, cujas vasilhas se espalhavam refletindo em seus vidros os raios luminosos, que douravam o mel, ensanguentavam os vinhos e davam tons de nacar ao leite. Especiarias, vindas de reinos distantes, tinham sido tiradas dos armários, cada qual em sua lata ou em seu pote, e delas se desprendia perfume intenso, apimentado, a rescender pelos corredores. Toda a regra diária, todos os hábitos repetidos há tantos anos, medidos por relógio invisível mas tirânico, haviam sido derrogados e a merenda tornara-se a refeição principal, pois a velha titular não quisera vir para o almoço por ser muito íntimo, e para o jantar porque daria à visita solenidade incompatível com a ausência do dono da casa ou dos donos da casa, assim murmuravam algumas pessoas. E depois, acrescentavam, ainda era preciso aproveitar a luz do dia para a volta, pois de maneira nenhuma poderiam pernoitar os noivos sob o mesmo teto.

Já tinham soado estridentes as doze pancadas de meio-dia no relógio de caixa da Capela, os visitantes deviam estar prestes a chegar, e Carlota completamente vestida e preparada fora ao quarto de Celestina, onde se sentara e ficara à espera. A doente, que tomava nesse momento das mãos da mucama o copo de leite e a gema de ovo, recomendados pelo médico, olhou-a sem responder à sua saudação matinal, e notou com estranheza a simplicidade de seu vestuário. Em vez dos vestidos que ela vira desencaixotar, remetidos pelas modistas francesas da Corte, da Gudier ou da Stweight, Carlota vestira simples saia ampla de tafetá antigo, cor de havana, guarnecida apenas de um folho, e o corpinho e as mangas de renda preta. Parecia senhora do dobro de sua idade, e não pode reprimir certo sorriso logo percebido por Carlota.

– Nhanhã Celestina, diga a minha Sinhazinha para por outro vestuário! – implorou Libânia, vinda com ela e agora sentada no chão ao seu lado com a familiaridade permitida pelas duas moças. – Ela até parece viúva, assim vestida de escuro...

– Não me diga nada – disse a moça sem descerrar os lábios – estou doente e é o bastante.

Celestina sentiu no tom dessas palavras não ser apenas capricho infantil aquele vestuário, e parecia desejar exteriorizar, pela sua maneira de se apresentar, o sentimento que devia ser compreendido pelo moço prestes a vir vê-la. Havia qualquer coisa de inseguro, de desorientado, naquele rosto impassível e a voz impaciente se quebrara, talvez de emoção, talvez de enervamento. E pensou, tristemente na figura de Carlota, ao abrir ela própria o seu armário, para tirar sem escolher, sem olhar sequer, qualquer coisa para se cobrir.

– Eu preferia que a minha Sinhazinha vestisse qualquer vestido barato de metim riscado, mas claro, e não esse que até parece de mau agouro, cruz-credo! – resmungou a mucama mas foi obrigada a erguer-se e sair diante do sinal enérgico de sua ama.

– Carlota – disse Celestina, muito devagar, cautelosamente. – Você reflita bem, olhe bem para si mesma... Você poderia dizer que não viessem, porque seu pai está fora e doente.

– Mas eu não sei se meu pai está doente! não sei por que ele foi embora, não sei quando voltará! – exclamou Carlota com surda violência. Levara as mãos ao pescoço e torceu as rendas do pequeno cabeção, entre os dedos em garra. – Não sei que devo fazer, nem para onde vou!

– Mas... – continuou a doente, sempre falando com a precaução que usaria se estivesse em presença de alguém cuja razão vacilasse. – Você foi hoje à igreja...

Carlota tirou as mãos do colo e tomou atitude de pessoa em visita. Desatou o leque preso a sua cintura pelo laço de fita preta, e abanou-se lentamente. A calma que afetava era entretanto desmentida pelo tremor dos dedos fortemente agarrados ao abano, e logo voltou a falar com energia contida:

– Eu me confessei, Celestina, mas quando já estávamos na sacristia, pedi ao senhor Vigário que me orientasse. Mas, eu própria não sei dizer quais foram minhas expressões e ele me interrompeu, dizendo-me que não devia julgar meus pais!

Celestina pensou estar ela chorando, porque escondeu o rosto com o lenço trazido enfiado na manga, e não pôde deixar de sorrir novamente ao lembrar-se da noiva ao aparecer dentro em pouco na sala de olhos vermelhos. Carlota a fitou, por cima do lenço, e tinha o olhar fremente que sabia dardejar agora sobre as pessoas, olhar esse que lhe parecia o de outra pessoa e não da menina meiga e assustada vinda da Corte há poucos meses.

– Não gosto que me assistam viver – articulou em tom cominatório, levantou-se e foi para a sala de visitas, onde a esperava o Vigário acabado justamente de chegar, sem ter tido tempo de ver que Celestina enxugara algumas lágrimas assomadas de surpresa aos seus olhos.

Dona Virgínia passou ao lado de Carlota no corredor, e segredou-lhe ao ouvido que não sabia por que o sacerdote tinha vindo, pois sua presença traria embaraço e não seria nada agradável para os noivos.

– Eu o convidei – esclareceu Carlota secamente, sem se deter.

Dona Virgínia interdita continuou a andar, esquecida do que ia fazer. Ao dar com Frau Luiza dirigindo-se para a copa acompanhada de duas negras carregadas com talheres de prata e xícaras de porcelana, além dos grandes bules e o açucareiro de louça da Índia, fê-la parar e disse-lhe com os olhos arregalados:

– O serviço de louça, quando temos aparelho de prata lavrada? Nem pense nisso, vamos imediatamente guardar essas coisas e buscar a prataria! – e ao ver Dona Maria Violante que também chegava para ajudar no que fosse preciso, acrescentou: – Imagine agora justamente, quando precisamos mostrar que o nosso ouro pode salvar as bancarrotas...

E riu-se, ao ver o ar desapontado da estrangeira, vestida pomposamente, mas sem ter tido ainda tempo de colocar a rede que devia prender seus cabelos, e duas mechas lhe caíam desalentadas sobre o rosto. Foram as três apressadamente até o armário da parede, fechado por pesadas portas de cedro, onde eram guardados os objetos de prata fora do uso quotidiano, e de lá tiraram todo o necessário para guarnecer a mesa da sala de jantar, onde já estavam colocadas duas jarras de Viena, enfeitadas por ramos de rosas, de toucar.

Era preciso se apressarem, pois a chegada do Vigário devia ser o primeiro sinal da vinda dos convidados, e Dona Virgínia estava aflita porque ouvia as vozes do padre e de Carlota a conversarem na sala sem ela poder ir para junto deles, sendo esse o seu dever conforme julgava.

Carlota nesse momento pedia ao sacerdote que fosse ver Celestina, antes da chegada das outras visitas e, ao se encaminharem para o seu quarto, o padre disse a sorrir:

– A menina devia estar sempre ao lado de Dona Celestina... ela vive com Deus porque lhe agradam os desígnios divinos, sem sofrer com o seu sentido oculto...

Caminhava quase trôpego, os braços estendidos, na meia penumbra do corredor, no receio senil de cair e procurava amparar-se nas paredes. Carlota o seguia, em seu passo muito firme, e sentia no coração grande amargura.

XCVI

Celestina veio recebe-los à porta, pois já tivera permissão de erguer-se e dar alguns passos em seu quarto mesmo e beijou a mão do velho Vigário, apoiado durante uns minutos à ombreira para respirar, e restabelecer-se antes do esforço final de chegar até a cadeira de braços, que lhe foi destinada.

– Já está boa, menina – disse ele então, e não era pergunta e sim afirmativa, o que dizia, a fixá-la por entre os olhos entreabertos, muito míopes e cansados.

– Com certeza tem sido tratada como anjo aqui pela nossa Carlota!

E quis pegar no braço de Carlota, permanecida em pé, ao lado da cadeira, mas a moça afastou-se imperceptivelmente, o bastante entretanto para não ser tocada e seu rosto cobriu-se de rubor logo substituído por transparente palidez. A ruga ácida de sua boca acentuou-se mais e ela não pôde olhar para Celestina, que ria com simplicidade, muito alegre, na alegria frágil sucessora de seu antigo ar sonhador e ausente.

– Estou boa sim – respondeu ela – e Carlota tem sido ótima enfermeira, apesar das dificuldades trazidas pelo governo da casa.

E logo iniciaram uma dessas conversações descosidas e animadas, só possíveis entre pessoas sempre esquecidas de si próprias, apegadas aos pequenos acontecimentos desenvolvidos ao seu lado, e nos quais tomam parte ativa, não sendo possível em vista de seu temperamento aceitar nunca o papel de simples espectadores. Carlota os seguia sem intervir diretamente no diálogo, e invejava muito em seu íntimo a vida e a realidade do que diziam, sem segredos, sem segundos sentidos, sem deixar transparecer em nada os venenos que a ela angustiavam sempre, quando encarava a agitação dos seres e das coisas, e tudo neles lhe parecia hostil e absurdo. Enquanto escutava, na vaga ansiedade de ouvir de repente o tropel da chegada dos visitantes, fazia com azedume fundo retorno sobre si mesma e viu espantada que todos os fatos e dizeres, comentados minuciosamente pelo padre e por sua prima, se tinham passado depois de sua chegada e ela de nada soubera ou quisera saber, nem tinham chegado sequer aos seus ouvidos as notícias agora escutadas. Como conseguira viver todo esse tempo fora da vida quotidiana da fazenda, de tudo que representava suas alegrias, seus sofrimentos e até mesmo a cadeia indiferente de fatos em sucessão todos aqueles dias aparentemente estáticos e vazios, e agora descobria de forma incerta, através da nuvem ainda a obscurecer-lhe o espírito preocupado, terem sido cheios, túrgidos, intensos de vida, de trabalhos e de dores.

As figuras de Celestina e de padre Estevão, inteiramente abertas, sem véus a ensombrarem as suas vozes puras, a embalavam e teve vontade de ceder à sua magia sutil e entregar-se a longo sono para refazer-se e descansar de sua febre.

– A senhora, minha menina – disse de súbito o sacerdote, interrompendo o que falava com Celestina, e via-se ter ele estado o tempo todo a observar a fisionomia sombria e envelhecida de Carlota, com os olhos escondidos entre as pálpebras inflamadas – a senhora, que vai hoje ver o seu noivo, dentro em pouco iniciará vida inteiramente nova, independente de seus pais. "Deixarás pai e mãe..."

Ele riu-se e não pareceu perceber a cor lívida de Carlota, cujos lábios tremiam de leve, mas moveu-os afinal, e parecia ensaiar as frases a serem ditas, pois decerto esquecera a articulação das palavras, e foi apenas leve sopro a sua voz:

– Eu fui deixada... e não encontro socorro.

– Creio que são eles a chegarem – continuou a dizer o Vigário sem ouvir voluntariamente a resposta de Carlota – ouço que chamam os cavalariços para receberem a vitória da senhora Condessa.

– É verdade – confirmou Celestina, a olhar os dois com profunda amizade – já Dona Virgínia passou em disparada com o seu melhor xale todo enfunado, e agora é Dona Maria Violante a varrer também o chão com os seus babados novos!

– Como está irônica, Celestina! – observou Carlota – irônica e feliz! Eu também vou voar até a porta, para receber com todas as homenagens a senhora do chefe do Gabinete.

E inclinou-se compassada, arvorando um sorriso cheio de artifício, com o ar guindado de quem se despede do cardeal e da açafata, e dentro em pouco estava na Capela onde foi ao encontro da velha senhora, muito pequena e viva em seu vestuário todo preto, composto de pelerina e touca de rendas negras que faziam sobressair seu rosto miúdo e moreno. Quando viu Carlota veio ao seu encontro precipitadamente, ansiosa em não retardar esse momento e abraçou-a enquanto a impedia de beijar-lhe a mão, e foram logo para a sala onde se sentaram muito juntas, e só depois de lhe perguntar pela sua saúde e pelo pai, ela se voltou para os demais e os cumprimentou amavelmente, não sem certa pompa de surpresa, esquecida talvez de que todos a tinham esperado no alpendre e entre eles tinha passado sem querer ver a ninguém, antes de encontrar a noiva de seu filho.

– Ele vem já – disse ela com seu sorriso brilhante e ainda moço, apesar dos sessenta anos, e fingiu ter julgado descobrir certo olhar de impaciência de Carlota para a porta. – Ficou ligeiramente atrasado, porque foi ver desprender do carro o volume trazido por nós... Vá recebê-lo na porta, como teve a amabilidade de o fazer comigo! Pode ir, pois é uma velha quem lhe aconselha!...

    Carlota não pôde desobedecer e caminhou para a entrada do pequeno terraço, sem pressa, mas sem dar o menor sinal de má vontade, pois sentia-se observada por todos os presentes, e mesmo os senhores, estacionados na entrada da sala de visitas, tinham acompanhado o diálogo e a quase ordem por ela recebida. Quando chegou no alpendre, viu o moço já apeado do animal em que acompanhara a vitória e estava agora junto da boleia de onde assistia o trintanário tirar pesada caixa de pinho. Ele não pressentira estar sendo visto pela noiva, pois achava-se de costas, e Carlota pôde ver bem a dificuldade com a qual o negro retirava a bagagem, e só compreendeu o acontecido quando viu o escravo receber em cheio o caixote sobre um dos pés, pois não o conseguira reter na sua queda brusca, ao se romperem as correias que o prendiam às grades do assento. Mais rápido ainda, o moço agarrou o preto pelo peito da japona por ele vestida e fustigou-o às cegas em furiosos golpes com o chicote que trazia na mão direita. O trintanário recebeu as chicotadas que deviam marcar profundamente a sua carne, mal protegida pela pobre libré por ele envergada, sem qualquer gesto de defesa, sem experimentar fugir ou se proteger, nem mesmo tirar o pé debaixo do engradado, a esmagá-lo. Mantinha os olhos muito abertos sem expressão, e era semelhante ao animal resignado à dor por ele sabida inevitável, e entregava-se à vontade do dono sem restrições, esquecido até dos primeiros instintos das criaturas.

    Carlota teve vontade de correr, de gritar, de rasgar o seu vestido, mas apenas pôde manter-se imóvel agarrada ao balaústre do alpendre e tinha certeza de que se dele desprendesse os dedos cairia no chão sem amparo. Nunca pôde saber quanto tempo ali estivera, nem de que maneira conseguira manter-se, mas viu João Batista, o noivo, enxugar o rosto coberto de suor pela violência de seus movimentos, reajustar a gravata, cujas dobras se tinham desfeito, alisar a calça e fazer correr as mãos pelas pernas e só então deu pela sua presença e veio ao seu encontro iluminado pela alegria e com a naturalidade dos noivos.

    Carlota continuara sem vê-lo, os olhos fixos no escravo, que ao ver afastar-se o seu amo, passara com presteza a manga da véstia no rosto, e também se arrumara todo, para depois pôr o caixote nos ombros a fim de trazê-lo para o alpendre onde ao chegar saudou jovialmente, como se nada se tivesse passado com ele:

    – Sua bênção, Nhanhã!

    E após colocar a carga no chão, ficou à espera do moço cumprimentar a jovem e depois lhe dar novas ordens. Carlota custou a arrancar os olhos daquele rosto sorridente, para atender ao visitante curvado diante dela, em risonha galantaria. Mas não pôde estender-lhe a mão que lhe pesava caída sobre o vestido e parecia morta. Apenas pôde lhe dar as boas-vindas, sem saber ao certo o que dizia.

– É a lembrança que minha mãe me autorizou a oferecer-lhe, prima – disse ele, e tinha nos modos o desembaraço dos moços da Corte, apesar de conhecer bem o acanhamento de sua noiva, pois sabia ter vivido sempre no Colégio e agora em sua fazenda, onde não recebiam senão raras visitas, afastadas pelas questões entre os Senhores. Foi pois com ar protetor que lhe ofereceu o braço e levou Carlota até a sala, onde foram recebidos alegremente pela senhora Condessa, que soltava exclamações admirativas diante do formoso par, secundada pelos demais.

Dona Maria Violante viera postar-se ao lado da senhora, e a interrogava com indiscreta curiosidade, sem se deixar desmontar pela brevidade das respostas. Os homens tinham cercado o noivo e ao verem Carlota ir para junto das janelas, onde se postara na atitude de quem está à espera de alguém vindo de fora, fizeram o moço seguir com eles até a saleta, onde pretendiam mostrar-lhe certa arma de caça, presenteada pelo príncipe de Saxe a um deles. Tratava-se de belo trabalho todo damasquinhado de ouro e se não era de toda precisão, representava verdadeira obra de ourivesaria.

Carlota perdia-se em suas reflexões, sem poder dar-lhes verdadeiro sentido e mais tarde lembrava-se de ter contado os minutos, calculado segundo a segundo o tempo em que poderia ficar afastada dos outros, e a sensação alternadamente de terror ou de alívio ao ver as senhoras prenderem a atenção da Condessa ou a de seu filho ou as deixarem cair. Finalmente, depois de tamanho suplício, lento e sem lenitivo, a chamaram para a merenda. Teve de se misturar com todos, e então agarrou o braço da velha senhora, e foi com ela até a mesa, sem olhar para trás, pois sentira que o moço as acompanhava, certamente com o mesmo sorriso divertido nos lábios. Trazia a sensação de ter estado em reunião numerosa e agitada, onde todos falavam língua para ela desconhecida, e só teria podido tomar parte nela, com sinais de cabeça e sorrisos de incompreensão.

Quando a Condessa e o filho tomaram a condução que os levaria de volta até a fazenda vizinha, Carlota sentiu que se libertava, que retornava afinal dos confins crepusculares do mundo real e a inexprimível fadiga que lhe fora infligida fê-la dormir de um só sono, como se tivesse caído morta em seu leito.

XCVII

Quinze dias depois chegou o estafeta, e as revistas, os jornais de modas, os periódicos da Corte e do estrangeiro foram abertos com ansiosa curiosidade por Dona Maria Violante que os folheou avidamente, diante das outras senhoras reunidas em torno da mesa, todas silenciosas. Cada qual devia estar à espera da escolha das outras ou o interesse que sentiam pela leitura não era o mesmo da senhora da cidade, tão entretida que nem sequer percebia a atitude discreta de suas companheiras. Tinham se reunido ali depois das mucamas terem recebido os alforjes onde vinham resguardados das chuvas e dos estragos do longo percurso, os grandes pacotes de papel pardo, alguns deles ainda a mostrar os selos coloridos da França e de outros países. Entre todos esses invólucros, vinham algumas cartas, das quais duas eram dirigidas a Carlota.

Quando Dona Virgínia, depois de examiná-las com exagerada atenção, as entregou à jovem, as senhoras imediatamente puseram-se também a abrir sobrecartas ou impressos, de forma a permitir a Carlota ler ali mesmo as duas missivas, sem que ninguém a perturbasse. Mas guardou-as no bolso simplesmente e tirou de cima da mesa o exemplar do "Jornal das Famílias", e se dispôs a lê-lo. Houve espesso silêncio, carregado pela atenção e alheamento das leitoras, mas Dona Inacinha a olhava de vez em quando, com funda ruga de preocupação a sulcar-lhe a testa, e Dona Virgínia devia sufocar de impaciência, apesar de percorrer diligentemente, trabalhosamente as linhas escritas, cujo sentido decerto não acompanhava. Seu pé a surgir de entre os babados da saia batia no chão compassadamente, e era esse o único sinal de vida que dava, pois tudo nela estava rígido e parecia seguro por sua própria vontade. Não pôde porém reter o gesto brusco quando Frau Luiza perguntou à moça, na sua voz gorda e familiar:

– Não nos vai dar novas do senhor Comendador? Ouvi contar, quando a senhora Condessa esteve aqui, que ele e o menino estavam muito doentes... Será a horrível febre amarela? Tenho estado todo o tempo a pensar nisso, mas não consigo nunca estar a par de nada...

Carlota corou intensamente e baixou os olhos para o regaço, apesar de ter o folheto entre os dedos aberto na página de modas e ficou calada, sem encontrar qualquer resposta, pois sentia sobre si a atenção observadora e perspicaz das companheiras.

– Mas, nós também recebemos cartas do primo Comendador – observou singelamente Sinhá-Rôla, – e posso informar-lhe, senhora Luiza, que tudo está bem, e ele breve virá para o Grotão.

Dona Inacinha encolheu os ombros desanimada, porque não quisera explicar à irmã serem apenas frases convencionais as por elas recebidas e nada queriam dizer, pois eram apenas manifestações da maneira sempre correta e afável do parente ao tratá-las. Não tinham, entretanto, o mínimo abandono, o mais leve sinal de confiança, que as fizessem sentir-se realmente em sua casa, e dentro de sua família. Agora ficara desapontada pela ingenuidade da irmã, cujo orgulho de estar na intimidade do dono da casa era visível, apesar do ar falsamente penalizado com que a fitava a prima Virgínia. A senhora Luiza pareceu satisfeita diante da informação recebida, e o tom no qual fora dada tinha sido convincente, pois Sinhá-Rôla mostrava-se animada e alegre. Haviam recebido outras missivas, e vinham de parentes até ali esquecidos de sua existência e da de sua irmã. Eram também fazendeiros, e se tinham mudado mais para dentro do sertão de São Paulo, para terras novas, onde os cafezais plantados já davam indícios de grande riqueza. Nas entrelinhas, era-lhes dito que se quisessem ir fazer companhia à fazendeira, isolada em região ainda selvagem, seriam bem recebidas. Tinham chorado abraçadas no segredo de seu quarto e agora sentiam serem donas de seu destino, e não dependiam unicamente da mão esmoler do Comendador, pois tinham até por onde escolher... As notícias que haviam chegado sobre a sua doença, as deixara apreensivas e amarguradas, pois se o Grotão mudasse de senhor, quem seria o novo? Não compreendiam bem como seria resolvida a herança pesada a se abrir por sua morte, e a opulenta empresa agrícola que aumentava dia a dia de poder e de valor, passaria talvez a mãos estranhas e elas teriam de sair. Mas, sair para onde? Mais uma vez essa interrogação surgia à sua frente e parecia-lhes que a terra se fechava diante delas. O mundo tenebroso e vazio se lhes deparava em sua ameaçadora complexidade, diante da qual elas se sentiam de antemão massacradas e sem defesa, sem poderem sequer fugir ou renderem-se. Agora bem longe, no horizonte desses campos sem fim, surgia nova aurora humilde, sinal pobre e pálido, mas sempre promessa de guia e de refúgio.

Dona Inacinha sentia-se cansada, mas era leve torpor a prendia em sua cadeira e o sangue lhe pulsava apressado, e desejava ficar bem quieta, sem nada ouvir nem ver, para não perturbar a sua singela felicidade, toda vacilante e vaga, porém mesmo assim significativa de paz no futuro...

Dona Virgínia voltara a se absorver no jornal, entretanto mordia os lábios e agora virava as folhas rapidamente, e depois de algum tempo dobrou-o, colocou-o, no invólucro de papel pardo, e virou-se para Carlota tal um guerreiro pronto para o combate.

— Precisamos saber — disse ela resolutamente — se a menina resolveu qualquer coisa juntamente com a prima Condessa. O Comendador entregou a ela toda a direção do negócio do casamento, e me disse ser seu desejo que tudo se fizesse de forma rápida. Não sei fazer segredos nem posso fugir ao dever que me cabe, como sua parenta mais próxima e mais velha, de tudo tornar claro e de acordo com a tradição entre nós, das velhas famílias do Império.

Carlota pareceu hesitar mais essa vez, e seus olhos fugiram ao olhar da senhora a encará-la com as mãos nos joelhos e o corpo inclinado para a frente, em atitude comum, e esse fato bem demonstrava o seu profundo interesse na luta iniciada. Todavia reagiu logo, e agora de gestos medidos, a voz modulada, na atitude de senhora de muitos anos, além dos já contados, respondeu:

— Não sou eu quem resolve o caso em questão, minha prima Virgínia, e nada lhe posso dizer, além do que a senhora tem visto e ouvido, sem... meus pais decidirem e fazerem conhecer a sua vontade.

— O meu primo Comendador já resolveu o que se deve fazer — exclamou, os olhos fuzilantes, dona Virgínia, que recebera a referência aos "pais" de Carlota como se fosse grave punhalada. — Felizmente "ele" virá breve!

E esta sua afirmação tinha a ressonância seca de ameaça. Ao ver porém todas se mostrarem embaraçadas e se calarem, para fingir não terem acompanhado a cena, e haviam tornado aos periódicos, Dona Virgínia mudou de tom e prosseguiu, voz e gestos diferentes:

— O nosso sangue é muito forte, todo ele de povoadores e de homens fundadores de cidades e de fazendas onde os índios flechavam os negros, e não será a febre amarela que o vença...

Carlota não pôde esconder o choque recebido, e surpreendeu o golpe de olhos trocado por Dona Maria Violante e Dona Virgínia, mas a seguir sem nada deixar transparecer em sua atitude, mostrou os modelos de Paris que tinha diante das vistas a Sinhá-Rôla, e as duas falaram sobre as modificações a serem neles feitas, e no tecido que poderia ser aproveitado em sua execução, entre os guardados em grandes peças no armário da sala de costura.

XCVIII

Carlota ao passar pela porta do quarto de Celestina viu-a aberta, e pela meia luz e silêncio nele reinantes, percebeu que a moça estava sozinha. Achou-a sentada na cadeira baixa, o rosário entre os dedos a rezar lentamente, apenas movendo os lábios, e seus olhos envoltos em sombra perdiam-se na penumbra. Parecia fazer parte ela toda da atmosfera de cinza e de absoluta calma, e Carlota parou por instantes para primeiro se habituar àquela tranquilidade quase irreal, principalmente para ela vinda da sala onde todos falavam e comentavam os acontecimentos guerreiros relatados pelos jornais. Não quisera ir diretamente para sua alcova, porque as duas cartas guardadas em sua algibeira a inquietavam e a angústia de enfim saber o que sucedia aos viajantes, fizera com que ela adiasse a oportunidade de lê-las a sós, longe dos outros. Agora quando avaliou o recolhimento de Celestina que a deixara em suspenso, teve vontade de retroceder, de deixá-la em paz e ir para qualquer recanto onde pudesse torturar-se livremente com a leitura daqueles papéis que pareciam pesar em seu bolso. A prima porém, que terminara a oração, reteve-a com uma frase murmurada que ela não entendeu, pois foi dita no tom ainda de reza.

Carlota decidira não contar a ninguém ter recebido notícias, nem permitir soubessem que na primeira das sobrecartas reconhecera a letra rápida e curvada de sua mãe. Não conseguira uma só palavra de consolo, de compreensão e conforto desde sua vinda para o Grotão e todos pareciam à espera de qualquer movimento de fraqueza seu, para feri-la; vivia sempre sobre a impressão de que todos os que a cercavam, traziam escondida no seio afiada arma, impossível de saber qual era. Só junto de Celestina podia se sentir segura, mas tinha a certeza de não poder nunca contar com a prima, pois era ainda mais fraca e ameaçada do que ela própria. Porém, logo ao se sentar na cadeira de balanço, depois de fechar o ferrolho da porta não pôde conter-se e disse logo sem olhar para o rosto da sua parenta, que trazia consigo duas cartas, uma do pai e a outra...

Celestina levantou a cabeça e fitou-a, os olhos brilhantes e inquisidores. Mas logo Carlota, que erguera os seus, sob a força desprendida desse olhar viu a sua firmeza se quebrar, e leu neles apenas grande compaixão.

– Minha querida menina – disse Celestina, segurando-lhe as duas mãos, em gesto mais de pena que de carinho. – Talvez haja algum engano, talvez seja só semelhança de letra...

Depois seus traços se alteraram rapidamente, as lágrimas surgiram e convulsivo soluço veio-lhe até a boca, mas Celestina reprimiu o choro que a surpreendeu, e pôde dizer baixo:
– Prima Mariana... não pode escrever-lhe...
E animou-se de repente, levantou-se de golpe da cadeira baixa, própria para costura, em que estava sentada, foi até a cômoda cujas gavetas abriu febrilmente a fim de procurar qualquer coisa que não achou, e veio de novo sentar-se perto de Carlota, sempre no mesmo lugar, calada e imóvel, talvez presa pelo receio de provocar, pelo gesto ou pela palavra, irreparável recuo no que esperava ouvir. Celestina estava já calma e ainda com o traço úmido de suas lágrimas reprimidas no rosto tornou a segurar as mãos de Carlota. Agora dominara já os seus nervos e parecia representar, pois transparecia vontade e intenção em suas maneiras.
– Carlota, desculpe-me, mas estou nervosa só de pensar em deixá-la...
– Deixar-nos?
– Sim, eu não tive coragem de dizer a ninguém o que se passa, pois sou tão sozinha e tudo fica tão difícil para nós...
– Para nós? – e Carlota repetia as suas perguntas enquanto fazia grande esforço para vir até onde estava, para arrancar-se da espécie de magia que a fizera partir para muito longe, em busca de verdades fugitivas por entre os meandros de sua imaginação e das palavras entrecortadas que ouvira.
– Para nós, Carlota... ajude-me um pouco, porque tenho grande acanhamento, sinto-me tão humilhada. Parece-me estar a roubar algum bem que não me pertence, a felicidade que não é minha, pois devia caber a outras pessoas melhores e mais dignas...
Carlota viu ser preciso esquecer de si mesma, e mais uma vez deveria deixar passar o momento de saber, de conhecer a si própria, de abrir a barreira sempre presente diante de si. E com doloroso ânimo afastou os pensamentos que a dominavam e se debruçou sobre aquela alma, ali a se debater ao seu lado, sem ela ter sentido a sua agitação.
– Celestina, que se passa? Você bem sabe que somos duas irmãs, duas órfãs que se amparam mutuamente...
– É que... – e a moça custava a vencer o seu enleio – se eu obtiver o consentimento do primo Comendador...
– Ah, já sei – e Carlota conseguiu sorrir e abraçar a moça agora soluçante e em pleno desafogo – quando diz que vai nos deixar é porque vai casar-se? Que alegria para mim, como compreendo a sua emoção! Tenho a certeza de que você

será muito feliz e seu coração crescerá, a fim de se tornar muito grande, para dois... e talvez para mais.

Celestina chorava agora de mansinho, mas esquecera já de ser dela própria que falavam e não pôde deixar de sentir sua garganta se apertar pois parecia-lhe que Carlota falava com penosa ironia, no intuito secreto de rir de si mesma. Escutava a medo suas palavras de animação, e não podia deixar de comparar o seu significado com o que se passara até então diante de seus olhos.

– Carlota – disse por fim interrompendo a amiga – não sei como terei coragem de ir embora, de sair do Grotão, ainda mais no conhecimento de ser por toda a minha vida, que será tão curta.

– Vocês falaram já com a prima Virgínia?

– Não... eu tenho medo de Dona Virgínia, e ainda não encontrei maneira de falar com Dona Inacinha e Sinhá-Rôla, pois elas antes que eu pudesse dizer alguma coisa, me anunciaram sua partida dentro de algum tempo... Estamos todas à espera do primo Comendador, para obtermos dele a permissão para o nosso casamento e elas para sua saída!

Enquanto falava, Celestina examinava receosa o rosto da amiga, para ver se nele descobria qualquer sinal de tristeza, mas viu que ela se tornara extremamente calma, e parecia respirar melhor, como alguém que consegue libertar-se de grande peso. Ela passara muitas noites sem poder dormir pensando ser a primeira a dar o sinal de debandada entre os moradores do Grotão, e não podia deixar de pensar no desamparo em que Carlota ficaria, entregue a tantas preocupações, sem certeza de qual seria sua vida e seu caminho para o futuro. Devia ter soado em algum relógio a última hora do Grotão, que assim começava a se desagregar sem esperanças de novas forças e sem ninguém poder avaliar qual seria também o seu destino. Dona Virgínia era até ali a única a não falar em deixar a casa, mas Celestina sabia de sua amizade com os inimigos daquela família ameaçada de desaparecer, e talvez a sua permanência fosse apenas traiçoeiro perigo a mais, entre os outros a se delinearem confusos...

– Celestina – ouviu ela dizer Carlota – vá para sua vida, vá viver... eu vou escrever a meu pai e pedirei que apresse a sua vinda para o seu casamento.

Carlota ergueu-se para sair e, no movimento feito, sentiu em suas mãos os papéis até ali guardados. Eram as cartas, que ainda não tinham sido lidas...

XCIX

Quando Carlota se dirigiu para o jardim correspondente à sala de fora e nele se sentou no banco de conchas, viu que Dona Virgínia a acompanhara vindo até onde estava e se postara parada diante dela, talvez à espera de convite para sentar-se também. Carlota porém não quis olhar para ela, voluntariamente ignorou sua presença, e a velha senhora ao ver prolongar-se essa situação, até chegar a um ponto penoso, disse com calma:

– Carlota, sei que recebeu cartas e teria grande prazer se me dissesse as notícias nelas contidas. Estou ansiosa, e nada sei ao certo do que se passa na Corte, e seria bondade de sua parte se me atendesse... – logo depois de pequena pausa prosseguiu – ainda mais que me parece estar a menina muito preocupada e triste!

– Ainda não li o correio de hoje – respondeu a moça a meia voz, – mas se a senhora quiser pode sentar-se aqui ao meu lado, lerei as duas missivas e assim poderei dizer-lhe o que contêm, logo em seguida.

E tirou do bolso dois papéis dobrados e selados, rompeu invólucro de um deles, onde se via a letra do Comendador, e o leu pausadamente, com os movimentos rígidos de quem cumpre obrigação desagradável. Depois voltou-se para Dona Virgínia, à espera com um sorriso nos lábios e explicou:

– Como já sabe, é de meu pai e ele me diz que está doente, e por esse motivo adiou a sua volta ao Grotão, mas breve nos avisará do dia de sua chegada.

Depois, sempre na mesma atitude seca tirou o enfeite de tartaruga que lhe fixava a coifa, em forma de punhal e abriu a segunda missiva. Mas, seus lábios tremeram imperceptivelmente e suas mãos se tornaram geladas, quando desdobrou a folha de papel muito grande onde vinha apenas escrita curta frase.

– Esta – acrescentou – que julguei fosse de minha mãe, é recado de pessoa que se diz ser nossa parenta, para me prevenir ser inútil escrever, porque ela não poderá responder-me.

Dona Virgínia sentiu seu rosto se abrasar e quis dizer alguma coisa, mas foi interrompida por Carlota, a lhe explicar secamente que, uma vez satisfeita a sua curiosidade, pedia licença para ficar só. A senhora ergueu-se e deu alguns passos em direção da escada, mas reteve-se e tornou a sentar-se.

– Carlota – disse, e a emoção que a dominava transparecia fortemente em sua voz – eu sei que a minha presença nesta casa não é desejada. Há muito tempo já devia ter saído daqui, não devendo ter assistido ao que assisti, e não devia ter tomado parte na vida transcorrida nestes últimos anos nesta fazenda. Mas, fui encarregada por seu pai de defendê-la e a fazer-lhe companhia até o seu casamento, até sua filha ser entregue ao marido e à família dele. Julgo estar cumprindo meu dever, apesar de ser demasiado pesado para mim. Porém vou agora satisfazer ao seu pedido, ou antes, à sua ordem, que me parece extraordinária em menina ao se dirigir a uma senhora.

Carlota, sem nada dizer, seguiu o vulto majestoso que se afastava, e desaparecia no portão que dava para fora. Depois, ao deixar de vê-la, deu largas ao pranto que reprimia, e pôde assim desafogar a tristeza que esmagava seu coração. Há muitos dias precisava entregar-se à sua própria fraqueza, precisava lamentar-se, gemer, queixar-se de tudo que a rodeava, que a encarcerava em vida, e a cercava de alto muro de incompreensão. Não era necessário alguém para a escutar, a consolar ou com ela repartir o desgosto, porque parecia-lhe agora ser impossível encontrar quem lhe fizesse companhia. Sentia-se humilhada de ter andado de um lado para outro, a pedir que a ouvissem e lhe dessem alguma palavra de explicação ou de carinho. Tinha sido pobre mendiga, vista com repugnância e receio por aqueles a quem se dirigia, e todos se desvaneciam diante dela em sombras, entre hesitações e subterfúgios. Agora suas mãos estavam mutiladas e compreendia nunca mais poder voltar a ser a Sinhazinha vinda do Colégio para junto de seus pais e encontrara em sua casa apenas dispersão e ruína. O mundo se fechara diante dela e a terra estremecia sob seus pés...

Nesse instante, estranha sensação fê-la levantar os olhos, e viu ter estado sendo observada da janela da saleta pelo senhor Manuel Procópio e por outro homem, jovem ainda, ambos junto do peitoril, sem se debruçarem, e ali se tinham mantido em silêncio talvez já há algum tempo. O senhor Manuel Procópio, logo que percebeu ter sido visto pela moça, sorriu e fez sinal com as mãos, que Carlota entendeu como sendo a pedir que o esperasse. Muito constrangida, depois de fechar o xale caído de seus ombros e guardar com precipitação as cartas conservadas ainda entre os dedos, abaixou a cabeça em sinal de consentimento.

Dentro de poucos instantes o parente chegava perto dela, sempre seguido de seu companheiro, que apresentou na qualidade de primo afastado de Dona Mariana, chegado naquele dia da Corte.

– Ele traz notícias da prima...

O viajante mostrou-se perturbado, pareceu escolher as palavras a serem ditas, e lançou rápido olhar suplicante ao senhor Manuel Procópio, em mudo pedido de auxílio. Mas Carlota sem deixar transparecer ter percebido o seu embaraço, disse-lhe com tranquila dignidade:

– Já recebi hoje carta que me trouxe notícias desejadas. Mas agradeço ao primo a intenção e decerto mais tarde poderá contar-me mais algum detalhe.

– Estou de passagem – observou o moço apressadamente – e pouco terei a referir, pois não me foi possível visitar a prima, hospedada em fazenda longe da cidade, mas creio poder afirmar-lhe estar ela bem, e certamente virá de volta muito breve.

Carlota voltou-se de repente para o senhor Manuel Procópio, e viu ter ele se tornado pálido, e sua barba muito branca se agitou, pois talvez murmurasse alguma coisa para si mesmo. Não pôde conter o riso acre, que desfigurou a sua fisionomia já marcada antes pela preocupação e pela mágoa. Ainda de pé, tomou o braço do velho senhor e foi com ele até a escada por onde subiram lentamente. Quando chegaram à sala de visitas, ali encontraram Dona Maria Violante e Dona Virgínia, subitamente silenciosas ao os verem entrar. Não tinham visto ainda o viajante, então apresentado, e logo se estabeleceu conversação vivaz, pois todos guardavam a impressão das leituras dos jornais chegados, e estavam curiosos de saber a última crise do Ministério Conservador, ainda sob ameaça de queda. O Conde certamente seria chamado a organizar novo gabinete, e isso tornaria difícil sua vinda à fazenda vizinha, onde poderia apressar os preparativos do casamento. O recém-chegado, deputado provincial, pôde informar a todos dos segredos de bastidor da questão mais importante da ocasião, das novas leis sobre a escravatura.

Carlota escutava atentamente e parecia-lhe ter chegado também diante de alta janela, de onde descortinava o mundo que se agitava a sofrer e cuja vida parecia correr inexoravelmente, cheia de sangue e de luta, sem a estagnação de seus dias sombrios. Sentiu ser seu dever caminhar para a frente, era necessário padecer e receber golpes de armas alheias, sem se deixar dominar pela dor ou abater pelo desastre até que...

Mas de súbito, cruzou os braços sobre o peito, e o comprimiu no instinto inconsciente de conter o seu coração prestes a saltar.

C

A estação das chuvas chegou, e naquela noite toda a fazenda ressoava ao som de mil tamborins, e parecia que pelos tetos imensos de enormes telhas romanas em declives rápidos, com os rebordos revirados, na lembrança dos templos orientais, corriam tropas de guerreiros pigmeus, em manobras intermináveis, cheias de surpresas, de recuos e de assaltos velozes. Em contraste estranho com o silêncio dominante nas salas e nos corredores, onde apenas luzia lamparina fumarenta, todo o rumor sonoro do telhado, dos sótãos onde caíam de quando em quando enormes pedras, das tábuas a estalarem, dos ulos prolongados do vento em seus esforços para arrancar a pesada cobertura da casa, subdividida pelas claraboias e pelas construções a ela ligadas, formava longa música desesperada e alucinante.

No recesso de seu quarto, sob a luz de vela acesa em sua mesa de cabeceira, cuja chama se erguia muito hirta, em desafio a toda aquela agitação aos rodopios lá fora, Carlota sentara-se na cama e escutava imóvel. Fechara a porta por dentro e deixara presas no gabinete as duas mucamas, e assim ficara isolada completamente para sentir-se viver e colocar em ordem seus pensamentos. Até ali não conseguira coordenar suas ideias, e não pudera tomar resolução alguma, porque não lhe fora possível contar a si própria o que se passara com ela mesma, e destrinçar os fatos envolvidos em lianas inextricáveis de todas as imaginações e secretas intenções dos que a cercavam. Reconheceu com terror não amar a nenhum deles, e mesmo as figuras sempre presentes em seus sonhos, quando ainda pensava vir encontrar a felicidade remansosa, lenta e robusta no Grotão, tinham se apagado e confundido, e não lhe era possível traçar agora seus contornos com nitidez. Muito devagar, sinuoso e secreto, certo sentimento de insegurança, de dúvida sacrílega, vindo do fundo das sombras, tudo minava e corroía sob a ação de seu veneno sutil. Transformava em sofrimento a volúpia tranquila que esperara encontrar no colóquio preparado, enquanto lá fora a tempestade aumentava e parecia abalar toda a terra.

Consultou o relógio posto no porta-relógio de alabastro, que era pequena bola de cristal presa a longo colar de ouro, e viu serem ainda onze horas... Que noite interminável a esperava! Como poderia alcançar o dia seguinte, a sua luz, o seu movimento de vida recuperada, quando poderia então inserir-se entre os outros, para viver do empréstimo de suas preocupações e de suas tristezas, diferentes das que a atormentavam sem remédio?

Levantou as cobertas e saltou do leito. Mantendo a palmatória na mão, foi até à porta e fez girar a maçaneta e a entreabriu. Distinguiu então, iluminado pela réstia de luz trêmula, o rosto de Libânia mergulhada em profundo sono, de costas, os braços cruzados sobre o peito, e pela sua cor era bem uma estátua tumbal de bronze. Ao sentir a luz em seus olhos, ela franziu o rosto, e depois abanou a mão para afastar a mosca importuna que a atormentava em sonho e afinal os entreabriu. Ao ver diante dela a figura toda branca da Sinhazinha, o dedo posto nos lábios para impor-lhe silêncio, sentou-se bruscamente na esteira, e depois quase de gatinhas veio até os pés da moça que a fez assim entrar no quarto.

– Libânia – segredou ela – quero falar com você, mas de forma a ninguém nos ouvir...

– Nhanhã... Nhanhã... – respondeu ela, e as palavras lhe saíam confusas da boca sonolenta – eu ainda não sei se estou acordada, parece coisa de malamba, algum mal está para acontecer...

Carlota pusera sobre a camisola de longos folhos encanudados o cabeção e foi sentar-se fazendo a mulata acomodar-se aos seus pés, e depois de esperar alguns minutos a fim dela despertar inteiramente, disse-lhe desejar apenas que ela contasse alguma coisa sobre Dona Mariana. Ao ver o movimento de temor e de recuo da mucama, pôs a mão sobre sua cabeça, fê-la erguer a face para ela, e repetiu marcando imperiosamente as palavras:

– Quero que você me fale de minha mãe...

Libânia levou muito tempo calada, e parecia procurar em si mesma, remexer em suas recordações abafadas cuidadosamente há tanto tempo, para descobrir o que contar. Em seu espírito perpassavam cenas, palavras, gestos, e a figura sem igual de Dona Mariana, a surgir diante dela e desaparecer em seu passo imperceptível e misterioso que parecia transportá-la no ar sem tocar no solo. Seus olhos impassíveis, nos quais não se sentia a presença do olhar, mas tudo faziam dobrar-se ante eles, seu rosto pálido, suas palavras ditas sempre de modo surdo e seco, tudo revivia em seu espírito. Mas tinha medo de falar porque sentia instintivamente que se dissesse alguma coisa as palavras nascidas de sua boca criariam vida própria, acabariam se tornando realidade, e correriam fadário independente de sua vontade. Compreendia confusamente não poder ela própria explicar nada, pois não poderia tirar a verdade das coisas ouvidas, do visto e sentido guardados em sua memória, mas que se a Sinhazinha a escutasse tudo se tornaria claro e teria enorme significação, muito acima e além de suas forças.

Estava pois diante do desconhecido, de abismo que ameaçava devorá-la e não poderia evitá-lo...

E pôs-se a falar, deixando correr livremente o afluxo de lembranças vindas à sua boca em amalgama de coisas diferentes, ditas de forma incompleta e às mais das vezes sem coesão. Tudo estava tal qual a Sinhazinha deixara, desde sua ida para o Colégio e levara anos sem voltar, pois era visitada na Corte pelos pais. A menina morta vinda tão tarde nascera e crescera cercada pela adoração de todos, que concentravam nela o amor ficado sem aplicação depois da partida dos moços e dela própria Carlota. Todos se preocupavam com a criança, robusta e alegre, e assim ninguém notou a mudança que se operava rapidamente na vida dos senhores. Dona Mariana cada vez mais silenciosa, como ausente, sem escutar nunca o que lhe diziam, retirando-se do governo da casa, e até mesmo, e Libânia estremeceu ao recordá-lo, até mesmo a mostrar-se indiferente para com a menina... O senhor nada dizia por onde deixasse transparecer tristeza diante do que se passava, mas apesar de estarem sempre juntos, de ambos ficarem horas encerrados em seus quartos, sem se ouvir sequer o som de vozes, pareciam cada vez mais longe um do outro, e toda a casa vivia em estranho ambiente de inquietação e de receio, pois parecia haver em qualquer lugar, escondida, a bomba prestes a explodir. O Vigário aos poucos deixou de vir, e o padre capelão despediu-se sem nada dizer, e nunca mais tinham sabido notícias dele. Quando se anunciou a chegada de Carlota do Colégio, houve dias de expectativa e de ansiedade que de repente desapareceram com a partida da Senhora, sem explicações, pois ela Libânia nada conseguira ouvir, nem na mesa tinham comentado...

Carlota tudo ouvia de olhos cerrados, com pejo de si mesma, pois parecia-lhe profanação ouvir falar de seus pais e de sua vida por simples escrava, que podia ter sido espiã naquela casa. Notou não ter ela se referido à morte da menina nem à de Florêncio, e quis perguntar-lhe o que sabia sobre esses fatos, mas sentiu seu coração se revoltar e nada pôde dizer, pois tudo que lhe ocorreu era demasiado aviltante e doloroso. Deixou portanto Libânia perder-se no labirinto de suas narrativas, cheias de lacunas e sobrecarregadas de detalhes e de digressões inúteis, sem poder reter-se, e enquanto ouvia permanecia alerta, como uma onça à espreita, a procurar sempre qualquer palavra ingênua ou descuidada da rapariga, que a esclarecesse ou denunciasse o segredo insuspeitado por ela. O rosto mergulhado na sombra; ela via por entre as pálpebras os traços cheios da mucama, igual a uma sacerdotisa ao lado do fogo sagrado, a dizer seus augúrios... e as interpretações deles dada, em sua memória se confundiam e se destruíam umas às outras, da mesma forma que as sombras a dançarem pelo quarto, acompanhadas pelos ecos da tempestade lá de fora, sem amainar, apesar da madrugada surgir, muito devagar e timidamente.

CL

Dentro em pouco Carlota já não sabia mais o que ouvia, e sua cabeça estalava de dor mas em seus ouvidos ressoava embaladora a voz de Libânia, a lhe dizer longamente até as minúcias da vida de sua irmã, a correr pela casa, e se lhe perguntavam onde ia, dizia em voz sonora: vou pedir negro, vou pedir negro! E eram inesgotáveis os motivos pelos quais pedia a indulgência dos Senhores, do administrador e dos feitores para com os escravos faltosos. A Sinhazinha sentia seu coração diminuir, pois passara sua infância longe daqueles pequenos dramas da vida escrava, e nunca tinham chegado até ela os ecos dos lamentos e das queixas dos pretos. De repente o choque de alguma coisa a despertou e fê-la vir até a realidade, com o estremecimento que lhe causou a recordação da cena por ela presenciada no quadrado, quando João Batista espancara o trintanário... Todo o sangue lhe correu pelas veias, em fulgurante onda de gelo, e agarrou-se à poltrona onde estava no receio de cair, arrastada pela vertigem. Quis erguer-se e mandar Libânia embora, pois de nada lhe valera chamar a mucama e fazê-la falar, e sentia certa náusea apertar-lhe o peito, ao lembrar-se das palavras duras ditas por seu pai referindo-se a alguém que ouvia "mexericos de negras". Ainda não conseguira soerguer o corpo e viu a porta abrir-se, e Joviana entrou, os cabelos brancos penteados em grande auréola prateada em torno de sua cabeça, envolvida no xale a cobri-la até os pés. Libânia calara-se, e a fitava com medo, e era verdadeiramente um fantasma que lhe surgia. Carlota porém sorriu ao ouvir-lhe a voz familiar, a perguntar-lhe em tom de avó rabugenta:

– Tudo isso é mironga, Nhanhã? A negra velha estava escutando, estava escutando e nunca mais que acaba a conversa. Mas curumba não tem sono...

Sem transição, sem se poder saber qual seria o seu verdadeiro estado de espírito, Joviana mostrou no rosto sinais de cólera áspera, e de olhos franzidos e brilhantes sibilou para Libânia, no tom de quem toca um cão imundo:

– Sai, muana, coisa ruim! Você pensa que a Nhanhã é sua malungo para estar ouvindo suas histórias mentirosas?

E ficou à espera, muito curvada para a frente, os olhos atentos e perfurantes, até Libânia se levantar e ir para o gabinete. A mulata fez tudo dentro de calculada lentidão, para desafiar sua velha companheira de serviço, mas não teve remédio senão ir-se embora porque a Sinhazinha deixara-se cair na poltrona, e permanecia de olhos fechados sem nada dizer. Quando chegou à porta, ainda ouviu de Joviana, como uma chicotada, que dizia: – Passa!

Depois de ver a porta fechada sobre a figura de Libânia, ela voltou-se para Carlota e fê-la levantar-se, ajudando-a como se tivesse realmente forças para isso e o faria da mesma forma para com uma enferma.

– Tudo o que ela disse é patarata, Nhanhã... não acredite em nada do que dizem essas negrinhas. Elas nada sabem e querem fingir que sabem tudo!

– Mas, Joviana, eu não sei o que é que você diz ser mentira... – murmurou Carlota, e no seu cansaço e na vergonha que lhe voltava, pois parecia ter sido surpreendida na tentativa de fazer falar Libânia, tinha agora o amuo e o tom de lamentação de criança magoada, pois assim se sentia. – Eu não sei de nada, nem ninguém me diz nada, e não tenho ninguém que goste de mim...

– Nhanhã, Nhanhã – repetiu a velha, enquanto a cobria com infinito cuidado, e fazia todo o possível para o cobertor não lhe encostar no rosto, coberto pela dobra do lençol de linho. – Negra velha não sabe dizer as coisas, e Nhanhã está de calundu, deve dormir agora, bem sossegada, e não pensar em banzos. Eles vêm sozinhos, para acabarem com a gente, e não é preciso chamá-los. Não quero que a minha menina fique doente e vá embora, não... tal qual a outra!

A Sinhazinha deixara-se embalar e aconchegar no leito, e sentia brando torpor lento e morno amortecer todo o seu corpo, quase a fazê-la desfalecer de suave cansaço. Entretanto ainda pôde erguer a cabeça de sobre o travesseiro e interrogou:

– A outra?...

Mas Joviana continuava a alisar-lhe as cobertas, a consertar as dobras dos cortinados, a colocar os fósforos na fosforeira trabalhada, a espevitar a vela do castiçal, ronronando algumas frases incompreensíveis, mais parecidas com acalanto maternal do que com o resmungo costumeiro de escrava antiga. A princípio pareceu não ouvir a pergunta, mas depois, sem alterar seus gestos de ama a fazer dormir a criança, murmurou:

– A outra, sim, a menina que morreu, e que Deus levou para o céu e está agora pedindo negro lá em cima, lá onde os brancos dizem estar o Paraíso. Pois é mesmo, a outra, a que ficou doente, por castigo de Deus... Nossa Senhora! Não foi não, Nhanhã! Ninguém foi punido, nem mesmo o Florêncio foi castigado...

– Florêncio se matou, não foi, Joviana?

– Não sei não, Nhanhã – e a velha pôs-se a rezar em voz alta, talvez para adiantar suas orações da noite, mas Carlota sacudiu-lhe o braço, na repetição do gesto que fazia quando ainda muito pequena, nos seus momentos de zanga.

– Não finja não, Joviana, você vai me contar direito tudo o que aconteceu com o Florêncio! Quero que você me conte quem mandou matá-lo e por que ele foi morto!

A velha esperou a Sinhazinha largar o seu braço, e cessou de orar, na sua voz trêmula, as rezas cujas palavras transpunha para a sua meia língua. Pôs as mãos e olhou-a por algum tempo conservando esquisita expressão, e Carlota não pôde adivinhar se era de compaixão muito grande ou de simples e beata adoração de mãe preta. Não se deixou porém dominar pelo sentimento, e manteve o olhar fixo e severo, a mesma interrogação imperiosa no fundo deles.

– Nhanhã – disse a negra por fim, a hesitar – não olhe assim não para mim, pois eu fico cheia de medo... Até me parece ver outra pessoa, quando também me perguntava coisas que eu não podia dizer... A minha menina não deve atormentar a sua cabeça com essas histórias velhas já passadas e que ninguém mais sabe! Até eu mesma me esqueci de tudo, e essa escarrapichada da Libânia também só inventa coisas!

– Mas, Joviana, como pôde você ouvir o que dizia a Libânia, se a porta estava fechada! Eu também creio que vou ficar doente e morrer, porque ninguém gosta de mim...

– Não, Nhanhã, não repita isso! – exclamou Joviana, que se ajoelhou junto da cama, e todo o seu corpo alquebrado se torceu de aflição. – Não presta dizer isso! Não se deve nunca tentar o tinhoso, e depois neste instante os anjos podem dizer amém, e a Sinhazinha irá mesmo embora, meu Deus!

Carlota compreendeu ter ido longe demais e segurou os cabelos da negra, e com riso nervoso consolou-a, dizendo não querer morrer. Tudo dissera apenas para aborrecer a sua velha ama-seca, de quem gostava tanto, e Joviana dentro em pouco, acalmada, já sorria também, e disse com a voz ainda presa:

– Acho melhor contar uma história muito comprida à minha Nhanhã, e assim minha filha acabará por dormir, como fazia antigamente, a boca muito pequena bem aberta...

E deu início mesmo ao conto onde havia fantasmas a passearem pelas ruas da vila e se reuniam para acompanhar a procissão... Mas Carlota não ouviu nem a metade, pois logo adormeceu, na posição em que estava, os cabelos soltos sobre o travesseiro, as cobertas em desordem, e logo seus lábios se entreabriram...

Joviana ficou muito quieta, a olhá-la, e depois murmurou para si mesma:

– Abrenúncio! A negra velha está para ficar doida! Agora me parece ter falado com a Sinhá Dona Mariana!

CII

As grandes chuvas devastaram as estradas, e todas elas se tornaram cheias de rodeiras e desbarrancados nos declives e cortadas de traiçoeiros lamaçais nos planos. Só as tropas venciam agora as distâncias, mas eram raras as que chegavam até o Grotão, e a correspondência se tornou difícil e irregular. A época não era mesmo de grandes transportes e o serviço da fazenda prosseguia sem interrupção, apesar do isolamento e da longitude tornados agora incomensuráveis pelos perigos e pelas enchentes dos rios, que faziam desaparecer, da noite para o dia, os vaus e as pontes. O Paraíba arrastava pesadas ondas de barro, que pareciam mais altas do que o seu leito, e ameaçava todos os dias os povoados marginais e Porto Novo vivia sob a expectativa de brusca invasão de suas águas, onde flutuavam árvores inteiras. A balsa tivera de sustar sua atividade, e eram necessários longos rodeios para se alcançar a estrada de ferro, também a trafegar com precária segurança e regularidade. Quando era anunciada a aproximação de tropas, pois os estafetas não viajavam mais escoteiros, todos se reuniam sob as telhas do alpendre, na esperança de trazerem cartas e jornais, e logo ao surgir a madrinha, carregada de cincerro e guizos no peitoral, a soarem estranhamente alegres na atmosfera grisalha, logo seguida pelos outros animais de carga, cobertos pelas bruacas reluzentes de água, eram recebidas entre exclamações, dominadas pelos gritos dos escravos acorridos para prendê-las pelos cabrestos e levá-las até junto da sala dos arreios, onde eram descarregadas. Poucas vezes porém viam satisfeita e recompensada a espera, porque chegavam apenas as encomendas pesadas do comércio, e não aparecia nenhuma pasta grosseira de couro, recheada de papéis, coisa muito frequente em outras épocas.

Carlota ia na companhia de todas, mas era com íntima angústia que via chegarem aqueles mensageiros do mundo, e sentia confusa alegria quando todos, desiludidos, voltavam para o interior da casa, para suas ocupações habituais, visto não haver aquele intermédio tão desejado na monotonia dos dias longos de prisão. Mesmo os vizinhos não podiam se comunicar e o tempo passava sem notícias da fazenda do Paraíso e de seus habitantes. E, para Carlota, isso representava desafogo, curta suspensão na marcha de seu destino, que ela não podia considerar sem medo e sem incompreensão. Vivia dentro de sonhos, sem nada fazer de contínuo e de razoável e ora iniciava pequeno bordado logo abandonado por qualquer costura, por sua vez deixada pela leitura, sem poder tomar verdadeiro interesse por nenhuma das ocupações que enchiam até ali as suas horas.

Apesar de não poder fixar a atenção, de não ter um só momento de exame e de tomada de consciência, Carlota entretanto evitava com incansável habilidade ir à sala das costuras e também de tomar parte nos serões da sala de visitas. Instintivamente ela sabia passar sem que a vissem, ou ter qualquer doença passageira justo no momento de livrá-la das referências demasiado diretas ao seu noivado e às determinações necessárias para a marcha dos negócios da fazenda, necessitados de constante direção. Dona Virgínia mostrava-se desinteressada de tudo, e fazia timbre em mostrar não ser de sua alçada tomar resolução alguma, sendo hóspede tal qual as outras, e teve que sustentar verdadeiros combates e escaramuças para evitar as súplicas da senhora Luiza desorientada, sem saber mais a quem se dirigir, para receber ordens a serem em seguida transmitidas aos seus numerosos subordinados. Era incapaz de iniciativas próprias, e até então, sendo estrangeira, ainda não se adaptara, não compreendera o mecanismo da grande colmeia que era a fazenda com a sua numerosa escravatura. Dona Inacinha e a irmã também se retraíam em confabulações e segredos, agora mal disfarçados, apesar dos sinais de impaciência e dos murmúrios de reprovação de Dona Virgínia, que frequentemente ia de surpresa ao quarto delas, no único fito de interromper a conversa confidencial em que se achavam sempre empenhadas. Dona Maria Violante ociosa e entediada, aligeirava as horas indo conversar com os homens, na saleta onde eles passavam a maior parte do dia, também presos em casa pelas torrentes d'água a caírem do céu continuamente.

Certa noite, quando todos se achavam na sala de visitas, menos Carlota e Celestina encerradas cada uma em seu aposento, e a trovoada retumbava percorrendo com seus estrondos as montanhas vizinhas, de súbito caiu raio violentíssimo e partiu de alto a baixo uma das paineiras do jardim. Todas as senhoras se ergueram, e em único movimento, correram para a Capela onde puseram palmas do Domingo de Ramos para arder, e acenderam velas bentas. Resolveram ficar todas reunidas ali perto, junto do altar, e puseram-se a conversar em voz baixa, quando do silêncio agora reinante lá fora, na expectativa augustiosa de outra centelha e do ribombo que a devia acompanhar, veio bem sonoro o relinchar de cavalo, logo seguido pelo estrépito de patas nas pedras do quadrado. Era alguém a chegar, e era pessoa conhecida, pois conseguira àquela hora que lhe abrissem o portão. Quando o senhor Manuel Procópio chegou às janelas, e espreitou através dos vidros a escorrerem em bicas, viu o vulto do senhor Justino, tendo na mão muito alto a sua lanterna, para iluminar o vulto do cavaleiro que viera acompanhando, e agora saltava pesadamente da montaria, sem ter tido a lembrança de se abrigar no avarandado em avanço sobre a entrada da casa dos arreios.

– Parece-me que conheço quem é... – murmurou ao voltar-se para as outras pessoas, que se tinham agrupado atrás dele. – Em todo caso, deve ser alguém de importância, pois o próprio Justino o ajuda a descer e segura o seu cavalo. Trouxe pajem, que já se recolheu...

As sombras do viajante e do administrador se confundiram à luz vacilante da lâmpada furta-fogo, e dentro em pouco foram batidas na porta do alpendre pancadas fortes, e ouviu-se a voz rouca do português, que dizia e mal se podia compreender, ser gente de paz e que podiam abrir. Foi o mesmo senhor Manuel Procópio quem se dirigiu até a porta e a descerrou precatadamente. Espreitou primeiro, pela estreita fresta deixada, e depois abriu a meia folha, para permitir passar o homem já sem as botas e sem o xale-manta tirado dos ombros com certeza empapados, e todos se reuniram fazendo círculo, aparentemente para impedir a sua entrada. Mas era simplesmente o desejo de saber quem era, quem vinha de dentro da noite e da tempestade... e recuaram surpreendidos, ao reconhecerem ser ele Bruno, o pajem de confiança do Comendador, que parara na soleira da porta e tentava enxugar o rosto e as mãos com o grande alcobaça tirado da algibeira. O administrador vindo nos seus calcanhares dirigiu-se então ao senhor Manuel Procópio, e pediu-lhe permissão para falarem a sós com ele, e entraram todos para o escritório do Senhor, cuja porta era ao lado da cômoda sobre a qual estava o oratório.

Dona Virgínia tentou ir com eles, mas foi obrigada a retroceder diante do olhar severo que lhe lançou o parente, e teve tempo apenas de evitar que lhe fechassem a porta em pleno rosto. Parou por instantes, e dirigiu-se rapidamente à sala de visitas, que ficara às escuras, atravessou-a e bateu na porta do quarto de Carlota. Como não respondessem insistiu, e quando Libânia a entreabriu, empurrou-a com o pé e entrou sem prestar atenção à mulata, a lhe repetir em voz baixa estar a Sinhazinha já deitada. Na alcova, a velha senhora entrou sem dificuldade, e encontrou a moça vestida e recostada em sua poltrona. Ao ver Dona Virgínia, deixou cair o livro retido entre os dedos, e ficou à espera de que ela se aproximasse e dissesse ao que vinha.

– Minha prima Carlota, e poderia dizer minha sobrinha, pelo parentesco estreito que nos une, acho ser meu dever vir dizer-lhe que acaba de chegar o pajem do primo Comendador, o Bruno, e decerto traz mensagem da maior importância!

– Onde está ele? – interrogou Carlota, que se soerguera.

– Está no escritório, com o senhor Manuel Procópio, a quem pediu audiência em particular, e eles três, pois o administrador também está de partido com ele, fecharam a porta!

A voz de Dona Virgínia vibrava pois a indignação sentida era forte e a fazia esquecer suas resoluções de indiferença e de frieza. Parecia querer galvanizar com seus olhos ardentes Carlota, que se deixara cair de novo de encontro ao encosto da cadeira onde estava sentada, mas a jovem fez descer suas pálpebras e empalideceu sem nada dizer. Depois de algum tempo, ao ver que ela não se levantava e não a acompanhava até a sala, para desagravá-la diante de todos do insulto acabado de receber, Dona Virgínia deu largas ao que vinha contendo há muito tempo e disse coisas acerbas sobre o abandono e a confusão dominantes agora no Grotão, visto não haver ali a vontade de pessoa capaz de agir e de continuar o ritmo de sua vida, na ausência de seus donos, pois o Comendador tinha dois filhos homens, e eles viriam qualquer dia tomar contas do que se passara durante o tempo em que tinham ficado presos na Corte. Nem sequer sabiam reconhecer o que sucedia e proceder com franqueza e altivez, entregando a ela ou a quem coubesse o governo da fazenda, a alguém enfim que soubesse governar-se e governar aos outros...

Carlota a escutava com as faces lívidas, mas a boca firme e as mãos presas aos braços da poltrona. Não tentou interromper o afluxo de palavras que a cobria de repreensões e de censuras, nem sequer a olhou, pois manteve sempre os olhos baixos. Quando a senhora subitamente se calou e fez menção de retirar-se, ela lhe disse muito baixo, sem entonação:

– Amanhã o senhor Manuel Procópio me dirá o recado que o pajem traz – e depois voltou-se para Libânia e para Joviana, que tinham assistido a tudo aterradas e disse-lhes com a mesma serenidade: – Quando a senhora Dona Virgínia sair, fechem a porta e podem deitar-se...

Dona Virgínia que puxara a si o vestido para sair, estacou e ficou de costas, em suspenso durante algum tempo. Parecia ter se transformado em estátua, imóvel, sem se perceber até mesmo o ofegar de seu peito. Mas, de repente ela levou ambas as mãos à boca e ouviu-se profundo soluço que a despedaçava toda, e saiu a chorar em pranto ríspido e triste, de velha sem filhos e sem ninguém para amá-la...

CIII

Quando Carlota despertou pela manhã parecia-lhe ter vindo de longe, de longa viagem laboriosa e triste, cujos trabalhos ainda não estavam terminados. O quarto com suas cortinas de andrinopla e a poltrona onde ela mesma tinha deitado o vestido, pois dispensara o auxílio das mucamas, tudo lhe surgiu aos olhos através de ralo véu cinzento, amuado e carrancudo, muito diferente do quarto amplo e claro que via sempre, ainda ensombrado pela noite, mas já cortado de luz cor de ouro pelo sol da matinada. Quis prolongar por algum tempo aquela espera, antes de se erguer e "chegar em casa", como dizia em menina ao sair de sua alcova, pela mão de Joviana, mas logo ouviu rumores e cochichos no quarto ao lado, e Libânia veio dizer-lhe que o senhor Manuel Procópio queria falar-lhe a sós, e pedia marcasse o lugar e a hora. Carlota já de pé respondeu ser sua intenção ir imediatamente ao escritório de seu pai e que a esperasse lá. A mulata, depois de colocar sobre a mesa a bandeja, fez largo gesto de espanto e desolação, ao receber ordens de transmitir o recado, pois achava impossível a Nhanhã estar pronta em tão pouco tempo. Todavia teve de dizer à escrava que viera a mando do velho senhor, o ordenado por sua ama, e voltou já com os preparativos para ela lavar-se e vestir-se.

    Carlota ao abrir a porta do escritório contava ver logo Bruno, e pela sua fisionomia poderia julgar da gravidade da comunicação a ser recebida, pois negro pressentimento a oprimia. Mas, depois de entrar é que viu não estar a sala vazia como julgara no princípio, na penumbra ali reinante. Um pesado pigarrear, o arrastar de pés calçados de botas fizeram-na compreender que o senhor Manuel Procópio a esperava. Estava sentado na cadeira preguiçosa, de vime curiosamente trançado, onde seu pai costumava recostar-se para ler, e veio logo ao seu encontro com andar vagaroso e sonoro.

    – Talvez fosse melhor que tivesse pedido a presença das primas, mas achei, minha menina, ser útil não chamar a atenção de ninguém sobre o que acho ser de minha obrigação comunicar-lhe. Também quis trazer para cá o administrador, mas cheguei à conclusão de ser a Sinhazinha já uma senhora, e de autoridade bastante para que nos entendamos a sós.

    Carlota ouvia-o, já sentada e apoiada à escrivaninha que os separava, e fazia todos os esforços para não deixar transparecer a ansiedade que a atormentava. Nada podia prejulgar do introito que escutava, e tinha medo de se adiantar, de imaginar o que viria a seguir. Com angustiosa impaciência escondida em seu peito, aparentemente sereno, teve que assistir ao trabalho complicado da pitada de rapé tirada da caixa de chifre, escondida com vagaroso cuidado entre os três compartimentos, à espera do seu resultado, enquanto puxava do bolso o lenço vermelho.

    – Menina, como já deve saber, porque tudo se sabe nesta casa – disse quando sossegou – o Bruno chegou ontem da Corte portador de notícias e ordens do primo Comendador. As novas que trouxe não são boas, e também o que veio fazer não ouso dizer ser malfeito, mas digo-lhe que obedeço com tristeza, e por isso mesmo quis falar primeiro à menina.

Esperou durante algum tempo Carlota dizer alguma coisa, a fitá-la com seus olhos bovinos, estriados de vermelho, mas teve de prosseguir:

– Enfim, não penso seja assunto próprio para a Sinhazinha, mas devo dizer-lhe que o Comendador mandou buscar, por intermédio desse negro que não merece confiança, certa quantia importante de dinheiro!

– Mas, senhor Manuel Procópio – balbuciou Carlota, e em sua voz sentia-se desfazer-se toda a sua armadura de coragem – o senhor me disse que as notícias não eram boas...

– E a menina quer que eu ache bem isto que lhe estou dizendo? – interrogou com certa indignação, apenas moderada pela consciência de estar tratando realmente com uma menina, como a chamava, mas refletiu por instantes e continuou: – Quer saber da saúde do Comendador? Parece-me não estar bem, e nada escreveu, apenas o documento para eu entregar o dinheiro ao portador. O portador! um moleque que nem é forro!

Carlota ergueu-se e foi seguida em seu movimento pelo velho que a acompanhou até a sala da Capela. Enquanto andavam ela disse-lhe, e parecia querer despedi-lo:

– Se o primo desejava comunicar ter meu pai mandado buscar importância grande, já o fez, e quero dizer-lhe não ter percebido em que essa comunicação pode me interessar, pois nada sei dos negócios dele, e não tenho nenhum direito de interferir em suas ações.

– Mas, menina! – exclamou o senhor Manuel Procópio sufocado – então não sabe que por escritura, vai ser a única proprietária do Grotão, quando se casar? Como não tem direito? Isto tudo aqui é seu, pois seu casamento está marcado para daqui a um mês, e terá de dar contas a seu marido de tudo o que aqui se passa!

– Vou saber do próprio Bruno o estado de saúde de meu pai – murmurou Carlota.

E fez sinal à escrava, a quem ordenou fosse chamar o Bruno, e dizer estar a sua espera no alpendre. O senhor Manuel Procópio, a contemplá-la interdito, não pôde deixar de observar que ela mostrava de repente a autoridade e a energia da nova Senhora do Grotão, e depois de abanar a cabeça saiu para o quadrado, onde foi procurar o pajem ele mesmo, que alcançou antes da escrava, e mandou-o para junto da Sinhazinha, não sem deixar de lhe lançar olhar severo e de mostrar sua reprovação, por vê-lo de botas altas. Mas o negro, que já tinha costurado na parte interna de seu cinturão o dinheiro recebido ainda de madrugada, abaixou a fingir respeito a cabeça, e foi encontrar-se com a Sinhazinha no alpendre, a quem saudou efusivamente.

– Quero saber notícias de meu pai – respondeu-lhe com simplicidade Carlota.

– Eu não iria embora de volta, sem primeiro falar com a Sinhazinha – disse ele com volubilidade – e tenho de partir hoje mesmo, pois o meu Senhor me mandou regressar logo que tivesse cumprido as suas ordens.

– Quero saber notícias de meu pai – repetiu Carlota.

– Nhanhã me perdoe, mas eu precisava dar essa explicação... Nós éramos para voltar da Corte agora, mas se não fosse a febre do Sinhozinho, que está na casa do senhor comissário junto com meu amo, já estaríamos todos aqui.

– Diga-me o que sabe sobre meu pai – tornou a murmurar Carlota, cuja voz era clara e nítida agora.

– O senhor Comendador também está doente – murmurou depois de abaixar a cabeça o pajem – mas mandou dizer que não é nada...

As senhoras chegaram nesse instante e o negro as cumprimentou e teve de responder as várias perguntas que lhe fizeram e o faziam com grande abundância de gesticulação e de floreios, até Carlota o mandar embora, e como já estava pronto foi montar a cavalo e partiu, sem que ela pudesse interrogá-lo melhor.

Carlota voltou para o seu quarto. Não podia mais ouvir qualquer palavra das outras senhoras, e sentia-se sem paciência para prestar atenção ao que se passava em torno dela. Tinha vontade de fechar-se de novo e fugir de tudo. Mas, sabia ir ao encontro de Libânia ou Joviana que a essa hora punham ordem em suas coisas, e logo que entrou na alcova viu estar nela apenas a moça forra, a andar de um lado para outro visivelmente nervosa, sem saber esconder a agitação que a possuía. Em irresistível impulso, foi ao encontro de Carlota e exclamou:

– O Sinhozinho está com febre amarela! Sinhazinha, Deus nos valha! Que irá acontecer?

– Foi o Bruno que lhe contou?

– Antes de vir dormir eu fiquei esquentando fogo na cozinha por causa da umidade, e ele estava lá também... e nos disse ter o menino sido tirado do Colégio e levado para a casa do senhor Comissário Socorro, seu parente, porque não queriam que ele fosse para o lugar chamado lazareto, e estavam todos lá muito aflitos, até o meu Senhor que parecia estar doente também e não saia do quarto.

– Não disse que... alguém foi visitá-lo?

– Não, Nhanhã, eles não falam nada... Mas acho que o senhor Comendador está de cama, e por isso não escreveu carta nenhuma para a Sinhazinha.

Carlota calou-se, e de novo a vergonha que fazia uma onda quente correr-lhe o corpo todo a tomou, e teve vontade de tapar os ouvidos, de fechar os olhos e não saber de mais nada. Foi com irritação surda que se despiu e recompôs seu preparo matinal, feito apressadamente, e enquanto o fazia, Libânia continuou a falar entremeando as frases ouvidas do pajem com reflexões de sua lavra cuja justeza não era das mais apropriadas, além das observações dos outros escravos mais graduados e presentes. A Sinhazinha escutava calada, e esperava chegar a alguma coisa de positivo e de claro, mas era com repugnância e receio que o fazia, pois de que lhe serviria saber de toda a verdade, se não poderia partir e ir ao encontro dos doentes para dar-lhes conforto e alívio? Via com amargura que era mantida fora de todos aqueles acontecimentos a se precipitarem, e lembrou-se de repente de certa observação ouvida de Sinhá-Rôla, quando quisera interrogá-la mais insistentemente sobre o que se passara no Grotão, logo antes de sua chegada:

— Minha querida Carlota — dissera ela, na sua voz doce — você está em pleno noivado, em vésperas de galgar grau superior de vida... Deixe de se preocupar com coisas tristes tão impróprias de uma noiva! Vamos cuidar de sedas, de fitas e de rendas, que as há aí tão bonitas!

Não prestara atenção no momento no verdadeiro significado dessas palavras e agora elas lhe pareciam de ácida ironia, tão contra a índole de Sinhá-Rôla. Ela era estranha em sua própria casa, e era assim que a queriam...

CIV

Carlota abriu o bilhete que lhe entregaram, ainda antes de ter ido buscar o bordado que deixara na véspera na sala das costuras, e estremeceu ao ler a sua assinatura. Era de Condessa, e a convidava para ir almoçar na fazenda do Paraíso na ausência do filho partido para a Corte em viagem com certeza muito breve. Carlota previra que o pajem não deixaria de passar por lá, portador de carta de seu pai, ou simplesmente na sua facúndia de cativo privilegiado pela intimidade do amo, desejoso de se fazer valer. Com certeza já sabia ser ela a futura proprietária do Grotão, e pretendia conquistar a confiança e a benevolência dos prováveis novos donos... Mas com um gesto de impaciência, afastou esse pensamento importuno e censurou a si mesma pela tendência revelada em seu íntimo, de descobrir intenções e fitos ocultos em todos os atos e palavras vindos ao seu conhecimento. No convite, a senhora não especificava quem ela devia levar em sua companhia, e pensou alguns instantes em ir com sua ama, mas lembrou-se da expressão de ofendida que Dona Virgínia faria, e resolveu seria ela sua companheira. Nem por minuto hesitou em aceitar o convite escrito como os outros em tom de imposição, muito seco e sem comentários, e ela mesma, enquanto tomava todas as providências necessárias à sua partida, admirava-se de sua tranquilidade e resolução. Devia ir, repetia em seu pensamento, e não procurava esclarecer o que a levava a assim pensar. Parecia obedecer às circunstâncias e às ordens vindas do exterior, sem entrar em acordo com sua vontade, e era apenas o presente, o instante a correr o diretor de seus atos. Com isso, adquiria energia nova em seu corpo, e todos os venenos que a entorpeciam, tinham desaparecido, e não sentia mais a antiga barreira sempre erguida diante dela.

Sabia que a Condessa a esperava para ditar-lhe novas ordens, para socorrer ao mais urgente, e talvez para salvar alguma coisa de seus planos, ameaçados agora segundo as notícias trazidas pelo pajem, mas não podia e não queria reunir suas ideais e traçar também nova e intencional de conduta. Iria ao encontro do que a esperava tal como era, sem preparo algum, e sentia secreto orgulho em conseguir assim manter, sem que seus nervos a traíssem, a sua compreensão e dignidade. Dona Virgínia se prontificou a ir com ela sem nada dizer, e encarregou-se de prevenir disso às outras senhoras, de maneira a não as susceptibilizar, e ainda o sol estava fraco, completamente lavado pelas chuvas recentes, já elas montavam a cavalo, pois o carro não oferecia segurança diante do estado dos caminhos apesar da pouca distância, seguidas pelo pajem portador de grande cesto na garupa, cheio das primícias da copa e da despensa. Dona Virgínia mandara preparar o rústico presente, sem consultar Carlota e quando esta viu o grande cabaz já pronto a ser içado, teve rápida expressão de contrariedade, logo percebida pela senhora, que observou em voz baixa de modo a não ser escutada pelos serviçais circunstantes:

— A velha Condessa apreciará muito essa contribuição para a sua ucharia... que não é lá das mais fartas! — depois, entre dentes acrescentou, e pareceu querer defendê-la contra si mesma. — Também, coitada, entre um "raton" e um político, que poderá ela fazer!

Carlota já montara, pondo o pé de leve no banquinho que lhe tinham chegado, e sua amazona cor de ferro acentuava seu ar senhoril ainda mais evidenciado pela cartola presa em seus cabelos, sobre a rede de retrós da cor do pesado coque que lhe caía na nuca. Dona Virgínia recusou o banco, fez imperiosamente sinal ao negro que formasse estribo com as mãos, e subiu dificilmente para o cilhão muito grande, de couro cru trabalhado, e a égua ruça quando sentiu o seu peso relinchou sem erguer a cabeça. Dentro em pouco estavam a caminho, e Carlota pôs a galope a sua montada, e assim deixou para trás Dona Virgínia que trazia o seu animal muito preso, apesar de manso e ensinado a lidar com senhoras. Por duas vezes o pajem, sem ousar sair de perto dela, tentou dizer-lhe que assim irritava a égua sem lhe dar maior segurança, mas a senhora parecia não ouvir. Carlota recebia no rosto o ar perfumado e acre da mata, e da terra ainda úmida subiam colunas de calor, de mormaço, e tudo a embriagava, como se toda a fecundidade grave daquele solo que lhe pertencia, a erguesse no ar em sua força irresistível. De vez em quando ela parava, e esperava o pequeno séquito retardado em sua marcha cautelosa e antes que Dona Virgínia pudesse dizer-lhe alguma coisa, de novo se lançava na corrida, até a próxima clareira ou até qualquer dos riachos que era necessário atravessar, e então com delícia metia o seu animal por entre as águas, e deixava-o beber à rédea solta, a ouvir o glu-glu ávido do cavalo e tudo lhe parecia música evocadora de paz e de felicidade.

    A fazenda do Paraíso não ficava bem situada, e era quase de surpresa que se chegava ao extenso terreiro cavado em sua frente, para onde davam as escadas e as janelas de largo peitoril, enfeitadas de vidros coloridos. E foi assim que, de repente, a moça compreendeu estar já dentro do cercado, e viu a senhora Condessa, avisada de sua aproximação, à sua espera na porta, e não pôde refrear a instintiva contração, que fez o cavalo passarinhar lançando-se violentamente de lado. A senhora, ao ver em perigo a sua visitante, pôs-se a gritar por seus pajens e moços de cavalariça em correria e fez surgir nas janelas as cabeças das pessoas ali hospedadas e das mucamas de dentro, curiosas e desejosas de saber o motivo da celeuma. Carlota, porém, energicamente já dominara a sua montaria e descera sem o auxílio de ninguém, e entregara ela própria as rédeas ao negro mais afoito. E caminhou ao encontro da senhora, que descera os degraus de pedra com a vivacidade de uma jovem, sem saber o que devia dizer, as lágrimas nos olhos, tão confusa estava da cena de sua chegada.

    – Que bela cavaleira! – exclamou muito risonha a senhora, ao chegar junto dela, pois veio ao seu encontro – nunca pensei fosse tão corajosa!

    Nesse instante, as pessoas que a tudo tinham assistido, estarrecidas diante da rapidez de todas aquelas cenas, agora refeitas da surpresa, e ao ouvir as exclamações da dona da casa, bateram palmas em aplauso à destreza da visitante. E Carlota sentiu vir ao rosto todo o seu sangue, e teve ímpetos de se arranhar com as unhas, de ódio a si mesma. Mas, felizmente, Dona Virgínia fazia a sua entrada no terreiro, e foi necessário todos se movimentarem para segurar a sua égua, para trazer o banco no qual deveria pôr o pé, tudo com a lentidão necessária à sua prudência, pois não cessava de repreender os pretos vindos ao seu serviço e recomendava-lhes muito cuidado, e demorou muito em julgar o momento azado para servir-se enfim da banqueta que lhe ofereciam, pois ela não achava nunca estar posta de modo cômodo para a sua descida. A Condessa levara Carlota até o alto da escada, e lá esperava que a sua parenta se desvencilhasse e pusesse pé em terra, mas Dona Virgínia quando finalmente acabou a cerimônia do desmonte, terminado na apeadeira de pedra, único lugar bastante firme para a receber, voltou-se para o pajem que as seguira e fê-lo descer e tirar o cabaz, para subir as escadas assim acompanhada.

– Ela parece trazer o balaio como salvo-conduto – disse baixinho a fazendeira ao observar a subida da senhora, muito devagar e com o rosto fechado. – Perdoe-me, minha filha, mas preferia tivesse trazido o primo Manuel Procópio...

E aproveitou o mesmo sorriso dirigido à jovem, para receber Dona Virgínia, que levemente ofegante as alcançara. Beijaram-se e foram para o interior da casa, onde tiveram de passar diante do grupo dos moradores principais da fazenda, para depois serem conduzidas ao amplo quarto, onde puderam despir as roupas de montaria.

CV

Celestina tivera autorização para sair de seu quarto e ir até o jardim, mas na ausência de Carlota ela andara pela casa, entristecida pela sensação de que tudo ali fora abandonado. As salas ressoavam ao ruído de seus passos, e instintivamente punha-se nas pontas dos pés, porém fazia todo o possível para parecer natural quando encontrava alguma das outras pessoas ou cruzava qualquer dos criados. Não pudera suportar a ideia de ir até a sala de costura, onde estavam reunidas as senhoras, e quando passava diante da porta e ouvia as suas vozes animadas apressava-se cautelosamente, fugindo de olhos fechados. Todavia depois de vagar por toda a parte, sentiu-se cansada e lembrou da recomendação do médico que devia poupar-se, e sorriu para si mesma. Estava debruçada sobre o parapeito do alpendre aberto sobre o quadrado, e olhava sem ver a cena das negras rendeiras, vindas com suas almofadas para a varanda, a fim de aproveitar a luz do dia sombrio e hesitante. O portão que dava para os terreiros de pedra da secagem do café estava aberto, mas não havia movimento algum de trabalho da lavoura, pois já passara a época, e o grande pátio apresentava-se sonolento, e as canções em surdina das bordadeiras ainda aumentavam a morbidez daquela hora. Celestina resolveu sentar-se ali mesmo e ceder à modorra que lhe amolecia os membros, e assim cumpriria com o prometido... E foi com profunda paz que cerrou os olhos e recostou a cabeça no balaústre, mas a curiosidade nasceu dentro dela, cresceu e a fez erguer-se e descer as escadas para atravessar a larga quadra. Foi até as senzalas e procurou a porta do quarto ocupado por Vovó Dadade, onde ela continuava a sua agonia de anos e anos. Quando disse quem era, a velha preta riu baixinho, decerto por se lembrar do logro de tanto tempo, enquanto fingia confundi-la com a antiga e poderosa Sinhá. Agora, não havia remédio senão tratá-la por Nhanhã Celestina, sem envolvê-la mais na rede maravilhosa de sua memória e de sua imaginação...

– A senhora Dona Celestina é muito boa, e não esquece da gente... está sozinha? – perguntou de repente soerguendo a cabeça.

– A Sinhazinha foi almoçar na fazenda do Paraíso – disse-lhe a moça – e Dona Virgínia a acompanhou...

– Coitada... – murmurou a velha e pareceu fazer uma reflexão natural, sem ser possível saber-se de quem sentia dó. Mas logo depois agitou-se na sua esteira, sacudiu as cobertas, e começou longa história, ouvida por Celestina sem prestar atenção ao verdadeiro significado das palavras, e era apenas a música de seus dias de serenidade, tornada e revivida agora, para embalar a sua felicidade humilde. Por muito tempo ficou ali atenta ao som, mas ausente para todo e qualquer outro conto de fadas diferente do seu, e deixava a boneca de porcelana e de cetim oferecida, para apertar nos braços a bruxa de trapos, que era a sua realidade singela... Foi pois com estremecimento de susto que atendeu ao chamado insistente da preta velha, já repetido muitas vezes:

– Nhanhã! Nhanhã Celestina? Siá Dona? Oh minha menina!

– Que é, Vovó Dadade?

– Eu já disse muitas vezes, nhangana, que não pusessem cabras amarradas no poste aí da varanda em frente de meu quarto, mas esses negros não me obedecem! A senhora não quer fazer essa caridade para o sossego da negra velha, falar com o meu Senhor que mande tirar esse bode preto que botam sempre aí? Olhe como ele bate com os pés no chão e funga tão alto. Eu chego a ter medo...

Celestina levantou-se e foi até a entrada do quarto e olhou para fora. Não havia ali nenhum animal e ao vê-la surgir na porta, as escravas de passagem por perto vieram saber o que ela desejava, pois julgavam ter a velha Dadade feito algum pedido. A moça interrogou-as, e disse-lhes que não permitissem mais amarrar qualquer bicho naquela coluna, pois incomodava a doente. As negras responderam espantadas que as cabras não entravam no quadrado, e quando eram ordenhadas ficavam todas no pequeno curral da frente da casa, e assim se fazia há muitos anos. Desconcertada com essa explicação, e não podia pôr em dúvida o que lhe diziam as raparigas, Celestina voltou para junto de Dadade, e em pé ao lado de seu catre, repetiu o que ouvira.

A anciã voltou-se para a parede e ficou muito quieta, e a jovem não sabia dizer se ela escutara o que lhe fora dito, e ia sair pois julgou-a adormecida, quando Dadade virou a cabeça e fitou-a com seus olhos já vidrados pela idade, e murmurou:

– Perdoe, Nhanhã... não é cabra não... a negra velha sabe que é outra coisa!

Celestina saiu e não pôde impedir que seus nervos a traíssem. Ao passar perto do esteio de madeira, onde Dadade imaginava estar amarrado o bode negro, ela correu velozmente, seguida pelos olhos arregalados das rendeiras que se entreolharam depois em silêncio.

Ao entrar na Capela, Celestina sentiu todo o seu terror infantil desaparecer, e foi ajoelhar-se diante do Oratório, onde ficou esquecida a rezar até que sentiu alguém mover-se ao seu lado, fazendo estalar o degrau do estrado onde estava o arcaz sobre o qual era colocado o Oratório. Era Sinhá-Rôla, que também viera fazer suas orações do dia, e talvez pedir que seus projetos de partida se realizassem.

– Que estará se passando lá na fazenda do Paraíso? – disse ela logo que as duas deixaram a Capela, para se dirigirem à sala de jantar onde as chamavam. – Estou com muita pena de Carlota, pois ainda não consegui compreender o seu noivado... Nem o primo Comendador nem o senhor Conde estão aqui para tudo ser resolvido e celebrar-se o casamento!

– Mas – respondeu-lhe Celestina – parece-me não ser só a presença dos pais que falta para esse noivado se tornar real...

Sinhá-Rôla ao ver que ela acentuava a palavra real, no intuito talvez de lhe dar significação mais profunda, teve vontade de interrogá-la, mas não conseguiu vencer sua timidez e ficou à espera de que Celestina prosseguisse. Entretanto já estavam todos reunidos, e Dona Maria Violante aproximou-se, muito risonha, e perguntou:

– De que fugia, menina Celestina? Vi-a correr e atravessar o pátio como se estivesse sendo perseguida! Eu estava justamente na janela da sala das costuras, quando a vi, e não imagina a expressão de terror pintada em seu rosto!

Celestina corou e quis seguir para o seu lugar, mas viu-se detida pela amiga, a examiná-la muito risonha e sentiu sua hesitação fazer com que as outras senhoras se aproximassem, curiosas de ouvir a sua resposta. Não pôde deixar de sorrir, e explicou com tranquilidade não sentida:

— Estava simplesmente a fugir do... demônio! Ele costuma rondar o quadrado, foi a velha Dadade quem me disse.

As quatro senhoras se persignaram rapidamente e examinaram o rosto de Celestina, talvez suspeitosas de que estivesse doida. Mas logo se tranquilizaram e foram todas para a mesa, onde já as esperavam os homens que não tinham entendido o que diziam. Sinhá-Rôla porém custara a alcançar o seu lugar e ouviu a senhora Luiza dizer entre dentes:

— Foi saber isto logo hoje, quando os seus principais agentes estão fora! Esse terreiro tem visto tanta coisa! O diabo anda mesmo às soltas nele, Deus me perdoe!

Sinhá-Rôla enquanto se acomodava lembrou-se de muitas vezes ter ouvido passos e ruídos sem nunca achar sua explicação, e sentiu longo arrepio, que a fez estremecer.

CVI

Depois, passados os primeiros momentos de desorientação e de susto, ninguém pôde dizer ao certo onde estava, nem como tudo tinha sucedido. A casa parecia toda dormir sob o sol tépido da tarde mal refeita das chuvas continuadas e o mormaço fazia o ar tremer e irisar-se com seus reflexos, diante das paredes muito brancas. Não se via alma viva em parte alguma e apenas o gemer fanhoso e longínquo da roda d'água das máquinas vinha acentuar aquele ambiente de invencível sonolência e preguiça. De súbito um ronco, vindo da estrada, que poderia ser tomado como o início da tempestade, ou a passagem de carro em disparada pela ponte, e logo depois o estrondo violento da porta de madeira do quadrado, escancarada brutalmente, e surgiu como uma visão o vulto violento e confuso da vitória, que parecia em pedaços, arrastada ruidosamente pelos cavalos enfurecidos que vieram estacar repentinamente diante do alpendre, a tremerem da cabeça aos pés cobertos de espuma.

As pessoas acorridas em primeiro lugar, passada a surpresa, viram então que na boleia não havia ninguém, e no banco de trás duas senhoras se mantinham imóveis, ainda paralisadas pelo terror. Quando a senhora Luiza as viu soltou um grito ao reconhecer Carlota, que se levantava muito pálida, mas os olhos e a boca firmes. Não pôde descer, pois a outra senhora, que era Dona Virgínia, agarrara-se ao seu vestido e não conseguia largá-la. Foi necessário separar cada um dos seus dedos para libertar Carlota, que saltou em terra e voltou-se para ajudar sua companheira a descer. Mas Dona Virgínia recuperara a calma e foi com lenta majestade que se apeou do carro agora imobilizado, pois os pretos vindos em seu socorro, sob a orientação do senhor Manuel Procópio e de dois outros homens brancos, já haviam dominado os animais, que agora apavorados com sua própria audácia tinham deixado docilmente que os desprendessem da vitória. Foram levados para as cocheiras a fim de serem tratados e pensados, e depois de passada a raspadeira e as escovas, postos para descanso, sem o que não poderiam retornar à fazenda do Paraíso.

Todos falavam ao mesmo tempo e faziam perguntas desencontradas, pois não compreendiam como tendo seguido a cavalo com o pajem, voltavam sozinhas sem sequer o cocheiro na boleia e a carruagem em disparada. Entretanto as duas senhoras não podiam atender ao mesmo tempo a todos que as atordoavam com as suas indagações, e Dona Virgínia, ao se ver na sala do Oratório, recostada na grande marquesa, teve curto desmaio, que a fez cair sobre os almofadões.

Enquanto corriam a buscar água de melissa ou flor de laranjeira, o copo e o açúcar, lembravam vários expedientes usados para fazer voltar a si a senhora desmaiada, entre eles desatacar-lhe o espartilho e dar-lhe palmadas no rosto. Carlota foi para o seu quarto onde se fechou em silêncio, tendo passado desapercebida por entre a agitação feita em torno da indisposição de Dona Virgínia que recuperou seus espíritos já segurando a mão da alemã no momento em que ia bater em seu rosto e custou a reconhecer onde estava. Reanimada já pelos cordiais ingeridos, contou ter Carlota estado no quarto da Condessa em conversa particular e isso não lhe parecera muito conveniente logo depois do almoço, e saíra de lá dizendo-se indisposta e mostrou desejos de voltar para o Grotão. A senhora Condessa não permitira que fizessem o retorno a cavalo e mandara pôr o carro conduzido, segundo dizia, pelo seu cocheiro de confiança.

– De confiança! – disse ela com feroz ironia. – Estava embriagado, creio eu, pois quando as bestas se espantaram ao verem o cavaleiro envolvido em grande capa, a fazer sinal para pararmos, ele deixou que tomassem as rédeas nos dentes e partissem em louca correria. Aos solavancos bruscos sofridos, ele caiu da boleia e ficamos inteiramente entregues à Providência Divina!

E teve rápido frouxo de riso nervoso, logo seguido de algumas lágrimas. Ficara tão aterrorizada diante da possibilidade de Carlota ser também atirada ao leito da estrada, que a agarrara pelo vestido com tal violência que ao chegarem não pudera abrir as mãos fechadas nervosamente...

Nesse instante Dona Virgínia encontrou os olhos de Dona Inacinha fitos nos seus e teve certo movimento de impaciência. Ergueu-se e sacudiu os babados energicamente e depois, com leve cumprimento de cabeça e agitar de mãos, na atitude de rainha que dá por finda a audiência, retirou se, seguida pela mucama habitualmente a seu serviço.

Só então todos deram pela falta de Carlota, e fizeram mil conjecturas sobre o ocorrido durante sua visita e os motivos de sua indisposição, e Celestina quis ir vê-la para saber se já estava bem. Ao bater na porta, esta se entreabriu de leve, e viu Libânia e encará-la com ar de suspeita e de censura, e lembrou-se de quantas vezes lhe acontecera o mesmo ao bater na porta da Senhora...

Tristemente e sem dizer nada afastou-se seguida pelo olhar vigilante da mucama, que parecia ter sido posta ali no propósito de afastar os importunos. E assim aconteceu às outras pessoas, acorridas também em busca de notícias. E Carlota não apareceu mais aquele dia, tendo sido Joviana encarregada de prevenir que não estava disposta, e não sairia de seus aposentos, não podendo portanto receber a ninguém.

Dona Virgínia teve assim liberdade de descrever em minúcias a sua estada na fazenda do Paraíso, e contou com mistério ter lá sabido de muitas notícias que não tinham chegado até o Grotão. A crise política era cada vez mais complicada, e o senhor Conde não poderia vir tão cedo, e assim tornava-se necessário que o casamento se fizesse o mais breve possível. Com ar de conspiradora, Dona Virgínia fez as senhoras chegarem as cabeças junto da dela e murmurou:

– Trama-se muita coisa... parece que tudo vai ser resolvido à capucha, e quando todos abrirem os olhos, será fato consumado!

– Mas, por que não celebram o casamento na Corte? – perguntou na sua curiosidade incisiva Dona Maria Violante. – Se fossemos todos para lá, seria mais rico e mais fácil!

Dona Virgínia a olhou sorridente, abanou a cabeça, fechou os olhos e disse:
– Minha amiga...

Abriu os braços em sinal de impotência, para dar a entender não ser possível nada mais explicar, diante de tão grande incompreensão, mas teve de reprimir novo gemido, pois seus dedos ainda estavam anquilosados e doíam quando os movia. Mostrou-os abrindo as mãos com as palmas voltadas para cima pateticamente, e recusou a sugestão da senhora Luiza desejosa de ir imediatamente buscar água morna e arnica, para fazer compressas.

– Não é necessário remédio algum – disse ela serenamente – isto passa por si mesmo, e a mim me basta a alegria de ter salvo a vida de nossa menina! Todavia de novo sentiu sobre si os olhos de Dona Inacinha, que a examinava gravemente, e recolheu as mãos como se tivesse medo de que lessem nelas algum desmentido às suas afirmações. Ficou certa porém da senhora ter percebido que o seu pavor tinha sido demasiado grande para lhe deixar tempo e azo de salvar Carlota... E não teve coragem de contar que lhe parecera ter vindo ao lado do cadáver de alguém que tudo abandonara e fora abandonado por todos... Tivera de ajudar Carlota a subir para o carro, ainda em casa da Condessa, sentira todo o seu peso, e compreendera ter nos braços apenas o seu corpo, sem movimentos, inteiramente dominado pela morte próxima...

CVII

Celestina passou toda a tarde e a noite daquele dia como se vivesse um pesadelo pois a lembrança de Dona Mariana parecia andar pela casa, tendo saído dos quartos fechados desde sua partida. Muitas vezes, já deitada, ela despertara e se pusera à escuta, convencida de que as tábuas do corredor estalavam debaixo do peso de alguém em sua passagem furtiva, e as risadas secas das corujas, o assovio diabólico dos mochos pousados nas árvores dos jardins fronteiros às suas janelas pareciam conversa animada, numerosa assembleia reunida para comentar o que se passava a fim de serem tomadas resoluções importantes. Muitas vezes ouvira o mesmo concerto e não lhe prestara a menor atenção, mas agora tudo tomava significado impossível de decifrar, e ela fixava o ouvido, à espera de distinguir qualquer frase esclarecedora que lhe desse indicação e a chave da linguagem em cifra empregada pelos pequenos fantasmas, cujo voo pressentia bem junto de seus vidros.

Em dado momento o ruído da porta fechada e o ruge-ruge do vestido de alguém a passar diante de seu quarto a fizeram erguer-se e sair, tendo apenas achegado o xale sobre os ombros. No corredor viu que o luar lançava grande e longa mancha de leite nas tábuas da sala de jantar, e para lá se dirigiu, pois essa luz só poderia vir da porta do jardim que devia ter sido aberta poucos instantes

antes. Conhecia bem todos os meandros da casa, a situação de seus móveis e as distâncias a serem percorridas sem empecilho, e assim chegou silenciosamente à sala de jantar, onde pôde verificar ter sido escancarada a porta para o jardim, e teve medo de surpreender algum segredo de homem que a faria envergonhar-se diante de si mesma, e recuou. Porém, já de volta ao seu quarto, qualquer coisa a preveniu ser seu dever ir adiante, pois talvez alguém corresse perigo, e ela poderia socorrer... E vestiu-se, calçou os sapatos, e pé-ante-pé foi até à saída para o jardim de onde espreitou cautelosamente.

Nada distinguiu a princípio e tudo estava mergulhado em sono profundo, apenas o pio das aves noturnas se repetia monótono, agora sem mistério. Mas logo depois um vulto branco tomou forma, e se destacou do fundo muito vago e coberto de cinzas formado pelas plantas em cheio sob a luz da lua. Alguém estava sentado no banco de pedra junto à grade coberta pelas esponjinhas... Pelos seus contornos, pela sua cor alvacenta, ela viu ser mulher, e parecia esperar viessem ter com ela. Celestina teve um gesto de terror pois estrugiu aos seus ouvidos estranho som estridente, e custou a reconhecer ser o relógio da Capela a bater duas horas da madrugada. Refletiu e realizou onde estava sua atitude de espiã, e teve medo que aquele ou aquela a cuja espera estavam, viesse do interior da casa e tivesse de passar por ela e então seria descoberta. E qual explicação poderia justificar sua presença ali? Não era mais a menina pobre e abandonada, cuja miséria maior ou menor poderia apenas regular a grande compaixão a inspirar. Devia respeitar a si mesma e guardar-se para o papel a ela reservado na vida, fosse ele todo de humilde e de obscuro sacrifício, mas seria contemplada por olhos que para ela representavam todo o bem e o belo do mundo...

Lentamente, mas com todo o cuidado possível, voltou para o corredor e chegou até a porta de seu quarto, e já conseguira fazer girar sem ruído a maçaneta, quando qualquer detalhe, certo jeito daquela forma fantomática entrevista no jardim, despertou nela terrível sentimento de dúvida, de responsabilidade, de solidariedade e dever. Era alguém sem socorro que se debatia sozinha, e ela devia acudir, devia tentar estender-lhe as mãos para tirá-la do sorvedouro onde certamente se sentia afundar. Na casa tudo continuava em silêncio, e a lâmpada do corredor bruxuleava, lançando pequenos rolos de fumaça acre. Retornou sobre seus passos, e enquanto andava rezou a coroinha de contas pretas sempre trazida consigo, pobre lembrança dada por sua ama de leite, já morta como todos aqueles que tinham se aproximado de sua infância.

Teve ânimo de chegar ao pequeno patamar, depois esgueirou-se escada abaixo, com a ligeireza dos felinos, e conseguiu ocultar-se por entre as roseiras e arbustos existentes no jardim, e formavam alas dos dois lados do caminho estreito, coberto de areia branca do rio conducente até o banco. E, por entre as folhagens, àquela hora hirtas e sem a mais leve aragem que as fizesse mover, ela observava a figura sempre quieta, toda encolhida sobre si mesma, mas mesmo já de perto não podia dizer se era Carlota e não podia distinguir nada de característico para identificá-la.

Finalmente chegou à pequena aberta formada pelo recanto onde estava o banco, e deteve-se para não sair em plena luz do luar, que livre dos galhos das árvores ali batia em sua plenitude e pelo contraste tornava impossível de se reconhecer os traços do vulto sempre imóvel e alheio a tudo que se passava em derredor. Celestina começou a sentir-se gelada e teve ímpetos de gritar, de alertar aquela visão, para que se denunciasse ou se desvanecesse, porque compreendia não ser possível não ter ela ainda percebido a sua presença ali, tão próxima, e sua respiração se fazia alta e irregular. Conseguiu porém conter-se e dando ágil passo, quase salto, alcançou o banco, para nele se sentar e ficou separada da sombra pelo espaço do assento ainda livre, onde a luz se refletia muito branca.

Foi então que percebeu não estar o vulto imóvel. No banco iluminado ela viu passar a sua mão muito pálida, e parecia varrer a superfície com seus dedos contraídos. Esse gesto se repetia com regularidade, sempre o mesmo, mas não havia ali nada para tirar, para fazer cair no chão... E Celestina acompanhou fascinada aquele movimento regular, sem ânimo de erguer os olhos e procurar distinguir a quem pertencia aquela mão, que semelhava ela própria pequeno fantasma, independente do corpo tão próximo, e ficou assim por muito tempo sem saber se não devia fugir. Tudo em torno dela perdera inteiramente a sua significação, e era como se o mundo tivesse desabado silenciosamente e só ela escapara, presa àquela mão que raspava sem cessar alguma nódoa invisível ali existente, e que ela não sabia explicar. Entretanto a luz da lua continuava o seu giro, e agora a copa das árvores se interpunha entre ela e o lugar onde estavam, que se tornou assim sombrio. Então Celestina compreendeu, talvez mesmo sem ouvir, que a pessoa ao seu lado murmurava baixinho algumas palavras soltas...

Tinha certeza agora de ser Carlota quem ali ficara sem a ver, sem a sentir, completamente alheada. De súbito perdeu o medo e examinou-a sem precaução alguma, na curiosidade de duas viajantes que se encontram lado a lado na banqueta da diligência, e não pôde afirmar ser ela mesma, pois na penumbra não era possível fixar seus traços, e todo o seu corpo mantinha aquela atitude irreal, flutuante, e apenas tomara o banco como apoio. Havia vaga auréola de sobrenatural em torno de seu rosto, cujo perfil perdido ela apenas distinguia, e não via nem sequer o ritmo de sua respiração erguer o seu peito, coberto pelo cabeção branco, muito liso, de aspecto monacal.

– Carlota... – murmurou.

Mas sua voz, entrecortada, soou estranhamente aos seus próprios ouvidos, e o sortilégio que a prendia ali pareceu-lhe tornar-se mais denso, em vez de se romper ao seu chamamento.

– Carlota... – repetiu e quis estender a sua mão e prender aqueles dedos que continuavam sem cessar a sua vã tentativa de afastar qualquer coisa do banco.

Mas desta vez o vulto se levantou, e caminhou para a casa em silêncio, sem que Celestina tivesse ânimo de o alcançar e de prendê-lo entre seus braços. Ficou sentada onde estava, e esperou seu desaparecimento para então fugir desatinada.

CVIII

Dona Inacinha e Sinhá-Rôla resolveram não sair do quarto a não ser na hora do almoço, quando tocassem a sineta. Era preciso mexer em todos os seus guardados para organizá-los e fazer neles severa seleção, tendo em vista a sua possível partida. Abriram de par em par as portas enormes do alto guarda-roupa de colunas, que só ele enchia um dos lados do aposento, e puseram-se a tirar do fundo das duas prateleiras onde eram guardadas as armações das crinolinas muitos fardos envolvidos em tecido de algodão alvejado, alguns ainda tal qual tinham sido postos ali, quando da sua chegada. Mais acima de suas cabeças pendiam os vestidos volumosos, presos a cabides de longas hastes, para poderem ser alcançados, e reviviam as cenas principais da vida delas, em sua lembrança envelhecida e gasta. Porque as roupas usadas comumente, eram guardadas todas nos gavetões da cômoda muito bojuda, encostada à parede da frente, entre as duas janelas.

Logo ao iniciarem a sua tarefa, Sinhá-Rôla sentiu grande tristeza, porque era o primeiro passo para deixarem aquela casa, e parecia-lhe ter tudo se tornado hostil e estranho, e aquele quarto tão amado, seu refúgio de tantos anos, era agora o pouso banal de hotel de passagem, das estações de baldeação de suas raras viagens. Desfazendo as costuras que prendiam o invólucro, ela disse em tom plangente:

— Gosto mesmo de ter de ir embora... Você já reparou, mana, como cada dia Carlota fica mais indiferente conosco? Ainda ontem, quando chegou do Paraíso, não era natural ter se sentado na sala para nos contar como tudo se passara? Nós nada sabemos de seu casamento, nem sequer se vai ser mesmo realizado...

Dona Inacinha, no afã de continuar a amontoar os pesados embrulhos no canto, fez apenas rápido trejeito com a boca, abaixou os cantos dos lábios, e prosseguiu em seu trabalho.

— Mas, Inacinha, você não poderá negar que agora somos tratadas com impaciência e falta de atenção... Carlota nem nos olhou, nem quis escutar o que dizíamos, quando foi para o quarto e a julgávamos doente!

— Nós não a imaginamos doente – observou Dona Inacinha sem doçura – ela estava muito mal e creio não ter sido efeito do desastre. Ela já veio do Paraíso completamente transtornada.

E, talvez por recear ter dito demais, a irmã mais velha fechou a boca transformada em sulco e foi buscar a cadeira para ver se alcançava assim o alto do armário. Mas, apesar de não ser pequena nem com as mãos chegava até a cornija do móvel, pesada e saliente. Teve de descer, e refletir ainda sobre o que farta, e assim ficou parada diante de Sinhá-Rôla, e esta se aproveitou do momento para perguntar-lhe curiosamente:

— Por que você diz isso, mana? Que julga ter acontecido no Paraíso?

Dona Inacinha resolvera ir buscar na copa a escada de abrir, mas foi até a porta e bateu palmas para vir alguém, e mandou o moleque acudido ao chamado que a trouxesse, e sua ordem foi cumprida prestamente. Tendo fechado tudo de novo com cuidado, para não serem vistos os preparativos a serem feitos, subiu os degraus e conseguiu pegar a primeira das grandes caixas de madeira ali escondidas. Mas foi necessário pedir o auxílio da irmã vinda de pronto, com novas perguntas nos lábios.

— Carlota nada conhece da vida – afirmou Dona Inacinha com voz surda – ela não sabe ainda o que é a desconfiança, e por agora só aprende...

Diante do tom seco de Dona Inacinha calou-se e conseguiu tirar do pequeno saco de pano grosso que tinha nas mãos, o álbum de fotografias e duas caixas de couro, guarnecidas de espelhos e cantos de prata. Pôs tudo sobre a cama e abriu logo o álbum para repassar suas páginas, onde se seguiam aos pares, os retratos dos pais, dos tios, dos primos, e dos amigos, além daqueles nos quais figuravam as duas, moças ainda e com flores na cabeça.

— Olha, aqui está o retrato da prima Mariana, e muito bom, de vestido de baile — disse Sinhá-Rôla já esquecida de seu aborrecimento, porque não obtivera qualquer resposta da irmã. — Carlota creio ter andado à procura dele e perguntou a Celestina se tinha algum. Vou hoje mesmo levar-lhe este. Não faz mal o nosso álbum ficar desfalcado, não é?

— Não, mana — voltou Dona Inacinha a dizer, e conservava o mesmo tom de inexplicável censura que magoara a irmã. — Justamente hoje você não poderá levar esse retrato para entregar a Carlota... e peço-lhe não fale nisso a ninguém!

A senhora fechou o livro, guardou-o dentro de seu invólucro e não teve ânimo de abrir as duas caixas, onde se amontoavam cartas amarelecidas, muito antigas, alguns daguerreótipos e mechas de cabelo, envolvidas em papéis já queimados pelo tempo. Alguns deles e também vários pacotes de missivas, separados e amarrados por fitas, eram as recordações do noivado e casamento dos pais, sempre lidas com o mesmo encantamento que teriam se fosse o romance da vida de cada uma. Muitas vezes, nas horas de miséria e de perseguição, tinham sentido o calor delas emanado a reanimá-las como se estivessem a recordar passagens de suas próprias existências, passagens essas muito íntimas, ignoradas por todos. Não era a mulher desiludida e atrozmente sofredora que tinham conhecido, não era o homem desapegado dos seus, fechado em seu egoísmo, arrastado por suas paixões más que faziam reviver... Eram elas na sua mocidade muito pura e suave, a ouvirem palavras de amor de figuras sem traços, tão esmaecidas quanto aquelas fotografias. Para Sinhá-Rôla, porém, muitas vezes elas tomavam significação real, e era de ser vivo e palpitante, de alguém cuja cabeça se encostava ao seu ombro, por segundos, e logo se apagava, para retirar-se diante de cenas de aflição e de miséria, sempre as mais fortes.

— Quando partiremos? — perguntou ela à irmã, agora entretida em dobrar algumas peças de roupa, vagarosamente, e parecia ter se arrependido de começar as arrumações. Via-se serem apenas as suas mãos a se moverem, pois seu pensamento estava longe dali, esquecida de si mesma. Sem mais nada dizer, ela repôs maquinalmente os embrulhos dentro do armário e ensacava de novo o seu conteúdo, há pouco deles retirado, sem abrir nada do que lhe passava pelos dedos distraídos.

— Não sei quando partiremos — respondeu ela, pensativamente — não tenho mesmo coragem de pensar em sair daqui, apesar de ter o triste pressentimento de aproximar-se o fim do Grotão. Não tenho ânimo de comunicar a Carlota a nossa intenção de deixá-la, de abandoná-la, pois parece-me ser essa a verdadeira expressão a empregar. Ela agora vai entrar na realidade, e eu tinha vontade de que entre os rostos novos a serem encontrados, nas almas desconhecidas que ela vai conhecer, ela desse conosco, sempre as mesmas, sempre as mesmas...

Dona Inacinha deixara aos poucos morrer a sua voz, e cessara por instantes de mexer em suas velhas coisas, e talvez contemplasse, interiormente, a monotonia de todas as horas que tinha ainda de viver, talvez muitas e longas, sem nelas surgir o imprevisto, e seriam apenas quedas vagarosas, pois cada dia a passar se tornaria mais triste e mais difícil, mas também a sua insensibilidade se faria maior, e esse amortecimento seria a pior das precursoras do final...

– Mas – murmurou Sinhá-Rôla, que não acompanhara a irmã em suas secretas reflexões – quando Carlota casar-se, não devemos permanecer aqui, porque não sabemos das disposições da senhora Condessa a nosso respeito. Não creio ser sua vontade deixar o filho ficar aqui na fazenda, enquanto o pai sobe cada vez mais na política. Dona Virgínia me disse que ele será barão logo depois do casamento. Falta apenas a assinatura do Imperador.

– Queira Deus – suspirou Dona Inacinha – queira Deus, mas vamos esquecer tudo isso enquanto podemos...

CIX

Carlota ao abrir os olhos sentiu a impressão de ter adormecido em um mundo e despertar agora em outro muito diferente, onde não havia paz. Sentiu o frio e a umidade da manhã nascente, escondida entre pesadas nuvens, a invadi-la toda, mas o leito se transformara em verdadeiro potro de suplícios, e seu corpo parecia estar nele amarrado, a fim de suportar até o fim o monólogo que rebobava implacável em sua cabeça. Soergueu-se para ver se podia encontrar qualquer livro ou o rosário que a fizesse fugir daquelas palavras a se tornarem cada vez mais distintas e insistentes em sua mente. Mas, em consequência de sua saída na véspera, de seu retorno doente, desejosa de deitar-se e tudo esquecer, o quarto fora arrumado e seus livros habituais tinham sido levados para as estantes do escritório do Comendador. Não se lembrava mais quando voltara para tentar dormir, já exausta de ficar lá fora no jardim deserto... Lembrava-se vagamente de alguém ter querido violar o seu isolamento, mas se afastara sem nada dizer, e em seu regresso o sono a prostrara ali, como em síncope, sem lhe dar descanso. Todos os seus membros doíam, mas tinha de se levantar, era necessário andar e mover-se para poder dominar a agitação que a fizera recuar todos os limites de seu equilíbrio. Preparou-se para o dia com o vestido disposto sobre a cadeira por Libânia. Não conseguia imaginar as horas nem queria ver no seu relógio, cujo mostrador podia divisar sem distinguir os ponteiros, e nem sequer sabia se ele andava, pois não encontrara na véspera a chave de lhe dar corda.

Quando pronta, abriu a porta do gabinete, e parou surpresa ao ver Joviana e Libânia, envolvidas em cobertas miseráveis, deitadas cada uma em sua esteira, diretamente estendida sobre o soalho. Nunca as vira assim e se as tivesse visto antes, não sentiria o aperto que lhe fez parar a respiração... Teve vontade de voltar, de arrancar seu colchão de penas escolhidas cuidadosamente entre as mais macias do peito dos gansos, de arrastar suas enormes travesseiras tão leves e fofas, para dá-las àquelas pobres mulheres que a serviam com a dedicação silenciosa de todos os instantes. Devia ser alta madrugada, pensou, para estarem ainda a dormir sem ter de correr em busca de água e do tabuleiro de sua refeição matinal. Assim, cautelosamente, apanhou as saias e passou por entre as duas mucamas sem despertá-las. Foi para a sala da Capela e ajoelhou-se em frente do grande crucifixo posto diante das portas fechadas do Oratório, e experimentou dominar-se e rezar. Todavia junto da imagem havia pequena lamparina de globo de cristal vermelho e sua luz dançava, quase esgotada a provisão de azeite, e os clarões de agonia faziam brilhar as gotas de sangue cravejadas de rubis que desciam pelo corpo do Crucificado. Os olhos de Carlota examinaram com espanto a expressão de dor profundamente humana daquele rosto, que parecia viver, nas contrações das angústias da morte próxima. Sentiu naquele drama silencioso entre sombras a acusação e o remorso que a fizeram levantar-se e caminhar, debaixo de sua recriminação envolvente e insustentável. Tateando, as mãos estendidas, foi até a porta do alpendre e mediante penoso esforço conseguiu fazer correr as pesadas corrediças que a fechavam, mas teve ainda de tirar a barra de ferro que fixava as duas portas, como se fosse a poterna de uma prisão. Era porém para proteger os moradores da casa contra... contra quem? interrogou-se, sem poder conter o sentimento de aviltamento que a fazia pender a cabeça. Entretanto, conseguiu sair, e no grande pátio viu não ter ninguém despertado ainda e a neblina da madrugada tornava indistintas as paredes das casas das máquinas e das senzalas, e foi a medo que distinguiu furtiva silhueta de homem branco a sair das dependências para se dirigir ao alojamento dos hóspedes, onde desapareceu silenciosamente.

Desceu até o meio do quadrado e já tivera impulso de voltar, pois sentira que seu vestido se molhava com aquele impalpável orvalho, quando ouviu gemidos. Compreendeu depois de alguns minutos de espera, terem partido das janelas de um dos lances da casa, ao fundo, e para lá se dirigiu quase certa de ser ali a enfermaria dos negros. Entrou na varanda e chegou até uma das aberturas, cujo peitoril lhe alcançava a cintura, e olhou para dentro. Lobrigou, depois de fitar os olhos, a sala muito longa e vazia. Depois, percebeu alguns móveis estranhos com pontas que furavam o ar de forma esquisita, e logo compreendeu mais do que viu, ter sido uma árvore inteira deitada junto da parede do fundo. O ronco ritmado e muito regular partia dali, mas às vezes destacava-se dele o lamento profundo e sombrio por ela já escutado e agora ouvido distintamente. Procurou a porta, e ao achá-la deu volta à taramela simples que a prendia, e entrou na quadra atijolada e foi até a parede fronteira. Realizou então serem escravos no tronco, e lembrou-se a sorrir das histórias contadas de que a menina morta ia "pedir negro"... Mas, o sorriso gelou-se em seus lábios, porque agora via o que realmente se passava, quais as consequências das ordens dadas por seu pai e como aqueles homens velhos, os feitores de longas barbas e de modos paternais, que a tratavam com enternecido carinho, cumpriam e ultrapassavam as penas a serem aplicadas. Sabia agora o que representava o preço dos pedidos da menina morta, que a ela custavam apenas algumas palavras ditas com meiguice. E teve ódio da criança ligeira de andar dançante, a brincar de intervir vez por outra, em favor daqueles corpos que via agora contorcidos pela posição de seus braços e pernas, presos no tronco, e cujo odor de feras enjauladas lhe subia estonteante às narinas. Parecia-lhe monstruosa a cena, no entretanto muitas vezes vivida em sua memória, e tantas outras contadas pelas mulheres e irmãs daqueles agora diante dela, sem sequer a olharem, se estavam mesmo acordados, na certeza de ser ela alguma aparição infernal, talvez alguém mandado para averiguar se sofriam tanto quanto fora determinado...

 O sol lá fora conseguira romper a barreira de nuvens das quais era prisioneiro, e logo o som muito claro de algum sino, a dar o sinal de despertar, fez Carlota surpreendida correr para a casa. Mas, ao passar junto das colunas sustentantes da varanda, espantou o animal deitado junto a uma delas, e ele se levantou espavorido, tentando romper a corda que a prendia. Carlota ainda teve tempo de distinguir grande bode preto, inexplicavelmente deixado prisioneiro ali, mas pôde alcançar o alpendre, antes do negro sineiro sair do recanto onde fora tanger o sino, e era a primeira alma desperta em toda a fazenda.

Ao entrar na sala, onde as janelas já estavam abertas, percebeu haver outras pessoas acordadas. Vultos se deixavam ver aqui e ali, entre portas, de escravas a iniciarem seus serviços, e quando ela se dirigiu para a cozinha e se apresentou naturalmente, ouviu exclamações de espanto e de consternação. Parecia verdadeira catástrofe a Sinhazinha ter de andar àquela hora pela casa e com verdadeiro terror julgaram ter ela ido reclamar a sua refeição da manhã. Todas se puseram a correr para lá e para cá e não se entendiam nem podiam ouvir Carlota lhes dizer ter ido apenas até ali para vê-las, para poder falar a alguém. E ela tentava explicar a sua presença presa de verdadeira angústia, pois era doloroso o contraste entre as cenas vistas naquela manhã e a solicitude inquieta, levada aos últimos limites da submissão, cujo calor sentia agora. Conseguiu afinal segurar a Julia-Cambinda, negra muito gorda, que passou por perto dela, e pôde dizer-lhe, quase aos gritos:

– Vim aqui para conversar com vocês!

A negra parou e a contemplou durante algum tempo, e parecia procurar fazer entrar em sua cabeça, bem lá no fundo, para as compreender, as palavras ouvidas e depois murmurou debilmente:

– É, Nhanhã?...

E a negra sentou-se no chão, e desatou a chorar agora inteiramente à vontade.

CX

Dona Virgínia mandara colocar o grande lampião de querosene sobre a mesa de centro da sala de visitas, desembaraçada dos álbuns e dos objetos de bronze que a guarneciam, e fizera dispor em círculo em volta dela as cadeiras simples, evidentemente para conselho ou reunião importante. Tinham terminado o jantar e a luz do dia lutava com a da lâmpada acesa, de não ser necessária, pois a sala recebia ainda os raios de sol da tarde, mas as ordens tinham sido dadas no evidente intuito de emprestar solenidade à cerimônia a se desenrolar ali dentro em pouco. A senhora avisara a todos, em nome de Carlota, que não comparecera a nenhuma das refeições daquele dia, que pouco antes das cinco horas o tabelião de Porto Novo viria trazer o contrato de casamento para ser assinado pela noiva, dadas as circunstâncias de ausência dos pais e também do noivo, ido à Corte a fim de ultimar os preparativos do matrimônio. E quando o notário chegou, a sua grande pasta fechada por meio de correias, acompanhado de dois escreventes, foi logo conduzido até o salão onde já se encontravam todos sentados em ordem e em silêncio. Dona Virgínia o fora receber na entrada e o fez desembaraçar-se do chapéu de largas abas, e apresentou-o a todos em poucas palavras. Depois mostrou-lhe o pesado tinteiro de prata, previamente guarnecido de tinta e de areia dourada, as canetas de marfim e de ouro, feitas vir do escritório, e preveniu-o que estavam ali apenas à espera de Dona Carlota, já avisada e prestes a chegar.

Realmente, segundos depois de sua chegada, a porta do lado da sala de jantar abriu-se e entrou Carlota muito pálida, sem ter posto o vestido preparado para essa ocasião. Mas todos, que se tinham levantado, compreenderam logo ter ela razão, uma vez não estar presente o noivo, e o ato seria cumprido de forma estranha, só com a sua presença. Depois de ouvir as explicações embaraçadas fornecidas pelo tabelião, desconhecido dela, e falava precipitadamente em voz baixa, talvez na pressa de tudo terminar, a noiva sentou-se seguida por todos e só então Dona Virgínia verificou desgostosa não estar ela penteada nem preparada de forma conveniente. Trocou rápido olhar carregado de censuras e de subentendidos com Dona Maria Violante, que não pudera esconder sua surpresa ao ver o traje simples de Carlota e murmurara para sua vizinha, Sinhá-Rôla:

– Não sei mais que admirar... nem sei mesmo se há ainda alguma coisa capaz de causar espanto nesta casa!

O tabelião já limpara ruidosamente a garganta, depois de farta pitada de rapé, e passara os olhos severamente pelo rosto de todos os presentes, no propósito de contar quantos eram, entre homens e mulheres. O senhor Manuel Procópio, que era o mais velho de todos, e sentara-se entre o médico e dois parentes de passagem, não pôde conter-se e disse em sua voz profunda, ouvida com impaciência pelo oficial de notas, que baixou irritadamente as pálpebras, antes de iniciar a leitura das folhas de papel selado postas à sua frente:

– Pode começar...

E logo vieram os termos de técnica tabelioa, na expressão das condições do contrato que se fazia, e todos os seus itens foram lidos cuidadosamente, no mesmo tom oficial. Cada um dos presentes procurava ouvir debaixo de grande atenção, visto deles depender o futuro de quase todos, pois já tinham ouvido falar no dote extraordinário a ser recebido por Carlota, no seu casamento, mas dentro em breve via-se nas fisionomias atentas desenhar-se o assombro e quase medo por eles sentido, quando verificaram que tudo ultrapassava de muito as conjecturas feitas. Era a doação completa e simples da fazenda do Grotão, e nela tinham sido consignadas todas as características da enorme propriedade agrícola, seus escravos que formavam pequeno exército, e todas as aparatosas benfeitorias e dependências de utilidade nela existentes. Carlota passava a ser desde aquele momento pequena rainha em seu domínio, e para completar a sua inteira liberdade de ação, seu pai lhe reconhecia a maioridade com todos os seus direitos.

Quando já não havia dúvidas sobre a natureza do documento cuja leitura os deixava estarrecidos, todos se moveram em suas cadeiras, se entreolharam e pareciam despertar de esquisito sonho, e não ousavam voltar-se para Carlota, sempre calada e imóvel, as mãos fechadas com força agarradas ao lenço e à saquinha de tapeçaria postos em seu regaço. Entretanto, quem a observasse atentamente, não veria espanto nem qualquer perturbação indicadora de receio da responsabilidade caída agora pesadamente sobre seus ombros. Apenas, nela havia mudança sutil, que só depois de exame calmo poderia ser notada. Envelhecera, e não estava mais ali a jovem que chegara do Colégio. Qualquer coisa de acerbo em sua boca, a sombra que agora velava os seus olhos, faziam dela outra mulher e a menina desaparecera irremediavelmente...

Levantou-se para assinar, e sua mão estava firme ao fazê-lo, sem prestar atenção aos murmúrios agora erguidos e entre os comentários feitos à meia voz, mas sem precaução bastante para não chegarem até ela. Depois, ainda tendo a caneta na mão, voltou-se para o senhor Manuel Procópio e pediu-lhe que assinasse logo a seguir, depois do espaço deixado para as assinaturas do noivo e dos pais. E sentou-se impassível, para assim indicar estar à espera de cada qual sentar-se à mesa e apor seu nome àquele documento como testemunho. Em meio da desordem que se fez, pois o tabelião nada dissera, limitando-se apenas a segurar as bordas do caderno, como se temesse que o arrancassem dali e o levassem, as senhoras e os homens vieram atender a ordem muda assim recebida. Dona Inacinha e Sinhá-Rôla, depois de terem escrito os seus nomes, vieram refugiar-se junto de Carlota, e choravam baixinho, sob a impressão dolorosa de terem coadjuvado em sentença mortal, e assim ficaram até o tabelião depois das últimas formalidades reunir seus papéis, fechá-los na pasta e vir despedir-se da nova dona da casa.

– Minha senhora – disse ele, e havia certa ênfase na sua atitude – creio já saber que o senhor Comendador e o senhor Conde me honram com a sua confiança... Espero que continue a ver em nós do nosso Cartório, os seus melhores servidores.

E retirou-se seguido por dona Virgínia que o acompanhou até montar e desaparecer. Depois ao vir de novo para a sala dirigiu-se ao grupo formado por Carlota e pelas outras senhoras e disse, com leve sorriso muito frio entreabrindo-lhe os lábios:

– Creio ter chegado a hora dos cumprimentos... pois não há noivado sem parabéns, e é o que faço agora. Deixe-me beijá-la!

Carlota ergueu-se sem nada dizer, e ofereceu o rosto ao beijo da velha senhora, e a seguir às outras, que mal podiam ocultar o embaraço e os sinais de incompreensão ainda visíveis em suas fisionomias. Dona Maria Violante, depois de encostar os lábios em sua face, disse-lhe enquanto empalidecia levemente:

Lastimo não estar presente o noivo, porque certamente é quem merece mais parabéns, depois do que acabamos de ouvir.

Ao afastar-se, murmurou de forma audível: – As partes contratantes... qual será a parte fornecida pela... outra parte contratante!

Mas o senhor Manuel Procópio viera ruidosamente abraçar a sua menina e sempre a chamara assim, para afirmar-lhe poder contar com sua presença, na ajuda do governo da fazenda, mesmo no caso da ausência do senhor Comendador se prolongar por muito tempo, além da de seus irmãos... Disse ainda algumas frases em segredo ao seu ouvido, mas Carlota não pôde perceber o que dizia, dominada apenas pelo desejo avassalador de que um abismo a tragasse.

CXI

Dois dias se passaram e dois mensageiros vieram da fazenda do Paraíso, com recados urgentes, que entretanto não obtiveram respostas escritas. Carlota se recusara a receber pessoalmente as cartas trazidas, e Dona Virgínia fora encarregada de dizer aos portadores que Carlota agradecia a atenção e responderia depois. Mas essa atitude da moça, que parecia refletir longamente, sempre perdida em seus pensamentos, não fora bem recebida pelos moradores do Grotão mantidos agora em expectativa, sem ousar interrogá-la, e andavam de mansinho como se houvesse morto na casa. As poucas vezes que Carlota saíra de seu quarto e atravessara as salas e corredores, encontrara apenas figuras hesitantes, homens e mulheres, e eles se encostavam às paredes quando a viam, e lhe davam passagem como se ela sozinha ocupasse todo o espaço e fosse seguida por numeroso séquito. Não havia nenhuma hostilidade nem ironia nesse modo de proceder, e isso era bem visível, mas apenas o receio da autoridade nova, cujas intenções ninguém podia suspeitar sem medo de se enganar totalmente. O governo das atividades diárias domésticas tinha continuado por si mesmo, tal era a firmeza de sua organização, pois todas as peças componentes de sua engrenagem permaneciam em seus lugares bem claramente determinados, e quanto à marcha dos negócios da grande exploração rural nada havia de urgente ou de importante a resolver. Todavia o tabelião fora chamado de novo, e Carlota tivera, com ele curta conferência, e o pobre homem saíra do escritório muito atarefado e nervoso, tendo grande maço de papéis envelhecidos nas mãos, e foi possível ouvir ele dizer, em voz comovida ao despedir-se da moça:

– A senhora confiou em boas mãos tarefa tão grande...

Agora entretanto ninguém podia mais espreitar nem fiscalizar os fatos passados dentro daqueles muros, e parecia que de repente a força vinda de longe, e subordinava a todos às ordens enviadas, se quebrara e desaparecera para sempre, e assim surgira novo poder, cuja extensão nenhuma das pessoas que ali se moviam poderia medir. Afinal, quando a espera e a incerteza tinham atingido o seu apogeu, e o cansaço e nervosismo de todos já se acusava até na irregularidade das horas de refeição, na ausência de jogo à noite entre os homens, e das reuniões de costura e de bordado entre as senhoras, surgiu a notícia destinada a despertar a todos da mórbida apatia na qual se viam mergulhados. A Condessa e o filho, de retorno da Corte, vinham naquela mesma tarde ao Grotão em visita. Essa nova fora dada de forma estranha, pois tinha sido velho parente da titular que a trouxera pessoalmente, e não mostrara vontade de ver Carlota. Descera do cavalo, aceitara o convite feito pelo senhor Manuel Procópio para entrar e tomar a tradicional chícara de café, e ao ver Dona Virgínia e Dona Maria Violante, transmitira o recado, sem especificar ter sido ele enviado à nova dona da casa. Logo depois se retirou, sem perguntar por ela, e disse preceder apenas de algumas horas a sua parenta que viria acompanhada pelo filho. As duas senhoras tinham ido logo a seguir até a porta do quarto de Carlota, e hesitaram em bater. Nada tinham dito uma à outra, mas sentiam ambas o embaraço novo de provocarem o desagrado daquela que sabiam não ser mais a menina. Depois de curto momento, resolveram ir procurar Celestina e pedir-lhe que se encarregasse da missão de preveni-la da chegada da senhora e do moço.

Quando Celestina entrou no quarto viu Carlota tendo diante de si dois grandes livros encadernados de vermelho, e deles tirava notas em seu caderno de couro, e sentiu certo sentimento de estranheza e de desgosto ao dela se aproximar, para lhe contar todo o sucedido e a razão de tê-la vindo procurar, apesar de conhecer as ordens dadas de não entrar ninguém naquele quarto. Fizera grande esforço para tirar qualquer intenção de recriminação ou de queixa das palavras por ela empregadas, mas ao ver o ar grave de sua amiga, disse acanhadamente:

– Carlota... acho você tão esquisita... tão diferente! – e não pôde mais prender as lágrimas, que lhe vinham em ondas amargas. Sentou-se e ficou sozinha, o lenço nos olhos, sem nenhuma esperança de sentir sobre si a mão amiga que decerto a procuraria, doce e caritativa, ou o ombro sobre o qual se apoiaria em segurança, ainda dias antes.

Carlota deixara de parte suas ocupações, e a olhava pensativa, e via-se bem que entre elas erguera-se súbita barreira.

– Diferente? – disse, em voz sem timbre, e depois de algum tempo – você me acha diferente? Eu não sei...

E suspendeu o que ia dizer, parecendo já ter esquecido de si mesma, ou talvez tivesse perdido a intenção de seu gesto, ao cruzar as mãos no regaço, e de suas palavras. Toda ela se envolvia em frio halo de solitude e de ensimesmamento, mas pôde ainda murmurar com lentidão:

– Compreendo, compreendo a sua estranheza... Eu mesma custei tanto a perceber como estive ausente todos esses anos... Onde estive e que pensei durante todo esse tempo? Foi outra pessoa, vinda de longe, quem tomou o seu lugar... mas, não se lembrava mais de nada, e não podia reconciliar...

– Carlota! – interrompeu-a Celestina – eu não entendo o que você diz!

Nova crise de choro a prostrou, mas Carlota levantou-se, guardou nas gavetas da cômoda os pesados registros, e preparou-se para ir para a sala, com a expressão dura que formava agora a sua nova máscara. E Celestina teve de se acalmar, sem o socorro de ninguém, e só quando viu abrir a porta é que compreendeu urgir o tempo, pois viera mesmo para apressar a jovem em seus preparativos visto a visita não tardar a chegar. Logo na porta as esperavam Dona Inacinha, Sinhá-Rôla e a senhora Luiza, e a cercaram, para saberem o que deviam fazer para obsequiar a senhora. Enquanto caminhavam para a copa Carlota ouviu suas sugestões feitas timidamente, e determinou com serena autoridade o que deveria ser feito, sem ostentação e sem excessiva simplicidade. Dona Virgínia e Dona Maria Violante que tinham vindo encontrá-las nada disseram e puseram-se logo a escolher os licoreiros que viriam à sala, e tiraram dos armários as caixas de doces a serem servidos, enquanto as outras senhoras faziam outros preparativos. Antecedendo porém de boa hora a sua chegada, já se ouvia o portão abrir-se para a passagem do carro, e Carlota foi receber a visitante no quadrado, onde beijou a mão estendida com precaução pela Condessa. Seu filho não a acompanhara a cavalo, e viera ao seu lado na carruagem, mas não pudera saltar primeiro, pois mãe descera antes dele poder fazer qualquer movimento, com agilidade moça, em desacordo com seu pesado vestido negro, de folhos de veludo, e sua capota de senhora idosa, as fitas amarradas sob o queixo.

– Não me foi possível resistir mais tempo – exclamou ela em voz bem alta e distinta, e todos a escutavam, à sua espera no alpendre. – Sinto-me abandonada! Os que vão para a Corte não querem voltar!

Depois de certa pausa, aproveitada para receber as saudações dos homens que tinham se aproximado, ela voltou-se e apontou com o leque de renda negra para João Batista, que nesse instante apeava da vitória, e viera cumprimentar Carlota, e disse muito risonha:

– Todos menos esse, que veio a toda brida da capital, para me fazer vir vê-la, minha boa menina! Vamos combinar hoje mesmo a data do casamento, pois estou autorizada para isso por seu pai!

CXII

A sala de visitas tinha sido florida, e as grandes jarras dos consolos enfeitadas com ramalhetes de rosas exalavam violento perfume. Carlota sentia sua cabeça lhe pesar, e ao sentar-se no canto do sofá de espaldar muito alto, viu ter ficado só, tendo apenas a figura de João Batista diante de si, pois as senhoras em conversa animada com a Condessa tinham continuado a caminhar, e estavam agora no pequeno terraço com vista para o jardim da frente, e maliciosamente voltavam as costas para os dois jovens. Os homens tinham ido deliberadamente para a saleta, pois sabiam que o moço não seria seu companheiro no jogo, todo entregue aos projetos de próximo enlace. Carlota com esforço conseguira afastar de sua mente os cálculos que a atormentavam e sentiu o rubor queimar-lhe o rosto, e irritou-se ao lembrar-se dos galanteios que seria obrigada a ouvir. Com voluntária naturalidade, ergueu os olhos e interrogou:

– Viu meu pai na Corte?

– Vi, sim – respondeu ele, e pareceu a Carlota que tivera uma quase imperceptível hesitação, e seus olhos se tinham perturbado – está de cama conforme já sabe, mas tem continuado a tratar de seus negócios, e recebe muita gente, e se entretem em longas conferências. Ele me recomendou vir vê-la logo depois de chegar, e aí está a desculpa de nossa pressa, de minha mãe e minha... Creio mesmo ser seu desejo que possamos todos ir vê-lo.

– E meus irmãos? – continuou a interrogar Carlota, sem parecer ter entendido a insinuação contida nas palavras do noivo.

– Ah, seus irmãos... o mais velho não me foi possível ver, mas o caçula está também enfermo, e não sei se já sabe, os médicos desconfiam ser febre amarela o seu mal...

Enquanto falava, Carlota o examinou serenamente, pois ele abaixara os olhos, e depois, ainda contando o que se passara durante sua estada na capital do Império, sentara-se bruscamente ao seu lado. Quis dizer a si mesma, e tentou fazê-lo com ternura, ser aquele a quem devia amar, pois caminharia ao seu lado durante toda a vida, e seria a criatura humana mais íntima, mais presente nela em todos os seus detalhes... Aquela voz, cujo som se confundia em seus ouvidos, e não podia distinguir seguidamente o seu sentido, deveria ser o seu consolo e o seu ânimo nos momentos mais difíceis, nas dores mais cruciantes a serem passadas, aqueles braços, que via agora embaraçados, e se agitavam de maneira desazada, eram o apoio com que contaria para quando vacilasse, abatida pela doença ou pela desgraça... e só quando cessasse aquele sopro, que lhe animava o peito, deixaria de ter essa presença ao seu lado!

Grande doçura a invadiu, e depois daqueles dias e meses de amargura e de desconfiança, era como um acalanto enorme de vida a se erguer dentro dela, e deixou-se embriagar, embalada pelo som das frases ouvidas, e nelas reconhecia o "galanteio" que a horrorizara antes. Não estaria mais só, pensou consolada por íntima alegria, poderia enfim abrir a sua alma em inteira inocência, e seria capaz de analisar seus sentimentos com coragem e bondade, diante desse alguém a ser seu confidente absoluto. Tudo se revestiria de significação nova e fecunda, e talvez a sua vida se alargasse de repente, e se prolongasse pelos anos em fora, até o futuro impossível de ser medido...

A Condessa, agora vinda até junto deles, interrompeu-os, e disse em voz muito alta:

– Meu filho já lhe disse ser preciso, dentro em poucos dias, celebrar o casamento, que será feito à capucha? Os pais não poderão vir, e já nos deram todos os poderes para tudo organizarmos na maior brevidade. E mesmo deverei seguir para a Corte antes de quinze dias.

Ria-se e falava muito animada. Parecia menina, apesar de suas vestes de senhora idosa, e enquanto falava olhava para os lados, para uns e para outros, talvez à procura de aprovação e aplausos, e para instigar o entusiasmo de suas companheiras, às quais tinha tudo explicado previamente, mas só agora a boa nova se tornava pública. Entretanto as senhoras também chegadas em sua companhia, na sua vinda brusca até diante do sofá, e formavam grupo atrás dela, observavam visivelmente inquietas o ar ausente de Carlota, a escutar a velha Condessa sem alterar sua seriedade.

Levantou-se, e nisso foi seguida por João Batista, ainda aturdido com a intervenção de sua mãe, e os dois ficaram diante da matrona e dos demais, como se estivessem diante do tribunal, à espera de sua defesa.

– Meu pai escreveu-me, e deu suas ordens, ao mesmo tempo que me fez dona desta casa – disse ela – mas, antes de marcar definitivamente a data da cerimônia, peço algum tempo para tomar as medidas convenientes...

A velha senhora a escutava com estranheza, e ao ouvir bater a sineta para avisar que o café do meio-dia estava servido, tomou-lhe o braço, e enquanto andavam disse-lhe dentro de firme suavidade:

– Quero que você se considere minha filha desde já, tal como eu a vejo de todo o coração. Sou eu agora a única pessoa autorizada a guiá-la e só eu posso dar-lhe conselhos. Assim, peço-lhe não tomar qualquer resolução sem primeiro nos ouvir, pois somos nós agora a sua verdadeira família...

Quando todos se sentaram à mesa, Carlota tomou a cabeceira, e não deixou que ninguém assumisse, a não ser ela, a direção do serviço. Dona Virgínia e a senhora Luiza, que por várias vezes tinham se soerguido para intervir, tiveram de se aquietar, e as mucamas, logo alertadas, só tinham olhos para a nova dona, e se orientavam e esclareciam a mais das vezes apenas pelos seus olhares e gestos. Nada podiam dizer de particular, pois todos procuravam falar para estabelecer ambiente de familiaridade cordial, mas a todo o momento havia silêncios embaraçosos interrompidos pela Condessa com suas exclamações e observações muito risonhas. Entretanto, apesar de toda a sua vivacidade e animação notava-se estar inquieta, pois tudo aquilo era fictício, e estava preocupada com a transformação processada na mente de sua futura nora, que viera encontrar tão diferente, a deixar transparecer em seus gestos e em sua atitude firmeza e força concentradas.

– Tudo deve ser feito precipitadamente – disse ela, a cortar curto instante de calma, e batera as mãos, para chamar a atenção. – Devo comunicar aos amigos ter o senhor bispo dom Manuel do Monte, por provisão em meu poder, autorizado o casamento de nossa menina em seu Oratório, e na ausência de seu pai. Contamos com a boa vontade de todos, pois tudo se fará na maior intimidade.

Imediatamente o senhor Manuel Procópio se levantou e propôs brinde aos noivos, e surgiram na mesa as altas taças de cristal sonoro, e foi servido o vinho francês, que foi muito apreciado. João Batista debruçou-se sobre a mesa e bateu o seu copo de encontro ao de Carlota, e lhe disse à meia voz, mas foi ouvido pelos presentes:

– Bebo à sua felicidade, porque tudo darei para que seja feliz, até mesmo a minha vida.

Carlota, que não mandara vir a bebida, segurou a taça posta à sua frente e, depois de corresponder ao brinde feito pelo moço disse, sem sequer um sorriso a suavizar-lhe as feições:

– Aceito esse penhor.

CXIII

Duas mucamas entraram na sala e vieram falar ao ouvido de Carlota, que se inclinou para escutá-las, e teve expressão de inquieto triunfo ao acabar de ouvir o recado. Foram mandadas de volta, e pouco depois entrava na sala o tabelião, portador de sua pasta de couro preto atafulhada de papéis, na forma do costume. Logo que entrou foi convidado a sentar-se e, na outra cabeceira foi-lhe servido de tudo o que havia sobre a mesa. Todavia, desde sua entrada houve sutil mudança no ambiente de alegria simulada reinante, e sentia-se que todos pensavam na significação de sua visita inesperada. O rosto da velha fazendeira do Paraíso tornara-se sombrio, e custava a disfarçar o tremor de suas mãos muito longas e cobertas de sardas. Olhava insistentemente para o filho, e parecia desejosa de dizer-lhe alguma coisa, pela eloquência ardente de seus olhos, mas o moço tornara-se subitamente tímido e calado, e abaixava a cabeça sobre a xícara muito grande colocada diante dele. Foi pois com visível desopressão que viram Carlota erguer-se e dar o sinal de estar finda a refeição. A Condessa quis ir até o Oratório para fazer suas orações do dia e foi acompanhada pelas senhoras para a sala vizinha, onde todos se ajoelharam e a seguiram em voz alta, no terço então tirado.

Carlota fez sinal ao tabelião para aproximar-se, e nada disse quando João Batista se afastou, a fim de evitar ouvir o seu diálogo. Foi com o velho servidor para o escritório e lá ficou, sem que se escutasse o murmúrio de suas palavras, abafadas pelas rezas. Logo depois saíram mensageiros à procura dos feitores e do administrador, e aconteceu ser aquele um dia morto, e os negros tinham voltado mais cedo para a sede da fazenda, a fim de procederem à limpeza e conserto dos cinco grandes terreiros de café, e também para o reparo das máquinas. Não havia eito algum em atividade lá fora nos cafezais e nos campos de cultura, e assim não foi difícil reunir no pátio a multidão de cativos, todos chamados e vindos em grupos para se reunirem aos outros, sob as vistas de cada feitor. O senhor Justino, postado no portão de entrada dos terreiros, examinava-os e os contava ajudado pelo filho mais velho, e este tudo anotava no livro mantido sobre seus joelhos, de capa de couro cru.

Também as mulheres tinham vindo, e formavam bando à parte, debaixo das vistas das pretas mais graduadas, incumbidas de sua fiscalização, e a custo continham as crianças, agarradas às suas saias curtas de algodão azul, amarradas sobre as camisas brancas muito decotadas. Todos falavam à meia voz, e se interrogavam sobre o motivo daquela reunião insólita, pois só aos sábados vinham para ali, e muitas vezes dançavam diante das vistas dos senhores sentados no alpendre. Devia haver razão importante, e cochichavam ser desejo da Sinhazinha, com certeza, apresentar o noivo na qualidade de Senhor deles todos, e era com mágoa que os mais antigos aguardavam esse momento, e os moços escondiam no peito a revolta sentida. O verdadeiro dono deles ainda estava vivo, se bem que longe e sem dar notícias, e não compreendiam como não seria o seu filho o continuador de sua força e presença...

Todos os que se achavam na sala do Oratório não puderam deixar de perceber o rumor crescente da multidão a se agitar no quadrado, e os encarregados sem saberem também do motivo determinante das ordens recebidas de reunir toda a escravatura não os continham dentro da severidade habitual, pois julgavam ser tudo aquilo início de festa, e assim, dentro em pouco cada um foi se erguendo e se dirigindo para as janelas para verem o que se passava lá fora.

Parecia ter toda a vida da fazenda se concentrado ali no terreiro onde se apinhavam os negros, e na grande sala na qual os senhores se moviam inquietos de uma janela para outra sem ousarem chegar até o alpendre, no receio de estar se preparando alguma coisa. A velha titular, muito próxima do filho, apoiada em seu braço, permanecia calada mas a palidez de seu rosto altivo e o seu alheamento a tudo dito em torno dela, bem mostravam a sua perturbação que não era, pelo menos aparentemente, partilhada pelo moço, mudo e indiferente. Dona Inacinha e Sinhá-Rôla tinham ficado junto do altar, e rezavam em silêncio, mas Dona Virgínia contava às outras senhoras como mantivera à distância os negros revoltados de sua fazenda, na ausência do marido. Da varanda da casa, tendo apenas sua ama por inútil companheira, narrava ela ter apontado o antigo arcabuz para a porteira e gritara que o primeiro a passar por ela cairia morto. E assim tinha sido possível esperar os socorros mandados buscar nas fazendas vizinhas. Dona Maria Violante e a senhora Luiza a ouviam aterrorizadas, e olhavam apreensivas para o grupo de homens altos, de constituição hercúlea, reunidos em grupo isolado, junto dos robustos esteios da varanda da senzala. Estavam todos em silêncio, e isso formava sinistra oposição com a algazarra feita pelas mulheres e pelos outros escravos. Parecia a guarda de elite, de soldados experimentados, prontos a tomarem a direção do motim, que segundo todos suspeitavam se estava tramando. Os senhores sem saberem também o que pensar, apesar de terem visto tudo ser determinado pela nova dona da fazenda, sorriam contrafeitos, e evitavam responder às perguntas que lhes faziam. O ambiente se tornava agudo de desordem e de expectativa, quando a porta do escritório se abriu, e Carlota apareceu à vista de todos, os olhos muito abertos e brilhantes no rosto de cera. O tabelião que a seguira esgueirou-se para a sala da frente, onde desapareceu. Todos tinham se voltado, em único movimento, e esperavam ansiosamente a explicação do que se passava. Carlota trazia nas mãos um documento de grande formato e o segurava fortemente, parecendo assim querer provar a si mesma ser ele bem seu, e caminhou sem olhar para ninguém atravessando a sala toda, até a porta do alpendre. De fora, parecia ter secreto aviso prevenido os negros de que ela vinha ao seu encontro, porque subitamente se fizera no pátio grande silêncio, e todos fixaram a alpendrada, onde pouco depois surgiu o vulto frágil da moça.

 Ela caminhava sem ruído, sem que seu vestido denunciasse os movimentos de seus pés, desceu as escadas lentamente, e caminhou entre os negros que tinham avançado, abrindo alas diante dela. Formou-se assim grande círculo, e os feitores sem saberem qual o seu dever tinham ficado para trás, e no seu espanto deixavam cair os braços, armados de chicotes de couro, pesadas talas capazes de estender morto qualquer homem, e desapareciam no meio das novas camadas de cativos, vindos se reunir aos que se achavam na frente, sempre em muda expectativa.

Carlota ao sentir em seus joelhos os dedos de algumas crianças, fugidas das saias de suas mães na ânsia de tocá-la, parou e ergueu muito alto as mãos, nas quais tinha sempre o papel que não deixara um só momento. Os pretos postados ali perto, e que a olhavam com fanatismo, viram seu rosto tornar-se mais pálido ainda, e ouviram sair de sua garganta sons roucos e mal articulados pela opressão que devia sentir. Das janelas, os senhores não compreenderam bem o que se passava, e distinguiram confusamente o seu vulto alvejante de braços erguidos, parecendo agitar alguma coisa ainda mais branca, iluminada pelos raios de sol da tarde muito clara, de transparência convalescente, depois das chuvas continuadas. E, de repente, compreenderam que ela caía, e só puderam perceber o sucedido, quando viram o senhor Manuel Procópio se precipitar e voltar com a moça desmaiada nos braços. Trazia sempre preso aos dedos o rolo de papel, e quando as senhoras a acudiram, a Condessa o tirou de suas mãos e o desdobrou com cuidado. Depois, o guardou no seio e, sem nada dizer, retirou-se acompanhada do filho pela frente da casa, onde tinha sido encostada a sua vitória.

CXIV

Nos dias que se seguiram tudo parecia confuso e todos obedeciam maquinalmente à rotina que ainda os fazia viver sem pensar. Os escravos foram mandados para as senzalas sem lhes ter sido explicado o que se passara e em seus conciliábulos secretos eles julgavam ter assistido a vaga cena de magia, de mau agouro, e todos esperavam a grande desgraça, cujos primórdios se esboçavam ainda indecifráveis. Na casa o silêncio era total, e as refeições eram feitas em pequenos grupos, tendo as mucamas tomado sobre si mesmas a resolução de servirem a todos em seus quartos, e na saleta de entrada fora improvisado o refeitório para os homens. Carlota não voltara de todo do acesso de febre que a acometera e a obrigara a permanecer em seu leito, cuidada por Libânia e Joviana, mas logo no dia seguinte Celestina veio ficar em sua cabeceira, e não a deixou mais. Foi chamado o médico que recomendou sossego absoluto durante certo tempo, para evitar que se declarasse a febre cerebral, dado o estado de agitação de Carlota. E vinha todos os dias à tarde, para seguir a marcha da doença, e quando havia outra senhora presente, demorava-se algum tempo sem falar para não fatigar a enferma, e sentava-se no canto mais longe do aposento.

Carlota, a quem fora recomendado silêncio, observava-o muitas vezes, e quando o nevoeiro que não a deixava pensar se dissipou, sentiu o remorso pungi-la, pois ainda não realizara ter ao seu lado certo pequeno sonho, que não se tornava realidade por sua mesma humildade... e pela manhã, segurou nas mãos de Celestina, e perguntou-lhe por que não falara mais em seu casamento.

– Seu pai... não teve tempo de cuidar de nós... e não tenho coragem de escrever-lhe pedindo autorização – respondeu ela confusa e triste, e logo ajuntou – mas, minha Carlota, não se preocupe com essas coisas, pois não têm importância... Não se agite, pelo amor de Deus!

Carlota porém já tinha feito sinal a Libânia, e muito baixinho ordenou-lhe fosse chamar o senhor Manuel Procópio. E quando este chegou, perguntou-lhe quais seriam os passos necessários para se poder realizar o casamento de Celestina e do médico, e sentiu-se reanimar ao ouvi-lo balbuciar ser ele o tutor da moça, tudo dependendo apenas da vontade deles...

Celestina, muito comovida, quando viu que Carlota a interrogava admirada com os olhos, murmurou não ter sido possível até ali falar em suas preocupações, pois via todos tão perturbados com motivos tão sérios, e não achara justo desviar a atenção para si mesma.

– Carlota – continuou o senhor Manuel Procópio, agitado em sua cadeira, impaciente diante das embaraçadas e vagas explicações de Celestina – eu vou lhe dizer mais. Tratei dos papéis e dos proclamas, e está tudo pronto, apenas à espera de palavra sua e do Comendador, pois não seria justo resolver qualquer coisa sem ele mandar, visto ser o benfeitor desta menina. O doutor mora sozinho, em Porto Novo, em casa pobre mas aceitável, e ela tem algum guardado de seu. Não sei que mais será preciso! Se a menina dá licença, nada mais esperaremos!

E riu-se pesadamente, mas logo susteve o riso, ao lembrar-se de que estava no quarto de uma doente. Talvez em sua memória passasse a lembrança de ser também noiva aquela que o ouvia, mas cujo noivado não podia compreender em sua própria simplicidade. Carlota refletiu por algum tempo, e disse sentir-se muito fraca, e talvez não pudesse mais erguer-se do leito.

Foi então combinado rapidamente, dever o casamento ser celebrado na fazenda, sem a menor cerimônia, no Oratório da Capela. O senhor Manuel Procópio foi encarregado de todos os detalhes, e partiu imediatamente para a vila, para se entender com o Vigário, a quem foi enviado bilhete assinado por

Carlota, agora reanimada, os olhos brilhantes e as faces coradas. Dona Maria Violante veio indagar do motivo do desusado movimento no quarto da enferma, mas logo ao conhecer o que se passava, foi em busca das outras senhoras, e todas vieram saber de mais pormenores, porém Carlota dentro em pouco sentia-se novamente mal, e tiveram de se retirar. Foram todas para a sala das costuras, e lá puderam conversar em liberdade, porque o som de suas vozes não chegava até os ouvidos da moça acamada. E de novo foram tirados os vestidos dos armários, foram sacudidos os véus e as fitas, refrescadas as flores e as rendas.

– Fazem bem em se preparar para o casamento, como se fosse haver grande festa – observou Dona Virgínia friamente. – Não ficaria bem Celestina, que é afinal nossa parenta, casar-se igual às cativas, no canto da sala, só na presença dos negros convidados... Precisamos improvisar o vestido de noiva para ela! E quem sabe se já o temos pronto, uma vez que não vai mais servir para ninguém...

Quando viu dona Inacinha a escutá-la com atenção, dona Virgínia calou-se e foi abrir o armário de onde tirou o vestido de noiva já pronto para Carlota, e ergueu-o muito alto, a fim de fazer desdobrar a longa cauda, de espesso tussor branco marfim. Sem a armação para lhe dar a forma usada nesse tempo, a seda caiu lentamente, e parecia antes sudário preparado para envolver o corpo de alguém na sua pompa imperial e triste. Mas, logo teve de tomar parte nas pesquisas de Dona Inacinha, interessada nos objetos trazidos do armário entre os quais certa peça de seda da Índia muito branca e imaculada, aberta sobre a mesa, desatadas as fitas multicores que a prendiam.

Podemos fazer o vestido em três dias, auxiliadas pelas mucamas da costura, porque será muito simples. Seu único enfeite será apenas a graça de Celestina...

– Faltará muita coisa, para ficar enfeitado... – comentou Dona Virgínia.

– Mas – interrompeu Sinhá-Rôla, – é preciso chamarmos a noiva, para ela decidir! Ela deve vir escolher o modelo... e o enxoval, como faremos o enxoval?

– Quanto a isso – murmurou a senhora Luiza, sem levantar os olhos da costura que fazia – tem-se aí pelas gavetas várias alfaias que satisfariam muitas noivas. Poderei organizar tudo e Dona Carlota terá apenas de dar ordem para entregar...

– Vou presentear Celestina com as minhas jarras – continuou Sinhá-Rôla agora animada e risonha, já certa de que haveria enlace no Grotão. – Porei nelas as mesmas rosas que as guarneceram, quando esperei ser pedida em casamento...

– Vou ver também os paramentos para o padre – murmurou Dona Inacinha com o dedo indicador pousado nos lábios. – Além dos novos, há outros também bonitos, principalmente aqueles vindos de Pindamonhangaba... Não sei se serão da cor do dia, porque decerto haverá missa. Há quanto tempo não se celebra na Capela do Grotão? Já houve época em que todos os domingos vinha gente de longe para cumprir a sua obrigação! Mas, vamos ver o molde servido para o último vestido de Celestina, e cortaremos pelo menos o corpete que tem de ser afogado, e assim depois ela poderá escolher o feitio.

E todas se puseram em atividade, e dentro em pouco já se via sobre o manequim trazido para o meio da sala, esboçar-se a silhueta muito pura da noiva, e quando Celestina pôde vir até onde elas estavam, teve a impressão de ser ela mesma quem já a esperava. Parou muito pálida, e apertava de encontro ao peito pequeno volume, envolto em linho, e parecia envergonhada de tê-lo trazido. Abriu-o porém, e tirou de lá bela renda de Malines, aérea e preciosa, e disse a meia voz:

– Foi com este véu que minha mãe se casou... e queria mostrá-lo, para que me aconselhassem... Sinto-me tão feliz, que até tenho vergonha e remorso.

CXV

Sinhá-Rôla lavou as duas jarras em sua bacia de rosto, e usou para isso o último sabonete de alfazema guardado bem no fundo de sua gaveta, ainda na mesma caixa em que viera da França. Fora trazido há muitos anos da Corte, por uma parenta velha quando em visita à sua mãe, e lhes deixara inesquecível impressão de riqueza, pois ao abrir as canastras, chegadas pela tropa, ela as desfizera diante dos olhos deslumbrados das duas meninas. E de lá do fundo daquelas malas, as quais ao serem abertas tinham exalado o perfume mágico das coisas caras, a senhora desembaraçara duas caixas de sabonete e de água-de-colônia, que Inacinha e Sinhá-Rôla, muito meninas ainda, haviam recebido sem nada dizerem. A senhora ficara ligeiramente interdita, julgando tê-las desapontado pois decerto teriam preferido bonecas de cera, e hesitara muito ao lembrar da idade delas, já avançada para brinquedo. Todavia nunca poderia imaginar o que foi realmente aquele presente para as duas, que o tinham levado para o quarto muito caladas, devagar, encostando-se às paredes, mas depois de fechada a porta, ao se verem livres dos olhos da estranha, abriram sofregamente os embrulhos. Aspiraram com prolongada delícia o seu olor, depois experimentaram no rosto a doçura do papel sedoso que os envolvia, pintado com flores e folhas de lavanda de tom esmaecido, de ouro velho, muito esguias, em forma de coroas. E, por longos anos, quando elas queriam convencer-se de serem já moças, e chegara para elas o tempo de serem belas e admiradas, iam ao quarto e às ocultas abriam as caixas, ainda cobertas pelo mesmo papel e amarradas pelas mesmas fitas, e ficavam ali esquecidas, embriagadas pelo aroma muito leve, delas exalado em invisíveis volutas, incenso de sua vaidade adolescente.

Depois, no decorrer dos anos, serviram para presente, quando já a miséria as reduzira a precisar de assim mostrar a sua gratidão aos seus benfeitores, e um deles fora usado para o banho dos mortos, quando a mãe se fora, carregada em pobre caixão de pinho sem nenhum ornamento... Enquanto ela tratava com infinito cuidado dos dois vasos, duas jarras de opalina nas quais se entrelaçavam folhagens de ouro, Dona Inacinha a observava sem nada dizer, em seguida levantou-se e foi até a cômoda, e de joelhos pôs-se a tirar da gaveta de baixo algumas peças de linho, para colocá-las sobre o pequeno tapete estendido diante dela. Depois, com o vestido espalhado em roda, e assim fazia lembrar a criança que fora quando brincava de "fazer queijo" como lhes ensinara a professora, ela ficou a refletir, durante alguns momentos. Segurava o queixo, entre os dedos dobrados, e seus olhos perderam-se no passado, em reminiscências revividas lentamente, em vagas manchas às vezes concentradas em cenas nítidas. Com esforço ela se libertou de suas lembranças e conseguiu levantar-se, segurando as carrapetas do móvel, e não pôde deixar de gemer e rir-se ao mesmo tempo, ao conseguir enfim ficar de pé. Teve de esperar passassem as dores para levar até a cama as peças tiradas, e lá as estendeu depois de fazer rolar os saquinhos de vetiver que as resguardavam, e os chumaços de papel azul que defendiam as suas dobras do peso das outras roupas.

Eram lençóis de puro linho ainda com a cor natural e bordados de longas e minuciosas grinaldas de flores, muito largos; próprios para os leitos imensos da fazenda, e juntas vieram as fronhas também muito trabalhadas. Sinhá-Rôla, ao terminar a sua tarefa, e procurava alguma coisa que pudesse envolver as jarras, a fim de Celestina poder levá-las em viagem, veio ver de perto se algum dos pedaços de papel que estavam ali espalhados poderia servir. Ao ver o que Dona Inacinha contemplava tão melancólica, exclamou:

— A guarnição do casamento de nossa mãe!... Mana! que pensa você fazer com ela?

— Vou dá-la a Celestina para o dia.

— Mas... — e sua voz se quebrou sem ânimo de prosseguir, pois não sabia por que a irmã tomara aquela resolução, talvez levada pela sua ideia de dar as jarras.

As duas se entreolharam enternecidas e verificaram simultaneamente o ponto a que tinham chegado, as marcas do tempo em sinais indeléveis em seu rosto, e até mesmo a curva de seus corpos para a terra, na força de seu chamado... Sem combinar, sentaram-se na borda do catre e ficaram quietas, mas balançavam o corpo, no mesmo ritmo lento, e pareciam ninar a sua velhice.

– Minha querida – disse por fim Dona Inacinha – nós vamos sair desta casa, e se sabemos para onde vamos, não sabemos o que nos espera... Novas tristezas, novas asperezas, e novos espinhos... Já sei – interrompeu ela, ao ver o gesto de protesto cansado e humilde da irmã. – Já sei: estamos acostumadas... a tudo, e há muito tempo que nos esquecemos de nós mesmas. De tal forma, minha irmãzinha, que até creio já não vivermos mais. Ficamos esquecidas aqui no mundo, sem ninguém precisar de nós, e a única coisa ao nosso alcance em benefício dos outros, é nos fazermos pequeninas para ninguém sentir nossa presença...

O quarto escurecia pouco a pouco, e a voz da senhora parecia vir da sombra, em vibração muito fraca, exausta. Sinhá-Rôla a escutava imóvel, e parecia viver o que ela dizia, e cobrir-se com aqueles véus de cinza, para proteger-se em seu sonho de sossego mortal.

– Nós formamos ainda o pequeno laço, o nó a prender ainda, dando-lhes realidade, as nossas recordações de família. Mas talvez dentro de pouco tempo ele se romperá, e tudo será dispersado pelo mundo, sem significação, sem o amor e o respeito que lhes dá vida, alma e finalidade. Elas nos prendem, nos fazem companhia, e representam o nosso lar, mesmo de empréstimo, mesmo precário e devido unicamente à caridade dos que nos acolhem, e são o nosso apoio, o nosso arrimo... mas, tudo isso porque sabemos, porque elas viveram conosco, e ainda guardam as marcas de mãos amadas, já desaparecidas da memória dos outros. As figuras que ainda vivem dentro de nós, para eles, são já simples palavras vazias de sentido... assim quando vi você renunciar às suas jarras, que representam tanta coisa para nós, compreendi estar errada em meu amor tão ciumento e exclusivo destes objetos, destinados a desaparecerem. Eles serão agora a carícia, o conforto a darmos a essa menina, mais feliz do que nós, e assim deixarão de ser coisas mortas...

Em despedida, límpido raio de sol atravessou o quarto e foi iluminar a pesada cômoda de madeira negra com puxadores de marfim, e toda ela se iluminou em esplendor sombrio, e quando as duas irmãs a olharam, pareceu-lhes o carneiro de longínquo campo santo, guarda cioso de todos os seus mortos. Dentro dela, devorados pela usura do tempo e pelos insetos daninhos, pareciam divagar os últimos restos de seu passado, e não havia mais quem renovasse ou substituísse a vida extinta.

– Por que não a daremos para o casamento de Carlota? – perguntou enfim na sua voz tímida Sinhá-Rôla.

Dona Inacinha endireitou o corpo alquebrado, lançou as mãos sobre as alfaias ainda estendidas sobre a cama, no gesto de quem as quisesse defender, e murmurou apressadamente:

– Ah, não! Para que continuem mortas, e recomecem a viver tudo o que passaram até hoje, ah, isso não! Nós nada deixaremos nesta casa. Devemos levar tudo conosco, todas as nossas pobres companheiras, para que, como nós, completem o nosso destino comum sempre triste, apagado e sem fim, mas só conosco! As que se salvarem por nossas mãos, deverão ressurgir e criar novas forças, novos sofrimentos, mas para a vida e sempre!

– Agora, o braço passado no colo de Dona Inacinha, a irmã mais moça a escutava receosa. Nunca a ouvira falar assim, e pareciam-lhe vozes de outras pessoas, vindas de longe no tempo, que falavam...

CXVI

Aparentemente a vida da fazenda retomara o seu curso normal, pois todos se mostravam absorvidos pelos preparativos do casamento de Celestina e tudo se concentrara em torno de sua próxima realização. O médico espaçara suas visitas e além das vezes habituais de suas vindas, durante as quais ficava na enfermaria dos escravos, para depois regressar sem chegar até a residência, só nas vésperas do dia marcado para a cerimônia é que apareceu, e Carlota então quis vê-lo em seu quarto, onde continuava em repouso. Quando ele chegou, com sua gravata larga, de calças brancas e paletó de alpaca, o relógio preso por corrente dupla de prata, Carlota olhou-o estupefacta, pois todos aqueles dias, na expectativa da realização da felicidade de sua amiga, ela idealizara a figura do noivo. Pela bondade, pelo silêncio de sua atitude recolhida e simples, sempre dedicado aos seus doentes, mesmo os pretos mais humildes, pelo seu próprio amor à moça pobre e protegida encontrada sob o sinal da doença e emprazada para a morte breve, que ele transformara em menina sonhadora e radiosa, Carlota sempre pensava nele representado por gentil figura.

E agora, aquele homem ali a ouvi-la respeitosamente, mas sem nada a distingui-lo dos outros frequentadores habituais da fazenda, causava-lhe estranheza, e perguntava a si mesma em seu íntimo, se todo o romance por ela ideado durante horas de consolo e de aceitação, teria realmente se passado diante dela, em sua pequena luz muito suave, naqueles dias sombrios, durante os quais se debatera sem remissão. Mas mesmo assim não tinha coragem de falar-lhe sobre o motivo que a fizera pedir-lhe para vir vê-la. Sentia as mãos geladas e tinha medo da febre lhe voltar, agora que percebia estar salva da perturbação profunda que a levara até a doença, e não sabia por onde começar. Em meio de sua agitação perplexa, ouviu surpresa que o médico lhe dizia em sua voz rouca e levemente surda:

— Não sei se amanhã poderei agradecer a vossa excelência, porque será dia de emoção para mim, pois não tenho mais ninguém de minha família, e sinto tirar de sua companhia a sua parenta e amiga, que encontrou aqui todo o aconchego perdido por morte de seus pais.

Carlota ficou aterrada. Como teria ele chegado a essa conclusão, como poderia imaginar Celestina cercada de carinho e do afetuoso amparo de todos? Não compreendera ter vindo salvá-la da confusa miséria de sua vida, entre rostos hostis e distraídos, quase ignorantes de sua presença? Ela mesma teria sido para a jovem a irmã que deveria ser, diante da pobreza e do abandono de sua permanência ali, sem ninguém procurar saber de suas escondidas amarguras, sem apoio contra as durezas de seu isolamento?... E Carlota teve ímpetos de tapar o rosto com as mãos e de pedir-lhe que se calasse e se fosse embora, sem compreender nada, e assim poder guardar sua inocência para sempre. Todavia era preciso falar e ela, ainda presa do remorso do que não fizera, sentia-se mais obrigada a proteger a pequena família em início e dar-lhe amparo em suas primeiras dificuldades. E sem saber ao certo a maneira de se fazer entender, falou por muito tempo de forma descosida e nervosa e impacientava-se porque o médico esperava tranquilamente o fim de suas confidências, e disse por fim o que desejava. Tivera a esperança de que ele a entendesse logo às primeiras palavras e depois de agradecimento rápido, tudo ficasse combinado e resolvido. Porém, diante de sua placidez e silêncio, após grande esforço, ela conseguiu articular enfim, claramente, ter resolvido dotar Celestina e guardava ali envolta em pesado saquitel de seda preta a quantia destinada para isso.

Com as mãos trêmulas e o rosto em fogo estendeu-lhe o pequeno envoltório e esperou que ele o alcançasse, mas ao ver o moço manter-se na mesma posição, e parecia continuar a escutá-la, Carlota ergueu-se e disse nervosamente:

– Não quis entregar a Celestina para não termos essa recordação entre nós, no último dia de sua estada no Grotão, e portanto espero que receba e guarde essa importância, pois meu pai e eu sempre consideramos obrigação dar à nossa parenta...

Ao ver que continuava calado, visivelmente em luta consigo mesmo, no esforço de conter as palavras que lhe vinham à boca, Carlota deixou-se cair em sua poltrona e perguntou com estranha timidez:

– Não quer receber... de minhas mãos?

– Não, minha senhora, não é isso... – conseguiu ele articular com dificuldade – eu tudo receberia das mãos de vossa excelência, mas não esse... dinheiro!

Carlota olhou para a seda preta e maquinalmente abriu-a na intenção inconsciente de averiguar o motivo de repulsa que havia nos bilhetes de banco, onde surgia a efígie do jovem Imperador, e que agora deixara cair em seu regaço.

– Não quer este dinheiro... – balbuciou sem compreender e levantou os olhos, espantada, para ver se lia a resposta no rosto dele, sempre contraído. – Não sei o que quer dizer...

– Não quero esse dinheiro, porque não o ganhei com meu esforço, e ele... – e com dificuldade concluiu – ele tem sangue...

Carlota levantou-se bruscamente com o coração aos saltos, e o invólucro de pano caiu-lhe junto à barra do vestido. Sentiu intenso calor subir à cabeça, porque ouvia com certeza insinuação infamante a seu pai e a todos os seus, tornados poderosos por aquele ouro que agora lhe escapava das mãos e se espalhava pelo pavimento. Ao mesmo tempo ressoavam em seus ouvidos gritos de agonia e gemidos sem nome, em coro crescente e cada vez mais alto, a ameaçar entontecê-la completamente. Quis falar, quis dizer, quis explicar e justificar tudo que se erguia junto dela, em súbita muralha, mas não pôde senão balbuciar:

– Adeus...

E viu confusamente o moço inclinar-se diante dela, e se retirar devagar, ainda a procurar palavras para se despedir, ao compreender ter sido inábil e tê-la ferido. Quando a porta se fechou sobre ele e Carlota pôde se dominar, pensou ir em busca de Celestina para quebrar naquele mesmo instante a magia funesta das palavras ouvidas, capazes de separá-las, mas ao andar, teve os seus passos impedidos por Joviana de joelhos diante dela, a apanhar e guardar em seu avental dobrado por uma das mãos o dinheiro espalhado no chão. A velha ama a tudo assistira sem compreender, e vira apenas um serviço a prestar à sua dona, e era em afanosa diligência que procurava os preciosos papéis cujo valor ignorava, de baixo dos móveis mais próximos, sob os quais tinham sido tocados pelo vento e pelo movimento do vestido. Custou a voltar a si, a vir até onde estava, a realizar toda a cena passada, e teve medo de encontrar-se com Celestina e de se deixar por ela adivinhar. Assim indecisa, prestou atenção novamente aos gestos de sua ama e a viu de gatinhas, o braço metido debaixo da cômoda, na tentativa de alcançar o último bilhete, ali escondido. Correu até ela, segurou-a pela cintura e fê-la levantar-se, para abraçá-la com força.

– Deixe isso, Joviana... – murmurou – você não deve tocar nesse dinheiro!...

Joviana que o tinha nas mãos julgou ter feito mal, pois decerto não podia ter consigo aquela quantia evidentemente muito grande, pois nunca em sua vida vira notas daquelas e em tão grande quantidade, e foi depressa colocá-las sobre a mesa, respeitosamente, conservando-as muito afastadas de si, para não manchá-las ao contato de sua pobre roupa de cativa, e ainda teve o cuidado de pousar sobre elas, para evitar que a corrente de ar formada pelas janelas abertas não as dispersassem novamente, um pedaço de quartzo amarelo que ali havia...

CXVII

A sala do Oratório parecia vazia, pois era muito ampla, e as pessoas postadas ao lado do altar formavam pequeno grupo que deixava enorme espaço até o fundo, onde havia apenas estreita porta, sempre fechada. Mãos piedosas tinham colocado flores brancas em profusão nos vasos e nas jarras, e o odor pungente dos lírios selvagens criavam espessa atmosfera mórbida, apenas perturbada pelo zumbir dos besouros e dos tavões, e toda a imensa quadra vibrava em surdina na sua música baixa e discordante. O sacerdote chagara e fora revestir os paramentos no escritório, e viera colocar-se diante das imagens, à espera dos noivos, mas logo depois surgiu Celestina envolta em nuvens de filó e de renda, trazida pelo senhor Manuel Procópio, a barba muito alva repartida em duas, o "croisé" fechado até o peito galhardo onde apareciam as pontas do colete feito de pele de onça, e seguidos pelas pessoas da casa. O noivo que estivera todo o tempo só junto das janelas aproximou-se e a cerimônia foi rápida. Logo depois, sem o Vigário ter pronunciado uma só palavra além do ritual, foram todos para a sala de jantar, onde tinham sido servidos alguns doces e chocolate. Não houve conversas animadas, nem os homens fizeram os brindes habituais, mas não havia constrangimento nem tristezas nos semblantes daqueles senhores, que tinham posto suas gravatas de plastrão, picadas por alfinetes de prata ou de camafeu, destacando-se entre o cetim dos rebordos das sobrecasacas e daquelas senhoras vestidas esmeradamente, envoltas em grandes xales de Tonquim, pois a manhã estava fresca. Entretanto nenhum deles avançou para a noiva para felicitá-la, na efusão natural depois da cerimônia, e dentro de poucos instantes Celestina recolheu-se ao seu quarto, a fim de se preparar para a partida.

 Carlota imóvel todo o tempo junto da porta, tomada de hesitação dolorosa que ela própria não sabia explicar, torcia as mãos de angústia, receosa de alguém perceber sua confusão. Ao ver desaparecer rapidamente a nuvem branca refletida em seus olhos perturbados, compreendeu de súbito ter chegado o instante de se separar para sempre de Celestina que conhecera e que fora sempre um ponto de apoio no qual sua imaginação repousava, alguém que sabia sempre ao alcance de seus dedos, e caminhou atrás dela através do corredor, enquanto sentia bater em seu rosto o ar agitado pelo longo vestido. Ao chegar perto da porta do quarto, parou por instantes a fim de conseguir reaver sua presença de espírito, mas quando prosseguiu, agora com os olhos bem secos e abertos, já o corredor estava vazio e só se ouvia leve murmúrio vindo da sala onde haviam ficado unicamente os convidados, pois o noivo fora para o aposento do senhor Manuel Procópio, a fim de se vestir para a viagem. Timidamente ela bateu os nós dos dedos na folha da porta, e ali ficou à escuta, o coração a pulsar pesadamente e tinha a impressão de estar no limiar de um mundo desconhecido, que nunca seria o seu. Teve de chamar duas vezes, até Libânia vir abrir, e o sorriso irradiante e luminoso da mulata fê-la abaixar a cabeça, envergonhada da vermelhidão ainda visível de seus olhos.

 – Entre, minha Sinhazinha – disse ela com febril liberdade – entre, porque a senhora Dona Celestina já está quase pronta, não nos deu trabalho nenhum!

 E a noiva estava diante dela, mas já despojada de seus enfeites imaculados, trajada com vestido de merinó azul-marinho abotoado até o pescoço, e trazia na cabeça pequeno chapéu de palha natural apenas guarnecido pelo véu da cor do vestuário, aberto em grandes pregas com alamares. Ao verem as duas moças que se fitavam enleadas, apesar do sorriso de cerimônia mantido nos lábios, as duas escravas retiraram-se silenciosamente, pois suspeitaram ter chegado o momento delas dizerem coisas que não podiam ouvir... E, depois da porta se fechar, Celestina fez rápido movimento com os braços como se tivesse perdido o equilíbrio, e deu alguns passos para se afastar da prima, mas logo se conteve e foi até junto dela. Deixou-se então cair de joelhos e segurou-lhe as mãos sem poder falar.

– Que é?... – murmurou Carlota – que foi?... por que faz isso?

E tentou fazê-la levantar-se com o rosto crispado, mas logo retirou as mãos, e as cruzou sobre o peito agitado e em tumulto. Depois quis fugir e sentiu-se de novo presa pelas mãos de Celestina, já erguida, que a fez ir até o sofá, onde se sentaram.

– Perdoe-me, Carlota, pois eu não sei dizer-lhe todo o remorso que sinto, e não queria vê-la mais...

– Não queria me ver mais... – repetiu Carlota e em sua voz sem cor e sem repercussão, não se lia surpresa nem desgosto. – Eu também não sei por que vim até aqui, pois não mereço o seu perdão...

– Não diga nada! – exclamou Celestina abafada pelos soluços. E as duas ficaram durante algum tempo sem se olhar, apertando nas mãos os lenços ainda úmidos, até que alguém depois de bater repetidamente na porta disse por fim:

– Dona Celestina! venha! Está tudo pronto para a partida!

Sem dizer palavra, sem olhar ao seu redor em despedida do quarto que sabia deixar para sempre, a moça levantou-se e saiu. Carlota seguiu-a atentamente pelos sons de seus passos até a sala de jantar, onde se ouviram algumas exclamações e risos, e depois até o alpendre do quadrado, onde a viu montar, através de seus ouvidos, onde sentiu a chicotada que deu em seu animal, depois de fazer grande gesto de adeus para as pessoas debruçadas nas janelas e no parapeito do pequeno terraço. Compreendeu terem todos voltado para a sala, onde terminaram a refeição servida, e agora era mais alto o ruído de vozes. Parecia ter a partida dos noivos despertado a alegria dos convidados, que riam e faziam tilintar os copos e os pratos. Decorridos minutos, Carlota viu pela vidraça da janela do quarto dois vultos passarem do outro lado das grandes grades que fechavam o jardim, e reconheceu neles Celestina e o médico, a cavalgarem rapidamente em direção oposta à da vila para onde deveriam ir. Fez instintivo gesto de abrir a guilhotina, para chamá-los e avisar que seguiam caminho errado, na direção dos confins da fazenda ou então na da clareira onde tinham ido passear tantas vezes...

Mas ficou muito quieta, a olhá-los, a cortina segura por uma das mãos, a outra abandonada sobre o peitoril da janela. Já os dois vultos tinham desaparecido por entre as árvores, já pouco a pouco tinha diminuído o rumor que vinha da sala, e Carlota continuava na mesma posição, insensível, os dedos agarrados à cassa branca, a testa encostada ao vidro muito frio da vidraça. Olhava, olhava sempre, e seu olhar era intenso e pesado, mas seus olhos pareciam nada enxergarem, pois eram duas hematitas brilhantes, sem inteligência e sem vida. Afinal, de súbito, ela compreendeu estar alguém ao seu lado, e esse alguém espreitava sem curiosidade para onde ela devia olhar. Voltou-se e viu ter Dona Maria Violante entrado no quarto e viera até junto dela, sem ruído.

– Acho não dever dizer-lhe agora o que desejava pedir-lhe... – disse ela, ao ver Carlota a fixá-la. Parecia hesitar, e abaixara os olhos, mas qualquer coisa em sua boca deixara transparecer a resolução firme que a animava, apenas encoberta pela timidez convencional. – Desejava me desse este quarto, enquanto fico algum tempo aqui no Grotão...

– Oh! – exclamou ela ao ver Carlota recuar, com o rosto perturbado – eu não tenho medo da doença! Não creio mesmo ter ela estado doente, como eles diziam, por conveniência própria... E depois, Dona Virgínia e eu tomaríamos todas as providências, se o permitir. Ela está interessada nisso porque assim a deixarei sozinha no quarto dela...

Carlota não ouviu o seu riso...

CXVIII

Pairava sobre o Grotão inexplicável magia, uma presença indefinível de incerteza e de fuga. Parecia terem seus moradores pressentido a proximidade do advento de alguma desgraça, e toda a imensa extensão de terra se transformara em grande mar profundo, de águas traiçoeiras, sobre as quais a fazenda flutuava vacilante e abandonada, sem rumo certo, arrastada por suas ondas negras. Todos se evitavam o mais possível, e as senhoras permaneciam em seus quartos a maior parte do dia e era com frases de saudações banais que se encontravam, sem gestos de familiaridade e de confiança mútua. Carlota andava pela casa, o olhar vazio, como se estivesse à procura de alguma coisa, mas suas mãos não se desprendiam da cintura, e em nada tocava, ao passar silenciosa pelas salas onde todos se calavam quando a viam. O nome de Celestina não foi mais pronunciado, e não se soube notícias dela por muito tempo, sem ninguém ter se preocupado com sua viagem e sua volta à vila de Porto Novo, onde devia ficar residindo. O médico francês, a quem cabia repartir o serviço do partido com o recém-casado, passara a vir diariamente pela manhã e assim não foi sentida sua falta, e tudo prosseguia na sua monótona sucessão, na trama tranquila do trabalho dos negros, agora feito cautelosamente, sem seus ecos chegarem até a casa. O senhor Manuel Procópio assumira a direção da lavoura e da criação, e visto os feitores o respeitarem e conhecerem de muitos anos, não se fazia sentir a ausência prolongada e inexplicada do verdadeiro dono e senhor daquele extenso domínio.

Tudo adormecera pois lentamente, em ambiente de paz ameaçada, de espera angustiada em que viviam, e o peso dessa existência parecia esmagar o grande telhado irregular, tornado ainda mais sombrio sobre as janelas sempre fechadas, dando a ideia de se terem cerrado sobre luto da família, e ninguém se atrevia a gritar ordens, a chamar em altas vozes ou fazer os animais baterem com as patas nas pedras. Essa expectativa chegara ao seu acme quando vieram de volta as tropas portadoras de mercadorias até as pontas dos trilhos da estrada de ferro em construção, e que dessa vez, em razão da suspensão do tráfego por algum tempo, tinham ido até o porto de Mauá. Traziam cartas e grande carga, toda ela guardada na tulha, pois eram objetos de valor e delicados no dizer dos dísticos muito grandes escritos em letra vermelha, colados sobre os caixotes de pinho.

Carlota manteve sobre si muito tempo a missiva a ela entregue, coberta de obreias pretas, presas entre os dedos. Não podia reunir as ideias, e sua cabeça parecia oca, ressonante como a ampla gruta onde se precipitasse a corrente rápida de algum rio, e qualquer movimento por ela feito provocava dores agudas em sua nuca. Notara surpresa estar o papel debruado de preto, e bem sabia ser seu significado a morte de alguém, mas estava agora certa dessa perda nada significar em sua vida, incapaz de ser agitada, pois era ela própria fantasma sem compreensão, sem sentimentos, sem ligação à sua volta. Tinha medo entretanto de surgir de repente diante de si qualquer acontecimento que a obrigasse a vibrar, e a forçasse a se despertar a si mesma, a reentrar na vida enfim...

Foi pois devagar, timidamente, que rasgou o papel e leu a notícia da morte do Comendador, cujas forças não tinham resistido à febre amarela, e falecera horas depois de seu filho mais moço, vitimado pela mesma doença. O parente, em cuja casa estivera doente o Senhor, em frases curtas dizia ter prevenido pelo correio elétrico, da gravidade do estado de ambos. Os corpos haviam sido sepultados no Cemitério de São Francisco de Paula, de cuja irmandade eram irmãos... Seguiam juntos todos os papéis necessários, e nada mais se podia fazer!

– Nada mais se pode fazer... – repetiu Carlota em voz alta, maquinalmente. – Nada mais se pode fazer...

E ficou sentada no mesmo lugar da Capela onde se deixara cair ao perceber os sinais de luto na carta, e as certidões em grande formato e cobertas de carimbo, se entreabriram em seu regaço, sem ela fazer qualquer movimento para retê-las. Os moradores do Grotão tinham vindo buscar sua correspondência, para logo se retirarem para seus aposentos, e ela ficara ali sozinha, onde permaneceu por muito tempo, sem poder vencer o cansaço e a sensação de abandono irremediáveis que a tinham subjugado. Era de tarde e o sol conseguira ultrapassar as nuvens que o tinham aprisionado desde a manhã e tomara radiante coloração dourada, pondo tons de mel nos móveis escuros e nas paredes cobertas de papel sombrio. Mas por fim, Dona Virgínia surgiu vinda de seu quarto, onde lera todas as missivas recebidas, cheias de notícias e de respostas às suas perguntas curiosas, e veio rapidamente até onde estava a moça. Sentou-se ao seu lado cautelosamente, parecendo julgar estar ela adormecida, apesar de ver-lhe os olhos muito abertos, fixos no vácuo.

– Decerto já soube da notícia – disse a velha senhora em voz baixa, no receio aparente de haver outras pessoas à sua escuta. – E creia ter sido grande dor para mim... Sinto-me desamparada diante dessa tristeza, pois perdi de repente o meu maior protetor.

Carlota agora a olhava, sem perceber o sentido de suas palavras, e levantou as mãos até o colo onde as cruzou. Acompanhou absorta as lágrimas a correrem daqueles olhos duros e envelhecidos, que não foram enxutas, viu-as cair sobre o corpete escuro, e não articulou uma só palavra. Depois de algum tempo Dona Virgínia olhou-a com inquieto espanto ao ver a sua apatia, segurou-lhe as mãos e perguntou-lhe com certo medo na voz:

– Está sentindo alguma coisa? Quer que chame alguém? Vou buscar meu vidro de sais...

Levantou-se e já estava perto da porta quando ouviu Carlota lhe dizer com secura, em tom de infinita indiferença:

– Agradeço-lhe, Dona Virgínia... Não preciso de nada.

Sem olhar para a senhora ali parada, talvez à espera de alguma explicação e só depois de algum tempo resolvera continuar a caminhar até sair da sala,

Carlota levantou-se e foi em passo seguro até o escritório onde sabia dever estar o primo Manuel Procópio ocupado no preparo das contas do dia e em assentar nos grandes livros o movimento dos negócios.

Bateu de leve, e mal ouviu mandarem entrar, abriu a porta e lobrigou o velho parente sentado à escrivaninha que havia no fundo da sala, e surpreendeu-o a enxugar os olhos rapidamente no grande lenço vermelho. Ele levantou-se precipitadamente e veio ao seu encontro, e arrastava mais os pés do que de costume; ao peso de seus oitenta anos.

Levou-a até a cadeira em silêncio e depois de vê-la sentada murmurou dentro de sua grande barba: – Pobre menina...

Mas logo depois ergueu-se e foi até a sua mesa de trabalho, onde se amontoavam papéis e grandes livros encapados de couro, e de pé junto dela, na atitude do soldado em seu posto, disse à moça:

– Carlota, como já sabe, é a única dona do Grotão... há algum tempo isso tinha sido determinado. Quando quiser posso fornecer-lhe todas as informações sobre a marcha da fazenda, e peço-lhe me dê suas ordens.

Carlota, de onde estava e sem se mover, observava a sala austera, os retratos dos Imperadores em gravuras encaixilhadas de preto, e o crucifixo de ébano pendurados nas paredes. Depois ergueu-se, veio até perto da escrivaninha e nela deixou cair em gesto de abandono todos os documentos amarrados em suas mãos.

CXIX

Nas primeiras horas do dia seguinte Carlota erguera-se e fora até o quarto de seus pais, permanecido fechado todo o tempo, e abriu os armários. Surpreendida verificou que o maior deles, de jacarandá muito escuro, onde se sentia a vontade de quem o fizera de torná-lo majestoso e severo, em sua tinta sombria e pelas duras colunas maciças a sustentarem o frontão em forma de templo, estava ainda cheio de vestidos, de rendas e de xales de todas as cores. Pendiam dos cabides presos muito alto e desenrolavam as caudas bordadas ou guarnecidas de rendas, amontoadas na tábua de baixo onde repousavam sobre os albornozes, as mantilhas e as amplas pelerinas dobradas entre saquitéis de filó recheados de pimenta do reino. Porque tinham sido deixados ali sem ninguém mais o tocar tomavam indefinível ar de abandono e de tristeza, e pareciam retesados e mortos, as dobras muito duras. Carlota segurou um deles todo preto, ornado por simples veludo também preto em debrum nos grandes babados da saia e recuou estremecendo, ao senti-lo destacar-se dos outros e vir em mole carícia dobrar-se sobre ela. Deu-lhe a sensação de calor, de ainda conservar qualquer coisa de sua possuidora, e Carlota não pôde eximir-se ao rápido arrepio de repugnância e talvez de medo. Mas quis reagir àquele momento de covardia e segurou-o com força, tendo entretanto para desprendê-lo de todo do varão, de ir buscar a cadeira mais próxima. O perfume sutil desprendido daquelas roupas amontoadas, seguiu-a pelo quarto, e sentia-se prisioneira no interior de pequeno círculo encantado, dentro do qual suas ideias se obscureciam. Já não sabia ao certo o motivo de sua vinda ali, e tinha dificuldade em afastar o pensamento das caixas e pequenos cofres entrevistos dentro do armário, e de todo o seu conteúdo... Revoltava-se porém ao pensamento de ter vindo às escondidas, espiã conhecedora da impunidade, depois da morte daquele que vivera nesse mesmo aposento agora por ela violado... Foi preciso fazer certo esforço para lembrar-se de ser de seu pai que se tratava, e o soluço acre chegado até a boca, pareceu-lhe insincero e até mesmo sacrílego. Recebera na véspera os pêsames dos moradores do Grotão, todos acorridos ao seu quarto, todos de negro e de semblantes carregados, e chorara o tempo todo amparada por Sinhá-Rôla e Dona Virgínia, e sentira grande e doloroso alívio ao vê-los sair, aos encontros uns com os outros, confundindo-se em desculpas e escusas pelo seu desazo. Sentira entretanto, bater dentro de si o coração seguro, capaz de aprisionar seus pensamentos em rígida fórmula, que lhe daria forças para apoiar-se em si mesma contra o mundo, e mais uma vez reconheceu ter atravessado a porta por onde iria chegar à luz do dia. Talvez por isso mesmo lhe viera o desejo de vestir aqueles vestidos, para se abrigar em suas dobras estrangeiras, no feitio e no perfume envelhecido de outro corpo, para ela desconhecido e sem elementos para o julgar, e certamente a transformariam em outra criatura. Tirou-o pois do armário com precaução e fechou-o a chave, pois assim o encontrara, e a guardou no bolso. Veio para o seu próprio aposento onde se de despiu rapidamente, e revestiu-se daquelas amplas ondas de lã cor de treva. Mal acabara de acolchetar o corpete e de desdobrar a saia enorme, entrou Libânia que estacou diante dela a contemplá-la espantada, enquanto sua pele se tornava lívida.

– Minha Sinhazinha – disse ela, num lamento – vestiu... esse vestido?

Carlota não respondeu. Passou pela sua frente e foi para a sala que atravessou até a Capela, e seus pés tocavam de leve o pavimento, sem fazer ondular sequer a borda das vestes, caídas muito rígidas até o chão. Alcançaram seus ouvidos confusamente, vozes partidas do alpendre e do quadrado, e compreendeu terem chegado os escravos do eito, reunidos àquela hora para revista e novas ordens, e ao assomar à porta do terraço, viu todos juntos em grande grupo desordenado, uns em pé e outros sentados no duro chão de pedra, para descansarem alguns momentos, enquanto não vinham os feitores e o administrador. Logo que a avistaram, todos se levantaram, e ao observarem a sua figura enlutada e silenciosa aproximaram-se lentamente até se deterem diante dela. Obedecendo apenas ao instinto, abrigaram-se em grande semicírculo num convite mudo para ela descer os degraus da alpendrada e ir para o meio deles. Carlota, de cabeça baixa e sem hesitação, caminhou ao seu encontro e só parou quando se viu cercada por todos, de mãos estendidas. Abriu os braços, em gesto que se assemelhava mais a pedido de socorro do que de bênção ou de saudação para aquela gente que a olhava em êxtase. Em seguida, todas as mulheres se precipitaram e se apoderaram de suas saias para beijá-las, e muitas soluçavam enquanto os homens esperavam sua vez apoiados aos instrumentos de lavoura, de boca aberta e olhos vermelhos e fixos, sem compreenderem bem o que os fazia agir assim. Carlota cerrou as pálpebras e entregou-se toda àquela manifestação de amor que a aprisionava, e tinha certeza de que aquela cena patética era uma vitória sobre muitas dores e muito sangue.

– Meus filhos... – murmurou quase sem voz.

As negras se afastaram com dificuldade, para darem lugar aos homens já próximos, contagiados pelo pranto e pela emoção das escravas, e tentaram gritar o pedido a Deus para dar longa vida a Sinhá Dona, e não conseguiram arrancar das gargantas contraídas senão exclamações entrecortadas, de infantil entonação, que lhes vinham à mente sem saberem qual o seu verdadeiro significado:

– Não nos abandone, nossa Sinhazinha, não nos abandone...!

Essas palavras deslizavam sobre ela sem encontrar resistência, sem atingi-la, pois agora o rosto tapado, ela sentia-se afastada e levada longe dali, estranha àqueles semblantes marcados de cicatrizes, ocupada apenas em desafiar o inimigo, o adversário invisível que talvez fosse ela própria. Ao descobrir finalmente as faces, olhou horrorizada para os dedos ainda cravados em suas palmas e murmurou:

– Minhas mãos estão vazias, nada vejo em minhas mãos...

O senhor Manuel Procópio, chegado sem ainda verificar o sucedido, veio buscá-la, e passou-lhe o braço pela cintura, atravessou por entre os negros e a levou para dentro, enquanto lhe dizia ser tudo aquilo nova loucura, pois devia primeiro falar longamente com ele, aconselhar-se junto aos mais velhos antes de fazer qualquer coisa. Precisava com urgência informá-la da verdadeira situação da fazenda e de suas possibilidades de fazer face à grande crise já muito próxima. Carlota não podia ouvir suas consolações, pois tinha a atenção presa a certa rapariga ainda moça, que a seguira quase de rastros, e repetia com voz trêmula: "Coitadinha da minha Sinhazinha! coitadinha da minha Sinhazinha!" e punha as mãos no peito enquanto deixava as lágrimas correrem sobre seu rosto negro e convulso. Logo ao chegarem à porta da casa, a cativa parou e deixou-se ficar dobrada sobre si mesma e de joelhos, não ousando transpor aqueles umbrais. Só então, quando cessou aquela litania, que não a deixava pensar em mais nada, Carlota olhou para o senhor Manuel Procópio, e viu estar o ancião nervoso e trêmulo, a passar repetidamente as mãos no cabelo caído em desordem pelo rosto, o que lhe dava certo ar desvairado e senil, em oposição à sua própria serenidade. Quando já estavam no interior da casa e pararam, ele tirou rapidamente o braço passado pela sua cintura, e a examinou com suspeitosa estranheza, como se de repente quisesse verificar se não tinha salvo e trazido até ali outra pessoa, inteiramente diferente da pobre moça desorientada e sofredora abandonada em seus braços. Carlota sentiu o rubor lhe subir agora ao rosto, e ergueu a cabeça e acompanhou friamente os seus gestos acanhados, a sua retirada diante da aproximação de Dona Virgínia, chegada para ver o que se passava. A senhora, depois de interrogar severamente as mucamas de dentro, postadas nas janelas do quadrado e espectadoras do novo fracasso de Carlota, depois de repreendê-las e ameaçá-las de forte castigo, veio até junto da Sinhazinha e tomou-a das mãos do velho parente ou julgou assim fazê-lo, e forçou-a a ir para o seu quarto, enquanto dava ordens breves e imperiosas às negras em seu seguimento, para trazerem jarros de água quente e toalhas aquecidas, além dos vidros de água de malva e da colônia. Carlota prestou-se passivamente, mas inteiramente consciente, aos cuidados de Dona Virgínia e ao trabalho das mucamas, que a seguravam entre infinitas precauções, e deixou-se arrastar até a poltrona baixa onde a fizeram sentar-se e a envolveram em toalhas de pelo muito alto, muito brancas e perfumadas a lavanda. Deixou docilmente que com elas friccionassem as mãos e os braços desnudados, depois de trancadas as portas, com os panos felpudos úmidos, pois tinham sido mergulhados na bacia de prata cheia de água morna, onde fora derramado limão e espalhadas folhas de malva. Depois de passarem água-da-colônia, quiseram então tirar-lhe também o vestido, mas ela ergueu-se e enfiou as suas mangas, sem explicar por que desejava conservá-lo. Só então Dona Virgínia reparou nele e exclamou:

– Mas... é o vestido usado na última noite!

Não conseguiu terminar o seu pensamento, porque viu nos traços contraídos da moça que não devia prosseguir, e durante o silêncio hostil assim feito, compreendeu que seu espírito ainda mais se afastava dela. Dona Virgínia tirou asperamente uma das toalhas dos braços da criada mais perto, enxugou as suas próprias mãos com cuidadosa minúcia, na vontade de limpá-las até o extremo, e sem mais tocar em nada mandou que lhe abrissem passagem. Viu então as outras senhoras agrupadas na sala diante da porta fechada, e ali aguardavam a saída de Dona Virgínia para saberem do acontecido ou para obterem licença de entrar no aposento. Antes de poder dizer alguma coisa, já a velha dama tinha saído e ordenado a Libânia que mandasse embora as outras mucamas e fechasse o quarto atrás dela, e parecia não considerar a Sinhazinha em estado de dar ordens. Carlota ouviu as exclamações abafadas, as interrogações soltadas à saída de Dona Virgínia, mas não pôde escutar as suas respostas. De relance apenas pôde ver ter ela agitado os braços, em sinal de impossibilidade de explicar, e depois bateu as mãos uma na outra, e em breve tudo se calou e parecia terem todas se retirado cautelosamente.

Entretanto Carlota tivera tempo de ver aqueles rostos, aqueles olhos que a tinham fixado por momentos, muito abertos, sem luz e sem profundidade, e eram pessoas estranhas que a olhavam com hostil espanto...

CXX

Quando Libânia pela manhã se aproximou de seu leito Carlota teve rápido movimento involuntário na repugnância irrefletida do contato de suas mãos macias, em contraste com a aspereza das que tinham segurado com ânsia as suas nas vésperas, na simplicidade profunda e integral dos que trabalham muito próximo da natureza. A mulata sentiu a traição desse gesto a afastá-la como inimiga, quando nesses últimos dias tinham se unido em mais estreita intimidade, na defesa de seu isolamento entre tantas pessoas que ela sentia sem compreensão para com sua ama. Guiada pelo instinto, na intuição misteriosa das mentalidades conservadas infantis, ela tinha cercado Carlota de longo véu invisível, para amortecer a sua convivência com os hóspedes da fazenda. Carlota sentira, nas horas difíceis passadas, nos momentos de confusão quando sua cabeça estalava, e ela não podia formular interiormente o que acabava de dizer, quando lhe pediam resoluções destinadas a orientar toda sua vida, ela sentira sempre a presença de Libânia, a protegê-la assim, mesmo quase irreal, no seguimento apenas da linha de seus sentidos, sem ela mesma avaliar que só a sua vista evitava maiores fraquezas.

– Eu não quero que ninguém se prenda a mim... – disse ela ao ver as lágrimas da mucama – é preciso que todos possam fugir, possam libertar-se das prisões...

Mas calou-se ao perceber que a escrava, por entre os dedos que tapavam os seus olhos agora atentos e enxutos, a observava com inquietação.

– Não estou doida! – exclamou e riu-se levantando-se com presteza – quero me vestir depressa, pois creio ter de ir hoje mesmo à fazenda da senhora Condessa!

Dentro em pouco estava pronta e mandara chamar Dona Virgínia para acompanhá-la na excursão projetada e foi com certa surpresa que viu quase imediatamente surgir a prima, os lábios muito presos, talvez no desejo de reter as palavras que lhe vinham em borbotão à boca. Parecia intolerável a agudeza de seu olhar, e seus olhos eram batedores, vindos na frente e prontos a colherem os esclarecimentos necessários para suas observações e respostas, de acordo com o ânimo da jovem.

– Receio não ter entendido bem o seu recado, Carlota – murmurou, depois de olhar intencionalmente para Libânia, postada junto à guarda da cama. Só depois desta se retirar, não podendo sustentar mais tempo o fluido veemente de seu olhar e diante do silêncio da ama, é que prosseguiu: – Acho impossível irmos hoje à fazenda da senhora Condessa, logo no primeiro dia de seu luto fechado... Demais, não me parece conveniente a noiva ir procurar o noivo.

– Mas, justamente – disse irritada Carlota, – justamente porque não sou noiva, porque nada tenho com essa gente é que desejava buscar o que foi levado daqui sem minha ordem...

– Não sei a que se refere – continuou Dona Virgínia, no mesmo tom calmo e majestoso – mas se era realmente para ir reclamar qualquer coisa, mais inconveniente se torna essa ida à fazenda. Enfim se mais tarde resolver alguma coisa, faça o favor de me mandar prevenir.

Antes de se retirar, ficou quieta por alguns momentos, a prender e desprender as mãos uma da outra, e depois disse à meia voz, afetando indiferença:
– Parece-me mesmo que deverá receber hoje certa visita, e será necessário esperá-la e se me permite vou tomar providências.

Carlota levantou-se lentamente e arrastou-se até a janela, no desejo inconsciente de respirar melhor. Não abriu porém os vidros, porque em oposição ao silêncio e à imobilidade do ar em seu quarto, viu através dos vidros lá fora os ventos a se perseguirem em louca agitação, e logo em seguida escutou o seu silvo prolongado, pois invadiram o corredor, e atravessaram a casa em furiosa investida. Bateram as portas e soaram passos fugidios das negras na corrida para fecharem as vidraças e os largos batentes, sempre abertos durante o dia, e dentro em pouco, diante dos anúncios cada vez mais prementes de grande tempestade, toda casa estava fechada, como uma grande prisão, na expectativa da fúria crescente das grandes nuvens negras que subiam no assalto dos vales em sua direção. O céu parecia paralisado de terror, e tomara sinistra tonalidade de cinza lívida. Mas, do fundo das grandes campanhas vindas pelas abertas dos morros pesados e cobertos pelas matas, os nimbos desdobraram-se em grandes rolos de crepe, em altas volutas, e dentro em pouco o ronco imenso e atroador da tempestade fazia a terra toda tremer.

Carlota pensou em não sair de seu quarto, e cerrou as pesadas cortinas, mas a penumbra assim feita, cortada pelos clarões repentinos e fugazes dos raios, fez-lhe medo, e ela mandou Libânia fechar as folhas de pau das janelas, e acendeu a vela posta sobre a cômoda, onde ficou a tremeluzir, em fio longo e ondulante de fumo desprendido de sua mecha não espevitada. A Sinhazinha quis cortá-la com a espevitadeira, mas lembrou-se das recomendações de sua ama que não a deixava segurar em objetos de metal quando havia relâmpagos, e largou-a precipitadamente. Foi então que certa ideia atravessou a sua mente rápida e cruel como um tiro, e nela deixou a marca de sua violência. Devia vir hoje visita? Eram necessárias providências para recebê-la? Portanto era alguém desejoso de ficar na fazenda... Novamente a sensação de insegurança, de angústia, pela qual fora obrigada tantas vezes a fechar os olhos e comprimir o peito, outra vez a vontade de fugir para bem longe, para onde não a alcançassem as suas dúvidas, a assaltou. Como sabia Dona Virgínia de tudo isso, se era ela Carlota a dona da casa, a quem tudo devia ser dito em primeiro lugar? Mas, curto riso amargo veio aos seus lábios. Ela não era senhora nem de si própria, e não podia destrinçar os liames invisíveis e invencíveis entre os quais vivia atada... Alguém, nesse momento, feria até o sangue os ilhais de seu cavalo, para alcançar a fazenda antes de ser dominado pela tempestade e poder nela cumprir a missão trazida, na certeza secreta de consequências sem fim para ela e para todos os outros, escondidos em seus quartos, trêmulos de medo. E ela, a quem todos deviam obediência e respeito, de cuja vontade todos viviam e dependiam, ali estava à sua espera, sem sequer poder procurar adivinhar quem fosse, pois não tinha para isso a menor indicação...

Seus olhos se encontraram com os de Libânia, aninhada a um canto, a fitá-la com medo estranho, intenso chamado animal no olhar, e outra vez afastou revoltada o seu magnetismo com as mãos, em gesto igual aos do exorcismo. A mucama ocultou a cabeça entre os braços e tornou-se apenas pequeno montão de roupas de cores vivas, imóvel. Sua presença voltou a ser simplesmente companhia simbólica, pois parecia morta para tudo em volta dela, concentrada em seu pavor dos mugidos da ventania, cortados pelos estrondos, a espaços regulares, dos raios a rasgarem os flancos da serra. Assim ficaram até a virem chamar para o almoço, e Carlota desafogada sentiu voltar à vida quotidiana, pois parecia-lhe ter estado há muitas horas muito longe, arrebatada pela raiva da tormenta, agora desviada de sua rota, em marcha furiosa para o outro lado do horizonte, sem ter desabado em cheio sobre o Grotão.

Quando todos estavam no fim da refeição, e os criados tinham trazido as xícaras de café fumegante, houve rápido tropel, vozes e pancadas na porta. Carlota ergueu-se de sua cadeira muito trêmula, sem poder proferir qualquer palavra.

Acabava de reconhecer a voz de seu irmão, ausente há tanto tempo, cuja aproximação lhe parecia a de um sobrevivente, do fugitivo escapado da morte que lhe arrebatara o pai e o mais moço dos dois.

CXXI

Carlota não tomara parte nas manifestações de surpresa e de agrado, entremeadas de palavras de condolências, com as quais tinham recebido o recém-chegado, e secamente o observava andar para lá e para cá, no visível esforço de se mostrar à vontade, para receber naturalmente o interesse de todos os presentes. Na mesa, e depois na sala, do lugar onde se deixara ficar, parecia-lhe ver desenrolar diante de seus olhos invencível sonho mau, do qual não poderia fugir, e ficava atada, sonâmbula, mas seu coração se confrangia e seu espírito se perturbava, pois sentia a sensação esquisita de ser apenas a espectadora daquele pesadelo. Era ele, seu irmão, cujo vulto via agora, o rosto cortado por ruga amarga na boca, resistente ao riso frequente que lhe vinha diante de qualquer observação mais séria, era aquele o jovem inacessível à tristeza, para quem tudo deveria ser fácil, para quem a vida sempre se arrojara submissa aos pés, era ele mesmo a quem acompanhava agora com olhar atento e indiferente. Espreitava e escrutava os seus menores gestos, todas as suas entonações, e media a proporção entre as suas risadas e o eco daquilo que lhe diziam, obscurecida por soturna hostilidade. Quando ele se dirigiu diretamente a ela, e pediu-lhe fosse em sua companhia até o escritório, teve certo momento de intensa irritação, e foi preciso parar por instantes a fim de voltar sua atenção sobre si mesma, para segui-lo, disposta a ouvir desde logo palavras destinadas e serem nova fonte de amarguras para ela.

Todavia, quando se viram sentados, um diante do outro sem testemunhas, sentiu estar novamente à sua vista o menino de alegria sem defesa, de felicidade difícil de tão frágil perante as asperezas para as quais não estava preparado, pois era de absoluta incapacidade para lutar, e seus olhos se turbaram e se obscureceram de lágrimas. Ao vê-la chorar, o rapaz ergueu-se violentamente e atirou a cadeira para o lado, exclamando:

– Não sei o que vim fazer aqui! Odeio esta casa, odeio tudo isto, odeio até o ar que respiro! É preciso a mana saber que nunca mais porei os pés no Grotão, e necessito pôr em ordem toda a minha herança, para não ter mais necessidade de voltar! Regresso à Corte amanhã mesmo, ainda que tenha de ir a cavalo o caminho inteiro... e não quero ouvir uma só palavra sobre o seu noivo e sobre a família dele!

– Mas, eu não tenho noivo... – disse Carlota ao enxugar os olhos para o encarar atentamente, da mesma forma que o faria a qualquer estranho. – Não sei também a razão de sua vinda aqui, pois não sou a encarregada do inventário de nosso pai...

– Como você está instruída em negócios, como sabe de inventários e de partilhas! – murmurou o moço, tomado de súbito frouxo de riso ríspido. – Não vim reclamar os seus tostões. E por que diz não ter noivo, se viajei em companhia do Conde, que me disse ser necessário terminar o quanto antes esse "negócio", antes da dissolução e desaparecimento da família!

E segurou a cabeça entre as mãos enquanto repetia essas frases, para acrescentar depois: – E eu ouvi isso, meu Deus!

Carlota não se moveu. Parecia-lhe que se tocasse naquele homem exasperado, ele se desfaria em fumo, e ficaria sozinha para sempre, mas ao mesmo tempo compreendia não poder esperar dele socorro algum pois tinham sido cortados sem se saber como entre eles os laços de sangue e de amizade. Em suas palavras e em seu desespero, ela não percebia eco algum dos sentimentos que tinham feito de sua infância um sonho feliz, e a tinham mantido segura de si e do mundo, durante os longos anos de Colégio e de separação.

– Eu estou só – tentou ela explicar, e sentia ao mesmo tempo toda a humilhação de quem se confessa a alguém inferior ao seu próprio mal – já não posso mais saber o significado de certas palavras, para os outros tão claras e luminosas... Estou fora de tudo que tornaria possível minha vida e faria minha conduta ser aceita por todos, para me deixarem tranquila. O Grotão é demasiadamente grande para mim e me tortura pelo peso de seu futuro tão cruel e estranho...

– Eu não quero ver nada, não quero saber do que se passa nesta casa! – tornou a dizer veemente, na obstinação dos meninos ameaçados, o rapaz, sem coragem de levantar a cabeça e dela desprender as mãos, pois já se acalmara.

– Eu ficarei no Grotão até morrer – afirmou serenamente Carlota e até mesmo as paredes, ao repetirem o eco de suas palavras, pareciam com ela se identificarem. Era toda a enorme mansão, as terras sem fim em derredor, as matas ainda intocadas, os campos lavrados, os morros cobertos pelos cafezais a falarem por sua boca. – Mas não sei se a minha permanência nele será para a vida ou para a morte do trabalho de nosso pai e de nossos avós... Creio que vamos todos morrer lentamente, dia a dia, momento a momento, mas seremos sempre os mesmos aqui...

Só então ela pôde chegar perto do moço, e quando ele se levantou, abraçaram-se estreitamente, e Carlota sentiu em seus beijos inquieta ternura, e parecia ter medo de sua expansão ser interpretada no sentido de promessa de ficar, e ser companheiro para a sua vida solitária.

Já se ouvia na sala ao lado o vozerio dos homens, a conversarem sem a habitual discrição no intuito de convite indireto ao moço, para se juntar a eles, e lhes contar as novas da capital. Era indispensável, pensou Carlota, falar alguma coisa, explicar de forma definitiva os seus projetos, as suas esperanças, mas a sua coragem estava esgotada, e teve o agudo desejo de vir alguém, de surgir qualquer estranho a dizer a frase necessária para o esclarecimento de tudo, sem ser preciso explicar o que a sufocava no íntimo, sem coordenação nem lógica. Mas, depois de terem ficado muito tempo frente a frente, os dedos entrelaçados, em pé no meio da grande sala, sentiram invencível embaraço invadi-los e tornar insuportável a permanência ali no escritório. Tinham a sensação de serem passageiros na plataforma do caminho de ferro, cujo comboio demorava a partir, e separaram-se agora calados e cabisbaixos. Ao surgirem na porta, os parentes e amigos à sua espera os cercaram de novo, e o jovem foi arrastado para a saleta de jogo, onde dentro em pouco se entregava ao voltarete, enquanto dizia todas as novidades da política do Império, e o serão correu na forma de sempre, entre a leitura, o bordado e as lamentações da senhora Luiza, preocupada e queixosa de não conseguir manter ainda em dia a horta e a criação de galinhas e de porcos, sob sua responsabilidade desde sua chegada muitos anos antes ao Grotão.

No dia seguinte, logo pela manhã, Carlota recebeu a visita das senhoras, em embaixada para pedir a permanência de seu irmão por mais tempo, pois ele já estava no pátio da fazenda a dar ordens para a partida. Nem sequer percorrera os lugares onde tinha transcorrido a sua infância, nem fizera oração alguma na Capela, e parecia aflito por abandonar aquela casa. Carlota foi em sua companhia ao encontro de Pedro, mas ao primeiro olhar percebeu ser sua resolução a mesma e definitiva, e sentiu em seu coração sem falsa vergonha que isso a alegrava e apaziguava. Foi, pois, comédia triste a por eles representada diante de todos, ela no papel de irmã desejosa de sua presença e ele a se perder nas explicações da urgência de sua partida e nas promessas de voltar o mais breve possível. Depois, seguidos por todos, percorreram a casa, abriram os armários, foram até as cocheiras, mas ele recusou-se a ver suas antigas mucamas, agora ocupadas na sala dos engomados.

Mais tarde, chegada a hora de montar a cavalo e partir, Carlota levou-o até perto do Oratório e fê-lo ajoelhar-se. Viu, surpresa, estar ele prestes a soluçar, e ao levantar-se o moço lhe disse, penosamente ofegante:

– Você não ficará sozinha em... nossa casa. Ela virá para junto de você, ela não tem outro lugar no mundo...

CXXII

Para Carlota a partida de Dona Inacinha e de Sinhá-Rôla foi a continuação do mau sonho vivido desde o aparecimento diante dela da figura do irmão. Ainda não compreendera bem serem aqueles homens magros, altos, de grandes barbas negras, de olhar fugidio sob as sobrancelhas muito espessas os encarregados de levá-las, e as duas senhoras já tinham se despedido, e havia partido primeiro o carro de bois, carregado de pesados baús e grandes engradados de madeira, nos quais haviam arrumado os seus móveis, e desapareceram sem deixar vestígios, pois tudo fora por elas varrido e limpado com extrema exatidão, talvez por medo de deixarem a menor lembrança de tantos anos de presença naquela casa. Dona Virgínia viera contar-lhe ter encontrado o quarto delas nu e reluzente, parecendo nunca ter sido habitado.

– Dentro em pouco ninguém mais se lembrará delas – disse a senhora – e não teremos prova nenhuma de terem estado aqui.

E ria-se, muito calma. O aposento foi fechado, suas chaves guardadas no grande armário da despensa, e o esquecimento caiu sobre esses acontecimentos, passados entre cochichos e observações abafadas, pois todos se preocupavam e seguiam inquietos as idas e vindas do tabelião de Porto Novo que, sempre portador de livros e de papéis, instalava-se no escritório onde se lhe juntava o senhor Manuel Procópio e mandavam chamar Carlota, solenemente, para vir assinar os numerosos documentos trazidos em sua pasta.

Um dia, sem nada fizesse prever qualquer coisa de novo, os escravos receberam à noite, das mãos dos feitores irritados, suas cartas de alforria, e voltaram para as senzalas, atônitos, sem saberem explicar a si próprios o terem passado de sua miserável condição de escravos para a de homens livres, assim, de repente, sem cerimonial algum. Durante a noite foram acesas tímidas fogueiras e em seu redor reuniram-se grupos deles, a fim de cantarem ou rezarem, mas suas vozes caíam desanimadas e se arrastavam pelo chão, em vago zumbido, medroso de chegar até às janelas da residência, todas elas hermeticamente fechadas. A manhã seguinte foi de inteira apatia, de parada na vida ritmada e possante da fazenda, repentinamente ferida de morte. O administrador e os feitores se reuniram todos no escritório de fora, formado pela vasta dependência de telha vã, onde estavam colocadas robustas mesas muito toscas, cercadas de bancos, e conversaram em voz baixa o dia inteiro, sem se saber qual a resolução tomada naquela reunião que parecia de conspiradores, pois o senhor Manuel Procópio fora até Porto Novo e voltara a desoras acompanhado por alguns soldados deixados em sentinela no pátio, de armas escorvadas no punho. As mucamas de dentro tinham se recusado a se juntarem com os negros da senzala, e continuaram seus afazeres no interior da casa, na voluntária ignorância do que acontecera. Entretanto, o quadrado parecia ter morrido, e nele não se via ninguém. Tudo estava trancado e silencioso, o fogo não fora aceso na cozinha de fora, que permaneceu negra e enfumaçada, como se nela tivesse havido grande incêndio, e não dava o mais leve sinal de vida. Não havia a menor comunicação com o mundo, e apenas se sabia vagamente haver bandos de fugitivos, saídos para se esconderem no mato, onde permaneciam em silêncio, presos de fantástico terror, com a suspeita de alguma inexplicável maldição a pesar sobre eles, e outros e outros desapareceram para sempre, perdidos nas terras vizinhas. O Grotão parecia ter deixado de existir, e suas numerosas e irregulares construções tomaram logo o aspecto sonolento e soturno de ruínas, misteriosamente apodrecidas, resignadas a viverem em surdina, enquanto o tempo e a usura dos elementos as permitiam sobreviver ao calor dos homens que a tinham abandonado.

Entretanto, o senhor Manuel Procópio permanecia sempre no escritório, sentado em sua escrivaninha, e agora sabia ser ela bem sua, pois os antigos e orgulhosos senhores tinham arriado sob o peso de sua carga, de olhos fechados, dispersados pelo medo e pela morte, e era preciso fazer frente a toda aquela calamidade... e, pouco a pouco, ora um negro sozinho, ora algum feitor seguido por pequeno número dos homens sob suas ordens, enfim mulheres, os filhos presos às ancas possantes, vieram até o seu reduto, para com ele falarem e, sem plano definido, sem ordem, sem compreender bem qual seria o resultado de tudo aquilo, tendo em mãos apenas criaturas apavoradas diante da queda súbita de suas algemas, e que se sentiam mutiladas de forma irreparável, ele foi reconstituindo a máquina feita em pedaços. Lentamente, tal o organismo ferido de morte que reage e se põe a reviver vida vegetativa, até poder sustentar-se em agonia lenta de muitos anos, a vida da enorme propriedade agrícola se refez, dentro de outro ritmo, sem a antiga pujança, desaparecida para sempre.

Fechada em seu quarto, onde muitas vezes tinha por companheira a tentação de fazer sofrer, só saindo para as orações na Capela, isolada dos outros moradores, também tornados invisíveis, amedrontados por tudo que se passava, na intuição de viverem confusamente dias novos, de significado insuspeitado, Carlota de nada queria saber, e mergulhava com alívio na solidão e no silêncio feitos em torno dela, pois só via sombras que se esgueiravam à sua aproximação, como se tivesse sido lançado sobre a fazenda terrível malefício. Nenhum dos negros viera agradecer-lhe a liberdade, e as mucamas a espreitavam aterrorizadas, na mesma atitude de seus antepassados das florestas africanas diante da divindade malfazeja e incompreensível, vinda misteriosamente para tomar o lugar da Sinhazinha-nova, da menina morta, adorada por elas todas, conservando sua aparência. Um dia Dona Virgínia surgiu em seu quarto de rosto fechado, as sobrancelhas quase unidas e as mãos lívidas presas uma à outra. Demorou a falar, e parecia temer a sua própria cólera, e depois de alguns momentos de hesitação pôde dizer entre dentes:

– Fui avisada de que Dona Mariana vai voltar para o Grotão.

Carlota esperou que ela dissesse mais alguma coisa, pois parecia ter enunciado apenas a verdade, sem mais, e, se não fosse o sibilar da voz, o tom de ódio, nada haveria a responder. A senhora suspendeu, entretanto, nova frase em seus lábios fechados com violência. Seus olhos, estranhamente magnéticos, se tinham fixado no rosto de Carlota que, muito pálida, aparentava apenas estar à espera do que iria ouvir.

– Não tenho quem me leve tudo o que me pertence, como aconteceu com suas parentas, Dona Inacia e Sinhá-Rôla, mas desejo sair imediatamente desta casa, e peço providências!

Ficara em pé muito alta e dura, e sua figura parecia crescer e dominar imperiosamente a moça, com sua maneira ríspida. Carlota nada disse, e aguardou silenciosamente, imóvel, até que ela desarmasse sua atitude hostil e refreasse o seu ímpeto, e foi sem espanto que depois de sua saída do quarto ouviu vozes na sala vizinha, e logo em seguida o rumor de animais partidos em viagem, pela frente do edifício, pois não tinham tido coragem de entrar no quadrado. Era a caravana organizada por Dona Virgínia que ia em demanda da fazenda do senhor Visconde. A senhora Luiza veio, pouco depois, por entre lágrimas, contar-lhe ter Dona Virgínia carregado em sua companhia Dona Maria Violante, sem lhe terem dito uma só palavra...

– Se a senhora quer nos deixar também, Frau Luiza, fale ao senhor Manuel Procópio, pois ele tem ordens de tudo regularizar – disse-lhe bondosamente Carlota.

A estrangeira calou-se, ficou muito rubra e abaixou a cabeça. Parecia ter sido surpreendida quando praticava ação vil, e nada pôde dizer. Carlota, no entanto, teve a intuição de que ela não a abandonaria, pois também se apegara àquelas paredes, àqueles móveis, àquele ar, e os homens com seus gestos e com suas palavras nada valiam diante da duração tranquila das coisas. Quis estender-lhe a mão, quis ir até ela e talvez beijar-lhe o rosto engelhado, no mesmo impulso de quando era menina, e recebia as inábeis e imprevisíveis provas de sua afeição, mas sentiu-se tolhida pela sensação de não ser senão pequeno detalhe no cenário onde decorria a vida da pobre criatura, e pareceu-lhe absurdo haver qualquer ternura entre elas. E deixou-a ir pois, sem se mover de onde estava, sem dizer uma só palavra.

Já não estava só... As palavras de Dona Virgínia tinham galvanizado alguma coisa em seu coração, nele escondida, surda e latente, que ela não ousava ainda trazer à luz, mas que agora, independente de sua vontade, criava vida e passava a palpitar em seu íntimo...

CXXIII

Passaram dias e muitos dias e Carlota durante esse longo tempo apenas prolongou seus gestos e suas palavras. Perdera até mesmo o sentido, a intenção deles, e movia-se no meio da cerração moral que a cercava, desfazendo toda a realidade dos objetos que a rodeavam, sustida apenas pela sucessão dos detalhes de seu viver quotidiano. Era o eco maquinal do ensinamento que lhe deixara a infância, de levar à última minúcia os instantes de sua duração, não vivendo dia a dia, nem sequer hora a hora, mas sim minuto a minuto.

Certa manhã quis sacudir dos ombros o peso que neles acumulara sem consciência do que fazia e saiu do quarto, onde se mantinha sempre isolada, à procura do grande ar, do grande espaço que sabia estavam à sua espera lá fora da porta, como amigos fiéis e pacientes. Queria que o sol dissipasse as sombras de seus olhos e iria respirar com o peito libertado da opressão que a fizera viver apenas refugiada em seu espírito.

Tendo diante de si o pátio amplo, cuja presença se impunha com singular relevo, e no alto o céu onde as nuvens corriam perseguidas pelos ventos cuja força não se sentia cá embaixo, ela parou nos degraus de pedra e estendeu os braços em gesto de defesa, pois tinha a obscura impressão de que perigos mortais a espreitavam escondidos naqueles ângulos negros das paredes ou ocultos pelas janelas e portas hostilmente fechadas das senzalas em sinal de morte e de abandono. Mas, como um escudo que deslizasse diante dela, mantido e levado por sua vontade renovada, sentiu que caminhava à sua frente outra Carlota, mais pura e de linhas mais retas e simples, capaz de viver "apenas". Com o medo inexplicável que prendera seus movimentos, que limitara e constringira a vitalidade de seu corpo todo aquele tempo, agora se dissipavam diante da outra os sinais humanos de poder e de dominação, cuja força a tinham mantido prisioneira. Podia caminhar assim, serenamente, com passos firmes que não teriam repercussão alguma naquela enorme masmorra vazia diante dela.

Todos andam nas trevas, à procura uns dos outros, pensou ela confusamente, e a luz cegadora do dia dava estranho aspecto ao seu vestido negro de cassa sem reflexos, que parecia negar o próprio sol. Estava inteiramente só no terreiro, pois a vida da fazenda continuava suspensa e os pretos não saíam das senzalas, onde se tinham encerrado voluntariamente. Andou alguns passos em direção do lado oposto ao da residência, no sentido da grande varanda e lembrou-se da Velha Dadade, com certeza ali entregue ao mais completo abandono, sob aquelas telhas enegrecidas pelo tempo e pelas chuvas que desciam em tumulto e pesadamente até as grossas colunas de madeira. Não a incluíra nos papéis de alforria por ela assinados, refletiu, e isso fê-la animar-se e abrir a porta que estava cerrada. Desde a ombreira teve a certeza de que a morte a tinha precedido em sua visita, furtivamente, e a anciã recebera já a sua libertação mais segura e mais alta. Uma esquisita decepção, como se o solo tivesse fugido a seus pés, quando se dispunha a seguir seu impulso e não pôde se desapegar do umbral onde se detinha, oprimida pelo odor profundo e mortal que vinha do interior do tugúrio, até que sentiu a voz do senhor Manuel Procópio a chamá-la, chegado de volta de Porto Novo.

– Fui fazer a declaração de óbito de Felicidade, a Dadade – disse ele – mas não sei como fazer para enterrar o corpo. Não posso contar certo com nenhum dos homens...

Nesse momento Libânia veio à sua procura, preocupada com a ausência da ama, com receio de algum mau encontro na casa taciturna e desertada. Ao saber do que se passava prontificou-se a ajudar e com agilidade e presteza transformou o mísero catre em improvisada maca, sem tocar no cadáver. O senhor Manuel Procópio segurou a parte da cabeceira e ela a dos pés e em breve seguiam a caminho do cemitério dos escravos onde havia sempre valas abertas e não ficava muito longe da fazenda, oculto por uma das abas da colina que lhe formava o fundo. Carlota os acompanhou e a sua figura dava estranha riqueza ao miserável séquito, pois caminhava hierática, revestida de véus negros que esvoaçavam em torno dela, e nos caminhos estreitos as plantas e os espinhos estendiam seus galhos, no desejo misterioso de reter a sua marcha.

Já chegados, tendo depositado o corpo na cova, fechada agora com as pedras e a terra solta ali abandonada, Carlota olhou em torno de si, sentiu estacar o sangue em suas veias e levou as mãos geladas à garganta, naquela solidão, naquele silêncio só por eles perturbado em sua indescritível grandeza. Teve então remorso e vergonha do abandono e da esquálida miséria daquilo tudo, da sua caminhada indigente pela colina, daquela impressão de fuga e de maldição que os acompanhava, sem uma cruz, sem um sacerdote, sem a bênção que tudo santificaria. De novo juntou as mãos no peito, no gesto instintivo de se proteger contra um golpe demasiado rude e sentiu entre seus dedos o pequeno crucifixo de ouro, que usava desde a infância, e agora lhe dava uma resposta de alcance mais fundo do que as perguntas imprecisas que a desanimavam. De joelhos, depois de orar por muito tempo, no que foi acompanhada pelo velho homem e pela mulata, ela colocou a joia simples sobre o montículo de terra e a cobriu com algumas folhas secas que o vento empurrara até ali.

Quando saíram em silêncio, ela olhou o panorama que se abria diante de seus olhos, no dia claro e de extraordinária transparência, acentuada ainda mais pelos flocos brancos que tinham ficado de súbito imóveis, suspensos na altura. A estrada da Corte serpenteava entre os campos de cultura agora abandonados, e logo viram passar por ela grande caleça onde se distinguiam duas pessoas seguida de animais de carga, todos a correrem velozmente. Carlota não pôde, a princípio, reconhecer as figuras, obedecendo a um sentimento oculto, que tateava o caminho de seu coração, e apanhou as saias, no desejo intenso de descer do topo onde estava e fugir em busca do abrigo da fazenda, cuja massa taciturna surgia entre as árvores como seguro refúgio. Já tinha dado alguns passos, tornados trôpegos pela vergonha de sua fuga, quando ouviu Libânia, com as mãos em viseira sobre os olhos fixos nos viajantes que se afastavam com rapidez, dizer entre dentes:

– Vão, malditos!

Sem compreender por quê, sem que seus pensamentos tomassem forma, brotou nela a revelação de que eram ocupantes do carro a Condessa e o filho, que se retiravam desiludidos para a capital, de onde decerto nunca mais voltariam. Deixou pender os braços e toda a energia que ainda havia nela desapareceu. Não podia sequer mover os pés que lhe pareciam agora monstruosos e era com medo que sentia qualquer coisa extraordinária e brutal violar-lhe o coração. Com esforço conseguiu andar e seus vestidos varreram o caminho, como um grande manto que se arrastasse pelo chão, despedaçando-se nas pontas das pedras e nos espinhos das moitas, e deixavam atrás de si farrapos negros, salpicados de pequeninas frutas selvagens e rubras semelhantes a gotas de sangue... Entretanto, ergueu a cabeça e todo o seu corpo vibrou com surda e irreprimível alegria e a convicção inescrutável de que espalhava a morte e a ruína em torno dela, a encheu de sinistro orgulho.

Parecia-lhe agora que em seu luto onde se reuniam tantas recordações mortais, lançava também irremediável maldição sobre a terra pisada e varrida por seus crepes, mas não vira, não conhecera, não queria realizar quem eram aquelas figuras que agora se ocultavam na mata. Elas também entravam na treva, nas sombras de seu passado, e no seu coração havia somente esquecimento e morte. Enquanto desciam ela aspirava em grandes haustos o ar imaculado da manhã, que todo estremecia e se agitava entre os galhos das árvores sacudidas pelos ventos. Lá no alto, para trás, os corvos iniciavam longa e aérea dança fúnebre. E à medida que se aproximavam do Grotão Carlota sentia aumentar a alegria de seu corpo, onde o sangue morno circulava livremente, mas a cabeça lhe pesava e fazia com que tivesse a sensação esquisita de conduzi-la penosamente sobre os ombros. Conseguiu andar rapidamente e se distanciava de seus companheiros, que a seguiam cabisbaixos. Olhava com triste prazer o caminho áspero e cheio de flores mortas que se engolfava sob os seus pés e eram por eles esmagadas, e sentia bem que elas eram o sinal bem certo do abandono em que tudo caíra, pois já estava na alameda da entrada da fazenda e o atalho que encurtava o caminho para o portão do quadrado, onde se juntava à estrada carroçável, era passagem para muitas das dependências ocupadas. Devia portanto estar sempre livre e varrido diariamente, mas agora adquirira o aspecto de vereda conduzindo a taperas abandonadas.

O som insistente de guizos a fizeram estacar, e de olhos atentos procurou orientar-se para perceber de onde vinha e que animais sacudiam suas coleiras em sua marcha. Empalideceu de tal forma que seus olhos perderam a cor, ao conhecer que vinham do caminho da vila, e deviam partir de bestas de liteira. Novo e agudo pressentimento a advertiu de que o destino dela se aproximava lentamente. Sem nada dizer ao senhor Manuel Procópio e a Libânia, deixou a estreita vereda e foi até certo ponto onde havia a curva da estrada, fechada de árvores e dali se avistava grande extensão da avenida sob o seu dossel de verdura. A princípio não conseguiu descortinar coisa alguma, tal a nuvem que ensombrava os seus olhos, mas os guizos pareciam ressoar dentro de sua cabeça, tão fortes e próximos estavam agora. Nenhum acidente de terreno podia ocultar um veículo de grandes dimensões e Carlota baixou as pálpebras por alguns momentos, entontecida pelos avisos e advertências que lhe vinham em ondas do coração.

Apoiou-se à árvore que sentira mais próxima e o contato áspero de sua casca rugosa lhe fez bem, com sua carícia brutal.

– Libânia, Libânia... – chamou com voz sumida.

Não ouvindo resposta, abriu os olhos deslumbrados pela claridade muito branca do dia e olhou ansiosa em torno de si. Estava só, na orla da estrada deserta, mas no portão da fazenda ela pôde reconhecer os vultos de seus companheiros que entravam por ele, atraídos pela liteira que já transpusera os umbrais e parara pesadamente, seguros os animais pelos dois homens que a acompanhavam e já se dispunham a gritar que os viessem receber e ajudar, a olharem para a casa soturna e para o amplo pátio sem viva alma.

CXXIV

A pesada liteira, como um pequeno mundo de mistério, parara diante do alpendre e ali permaneceu, negra e fechada, sob o esplendor do dia solar. Parecia, cercada pelos liteireiros calados e imóveis, à espera de alguma viajante que deveria surgir do interior da casa para ir se abrigar entre suas cortinas. Mas o incômodo veículo, suspenso em seus varais, trazia em seus flancos o odor das águas vivas e das pedras queimadas de luz, as manchas dos galhos úmidos e pejados de seiva que o tinham fustigado molemente nos longos caminhos percorridos, e os animais a ela atrelados, que deixavam pender as cabeças, o pelo ainda molhado de suor e coberto de folhas secas, mostravam bem que acabavam de chegar, trazidos por atalhos e desvios apartados. Tinham-se, entretanto, integrado no silêncio enorme do quadrado, apenas interrompido pelos pássaros que passavam e pelo vento morno que agora interrompera o seu fôlego, à espera.

Carlota encostou-se à ombreira do portal e comprimiu o peito onde o coração lhe dava grandes saltos. Houve em seu espírito prodigioso movimento de clareza e descobrimento, capaz de determinar a loucura ou a morte. Entretanto, em seu corpo vibrante não havia sinal algum de fraqueza e sabia que tudo dependia de sua vontade, agora libertada de todas as peias. Apenas o pressentimento sagrado, a advertência que lhe vinha do passado a prendiam ali, onde ficara sozinha, pois Libânia e o senhor Manuel Procópio haviam passado furtivamente por ela e tinham entrado na casa, decerto para chamar alguém que viesse atender aos recém-chegados.

Sabia que se avançasse, todo o seu ser caminharia até aquele grande cofre fechado que tinha diante de seus olhos, sem receio e sem temor. Era a vida que a esperava, era o motivo final, a última razão de sua marcha até ali, entre a hesitação e o desespero da incerteza e da doença. Viu a senhora Luiza descer precipitadamente os degraus e postar-se junto da liteira, não em atitude de quem vem receber, mas sim de quem espera socorro e ela acompanhava o espetáculo como se tudo aquilo já tivesse sucedido e fosse já a lembrança daquela cena que revivia em sua memória, tão impregnada de sua vida, que se desenrolara unicamente à espera daquele momento. Sentiu o esforço de seu sangue a percorrer em fogo suas veias, em busca de suas mãos geladas, para aquecê-las e dar-lhes forças, e andou alguns passos. Compreendeu então que a governante chorava e grandes soluços aflitos a sacudiam toda e escutava alguém, cuja voz vinha de dentro da liteira sempre cerrada. Murmurava monossílabos, frases entrecortadas, mas não podia ainda entender o que dizia apesar de agora estar bem junto do veículo. Antes de abrir as cortinas recuou um pouco e preparou-se, como o faria para uma recepção imperial e sacudiu o longo vestido, a fim de fazer cair as folhas secas e douradas, a ela presas ainda, e tentou recompor o penteado e passou os dedos pelo rosto, no desejo de arrancar a máscara de angústia que nele sentia colada, desfigurando os seus traços. Com um sorriso perturbado nos lábios, afastou os dois panos de couro que fechavam a liteira e logo viu surgir da penumbra dentro dela reinante, o rosto escuro de Ângela, que a fitava de sob suas arcadas cheias de sombra. Tinha o dedo longo e de unha pálida pousado sobre os lábios, em flagrante recomendação de silêncio e de cuidado para não despertar alguém adormecido.

Foi então que ela se voltou para a pessoa cujo vulto sentira estar bem perto de seu corpo, bem junto da porta... e ficou logo presa pela força mágica do olhar que veio ao encontro de seus olhos. Denso, imoto, todo de luz cega e fria, morto como um espelho de cristal, ostentando o mesmo brilho e a mesma dureza.

Vinha de um rosto largo e macilento, onde se lia incomensurável cansaço, onde a boca era simples e funda sutura, sustentado pelo corpo sem formas, todo envolto em amplo xale negro. A figura não fez qualquer movimento para descer e não mostrou ter reconhecido aquela a quem olhava com enlouquecedora insistência, e assim ficariam por muito tempo, talvez por anos afora, mas a mulata saltou do outro lado e veio até junto de Carlota a quem disse, de tão perto que lhe pareceu atroar em seus ouvidos:

– Minha Sinhá, é preciso fazê-la levantar e andar! Pode deixar que eu faço isso... estou já acostumada com ela!

E agarrou os braços da senhora, puxou-os para fora muito devagar, e parecia ser pesado fardo que tirava de dentro da liteira, incômodo de manejar. Conseguiu lentamente que ela tomasse posição mais favorável e pusesse enfim, com precaução animal, os pés para fora. Frau Luiza, que não compreendera as explicações que lhe tinham sido dadas através das cortinas, via agora o que devia fazer e correu em seu auxílio. Dentro em pouco a doente obedecia com pesada passividade ao que lhe diziam, sem nunca tomar a iniciativa de qualquer de seus movimentos e pôde descer para ser levada até o interior da casa.

Carlota a tudo assistiu, mas sua inteligência parecia prisioneira e era com penoso esforço que tudo acompanhava, sem compreender os horríveis detalhes, em incompreensível pesadelo. Pelas salas, pelos corredores, caminharam confusamente, apoiadas umas às outras, com passos vacilantes, como se a própria terra tremesse sob eles, até o quarto dos Senhores, o aposento de onde tinha saído a poderosa Dona Mariana. Levaram-na até a poltrona, onde a deixaram cair e ela se deixou ficar, com os braços pendidos e a cabeça baixa.

Carlota ficou diante dela, sem poder mover-se, toda tolhida, sem ouvir as longas e entrecortadas explicações que lhe dava a mucama, sem escutar os gemidos de Frau Luiza, ajoelhada diante de sua ama, a dizer-lhe repetidamente, como se assim pudesse chamá-la à razão:

– Dona Mariana!

Esse nome assim repetido, pronunciado com paixão, fez com que tênue raio de luz penetrasse no cérebro obscurecido da jovem e qualquer coisa, entre as imagens evasivas que nele vegetavam, fê-la andar, em movimento maquinal que parecia fazer o chão fugir-lhe sob os pés. Caminhava como um autômato, levada pela claridade inumana que agora se fazia pela alucinação da verdade que a dominava e tudo era silêncio dentro e fora dela. As paredes, os móveis, a sua própria sombra recuavam diante de Carlota, no medo de tocá-la, de obrigá-la a parar em sua marcha, de interromper o caminho que refazia agora pela sala e corredores acompanhando o percurso de há pouco, que lhe parecia feito há tanto tempo, desde o fundo das idades.

Foi assim que chegou até a liteira, ainda estacionada no grande silêncio do pátio abrasado pelo sol, e os liteireiros não ousaram interrogá-la, apesar de não terem ainda visto viva alma, e ali permaneciam sem ajuda alguma. No céu muito alto havia apenas o voo dos corvos em largos círculos e Carlota abriu de novo as cortinas do veículo mas deixou-as cair, sem compreender por que o fazia, e voltou para a casa, onde continuou a andar, sem destino certo. O senhor Manuel Procópio veio até ela e acompanhou-a em silêncio por algum tempo. Depois, como se prosseguisse uma conversação, perguntou-lhe se a mucama vinda com a Senhora deveria ficar para tratar da doente, ou voltar para a fazenda vizinha, de onde viera.

– A fazenda vizinha? – repetiu maquinalmente – a fazenda vizinha?
– Sim, onde Dona Mariana esteve recolhida...

Carlota nada disse e seus olhos se apagaram, desapareceram sob as arcadas de suas sobrancelhas. Assistia agora à criação de um mundo novo em torno dela e seu rosto despertou finalmente, e seus lábios se descerraram. Foi até junto da mucama e parecia informada, dia a dia, da doença e de suas causas ao entender-se com ela, e fê-la retomar o lugar na liteira que partiu velozmente, silenciosamente.

Só então pôde sentar-se ao lado de sua mãe, que não a olhava, e chorou longamente quando viu que estava sozinha aos seus pés, no aposento que seria o centro de sua vida.

CXXV

Os dias, os meses e os anos se escoaram em seu ritmo sempre igual, na ampulheta do silêncio, da renúncia e da serena tristeza sem remédio... As armadilhas sutis do nada, do ausente e do real perdiam-se na corrida implacável do tempo, e a casa, na desordem estática de seus quartos numerosos, das salas em grandes espaços, os terreiros calcinados pelo sol, as senzalas silenciosas e indecifráveis, a floresta invasora e tenaz, com seu horror sombrio, onde as serpentes adormeciam agora em paz, livre das línguas abrasadoras e dos turbilhões acres das queimadas, dos machados desumanos que despedaçavam suas árvores seculares ainda intumescidas de seiva poderosa, tudo caminhava em atropelo, na cegueira de sua marcha.

O trabalho, depois do torpor do primeiro desânimo, surgira, a princípio escondido e tímido, mas logo outra vez invencível voltou a fecundar os campos e as colinas com suas plantações opulentas, com seus arbustos quase negros pejados de frutos sumarentos e rubros, e os bois já não soltavam mais seus longos mugidos de medo primitivo, deixados sozinhos nos pastos desertados pelos campeiros.

Entretanto para Carlota, tornada outra mesmo em seu vulto, a vida se tornara um rio de sombra, rápido e profundo, a deslizar invencivelmente por entre margens crepusculares, e ela conseguira fazer de tudo um movimento, um instante eterno. Refugiada no silêncio como a única solidão possível, ela compreendia agora a linguagem de sua casa e dos objetos que a compunham, na impossível reconciliação consigo mesma, na transposição de seu eu diante da eternidade de Deus, protegida por sua vontade que aceitara as suas próprias dimensões.

Um dia ela se levantou de junto da doente, sempre imóvel em seu leito, e andou pelos corredores vazios, onde as trevas e o silêncio se tornavam palpáveis, pois lá de fora vinham os ruídos inumeráveis da tempestade que rasgava o céu com os fogos violentos de seus raios e faziam tremer os horizontes. Na sala, agitada imperiosamente pelos ventos que ali chegavam coados pelas frestas das portas e janelas trancadas, ela encostou-se à parede de onde pendia o retrato da menina morta, trançou os dedos no colo e, na penumbra cortada por luzes efêmeras, em luta com o halo da vela pousada no chão, viam-se as manchas móveis de seu rosto e de suas mãos, e murmurou:

– Eu é que sou a verdadeira menina morta... eu é que sou essa que pesa agora dentro de mim com sua inocência perante Deus... Aquela que morreu e se afastou, arrancando do meu ser o seu sangue para desaparecer na noite, não sei mais quem é... e a mim me foi dada a liberdade, com a sua angústia, que será a minha força!

Carlota então apoiou à parede o seu corpo que esposou a muralha fria. E a luminosidade flutuante em farrapos pela sala, toda se concentrou na figura leve da menina morta que, tendo a cabeça pousada na almofada, parecia sorrir, mas seu sorriso poderia ser apenas o efeito daquela luz pobre, que dentro em pouco deveria cessar de bruxulear, para se apagar para sempre...

FIM
Rio, 1948-1953

Menina Morta:
este quadro de autor desconhecido,
herdado por Cornélio, virou sua obsessão
e inspiração de seu último romance.

A Menina Morta

Copyright © 2020 Faria e Silva.
Faria e Silva é uma empresa do Grupo Editorial Alta Books (STARLIN ALTA EDITORA E CONSULTORIA LTDA).
Copyright © 2020 Cornélio Penna.
ISBN: 978-65-81275-03-7

A Faria e Silva Editora empenhou-se em localizar e contatar todos os detentores dos direitos autorais de Cornélio Penna. Se futuramente f
localizados outros representantes além daqueles que já foram contatados e acordados, a editora se dispõe a efetuar os possíveis acertos.

Impresso no Brasil — 1ª Edição, 2020 — Edição revisada conforme o Acordo Ortográfico da Língua Portuguesa de 2009.

Dados Internacionais de Catalogação na Publicação (CIP)

C412a   Penna, Cornélio;
Menina morta / Cornélio Penna, – São Paulo: Faria e Silva Editora, 2020.
400 p.

ISBN 978-65-81275-03-7

1. Romance Brasileiro

CDD B869.3

Todos os direitos estão reservados e protegidos por Lei. Nenhuma parte deste livro, sem autorização prévia por escrito da editora, poderá ser reproduzida ou transmitida
A violação dos Direitos Autorais é crime estabelecido na Lei nº 9.610/98 e com punição de acordo com o artigo 184 do Código Penal.

O conteúdo desta obra fora formulado exclusivamente pelo(s) autor(es).

Marcas Registradas: Todos os termos mencionados e reconhecidos como Marca Registrada e/ou Comercial são de responsabilidade de seus proprietários. A editor
informa não estar associada a nenhum produto e/ou fornecedor apresentado no livro.

Material de apoio e erratas: Se parte integrante da obra e/ou por real necessidade, no site da editora o leitor encontrará os materiais de apoio (download), errata e/ou
quaisquer outros conteúdos aplicáveis à obra. Acesse o site www.altabooks.com.br e procure pelo título do livro desejado para ter acesso ao conteúdo..

Suporte Técnico: A obra é comercializada na forma em que está, sem direito a suporte técnico ou orientação pessoal/exclusiva ao leitor.

A editora não se responsabiliza pela manutenção, atualização e idioma dos sites, programas, materiais complementares ou similares referidos pelos autores nesta obra.

Faria e Silva é uma Editora do Grupo Editorial Alta Books

Produção Editorial: Grupo Editorial Alta Books
Diretor Editorial: Anderson Vieira
Editor da Obra: Rodrigo Faria e Silva
Vendas Governamentais: Cristiane Mutüs
Gerência Comercial: Claudio Lima
Gerência Marketing: Andréa Guatiello

Edição de Texto: Denise Morgado
Levantamento de documentos e pesquisa editorial: Cláudio Giordano
Revisão: Adriane Piscitelli e Tereza Gouveia
Diagramação: Entrelinha Design
Capa e Projeto Gráfico: Raquel Matsushita

Rua Viúva Cláudio, 291 — Bairro Industrial do Jacaré
CEP: 20.970-031 — Rio de Janeiro (RJ)
Tels.: (21) 3278-8069 / 3278-8419
www.altabooks.com.br — altabooks@altabooks.com.br
Ouvidoria: ouvidoria@altabooks.com.br

Editora afiliada à: